ELA
SE
TORNOU
O
SOL

Shelley Parker-Chan

ELA SE TORNOU O SOL

TRADUÇÃO DE
ANA BEATRIZ OMURO

ALTA BOOKS
GRUPO EDITORIAL
Rio de Janeiro, 2023

Ela se Tornou o Sol

Copyright © 2023 da Starlin Alta Editora e Consultoria Eireli.
ISBN: 978-85-508-1735-4

Translated from original She Who Became The Sun. Copyright © 2021 by Shelley Parker-Chan. ISBN 9781250621801. Translations rights arranged by Taryn Fagerness Agency and Sandra Bruna Agencia Literaria SL, All rights reserved. PORTUGUESE language edition published by Starlin Alta Editora e Consultoria Eireli, Copyright © 2023 by Starlin Alta Editora e Consultoria Eireli.

Impresso no Brasil – 1ª Edição, 2023 – Edição revisada conforme o Acordo Ortográfico da Língua Portuguesa de 2009.

Todos os direitos estão reservados e protegidos por Lei. Nenhuma parte deste livro, sem autorização prévia por escrito da editora, poderá ser reproduzida ou transmitida. A violação dos Direitos Autorais é crime estabelecido na Lei nº 9.610/98 e com punição de acordo com o artigo 184 do Código Penal.

A editora não se responsabiliza pelo conteúdo da obra, formulada exclusivamente pelo(s) autor(es).

Marcas Registradas: Todos os termos mencionados e reconhecidos como Marca Registrada e/ou Comercial são de responsabilidade de seus proprietários. A editora informa não estar associada a nenhum produto e/ou fornecedor apresentado no livro.

Erratas e arquivos de apoio: No site da editora relatamos, com a devida correção, qualquer erro encontrado em nossos livros, bem como disponibilizamos arquivos de apoio se aplicáveis à obra em questão.

Acesse o site **www.altabooks.com.br** e procure pelo título do livro desejado para ter acesso às erratas, aos arquivos de apoio e/ou a outros conteúdos aplicáveis à obra.

Suporte Técnico: A obra é comercializada na forma em que está, sem direito a suporte técnico ou orientação pessoal/exclusiva ao leitor.

A editora não se responsabiliza pela manutenção, atualização e idioma dos sites referidos pelos autores nesta obra.

Dados Internacionais de Catalogação na Publicação (CIP) de acordo com ISBD

P244e   Parker-Chan, Shelley
            Ela Se Tornou o Sol / Shelley Parker-Chan ; traduzido por Ana Beatriz Omuro. - Rio de Janeiro : Alta Books, 2023.
            416 p. ; 15,7cm x 23cm.

            Tradução de: She Who Became The Sun
            ISBN: 978-85-508-1735-4

            1. Literatura inglesa. 2. Romance. I. Omuro, Ana Beatriz. II. Título.

2023-390   CDD 823
                                                                    CDU 821.111-31

Elaborado por Vagner Rodolfo da Silva - CRB-8/9410

Índice para catálogo sistemático:
1. Literatura inglesa : Romance 823
2. Literatura inglesa : Romance 821.111-31

Produção Editorial
Grupo Editorial Alta Books

Diretor Editorial
Anderson Vieira
anderson.vieira@altabooks.com.br

Editor
José Ruggeri
j.ruggeri@altabooks.com.br

Gerência Comercial
Claudio Lima
claudio@altabooks.com.br

Gerência Marketing
Andréa Guatiello
andrea@altabooks.com.br

Coordenação Comercial
Thiago Biaggi

Coordenação de Eventos
Viviane Paiva
comercial@altabooks.com.br

Coordenação ADM/Finc.
Solange Souza

Coordenação Logística
Waldir Rodrigues

Gestão de Pessoas
Jairo Araújo

Direitos Autorais
Raquel Porto
rights@altabooks.com.br

Produtoras da Obra
Illysabelle Trajano
Maria de Lourdes Borges

Assistente da Obra
Beatriz de Assis

Produtores Editoriais
Paulo Gomes
Thales Silva
Thiê Alves

Equipe Comercial
Adenir Gomes
Ana Claudia Lima
Andrea Riccelli
Daiana Costa
Everson Sete
Kaique Luiz
Luana Santos
Maira Conceição
Nathasha Sales
Pablo Frazão

Equipe Editorial
Ana Clara Tambasco
Andreza Moraes
Beatriz Frohe
Betânia Santos
Brenda Rodrigues

Caroline David
Erick Brandão
Elton Manhães
Gabriela Paiva
Gabriela Nataly
Henrique Waldez
Isabella Gibara
Karolayne Alves
Kelry Oliveira
Lorrahn Candido
Luana Maura
Marcelli Ferreira
Mariana Portugal
Marlon Souza
Matheus Mello
Milena Soares
Patricia Silvestre
Viviane Corrêa
Yasmin Sayonara

Marketing Editorial
Amanda Mucci
Ana Paula Ferreira
Beatriz Martins
Ellen Nascimento
Livia Carvalho
Guilherme Nunes
Thiago Brito

Atuaram na edição desta obra:

Tradução
Ana Beatriz Omuro

Copidesque
Letícia Carvalho

Revisão Gramatical
Fernanda Lutfi
Vivian Sbravatti

Diagramação
Joyce Matos

Editora afiliada à: ASSOCIADO

Rua Viúva Cláudio, 291 – Bairro Industrial do Jacaré
CEP: 20.970-031 – Rio de Janeiro (RJ)
Tels.: (21) 3278-8069 / 3278-8419
www.altabooks.com.br — altabooks@altabooks.com.br
Ouvidoria: ouvidoria@altabooks.com.br

Todas as coisas, ó sacerdotes, estão em chamas... E com que chamas? Com as chamas da paixão, digo eu, com as chamas do ódio, com as chamas do arrebatamento; com nascimento, velhice, morte, tristeza, lamentação, miséria, pesar e desespero, estão elas em chamas.

ADITTAPARIYAYA SUTTA: O Sermão do Fogo

PARTE UM

1345–1354

PLANÍCIES DO RIO HUAI
SUL DE HENAN, 1345

O vilarejo Zhongli estendia-se baixo sob o sol como um cachorro frustrado que desistiu de encontrar sombra. Por todo o lugar, não havia nada além de terra amarelada, com rachaduras que lembravam os cascos de uma tartaruga e o desolador cheiro de areia quente. Era o quarto ano da seca. Conhecendo a causa de seu sofrimento, os camponeses maldiziam o imperador bárbaro em sua distante capital no norte. Tal como ocorre com quaisquer duas coisas semelhantes conectadas por um fio de *Qi*, através do qual as ações de uma influenciam a outra, ainda que à distância, também o valor de um imperador determina o destino da terra que ele governa. O domínio do governante digno é agraciado com boas colheitas; o do indigno é amaldiçoado com enchentes, secas e doenças. O então governante do império do Grande Yuan era não apenas imperador, mas também grão-cã: ele era o décimo na linhagem do conquistador mongol Cublai Cã, que havia derrotado a última dinastia nativa setenta anos antes. Ele detinha a luz divina do Mandato do Céu há onze anos, e já existiam crianças de dez anos que não conheciam nada além de calamidade.

A segunda filha da família Zhu, que tinha cerca de dez anos naquele árido ano do Galo, pensava em comida enquanto seguia os garotos da vila até a plantação do vizinho morto. Com a testa larga e nenhum dos contornos arredondados que deixam as crianças adoráveis, ela tinha uma mandíbula parecida com a de um gafanhoto marrom. Como o inseto, a garota pensava em comida o tempo todo. Entretanto, como havia crescido seguindo a dieta monótona de um camponês, e com apenas uma suspeita malformada de que poderiam existir coisas melhores, sua imaginação se limitava à dimensão da quantidade. Naquele momento, ela estava ocupada pensando em uma tigela de mingau de painço. Mentalmente, havia preenchido o recipiente até a borda, de modo que o líquido se agitava em suas mãos tensas, e, enquanto caminhava, ela contemplava com uma expectativa voluptuosa e ansiosa como poderia dar a primeira colherada sem perder uma gota do alimento. Por cima (as laterais podem ceder) ou pela lateral (certamente um desastre); com uma mão firme ou um toque gentil? Tão envolvida estava com sua refeição imaginária que mal notou os ruídos da pá do coveiro ao passar.

No campo, a garota dirigiu-se diretamente à fileira distante de olmos secos. Os olmos costumavam ser belos, mas a garota se lembrava deles sem nostalgia. Depois que a colheita falhou pela terceira vez, os camponeses descobriram que seus graciosos olmos podiam ser cortados e comidos como qualquer outro ser vivo. *Aquilo*, sim, era algo digno de lembrança, pensou a garota. A pesada adstringência amarronzada de uma raiz de olmo cozida seis vezes, que induzia uma leve náusea e deixava o interior das bochechas enrugado com a lembrança da ingestão. Melhor: a farinha de casca de olmo misturada com água e feno picado, moldada na forma de biscoitos e cozinhada em fogo baixo. Mas agora as partes comestíveis dos olmos já haviam há muito acabado, e o interesse das crianças neles se restringia à sua função como abrigo para ratos, gafanhotos e outras iguarias do tipo.

A certa altura, embora a garota não conseguisse lembrar exatamente quando, ela havia se tornado a única garota no vilarejo. Era uma constatação desconfortável, e ela preferia não pensar nisso. De qualquer forma, não era preciso; ela sabia exatamente o que havia acontecido. Se uma família tinha um filho e uma filha, e dois pedaços de comida, quem desperdiçaria um com a filha? Talvez somente se aquela filha fosse particularmente útil. A garota sabia que ela não era mais útil que as garotas mortas. Era mais feia também. Ela cerrou os lábios e se agachou ao lado do primeiro toco de olmo. A única diferença entre ela e as outras garotas era que ela havia aprendido a capturar alimento para si. Parecia uma diferença pequena demais para dois destinos opostos.

Então os garotos, que haviam saído na frente para pegar os melhores locais, começaram a gritar. Uma presa havia sido localizada e, apesar do histórico de fracassos do método, eles tentavam capturá-la cutucando-a e golpeando-a com gravetos. A garota aproveitou a distração deles para remover sua armadilha do esconderijo. Ela sempre tivera mãos ágeis e, no tempo em que esse tipo de coisa importava, sua habilidade para tecer cestos havia sido muito elogiada. Agora a armadilha que tecera continha um prêmio que qualquer um desejaria: um lagarto tão comprido quanto seu antebraço. A visão da criatura imediatamente espantou da mente da garota qualquer imagem de mingau. Ela golpeou a cabeça do lagarto em uma pedra e o segurou entre os joelhos enquanto checava as outras armadilhas. Pausou quando encontrou uma porção de grilos. Pensar naquele sabor crocante que lembrava nozes fez sua boca salivar. Ela se preparou, prendeu os grilos em uma trouxinha e os colocou no bolso para mais tarde.

Assim que substituiu as armadilhas, a garota se levantou. Uma nuvem de poeira dourada de solo loess se erguia sobre a estrada que cortava as colinas além do vilarejo. Sob flâmulas azul-celeste, a mesma cor que brandia o Mandato do Céu nas mãos do reinado mongol, as armaduras de couro dos soldados formavam um rio escuro que se movia para o sul em meio à poeira. Todos nas planícies do rio Huai conheciam o exército do Príncipe de Henan, o nobre mongol responsável por aplacar rebeliões camponesas que vinham surgindo na região há mais do dobro da idade da menina. O exército do Príncipe marchava para o sul a cada outono e retornava para os quartéis no norte de Henan a cada primavera, tão regular quanto o calendário. O exército nunca havia se aproximado tanto de Zhongli quanto agora, e ninguém de Zhongli jamais havia se aproximado tanto dele. O metal nas armaduras dos soldados refletia a luz de modo que o rio escuro cintilava ao correr pela colina. Era uma visão tão desconectada da vida da garota que parecia ser real, mas de uma forma distante, como o gorjeio lamurioso dos gansos que voavam no céu.

Esfomeada e fatigada pelo sol, a garota perdeu o interesse. Carregando seu lagarto, tomou o rumo de casa.

Ao meio-dia, a garota foi até o poço com seu balde e sua vara de transporte sobre o ombro e voltou suando. O balde ficava cada vez mais pesado, carregando cada vez menos água e mais lama ocre do fundo do poço. A terra havia falhado em lhes dar comida, mas agora parecia determinada a se entregar em cada mordida arenosa. A garota lembrou-se de que, certa vez, alguns camponeses haviam tentado comer bolos feitos de lama. Ela sentiu uma pontada de simpatia. Quem não faria qualquer coisa para aplacar a dor de um estômago vazio? Talvez mais pessoas teriam provado, mas os braços e as barrigas dos camponeses incharam, e depois eles morreram. O restante do vilarejo aprendeu com as perdas.

A família Zhu vivia em uma cabana de madeira com um só quarto construída em um tempo no qual as árvores eram mais abundantes. Isso havia sido há muitos anos, e a garota não se lembrava daquela época. Quatro anos de estiagem haviam feito com que todas as tábuas da cabana se envergassem de modo que o lado de dentro fosse tão arejado quanto o de fora. Como nunca chovia, aquilo não era um problema. No passado, a casa havia abrigado uma família inteira: avós paternos, pai, mãe e sete filhos. Mas, a cada ano, a seca reduzira o número de habitantes até restarem apenas três: a garota, seu irmão mais velho — Zhu Chongba —, e o pai. Chongba, de onze anos, sempre fora apreciado por ter tido a sorte de ser o oitavo a nascer em sua geração de primos do sexo masculino. Agora que era o único sobrevivente, era ainda mais óbvio que o Céu sorria para ele.

A garota carregou o balde pelos fundos até a cozinha, que era um alpendre com uma frágil prateleira e um gancho no teto para pendurar a panela sobre o fogo. Na prateleira, ficavam a panela e dois jarros de argila com feijões amarelos. Um pedaço de carne velha pendurado em um prego era tudo que sobrara do búfalo que o pai usava para trabalhar. A garota pegou o pedaço e o esfregou dentro da panela, algo que a mãe sempre fazia para dar sabor à sopa. Pessoalmente, a garota achava que era como esperar que uma cela cozida tivesse gosto de carne. Ela desatou a saia, amarrou-a na boca da panela e despejou a água do balde. Depois esfregou a saia para tirar a mancha de lama e a vestiu novamente. A saia não estava mais suja do que antes, e pelo menos a água era limpa.

Ela estava acendendo o fogo quando o pai apareceu. Ela o observou de dentro do alpendre. Ele era uma daquelas pessoas que tinha olhos que se parecem com olhos, e um nariz que se parece com um nariz. Convencional. A fome havia puxado a pele de seu rosto até que se tornasse uma única superfície plana das maçãs do rosto ao queixo, e outra de um canto do queixo ao outro. De vez em quando, a garota se perguntava se o pai era realmente um homem de jovem idade, ou pelo menos não muito velho. Era difícil dizer.

O pai carregava uma abóbora-d'água. Era pequena, do tamanho de um recém-nascido, e sua casca branca e porosa estava cheia de terra por ter passado quase dois anos enterrada. A expressão terna no rosto do pai surpreendeu a garota. Ela nunca havia visto aquela expressão nele antes, mas sabia o que significava. Aquela era a última abóbora.

O pai se agachou ao lado do toco de superfície achatada onde eles matavam galinhas e ali colocou a abóbora como uma oferenda aos ancestrais. Com o cutelo em mãos, ele hesitou. A garota sabia no que ele estava pensando. Uma abóbora cortada não durava muito. Ela sentiu uma onda de emoções conflituosas. Por alguns gloriosos dias eles teriam *comida*. Uma memória veio à tona: uma sopa feita com ossos de porco e sal, com a superfície repleta de gotas de óleo dourado. A quase gelatinosa polpa da abóbora, tão translúcida quanto o olho de um peixe, desfazendo-se docemente entre seus dentes. Mas, acabada a abóbora, não haveria nada além dos feijões amarelos. E depois dos feijões amarelos não haveria nada.

O cutelo veio abaixo, e depois de um momento o pai da garota entrou. Quando ele lhe entregou o naco de abóbora, a ternura em seu rosto havia desaparecido.

— Cozinhe — disse ele brevemente e saiu.

A garota descascou a abóbora e cortou a polpa branca e dura em pedaços. Ela havia se esquecido do aroma da abóbora: cera de vela e verdor de uma flor de olmo. Por um momento, ela foi tomada pelo desejo de enfiá-la na boca. Polpa, sementes, até mesmo a casca dura, todas as partes estimulando cada centímetro de sua língua com o glorioso êxtase de *comer*. Ela engoliu em seco. Sabia de seu valor aos olhos do pai, e o risco que um roubo traria. Nem todas as garotas haviam morrido de fome. Lamentando-se, ela depositou a abóbora na panela com alguns escassos feijões amarelos. Cozinhou-a até a madeira acabar, depois pegou os pedaços dobrados de casca de árvore que usava para segurar a panela e carregou o alimento para dentro de casa.

Chongba ergueu os olhos de onde estava sentado diretamente no chão ao lado do pai. Diferente do pai, o rosto do garoto inspirava comentários. Ele possuía um maxilar agressivo e uma testa tão rugosa quanto uma noz. Aqueles traços faziam dele um ser tão notavelmente feio que os olhos do observador se viam presos em um fascínio involuntário. Então Chongba tomou a colher da garota e serviu o pai.

— Ba, por favor, coma.

Então ele se serviu, e por fim à garota.

A garota examinou sua tigela e encontrou apenas feijões e água. Ela voltou seu olhar silencioso ao irmão. Ele já estava comendo e não notou. Ela o observou levar um pedaço de abóbora à boca. Não havia crueldade no rosto dele, apenas uma satisfação ignorante e plena: a de alguém perfeitamente preocupado consigo mesmo. A garota sabia que pais e filhos constituíam o padrão da família, assim como a família constituía o padrão do universo, e, apesar de suas vontades, ela jamais esperou que lhe permitissem provar a abóbora. Ainda assim, irritou-se. Ela tomou uma colherada de sopa. O trajeto do líquido pelo interior do corpo foi tão quente quanto carvão.

De boca cheia, Chongba disse:

— Ba, quase pegamos um rato hoje, mas ele escapou.

Ao lembrar-se dos garotos batendo no toco, a garota pensou jocosamente: *quase.*

A atenção de Chongba voltou-se para ela. Mas, se ele esperava que ela dissesse alguma coisa, podia esperar sentado. Depois de um momento, ele falou diretamente:

— Sei que você pegou alguma coisa. Pode passar.

Mantendo os olhos fixos na tigela, a garota encontrou a trouxinha de grilos que se retorciam em seu bolso. Ela os entregou. As chamas do carvão quente cresceram.

— Só isso, sua garota inútil?

Ela ergueu os olhos tão rispidamente que ele recuou. Ele havia começado a chamá-la assim há pouco tempo, imitando o pai. O estômago dela estava tão apertado quanto um punho cerrado. Ela se permitiu pensar no lagarto escondido na cozinha. Ela o secaria e o comeria em segredo, sozinha. E seria o suficiente. Tinha de ser.

Eles terminaram a refeição em silêncio. Enquanto a garota lambia sua tigela, o pai colocava duas sementes de abóbora no rústico altar da família: uma para alimentar os ancestrais e outra para aplacar os fantasmas errantes e esfomeados que não possuíam descendentes para se lembrar deles.

Depois de um momento, o pai da garota ergueu-se de sua reverência rígida diante do altar. Ele se virou para os filhos e disse, com uma ferocidade contida:

— Um dia nossos ancestrais intervirão para acabar com este sofrimento. *É certo.*

A garota sabia que ele tinha razão. Ele era mais velho que ela e sabia de mais coisas. Mas, quando ela tentava imaginar o futuro, não conseguia. Não havia em sua imaginação nada que pudesse substituir os disformes e imutáveis dias de fome. A garota se agarrava à vida porque ela parecia ter valor, ainda que apenas para si. Mas, quando pensava nisso, não tinha nenhuma ideia do porquê.

Apáticos, a garota e Chongba se sentaram à porta, contemplando o horizonte. Uma refeição por dia não era o bastante para preencher o tempo de ninguém. O calor era mais insuportável no fim da tarde, quando o sol rasgava o vilarejo indiretamente, tão vermelho quanto o Mandato do Céu dos últimos imperadores nativos. Depois que o sol se punha, as noites ficavam meramente paradas. Na parte do vilarejo em que vivia a família Zhu, as casas eram separadas entre si, com uma larga estrada de terra entre elas. Não havia nenhuma atividade na estrada nem em nenhum outro lugar durante o crepúsculo. Chongba mexia no amuleto budista que usava e chutava a terra, e a garota contemplava a Lua crescente onde esta se erguia sobre a sombra das colinas distantes.

Ambas as crianças ficaram surpresas quando o pai apareceu na lateral da casa. Havia um pedaço de abóbora em sua mão. A garota já sentia que estava um pouco estragado, embora tivesse sido cortada ainda naquela manhã.

— Sabe que dia é hoje? — perguntou ele a Chongba.

Há anos os camponeses não comemoravam qualquer um dos festivais que marcavam os vários pontos do calendário. Depois de certo tempo, Chongba arriscou:

— Festival do Meio do Outono?

A garota zombou consigo mesma. Ele não tinha olhos para ver a Lua?

— O segundo dia do nono mês — disse o pai. — É o dia em que você nasceu, Zhu Chongba, no ano do Porco. — Ele se virou e começou a caminhar. — Venha.

Chongba o seguiu aos tropeços. Depois de um momento, a garota foi atrás. As casas ao longo da estrada produziam formas mais escuras em contraste com o céu. Ela costumava ter medo de andar por aquela estrada durante a noite por causa dos cachorros selvagens. Mas agora a noite estava vazia. Cheia de fantasmas, diziam os aldeões restantes, embora fantasmas fossem tão invisíveis quanto o ar ou o Qi, de modo que não era possível saber se estavam lá ou não. Na opinião da garota, aquilo os tornava menos preocupantes: ela só tinha medo das coisas que podia de fato enxergar.

Eles saíram da estrada principal e viram um pontinho de luz à frente, não mais brilhante do que um lampejo aleatório atrás das pálpebras de alguém. Era a casa do adivinho. Quando entraram, a garota entendeu por que o pai havia cortado a abóbora.

A primeira coisa que ela viu foi a vela. Elas eram tão raras em Zhongli que sua luz parecia mágica. Sua chama tinha a altura de uma mão, balançando na ponta como a cauda de uma enguia. Linda, mas perturbadora. Na casa escura da garota, ela nunca tivera noção do exterior sombrio. Ali estavam eles, em uma bolha rodeada pela escuridão, e a vela havia roubado sua habilidade de enxergar o que se escondia fora do alcance da luz.

A garota havia visto o adivinho apenas à distância antes. Naquele instante, fitando-o de perto, ela soube de imediato que o pai não era velho. O adivinho devia ser velho o bastante para se lembrar dos tempos anteriores aos imperadores bárbaros. De uma pinta em sua bochecha saía um longo fio preto, duas vezes mais longo que os finos fios brancos em seu queixo. A garota o encarou.

— Estimado tio. — O pai prostrou-se e entregou a abóbora ao adivinho. — Eu lhe trago Zhu Chongba, o oitavo filho da família Zhu, sob as estrelas de seu nascimento. Pode nos dizer seu destino? — Ele empurrou Chongba para a frente. O garoto foi com avidez.

O adivinho tomou o rosto de Chongba entre as velhas mãos e o virou para um lado e para outro. Pressionou os polegares na testa e nas bochechas do garoto, mediu a cavidade ocular e o nariz e sentiu o formato do crânio. Então tomou o punho do garoto e sentiu o pulso. Suas pálpebras penderam e a expressão tornou-se severa e íntima, como que interpretando uma mensagem distante. A testa começou a suar.

O momento se estendeu. A vela oscilou e o negrume do exterior pareceu se aproximar. A pele da garota se arrepiou ao passo que sua ansiedade crescia.

Todos pularam quando o adivinho soltou o braço de Chongba.

— Conte-nos, estimado tio — suplicou o pai da garota.

O adivinho ergueu os olhos, assustado. Trêmulo, falou:

— Esta criança possui grandeza dentro de si. Ah, pude ver com tanta clareza! Seus feitos trarão cem gerações de orgulho para sua família. — Para o espanto da garota, ele se levantou e correu para se ajoelhar aos pés de seu pai. — Para ser presenteado com um filho com tal destino, o senhor deve ter sido de fato virtuoso em suas vidas passadas. Senhor, é uma honra conhecê-lo.

O pai da garota baixou os olhos para o ancião, espantado. Depois de um momento, ele disse:

— Eu me lembro do dia em que essa criança nasceu. Ele era fraco demais para mamar, então caminhei até o Monastério de Wuhuang para fazer uma oferenda por sua sobrevivência. Um saco de vinte jin de feijões amarelos e três abóboras. Até prometi aos monges que dedicaria meu filho ao monastério quando ele fizesse doze anos, se sobrevivesse. — Sua voz falhou: desesperado e alegre ao mesmo tempo. — Todos me disseram que eu era um tolo.

Grandeza. Era o tipo de palavra que não combinava com Zhongli. A garota só a ouvira nas histórias que o pai contava sobre o passado. Histórias daquele tempo próspero e trágico antes da chegada dos bárbaros. Um tempo de imperadores, reis e generais; de guerra, traição e triunfo. E agora seu ordinário irmão, Zhu Chongba, estava destinado a ser grande. Quando ela olhou para Chongba, seu rosto feio estava radiante. O amuleto budista de madeira ao redor do pescoço dele refletia a luz da vela e brilhava em dourado, transformando-o num rei.

Quando saíram, a garota se deixou ficar no limiar da escuridão. Algum impulso a fez olhar para trás, para o ancião à luz da vela. Então ela voltou de fininho e se dobrou pequenina diante dele até tocar a terra com a cabeça e encher as narinas com o aroma de cal acumulado.

— Estimado tio. Pode me dizer meu destino?

Ela estava com medo de erguer os olhos. O impulso que a havia levado até ali, aquele carvão quente em seu estômago, a abandonara. O pulso se acelerou. O pulso que continha o padrão de seu destino. Ela pensou em Chongba, que guardava aquele grande destino dentro de si. Como seria a sensação de carregar aquela semente de potencial? Por um momento, ela se perguntou se também possuía uma semente de potencial dentro de si e apenas nunca soubera o que procurar; ela nunca tivera um nome para aquilo.

O adivinho ficou em silêncio. A garota sentiu um frio cobri-la. Seu corpo se arrepiou e ela se abaixou ainda mais, tentando escapar daquele toque sombrio de medo. A chama da vela se agitou.

Então, como que à distância, ela ouviu o adivinho dizer:

— Nada.

A garota sentiu uma dor profunda e incômoda. Aquela era a semente dentro dela, seu destino, e ela percebeu que sempre soubera daquilo.

Os dias se arrastavam. Os feijões amarelos da família Zhu vinham escasseando, a água ficava cada vez mais intragável e as armadilhas da garota funcionavam cada vez menos. Muitos dos aldeões restantes tomaram a estrada da colina que levava ao monastério e além, embora todos soubessem que aquilo era apenas trocar a morte por escassez de alimentos pela morte nas mãos de bandidos. Apenas o pai da garota parecia ter renovado suas forças. Todas as manhãs ele se punha de pé sob o domo rosado daquele céu imaculado e dizia, como uma prece:

— As chuvas virão. Só precisamos ter paciência e fé que o Céu trará o grandioso destino de Zhu Chongba.

Certa manhã, a garota, que dormia na depressão que ela e Chongba haviam feito para si ao lado da casa, acordou com um barulho. Foi um susto: eles quase haviam esquecido qual era o som da vida. Quando foram até a estrada, viram algo ainda mais surpreendente. *Movimento.* Antes que pudessem pensar, aquilo já corria com ruídos estrondosos: homens sobre cavalos imundos que levantavam a poeira com a violência de sua passagem.

Quando se afastaram, Chongba disse, baixo e assustado:

— O exército?

A garota ficou em silêncio. Ela não achava que aqueles homens poderiam vir daquele rio escuro e belo, mas sempre distante.

Atrás deles, o pai disse:

— Bandidos.

Naquela tarde, três dos bandidos se curvaram para passar sob o lintel vergado da família Zhu. Para a garota, agachada na cama com o irmão, eles pareciam encher o espaço com seu tamanho e seu cheiro desagradável. Suas roupas gastas tinham buracos e seus cabelos desamarrados estavam emaranhados e sujos. Foram as primeiras pessoas que a garota viu usando botas.

O pai da garota havia se preparado para aquele acontecimento. Ele se levantou e se aproximou dos bandidos, segurando um jarro de argila. Seja lá o que sentisse, ele mantinha em oculto.

— Honrados visitantes. Trata-se de um alimento da pior qualidade, e temos pouquíssimo, mas, por favor, levem o que temos.

Um dos bandidos tomou o jarro e olhou o conteúdo. Ele zombou.

— Tio, por que tão sovina? Isso não pode ser tudo que tem.

O pai enrijeceu.

— Juro que é. Veja você mesmo como meus filhos têm menos gordura que um cachorro doente! Andamos comendo pedras há muito tempo, meu amigo.

O bandido riu.

— Ah, não tente me enganar. Como podem comer apenas pedras se ainda estão todos vivos? — Com a crueldade preguiçosa de um gato, ele empurrou o pai da garota e o lançou para trás aos tropeços. — Vocês camponeses são todos iguais. Oferecem-nos uma galinha e esperam que não notemos o porco rechonchudo na despensa! Vá pegar o resto, seu vagabundo.

O pai da garota se equilibrou. Algo mudou em seu rosto. Em uma surpreendente explosão de velocidade, ele avançou sobre as crianças e agarrou a garota pelo braço. Ela gritou, surpresa, enquanto ele a arrastava para fora da cama. Ele a segurava com firmeza; a estava machucando.

Por cima da cabeça dela, o pai disse:

— Leve esta garota.

Por um momento, as palavras não fizeram sentido. Então fizeram. Após ter sido chamada de inútil por toda a família, o pai havia finalmente encontrado sua melhor utilidade: algo que poderia ser sacrificado em benefício daqueles que importavam. A garota fitou os bandidos, aterrorizada. De que forma ela poderia ser útil para eles?

Ecoando seus pensamentos, o bandido debochou:

— Este grilinho preto? Melhor nos dar uma cinco anos mais velha e mais bonita... — Então, quando se deu conta, ele parou de falar e começou a rir. — Ah, tio! Então é verdade que vocês camponeses fazem qualquer coisa quando estão *realmente* desesperados.

Tonta de descrença, a garota se lembrou do que as crianças do vilarejo se deleitavam em sussurrar umas às outras. Que em outros vilarejos, aqueles em situações piores, vizinhos trocavam seus filhos mais novos por comida. As crianças se arrepiavam de medo, mas nenhuma delas de fato acreditava naquilo. Era apenas uma história.

Mas agora, ao ver que seu pai evitava encará-la, a garota percebeu que não era apenas uma história. Em pânico, ela começou a se contorcer, e sentiu as mãos do pai apertarem seu corpo com mais força. Então, ela gritava tanto que não conseguia respirar. Naquele terrível momento, ela soube o que era o *nada* de seu destino. Ela havia pensado que era apenas a insignificância, que ela jamais seria alguma coisa ou faria algo que importasse. Mas não era isso.

Era a morte.

Enquanto se contorcia, chorava e gritava, o bandido foi até eles e arrancou-a do pai. Ela gritou mais alto, depois desabou na cama com tanta força que todo o ar saiu de seu peito. O bandido a havia jogado lá.

Então ele disse, enojado:

— Quero comer, mas não vou tocar este lixo. — E golpeou o pai no estômago. Seu corpo dobrou-se para frente com um ruído molhado. A boca da garota se abriu em silêncio. Ao seu lado, Chongba gritou.

— Tem mais aqui! — gritou um dos bandidos na cozinha. — Ele os enterrou.

O pai encolheu-se no chão. O bandido chutou-o embaixo das costelas.

— Acha que pode nos enganar, seu mentiroso filho de uma tartaruga? Aposto que tem ainda mais jarros escondidos por todo lugar. — Ele o chutou de novo e de novo. — Onde está?

A garota percebeu que seu ar havia voltado: tanto ela como Chongba gritavam para que o bandido parasse. Cada golpe das botas na carne a perfurava com angústia, a dor tão intensa como se fosse seu próprio corpo. Por mais que o pai tivesse mostrado o quão pouco se importava com ela, ele ainda era seu *pai*. A dívida dos filhos para com os pais era incalculável; jamais podia ser paga. Ela gritava:

— Não tem mais nada! Por favor, pare. Não tem. Não *tem*...

O bandido chutou o pai mais algumas vezes, depois parou. De alguma forma, a garota sabia que aquilo não tinha nada a ver com suas súplicas. O pai jazia imóvel no chão. O bandido agachou-se e ergueu sua cabeça pelo coque, revelando a espuma ensanguentada nos lábios e o rosto pálido. Ele fez um som de desgosto e deixou a cabeça pender.

Os outros dois bandidos voltaram com o segundo jarro de feijões.

— Chefe, parece que é só isso.

— Porra, dois jarros? Parece que iam mesmo morrer de fome. — Depois de um momento, o líder deu de ombros e saiu. Os outros dois o seguiram.

A garota e Chongba, agarrados um ao outro sentindo pavor e exaustão, encaravam o pai onde ele jazia na terra revirada. Seu corpo ensanguentado estava encolhido como uma criança no útero: ele havia deixado o mundo já preparado para a reencarnação.

Aquela noite fora longa e recheada de pesadelos. Acordar foi pior. A garota ficou deitada na cama, olhando o corpo do pai. Seu destino era o nada, e era o pai que teria feito aquilo acontecer, mas agora ele é que era nada. Mesmo tremendo de culpa, ela sabia que as circunstâncias não haviam mudado. Sem o pai, sem comida, o nada ainda a aguardava.

Ela voltou-se para Chongba e assustou-se. Seus olhos estavam abertos, mas fixos no teto de palha. Ele mal parecia respirar. Por um instante horrível, a garota pensou que ele também poderia estar morto, mas, quando o chacoalhou, ele soltou um pequeno suspiro e piscou. A garota então se lembrou de que ele não podia morrer, já que assim não poderia se tornar grande. Mesmo sabendo daquilo, estar naquele cômodo com as conchas de duas pessoas, uma viva e uma morta, era a coisa mais assustadoramente solitária que a garota já havia vivenciado. Ela passara a vida toda rodeada de pessoas. Jamais havia imaginado como seria estar sozinha.

Chongba é quem deveria ter executado o último dever de filho dos dois. Em vez disso, a garota tomou as mãos mortas do pai e arrastou o corpo para fora. Ele havia murchado tanto que ela foi capaz de realizar a tarefa. Ela o deitou sobre a terra amarela atrás da casa, pegou a pá dele e cavou.

O Sol se levantou e assou a terra, a garota e tudo o mais abaixo de si. Os movimentos da garota eram apenas a lenta erosão de camadas de poeira, como a ação de um rio ao longo dos séculos. As sombras encurtaram e expandiram-se outra vez; a cova crescia com sua lentidão infinita. A garota aos poucos tomou consciência de estar com fome e com sede. Deixando a cova, encontrou um pouco de água barrenta no balde. Com as mãos em concha, ela a bebeu. Comeu a carne que usava para esfregar a panela, estremecendo com seu sabor desagradável, depois entrou na casa e fitou por um longo tempo as duas sementes secas de abóbora no altar ancestral. Ela se lembrava do que as pessoas diziam que aconteceria se você comesse uma oferenda aos espíritos: eles te perseguiriam e sua fúria faria com que você adoecesse e morresse. Mas será que era verdade? A garota jamais soubera de algo assim ter acontecido a alguém no vilarejo — e, se ninguém podia ver fantasmas, como podiam saber o que os fantasmas faziam? Ela permaneceu imóvel, tomada pela agonia da indecisão. Por fim, deixou as sementes onde estavam e saiu. Ela cavoucou a terra onde ficara a plantação de amendoim do ano anterior e encontrou alguns brotos endurecidos.

Depois de comer metade dos brotos, a garota olhou para a outra metade e deliberou se devia dá-la para Chongba ou confiar que o Céu desse a ele alimento. Depois de um tempo, a culpa a fez ir balançar os brotos de amendoim na frente do rosto do irmão. Algo nele se acendeu ao ver aquilo. Por um momento, ela viu Chongba voltar aos poucos à vida, motivado pela indignação de um rei de que ela deveria ter lhe dado tudo. Então a faísca morreu. A garota observou seus olhos saírem de foco. Ela não sabia o que aquilo significava, ele ficar lá deitado sem comer e beber. Então saiu novamente e continuou cavando.

Quando o sol se pôs, a cova ainda estava na altura de seu joelho, o mesmo amarelo vívido no topo e no fundo. A garota acreditava que seria assim até o lar dos espíritos nas Fontes Amarelas. Ela subiu na cama ao lado do corpo rígido de Chongba e dormiu. De manhã, os olhos dele ainda estavam abertos. Ela não sabia ao certo se ele havia dormido e acordado cedo ou se passara a noite toda naquele estado. Quando ela o sacudiu daquela vez, ele respirou mais rápido. Mas até isso pareceu um reflexo.

Novamente ela cavou o dia todo, parando apenas para beber água e comer brotos de amendoim. E Chongba permaneceu imóvel, sem demonstrar interesse quando ela lhe trouxe água.

Ela acordou antes do amanhecer na manhã do terceiro dia. Uma sensação de solidão tomou conta de si, mais vasta do que qualquer coisa que ela já sentira. Ao lado dela, a cama estava vazia: Chongba havia partido.

Ela o encontrou fora de casa. Sob o luar, ele era um borrão pálido ao lado do corpo que havia sido o pai. A princípio, ela pensou que ele estava dormindo. Até mesmo quando se ajoelhou e o tocou, ela demorou a se dar conta do que havia acontecido, porque não fazia nenhum sentido. Chongba estava destinado a ser grande; estava destinado a trazer orgulho para o nome da família. Mas ele estava morto.

A garota ficou assustada com a própria fúria. O Céu havia prometido a Chongba uma vida que o permitiria conquistar a grandeza, e ele havia desistido daquela vida tão facilmente. Ele havia *escolhido* se tornar nada. A garota queria gritar com ele. O destino dela sempre fora o nada. Ela nunca tivera uma escolha.

Ela já estava ajoelhada há um bom tempo quando notou o brilho no pescoço de Chongba. O amuleto budista. A garota lembrou-se da história de quando o pai foi ao Monastério de Wuhuang para rezar pela sobrevivência de Chongba, e a promessa que ele fizera: se Chongba sobrevivesse, retornaria ao monastério para se tornar um monge.

Um monastério — onde haveria comida, abrigo e proteção.

Ao pensar naquilo, ela sentiu uma agitação dentro de si. Uma consciência da própria vida: aquela frágil, misteriosa e preciosa coisa à qual ela se agarrara com tanta teimosia diante de tudo. Ela não conseguia imaginar abrir mão dela, ou como Chongba pôde julgar aquela opção mais tolerável do que continuar. Tornar-se nada era a coisa mais assustadora na qual conseguia pensar — pior até mesmo do que o medo da fome, da dor ou de qualquer outro sofrimento que a vida poderia lhe causar.

Ela estendeu o braço e tocou o amuleto. Chongba havia se tornado nada. *Se ele roubou meu destino e morreu... então talvez eu possa roubar o dele e viver.*

Seu pior medo podia ser o de se tornar nada, mas aquilo não lhe impedia de ter medo do que poderia lhe esperar adiante. Suas mãos tremiam tanto que ela levou um bom tempo para despir o cadáver. Ela tirou a saia e vestiu o manto na altura do joelho e as calças de Chongba; desfez seus coques de modo que seu cabelo ficasse solto como o de um garoto; e, finalmente, tirou o amuleto da garganta do irmão e o prendeu em sua própria.

Quando terminou, ela se levantou e empurrou os dois corpos para dentro da cova. O pai abraçando o filho até o fim. Foi difícil cobri-los; a terra amarela subia da cova e formava nuvens brilhantes sob a Lua. A garota baixou a enxada. Ela se alongou — depois recuou horrorizada quando seus olhos pousaram nas duas figuras imóveis no outro lado da cova preenchida.

Poderiam ter sido eles, vivos novamente. O pai e o irmão de pé sob o luar. Mas, tão instintivamente quanto um pássaro recém-saído do ovo reconhece uma raposa, ela reconheceu a terrível presença de algo que não pertencia — não *podia* pertencer — ao ordinário mundo humano. Seu corpo encolheu-se e encheu-se de medo ao ver os mortos.

Os fantasmas de seu pai e de seu irmão eram diferentes de suas formas vivas. A pele marrom havia se tornado pálida e porosa, como se pintada com cinzas, e eles vestiam trapos brancos como ossos esbranquiçados. Em vez de preso no coque de costume, o cabelo do pai pendia emaranhado sobre os ombros. Os fantasmas não se moviam; seus pés não chegavam a tocar o chão. Seus olhares vazios fitavam o nada. Um murmúrio incompreensível e sem palavras saía de seus lábios rígidos.

A garota os encarava, paralisada pelo horror. O dia havia sido quente, mas todo o calor e vida dentro dela pareceram se esvair diante do frio que emanava dos fantasmas. Ela foi lembrada do toque gélido e sombrio do vazio que sentira quando ouviu seu destino. Seus dentes batiam enquanto ela tremia. O que significava aquilo, de repente ser capaz de ver os mortos? Seria um lembrete Celestial do nada que estava destinada a ser?

Ela tremia enquanto desviava os olhos dos fantasmas em direção à estrada, oculta sob a sombra das colinas. Ela nunca havia imaginado sair de Zhongli. Mas sair era o destino de Zhu Chongba. Era o destino dele sobreviver.

O frio no ar aumentou. A garota assustou-se com o contato de algo gelado, mas real. Um toque gentil e brando em sua pele — uma sensação que ela havia esquecido há muito tempo, e reconhecia agora com a nebulosidade de um sonho.

Deixando os fantasmas de olhos vazios murmurando sob a chuva, ela se pôs a andar.

A garota chegou ao Monastério de Wuhuang em uma manhã chuvosa. Ela encontrou uma cidade de pedra flutuando nas nuvens, as curvas espelhadas dos tetos de ladrilhos verdes refletindo a luz distante. Seus portões estavam fechados. Foi então que a garota aprendeu que a promessa antiga de um camponês não significava nada. Ela era apenas uma dentre uma enxurrada de garotos desesperados aglomerados diante dos portões do monastério, implorando e suplicando para serem admitidos. Naquela tarde, monges vestidos com mantos cinza como as nuvens emergiram e gritaram para que partissem. Os garotos que haviam passado a noite esperando e aqueles que já haviam percebido a futilidade de esperar se dispersaram. Os monges se recolheram, levando os corpos daqueles que haviam morrido, e os portões se fecharam atrás deles.

Sozinha a garota permaneceu, a testa curvada sobre a pedra fria do monastério. Uma noite, depois duas e depois três, em meio à chuva e ao frio crescente. Ela adormeceu. De tempos em tempos, quando não sabia ao certo se estava acordada ou sonhando, ela pensou ter visto pés descalços e empoeirados passando pelos cantos de sua vista. Em momentos mais lúcidos, quando o sofrimento era pior, ela pensava no irmão. Se tivesse sobrevivido, Chongba teria vindo para Wuhuang; teria esperado como ela esperava. E, se aquela era uma provação que Chongba poderia ter suportado — o fraco e mimado Chongba, que havia desistido da vida diante do primeiro horror —, então ela também poderia.

Os monges, notando a criança que persistia, dobraram sua campanha contra ela. Quando seus gritos falharam, eles a maldisseram; quando seus xingamentos falharam, eles a surraram. Ela suportou tudo aquilo. Seu corpo havia se tornado a concha de uma craca, ancorando-a à pedra, à vida. Ela permaneceu. Era tudo que lhe restava fazer.

Na quarta tarde, um novo monge emergiu e assomou-se sobre a garota. Aquele monge ostentava um manto vermelho com bordados dourados nas costuras e na barra, e um ar de autoridade. Embora não fosse um ancião, tinha a papada flácida. Não havia benevolência em seu olhar penetrante, mas outra coisa que a garota reconhecia distantemente: interesse.

— Puxa, irmãozinho, você é teimoso — disse o monge, com um tom de admiração relutante. — Quem é você?

Ela havia passado quatro dias ajoelhada, sem comer nada, bebendo apenas água da chuva. Agora ela buscava suas últimas forças. E o garoto que havia sido a segunda filha da família Zhu disse, de forma clara o bastante para que o Céu lhe ouvisse:

— Meu nome é Zhu Chongba.

O novo Monge Noviço Zhu Chongba acordou com um baque tão profundo que pensou ter vindo do próprio corpo. Em seu sobressalto, o som veio outra vez. Foi respondido por um tom de voz claro de tamanho volume que fez seus ossos vibrarem. Uma luz fulgurou no outro lado da janela de papel do dormitório. Ao seu redor, corpos se moviam: garotos já vestidos com calças e camisas de baixo cobriam-se com mantos internos e curtos de estilo camponês, depois com mantos monásticos cinza de mangas largas, e então corriam até a porta. Sandálias de palha estalavam conforme a massa irrompia do quarto como um cardume de peixes carecas. Zhu correu atrás deles, o manto cinza se emaranhando entre as pernas. Para ser Chongba, ela teria que correr tão rápido quanto ele correria, pensar mais rápido do que ele pensaria, ter a aparência que ele teria. Ela era menor que os garotos, mas, excetuando-se isso, os mantos que a envolviam deixavam-na idêntica a eles. Ela tocou a cabeça recém-raspada. O cabelo estava curto demais para sequer ter uma penugem; era tão desagradável a seus dedos quanto um esfregão.

Enquanto corriam, a respiração ofegante dos noviços e o ruído de seus pés sobre o chão acrescentavam uma música própria à batida do tambor. Zhu os seguia boquiaberta; o domínio Celestial do Imperador Jade não lhe pareceria mais estranho. Eles estavam atravessando um pátio escuro. Adiante surgiu um imponente corredor com vigas pretas, lanternas lançando luz sob os beirais dourados. Atrás, escadas subiam rumo à escuridão. Sem a claridade do dia, o monastério parecia um mundo sem fim, desaparecendo para sempre sob a sombra da montanha.

Os garotos se juntaram a uma fila indiana de monges que subia até o salão. Zhu não teve tempo de olhar ao redor enquanto entravam: monges deixavam a frente da fila para a direita e para a esquerda, cada um encontrando um espaço particular para si, onde se acomodavam de pernas cruzadas. Zhu, a última a chegar, viu o salão cheio diante dela: fileiras e fileiras de monges, tão igualmente espaçados e imóveis quanto estátuas em uma tumba antiga.

O tambor cessou. O sino tocou uma vez mais, depois silenciou-se. A transição da pressa para a imobilidade era tão desconcertante quanto qualquer coisa que se passara antes. O silêncio era tão grande que, quando uma voz finalmente soou, parecia estranha e incompreensível. Era o monge de manto vermelho que havia permitido a entrada de Zhu. Ele estava entoando um cântico. As pálpebras caídas eram tão redondas quanto as asas de um besouro; as bochechas, flácidas. Teria sido um rosto aborrecido, mas, em vez disso, seu peso acumulava-se: tinha o potencial de um pedregulho posicionado nas alturas. Zhu, fascinada, mal respirava. Depois de um momento, o monge parou de cantar e outras vozes continuaram, um murmúrio masculino ressonante que preenchia até mesmo aquele salão enorme. Então uma tábua foi golpeada, e o sino tocou, e os monges e os noviços levantaram-se em um salto e correram para fora como um único ser, com Zhu aos tropeços logo atrás.

O cheiro anunciou a parada seguinte antes mesmo que ela a visse. Embora fosse uma garota, Zhu era uma camponesa; não se escandalizava com aquele tipo de coisa. Ainda assim, a visão dos monges e dos noviços mijando e cagando ao mesmo tempo era chocante. Encolhida na parede, ela esperou até que o último deles terminasse antes de se aliviar, depois correu para descobrir aonde haviam ido.

Ela viu o último manto cinza balançando sob um arco. O cheiro também anunciava aquele destino, mas era infinitamente mais prazeroso: *comida*. Determinada, Zhu disparou sala adentro — então lhe agarraram o colarinho e a empurraram de volta para fora.

— Noviço! Você não ouviu o sino? Está atrasado. — O monge brandiu uma vara de bambu para Zhu, e o coração dela se entristeceu. No longo salão diante de si, ela podia ver os outros monges e noviços sentados em almofadas defronte a mesas baixas e individuais. Outro monge distribuía as tigelas. Seu estômago doeu. Por um momento, ela pensou que não poderia comer, e aquele era um sentimento tão atroz que ofuscava até mesmo o medo.

— Você deve ser novo. Aceite a punição ou não coma — disparou o monge.
— O que vai ser?

Zhu o encarou. Era a pergunta mais estúpida que já ouvira.

— E então?

Ela estendeu as mãos e o monge as açoitou com a vara; ela correu para dentro, ofegante, e se jogou diante de uma mesa vazia ao lado do noviço mais próximo. Uma tigela foi colocada à sua frente. Zhu avançou sobre ela. Era a melhor comida que já havia provado; pensava que jamais se cansaria dela. Cevada macia, folhas azedas de mostarda e rabanete, tudo cozido ao vapor com pasta de feijão fermentada e doce: cada mordida era uma revelação. Assim que terminou, o monge responsável por servi-los despejou água em sua tigela. Imitando os outros noviços, Zhu bebeu a água em longos goles e esfregou a tigela com a barra do manto. O monge aproximou-se novamente para recolher as tigelas. Todo o processo de alimentação e limpeza havia tomado menos tempo do que levaria para ferver um jarro de água a fim de fazer chá. Então os monges adultos se levantaram e dispararam, com pressa de ir para algum lugar e provavelmente se sentar em silêncio outra vez.

Ao levantar-se com os outros noviços, Zhu percebeu que seu estômago doía de um jeito estranho. Levou alguns instantes para entender o que era. *Estou cheia*, pensou ela, perplexa. E pela primeira vez desde que deixara o vilarejo de Zhongli — pela primeira vez desde que o pai lhe oferecera aos bandidos e ela aprendera o que *nada* realmente significava — ela acreditou que podia sobreviver.

Os noviços, que iam de pequenos garotos a homens crescidos de quase vinte anos, dividiram-se em grupos de acordo com a idade. Zhu precipitou-se pela escadaria de pedra atrás dos noviços mais jovens. Sua respiração demorou-se diante de um amanhecer nitidamente azul. A encosta emaranhada de verde da montanha escalava junto deles. Seu sabor pousou sobre a língua de Zhu: uma rica e inebriante faísca de vida e morte diferente de tudo que já conhecera.

De algum lugar bem abaixo vinha um estalar rítmico de madeira, depois o chamado do sino. Agora que havia luz o suficiente para enxergar, Zhu viu que o monastério consistia em uma série de terraços esculpidos nas laterais das montanhas, cada um repleto de construções de madeira com tetos verdes e pátios conectados entre si por um labirinto de rotas estreitas. Incenso flutuava dos cantos escuros. Em um deles, ela viu de relance uma pilha de frutas coloridas cercadas por uma multidão de figuras brancas. *Mais monges.* Contudo, enquanto o pensamento se formava, ela sentiu uma carícia fria na cabeça raspada.

Com o coração martelando, ela disparou antes que se desse conta: para cima, para longe daquele lugar sombrio. Para seu alívio, os noviços chegaram um momento depois a seu destino em um dos terraços mais altos. Os garotos tiraram as sandálias e adentraram um longo e arejado salão. As janelas laqueadas em uma das paredes haviam sido abertas, oferecendo a vista de um vale cuidadosamente cultivado lá embaixo. No interior, cerca de doze mesas baixas estavam dispostas sobre um piso de madeira escura. O assoalho fora polido por tantos séculos de uso que a única coisa que Zhu conseguia sentir sob os pés descalços era uma frieza líquida.

Zhu se acomodou em uma mesa vazia e sentiu o pavor se dissipar enquanto tocava os curiosos itens sobre a superfície. Um pincel feito com algum tipo de pelo macio e escuro e um quadrado branco de algo que parecia um tecido. *Papel.* Uma louça de pedra inclinada com água na extremidade mais baixa. Um curto bastão preto que deixava seus dedos sujos. Os outros garotos já haviam pegado seus bastões e os esfregavam nas louças. Zhu imitou-os e observou com satisfação crescente quando a água em sua louça se tornou tão escura quanto um olho. *Tinta.* Ela se perguntou se era a primeira pessoa do vilarejo de Zhongli a ver aqueles itens meio mágicos dos quais falavam as histórias.

Bem naquele momento surgiu um monge batendo uma vara de bambu na mão. Dividida ao meio, as duas metades da vara estalaram com tanta violência que Zhu deu um pulo. Foi o gesto errado. Os olhos do monge lançaram-se sobre ela.

— Ora, ora. Nosso recém-chegado — disse ele, com um tom desagradável. — Espero que tenha mais qualificações para estar aqui do que simplesmente ser tão persistente quanto formigas num osso.

O monge dirigiu-se até a mesa de Zhu. Apavorada, a garota ergueu os olhos para ele, a satisfação esquecida. Diferente dos camponeses com peles amarronzadas e incrustadas de sujeira de Zhongli, o rosto do monge era tão pálido e delicadamente enrugado quanto casca de tofu. Suas rugas se curvavam para baixo devido ao desprezo e à amargura, e seus olhos a encaravam dentro de cavidades escuras. Ele golpeou um objeto sobre a mesa, fazendo-a pular uma segunda vez.

— Leia.

Zhu examinou o objeto com o temor iminente e vago que reconhecia dos pesadelos. *Um livro.* Lentamente, ela o abriu e observou as formas que corriam pelas linhas das páginas. Cada forma era tão única quanto uma folha. E, para Zhu, tão compreensível quanto as folhas; era incapaz de ler uma única delas.

— É claro — disse o monge, ríspido. — Um camponês imundo e analfabeto, e de alguma forma esperam que eu o transforme em um monge educado! Se o abade queria milagres, deveria ter escolhido um bodisatva como Mestre dos Noviços... — Ele esbofeteou a mão de Zhu com a vara, fazendo a garota recolher o braço, assustada, e virou o livro sobre a mesa até que estivesse voltado para o outro lado. — Como é diferente o treinamento de noviços hoje em dia! No meu tempo, éramos treinados por monges que nos gritavam ordens dia e noite. Trabalhávamos até desabarmos, depois éramos açoitados até nos levantarmos de novo, e todo dia tínhamos apenas uma refeição e três horas de sono. Continuávamos daquele jeito até não termos mais pensamento, disposição, identidade. Éramos apenas receptáculos vazios, puramente do momento. *Aquela* era a forma apropriada de educar os noviços. De que serve o conhecimento mundano a um bodisatva, um ser iluminado, desde que ele seja capaz de transmitir o darma? Mas este abade em particular... — O velho cerrou os lábios. — Ele pensa diferente. Insiste em educar seus monges. Quer que sejam capazes de ler e escrever, além de usar um ábaco. Como se nosso monastério não passasse de um negócio mesquinho que se preocupa apenas com suas rendas e lucros! Mas minha opinião não importa; infelizmente, cabe a mim a tarefa de educá-los.

Ele a examinou com desgosto.

— Não tenho ideia do que ele estava pensando ao deixá-lo entrar. Olhe só o seu tamanho! Até um grilo seria maior. Em que ano você nasceu?

Zhu curvou-se sobre a mesa, ignorando a forma como o aroma doce do livro fazia seu estômago doer de interesse.

— No Ano do... — Sua voz falhou com o desuso. Ela pigarreou e conseguiu dizer: — No Ano do Porco.

— Onze anos! Quando a idade comum de admissão é doze. — Uma nova nota de rancor surgiu na voz do monge. — Suponho que ter recebido o favor do abade lhe faz pensar que é especial, Noviço Zhu.

Já teria sido ruim o bastante ser desprezada por suas próprias inadequações. Com um sentimento desolador, Zhu percebeu que era pior: ela era a personificação da intromissão do abade no que o Mestre dos Noviços claramente considerava ser de responsabilidade própria.

— Não — murmurou ela. Esperava que o monge pudesse enxergar a verdade. *Deixe-me ser normal.* Só me deixe sobreviver.

— A formulação correta é: "Não, Prior Fang." — disparou ele. — O abade pode ter te deixado entrar, mas este é o *meu* domínio. Como Mestre dos Noviços, cabe a mim decidir se você está ou não cumprindo as expectativas. Fique ciente de que não lhe darei qualquer tratamento especial por ser um ano mais jovem. Então esteja preparado para acompanhar as aulas e o trabalho, ou poupe meu tempo e saia agora!

Saia. O horror tomou conta dela. Como poderia sair quando a única coisa que tinha fora do monastério era o destino que havia deixado para trás? Ao mesmo tempo, Zhu tinha a consciência dolorosa de que não era apenas um ano mais nova que os noviços mais jovens. *Chongba* era um ano mais novo. Ela havia nascido no Ano do Rato, um ano depois do irmão. Dois anos mais nova: seria mesmo capaz de acompanhar a rotina?

O rosto do irmão nadou diante de seus olhos, majestoso de arrogância. *Garota inútil.*

Uma nova dureza dentro dela respondeu: *serei melhor em ser você do que você jamais foi.*

Dirigindo-se à mesa, ela disse com urgência:

— Este noviço indigno está preparado!

Ela podia sentir os olhos do Prior Fang queimando sua cabeça raspada. Depois de um momento, o monge ergueu a vara e a espetou, fazendo-a ficar ereta. Ele tomou seu pincel e, com agilidade, escreveu três caracteres descendo o canto superior direito do papel.

— *Zhu Chongba*. Duplo oito da sorte. Dizem que há verdade nos nomes, e você certamente teve sorte o bastante! Entretanto, na minha experiência, pessoas sortudas tendem a ser as mais preguiçosas. — Ele torceu os lábios. — Bem, vamos ver se é capaz de trabalhar. Aprenda seu nome e os primeiros cem caracteres daquela cartilha. Farei um teste para checar se os memorizou amanhã. — Seu olhar azedo fez Zhu estremecer. Ela sabia exatamente o que significava. O Prior Fang ficaria em seu encalço, esperando que ela ficasse para trás ou cometesse um erro. E, para ela, não haveria concessões.

Não posso sair.

Ela fitou os caracteres que secavam na página. Durante toda a vida, jamais tivera sorte, e jamais fora preguiçosa. Se precisava aprender para sobreviver, então aprenderia. Ela pegou o pincel e começou a escrever. *Zhu Chongba.*

Zhu nunca se sentira tão exausta em toda a sua vida. Diferente da dor da fome, que ao menos se transformava em abstração depois de algum tempo, a exaustão aparentava ser um tormento que só ficava mais agonizante com o passar das horas. Sua mente doía com o ataque implacável de novidades e de informações. Primeiro teve de aprender a música que ensinava os mil caracteres da cartilha de leitura que lhe fora dada pelo Prior Fang. Depois disso, teve uma aula incompreensível com o Mestre do Darma, na qual teve de memorizar a abertura de um sutra. Em seguida, teve uma aula de ábaco com um monge corcunda da administração do monastério. O único alívio fora o almoço. *Duas refeições por dia*. Era tanta abundância que Zhu mal podia acreditar. Mas depois do almoço havia ainda mais aulas: poemas, histórias de dinastias passadas e os nomes de lugares ainda mais distantes que o distrito de Haozhou, onde se encontravam, o qual ficava a dois dias de caminhada do vilarejo de Zhongli e já era o lugar mais longínquo que Zhu podia imaginar. Ao final das aulas do dia, ela conseguia entender o argumento do Prior Fang: com exceção dos sutras, ela não entendia por que um monge precisava saber de qualquer uma daquelas coisas.

No fim da tarde e início da noite, os noviços realizavam suas tarefas. Esforçando-se montanha acima sob uma vara de transporte com baldes de água do rio, Zhu teria rido se não estivesse tão cansada. Ali estava ela, naquele estranho novo mundo, carregando água outra vez. O esforço para manter todo o aprendizado na cabeça lhe dava uma sensação de pânico e desespero, mas aquilo — aquilo ela podia fazer.

Ela havia dado apenas outros três passos quando um dos baldes subitamente se soltou da vara. Não mais equilibrado, o peso do outro a fez desabar de joelhos no caminho rochoso. Por um momento, nem sequer conseguiu se sentir grata pelos baldes não terem derramado a água ou caído montanha abaixo; conseguia apenas sibilar de dor. Depois de um instante, a dor deu lugar a um latejo e ela examinou a vara, cansada. A corda que segurava o balde da mão esquerda havia arrebentado e se desfiado em um feixe de fibras, o que significava que não havia a possibilidade de apenas amarrar o balde de volta.

Outro noviço que carregava água apareceu atrás dela enquanto Zhu encarava a bagunça.

— Ah, que pena — disse ele, com uma voz clara e agradável. Era um garoto mais velho, de talvez treze ou catorze anos, e aos olhos esfomeados de Zhu ele parecia extraordinariamente robusto: quase alto e saudável demais para ser real. Suas feições eram harmoniosas como se houvessem sido moldadas por uma divindade compassiva, em vez de simplesmente jogadas do Céu em uma mistura como todas as outras pessoas que Zhu já conhecera. Ela o encarava como se o garoto fosse outra maravilha arquitetônica daquele estranho mundo novo. Ele continuou: — Acho que ninguém usa essa vara desde que o Noviço Pan partiu. A corda deve ter apodrecido. Você vai ter que levá-la à Zeladoria para ser consertada...

— Por quê? — interrompeu Zhu. Ela lançou um olhar rápido para o feixe que segurava, imaginando se havia perdido algo, mas as fibras continuavam sendo a mesma coisa: cânhamo desfiado que poderia ser trançado novamente na forma de corda em apenas alguns minutos de trabalho.

O noviço lançou-lhe um olhar estranho.

— Quem mais seria capaz de consertá-la?

Zhu sentiu uma guinada nauseante, como se o mundo estivesse se reorientando. Havia presumido que todos eram capazes de trançar, porque para ela a tarefa era tão natural quanto respirar. Era algo que havia feito a vida inteira. *Mas era uma habilidade feminina.* Em um clarão de compreensão tão doloroso que soube ser verdadeiro, ela percebeu: não podia fazer nada que Chongba não teria feito. Precisava esconder suas habilidades anômalas não apenas do noviço que a observava, mas dos olhos do próprio Céu. Se o Céu soubesse que havia se esgueirado na vida de Chongba...

Sua mente se esquivou de terminar o pensamento. *Se quero ficar com a vida de Chongba, preciso ser ele. Nos pensamentos, nas palavras, nas ações...*

Ela soltou a corda. Chegara tão perto do desastre que se sentia mal. Então desatou o outro balde e pegou os dois pelas alças. Teve de suprimir uma arfada. Sem a vara, eles pareciam duas vezes mais pesados. Ela teria que voltar para buscá-lo...

Mas, para sua surpresa, o outro noviço pegou a vara e a colocou sobre os ombros junto da que carregava.

— Venha — disse ele, animado. — Não podemos fazer nada além de continuar. Assim que despejarmos a água dos baldes, vou lhe mostrar onde fica a Zeladoria.

Enquanto subiam, ele se apresentou:

— Aliás, meu nome é Xu Da.

As alças dos baldes cortavam as mãos de Zhu, e suas costas gritavam em protesto.

— Meu nome é...

— Zhu Chongba — completou ele, confortável. — O garoto que esperou por quatro dias. Quem ainda não sabe? Depois do terceiro dia, estávamos torcendo para que o deixassem entrar. Ninguém nunca aguentou nem metade disso antes. Você pode ser pequeno, irmãozinho, mas é forte como um burro.

Não fora força, pensou Zhu, apenas desespero. Arfando, ela perguntou:

— O que aconteceu com o Noviço Pan?

— Ah. — O rosto de Xu Da tornou-se taciturno. — Você deve ter notado que o Prior Fang não tem muita paciência com pessoas que ele acredita serem estúpidas ou inúteis. O Noviço Pan estava condenado desde o primeiro dia. Era um menino franzino e adoentado. Depois de algumas semanas, Prior Fang o expulsou. — Sentindo a preocupação de Zhu, ele logo acrescentou: — Mas você não é nada parecido com ele. Já está acompanhando. Sabe, a maioria dos meninos não consegue carregar água nem que sua vida dependa disso quando chegam. Você devia ouvir eles reclamarem: *isto é trabalho de mulher, por que temos que fazer isto?* Como se não tivessem notado que estão morando em um monastério. — Ele riu.

Trabalho de mulher. Alarmada, Zhu lançou-lhe um olhar contundente, sentindo uma pontada no estômago, mas o rosto de Xu era tão tranquilo quanto uma estátua do Buda: não havia qualquer suspeita em sua expressão.

Depois da Zeladoria — onde Zhu recebeu uma pancada nas panturrilhas por seu descuido —, Xu Da a levou de volta para o dormitório. Reparando direito no cômodo pela primeira vez, Zhu viu um extenso quarto desadornado com uma fileira de simples estrados de cada lado e, na parede oposta, uma estátua dourada de uns sessenta centímetros com mil mãos e mil olhos. Zhu a encarou, inquieta. Apesar das impossibilidades anatômicas, ela nunca havia visto algo tão realista.

— Ele nos observa para nos manter longe de travessuras — explicou Xu Da com um sorriso. Os outros garotos já estavam dobrando suas vestes externas e as colocando ordeiramente aos pés dos estrados, depois entrando em pares debaixo das cobertas cinza simples. Quando Xu Da viu Zhu olhando ao redor à procura de um estrado vazio, disse com tranquilidade:

— Pode dividir comigo. Eu dividia o meu com o Noviço Li, mas as ordenações de outono aconteceram há alguns dias e agora ele é um monge.

Zhu hesitou, mas apenas por um momento: o dormitório estava congelante, e nem era inverno ainda. Ela se deitou ao lado de Xu Da, virada de costas para ele. Um noviço mais velho deu a volta no quarto e assoprou os lampiões. Lanternas no corredor interno iluminavam as janelas de papel do dormitório por trás, transformando-as em uma longa faixa dourada na escuridão. Os outros noviços sussurravam e se mexiam ao redor dela. Zhu tremia de exaustão, mas não podia dormir antes de aprender os caracteres que o Prior Fang havia lhe designado. Ela murmurou as palavras da canção da cartilha, traçando cuidadosamente com os dedos as formas de cada caractere no assoalho. *Céu e terra, escuro e amarelo.* Não parava de cochilar e acordar num sobressalto. Era tortura, mas, se aquele era o preço a pagar, ela o pagaria. *Eu consigo. Consigo aprender. Consigo sobreviver.*

Estava na última linha de quatro caracteres quando a luz que atravessava o papel das janelas diminuiu e mudou de ângulo, como se uma brisa houvesse passado e perturbado as chamas da lanterna. Mas o ar noturno estava parado. Uma pontada de medo fez sua pele se arrepiar sob as roupas novas, embora ela não soubesse dizer por quê. Então, projetadas no papel das janelas, sombras apareceram. Eram pessoas, deslizando em sucessão pelo corredor. Seus cabelos eram longos e embaraçados, e Zhu podia ouvir suas vozes enquanto passavam: um murmúrio solitário e ininteligível que lhe causava um estremecimento familiar.

Nos dias que se seguiram à sua partida de Zhongli, Zhu havia se convencido de que a visão dos fantasmas do pai e do irmão havia sido apenas um pesadelo oriundo do choque e da fome. Agora ela via uma procissão sobrenatural, e em um instante era real outra vez. O medo emergiu. Desesperada, ela pensou: *Não é o que eu acho que é.* O que ela sabia sobre monastérios? Devia haver alguma explicação ordinária. *Tinha* de haver.

— Noviço Xu — disse ela em um tom urgente. Estava envergonhada pelo tremor em sua voz. — Irmão mais velho. Aonde eles estão indo?

— Eles quem? — O garoto estava sonolento, o corpo confortavelmente quente contra o dela, que tremia.

— As pessoas no corredor.

Ele dirigiu um olhar sonolento ao papel das janelas.

— Hmm. O inspetor noturno? Ele é o único que anda por aí depois do toque de recolher. Ele faz a ronda a noite toda.

O fígado de Zhu se encolheu de pavor. Enquanto Xu Da falava, a procissão continuava. As sombras eram tão claras no papel da janela quanto as árvores contra o pôr do sol. *Mas ele não as havia visto.* Ela se lembrou das figuras vestidas de branco que vira naquele canto mal iluminado, reunidas ao redor das oferendas. O espaço estava escuro, assim como a noite de agora, e ela sabia pelas histórias que a essência do mundo espiritual era yin: suas criaturas pertenciam à escuridão, à umidade e à luz do luar. *Eu enxergo fantasmas*, pensou ela, aterrorizada, e percebeu que seu corpo havia se retesado tanto que os músculos doíam. Como poderia dormir agora? Mas, assim que seu medo atingiu o ápice, a procissão chegou ao fim. O último fantasma desapareceu, a luz se endireitou, e o cansaço ordinário retornou ao seu corpo com uma velocidade que a fez suspirar.

Sua respiração na orelha de Xu Da o despertou. Impressionado, ele murmurou:

— Que Buda nos preserve, irmãozinho. O Prior Fang estava certo sobre uma coisa a seu respeito. Você *fede*. Ainda bem que logo será dia do banho.

De repente, Zhu acordou por completo, esquecendo-se dos fantasmas.

— Dia do banho?

— Você perdeu o verão, tínhamos um por semana. Agora só temos um por mês até ficar quente de novo. — Com um ar sonhador, ele continuou. — Dias de banho são os melhores. Sem devoções matinais. Sem tarefas, sem aulas. Os noviços precisam aquecer a água do banho, mas mesmo assim podemos nos sentar na cozinha e passar o dia todo bebendo chá...

Pensando na latrina comunitária, Zhu teve uma sensação horrível sobre aquilo.

— Cada um tem a sua vez?

— Quanto tempo isso levaria, com quatrocentos monges? Apenas o abade pode se lavar sozinho. Ele vai primeiro. Nós, noviços, somos os últimos. Quando chega a nossa vez, a água já virou lama, mas pelo menos nos deixam ficar pelo tempo que quisermos.

Zhu viu uma imagem de si nua na frente de várias dezenas de noviços. Ela disse, firme:

— Não gosto de banhos.

Uma figura distintamente humana entrou no corredor e bateu uma vara de bambu partida do lado de fora da porta do dormitório.

— Silêncio!

Enquanto o inspetor noturno se afastava, Zhu encarou a escuridão e sentiu-se enjoada. Havia pensado que, para ser Chongba, seria suficiente fazer o que Chongba teria feito. Mas agora, tardiamente, ela se lembrava de como o adivinho havia lido o destino de Zhu Chongba em seu pulso. Seu destino estivera no corpo dele. E, por mais que houvesse deixado tudo para trás em Zhongli, ela ainda estava em seu próprio corpo: o corpo que recebera o nada como destino, e que agora via lembretes fantasmagóricos daquilo onde quer que olhasse. A luz do corredor refletia-se de leve na estátua dourada e em seus mil olhos vigilantes. Como podia ter tido a petulância de acreditar que seria capaz de enganar o Céu?

Em sua mente, viu os três caracteres do nome do irmão na caligrafia elegante do Prior Fang, com sua própria versão trêmula abaixo. Ela não os havia escrito, como fizera o Prior Fang, mas apenas os desenhado. Uma imitação que não possuía em si nada do original.

O dia do banho seria apenas no fim da semana, o que de certa forma era pior: era como ver que a estrada adiante havia desabado pela lateral da montanha, mas não ser capaz de parar. Zhu logo descobriu que não havia pausas na vida de monastério. Aulas, tarefas e mais aulas, e a cada noite havia caracteres novos para aprender, e os do dia anterior para recordar. Mesmo a ideia de compartilhar a noite com fantasmas não era suficiente para impedi-la de adormecer logo que se deixava sucumbir à exaustão; e, no que parecia um instante, já era hora das devoções matinais outra vez. De seu próprio jeito peculiar, a vida no monastério era tão invariável quanto no vilarejo de Zhongli.

Naquela manhã, ela e Xu Da estavam dentro de um cocho de pedra cheio de lençóis sujos, com água congelante até os joelhos: em vez de aulas, era o dia de lavagem do monastério, que acontecia duas vezes por mês. De quando em quando outro noviço trazia uma panela com frutos de sabão fervidos, despejando a mistura pegajosa no cocho. Outros noviços enxaguavam, torciam, engomavam e passavam. No pátio, as folhas de ginkgo haviam ficado amarelas e seus frutos caíam sobre as lajotas, o que acrescentava um cheiro desagradável de vômito de bebê às atividades.

Zhu esfregava, preocupada. Mesmo sabendo que seu corpo a prendia ao nada, recusava-se a aceitar a ideia de que deveria simplesmente desistir e deixar que o Céu lhe devolvesse àquele destino. *Devia* haver um jeito de continuar se passando por Zhu Chongba — se não para sempre, ao menos por um dia, um mês, um ano. Mas, para seu desespero, quanto mais compreendia sua nova rotina diária, menos oportunidades enxergava. No monastério, todos os momentos do dia eram ocupados: não havia onde se esconder.

— Se eles *nos* lavam menos na época de frio, era de se esperar que pularíamos alguns dias de lavagem também — resmungou Xu Da. As mãos de ambos estavam muito vermelhas devido à água congelante, e cheias de dor. — Até a lavoura de primavera é melhor do que isso.

— Já é quase hora do almoço — disse Zhu, distraindo-se momentaneamente com o pensamento. As refeições ainda eram os pontos altos dos dias.

— Só alguém que cresceu durante um período de fome ficaria entusiasmado com comida de refeitório. E vi você olhando para aqueles frutos de sabão. Não pode comê-los!

— Como você pode ter tanta certeza? — questionou Zhu. — São frutos; talvez sejam deliciosos. — Agora que havia dominado o tom brincalhão e fraternal das interações entre os noviços, achava aquelas conversas agradáveis. Não conseguia se lembrar de alguma vez *conversar* com Chongba.

— São frutos de *sabão* — disse Xu Da. — Você arrotaria bolhas. Acho que podia ser pior. Hoje é só um dia de lavagem comum. Quando o Príncipe de Henan nos visitou, tivemos que cuidar dos lençóis *e* lavar e engomar os mantos de todos os monges. Você tinha que ter ouvido o farfalhar dos mantos deles depois! Foi como meditar em uma floresta. — Ele fez uma pausa, depois acrescentou: — Os rebeldes também nos visitam, mas são apenas pessoas normais; não causam incômodo. — Diante do olhar vazio de Zhu, ele explicou: — Da revolta camponesa. É a maior desde que nascemos. O abade hospeda os líderes sempre que estão na região. Segundo ele, desde que o monastério mantenha boas relações com todos, vamos ficar bem até que a questão seja resolvida de um jeito ou de outro.

Zhu pensou ser uma pena ela não poder manter boas relações com o Prior Fang. Seu desalento retornou, mais pesado que nunca. Triste, ela perguntou:

— Irmão, os noviços são sempre expulsos por cometerem um erro? Ou às vezes são só punidos?

— Se o Prior Fang pudesse se livrar de cada noviço, provavelmente o faria — respondeu Xu Da, seco. — Ele só se dá ao trabalho de punir alguém quando o noviço o irrita para valer, porque aí vai querer vê-lo sofrer. — Juntos, eles puxaram um lençol e o jogaram na bacia para ser torcido. — Ele me puniu uma vez, quando eu ainda era novo. Estávamos fermentando a colheita de feijão preto, e ele me fez mexer as panelas. Ele me deixou tão nervoso que, quando veio inspecionar meu trabalho, derrubei uma panela inteira nele. — Ele balançou a cabeça e riu. — Você tem noção de como feijões fermentados fedem? Os outros monges o apelidaram de Fang Fedido, e recusaram-se a se sentar ao lado dele para as devoções ou no salão de meditação até o dia de lavagem seguinte. Ele ficou *furioso*.

Ouviu-se um estalo à distância: o aviso prévio do inspetor para o almoço.

— Depois disso foi o Festival de Meio do Outono. Geralmente, nós noviços subimos a montanha para ver o monastério todo iluminado com lanternas. Mas o Prior Fang me fez limpar a latrina. Disse que seria adequado eu ser o fedido. E aí também levou um tempão até o dia do banho seguinte. — Xu Da saiu do cocho e começou a se secar. — Mas por que você está preocupado? Nem mesmo o Prior Fang pode expulsar alguém sem um bom motivo. Você não está pensando em fazer nada de errado, está? — Ao soar do sino, ele sorriu para Zhu e saiu saltando os degraus até o refeitório. — Vamos! Trabalhamos tanto que até eu estou ansioso para comer vegetais em conserva.

Zhu ficou para trás, pensativa. A história de Xu Da havia lhe dado uma ideia. Qualquer que fosse a probabilidade de sucesso, o simples fato de ter uma ideia a enchia de uma esperança teimosa que parecia mais autêntica do que qualquer desespero.

Mas, por mais que dissesse a si mesma que o plano funcionaria, seu coração ainda pulsava com muita força, como se ela tivesse subido todas as escadarias do monastério correndo, tamanho era seu medo.

Os outros noviços claramente achavam o dia do banho tão empolgante quanto o Ano-novo fora em suas vidas laicas. Em contraste, Zhu acordou com uma sensação de nervosismo apavorante que persistiu durante o tempo em que ficou deitada na cama até o sol se levantar; tomou café da manhã na cozinha em vez de no refeitório, além de intermináveis xícaras de chá enquanto alimentavam as chamas debaixo das gigantescas caldeiras de água para a casa de banho.

— Noviço! — O foguista da cozinha jogou uma vara de transporte na direção dela. — O abade já deve estar quase acabando. Leve alguns baldes de água quente até a banheira para aquecê-la para os chefes de departamento.

Ao pegar a vara, sua noção de mundo estreitou-se em um ponto de foco sombrio. *Se esse é o jeito, então cabe a mim realizá-lo. E eu consigo. Eu preciso conseguir.*

Absorta em pensamentos, ela levou um susto quando Xu Da apareceu e pegou um de seus baldes. Provavelmente ele a havia visto retraída e pensou que estivesse exausta.

— Deixa que eu te ajudo. Depois você me ajuda na minha vez.

— Isso só quer dizer que nós dois vamos ter que fazer duas viagens mais fáceis em vez de uma só difícil — observou Zhu. Sua voz soava estranha. — Você não prefere se livrar disso de uma só vez?

— Qual é a graça de sofrer sozinho? — respondeu Xu Da de seu jeito amigável. Surpresa, Zhu percebeu que ele provavelmente era seu amigo. Ela nunca tivera um amigo antes. Mas não sabia ao certo se o sofrimento podia ser compartilhado, mesmo com os amigos. Assistir à morte do pai, cavar sua cova, ajoelhar-se por quatro dias diante do monastério: todos foram atos de enorme solidão. Ela sabia que, no fim das contas, sobrevivia-se e morria-se sozinho.

Mas talvez ainda houvesse algum conforto em ter alguém ao seu lado enquanto isso.

— Vocês demoraram! — bradou o Prior Fang quando Zhu e Xu Da entraram na casa de banho. Ele e mais dois chefes de departamento já haviam tirado os mantos e estavam empoleirados na lateral da banheira. Seus corpos eram tão enrugados quanto tâmaras secas à espera da sopa; até seus genitais pareciam ter se encolhido, lembrando o órgão retraído do próprio Buda. O vapor ao redor deles se dissipou quando a porta foi fechada, e Zhu recuou quando viu o que mais ocupava aquele lugar úmido e fechado. Fantasmas enfileiravam-se nas paredes. Flutuavam imóveis, embora o vapor que passava por suas figuras brancas fizesse com que parecessem balançar. Seus olhos vazios fitavam o nada, fixos e sem foco. Não prestavam nenhuma atenção a Zhu ou aos monges nus. Zhu encarou-os e forçou-se a respirar. A aparência dos fantasmas, alterada pela morte, era perturbadora de algum modo fundamental que lhe retorcia as entranhas, mas eles não pareciam... perigosos. *São apenas uma parte do lugar*, ela disse a si mesma, sentindo um tremor involuntário atravessar o corpo. *Não são diferentes do vapor.*

— Está olhando o quê? — vociferou o Prior Fang. De repente, Zhu lembrou-se de seu propósito. Sua pulsação lhe trouxe de volta à consciência. — Encha logo a banheira e saia!

Xu Da esvaziou seu balde na banheira. Zhu fez menção de imitá-lo. De canto de olho, viu o horror crescente no rosto do amigo, seu braço esticado ao se precipitar na direção dela, mas era tarde demais: ela já havia deixado aquilo acontecer. O piso de bambu escorregadio fez as sandálias de Zhu deslizarem; seus braços vacilaram e o balde pesado desabou na banheira, ela junto com ele.

Por um momento, ela flutuou suspensa em uma bolha de silêncio quente. Tinha vontade de permanecer debaixo d'água, naquele momento seguro em que não havia nem sucesso, nem fracasso. Mas já havia agido, e ficou surpresa ao descobrir que o gesto criou sua própria bravura: não havia mais nada a fazer além de continuar, não importava o quão assustada pudesse estar. Emergindo, ela se levantou.

Xu Da e as três tâmaras secas a encaravam boquiabertos. O manto de Zhu boiava ao redor dela como uma folha de lótus flutuante. Uma coroa de sujeira saía do tecido e se espalhava sem cessar pela água limpa da banheira.

— Prior Fang — disse o Mestre do Darma com um tom repressivo. — Por que seu noviço está poluindo nossa banheira?

O Prior Fang havia ficado tão vermelho que a grade de cicatrizes de ordenação em sua cabeça se destacava em um branco notável. Ele entrou em ação com todas as partes enrugadas do corpo balançando, e em um instante arrastou Zhu para fora da banheira pela orelha. Ela uivava de dor.

Ele a lançou para o outro lado da sala, bem onde estavam os fantasmas, e atirou o balde nela. O objeto atingiu sua cabeça e a derrubou.

— Isso mesmo — disse ele, tremendo de fúria. — *Ajoelhe-se.*

O toque das formas sem substância dos fantasmas era como a perfuração por mil agulhas de gelo. Zhu se pôs de joelhos com um gemido abafado. A pele ardia por causa dos fantasmas; a cabeça zumbia por bater no chão. Tonta, ela observava enquanto o Prior Fang se esforçava para decidir o que fazer com ela. E não era apenas o Prior Fang que assistia à cena. Para seu horror, podia sentir o próprio Céu inspecionando a concha de Zhu Chongba, como se sentisse a presença de uma irregularidade. Uma nulidade fria roçou sua nuca e, apesar do calor da casa de banho, ela tremia tanto que seus dentes batiam.

— *Sua bostinha de cachorro* — rosnou enfim o Prior Fang. Ele agarrou o balde e o jogou no peito de Zhu. — Segure isso sobre a cabeça até o sino da noite. A cada vez que ele cair, vou te fazer levar um açoite com o bambu pesado. — Seu peito enrugado arfava com fúria. — Quanto ao respeito apropriado pelos mais velhos e ao cuidado com seu trabalho: pode meditar sobre esses princípios quando estiver se esfregando com a água fria do poço. *O dia do banho é um privilégio.* Se eu te vir, ou mesmo ficar sabendo que você pôs os pés na casa de banho outra vez, vou fazer com que seja expulso.

Ele a fitava com uma satisfação sádica. Sabia exatamente o quanto os noviços adoravam o dia do banho e o que pensava estar tirando dela. E, se ela fosse qualquer outro noviço, talvez a punição fosse lamentável: a interminável labuta da vida monástica, sem nada pelo que ansiar.

Trêmula, Zhu pegou o balde. Era de madeira, pesado. Ela sabia que o derrubaria centenas de vezes antes que o sino da noite tocasse. Seriam horas de agonia, e centenas de açoitadas depois disso. Era uma punição tão terrível que qualquer outra pessoa teria chorado de pavor e vergonha ao recebê-la. Mas, ao erguer o balde sobre a cabeça, com os braços já tremendo de esforço, Zhu sentiu o frio e o medo extinguirem-se diante de um alívio tão grande que parecia alegria. Ela havia feito o impossível:

Havia escapado de seu destino.

1347, SEGUNDO MÊS

Zhu e Xu Da estavam empoleirados um de cada lado do telhado do Salão do Darma, substituindo os ladrilhos danificados pelo inverno. Era um lugar onírico, suspenso entre o céu turquesa e um mar de tetos verdes cintilantes, seus florões dourados curvados como ondas. Para além da sucessão de pátios, além até mesmo do vale, eles podiam ver uma faixa da reluzente planície de Huai. Tudo estava conectado, e o formato das nuvens lhes dizia como era aquela terra distante. Onde as nuvens pareciam escamas de peixes, havia lagos e rios; onde tinham a forma de arbustos, havia colinas. E lá, sob o pó amarelo que se erguia lentamente: exércitos.

O Sol brilhava com força. Xu Da havia tirado a camisa e as duas vestimentas para trabalhar seminu, vestindo apenas calças. Aos dezesseis anos, o trabalho pesado já havia lhe conferido o corpo de um homem. Com um tom um pouco ríspido, Zhu disse:

— Correndo por aí desse jeito, você está pedindo para morrer.

O Prior Fang jamais hesitava em brandir a vara de bambu para noviços que violavam as regras de vestimenta apropriada para um monge. Zhu, de doze anos, que sentia um arrepio existencial sempre que era forçada a reconhecer seu corpo de menino, mas inegavelmente não masculino, apreciava a rigidez do Prior Fang mais do que qualquer um pudesse imaginar.

— Você acha que é tão atraente assim para todo mundo querer ver você?

— Aquelas garotas acharam — respondeu Xu Da com um sorriso convencido, referindo-se às garotas do vilarejo que, dando risadinhas, haviam visitado o monastério para fazer suas oferendas.

— Garotas, sempre garotas. — Zhu revirou os olhos. Sendo mais nova e ainda não refém das compulsões da puberdade, achava a obsessão de Xu Da entediante. Em sua melhor imitação do Mestre do Darma, ela disse: — O desejo é a causa de todo sofrimento.

— Você está tentando me convencer de que ficaria feliz em se juntar àqueles mamões secos que passam as vidas no salão de meditação? — Xu Da lhe lançou um sorriso sugestivo. — *Eles* não sentem desejo. Mas você? Não acredito nisso nem por um segundo. Talvez você ainda não se interesse por garotas, mas qualquer um que se lembra da sua chegada ao monastério sabe que você entende o que é desejar.

Assustada, Zhu se lembrou da necessidade animalesca e desesperada de sobreviver que a motivara a tomar para si a vida de Zhu Chongba. Mesmo agora, podia senti-la dentro de si. Nunca havia associado aquela sensação ao desejo de que falavam os sermões do Mestre do Darma. Por um momento, sentiu o ardor daquele antigo carvão de ressentimento. Não parecia justo que, enquanto os outros recebiam seu sofrimento por prazer, ela receberia o dela apenas por querer viver.

Abaixo deles houve uma torrente súbita de barulho, luz e cor. Dezenas de soldados adentravam o pátio principal, os porta-estandartes carregando flâmulas azuis-celestes. As armaduras dos soldados reluziam, dispersando luz como água. Zhu vislumbrou uma memória: aquele rio escuro e cintilante que flutuava sobre as colinas poeirentas de Zhongli, uma vida atrás. O abade, distinto com seu manto vermelho, havia aparecido nos degraus do Salão do Grande Templo e esperava com as mãos unidas de forma plácida na frente do corpo.

— O Príncipe de Henan e os filhos decidiram nos visitar a caminho de casa para o verão — explicou Xu Da, aproximando-se para se sentar ao lado de Zhu na beirada do telhado. Por ser mais velho, costumava saber das melhores fofocas do monastério. — Sabia que os hu não podem lutar durante o verão porque têm sangue frio igual a cobras? — Ele usou o termo que a maioria dos nanren, as pessoas do sul, a mais baixa das quatro castas do Grande Yuan, usava para se referir a seus senhores mongóis. *Bárbaros.*

— Mas as cobras não gostam de calor? — retrucou Zhu. — Quando foi a última vez que você viu uma cobra na neve?

— Bem, é o que dizem os monges.

O vento balançou as capas dos soldados, virando-as do avesso sobre os ombros reluzentes. As fileiras de rostos arredondados olhavam para frente com expressões impassíveis. Em comparação à aparência delicada dos monges, os mongóis pareciam outra raça. Não os monstros com cabeça de cavalo que Zhu imaginara há muito tempo ao ouvir as histórias do pai, ou mesmo os conquistadores brutais dos relatos de estudiosos nanren, mas brilhantes e inumanos como a prole de dragões.

A nota de uma flauta soou. Impetuoso, o Príncipe de Henan atravessou o pátio e subiu os degraus do Salão do Grande Templo. A pelagem exuberante de sua capa ondulava e se contorcia como um animal vivo. Uma pluma de crina branca adornava seu capacete. Estava rodeado por três jovens radiantes. De cabeças nuas, suas tranças mongóis balançavam ao vento. Dois deles usavam armaduras; o terceiro, uma túnica de um tom roxo-magnólia tão gloriosamente cintilante que o primeiro pensamento de Zhu foi que era feito de asas de borboleta.

— Aquele deve ser o herdeiro do Príncipe, Senhor Esen — disse Xu Da, referindo-se ao rapaz mais alto de armadura. — Então o de roxo é o Senhor Wang, o filho mais novo.

Príncipes e senhores: personagens de histórias que viraram realidade. Representantes do mundo além do monastério, no qual até então Zhu pensara como nomes em um mapa. *Um mundo onde existe grandeza*, pensou de repente. Quando roubou o nome de Chongba e vestiu a concha descartada de sua vida, sua única consideração foi a certeza de que ele teria sobrevivido. Depois de garantir aquela sobrevivência para si, havia quase se esquecido do destino que Chongba deveria ter conquistado com aquela vida. *Grandeza*. No contexto de Chongba, a palavra ainda parecia tão sem sentido quanto quando Zhu a ouvira pela primeira vez sob a luz da vela do adivinho. Mas agora, ao encarar aquelas figuras majestosas, com a palavra "grandeza" na língua, Zhu foi surpreendida pelo choque de algo que desapareceu assim que o reconheceu: a curiosidade perturbadora que as pessoas sentem quando estão em um lugar alto e se perguntam como seria saltar dali.

Lá embaixo, o abade acenou para que o Príncipe e seus dois filhos entrassem no Salão do Grande Templo. O abade era só sorrisos até pousar os olhos no terceiro rapaz. Ele se retraiu de desgosto e disse alguma coisa em um tom nítido. Zhu e Xu Da observavam com interesse o início de uma discussão entre ele e o Senhor Esen. Depois de um momento, o Príncipe, incomodado, gritou um comando. Então ele e os filhos, juntos com o abade, adentraram a escuridão do salão. As portas se fecharam. O terceiro jovem ficou de fora, com as costas eretas voltadas para as fileiras de soldados vigilantes. Parado sozinho em um mar deslumbrante de pedras pálidas, o Sol refletindo em sua armadura, ele parecia tão frio e remoto quanto a Lua. Quando finalmente deu as costas para o salão — um movimento cheio de orgulho e arrogância —, Zhu soltou um suspiro de espanto.

Era uma garota. Seu rosto, tão brilhante e delicado quanto uma concha de abalone polida, trazia à vida todas as descrições de beleza que Zhu já lera em poemas. Ainda assim, por mais que enxergasse a beleza, Zhu sentia falta de alguma coisa que o olho buscava. Não havia qualquer feminilidade naquele rosto gracioso. Em vez disso, havia apenas a superioridade dura e arrogante que, de alguma forma, era inegavelmente a de um rapaz. Zhu a encarava, confusa, tentando encontrar algo de compreensível naquela visão que não era nem uma coisa nem outra.

Ao seu lado, Xu Da disse, em um tom que misturava fascínio e repulsa:

— Os monges dizem que o Senhor Esen possui um eunuco que adora mais do que o próprio irmão. Deve ser ele.

Zhu se lembrava daquelas velhas histórias, adornadas com a patina do mito. Ainda mais do que os reis guerreiros, os nobres e os eunucos traidores pareciam criaturas de outra era. Não havia lhe ocorrido que talvez ainda existissem. Mas agora, diante dela, ela o via em carne e osso. Enquanto encarava, sentiu uma vibração peculiar no fígado que se espalhou pelo corpo, como se ela fosse uma corda ressoando em resposta à irmã dedilhada em algum outro lugar da sala. Sabia daquilo de forma tão instintiva quanto conhecia a sensação do calor, ou da pressão, ou da queda. Era a sensação de duas substâncias similares entrando em contato.

Assim que constatou aquilo, sentiu uma inquietação fria. Reconhecer-se em um eunuco, cuja substância não era nem masculina nem feminina — aquilo era nada menos que um lembrete do próprio mundo daquilo que tentara tanto negar:

que ela não era feita da mesma substância masculina pura que Zhu Chongba. Tinha uma substância diferente. *Um destino diferente.* Ela estremeceu.

— Dá para imaginar? — dizia Xu Da. — Ouvi dizer que eles nem têm *aquela coisa* mais. — Ele apalpou o próprio órgão pelas calças, como se quisesse se certificar de que ainda estava lá. — Os hu não fazem muitos deles, não como nossas antigas dinastias costumavam fazer. Eles odeiam a ideia da mutilação. Para eles, é uma punição, uma das piores que existem.

Os monges consideravam a mutilação igualmente repugnante. Nos dias em que o Salão do Grande Templo era aberto ao público, seus degraus ficavam sempre lotados dos impuros excluídos: mendigos com rostos carcomidos por doenças; homens sem mãos; crianças deformadas; mulheres que sangravam. Como no caso das mulheres, a desqualificação específica do jovem eunuco ficava escondida, mas seu rosto exibia o selo indelével de sua vergonha.

— O abade pode gostar de manter boas relações com todos — comentou Xu Da —, mas acho que também gosta de lembrá-los que nós também temos poder. Até líderes rebeldes e príncipes hu precisam respeitar os monastérios, a menos que queiram reencarnar como formigas.

Zhu contemplava o rosto belo e frio do eunuco. Sem saber como sabia, ela disse:

— Acho que ele não gosta muito do lembrete.

Um movimento chamou sua atenção. Para sua surpresa, fantasmas flutuavam em meio às fileiras de soldados mongóis. Inquieta, sentiu um arrepio. Desde que entrara no monastério, ela havia se acostumado aos fantasmas — embora não ficasse exatamente *confortável* ao redor deles —, mas fantasmas eram yin. Pertenciam à noite e aos recônditos escuros do monastério, não à luz total do dia, onde o yang era mais forte. Vê-los fora do lugar era perturbador. Sob os raios de Sol claros da montanha, suas figuras brancas eram translúcidas. Como um rio a caminho do mar, os fantasmas moveram-se de forma fluida pelo pátio, subiram os degraus do Salão do Grande Templo e acomodaram-se ao redor do jovem eunuco. Ele não demonstrava qualquer sinal de notar a presença.

Era uma das coisas mais sinistras que Zhu já havia visto. Suas observações do mundo espiritual haviam lhe ensinado que fantasmas esfomeados vagavam errantes sem interagir com os vivos, e só se moviam com intenção se lhes ofertassem comida. Não *seguiam* pessoas. Ela nunca havia visto tantos fantasmas juntos no mesmo lugar. E continuavam se aglomerando, até o eunuco ficar cercado.

Ela o observou lá parado por um bom tempo, sozinho em meio à multidão invisível, de cabeça erguida com altivez.

1352, SÉTIMO MÊS

— Por que eu nunca consigo acertar? — perguntou Xu Da para Zhu. — Ajuda aqui! — Vermelho e rindo, ele lutava com uma lanterna não terminada que parecia mais uma cebola do que a flor de lótus que deveria ser. Já com 21 anos, havia amadurecido e se tornado um rapaz robusto cuja cabeça raspada apenas realçava os belos traços de seu rosto. Sua ordenação no outono anterior ainda era recente o bastante para Zhu estranhar vê-lo com o manto de sete camadas de um monge totalmente ordenado, em vez das vestes simples de um noviço, e a cabeça marcada com as cicatrizes da ordenação. Ele e alguns dos outros jovens monges haviam se convidado para entrar no dormitório dos noviços — supostamente para ajudá-los a confeccionar as lanternas de lótus que seriam lançadas no rio para guiar os espíritos de volta ao submundo depois de seu tempo na Terra durante o Mês dos Fantasmas.[1] Na verdade, a visita dos jovens monges tinha mais a ver com o vinho ilícito que Zhu havia feito com ameixas caídas. A bebida percorria o quarto com muitos risinhos culpados.

Depois de um tempo, Xu Da desistiu e se apoiou no ombro de Zhu. Ao olhar para sua coleção de lanternas terminadas, disse, fingindo ressentimento:

— As suas parecem flores.

— Não entendo como você ainda é tão ruim nisso, depois de todos esses anos. Como é que você não melhora nem um pouquinho? — perguntou Zhu, afetuosa. Ela trocou seu copo de vinho pela triste lanterna de cebola do amigo e começou a arrumar as pétalas.

---

1   Nota da tradutora: 鬼月, *guǐyuè*, sétimo mês lunar. Nesse mês, celebra-se o Festival dos Fantasmas ou Festival Zhōngyuán (中元節, *Zhōngyuán Jié*), também conhecido na tradição budista como Festival Yúlánpén (盂蘭盆節, *Yúlánpén Jié*).

— Não é como se as pessoas virassem monges para realizar algum tipo de sonho artístico — disse Xu Da.

— E por acaso as pessoas se tornam monges porque sonham com estudo e trabalho braçal eternos?

— Talvez o Prior Fang. Ele fica tão animado com trabalho braçal...

— Ele fica animado ao ver *outras* pessoas fazendo trabalho braçal — corrigiu Zhu. Ela devolveu a lanterna consertada ao amigo. — Fico surpreso de ele não estar aqui agora, contando o número de lanternas que fizemos.

— Contando *a gente*, para se certificar de que nenhum de nós saiu para fazer alguma coisa escandalosa com as monjas.

As monjas se instalavam no monastério durante as ordenações de outono, os principais festivais e todo o sétimo mês, com seus rituais e assembleias do darma para os espíritos dos mortos. Elas se hospedavam nas dependências dos visitantes, que ficavam fora do alcance dos monges, e sua fronteira era patrulhada pelo Prior Fang com uma diligência que beirava a obsessão.

— Considerando o quanto ele gosta de nos imaginar bebendo e fornicando, aposto que está tendo mais pensamentos impuros do que todos nós juntos — disse Zhu. Com um tom bastante não budista, ela acrescentou: — Ele vai causar um ataque cardíaco em si mesmo.

— Rá! O Prior Fang não relaxaria nem para um descanso eterno. Ele nunca vai morrer. Só vai ficar cada vez mais enrugado e atormentar alegremente todas as gerações de noviços até a reencarnação do Príncipe Radiante. — De acordo com o Mestre do Darma, a reaparição do Príncipe Radiante, a encarnação material da luz, sinalizaria o início de uma nova era de paz e estabilidade que culminaria na descida do Céu do Buda Que Está Por Vir.

— Melhor tomar cuidado com ele, então — alertou Zhu. — Já que, se tem alguém que vai se envolver num escândalo com as monjas, esse alguém é você.

— Por que este monge aqui ia querer uma monja, aquelas magricelas? — perguntou Xu Da, rindo. — Este monge tem todas as garotas que quer quando do vai até os vilarejos. — Às vezes, por força do hábito, ele caía no discurso autodepreciativo que os monges usavam no mundo exterior. Depois de sua ordenação, Xu Da havia sido designado para o departamento administrativo com a função de coletar os aluguéis dos vilarejos subordinados, e ultimamente passava a maior parte do tempo fora do monastério. Zhu, que dividira com ele um estrado de dormir por quase seis anos, ficara surpresa ao descobrir que sentia falta dele.

Voltando ao modo normal de falar, Xu Da disse, convencido:

— Enfim, sou um monge completo agora. O que o Prior Fang poderia fazer comigo? São só vocês noviços que precisam ter atenção.

A porta se abriu, fazendo todos enfiarem os copos debaixo das mangas, mas era apenas um dos outros noviços.

— Já acabaram? Os que quiserem devem ir até o rio; o Mestre do Darma está pedindo as lanternas.

Para a maior parte dos noviços, o Mês dos Fantasmas era a melhor época do ano. O monastério ficava repleto de comida trazida pelos leigos para oferendas; os longos dias do solstício de verão levavam calor aos corredores gélidos; e mesmo cerimônias solenes como a soltura de lanternas davam aos noviços a oportunidade de brincar no rio assim que os monges retornavam para o monastério. Mas era diferente para Zhu, que podia de fato ver os habitantes do mundo espiritual. Durante o Mês dos Fantasmas, o monastério ficava *apinhado* de mortos. Fantasmas perambulavam por cada pátio sombreado, debaixo de cada árvore, atrás de cada estátua. A frieza dos espíritos a incomodava tanto que ela só conseguia pensar em correr para o lado de fora e se banhar na luz do Sol. O movimento constante nos cantos dos olhos a deixava inquieta. A cerimônia de soltura das lanternas não era obrigatória, mas, em seu primeiro ano de noviciado, Zhu havia participado por curiosidade. A visão de dezenas de milhares de fantasmas de olhos vazios flutuando ao longo do rio fora suficiente para perturbá-la pela vida toda — e isso antes mesmo de ela descobrir que as brincadeiras na água após a cerimônia envolviam a perda de mais roupas do que ela poderia tolerar.

De alguma forma, pensou Zhu com um suspiro, ela sempre perdia as partes divertidas da vida no monastério.

— Você não vai? — perguntou um dos outros noviços, aproximando-se para coletar as lanternas.

Xu Da ergueu a cabeça com um sorrisinho.

— Quê? Você não sabe que o Noviço Zhu tem medo de água? Ele *diz* que se lava, mas tenho minhas dúvidas. — Com um salto, ele derrubou Zhu no chão e fingiu olhar atrás de suas orelhas. — *Aiya*, sabia! Mais imundo que um camponês.

Com o amigo sobre ela, sorrindo, Zhu se lembrou de sua suspeita desconfortável de que Xu Da sabia mais sobre ela do que deixava transparecer. Ele sempre parecia saber a hora de tirar os outros noviços do dormitório quando ela precisava de privacidade.

Recusando-se a investigar mais o pensamento, Zhu empurrou o amigo.

— Você está esmagando as lanternas, seu destrambelhado!

Xu Da rolou para longe dela, rindo, enquanto os outros observavam com tolerância: estavam todos familiarizados com as briguinhas de irmão dos dois. Enquanto ele levava os noviços para fora, disse por cima do ombro:

— Pelo menos o Prior Fang não precisa se preocupar com *você* se metendo em encrenca com as monjas. Bastaria elas darem uma fungada e sairiam correndo...

— Sairiam correndo de *mim*? — disse Zhu, revoltada. — Acabamos de ver como *você* é ruim com as mãos. Qualquer mulher sensata perdoaria um suor honesto por alguém que pode de fato satisfazê-las!

Xu Da pausou na porta e lhe lançou um olhar de quem se sentia traído.

Com um tom cruel, Zhu disse:

— Aproveitem!

Zhu coçava a cabeça enquanto terminava as lanternas. Xu Da não estava exatamente errado: os meses de verão deixavam-na tão suada quanto qualquer outra pessoa, e o fato de estar banida da casa de banho significava que tinha menos oportunidades de fazer algo a respeito daquilo. Mas agora ao menos metade dos monges estava no rio, e os que não estavam provavelmente teriam ido ao Altar do Buda fazer uma última recitação aos espíritos. Estava *mesmo* quente. Seria bom se limpar de uma vez.

Anos antes, Zhu havia se apropriado de uma pequena despensa abandonada em um dos terraços mais baixos para suas sessões de limpeza infrequentes. Uma única janela no alto da parede dava para o pátio adjacente no nível dos tornozelos. Quando Zhu encontrou o lugar, a janela estava sem papel, mas, assim que o substituiu, conseguiu toda a privacidade de que precisava.

Ela carregou a bacia cheia d'água até a despensa, sentindo um leve desgosto ao ver algumas monjas subindo as escadarias até as dependências dos visitantes. Enquanto se despia, foi atingida pelo pensamento desagradável de que provavelmente era mais do que um pouco parecida com aquelas pequenas mulheres carecas. Aos dezesseis anos, crescida por completo, havia se tornado baixa (para um homem) e, debaixo de suas vestes sem forma, seu corpo havia mudado, com pequenos seios que era forçada a achatar, amarrando-os com faixas de tecido. Um ano antes, seu corpo até começara a sangrar todo mês. Ela podia ser o Noviço Zhu Chongba, mas seu corpo registrava a passagem dos anos de acordo com seu próprio mecanismo inviolável — um lembrete perene do fato de que a pessoa vivendo aquela vida não era quem o Céu pensava ser.

Enquanto se esfregava, frustrada, ouviu um latido. Era a matilha de cachorros que vagava pelo monastério, sempre crescendo em número porque o preceito de não matar significava que os monges não podiam se livrar deles da forma mais efetiva. Zhu não sabia ao certo se animais podiam de fato *ver* fantasmas, mas podiam senti-los: os cachorros ficavam sempre num estado de grande entusiasmo durante o Mês dos Fantasmas, e às vezes durante o resto do ano ela via um cachorro ganindo alegremente na direção de um fantasma que passava. Do lado de fora, a matilha entrou correndo no pátio. Houve uma explosão de uivos intensos, o som de garras sobre as pedras; então um cachorro avançou no papel da janela e caiu diretamente em cima dela.

Zhu gritou e se debateu. O cachorro fez o mesmo, e impediu a própria queda arranhando o corpo que se contorcia abaixo dele. Gritando com energia redobrada, Zhu jogou o cachorro para longe de si, correu até a porta e a abriu com força; quando o cachorro avançou na direção dela, a garota lhe deu um chute que o lançou para fora, ainda uivando. Ela fechou a porta, ofegante e bastante consciente de que fedia ainda mais que antes: lama, pelo e o que tinha quase certeza ser mijo de cachorro.

Então a luz diminuiu. Ela ergueu os olhos e viu o Prior Fang agachado e espiando pela janela rasgada, com uma expressão de fúria incrédula no rosto.

O Prior Fang desapareceu. Zhu vestiu-se às pressas, atrapalhada, com as mãos subitamente entorpecidas de frio, a respiração ofegante e o coração acelerado, amarrando a veste externa bem quando Prior Fang virou o corredor e abriu a porta destrancada com tanta fúria que bateu na parede com um estrondo. Enquanto ele a arrastava para fora pela orelha, Zhu reconheceu o toque apavorante do destino do qual vinha fugindo, sentindo o medo engoli-la por completo. Sua mente se agitava desesperadamente. Se ela fugisse do monastério, não teria nada além do que estava em suas costas. E, sem as cicatrizes de ordenação ou o manto de um monge completo para provar seu status, jamais seria aceita em outro monastério — isso se sobrevivesse à jornada até lá...

O Prior Fang a puxava pela orelha. Velhos monges não tinham qualquer receio de tratar os noviços com rispidez; nunca lhes ocorria que um garoto poderia resistir. Ele arrastou Zhu pelo corredor de despensas, abrindo cada porta por que passavam, uma preocupação violenta inchando seus traços. Quando chegaram ao fim do corredor e não havia mais portas, o velho pressionou o rosto contra o de Zhu e gritou:

— Onde está ela?

Zhu o encarou, confusa.

— O quê? Quem? — Ela se afastou e quase caiu quando ele a soltou, a orelha dela explodindo de dor.

— A *monja*! Sei que você estava com uma das monjas! — cuspiu o Prior Fang. — Eu a vi *nua*. Você estava naquela despensa com ela! Violando os preceitos sem nenhum pudor! Tendo relações sexuais! Quem era ela, Noviço Zhu? Acredite em mim, vou fazer com que vocês dois sejam expulsos!

De uma só vez, o medo de Zhu foi atravessado por uma ressurgência selvagem que ela reconheceu como o primo distante do riso. Mal podia acreditar. O Prior Fang havia visto sua obsessão. Havia visto o corpo de Zhu e pensava que era o de uma monja. Ainda assim, mesmo com aquela sorte, ela estava bastante consciente de que não havia se safado da crise. Afinal, se negasse a acusação de violar os preceitos, então quem teria sido a mulher nua?

— Não vai responder? — Os olhos do Prior Fang brilhavam: o exercício mesquinho de poder era o único prazer que aquele corpo enrugado sentia. — Não importa. Você nunca será ordenado depois disso, Noviço Zhu. Quando eu contar ao abade o que fez, você não será *nada*.

Ele a agarrou pelo braço e começou a arrastá-la escada acima na direção do terraço superior, onde ficavam a sacristia e o gabinete do abade. Cambaleando atrás dele, Zhu gradualmente tomou consciência da emoção crescente que havia sentido pela última vez, em sua verdadeira forma, naquele dia distante em que se ajoelhara sobre o corpo do irmão em Zhongli.

Raiva.

Aquela sensação crescente era tão visceral que teria chocado mais os monges do que qualquer desejo carnal. Monges deviam almejar o desprendimento, mas aquilo sempre fora impossível para Zhu: ela tinha mais apego à vida do que qualquer um deles era capaz de entender. Agora, depois de tudo que sofrera para viver a vida de Zhu Chongba, não seria um mestre de noviços velho, enrugado e amargurado que a prenderia de modo que o destino vazio pudesse alcançá-la. *Não vai ser você quem vai me transformar em nada.* Sua determinação era tão clara e firme dentro dela quanto o som de um sino de bronze. *Eu me recuso.*

Uns poucos fantasmas despreocupados flutuavam sob as árvores de magnólia que beiravam as escadarias. Suas vestes brancas e cabelos longos projetavam porções alternadas de luz e sombra na poeira. Enquanto Zhu seguia o Prior Fang por outra das escadarias estreitas e íngremes, de repente lhe ocorreu que, naquele momento em particular, o Prior Fang era o único que sabia sobre aquele incidente. Sua respiração parou. Quem questionaria algo se ele sofresse um acidente? Monges mais velhos caíam das escadas o tempo todo. O Prior Fang era muito maior do que ela. Mas ela era jovem e forte. Se ele não tivesse a chance de se debater...

Mas, apesar de toda a sua fúria, Zhu hesitou. Ela e os outros noviços quebravam preceitos o tempo todo, mas qualquer pessoa razoável entendia que havia uma diferença entre pecados menores, como beber e ter relações sexuais, e assassinato.

Ela ainda hesitava quando passaram por um terraço intermediário onde o aroma das ameixas maduras não dava conta de mascarar um cheiro menos agradável. O prédio das latrinas havia sido decorado com lanternas de lótus oscilantes: claramente, algum noviço não se importara muito em agradar os patronos que haviam pagado uma bela quantia para ter os nomes de seus ancestrais escritos nas lanternas para que seus espíritos pudessem receber mérito. Esse também não era o único comportamento repreensível que aquele pátio em particular havia testemunhado da parte de um noviço. As ameixeiras eram a origem do vinho caseiro de Zhu, e eram também onde ela escondia seu pequeno tesouro. A latrina cheirava mal o suficiente para que ninguém se sentisse disposto a ficar por lá e notar que uma bolsa de jarras de vinho havia substituído todas as ameixas caídas.

No momento em que Zhu viu as árvores, ela percebeu o que mais poderia fazer. Ah, quebraria os preceitos. Mas não *aquele* preceito. Não exatamente.

Ela pisou com tanta força que quase fez o Prior Fang tropeçar.

— Preciso ir até a latrina.

O Prior Fang lançou-lhe um olhar incrédulo.

— Segure.

— Não é para mijar — esclareceu Zhu. — É claro que o *senhor* não saberia. Mas depois que se tem, hã, *relações sexuais* com uma mulher, é bom se lavar... — Ela fez um gesto descritivo sobre a área relevante. Depois, exibindo sua expressão mais devota, falou, com um tom acusador: — O senhor não ia querer ofender o abade me colocando na frente dele quando estou *poluído*...

O Prior Fang se retraiu, soltou o braço de Zhu como se estivesse queimando e esfregou a mão no robe. Zhu o observou com uma sensação de ironia amarga. Se a ideia das excreções poluidoras de uma mulher o perturbava tanto assim, imagina se ele soubesse que tipo de corpo havia realmente tocado.

— Vá se limpar, seu... seu *imundo* — rosnou o Prior Fang. Debaixo de sua performance de desgosto e justa indignação, Zhu sentiu uma lascívia latente. A caminho da latrina, pensou com frieza que era melhor ser um monge falho e desejar honestamente, como Xu Da. Negar o desejo só o deixava vulnerável àqueles que eram espertos o suficiente para ver aquilo que você não conseguiria admitir nem para si mesmo.

4

Dentro da latrina, Zhu pisou com cuidado nas ripas do piso pontuadas por excremento e fitou a abertura de ventilação entre o teto e a parede. Era ainda menor do que se lembrava. Antes que pudesse duvidar de seu plano, saltou. Os dedos esticados seguraram a borda e as sandálias encontraram apoio na parede de reboco áspero; então ela subiu. Se o esforço não a tivesse deixado sem ar, poderia ter rido: entre todos os noviços crescidos, apenas ela, com o corpo franzino e não masculino, tinha ombros estreitos o suficiente para passar por aquela abertura. Em outro momento, havia se contorcido e caído de cabeça no chão macio debaixo das ameixeiras. Ela pulou e, tão silenciosamente quanto conseguiu, arrancou um galho baixo da árvore mais próxima. Seu coração acelerou. Será que o Prior Fang ouviria? Para seu alívio, o estalo parecia ter sido mascarado pelos sons de festejo que vinham dos outros terraços. Os monges que não participaram da cerimônia de soltura das lanternas haviam terminado as recitações de sutras e estavam se divertindo. Zhu achava que o Prior Fang certamente não aprovaria *aquilo*.

Ela pegou uma das jarras de vinho debaixo das árvores e, com o galho na outra mão, disparou na direção das escadas. Cedo demais, ouviu um grito furioso: Prior Fang havia descoberto sua fuga; começava-se a perseguição. O foco apagou todos os pensamentos mais elevados de Zhu. Ela era a presa diante do predador. Aquilo era pura sobrevivência. Seus pulmões ardiam como brasa; seus tornozelos doíam. Os sons de seu corpo em movimento retumbavam em suas orelhas. Ela corria com a urgência de quem sabia que a própria vida estava em jogo. *Não vou sair do monastério. Não vou.*

O barulho da perseguição desapareceu, mas aquilo não era uma trégua. Prior Fang sabia que ela correria até o gabinete do abade para implorar por perdão. Ele tomaria uma rota diferente para tentar chegar antes dela. E, *se estivessem* apostando uma corrida até lá, Zhu não tinha dúvidas de que ele venceria. O Prior Fang era mais lento, mas navegara o labirinto de pátios do monastério pelo dobro do tempo em que Zhu estivera viva. Conhecia cada escadaria secreta e cada atalho. Mas Zhu não precisava vencer a corrida até o gabinete do abade. Ela só precisava chegar a um terraço específico antes dele.

Após uma última escadaria, Zhu lançou-se ao terraço com um arquejo. Um instante depois, ouviu o estalar das sandálias subindo os degraus do outro lado do terraço. Apesar de ter chegado antes, mal teve tempo suficiente para correr rumo às sombras no topo daquelas escadas. Ela se preparou e ergueu o galho; no instante em que a careca em formato de ovo do Prior Fang emergiu da escuridão, atacou.

O galho acertou-o com um estalo. Prior Fang tombou. Zhu sentiu o peito se contraindo com a agonia da incerteza. Será que havia calculado o golpe corretamente? Precisava ter atingido o homem com força; se não o tivesse derrubado por completo, ele a teria visto, e saberia o que ela havia feito. Aquele seria o pior desfecho possível. Mas, se o tivesse acertado com força demais...

Ela se agachou ao lado da cabeça do prior e ficou aliviada ao sentir sua respiração na mão. *Está vivo.* Zhu baixou os olhos para o rosto enrugado, que lembrava casca de tofu, e forçou o monge a acordar. O primeiro formigamento de pânico começou em suas palmas. Quanto mais tempo ele demorasse para se levantar, maior seria a chance de ela ser pega ali onde não deveria estar.

Depois de um intervalo excruciante, o Prior Fang finalmente grunhiu. Zhu nunca ficara tão feliz de ouvi-lo em toda a sua vida. Tomando cuidado para ficar fora de vista, ela o ajudou a se sentar.

— O que aconteceu? — balbuciou ele. Ele tocou a cabeça, incerto, como se tivesse quase esquecido o que o fizera sair correndo. Zhu viu a mão do monge tremer de dor e confusão. Sentiu a própria determinação incandescer como uma chama acesa dentro de si. Podia dar certo. *Daria* certo.

— *Aiya*, o senhor podia ter se machucado — disse ela, afinando a voz no tom mais feminino que conseguia. Esperava que fosse o suficiente para impedi-

-lo de reconhecê-la. — Aonde o senhor ia com tanta pressa, estimado monge? O senhor caiu. Não deve ser nada sério. Tome este remédio, o senhor vai se sentir melhor.

Ela lhe ofereceu a jarra por trás. Ele a pegou sem ver e bebeu, tossindo um pouco quando o gosto estranho atingiu o fundo da garganta.

— É isso — disse Zhu em um tom encorajador. — Nada como este remédio para uma dor de cabeça.

Ela o deixou bebendo da jarra e atravessou o pátio rumo ao dormitório que ladeava o terraço. A superfície oleosa do papel da janela brilhava lá de dentro; vozes riam e murmuravam. O coração de Zhu batia mais rápido de ansiedade. Ela respirou fundo e gritou no tom mais alto e agudo que conseguia:

— *Invasor!*

Ela já estava na metade da escadaria quando os gritos começaram. As monjas, correndo para fora do dormitório dos visitantes, lançaram acusações num volume tão alto que Zhu podia ouvi-las com a mesma clareza de quando estava no pátio. Um *monge*, caído de bebedeira! Ele violara o espaço particular das monjas com a lascívia mais grosseira em pensamento; zombara de seu juramento e era um falso seguidor do darma...

Saltando alegremente escada abaixo, Zhu pensou com satisfação: *agora vejam só quem quebrou os preceitos.*

No terraço mais alto, Zhu e Xu Da observaram o Prior Fang sair do gabinete do abade. Zhu viu um velho com um robe curto de camponês, tão diferente em aparência do antigo mestre dos noviços quanto um fantasma desgrenhado e esfomeado era de sua versão viva. Depois que o Prior Fang foi descoberto bêbado no pátio das monjas, a abadessa procurou o abade, furiosa, e o monge perdeu seu status imediatamente em desonra. Prior Fang ficou lá parado por um momento, incerto. Então baixou a cabeça e se arrastou escadaria abaixo rumo ao portão do monastério.

Ele era inocente, e Zhu fizera aquilo com ele. Ela supunha que a armação fora melhor do que sua primeira ideia. Era certamente o desfecho que desejara. Examinou os próprios sentimentos e encontrou pena, mas não arrependimento. *Eu faria isso de novo*, pensou ela, determinada, e sentiu a pulsação de algo similar à euforia percorrer o corpo. *Esta é minha vida agora, e farei o que for preciso para mantê-la.*

Ao lado dela, Xu Da disse baixinho:

— Ele descobriu, não foi? Foi por isso que você chegou a tal ponto.

Zhu virou-se para ele, horrorizada. Por um instante, teve o pensamento terrível de precisar fazer a Xu Da o mesmo que acabara de fazer a Prior Fang. Mas então viu que o rosto do amigo estava tão imóvel quanto o de um bodisatva esculpido e, como naquelas estátuas, cheio de compaixão e compreensão. Tremendo de alívio, ela percebeu que, lá no fundo, sempre soubera que ele sabia.

— Há quanto tempo...?

Xu Da manteve a expressão séria, mas, aparentemente, não sem um esforço heroico.

— Irmãozinho. Dividimos uma cama por *seis anos*. Talvez os outros monges não façam a menor ideia de como é o corpo de uma mulher, mas eu faço.

— Você nunca disse nada — disse Zhu, reflexiva. Ela sentiu uma nostalgia contundente ao pensar em todas aquelas vezes em que ele a protegeu, enquanto ela havia escolhido não perceber.

Xu Da deu de ombros.

— Não faz diferença para mim. Você é meu irmão, não importa o que houver debaixo das suas roupas.

Zhu ergueu os olhos para aquele rosto que lhe era mais familiar que o próprio. Ao se tornar um monge, deve-se deixar para trás a ideia de família. Assim, era engraçado que Zhu só passara a entender o que aquilo significava depois de entrar em um monastério.

Ouviram uma tosse atrás deles. Era um dos monges da sacristia que trabalhavam como assistentes pessoais do abade. Ele se curvou de leve para Xu Da e falou:

— Monge Xu, perdoe-me a intromissão. — Para Zhu, ele disse, sério: — Noviço Zhu, o abade quer vê-lo.

— O quê? — Zhu foi tomada pela descrença. — Por quê?

É claro que o Prior Fang teria defendido a própria inocência para o abade e tentado jogar qualquer culpa que pudesse em Zhu. Mas que crédito teriam as alegações de um monge desonrado? O abade jamais acreditaria nele sem provas. Sentindo o primeiro tremor de pânico, Zhu repassou suas ações na latrina e no pátio das monjas. Não conseguia enxergar o erro. *Devia ter dado certo.* Ela corrigiu a si mesma com tanta veemência que pensou ser capaz de realmente acreditar: *havia* funcionado. *Isso é outra coisa...*

— Decerto não é nada sério — Xu Da apressou-se em assegurá-la ao ver a expressão no rosto de Zhu. Mas parecia tão nauseado quanto ela se sentia. Os dois sabiam da verdade: sempre que um noviço era chamado para uma audiência com o abade, acabava sendo expulso.

Antes de se separarem, Xu Da agarrou o braço dela em um gesto silencioso de companheirismo. Agora, conforme descia os degraus, Zhu não sentia arrependimento. *Eu cometi um erro*, pensou ela, amarga. *Eu deveria tê-lo matado.*

Zhu nunca havia estado na sacristia antes, muito menos no gabinete do abade. Seus pés trêmulos afundaram no carpete estampado; o brilho das mesas laterais de pau-rosa chamou sua atenção. As portas se abriam para os resedás do pátio da sacristia, os caules esguios cintilando em dourado com a luz que emanava das lamparinas. Sentado à sua mesa, o abade parecia maior do que aparentava quando Zhu o via à distância nas devoções matinais, mas, ao mesmo tempo, também parecia menor. Isso porque, sobreposta a milhares de memórias mundanas, estava aquela primeira visão do homem assomado sobre ela como um Rei do Inferno a julgá-la diante do portão do monastério. Foi ao respondê-lo que ela reclamou a vida de Zhu Chongba para si pela primeira vez.

Agora, o peso do poder do abade a fez se prostrar sobre o carpete, pressionando a testa no tecido grosso.

— Ah, Noviço Zhu. — Ela o ouviu se levantar. — Por que ouço tanta coisa sobre você?

Zhu teve um vislumbre da mão do abade suspensa friamente sobre ela, tão pronta para arrancar-lhe a vida de Zhu Chongba quanto estivera para concedê-

-la. Uma corrente de pura recusa a levou a levantar a cabeça, e ela fez o que nenhum noviço jamais ousara fazer: encarou o abade diretamente. Mesmo aquela pequena afronta exigiu um esforço tremendo. Quando seus olhos se cruzaram, Zhu pensou que seria impossível esconder do abade o desejo que transbordava dela. Seu apego à vida, tão indigno de um monge — seu desejo de sobreviver.

— O que aconteceu com o Prior Fang foi lamentável — disse o abade, aparentemente nem ofendido nem impressionado por sua ousadia. — É penoso para mim ter de lidar com tais coisas nesta idade. E a forma como ele difamou você ao partir, Noviço Zhu! Ele me contou uma história bastante sórdida. O que você tem a dizer sobre isso?

O coração de Zhu, que havia se contraído no instante em que ouviu o nome do Prior Fang, relaxou de alívio. Se tudo que o abade buscava era que negasse as acusações do Prior Fang...

— Estimado abade! — gritou ela, e voltou a se prostrar sobre o carpete. Sua voz tremia com a sinceridade da emoção, o que, na ausência da verdade, era tudo que tinha a oferecer. — Este noviço indigno jura pelas quatro relíquias que nunca fez nada para merecer as blasfêmias do Prior Fang. Este ser indigno sempre obedeceu!

Ela viu os imaculados pés cobertos do abade contornarem a escrivaninha, emoldurados pela barra dourada de suas vestes.

— Sempre? Você não é humano, Noviço Zhu? Ou talvez já seja iluminado? — Ele parou na frente dela. Zhu podia sentir os olhos do abade sobre sua cabeça. Ele continuou, com um tom mais brando: — É interessante. Se as evidências não tivessem contrariado tão claramente meu juízo sobre a questão, eu acreditaria que o Prior jamais tomou uma gota de vinho em toda a vida.

Havia algo de sugestivo na voz do homem, que causou nela um arrepio no baço.

— ...Estimado abade?

— Você armou para ele, não foi? — Sem esperar por uma resposta, o abade cutucou Zhu com o dedão. — Sente-se.

E Zhu, erguendo-se de joelhos, viu com horror o que o abade tinha nas mãos.

Duas jarras de vinho. A que Zhu deixara com o Prior Fang e sua gêmea idêntica, vista pela última vez em meio à folia no dormitório dos noviços. O abade examinou as jarras.

— É engraçado como os noviços quebram os preceitos exatamente do mesmo jeito, geração após geração. — Por um momento, ele soou entretido. Então o momento passou, e ele disse, ríspido: — Não aprecio ser feito de marionete para o trabalho sujo de outro homem, Noviço Zhu.

A prova de que ela havia quebrado os preceitos, nas mãos do abade. Dominada pelo pavor, Zhu mal conseguia entender como ousara se juntar aos outros noviços nos pequenos deslizes, acreditando que era exatamente como eles. Acreditando que era realmente Zhu Chongba. Angustiada, ela pensou: *talvez esse sempre tenha sido meu destino, não importava o que eu fizesse.*

Mas, mesmo enquanto aquele pensamento se formava, ela não conseguia — *não podia* — acreditar nele.

— Estimado abade! — gritou ela, lançando-se ao chão outra vez. — Houve um erro...

— Engraçado, foi isso que o Prior Fang disse. — No abade, a insatisfação era natural; era nada além da promessa de aniquilação. Na pausa que se seguiu, Zhu ouviu o som vazio das árvores no pátio e sentiu aquele vazio penetrá-la, de pouco em pouco, não importava o quanto lutasse e lamentasse e se revoltasse contra ele.

Acima dela, o abade fez um som tão inesperado que, a princípio, Zhu não teve ideia do que era.

— Ah, levante-se! — disse ele. Quando Zhu lançou um olhar para o abade, só conseguiu encará-lo, incrédula: ele estava *rindo*. — Nunca gostei do Prior Fang, aquele mamão velho enrugado. Ele sempre me ressentiu; achava que o monge mais pio deveria ter sido nomeado abade. — O abade ergueu uma das jarras de vinho e, encontrando os olhos dela sobre o gargalo, deu um gole profundo. — Ameixas verdes, é isso?

O *abade*, violando os preceitos — Zhu ficou boquiaberta.

O abade riu de sua expressão.

— Ah, Noviço Zhu. Um homem devoto seria um péssimo abade nos tempos conturbados em que vivemos. Você acha que o Monastério de Wuhuang sobreviveu esse tempo todo no meio da revolta nanren e da retaliação mongol graças apenas à consideração sorridente do Céu? É claro que não! Eu vejo o que precisa ser feito para nos manter seguros, e faço independentemente do que um monge deve ou não deve fazer. Ah, eu sei que vou sofrer por isso nas minhas próximas vidas. Mas, quando pergunto a mim mesmo se a dor futura vale a vida que tenho agora, sempre chego à conclusão de que vale.

Ele se agachou e encarou Zhu nos olhos onde ela estava ajoelhada. Sua pele caída mantia-se retesada no lado de dentro por uma vibração cadenciada: a alegria feroz e não religiosa de um homem que, por vontade própria, deixara de lado qualquer chance de nirvana em nome de seu apego à vida. E Zhu, encarando-o maravilhada, viu no abade um reflexo de si mesma.

— Eu me lembro de você, sabe. Foi você quem esperou do lado de fora do monastério. Quatro dias sem comer, no frio! Desde então eu soube que você tinha força de vontade. Mas o incomum em você é o que a maior parte das pessoas com força de vontade nunca entende: que a vontade por si só não é suficiente para garantir a sobrevivência. Elas não percebem que, ainda mais do que da vontade, a sobrevivência depende de entender as pessoas e o poder. O Prior Fang certamente tinha força de vontade! Mas foi *você* quem percebeu que era possível colocar um poder maior contra ele e fez isso sem hesitar. Você pensa em como o mundo funciona, Noviço Zhu, e isso… isso me interessa.

O abade a encarava com uma atenção que ninguém jamais dedicara a ela. Zhu estremeceu sob aquele olhar, o medo tão presente quanto a sombra de um falcão. Embora o interesse do abade sugerisse uma alternativa à expulsão, parecia perigoso demais acreditar que alguém enxergava algo *nela*. A única parte de Zhu Chongba que sempre fora unicamente dela: a determinação para viver.

Com um ar contemplativo, o abade disse:

— Fora de nossos muros, o caos e a violência estão crescendo. Com o passar do tempo, fica cada vez mais difícil mantermos nossa posição entre os rebeldes e os mongóis. Por que você acha que faço tanta questão de que meus monges sejam educados? Não é a força, mas o conhecimento, que será nossa melhor ferramenta para sobreviver aos tempos difíceis adiante. Nossa tarefa será garantir nossa riqueza e nossa posição no mundo. Para isso, preciso de monges que tenham o intelecto e o desejo de entender como o mundo funciona, e a disposição de manipular esse conhecimento a nosso favor. Monges que sejam capazes de fazer o que precisa ser feito.

Ele se levantou e baixou os olhos para ela.

— Poucos monges têm esse tipo de personalidade. Mas você, Noviço Zhu: você tem potencial. Por que não vem trabalhar para mim até sua ordenação? Vou lhe ensinar tudo que você não aprenderia com qualquer monge devoto que escolherei para substituir o Prior Fang. Aprenda comigo como o mundo realmente funciona. — Um sorriso significativo marcou os traços enormes do abade. — Se isso for algo que você deseja.

A vontade por si só não é suficiente para garantir a sobrevivência. Com o medo existencial de seu encontro com o Prior Fang ainda nos ossos, Zhu não precisou pensar duas vezes na resposta.

Desta vez, ela não se rebaixou e sua voz não tremeu. Erguendo os olhos para o abade, ela exclamou:

— Este ser indigno oferece gratidão por qualquer conhecimento que o estimado abade se dignar a concedê-lo. Ele promete fazer o que for preciso!

O abade riu e voltou para sua escrivaninha.

— Ah, Noviço Zhu. Não prometa ainda, antes que você saiba o que pode ser.

1354, NONO MÊS

Ainda estava escuro, não passava da hora do Tigre[1], quando Zhu acordou com o som de alguém mexendo na porta de seu pequeno quarto na sacristia. Depois de um momento, Xu Da entrou e se sentou na beirada de seu estrado.

---

1   Nota da tradutora: corresponde ao período das 3h às 5h da manhã segundo o antigo sistema de contagem de tempo chinês.

— Não acredito que deixaram você dormir na véspera da sua ordenação — disse ele, severo. — O Prior Fang nos fez meditar a noite toda.

Zhu se sentou e riu.

— Bem, o Prior Fang não está mais aqui. E por que você sempre age como se a sua ordenação tivesse acontecido *há um tempão*? Você só tem 23 anos! — Tecnicamente, Zhu tinha dezenove, e ainda lhe faltava um ano para atingir a idade de ordenação; mas, tal qual a maioria das diferenças entre ela e o Zhu Chongba, que teria vinte anos, ela evitava pensar muito no assunto. Mais de dois anos tranquilos haviam se passado desde o incidente com o Prior Fang, mas ela ainda temia que qualquer reconhecimento das diferenças, mesmo dentro da própria mente, pudesse ser suficiente para alertar o Céu de que nem tudo estava como deveria. Depois de um momento, os olhos de Zhu se ajustaram e ela distinguiu o chapéu de palha de Xu Da e seu mantô de viagem. — Já vai? Você acabou de voltar.

O sorriso dele era uma lua crescente na escuridão.

— Surgiu um problema. O Prior Wen está envolvido com as ordenações, então me pediu para cuidar disso. Na verdade, posso pedir sua opinião? Um dos vilarejos subordinados está se recusando a pagar os aluguéis. Disseram que os rebeldes acabaram de passar por lá e cobraram uma taxa para ajudar a rebelião, então estão sem dinheiro. Devemos insistir no pagamento ou isentamos eles? — Xu Da, como o restante dos monges, sabia que a proximidade de Zhu com o abade fazia dela uma conselheira dos interesses do monastério quase tão boa quanto o próprio abade.

— Não devem ter sido os rebeldes de verdade — comentou Zhu. — Eles andam lutando contra as forças do Grande Yuan desde o início do mês. Mas deve ter mesmo acontecido alguma coisa: a colheita do ano foi boa, então não entendo por que de repente começariam a se opor aos aluguéis. Talvez tenham sido bandidos fingindo ser rebeldes. — A palavra "bandidos" trouxe-lhe lembranças; ela as ignorou. — Ofereça que adiem o pagamento até a próxima colheita. Eles ainda devem ter o suficiente para plantar na primavera, se nós não os exaurirmos agora. Cobre juros, mas pela metade da taxa normal. Não dá para esperar que se recusem a contribuir com um exército rebelde, mas, se eles tivessem uma tropa, poderiam ter se protegido dos bandidos. Cobrar juros deve motivá-los a fazer alguma coisa a respeito.

— Eles teriam que ser mais corajosos do que eu para enfrentar os bandidos — disse Xu Da, sarcástico. — Pobres coitados. Mas isso tudo faz sentido. Obrigado. — Ele a abraçou calorosamente antes de se levantar para sair. — Mas fico triste de perder sua ordenação. Boa sorte! Quando nos virmos de novo, nós dois seremos monges.

Depois que Xu Da saiu, Zhu acendeu uma vela da lanterna do corredor e fez suas abluções. Seu quarto, em geral reservado para um monge ordenado que ocupava o cargo de secretário pessoal do abade, ficava ao lado do dele. Ela bateu de leve na porta e, ao ouvir sua resposta, entrou.

O abade estava parado perto das portas abertas que davam para o terraço.

— Noviço Zhu — cumprimentou ele. — Ainda é cedo. Não conseguiu dormir?

— O Monge Xu me acordou antes de partir.

— Ah. É uma pena que ele não possa estar aqui para o seu grande dia.

O dia clareava. Pássaros gorjeavam, e um frescor de outono expansivo e intenso com o aroma prateado do orvalho nas árvores soprava pelo terraço. Além do vale sombrio, uma fileira de nuvens aproximava-se como uma onda. À distância, uma mancha escura maculava a extensão da planície.

— O Senhor Esen está avançando bastante sobre o território rebelde este ano — observou Zhu. Alguns anos já haviam se passado desde que o Príncipe de Henan, envelhecido, passara o comando de seu exército para o filho mais velho. — Por que está tão ávido?

O abade contemplou o exército distante, pensativo.

— Ainda não lhe contei isto; eu mesmo acabei de descobrir. Imagino que o Grande Yuan esteja reagindo à notícia de que o Príncipe Radiante foi encontrado pelos rebeldes. Os Turbantes Vermelhos. É assim que estão se chamando agora.

Zhu o encarou, chocada. O Príncipe Radiante, o arauto do início do novo. Sua chegada significava que uma mudança estava por vir: algo tão monumental que transformaria o mundo. Por todo o quarto do abade as velas se curvaram sob a influência de algo que nem mesmo ela conseguia ver, e Zhu estremeceu.

— Ele é apenas uma criança — disse o abade. — Mas foi testemunhado selecionando os itens que pertenceram à sua última encarnação, então sua identidade não está em questão. Não é de se admirar que os mongóis estejam com medo. O que mais sua presença pode significar senão o fim do Grande Yuan? De acordo com todos os relatos, o Mandato do Céu do Imperador não brilha mais do que uma chama que se esvai numa lâmpada, e isso vem da última vez que ele ousou o exibir em público. Ele pode tê-lo perdido por completo agora. Mas, ainda que ele não tenha mais o Mandato, dificilmente vai abrir mão do poder. Ordenará que o Príncipe de Henan faça tudo que puder para aplacar a rebelião este ano. E, com os Turbantes Vermelhos fortalecidos por terem o Príncipe Radiante, o caos lá fora certamente vai piorar antes de melhorar. — A luz crescente do amanhecer iluminava seus traços, conferindo-lhe uma aura de poder. O abade era um homem que encarava um futuro difícil não com desespero, mas com a confiança obstinada de alguém que enfrentou de cabeça tudo que veio antes e sobreviveu. — Sem dúvida, o caos traz perigo — continuou o abade. — Mas haverá oportunidades também. Afinal de contas, é por causa do caos que estamos vivendo um momento em que até mesmo homens ordinários podem almejar a grandeza. O que são aqueles líderes dos Turbantes Vermelhos, senão ordinários? Mas eles acreditam que são capazes de fazer frente a príncipes e a senhores. Agora, pela primeira vez em séculos, é verdade.

Grandeza. A palavra acendeu as memórias secas de Zhu. Sentimentos percorreram seu corpo, quentes e vivos: o entusiasmo e o deslumbramento de seu primeiro vislumbre da grandeza nas figuras majestosas do Príncipe de Henan e de seus filhos, diminutos debaixo dela no pátio do monastério. E de uma memória ainda mais antiga — a memória de uma sala iluminada por uma vela em um vilarejo que ela se esforçava para esquecer — sua confusão e sua tristeza ao ouvir a palavra "grandeza" pela primeira vez, sabendo que o conceito pertencia a um mundo de imperadores, reis e generais que ela jamais tocaria.

Aquele era o mundo da grandeza, lá naquela planície distante. Ao contemplá-la, Zhu sentiu uma fisgada no estômago. Era diferente da sensação que tivera aos doze anos — a curiosidade abstrata de como seria pular. Agora, tinha a sensação de *ter* pulado. Depois do salto, mas antes da queda: quando o mundo agarrava seu corpo, preparando-se para levá-lo de volta ao lugar a que pertencia. Era a sensação de uma força que não podia ser superada pela vontade, uma força que pertencia ao próprio mundo. *Destino*, Zhu pensou de repente. Ela tinha a sensação perturbadora de ter encontrado algo além de sua capacidade de interpretação. Era a fisgada de um destino no mundo externo, onde a grandeza era fabricada.

— Como vocês jovens monges anseiam por aventura! — disse o abade, notando a intensidade do olhar de Zhu. — Por mais que odeie perder sua assistência, acho que posso lhe dar cerca de um ano de liberdade. Mas penso que podemos encontrar um trabalho mais adequado às suas habilidades do que aquilo que seu irmão Monge Xu faz. O que você acha: depois da sua ordenação, devo nomeá-lo o primeiro emissário do Monastério de Wuhuang para o mundo externo?

O impulso ficou mais forte; era um peso se infiltrando em seu âmago. Seria possível que, tendo vivido como Zhu Chongba por tantos anos, tendo suprimido todas as suas diferenças de modo que até o Céu acreditava serem uma única pessoa, seu destino havia mudado? Mas, ao pensar naquilo, Zhu sabia que estava errada. Aquele peso era uma promessa do inevitável — e a inquietação não era esperança, mas medo. Da altura do monastério, ela baixou os olhos para aquele mundo distante onde o caos e a violência ferviam sob os padrões ordenados de verde e marrom, e soube que, assim como o mundo continha a promessa de grandeza, também continha a promessa do nada.

— Estimado abade, o senhor está mesmo disposto a me castigar com uma vida interessante? — perguntou ela, com uma falsa leveza, esperando com todo o coração que o Céu não estivesse ouvindo. — Não preciso de aventura. Se o senhor odeia me deixar partir, por que não me mantém ao seu lado na sacristia, onde posso ser mais útil?

O abade sorriu, satisfeito.

— Ah, é por isso que você é o meu preferido, Noviço Zhu. Não pense que uma vida nesta montanha vai decepcionar você! Juntos, vamos enfrentar essas mudanças e guiar este monastério à era do Príncipe Radiante, e depois desfrutaremos dos prazeres da paz e da prosperidade. — Com um ar casual, ele acrescentou: — E, quando meu tempo se esgotar, farei com que você me suceda como o próximo abade do Monastério de Wuhuang.

Zhu prendeu a respiração. Aquilo era de fato uma promessa. Em sua mente, viu o microcosmo do monastério: os monges da administração dirigindo-se até o escritório, o grande rebanho de monges arrastando as sandálias rumo ao salão de meditação, os noviços risonhos nos campos recém-arados do vale. Os telhados de ladrilhos verdes e a montanha inclinada, todos contidos sob o domo do céu dourado. Um mundo pequeno e seguro. Não era bem algo que ela desejava, mas um abrigo daquilo que temia. Era algo que conhecia, e sobre o qual teria poder e jamais teria que abandonar.

Ela lançou um último olhar ao mundo exterior. Os raios brancos do Sol haviam se erguido sobre o pico mais alto das distantes montanhas ao sul, mascarando a terra abaixo em um deslumbramento sem forma. Ao dar as costas para a paisagem, com os traços brilhantes ainda dançando nos olhos, ela pensou:

Se você pular, você morre.

As quatro estátuas imensas do Salão dos Reis Guardiões contemplavam a fileira de noviços ajoelhados. Atrás deles, os monges murmuravam os 250 preceitos do juramento monástico. Os seios paranasais de Zhu doíam com a névoa de fumaça do incenso que escurecia o salão já mal iluminado, e seus joelhos explodiam de dor; estavam ajoelhados há horas. Sons abafados de um tipo diferente de dor vinham da fileira de noviços conforme cada um deles era ordenado, um após o outro.

Então o abade chegou até ela, com uma expressão especial no rosto apenas para os dois.

— Noviço Zhu.

Ele pousou mãos frias e firmes nos dois lados do rosto dela enquanto os outros monges colocavam os doze cones de incenso sobre sua cabeça. A fumaça dissipou-se ao redor de seu rosto, a fragrância familiar misturada com algo novo: o cheiro de sua pele chamuscada. Doía como se estivesse sendo coroada com estrelas ardentes. Uma malha de luz queimada diretamente em seu cérebro. Conforme avançava, a dor mudava e se tornava um transporte. Ela sentia que estava pairando sobre um vazio no centro do mundo, cada tremor de vida do corpo indo até ela de uma distância vasta qualquer.

— Zhu Chongba, sempre diferente. Você nem mesmo gritou. — O abade a examinou, impressionado, enquanto os monges a erguiam, apoiando-a quando suas pernas vacilaram. Sua cabeça brilhava de agonia. Ela trajava apenas sua veste interna curta e calças, e agora o abade envolvia o manto de sete tiras sobre seus ombros. Era mais pesado que o manto dos noviços; seu peso a transformava em outra pessoa. — Monge Zhu...

— Estimado abade! — Todos pularam quando um jovem monge irrompeu no salão, suando. Quando o abade lhe lançou um olhar incrédulo, o monge atirou-se em uma reverência e exclamou com pressa: — Mil desculpas. Mas... o general das tropas do Príncipe de Henan chegou!

O abade franziu o cenho.

— O quê? Por que não fomos informados sobre essa visita com antecedência? Onde ele está agora?

O jovem monge abriu a boca, mas uma voz leve e rouca disse:

— Há quanto tempo, estimado abade.

A luz diminuiu quando o general atravessou as grandes portas do Salão dos Reis Guardiões, e os monges arquejaram de horror. Retraíram-se com sua presença profana, cheios de medo, fúria e desgosto, pois o general do Yuan era o eunuco que Zhu vira do telhado do Salão do Darma vários anos antes. Ele era jovem na época, provavelmente mais novo do que Zhu era agora. Os anos deveriam ter transformado o rapaz em um homem, mas agora Zhu tinha a impressão de ver um eco na forma humana: alguém tão delicado e belo quanto fora naquele tempo. Apenas seu rosto feminino havia perdido a graciosidade pura e se transformado em algo mais perturbador: uma beleza acentuada e sinistra sustentada em uma tensão tão alta quanto o aço mais bem temperado.

Em vez da armadura de couro de um soldado normal, o general vestia metal. O peitoral circular era um espelho de brilho escuro. Em cada lado de sua cabeça havia uma trança fina de um guerreiro mongol. Quando o eunuco se aproximou, Zhu viu que, na verdade, ele tinha sangue nanren. Mas aquilo fazia sentido: nenhum mongol teria tolerado a humilhação de tal punição, nem permitiria que ela fosse infligida em um dos seus.

— Isso é uma invasão, general — disse o abade, imprudente com a surpresa. Ali, em seu próprio domínio, ele era rei, e a ofensa descarada a seu poder, diante de seus monges reunidos, deixou-o ríspido. — Permita-me lembrá-lo de que até mesmo os Príncipes de Sangue devem seguir nossas regras quando põem os pés neste lugar.

— Ah, essa regra. Esqueci — disse o general eunuco conforme se aproximava. Sua expressão era vazia para dar a impressão de alguém sem qualquer vida interior. — Peço desculpas. — Ele falava em han'er, o idioma do norte usado com frequência pelos visitantes do monastério, com um sotaque notavelmente maçante que Zhu nunca ouvira antes. *Mongol.* Atrás dele, as chamas da lâmpada se extinguiram, depois brotaram de novo com um clarão, conforme os fantasmas atravessavam a soleira. Continuavam os mesmos, assim como o general. Zhu sentiu um arrepio. Na verdade, a visão das formas pálidas reunindo-se ao redor do eunuco era ainda mais estranha do que fora da primeira vez. Durante todos os anos desde então — com todas as pessoas que conhecera —, ela nunca havia visto nada como aquilo.

Ao encarar o eunuco parado ali em meio a seus fantasmas, Zhu de repente sentiu o quase esquecido puxão de uma corda dedilhada bem no fundo de seu interior. *Duas substâncias similares entrando em contato.* Uma consciência ardente de sua diferença em relação à pessoa que deveria ser atravessou seu corpo. Mas, mesmo enquanto se retraía, rejeitando aquela conexão, sentiu um entendimento fluindo por ela. *Iguais se reconhecem.* Ela se lembrou da humilhação do eunuco nas mãos do abade tantos anos antes, e soube instintivamente que a expressão vazia em seu rosto ocultava seu cinismo. Ele sabia perfeitamente bem como sua presença perturbava e insultava os monges. Estava devolvendo a dor — que nunca havia esquecido.

O olhar do eunuco deixou o abade e dirigiu-se à fileira de noviços chamuscados.

— Mas vejo que estou interrompendo, então serei breve. Diante dos preocupantes eventos recentes, o grão-cã ordenou que os defensores do império redobrem suas ações contra os inimigos. O Príncipe de Henan deseja se certificar de que tem o apoio dos monastérios em sua tarefa de recuperar a estabilidade no sul. — Ele falou com tanta neutralidade que Zhu pensou ser a única a ter ouvido a emoção selvagem nas entrelinhas quando ele acrescentou: — Tenho certeza de que este monastério, sendo súdito leal do Yuan, não hesitará em cooperar por completo.

Preocupantes eventos recentes. A descoberta do Príncipe Radiante pelos rebeldes do Turbante Vermelho. O Grande Yuan, sentindo o Mandato do Céu escapando de seus dedos, obviamente temia o suficiente para procurar impedir que os monastérios fossem tentados a depositar sua fortuna e sua influência nos rebeldes nanren.

O eunuco olhou ao redor do salão, admirando os entalhes refinados das vigas e dos pilares, as estátuas de ouro e os incensários de porcelana.

— Como este monastério prosperou desde a última vez em que estive aqui. Salões repletos de ouro e telhados ladrilhados com jade! De fato, o Céu vem sorrindo para vocês. — Voltando a atenção para o abade, ele disse: — O Príncipe de Henan me incumbiu de informar-lhes que este monastério deverá, daqui em diante, repassar dois terços da arrecadação anual de suas terras e todas as outras fontes diretamente ao administrador da província para uso do Príncipe de Henan em seus esforços para conter os rebeldes. — Friamente, ele acrescentou: — Considerando que o objetivo dos monges é abrir mão de todos os confortos terrenos, tenho certeza de que não será difícil.

Dois terços. Zhu viu a enormidade daquele valor atingir o abade e sua fúria crescente. Era uma fúria sem refinamento e, para o alarme de Zhu, ela viu que o abade, que sempre considerara ser a sabedoria sua maior força, não fazia ideia de que o eunuco o ressentia pela humilhação do passado. Tudo que ele via era aquela linda superfície, tão opaca quanto jade branca.

Ela deu um passo à frente, o movimento provocando uma explosão de agonia na cabeça e nos joelhos. Dentro da agonia havia outra dor, uma menor: a conexão latejante com o eunuco. Ele se virou para olhá-la, uma leve ruga de perplexidade maculando a perfeição fria do rosto. *Iguais se reconhecem*, pensou ela, perturbada. Ela disse com urgência:

— Estimado abade...

ELA SE TORNOU O SOL 69

Mas o abade não ouviu. Focado no General Yuan, ele se ergueu, imponente. Era um homem alto e pesado e, em sua fúria, assomava-se sobre o pequeno eunuco.

— Dois terços! — vociferou ele. O abade sabia tão bem quanto Zhu que aquilo os deixaria na miséria. — O Príncipe de Henan enviou sua criatura para me insultar assim!

— O abade se recusa? — indagou o eunuco, com um terrível aumento de interesse.

— Saiba, general, que todas as posses de um monastério estão de acordo com a vontade do Céu. Demandar o que é nosso é o mesmo que dar as costas para a benção de Buda. Sabendo das consequências, ainda vai seguir este caminho?

Zhu sabia o que o triunfo severo na voz do abade significava. E por que o abade não deveria recusar? Era impossível derrotar a maior defesa de um monastério: que qualquer mal feito a ele seria devolvido ao agressor como sofrimento, vida após vida.

Mas, para o horror dos monges, o eunuco apenas riu. Era um som horrível, a profanação de tudo que era sagrado.

— Estimado abade, está tentando me assustar? Sem dúvidas essa ameaça teria funcionado com o Príncipe de Henan, ou mesmo com meu mestre, o Senhor Esen. Mas por que acha que mandaram a mim? — Uma aspereza sombria surgiu em sua voz: uma violência dirigida a si mesmo tanto quanto ao abade. — Acha que alguém como eu tem medo do sofrimento que pode recair sobre mim, nesta vida ou na próxima?

E, com isso, Zhu enxergou o eu interior do eunuco com tanta clareza como se seu rosto fosse gelo transparente. Ela viu a vergonha e a fúria sibilando sob a expressão vazia e, com um clarão de terrível compreensão, soube que o eunuco nunca quis que o abade cedesse. Ele queria que o abade se recusasse para que tivesse a satisfação de forçá-lo a sentir seu poder. Ele viera desejando vingança.

O general eunuco disse:

— Entrem.

Tilintando e rangendo, o rio escuro de seus soldados fluiu salão adentro. Seus corpos se sobrepunham aos dos fantasmas, escuridão substituindo luz. Era o mundo externo penetrando o que fora um santuário, e Zhu arfou com a agonia súbita de ser *puxada*. Com uma chama ardente, ela percebeu a inevitabilidade do que estava acontecendo. O monastério nunca fora destinado a ser eterno; sempre fora seu destino ser lançada àquele mundo de caos e violência — de grandeza e de insignificância.

Insignificância. Fugira dela por nove anos; não pararia agora. *Sempre há uma saída*. E, no instante em que pensou aquilo, soube qual era. Se o mundo externo continha tanto grandeza quanto insignificância, então a única forma de escapar de uma era se tornar a outra. Zhu Chongba fora destinado à grandeza. Se tinha de viver no mundo externo, então enquanto estivesse lá seria Zhu Chongba tão completa e absolutamente que alcançaria seu destino e sobreviveria.

O desejo é a causa de todo sofrimento. A única coisa que Zhu desejava era viver. Agora ela sentia a força pura daquele desejo dentro de si, tão inseparável quanto sua respiração ou o *Qi*, e sabia que sofreria por aquilo. Não conseguia nem sequer começar a imaginar a magnitude terrível do sofrimento que seria necessário para alcançar a grandeza naquele mundo caótico e violento lá fora.

Mas o general eunuco não era o único que não temia o sofrimento.

Você pode ter acabado com isto, mas não acabou comigo, pensou ela, ao olhar para ele com determinação. Sentiu aquela verdade brilhar dentro de si com tanta intensidade que parecia ser capaz de incendiar qualquer coisa que tocasse. *Ninguém jamais acabará comigo. Serei tão grande que ninguém será capaz de me tocar ou se aproximar, por medo de se tornar nada.*

O eunuco não demonstrava nenhum sinal de ter sentido qualquer um de seus pensamentos. Ele virou as costas para os monges e atravessou as portas, o fluxo incessante de soldados à sua volta como um córrego ao redor de uma pedra.

Ele ordenou:

— Queimem tudo.

PARTE DOIS

1354 – 1355

PLANÍCIE DO RIO HUAI
DÉCIMO MÊS

As manhãs de outono na planície eram frias e monótonas. Sob uma camada de fumaça de esterco, o acampamento das tropas do Príncipe de Henan se enchia de atividades. O General eunuco Ouyang e seu braço-direito, o Comandante Sênior Shao Ge, cavalgaram na direção dos batalhões de infantaria. O acampamento era tão vasto que o trajeto renderia uma longa caminhada. Saindo do centro, onde os líderes do exército armavam seus *ger* de feltro, eles passaram pelas tendas dos estrangeiros semu, que forneciam ao exército conhecimentos de engenharia e artilharia de cerco, depois pelas carroças de suprimentos e rebanhos de gado, e só depois disso chegaram à periferia e à infantaria: cerca de sessenta mil recrutas e voluntários da base da hierarquia social do Yuan. Aqueles homens, nanren de acordo com o nome oficial de sua casta, eram os antigos súditos dos imperadores nativos do sul. Os mongóis costumavam chamá-los de manji. *Bárbaros*.

— Trair o Grande Yuan para se juntar aos rebeldes... — disse Ouyang enquanto cavalgavam. — Ele era um bom general; não sei por que fez isso. Devia saber como terminaria.

Até a semana anterior, os recém-nomeados rebeldes do Turbante Vermelho das planícies Huai haviam sido liderados pelo General Ma, um experiente general do Yuan que desertara alguns anos antes. Agora ele estava morto. Ouyang, que já havia matado um número considerável de homens em sua carreira, notou que o rosto do velho general permanecera em sua mente por mais tempo que o normal. A expressão final de Ma fora a percepção desesperadora do inevitável. Por mais que lhe agradasse a ideia de pensar em si mesmo como inevitável, Ouyang suspeitava que Ma estivesse pensando em outra coisa.

— Foi uma boa vitória — disse Shao, em han'er. Como os dois eram os raros líderes nanren de um exército mongol, Shao havia adquirido o hábito de usar han'er quando estavam sozinhos. Era uma familiaridade de que Ouyang não gostava. — Achei que teríamos má sorte depois que o senhor destruiu aquele monastério, mas parece que o Céu ainda não decidiu puni-lo. Ele deve estar guardando o castigo para mais tarde. — Ele lançou para Ouyang um sorriso sarcástico de soslaio.

Ouyang então lembrou que não desgostava apenas da familiaridade de Shao, mas do próprio homem. Infelizmente, às vezes é necessário tolerar coisas das quais não se gosta. Era algo no qual Ouyang tinha bastante prática. Usando o idioma mongol, ele disse, incisivo:

— Foi mais fácil do que eu esperava. — Estranhamente fácil, considerando como seu progresso contra os Turbantes Vermelhos fora lento nas campanhas anteriores. Derrotar o General Ma não fora moleza.

Shao parecia ressentido: entendera a reprimenda. Em mongol, disse:

— Eles serão ainda menos desafiadores sem o General Ma. Conseguiremos cruzar o Huai e conquistar Anfeng antes do inverno. — Anfeng, uma cidadela com muros de terra aninhada numa curva do rio Huai, era a base dos Turbantes Vermelhos, embora os rebeldes preferissem chamá-la de capital. — E, assim que nos livrarmos do Príncipe Radiante, será o fim dessa história.

Ouyang grunhiu, evasivo. O Príncipe Radiante havia atraído apoio popular como nenhum outro líder rebelde fizera antes, mas houvera rebeliões antes dele e sem dúvidas haveria rebeliões depois. No fundo, Ouyang pensava que haveria rebeliões enquanto houvesse camponeses. E, se havia algo que nunca faltava no sul, eram camponeses.

Chegaram à região onde o batalhão de infantaria do Comandante Altan-Baatar estava instalado, às margens do rio na fronteira sul do acampamento. Um treinamento já estava em andamento. Subcomandantes gritavam a contagem à frente de cada regimento de mil homens. O movimento de milhares de pés na terra levantava nuvens de poeira amarela. Os soldados nanren, agrupados em armaduras idênticas, revolviam na poeira como um bando de pássaros.

Altan dirigiu-se aos recém-chegados.

— Saudações ao melhor general do Yuan — disse ele, com um tom de deboche na voz. Era ousado o suficiente para desrespeitar Ouyang porque era parente do Príncipe de Henan e filho do abastado governador militar de Shanxi; porque sua irmã era Imperatriz; e porque tinha dezessete anos.

— Continuem — respondeu Ouyang, ignorando o tom de Altan. O garoto era apenas um pouco menos sutil em relação aos mais velhos ao demonstrar a crença de que um general deveria ter qualificações melhores de corpo e sangue. Mas, diferentemente daqueles homens experientes, Altan ainda era ávido por exibir suas habilidades para os superiores. Como um jovem privilegiado, desejava se sair bem, ser reconhecido e conduzido a seu lugar de direito no topo do mundo. Ouyang fitou o nó na garganta de Altan, cheio de folículos salientes dos quais a barba crescia, e sentiu repulsa.

Os homens completaram o treinamento. As atividades foram úteis; os outros batalhões de infantaria haviam se saído igualmente bem.

— Inadequado. Outra vez — disse Ouyang.

Altan era muito transparente. Expunha todas aquelas expectativas sem ter ideia de que podia ser odiado por elas. O general observou as emoções atravessarem o rosto do rapaz em várias facetas: surpresa, descrença, ressentimento. Esta última era particularmente satisfatória.

Os subcomandantes os observavam. Envergonhado, Altan franziu o cenho e deu as costas a Ouyang para transmitir a ordem.

A atividade foi realizada mais uma vez.

— Outra vez — ordenou Ouyang. Ele pousou os olhos nos homens, ignorando deliberadamente a expressão de indignação descarada no rosto de Altan. — Continuem até acertarem.

— Talvez o senhor devesse me dizer o que exatamente procura, general! — A voz de Altan tremia de raiva. Ouyang sabia que o rapaz se considerava traído. De acordo com o arranjo tácito da elite mongol, os esforços de um jovem comandante deveriam ter sido recompensados.

Ouyang lançou ao rapaz um olhar de desprezo. Em sua opinião, ele mesmo nunca fora jovem assim.

— Já que essa atividade é penosa demais para sua competência atual, talvez seja melhor tentarmos outra. — Ele lançou um olhar rápido para o rio. — Leve seu batalhão para o outro lado.

Altan encarou a paisagem. O leito do rio tinha a largura de ao menos metade do voo de uma flecha e, no meio, as águas chegavam ao peito de um homem. Além disso, fazia muito frio.

— Como é?

— Você ouviu bem. — Ele deixou a raiva do rapaz fermentar por mais um instante, depois acrescentou: — E amarre as mãos dos soldados na frente do corpo, para testar o equilíbrio deles.

Depois de um longo silêncio, Altan se manifestou rigorosamente:

— Haverá baixas.

— Poucas se foram bem treinados. Vá em frente.

O rapaz hesitou por um momento, tenso, depois cavalgou até os subcomandantes que o aguardavam. Ao receberem as instruções, um ou dois dos homens olharam para onde Ouyang e Shao estavam observando. Era impossível distinguir suas expressões àquela distância.

O exercício era cruel, mas essa era a intenção de Ouyang. Avançando sob os gritos dos subcomandantes, e sofrendo com o açoite de chicotes, os regimentos adentravam o rio. Talvez, num dia mais quente, a tarefa tivesse sido mais fácil, mas os homens estavam apavorados e com frio. No ponto mais profundo do rio, muitos foram tomados pelo pânico, tropeçaram e afundaram. Os melhores subcomandantes, que haviam entrado para acompanhar seus homens, puxavam-nos e incitavam-nos com palavras encorajadoras. Os piores gritavam nas margens. Altan, cujo cavalo estava com água na altura do peito, ia de um lado para o outro em meio às fileiras. Seu rosto irradiava ira.

Ouyang e Shao também adentraram o rio, mantendo uma distância segura do tumulto. Quando todos os homens se juntaram a eles na margem oposta, e os desafortunados foram resgatados e reanimados, Ouyang disse:

— Lentos demais. De novo.

E quando retornaram à outra margem:

— De novo.

A resistência dos homens atingiu o ápice na terceira travessia; já exaustos, certa obediência mecânica tomou conta. Aqueles com tendência a entrar em pânico já haviam surtado e sido removidos. Para os que restaram, a novidade apavorante da imersão havia se tornado meramente desagradável.

— De novo.

Ao meio-dia ele interrompeu o exercício. Parado diante dos subcomandantes, Altan encarava Ouyang cheio de fúria. A maioria dos subcomandantes estava encharcada de lama; um número menor permanecia seco. Ouyang fitou estes últimos:

— Você — disse ele para um mongol particularmente convencido. — Seu regimento se saiu muito mal, e você perdeu um bom número de homens. Por quê?

O subcomandante fez uma continência:

— General! Os homens não estão acostumados a esses exercícios. O medo os deixa lentos. O problema são os manji. Eles são covardes por natureza. Lamento ainda não ter tido a oportunidade de livrá-los desta fraqueza.

Ouyang fez um ruído para que ele continuasse.

— Eles têm medo de água fria e de trabalho pesado — explicou o subcomandante.

Ouyang adotou uma postura reflexiva. Então disse:

— Subcomandante, notei que você permaneceu montado em seu cavalo o tempo todo.

— General! — disse o homem, intrigado.

— Você critica seus homens por terem medo de água fria e de trabalho pesado; no entanto, não vejo qualquer evidência do oposto em suas próprias ações. Você conseguiu se manter notavelmente seco enquanto vários de seus homens se afogavam. Você os viu sofrendo e não pensou em mover um músculo para salvá-los? — Apesar do controle do general, alguns de seus sentimentos naturais escaparam; ele ouviu a frieza na própria voz. — Será que o valor de seus homens, covardes por natureza, é baixo demais?

O subcomandante abriu a boca, mas Altan interrompeu:

— General, eu acabei de promovê-lo. Ele é novo nesta posição.

— Sempre achei que promoções se baseavam em habilidades já possuídas. Do contrário, para que promover alguém? — Ouyang sorriu para Altan: uma lâmina escorregando debaixo da armadura. — Não, não acho que ele tenha as qualidades de um líder ideal. — O general se virou para Shao. — Fique no lugar dele.

— O senhor não pode simplesmente substituir meus oficiais! — quase gritou Altan.

— Posso sim. — Ouyang sentiu uma onda de prazer cruel. Ele sabia que sua atitude era mesquinha, o que era considerado típico dos eunucos, mas às vezes era difícil não ceder. — Recolha os mortos. Faça o que for necessário para preparar seu batalhão. Esteja pronto para partir daqui a dois dias por ordem do Senhor Esen!

O general conseguiu ouvir os resmungos de Altan ao partir, mas aquilo não era nada novo.

— Malditas sejam dezoito gerações de ancestrais do cachorro daquele canalha! Como ele ousa agir desse jeito, quando ele não passa de uma *coisa*?

O *ger* do Senhor Esen-Temur, herdeiro do Príncipe de Henan e líder dos exércitos do Grande Yuan no sul, chamava atenção no centro do acampamento como um navio à noite. Risos escapavam das paredes redondas. Ouyang não esperava nada diferente: seu mestre era sociável por natureza; sempre desfrutava mais de companhias do que do conteúdo dos próprios pensamentos. O general assentiu brevemente para os guardas e atravessou a porta.

Esen ergueu os olhos de onde estava deitado no meio de um grupo de comandantes. Alto e musculoso, com uma boca de traços distintos debaixo da barba, era um exemplo tão perfeito de um guerreiro mongol que se parecia mais com os retratos hagiográficos dos grandes cãs do que os próprios homens retratados.

— Já não era sem tempo! — exclamou ele, fazendo um gesto para dispensar os outros.

— Meu senhor? — Ouyang ergueu as sobrancelhas e se sentou. Como de costume, o movimento provocou uma rajada de ar que fez o fogo na lareira central agitar-se na direção oposta. Há muito tempo, um médico havia atribuído o fenômeno ao fato de Ouyang possuir uma energia yin escura, úmida e feminina em excesso, embora qualquer tolo fosse capaz de fazer aquele diagnóstico a respeito de um eunuco. — O senhor fez uma convocação? — Quando ele estendeu o braço para pegar o saco de leite fermentado airag ao lado de Esen, o outro lhe passou o pacote, sorrindo.

— Convocações são para subordinados que se dirigem a mim pelo título. Eu esperava o prazer da companhia de um amigo.

A discussão sobre a formalidade de tratamento era antiga entre os dois. Ao longo da evolução de Ouyang de escravo para guarda-costas para general e amigo mais próximo de Esen, este insistira que a linguagem usada entre eles devia mudar, ao passo que Ouyang se recusava com igual obstinação por acreditar ser o mais apropriado. Esen finalmente reconhecera a derrota, mas continuava a usar a questão como munição sempre que possível.

— Esperava? — respondeu Ouyang. — O senhor poderia ter se frustrado. Eu poderia ter ido me refrescar primeiro, em vez de correr para atualizá-lo. Ou poderíamos ter nos falado amanhã; assim, eu não teria interrompido sua reunião.

— Não me arrependo; sua companhia me agrada três vezes mais.

— Eu deveria esperar uma recompensa três vezes maior por isso?

— O que você desejar — disse Esen, sem pressa. — Sei que você é tão apegado à sua armadura que dormiria com ela se pudesse, mas ela fede. Vou lhe dar uma nova.

Ouyang ostentava a armadura com orgulho: suas placas de metal favoritas eram facilmente reconhecíveis, uma declaração ousada de sua reputação como um temido general do Yuan. Com rispidez, disse:

— Peço desculpas por ofender os delicados sentidos de meu senhor. Suponho que preferiria que eu me trocasse.

— Essa é boa! Você simplesmente usaria tantas roupas que elas o protegeriam tão bem das flechas quanto uma armadura de verdade. Tenha piedade e tire seu capacete; sinto calor só de olhar para você.

Ouyang fez uma careta e tirou o equipamento. Era verdade que, quando não estava de armadura, gostava de usar várias camadas de roupa. A razão mais simples era que sentia frio com facilidade, já que seus ancestrais não vinham de uma estepe gelada e miserável. O outro motivo ele preferia não lembrar.

Esen, por sua vez, acabara de se limpar. A pele bronzeada pela exposição ao sol ocultava a tez naturalmente clara e rosada de um habitante das estepes, mas o peito, visível pela abertura no manto, reluzia como marfim à luz do fogo. Ele se esparramou nas almofadas espalhadas pelo chão coberto de tapetes, confortável. Ouyang se sentou ereto ao lado de seu senhor, menos confortável. Ele não conseguia se esparramar de armadura; de qualquer forma, não seria digno.

— Soube que você meteu o maior medo em Altan hoje de manhã.

— Ele falou com o senhor?

— Ele sabe que não adianta reclamar comigo, ainda que houvesse motivo para reclamar. Por acaso houve?

Ouyang abriu um sorriso discreto, lembrando-se da fúria de Altan.

— O exercício serviu ao seu propósito. Houve algumas mortes. Homens de Shanxi. Será que vai causar problemas para seu pai?

— Não se preocupe com isso. É uma pena que eu estava ocupado; adoraria ter assistido.

— Foi entediante.

— Qual parte?

— Tudo. Não, só as partes que envolviam Altan. A maior parte.

Rindo, Esen esticou o braço para pegar o pacote de airag. O movimento fez seu manto sair do lugar e Ouyang teve um vislumbre da mancha escura entre as coxas de seu senhor. Sentiu a fascinação nauseante de sempre diante da visão. Um corpo masculino perfeito, habitado de forma tão casual, cuja inteireza jamais fora objeto de reflexão do dono. A mente do general se afastou de qualquer comparação entre aquele corpo e o próprio, mutilado.

Sem notar a distração de Ouyang, Esen serviu bebida para ambos.

— E quanto aos outros batalhões?

Ouyang fez seu relatório. Ao longo dos anos, haviam desenvolvido um formato que evoluíra e se transformara em algo mais parecido com um ritual. Ele gostava da sensação de ter a atenção vagarosa e agradável de Esen em si; a visão familiar do mestre brincando com as pedrarias no cabelo enquanto escutava.

Quando ele terminou, Esen disse:

— Obrigado. Como eu viveria sem você?

— Segundo Altan: perfeitamente bem.

Esen grunhiu.

— Não consigo me livrar dele; o pai dele é muito importante.

— Ele não é idiota. Acho que é possível treiná-lo para ser um general substituto pelos próximos dez anos. Quinze anos.

— Eu não suportaria — declarou Esen, teatral. Seu sorriso era mais evidente ao redor dos olhos; a luz do fogo brilhava em seus lábios entreabertos. — Não me deixe.

— Quem mais me aceitaria?

— É uma promessa. Vou cumpri-la.

— E eu por acaso brinco?

— Rá! Ninguém jamais o acusaria disso. — Então, quando Ouyang se levantou para sair: — Mas por que não fica mais um pouco para conversarmos? Não entendo por que você precisa colocar esse seu *ger* horroroso tão longe. Como pode gostar de ficar sozinho o tempo todo?

Esen jamais conseguiria entender por que Ouyang escolhia manter-se afastado, por que vivia com uma austeridade que beirava a vida monástica. A maioria dos homens que ascendera de forma tão dramática quanto o general se deleitava com luxos, e Ouyang sabia que Esen teria lhe dado o que quisesse com o maior prazer. Mas do que mais um soldado eunuco precisava além de armas e armadura? Ouyang pensou no desdém do abade, nos xingamentos de Altan.

Criatura. Insignificante. Uma ferramenta que não tinha necessidades, que não tinha desejos próprios.

Esen lançou-lhe um olhar esperançoso. O belo e charmoso Esen, que nunca era contrariado. Ouyang sentiu o estômago revirar. Mas era apenas a bebida; nunca tivera tolerância para vinhos fortes.

— Já está tarde, meu senhor.

Ele reprimiu um sentimento de culpa diante da decepção de Esen. Mas pegariam estrada no dia seguinte, e Esen tinha razão: a armadura de Ouyang — e o próprio por extensão — fedia. Depois daquela noite não haveria outra oportunidade para tomar banho a caminho de Anfeng. A caminho da vitória.

Os tambores soaram. Com Ouyang à frente do exército reunido, Esen emergiu de seu *ger* com a armadura cerimonial. A capa tinha uma pelagem prateada, que ressaltava sua pele escurecida. A barba havia sido raspada de modo que a garganta estava lisa e sem pelos. Ele caminhou como um noivo no dia do casamento, avermelhado pela luz do amanhecer. Uma brisa quente e auspiciosa, incomum para aquela época do ano, carregava consigo os cheiros de metal e dos cavalos.

Ouyang esperava, sessenta mil homens atrás de si. Sua armadura espelhada havia sido polida até brilhar sob o céu sombrio. Era o farol do campo de batalha para o qual os homens olhavam, ou do qual fugiam apavorados.

Quando Esen se aproximou, Ouyang se pôs de joelhos. As botas de Esen pausaram ao lado da cabeça do general. Ouyang gritou, a cabeça curvada em direção à nobre gáspea.

— Meu senhor! Saúdem meu senhor, o filho do Príncipe de Henan!

— Salve o filho do Príncipe de Henan! — gritaram as vozes.

— Meu senhor! Seu exército está pronto.

Ele sentiu Esen se empertigar, absorvendo a visão do exército reunido. Ajoelhado, Ouyang podia ouvir o tilintar e o ranger das armaduras ao seu redor. Até um exército perfeitamente imóvel fazia barulho. Ele enxergava na mente: as colunas de homens cobrindo a planície; as dezenas de milhares de soldados idênticos, esmaecendo em uma massa indistinta de metal escuro. Uma floresta de lanças e, acima deles, fileiras intermináveis de estandartes, o azul puro de uma chama ou do céu sem nuvens das estepes, anunciando a glória do império mongol do Grande Yuan.

— Levante-se, meu general. — Erguendo-se, Ouyang foi iluminado pelo sorriso de Esen. — Seu exército me agrada. Assim como me agrada recompensá-lo por ele. — Esen gesticulou para um assistente. Com o presente em mãos, seu sorriso ganhou um ar malicioso. Particular e satisfeito, provocativo. Ele continuou: — Assim que a vi, soube imediatamente a quem era apropriada.

O presente era uma égua preta, o pescoço quase tão grosso quanto o de um corcel. Ela girou as orelhas na direção de Ouyang e relinchou da forma estranha como faziam os animais quando o viam pela primeira vez. A égua era feia e poderosa e magnífica — e, para um povo que considerava os cavalos o mais precioso dos bens, era um presente de reis. Ouyang examinou o animal com uma pontada de tristeza. Esen era o único que considerava Ouyang digno de recompensa. O único que se recusava a ver o que todos os outros viam.

Quando Esen lhe passou as rédeas, suas mãos nuas roçaram uma na outra.

— Cavalgue ao meu lado, meu general. — Esen montou no próprio cavalo e fitou o horizonte. Em uma voz ressonante, ele disse: — Grande exército do Yuan! Forças do Príncipe de Henan! Adiante!

Ouyang deu a ordem; ela foi ouvida e repetida por cada comandante de dez mil homens, cada subcomandante de mil homens, cada líder de cem homens. As vozes se transformaram num coro contínuo e fluido, uma canção ecoada vibrando num cânion. De uma vez só, o grandioso exército começou a se mover. As colunas reluzentes fluíam pela terra; o metal esmagava a grama e levantava uma onda de cheiro terroso. E os estandartes incansáveis pairavam sobre eles: o Senhor Esen e o General Ouyang, lado a lado à frente do exército do Grande Yuan em sua marcha rumo aos Turbantes Vermelhos e Anfeng.

ANFENG, SUL DE HENAN
DÉCIMO PRIMEIRO MÊS

Anfeng, a capital dos Turbantes Vermelhos, ficava um lugar deplorável quando chovia. Sem guarda-chuva, a garota Ma Xiuying caminhava lentamente pela lama rumo ao palácio do Primeiro-ministro Liu. Era uma convocação pela qual todos andavam esperando: o primeiro-ministro finalmente escolheria o novo general dos Turbantes Vermelhos. Ma sentia náusea ao pensar naquilo. Seu pai, o General Ma, havia liderado os rebeldes em tantas vitórias nas cidades do sul do Yuan que todos passaram a considerá-lo infalível. Então, de repente, ele não apenas perdeu, como também foi assassinado. De alguma forma, pensou Ma com amargura, nenhum dos homens de confiança do pai estivera ao seu lado quando ele precisou. Ela imaginou o pai cara a cara com o general eunuco do Príncipe de Henan, e se vendo sozinho. *Traído*. Ela sabia, sem precisar saber, que aquilo fora obra do primeiro-ministro. Desde a descoberta do Príncipe Radiante, o Primeiro-ministro Liu havia mudado. A promessa de vitória do Príncipe Radiante sobre o Yuan deixara o homem paranoico. Quanto maior o sonho de poder, maior era a cobiça que ele enxergava nos outros. O General Ma havia discordado do primeiro-ministro dois dias antes de partir para enfrentar as forças do Príncipe de Henan. Agora estava morto.

Ao virar a esquina, Ma vislumbrou uma figura alta e familiar caminhando sob a garoa. Não chegava a ser alguém capaz de levantar seu ânimo, mas a familiaridade bastava.

— Guo Tianxu! — chamou ela, levantando as saias e correndo. — Deixe-me caminhar com você.

— Caminhe sozinha — retrucou seu noivo, apertando o passo. O Comandante Guo tinha apenas 22 anos, mas o enrugamento constante das sobrancelhas acima do nariz já havia desenhado três linhas verticais entre elas iguais ao caractere "rio". Em Anfeng, o rapaz era conhecido como Pequeno Guo, o que ele odiava. O pai, o Ministro da Direita do governo dos Turbantes Vermelhos, tinha o privilégio de ser o Guo original. — Você é lenta demais.

— Se está assim tão preocupado em se atrasar para a convocação do primeiro-ministro, talvez devesse ter saído mais cedo — disse Ma, irritada.

— Quem está preocupado? — O Pequeno Guo parou, relutante. — Só não suporto caminhar com pessoas baixas. E, mesmo que eu estivesse atrasado, acha que o primeiro-ministro conseguiria começar a reunião sem mim? Ele que espere.

Ma olhou ao redor rapidamente para ver se alguém mais havia ouvido o noivo.

— Está louco? Não pode falar do primeiro-ministro com esse tipo de desrespeito.

— Falo como quiser. E não venha *você* me dizer o que não falar. — Talvez por ter sido entregue aos cuidados da família Guo muitos anos antes, o relacionamento de Ma com o Pequeno Guo era mais parecido com o de irmãos de esposas diferentes, marcado por interações hostis, e menos com o de um casal de noivos. Retomando o ritmo apressado, o Pequeno Guo disse: — Lamento pelo General Ma, mas já passou da hora de termos ideias novas sobre como progredir com esta rebelião. Esta é minha chance de colocá-las em prática.

Devagar, Ma disse:

— Você... você vai ser o próximo general? — Fazia sentido e, ao mesmo tempo, não. O Pequeno Guo não era nem o mais experiente nem o mais talentoso dos comandantes dos Turbantes Vermelhos, e todos menos ele sabiam daquilo.

— Quem mais deveria ser? O primeiro-ministro já prometeu ao meu pai. — Então ele ficou de frente para Ma: — Quê? Acha que não sou capaz?

— Não é isso. É só que o primeiro-ministro tem ideias próprias sobre estratégia. Se você chegar querendo impressionar com suas ideias... — Lembrando-se do pai, Ma sentiu náusea outra vez. — Não seja ambicioso demais, Guo Tianxu.

— O primeiro-ministro provavelmente discordou da ideia do seu pai porque sabia que não funcionaria. E não funcionou! Ele sabe distinguir boas ideias quando as ouve. E, de qualquer forma, temos o Príncipe Radiante agora. Desde que mostremos ao Céu que somos dignos de seu Mandato, como podemos perder?

— Tínhamos o Príncipe Radiante quando meu pai foi derrotado — observou Ma, sem emoção na voz. Ela sabia que a presença do Príncipe Radiante na Terra prometia o início de uma nova era, talvez até uma melhor. Entretanto, se o assassinato de seu pai fosse um indicativo do tipo de mudança necessária para chegar lá, todos deveriam se apavorar.

O retumbar de um som os surpreendeu. Uma multidão havia se formado no meio da rua. Tenso com o interesse, o agrupamento comprimia-se ao redor de uma figura elevada na altura dos ombros. Então a multidão se dispersou e a figura emergiu: não sobre os ombros de alguém, mas nas costas de um cavalo. Estranhamente, tinha a cabeça raspada e as vestes cinza de um monge. O cavalo corria pela rua, invadindo barracas e provocando uma série de xingamentos; a multidão ficou em polvorosa; então o cavalo empacou e depositou sua bagagem numa poça de lama. A multidão caiu na gargalhada.

O cavalo, insatisfeito, trotou na direção de Ma. Ela estendeu a mão e segurou as rédeas.

— Ei! — gritou o Pequeno Guo, dirigindo-se à multidão. — Seus ovos de tartaruga inúteis! — Ao ver o comandante, os homens calaram-se de repente, cheios de culpa. — Você! Você mesmo. Traga essa... *pessoa*... aqui.

O monge foi tirado da poça e colocado, cautelosamente, na frente do Pequeno Guo. Era jovem e magro, com um rosto memorável. Largo demais em cima e estreito demais embaixo, lembrava um grilo ou um louva-deus.

— Que as bênçãos de Buda recaiam sobre o Comandante Guo — disse ele, com uma voz leve, enquanto se curvava.

— Você — disse o Pequeno Guo, com brusquidão. — O que veio fazer em Anfeng?

— Este monge é apenas um monge de nuvens e água. — Um monge errante, sem ligação com um monastério ou templo em particular. — Estou só de passagem. É bom ver pessoas outra vez, depois de passar pelo interior. — O monge sorriu com os olhos. — O senhor já notou que, ultimamente, as pessoas do interior não são bem aquelas que se deseja encontrar?

— Acha que sou um idiota para acreditar que você é um monge de verdade? — Pequeno Guo olhou para o cavalo. — Pego com as mãos em uma propriedade dos Turbantes Vermelhos. Acho que isso faz de você um ladrão.

— Se este monge tivesse conseguido usar as mãos, provavelmente teria ficado na sela por mais tempo.

— Então é um *mau* ladrão.

— Era uma aposta — disse o monge, o sorriso nos olhos crescendo. Ele falava com a dicção educada e envergonhada que se esperaria de um monge, o que apenas aumentava as chances de não ser um. — Acontece que este monge venceu.

— Está mais para trapaceou. O que faz de você... ah, um ladrão.

— Este monge pensou apenas ter tido sorte — disse o monge, tristonho.

— Permita-me lembrá-lo do que acontece com ladrões aqui. — O Pequeno Guo apontou com a cabeça para a muralha de terra de Anfeng: — *Aquilo.*

O monge fitou a fileira de cabeças espetadas em lanças e arregalou os olhos.

— Ah. Mas este monge é realmente um monge. — Então se pôs de joelhos. Ma pensou que ele estava implorando pela vida, ou talvez chorando, mas então ouviu as palavras. Ele estava recitando.

— Ah, pelo amor... — disse o Pequeno Guo, franzindo o cenho com irritação. Fez menção de pegar a espada, mas, antes que pudesse desembainhá-la, Ma avançou e o segurou pelo cotovelo.

— Ele *é* um monge! Ouça!

O Pequeno Guo lançou um olhar venenoso à noiva e retraiu o braço.

— Ele só está peidando pela boca.

— Peid... é o Sutra do Coração! — sibilou Ma. — Como pode não saber disso? *Pense*, Guo Tianxu. Se o Príncipe Radiante é um sinal de que temos o favor do Céu, quanto tempo acha que isso vai durar se você sair por aí executando monges?

— *Você* conhece os sutras e não é uma monja — argumentou o Pequeno Guo, com amargura.

— Olhe para as vestes dele! Acha que ele queimou a própria cabeça só por diversão? — Eles encararam o monge, que ainda cantava. A cabeça exibia uma malha de cicatrizes redondas, como se alguém a tivesse coberto com um tecido de pedrarias em brasa. O rosto juvenil irradiava concentração e tensão. Por um momento, Ma pensou que a tensão fosse medo, até que os olhos escuros do monge se viraram e encontraram os dela. Aquele olhar, destemido, a sobressaltou. Foi então que ela reconheceu a tensão pelo que realmente era. Era certeza: o foco devastador e quase religioso de alguém que se recusa a acreditar que o resultado será qualquer coisa além do desejado.

O Pequeno Guo, observando as expressões crédulas da multidão enquanto fitavam o monge, estava visivelmente desconcertado: o desejo de preservar sua reputação disputava com a preocupação por suas vidas futuras.

— Certo — disse ele. Ma estremeceu com o tom; o Pequeno Guo era o famigerado tipo de pessoa teimosa que não chorava até ver o caixão, e ressentia-se quando era encurralado. Para o monge, ele disse: — Acha que este é um lugar para pessoas inúteis? Isto é um exército; todos aqui lutam. Espero que seus *votos monásticos* não proíbam isso.

O monge parou de entoar o sutra.

— E se proibirem?

O Pequeno Guo o examinou por um momento, depois caminhou até o líder de unidade mais próximo, pegou sua espada e a jogou na direção do monge. O monge, atrapalhado, imediatamente a deixou cair na poça. Com uma satisfação amarga, o Pequeno Guo disse:

— Se ele insistir em ficar, coloquem-no na vanguarda! — E saiu, furioso.

Aquela era sua vingança, é claro. A vanguarda, composta pelos recrutas mais imprestáveis, existia quase que apenas para absorver a chuva de flechas mongóis que iniciava qualquer confronto. Era morte na certa para o monge, e nem mesmo o Céu poderia culpar o Pequeno Guo por *aquilo*.

A multidão se dispersou, deixando o monge sozinho, tirando a lama das vestes. Ma viu que ele não era mais alto do que ela, e era tão magro quanto um caule de bambu. Era estranho perceber que o monge era pouco mais que um garoto; aquilo não combinava com o que ela havia visto nele.

— Estimado monge — disse ela, entregando-lhe as rédeas. — Talvez da próxima vez você deva aprender a cavalgar antes de ganhar um cavalo.

O monge ergueu os olhos. Ma sentiu um segundo sobressalto: seu rosto era tão puramente ensolarado que ela percebeu que devia ter se enganado antes. Não havia qualquer intensidade lá — o rapaz nem mesmo parecia saber que havia evitado uma morte apenas para morrer de outro jeito.

— Isso é uma oferta de ajuda? — perguntou ele, aparentemente satisfeito. — Ou... espera, *você* sabe cavalgar? — Ele examinou o rosto de Ma, arredondado como panqueca, e depois seus pés grandes. — Ah! Você não é nanren. É uma nômade semu, é claro que sabe cavalgar.

Ma ficou surpresa. É claro que ela era semu: seu pai fora um general do Yuan, e generais ou eram mongóis ou pertenciam à casta semu de nômades das estepes e povos do oeste. Em todo o Grande Yuan havia apenas um general nanren, e todos sabiam *quem* era ele. Então o monge estava certo, mas havia notado aquilo num rápido olhar.

Ele sorria radiante para ela.

— O nome deste humilde aluno é Zhu, estimada professora. Por favor, dê a ele sua instrução!

A pura desfaçatez daquilo a fez rir.

— Ousado demais! *Aiya*, é muito trabalho. Deixe-me dizer uma coisa, mestre Zhu. Só pegue seu cavalo e vá embora. Não acha que vai sobreviver por mais tempo desse jeito? — Balançando a cabeça, ela deu um tapinha no cavalo (que tentou mordê-la) e saiu andando.

Atrás dela, houve um chiado: o monge sendo arrastado pelo cavalo. Ela sentiu uma breve pontada de pena. Fosse na vanguarda dos Turbantes Vermelhos, fosse vagando no interior infestado de bandidos, que chance de sobrevivência tinha um inocente monge errante? Mas, pensando bem, no confronto dos rebeldes contra o império, aquilo era tudo que Ma sabia: nenhuma vida estava garantida.

Ma acompanhava a reunião nos fundos da sala do trono do primeiro-ministro, segurando um bule de chá. Como Anfeng nunca fora capital antes da ocupação dos Turbantes Vermelhos, não era uma sala do trono de verdade — e certamente não ficava num palácio de verdade. Quando os rebeldes que se tornariam os Turbantes Vermelhos tomaram Anfeng do Yuan, anos antes, grande parte da cidade havia sido queimada, incluindo a residência do governador. Como resultado, o Primeiro-ministro Liu Futong comandava o movimento numa casa de madeira de dois andares com vários pátios; grande, mas destroçada. O cômodo que agora servia como sala de trono antes abrigara um altar para os ancestrais, e ainda cheirava a incenso e casca de tangerina seca. Mofo branco aflorava nas paredes escuras. O primeiro-ministro estava sentado no menor dos dois tronos no tablado na frente da sala. O colarinho desfiado da túnica, a barba branca e os olhos agitados davam-lhe o ar paranoico e brutal de um arminho no inverno. Ao seu lado estava o Príncipe Radiante.

Em comparação ao primeiro-ministro, a encarnação material da luz e do fogo brilhava com a mesma intensidade de uma moeda recém-cunhada na mão de um mendigo. Era uma criança pequena de sete ou oito anos; vestia uma túnica rubi que parecia brilhar de dentro para fora. Sua presença era atemporal. O olhar do menino, escondido atrás dos muitos fios de pedrarias de jade que pendiam do chapéu, era luminoso; o sorriso, tão gracioso e inabalável quanto o de uma estátua. Ma sabia que ele era uma criança de verdade, pois respirava; mas, ao longo dos muitos meses em que o menino estivera com os Turbantes Vermelhos, ela nunca ouvira aquelas pedrarias sequer tilintarem. Aquela visão serena, imutável, mas esperançosa, fazia sua cabeça formigar. No que ele pensava, sentado em seu trono? Ou será que não pensava em nada e era apenas vazio, um conduíte para a vontade celestial? Ela estremeceu, sacudindo a tampa do bule.

Os líderes mais velhos dos Turbantes Vermelhos ajoelharam-se diante dos tronos. Na primeira fileira, o Ministro da Direita Guo Zixing e o Ministro da

Esquerda Chen Youliang exibiam posturas idênticas de respeito, as cabeças nuas sobre o chão. A segunda fileira continha dois dos três jovens comandantes dos Turbantes Vermelhos: o Pequeno Guo e seu amigo inseparável, Sun Meng. O terceiro, o Comandante Wu, estava ausente: havia sido encarregado da tarefa nada invejável de manter firme a cada vez mais recuada linha de frente contra o general eunuco.

A única outra ausência era o General Ma. Por mais que a filha lamentasse, a dor era apenas um sentimento abstrato. Havia vivido na residência dos Guo desde os catorze anos e, antes de morrer, o pai apenas a cumprimentava de passagem, como se ela fosse uma estranha. Àquela altura, Ma já havia servido ao seu propósito: cementar a aliança entre o pai e o Ministro da Direita Guo.

— Levantem-se — disse o primeiro-ministro, descendo do trono e dirigindo-se até a mesa de areia que usavam para planejamento. Ele fez um sinal para Ma servir o chá. Quando os outros líderes dos Turbantes Vermelhos se juntaram a ele, o primeiro-ministro os examinou com uma fúria controlada. — Já está na hora de nomearmos um novo general. Não alguém que possa apenas vencer conflitos mesquinhos, mas nosso verdadeiro líder que nos levará à nossa vitória final sobre os hu. E não se enganem: será alguém que coloca a missão dos Turbantes Vermelhos acima das próprias ambições. General Ma... — Ele cerrou os lábios, mas Ma estremeceu com sua expressão severa de intolerância. Se já tivera alguma dúvida, aquele olhar a extinguiu: o primeiro-ministro entendera a discordância de seu pai como um gesto de deslealdade. E, para puni-lo, estivera disposto a arriscar tudo que os Turbantes Vermelhos haviam conquistado.

Os dois ministros trocaram olhares hostis. Chen e Guo estavam longe de serem amigos. Dentro da atmosfera crescente de paranoia e segredos que o primeiro-ministro cultivava, eram dois homens ambiciosos que tentavam esconder suas ambições enquanto competiam pelo poder. Guo apoiava o primeiro-ministro havia mais tempo, mas, com a morte do seu antigo aliado General Ma, sua posição estava menos segura do que antes.

Chen disse:

— Vossa Excelência, se permite que este servo faça uma humilde sugestão: acho que o Comandante Wu tem capacidade para ser general.

Na faixa dos quarenta anos, Chen era uns bons dez anos mais novo que o rival. Tinha um rosto pequeno e simétrico, com uma profunda ruga vertical em cada bochecha que lembrava o rosto listrado de um tigre quando visto de muito perto. Nem o chapéu preto de estudioso nem a túnica ofereciam qualquer ilusão de que uma vez exercera uma ocupação tão gentil. Antes de se juntar ao primeiro-ministro, fora um chefe militar conhecido por sua brutalidade e o responsável pela conquista de Anfeng, motivo pelo qual tão poucas de suas estruturas originais — e nenhum dos habitantes originais — haviam resistido.

— O Comandante Wu está se saindo bem e se provou leal, mas não tem nem vinte anos — opinou Guo. — Como pode um rapaz tão jovem comandar as forças de nosso movimento inteiro? Não seria apropriado. — Como todos os outros na sala, Guo sabia que o Comandante Wu era uma marionete de Chen. — Vossa Excelência, o Comandante Guo é a opção mais natural. Ele é muito mais experiente que Wu, e inspira devoção e entusiasmo nos homens. O senhor pode depositar confiança total em suas habilidades contra os hu.

O primeiro-ministro dirigiu seu olhar severo para o Pequeno Guo. Aparentemente, o Pequeno Guo tinha razão quando disse que a questão havia sido decidida antes da reunião, já que, depois de um momento, o primeiro-ministro disse, com brevidade:

— Guo Tianxu. É você quem nos conduzirá ao triunfo sobre os hu, onde o traidor General Ma falhou?

O Pequeno Guo parecia satisfeito, como se aquilo tivesse sido seu próprio feito. Ele bateu no peito com o punho em uma continência:

— Sou eu!

Quando Ma se inclinou entre Chen e o Pequeno Guo para servir chá, viu o rosto do ministro oscilar com uma emoção ainda mais leve que decepção. Ele já sabia que não venceria. *O que significa que está atrás de outra coisa.*

— Muito bem, General Guo — disse o primeiro-ministro. — Então prove que é digno do título. Leve o restante de nossas forças para apoiar o Comandante Wu na linha de frente contra o Yuan. Nossa estratégia será atrasá-los. Resistir sem perder muitos homens, depois recuar. Nosso objetivo deve ser garantir que a temporada de campanha dos hu termine antes que eles cheguem a Anfeng. Então podemos recuperar o terreno perdido ao longo do verão.

Era um plano conservador. Mesmo o primeiro-ministro reconhecia que sacrificar o General Ma havia enfraquecido a posição dos rebeldes, especialmente agora que o Yuan tinha determinação renovada para atacar.

— Concordo, Vossa Excelência — murmurou o Ministro da Direita Guo.

Chen virou-se para o Pequeno Guo e disse calmamente:

— General, por favor compartilhe conosco sua opinião sobre a situação.

Ma viu o Pequeno Guo abrir a boca. Receosa, ela percebeu qual era o plano de Chen. Por que confrontar o experiente e astuto Ministro da Direita Guo, quando poderia atacar o elo mais fraco do clã? O tolo, arrogante e ambicioso Pequeno Guo.

Tomada pelo pavor a respeito do que sairia da boca do Pequeno Guo, Ma virou o bico da chaleira na mão do noivo. Poderia ter funcionado, não fosse por uma mão firme que segurou seu punho ao mesmo tempo. O chá atingiu a mesa e Ma engoliu um grito de dor. Chen apertou os dedos no punho da moça até os olhos dela se encherem de lágrimas. Com um tom agradável, ele disse:

— Querida Yingzi, se você escaldar seu futuro marido toda vez que ele for abrir a boca, como vamos ouvir suas valorosas contribuições?

O Ministro da Direita Guo aproveitou-se da pausa para dizer rapidamente:

— Vossa Excelência, sugiro conceder ao General Guo a oportunidade de revisar os relatórios de situação do Comandante Wu. Depois podemos nos reunir outra vez.

Chen disse:

— Tenho certeza de que o General Guo já possui um entendimento excelente da situação. Peço a indulgência do Ministro da Direita para ouvir as opiniões do general. — Ele soltou o punho de Ma sem dirigir-lhe outro olhar. — General, por favor, continue.

O Pequeno Guo estava cheio de orgulho; ele adorava o som da própria voz. Ma teria sido capaz de chorar. O noivo não tinha nenhuma noção. Ela o *avisara*. Como podia ser tão ignorante em relação à morte do sogro? Como podia ser tão incapaz de enxergar a tênue linha entre um esforço razoável para obter êxito e a ambição repreensível existente na cabeça do primeiro-ministro? Seu punho latejava. Enquanto isso, Chen exibia uma expressão convencida.

Pequeno Guo disse:

— Por que deveríamos dar homens e território aos hu a troco de nada? Além disso, quando eles avançarem o bastante para ver Anfeng, será que vão mesmo dar meia-volta e ir para casa, mesmo que o clima esteja quente demais para o gosto deles? Decerto vão atravessar o Huai na esperança de uma conquista rápida. Por que deixar que eles determinem os termos do combate? O próximo grande obstáculo deles será o rio Yao; teremos a vantagem se os desafiarmos lá. Sejamos audaciosos o suficiente para levar a luta até eles, e mandá-los rastejando de volta para o príncipe deles, derrotados!

— De fato, por que não sermos audaciosos? — ronronou Chen. — Se confiamos o bastante em nosso eventual triunfo sobre os hu, não deveríamos também confiar que o Céu conduzirá nosso *verdadeiro* líder à vitória nesta batalha?

— Guo Tianxu — disse o Ministro da Direita Guo, parecendo constipado. — Talvez uma estratégia mais conservadora...

— Conservadora! — gritou o Pequeno Guo, que discordava da sabedoria de que a verdade era raramente encontrada na voz mais alta. — Seremos conservadores até morrermos por mil cortes? É claro que eles têm um exército maior, mas Zhuge Liang não derrotou cem mil homens com um contingente de apenas três mil?

Aquele era o Pequeno Guo: o rapaz não tinha vergonha alguma de se comparar ao melhor estrategista de toda a história.

Um balde colocado debaixo do vazamento no telhado tocava uma melodia aleatória conforme as gotas pingavam. Depois de um momento, o primeiro-ministro disse, soturno:

— Se essa é a sua opinião, General Guo, então vá em frente e nos conduza para a batalha no rio Yao. Que o Príncipe Radiante abençoe nossas valorosas empreitadas e nos traga a vitória!

O Príncipe Radiante olhou para eles com seu sorriso bondoso. Se sabia qual era o desejo do Céu para o resultado do confronto iminente, não demonstrava. Ma suava de ansiedade. Se o Pequeno Guo não conseguisse uma vitória, sua diferença de opinião se tornaria uma questão de lealdade. E, com um primeiro-ministro que enxergava a lealdade como tudo, ela sabia que não existia posição mais perigosa.

Ela olhou para Chen. Os cantos de sua pequena boca estavam curvados para cima: uma expressão que transmitia todo o prazer, mas nada do calor de um sorriso.

Dentro dos muros, as colinas de Anfeng ondulavam suavemente debaixo dos acampamentos de tendas e barracos onde os homens dos Turbantes Vermelhos viviam. Tudo o que restara da cidade original eram fantasmas e um punhado de mansões de dois andares, as janelas superiores iluminadas erguendo-se na escuridão azul como embarcações num rio à noite. Montada no cavalo, Zhu inspirou profundamente o ar gelado e a fumaça da queima de esterco. Ela havia chegado sã e salva a Anfeng, o lugar onde queria estar. Entretanto, agora que estava lá, podia ver com uma clareza assustadora os perigos que a esperavam no caminho que escolhera. O peso da espada que carregava era um lembrete do mais urgente daqueles perigos. Nunca havia empunhado uma espada antes. Não fazia a menor ideia de como usar uma, e não sabia nem cavalgar como Xu Da. Havia aprendido tanta coisa no monastério, mas nenhuma delas parecia útil para a sobrevivência num campo de batalha. Ela sentiu um arrepio de pavor pelo corpo, tão concentrado e intenso que quase parecia prazer. Ela pensou: *sempre há um jeito*.

Alguém disse:

— Você é o monge sortudo.

Ao se virar, Zhu viu o rosto de um rapaz ao lado dela no crepúsculo. Apesar do peso de um nariz tão grande quanto a estela de um templo, tinha uma vivacidade calculada. O rosto era emoldurado pelo cabelo solto. Já que ele claramente tinha idade suficiente para prendê-lo num coque como um homem, Zhu supôs que era uma tentativa de esconder orelhas tão grandes quanto o nariz.

— Não é? — O rapaz lançou-lhe um sorriso charmoso.

Intrigada, Zhu respondeu:

— Este monge admite ser um monge. E você é...?

— Já conheci monges fajutos. Eles sabem que as pessoas lhes dão comida sem questionar. — Então acrescentou, como se fosse uma informação secundária: — Chang Yuchun.

— Meu jovem amigo Chang Yuchun, deixe-me dar algumas informações privilegiadas: na verdade, há pouquíssima comida de graça — disse Zhu, pensando em sua caminhada longa e esfomeada até Anfeng. Ela inclinou a cabeça de modo que Yuchun pudesse ver suas cicatrizes de ordenação. — Este monge aposta que ninguém finge ser um monge por mais do que três dias.

Yuchun examinou as cicatrizes com uma curiosidade indecente.

— Bem, monge sortudo, vai precisar dessa sorte. Ouvi dizer que o Pequeno Guo gostou tanto de você que o mandou para a vanguarda. — Ele olhou Zhu de cima a baixo, notando a espada. — Imagino que não faça a menor ideia de como usar essa coisa. Não que faça alguma diferença, porque você vai levar uma flecha nos primeiros cinco minutos.

— Na verdade, *existem* monges guerreiros — disse Zhu. — Nunca fiz questão de ser um até agora. Mas, irmãozinho, parece que conhece Anfeng muito bem! Por favor, dê a este monge seus valorosos conselhos.

Sem perder tempo, Yuchun disse:

— Venda o cavalo.

— É meu melhor bem — protestou Zhu. — É meu único bem.

— *Se* souber cavalgar. — Ele a fitou com desdém. — Você é um monge que não sabe cavalgar, não sabe lutar e não quer vender o cavalo. Você por acaso sabe fazer *alguma coisa*?

— Este monge sabe rezar. Dizem que às vezes é útil. — Ela desceu a rua, conduzindo o cavalo. — A vanguarda é por aqui?

— Cuidado! — O rapaz a fez desviar de um buraco. — Ei, monge sortudo, aqui vai um conselho de verdade: vá embora. Você acha que uma oração é capaz de impedir uma flecha dos hu?

— Por que as pessoas sempre falam *vá embora*? Não há nada para este monge fora daqui. — Ela falava com leveza, mas, ao pensar em sair de Anfeng, sentiu uma brisa fria do nada, tão efêmera quanto o toque da sombra de um falcão. Fossem quais fossem as incertezas e os desafios daquele caminho, rejeitar a grandeza não era uma opção. Seguindo por outro caminho, havia apenas um fim.

— O que exatamente você acha que vai ganhar se ficar? De qualquer forma, a vanguarda é por ali. — Yuchun apontou para uma série de tendas num campo aberto. — Mas vou para este lado. Vejo você por aí, monge sortudo.

Zhu prosseguiu, aproveitando a expectativa. Havia dado apenas alguns passos quando notou um lampejo em sua visão periférica. O cavalo disparou, rápido como uma cobra.

— Pelo ânus da tartaruga! — Yuchun se esquivou do cavalo e se aproximou dela. — Devolva!

— O que você... — A bolsa, arremessada com certa força, atingiu-a no peito. — Ai!

— E por que doeu? — gritou ele. — Porque está *cheia de pedras*.

— E isso é culpa deste monge porque...?

— Porque eu acabei com uma *bolsa cheia de pedras*, enquanto minha própria bolsa de alguma forma sumiu!

Zhu não pôde evitar: ela riu. Garotos daquela idade se levavam tão a sério. Era ainda pior no caso daqueles que precisavam sobreviver por conta própria, que pensavam ter o mundo nas mãos. Seu riso deixou Yuchun ainda mais furioso.

— Farsante! Monges não riem e não roubam. Eu *sabia*.

— Não, não. — Zhu controlou o riso. — Este monge é mesmo um monge. Talvez você precise conhecer mais alguns antes de entender como realmente somos. — Localizando a bolsa do rapaz em sua veste interna, ela a examinou. — Uau, irmãozinho! Impressionante. — Além das moedas de cobre e das cédulas de papel agora quase sem valor, havia seis taéis de prata. — Como te aguentaram por tanto tempo, roubando todo esse dinheiro?

— Você acha que vai viver por tempo o bastante para me delatar? — vociferou Yuchun. — Devolva.

— Vai me esfaquear? — perguntou Zhu, curiosa.

— Deveria! E se você contar para todo mundo que sou ladrão?

— Todo mundo já sabe que você é ladrão. — Por um momento, Zhu parou de brincar e expôs a parte mais profunda de si. Yuchun piscou com desconforto e desviou o olhar. Ela disse: — Eles não se incomodavam com uma criança que roubava umas moedinhas aqui e ali. Mas você não é mais uma criança. Muito em breve roubará algo. Provavelmente nem será algo de valor. Mas será o motivo pelo qual o matarão, e depois sua cabeça será espetada no muro.

Ela vislumbrou um lampejo de pavor no rosto de Yuchun, rapidamente mascarado. Ele recuperou a bolsa.

— Falando sobre o meu destino como se fosse um adivinho! Por que eu acreditaria num pote de arroz inútil como você? Poupe a sua preocupação para si mesmo. É você quem vai para a *vanguarda*. — Curvando os lábios, lançou um olhar calculado para Zhu. — Mas, monge, você não acha que precisa de alguém para te apresentar a cidade? Quase quebrou uma perna só andando pela rua. Se continuar assim, acha que vai sequer conseguir chegar ao campo de batalha?

— Isso é uma oferta? — perguntou Zhu. Gostava do oportunismo e do espírito rebelde do rapaz, até mesmo do rosto feio: eles a lembravam de si mesma.

— Vai te custar o cavalo. Posso ficar com ele depois que você morrer.

— Essa é a oferta mais generosa que este monge recebeu hoje. — A rua havia escurecido; à distância, as fogueiras no acampamento da vanguarda os chamavam. Sorrindo, Zhu disse: — Bem, irmãozinho. Por que não começa ajudando este monge a descobrir para onde precisa ir?

Zhu seguiu Yuchun em meio ao labirinto apertado de cabanas e fogueiras no campo aberto. A cada poucos passos, precisava desviar de uma pilha de resíduos ou de um círculo de homens que apostavam em grilos. Tinha os sentidos sobrecarregados pelo fedor e pelo barulho. Lembrava-se de como as centenas de monges do monastério faziam com que o lugar parecesse uma cidade. O acampamento era cem vezes aquilo. Nunca vira tantas pessoas num só lugar.

De repente, a cidade de tendas se abriu em uma clareira. Uma plataforma fora erguida bem no meio. Iluminada por tochas ao longo das extremidades, flutuava na escuridão como um navio em chamas sobre o mar de homens ao redor.

— O que está acontecendo?

— Cerimônia de benção — respondeu Yuchun. — Vai começar em breve. Você não quer a benção do Príncipe Radiante antes de partir para a morte certa? Você devia ficar lá na frente.

Ao contemplar a multidão da qual seu futuro dependia, Zhu viu uma variedade de robustos jovens camponeses com armaduras recicladas e trapos vermelhos amarrados na cabeça, típicos do movimento. Numa terra onde todas as oportunidades para aqueles de sangue nanren haviam sido fechadas, um movimento rebelde atraía um tipo mais qualificado de gente do que teria de outra forma. Mas Zhu lembrou-se do belo e frio general eunuco do Yuan, de seus soldados invadindo o monastério com armaduras escuras idênticas, e sentiu um arrepio.

O rio Celestial erguia-se diante deles, sua imensidão ameaçando esmagá-los até a crosta da Terra. Os tambores batiam com tanta força que pareciam estar tentando forçar o coração de Zhu a entrar no ritmo. A multidão se adensava, e homens começavam a urrar e a gritar. Então finalmente uma figura vestida de vermelho surgiu no palco. Seu tamanho diminuto fazia com que parecesse muito distante, como se estivesse em algum lugar entre o Céu e a terra. Uma criança.

O Príncipe Radiante deu um passo à frente. Exibia um sorriso sereno e mãos estendidas num gesto benevolente. Acima, o vento agitava as bandeiras nos mastros. Os gritos dos homens atingiram um novo timbre.

Então, de repente, a criança estava segurando uma chama nas mãos. Surpresa, Zhu sentiu a pele arrepiar. A criança não havia feito qualquer movimento. A chama simplesmente *aparecera*. Uma brasa vermelha, tão sinistramente luminosa quanto uma lua de sangue. Conforme a multidão urrava, a chama crescia — depois ela correu pelos braços do Príncipe Radiante, atravessando seus ombros e o topo de sua cabeça, até que o menino estivesse envolto num fogo vermelho escuro que, em vez de repelir a escuridão, tornava-a tão exuberante quanto um casaco de zibelina.

Zhu contemplava a cena, maravilhada. *O Mandato do Céu.* Como todos, ela conhecia as histórias sobre a luz divina do Imperador — a manifestação física do direito de governar, concedida ao Filho do Céu. A luz dos governantes mongóis queimava na cor azul; por isso essa era a cor da bandeira do Grande Yuan. Monges errantes de passagem pelo monastério chegaram a mencionar que a luz estava em Dadu — a capital que os mongóis chamavam de Cambalique — no início do reinado do Imperador, e que o viram conjurar uma chama azul com um estalar de dedos. A própria Zhu jamais pretendera deixar o monastério e, de qualquer forma, sabia que o Imperador não mais exibia seu poder em público, então nunca imaginara que um dia veria o Mandato com os próprios olhos. Mas lá estava ela. A chama vermelha como o sol poente, a cor dos imperadores da extinta dinastia Song, os últimos a governarem antes da chegada dos bárbaros.

De repente, a escolha do vermelho como cor dos rebeldes fez sentido, assim como o nome que haviam adotado. Zhu ergueu os olhos para aquela figura reluzente e sentiu um formigamento percorrer a pele, como que em resposta ao ar carregado antes de uma tempestade. O Príncipe Radiante anunciava a mudança. Ela sentiu o desejo a agarrar, tão forte e cálido como quando fora arrancada do monastério. *É aqui que começa.*

— Não fique tão impressionado — Yuchun gritou em seu ouvido. — É só uma luz; não faz nada.

— Então por que todo mundo está tão entusiasmado? — gritou Zhu em resposta. No entanto, mesmo diante do cinismo de Yuchun, ela pensou ser capaz de entender. A visão do poder do Céu a enchia de uma energia selvagem que parecia o vento nas costas quando corria o mais rápido que podia na direção do futuro.

A primeira fileira da multidão se adiantou sobre a plataforma com as mãos estendidas na direção da luz vermelha.

— Toque a luz, receba a benção. Todos vão morrer de qualquer forma. Já vi tudo. — Uma segunda figura subiu no palco. — Esse é o primeiro-ministro.

Conforme o primeiro-ministro se aproximava, o Príncipe Radiante estendia a mão e emitia chamas num arco entre eles. O fogo cobriu os ombros do primeiro-ministro e, quando ele ergueu os braços, as labaredas jorraram sobre a multidão como líquido. Ele bradou:

— Testemunhem o Mandato do Céu, que corria no sangue de nossos últimos imperadores. A luz que extinguirá a escuridão dos hu, a luz da nova era do Príncipe Radiante!

Então os homens riram e gritaram histericamente. Eram rapazes; não acreditavam na morte. Parados diante daquela luz vermelha mágica, por um momento ela parecia impossível.

Enquanto observava a multidão em júbilo, Zhu se viu refletindo. Em teoria, o Mandato do Príncipe Radiante significava que o Grande Yuan *eventualmente* cairia. Mas Zhu era um monge; lera sobre as histórias das dinastias. Sabia que a história se retorcia como uma cobra. Quando se vivia o momento, era impossível saber para que lado ela se viraria em seguida. Não havia nada no Mandato que prometia aos rebeldes aquela vitória específica — ou mesmo qualquer vitória.

Sozinha na multidão, Zhu sabia exatamente o que enfrentavam. *Quem* enfrentavam. Por meio daquele estranho tremor de conexão com o general eunuco do Yuan, ela havia enxergado por trás daquela máscara de jade que ocultava a vergonha, o ódio a si mesmo e a raiva. O general tinha uma ferida no lugar do coração, e aquilo fazia dele um oponente mais perigoso do que qualquer um ali imaginava. Ele havia acabado de derrotar o líder mais experiente dos Turbantes Vermelhos, e agora estaria determinado a fazer com os rebeldes o que fizera com o Monastério de Wuhuang.

E aquilo, lamentou Zhu, seria inconveniente. Em tempos como aquele, o único caminho até a grandeza passava por um exército, e os Turbantes Vermelhos eram o único disponível. Sem eles, ela não seria nada.

RIO YAO

Zhu estava sentada ao lado do ladrão Yuchun diante da pequena fogueira na frente da tenda que dividia com os outros quatro integrantes de seu esquadrão. Por um milagre não estava chovendo, o que fazia daquele o primeiro dia seco em duas semanas. Primeiro havia chovido durante toda a semana em que marcharam de Anfeng até o rio Yao, e depois por mais uma semana enquanto esperavam o exército do Yuan chegar ao local. Agora que o Yuan *finalmente* chegara à outra margem do Yao, Zhu desejava que ainda estivessem esperando. Apesar de muito maquinar sobre a batalha iminente, ainda não conseguira bolar uma solução que desse conta das duas partes de seu problema: a própria sobrevivência imediata na vanguarda e a provável aniquilação dos Turbantes Vermelhos nas mãos do general eunuco do Yuan. Era frustrante; medidas incompletas eram inúteis: solucionar apenas uma parte faria com que acabasse morta ou desamparada, sem um exército e um caminho para a grandeza, o que dava na mesma. *Tinha* de haver uma solução, mas até então tudo que conseguira fora uma dor de cabeça e um sentimento desagradável de pavor crescente.

Zhu mexia a panela fervilhante de feijões amarelos no fogo. Como a mais nova recruta do esquadrão, fora encarregada de transformar as míseras rações que recebiam em algo comestível. Yuchun, que não fazia parte dos Turbantes Vermelhos e, portanto, não recebia rações, alugava a panela (presumivelmente

ELA SE TORNOU O SOL 103

roubada) para o esquadrão em troca de uma tigela do que quer que fosse cozinhado nela. Fumaça e feijões duros: era o cheiro de uma vida da qual Zhu pensava ter escapado para sempre.

— Só precisamos de um lagarto — disse ela, sentindo-se irônica.

Yuchun lançou-lhe um olhar de repulsa.

— Eca, por quê?

— Ah, irmãozinho. Pelo jeito você nunca passou muita fome. Sorte a sua.

— Sorte, rá! Sou esperto o suficiente para evitar uma situação em que seria obrigado a comer um *lagarto* para sobreviver — vangloriou-se Yuchun. — Nem me venha com aquele papo de que é igual frango.

— Como este monge poderia saber? — observou Zhu. — Não há galinhas em períodos de fome, e monges são vegetarianos.

— Carne de porco é melhor — disse Yuchun. — Que meus ancestrais não me ouçam; eles são hui. — O fato de o povo hui evitar carne de porco por motivos religiosos fazia deles uma exceção no sul, cujos habitantes eram obcecados por carne de porco. — Sabe, acho que eu conseguiria comprar uns dois ou três porcos. O que você acha, monge sortudo: quando o Yuan matar todos vocês amanhã, devo levar seu cavalo até o litoral e abrir um restaurante?

— Se esse é o seu plano, é você quem deveria cozinhar — disse Zhu. Ela experimentou um feijão e fez careta. — Acha que vamos perder?

— Eu *espero* que vocês percam — corrigiu Yuchun. — Os soldados do Yuan não vão se dar ao trabalho de pegar suas tralhas, o que significa que vou poder ficar com elas. A outra opção está longe de ser tão boa assim.

— É mesmo? — disse Zhu, com um tom leve. Apesar da expectativa ávida que a chegada do Yuan produzira em quase todos os outros no acampamento dos Turbantes Vermelhos, ela ficara apenas ainda mais certa das consequências que os aguardariam se ela não interviesse.

O Yao, que corria de norte a sul, escoava um grande sistema de lagos represados até o rio Huai, maior, que corria de leste a oeste. Juntos, os dois rios formavam um ângulo reto protetor ao nordeste de Anfeng. Uma ponte de pedra em forma de arco da era Tang atravessava o Yao diretamente a jusante da represa. A jusante da ponte, o Yao se alargava e se transformava num delta alagadiço onde se juntava ao Huai. Como o Yao era largo demais para que um exército o cruzasse a jusante, e o lago ficava a montante, as tropas do Yuan só podiam atravessá-lo pela ponte. Os Turbantes Vermelhos haviam chegado antes e assumido o controle da entrada da ponte, de forma que tinham a vantagem. Entretanto, ao fitar a neblina na margem oposta, Zhu via a fraca fumaça dos acampamentos do Yuan subindo no ar como linhas de texto na lápide de um túmulo. Em algum lugar ali estava o general eunuco, talvez encarando-a também. E algo lhe dizia que, em vez de antecipar a batalha como os jovens Turbantes Vermelhos, o general, assim como ela, sentia a certeza fria de como aquilo acabaria a seu favor.

— Ainda deve levar uma hora para os feijões ficarem prontos. Talvez você deva ficar de olho neles enquanto este monge vai orar — disse Zhu, usando a desculpa costumeira de quando precisava se afastar do acampamento para fazer suas necessidades. Em seus últimos anos no monastério, tivera um quarto só para si, e mal precisara pensar em suas diferenças físicas. Agora, forçada a encontrar formas de manter aquelas diferenças ocultas, ela odiava o trabalho e o lembrete do destino que lhe aguardava caso não conquistasse a grandeza.

Com relutância, Yuchun pegou o graveto que usavam para misturar os feijões. Apesar de sua presença perpétua no esquadrão, ele se considerava um visitante e não gostava de receber aquele tipo de tarefa.

— Se algum hu estiver orando para que a flecha dele o acerte, e você orar com o mesmo fervor para não ser atingido, você não acha que as duas preces vão se anular?

Zhu ergueu as sobrancelhas.

— Então o que acontece?

— Você é atingido pela flecha de uma outra pessoa — respondeu Yuchun de imediato.

— Se é assim, então este monge vai orar para não ser atingido por *nenhuma* flecha. Ou espadas. Ou lanças. — Ela pausou. — De que outras formas se pode morrer numa batalha?

— Rá, acha que consegue convencer o Céu? — provocou Yuchun. — Não dá para fugir do destino, monge.

Zhu partiu, ignorando o comentário sombrio de Yuchun. Ela era Zhu Chongba e conquistaria a grandeza; a única coisa com que precisava se preocupar no momento era como fazer aquilo acontecer. Ela saiu do acampamento, se aliviou e depois seguiu a margem do rio na direção da represa; depois caminhou até o lago.

Na encosta vertiginosa do outro lado do lago, um campo de estátuas gigantes de bodisatvas, cada uma três vezes mais alta que um homem, a fitava com olhares serenos. Inquieta, Zhu pensou: *o Céu está me observando*. De acordo com uma lenda local, as estátuas haviam pertencido a um antigo templo que afundara nas profundezas do lago, onde se tornara o lar de raposas e de outros espíritos inumanos. Zhu, que nunca vira um espírito não humano, sempre tivera dúvidas sobre sua existência. No entanto, havia algo naquela superfície sombria e imóvel que fazia a ideia parecer menos implausível.

Ela se sentou de pernas cruzadas no chão encharcado e se pôs a refletir novamente sobre seu problema. A melhor solução seria uma que impedisse os dois exércitos de se encontrarem. Talvez se ela pudesse destruir a ponte... mas falar era fácil. Apenas um terremoto derrubaria uma ponte de pedra da era Tang, e aquela já havia resistido a cinco séculos. O que ela poderia fazer contra a construção?

Ela contemplou as estátuas distantes. Pela primeira vez notou que pendiam para frente, como se estivessem se esforçando para transmitir uma importante mensagem. Estavam daquele jeito no dia anterior? Quando pensou naquilo, reparou numa outra novidade: um murmúrio nas profundezas do solo, tão baixinho que era mais sentido do que ouvido, como se os ossos da Terra estivessem se friccionando. Assim que percebeu o que era aquele som, sua mente agitada se aquietou com o alívio apavorante de ter encontrado a solução.

Durante todos aqueles anos, fizera tudo para evitar a atenção do Céu, por medo de ser pega vivendo a vida de Zhu Chongba. Sentir-se segura significava viver escondida, como se fosse um caranguejo dentro de uma concha emprestada. Mas aquilo fora no mundo diminuto e ordeiro do monastério. Agora entendia — com pavor — que alcançar a grandeza no mundo externo estava além do controle individual de qualquer pessoa. Seria impossível sem a vontade do Céu.

Para obter sucesso, ela precisava clamar pelo Céu e fazer com que respondesse não a ela, mas a *Zhu Chongba*: a pessoa destinada à grandeza.

Mal conseguia respirar. Atrair a atenção do Céu de forma deliberada punha tudo em risco. Vivera como Zhu Chongba por muito tempo, esforçando-se ao máximo para não reconhecer suas diferenças até para si mesma, mas agora teria que *ser* ele. Teria que acreditar naquilo com tanta intensidade que, quando o Céu olhasse para ela, veria apenas uma pessoa. Um destino.

Seria a maior aposta de sua vida. Mas, se ela desejava a grandeza — teria de se impor e reclamá-la.

Estando o Céu distante, era preciso certo equipamento para chamar sua atenção. Seguindo as instruções de Yuchun, Zhu conduziu seu cavalo até a extremidade do campo onde os rebeldes mais experientes armavam suas tendas. No fim, foi fácil encontrar quem estava procurando. Do lado de fora de uma tenda, um conjunto de baldes havia sido disposto de modo a pingarem e caírem no outro. Para a surpresa de Zhu, uma caixa posicionada sobre um dos baldes se abriu e lançou uma gota que deslizou por um fio até chegar a um amontoado de outras gotas. Era uma clepsidra. Embora já tivesse lido a respeito daquele dispositivo, nunca havia visto um antes: parecia mágico.

O proprietário do relógio saiu da tenda e franziu o cenho ao vê-la. Jiao Yu, o engenheiro dos Turbantes Vermelhos, possuía a barba rala de um estudioso confucionista e a expressão fatigada de alguém que pensava estar cercado de imbecis. Sisudo, o homem disse:

— Você é um monge de verdade?

— Por que todos fazem essa pergunta?

— Devem presumir que monges fazem algum tipo de juramento monástico para não matar — respondeu Jiao. — Você carrega uma espada. — Ele passou por Zhu, empurrando-a com o ombro.

— Só porque o General Guo forçou este monge a carregá-la — explicou Zhu, seguindo Jiao enquanto ele vasculhava uma carroça de burro apinhada de restos de madeira e de metal. — Ele disse que, se este monge não o fizesse, colocaria sua cabeça no muro.

— É bem a cara do General Guo — resmungou Jiao. — Ele já fez coisas mais estúpidas do que decapitar um monge. Por exemplo: nos trazer até aqui para um confronto direto com um exército hu que tem o dobro do nosso contingente e é cinco vezes mais preparado.

— Todos os outros parecem pensar que vamos vencer amanhã — comentou Zhu.

— Todos os outros são imbecis — disse Jiao, sucinto. — Certo, temos o Mandato, isso é ótimo, mas, quando se trata de questões práticas, prefiro depositar minha confiança num bom general e na vantagem numérica em vez de na probabilidade de um milagre enviado pelo Céu.

Zhu riu.

— É uma pena não termos mais homens pragmáticos em nosso exército. Bem, engenheiro Jiao, se está preocupado com amanhã, tenho uma oferta para o senhor. Não acha que suas chances de sobrevivência seriam maiores com um cavalo? Presumo que o senhor estará aqui no acampamento enquanto potes de arroz inúteis como eu estarão na linha de frente, mas, se o Yuan prevalecer... — Zhu ergueu as sobrancelhas. — O senhor vai precisar de uma estratégia.

Jiao estreitou os olhos. Ela o havia decifrado corretamente: o homem não tinha qualquer intenção de estar ali no dia seguinte enquanto tudo estivesse ruindo. Ele lançou um olhar rápido para o cavalo, depois encarou o animal novamente com mais atenção.

— Onde encontrou um cavalo de guerra hu?

— Tenho certeza de que este animal ficaria feliz tanto perto quanto longe da batalha — disse Zhu. — Não sei cavalgar. Mas me parece que o senhor é estudado, e provavelmente de uma boa família, então com certeza sabe. Em troca, no entanto, preciso que o senhor construa uma coisa para mim.

Quando ouviu as especificações de Zhu, o engenheiro soltou uma gargalhada sombria.

— É bem o tipo de coisa inútil que um monge pediria. Posso fazer isso. Mas você tem certeza de que é o que deseja? Se eu fosse você, pediria uma arma.

— Já tenho uma espada que não sei usar — disse Zhu. Ela lhe entregou as rédeas do cavalo. — Mas, se há algo que os monges sabem fazer, essa coisa é orar para que o Céu escute.

Conforme se afastava, ouviu a voz convencida de Yuchun na mente: *não dá para fugir do destino*.

Mas talvez, pensou ela, dê para orar e reivindicar outro.

Já estava escuro quando os homens de Ouyang terminaram de montar o acampamento. Ele buscou Esen em seu *ger*, e juntos cavalgaram até a cabeça de ponte para examinar os oponentes. Na margem oposta, as fogueiras dos Turbantes Vermelhos queimavam em longas fileiras pelas colinas como vestígios de um incêndio florestal. A luz dos dois acampamentos se refletia nas nuvens e cobria a superfície negra da água com fios de prata.

— Então é disso que o novo general deles gosta — falou Esen. — Confronto direto. Tudo ou nada. — Seus lábios nunca se moviam muito quando ele sorria, mas pequenas crescentes apareceram nos dois lados de sua boca. Por alguma razão, Ouyang sempre as notava. — Este é dos meus.

— Não insulte a si mesmo — disse Ouyang, que já havia recebido informações sobre o homem em questão. — Sua principal qualificação é ser filho daquele que chamam de Ministro da Direita. Seu nome é Guo Tianxu; tem 22 anos e, ao que parece, é um grande tolo.

— Bem, se é esse o caso... — falou Esen, rindo. — Mas ele tem um mínimo de inteligência para ter escolhido esta região para o embate. É uma boa posição para eles. Ao nos forçar a atravessar a ponte, perderemos nossa vantagem de número e de cavalaria. Não vamos derrotá-los em um dia, isso é certo.

— Nós venceríamos, mesmo se fizéssemos dessa forma — comentou Ouyang. Diante deles, os arcos de pedra pálidos da ponte pareciam flutuar na escuridão, dando-lhes a ilusão de que a estrutura se estendia indefinidamente. Mesmo uma pessoa pragmática como Ouyang era capaz de apreciar a construção como uma das maiores realizações de uma dinastia nativa há muito extinta. Um arrepio lento percorreu-lhe a espinha. Talvez seu sangue nanren reconhecesse a história daquele lugar. Ele se perguntou se havia cruzado a ponte em uma vida passada, ou mesmo a construído com as próprias mãos. Era tentador pensar que suas vidas passadas deviam ter sido melhores do que a atual, mas ele supunha que aquilo não poderia ser verdade; devia ter feito algo muito ruim nelas para ter recebido a atual vida e seu destino.

— Então vai prosseguir com a outra estratégia?

— Se meu senhor concordar. — Pensar sobre a ponte fizera Ouyang perder o que lhe restava do tépido entusiasmo pelo tipo de combate arrastado que os rebeldes desejavam. — Os batedores encontraram uma faixa firme de margem a cerca de doze li[1] a jusante. Deve ser capaz de aguentar alguns batalhões sem virar um charco.

Os Turbantes Vermelhos claramente consideravam o Yao intransponível a jusante. Era largo e, no meio, tinha a profundidade da altura de um homem. Mas os rebeldes eram nanren; vinham de um povo sedentário. Houvesse mongóis em seu exército, saberiam que qualquer rio podia ser atravessado com determinação o bastante. Ou suficiente indiferença à quantidade de recrutas que poderiam ser sacrificados na tentativa.

— As condições não são ideais — disse Esen, referindo-se às chuvas que haviam intensificado a força da correnteza. — Quanto tempo levará para as tropas de flanco atravessarem o rio e assumirem suas posições?

Ouyang refletiu. Não fosse a chuva, ele teria feito as tropas atravessarem à noite.

— Vou ordenar que comecem a travessia ao romper do dia; do contrário, as baixas não valerão a pena. Eles podem assumir suas posições no começo da hora da Cobra. — Entre o amanhecer e o meio-dia. — A essa altura, já teremos dado início ao embate, mas há pouco tempo.

— Você sabe que não me incomodo com um pouco de combate corpo a corpo — disse Esen. Era modo de dizer: ele amava batalhar. Esen franziu os olhos. — Vamos só brincar até as tropas de flanco terem terminado de atravessar o

---

1   Nota da tradutora: 里 (lǐ) ou 市里 (shìlǐ). Unidade de medida tradicional chinesa equivalente a quinhentos metros.

rio, depois acabamos com tudo. Ah, chega a ser uma pena que vai acabar tão rápido! É melhor aproveitarmos cada momento.

Embora os traços de Esen fossem tão suaves e regulares quanto os de uma estátua, suas paixões eram intensas demais para serenidade. Ouyang sempre sentia uma pontada ao vê-lo daquele jeito: alegre com a expectativa do prazer, com o sangue dos ancestrais guerreiros das estepes pulsando nas veias. Sua expressão continha uma pureza tocante que Ouyang invejava. Ele nunca fora capaz de viver um momento de prazer com as mesmas simplicidade e pureza de Esen. O mero fato de saber que a sensação era transiente — que qualquer momento teria sua doçura e sua intensidade perdidas quando se tornasse uma memória — fazia dela meio amarga mesmo enquanto acontecia.

Sentindo uma pontada sob o esterno, ele disse:

— Sim, meu senhor.

Os comandantes acordaram Zhu e o restante dos Turbantes Vermelhos antes do amanhecer com a ordem de assumirem as posições no posto avançado. Yuchun já havia desaparecido sem uma palavra de despedida, e Zhu presumira que Jiao havia feito o mesmo. Embora os homens tivessem fé no Príncipe Radiante e em seu Mandato, o entusiasmo do dia anterior havia dado lugar a uma expectativa carregada de ansiedade. Na frente deles, o arco da ponte se erguia sobre a água negra e desaparecia escuridão adentro.

Zhu esperava, as nuvens de sua respiração trepidando diante dela. A luz pálida de inverno se esgueirava no céu sobre o alto lago e espantava a escuridão para longe da ponte. O outro posto avançado apareceu e, atrás dele, fileiras e fileiras de soldados. Conforme o dia clareava, uma nova fileira emergia atrás da anterior, uma após a outra, até que a margem toda tivesse sido revelada, coberta por filas idênticas de homens com armaduras escuras.

À frente do gigantesco exército, uma figura esperava sobre um cavalo. Sua armadura engolia a luz, cintilando apenas nas pontas afiadas. Suas tranças presas em círculos eram como as asas abertas de uma mariposa. Atrás do homem estavam os fantasmas, parados entre ele e a linha de frente, como um exército de mortos. *O general eunuco.*

Uma vibração de conexão perfurou Zhu tão intensamente que a dor a fez prender a respiração. Então, recuperando-se, afastou a dor e a conexão numa onda de raiva. Ela não era *igual* a ele — não agora, nem nunca — porque ela era Zhu Chongba.

Os outros Turbantes Vermelhos, que em embates anteriores sempre haviam recuado do Yuan para continuar vivos e lutar um outro dia, de repente perceberam que estavam prestes a entrar numa batalha que duraria até que um lado vencesse. E, no instante em que viram o exército Yuan adiante, souberam que não seria o deles.

Zhu sentiu o momento em que a confiança dos homens se partiu. Quando um gemido ecoou em meio aos homens ao seu redor, ela ergueu os olhos para o lago, onde os rostos sorridentes e sombreados das estátuas de bodisatvas contemplavam os dois exércitos. Então ela caminhou pelas filas de seu lado e pisou na ponte.

Houve um único urro truncado do capitão de sua unidade. A frieza da pedra subiu por suas sandálias de palha. Ela sentiu o peso amarrado às costas e as pontadas diminutas nos pulmões e nas narinas ao inalar o ar frio. O silêncio parecia frágil. Ou talvez ela é quem fosse frágil, surpresa com a pausa. Cada passo era uma prova da coragem de ser Zhu Chongba e do desejo de um destino grandioso. *É o que eu quero*, pensou ela, e a força de seu desejo bombeava seu sangue com tanta força que parecia um milagre o nariz não estar sangrando. A pressão aumentava, quase insuportável, esmagando os medos e as dúvidas em fragmentos cada vez menores e mais quentes até se acenderem na forma de uma crença pura e ardente. *Eu sou Zhu Chongba, e a grandeza é o meu destino.*

Ela chegou ao centro da ponte e se sentou. Então fechou os olhos e começou a entoar um sutra.

Sua voz clara subia no ar. As palavras familiares se agrupavam numa panóplia de ecos até soarem como o cântico de mil monges. Conforme as camadas se assentavam, Zhu sentia um tremor estranho no ar que era como se o pavor se manifestasse fora do corpo. Os pelos do braço se arrepiaram.

Ela havia chamado, e o Céu estava escutando.

Zhu se levantou e desamarrou o gongo das costas. Ela o golpeou, e o som vibrou pelo lago elevado. Estariam as estátuas pendendo em sua direção para escutar?

— Louvado seja o Príncipe Radiante! — gritou ela, tocando o gongo uma segunda vez. — Que ele reine por dez mil anos!

Da terceira vez que tocou o gongo, os Turbantes Vermelhos despertaram de seu torpor. Urraram e marcharam com passos firmes como haviam feito para o próprio Príncipe Radiante, com força o suficiente para sacudir a ponte e o desfiladeiro rugir em resposta.

A única reação do general eunuco foi erguer o braço. Atrás dele, os arqueiros do Yuan armaram seus arcos. Zhu via aquilo como que num sonho. Dentro dela havia apenas o fulgor perfeito e vazio da crença e do desejo. *O desejo é a causa de todo sofrimento.* Quanto maior o desejo, maior o sofrimento, e agora ela desejava a própria grandeza. Com todo o seu querer, direcionou o pensamento ao Céu e às estátuas que observavam: *seja lá qual for o sofrimento necessário, eu aguento.*

Como que em resposta, o tremor no ar se adensou. Os Turbantes Vermelhos caíram em silêncio, e os homens do Yuan se moveram de modo que as flechas armadas tremiam como uma floresta numa brisa.

Então a encosta debaixo das estátuas cedeu. Carregada pela chuva pesada; desestabilizada pelas vibrações da marcha e dos gritos de louvor dos Turbantes Vermelhos; solta pelo Céu em resposta ao chamado de Zhu Chongba. Com um longo e suave estrondo de trovão, árvores, pedras, estátuas e terra deslizaram para dentro do lago assim como acontecera com o antigo templo. As águas negras engoliram tudo e se acalmaram. Por um momento, nada aconteceu.

A primeira pessoa a notar deu um grito abafado. A escala era tão enorme que parecia estar acontecendo aos poucos: a superfície do lago estava subindo. Uma enorme onda negra, aparentemente imóvel, exceto pelo fato de que o céu acima estava encolhendo e perdendo a luz conforme a água se erguia entre os limites estreitos da face do penhasco destruído e a colina íngreme do outro lado. Sua sombra fria caiu sobre eles e Zhu escutou seu som: um rugido de pura fúria elemental que sacudiu a terra conforme a onda cobria a represa. Quando atingiu seu ápice, quebrou.

Por um momento estático, enquanto o rugido da água obliterava todos os outros sons do mundo, Ouyang e o monge encararam um ao outro. Ouyang sentiu uma dor lancinante — uma vibração que o mantinha preso ao chão, como uma lança oscilando dentro de um cadáver. *Horror*, pensou ele, distante. Era o horror puro e sem filtro da constatação do que o monge havia feito. Com uma agonia de humilhação, ele soube que o monge enxergava cada centelha do sentimento em seu rosto.

Com um arquejo, ele se livrou do sentimento, virou o cavalo e *disparou*.

Por todos os lados seus homens tentavam se salvar, fugindo atrapalhados para longe das margens do rio conforme a grande onda negra avançava. Ouyang e seu cavalo subiram o declive agitado com dificuldade. No topo, ele olhou para trás. Mesmo tendo alguma ideia do que esperar, por muito tempo pôde apenas encarar atônito. A destruição fora absoluta. Onde antes havia uma ponte, agora não havia nada além de uma devastadora corrente marrom, duas vezes mais alta que a margem. A jusante, dez mil homens da infantaria e da cavalaria de Ouyang ou estavam atravessando aquele mesmo rio ou aguardando nas margens. Agora, sem dúvidas, o general sabia que estavam mortos.

Ódio, vergonha e fúria percorreram seu corpo como uma série de temperaturas internas cada vez mais altas. A fúria, quando finalmente chegou, foi um alívio. Era a mais limpa e tórrida das emoções; livrava-o de qualquer outra coisa que pudesse ter sobrado.

Ele ainda encarava o rio quando Shao se aproximou.

— General. A situação aqui está sob controle. Quanto aos outros... — Seu rosto estava pálido debaixo do capacete. — Talvez ainda haja sobreviventes que chegaram à outra margem antes de a onda chegar.

— O que podemos fazer por eles agora, com a ponte destruída? — disse Ouyang, ríspido. — Seria melhor se tivessem se afogado com os cavalos e equipamentos, em vez de serem encontrados pelos rebeldes...

A perda de dez mil homens num instante era a pior derrota que o exército do Príncipe de Henan já sofrera em toda uma vida ou mais. A mente de Ouyang saltou para o choque e a decepção de Esen, depois para a fúria do Príncipe de Henan. Mas, em vez de causar trepidação, o pensamento só fez a fúria de Ouyang se intensificar. Ele havia dito ao abade do Monastério de Wuhuang que seu destino era tão horrível que nada poderia piorar seu futuro — e, apesar de o incidente ser agora seu pior fracasso profissional, pelo qual certamente seria punido, o que dissera ainda era verdade.

Ele fez um ruído involuntário, mais grunhido do que riso. Girando o cavalo, ele resmungou:

— Preciso encontrar o Senhor Esen. Reúna os comandantes e ordene nossa retirada.

ANYANG, NORTE DE HENAN
DÉCIMO SEGUNDO MÊS

Ouyang cavalgava em silêncio ao lado de Esen conforme se aproximavam do palácio do Príncipe de Henan. No inverno, normalmente estariam em campanha; o interior parecia estranho sob a camada de neve. Localizado no extremo norte da província de Henan, o apanágio do Príncipe de Henan estendia-se sobre as férteis planícies ao redor da antiga cidade de Anyang. Fazendas, destacamentos e coudelarias militares formavam uma colcha de retalhos até as montanhas que demarcavam a fronteira entre Henan e Shanxi, província vizinha a oeste. O apanágio fora um presente de um dos primeiros cãs do Grande Yuan ao bisavô de Esen. Apesar de subitamente se ver em posse de um palácio, o velho guerreiro mongol insistira em viver num *ger* tradicional nos jardins. No entanto, em algum momento o avô de Esen se mudou para o palácio e, desde então, os mongóis viviam de um modo quase indistinto ao dos sedentários nanren que desprezavam.

Foram recebidos no portão com uma explosão de atividades. Criados do palácio corriam na direção de ambos com o vigor reprimido de um bando de pombos libertos. Sobre suas cabeças, Ouyang vislumbrou uma figura no pátio com as mãos meticulosamente enfiadas nas mangas. Um conglomerado de imobilidade em meio ao caos, observando. Como de costume, o outro distinguia-se do restante: a elaborada túnica de seda era tão vívida quanto um caqui num galho coberto de neve. Em vez de tranças mongóis, usava um coque típico dos han. A única concessão que fazia aos trajes mongóis apropriados era uma capa de zibelina, e talvez aquilo fosse apenas por causa do frio.

Quando Ouyang e Esen apearam e entraram no pátio, o segundo filho do Príncipe de Henan deu ao irmão um de seus sorrisos lentos, como os de um gato. O sangue manifestava-se de forma estranha nos mestiços. Apesar dos olhos estreitos de um mongol, o Senhor Wang Baoxiang possuía o rosto esguio e o nariz longo dos extintos aristocratas de Quinsai, uma cidade ao sul antes chamada de Lin'an imperial. Isso porque, claro, o segundo filho do Príncipe de Henan não era de fato seu filho, mas o de sua irmã, gerado por um homem há muito morto e esquecido, exceto no nome carregado pelo filho.

— Saudações, saudoso irmão — disse o Senhor Wang para Esen. Quando o homem se endireitou depois da rasa genuflexão, Ouyang viu que seu sorriso de gato continha um quê de satisfação. Numa cultura de guerreiros que desdenhava de estudiosos, um estudioso naturalmente se deleitava ao ver guerreiros derrotados retornando para casa sem glória alguma. Com um gesto débil que parecia ter sido calculado para irritar, o Senhor Wang retirou da manga um documento dobrado e entregou-o a Esen.

— Baoxiang — disse Esen, cansado. Seu rosto havia murchado durante a jornada de volta. A derrota pesava-lhe as costas, e Ouyang sabia que o senhor vinha temendo o encontro iminente com o Príncipe de Henan, embora talvez não tanto quanto ele próprio. — Você parece bem. O que é isso?

O irmão falava de forma preguiçosa, embora os olhos não demonstrassem o mesmo.

— Um relatório.

— O quê?

— Um relatório dos homens, equipamentos e materiais perdidos por seu amado general nesta campanha, e tudo que isso custou ao estado. — O Senhor Wang lançou um olhar antipático para Ouyang. Desde a infância, tinha ciúmes da posição favorecida que Ouyang ocupava na mente de Esen. — Essa sua guerra está ficando cara, querido irmão. Do jeito que as coisas vão, não sei por quanto tempo mais poderemos bancá-la. Já pensou em dedicar mais tempo à criação de falcões?

— Como é que você já tem um relatório? — indagou Esen, exasperado. O Senhor Wang era o administrador da província, um cargo que assumira alguns anos antes. Todos sabiam que ele havia feito aquilo para contrariar o Príncipe de Henan, que desprezava qualquer coisa relacionada à burocracia, mas ninguém podia acusar o Senhor Wang de não ter se interessado pelas minúcias da administração. — Nem eu recebi um relatório completo ainda! Será mesmo que você precisa espalhar seus malditos funcionários por todo lugar?

O Senhor Wang respondeu, frio:

— Parece que muitos deles morreram atravessando um rio, a jusante de uma represa notavelmente instável, depois de semanas de chuva pesada. Não dá para entender o que os fez tentar.

— Se você não insistisse em fazer seus homens se passarem por meus soldados, eles não teriam morrido!

O irmão lhe lançou um olhar de desdém.

— Se as perdas de recursos só fossem registradas quando você voltasse para casa, não seriam precisas o suficiente para serem úteis. E, se todos soubessem quem eram os responsáveis pela contagem, poderiam suborná-los. Antes mesmo de você partir para a batalha, equipamentos já teriam sido vendidos e os lucros embolsados. Você pode batalhar pela glória de nosso Grande Yuan, mas garanto que seus homens preferem um salário. Este método é mais eficiente.

— Plantar espiões — disse Esen. — No meu exército.

— Exato — respondeu o Senhor Wang. — Quando tiver feito seu próprio relatório, certifique-se de me informar quaisquer discrepâncias. — Ele pausou e, por um instante, Ouyang viu uma rachadura aparecer naquele brilho de satisfação. — Mas, antes disso, nosso pai, o Príncipe de Henan, avisou que devemos encontrá-lo em seu gabinete na Hora do Macaco. Ora, esta será a primeira vez que o verei em meses! Não costumo ter esse prazer. Como fico feliz pelo seu retorno precoce, meu irmão.

Ele deu meia-volta e se retirou, a capa ondulando atrás de si.

Quando Ouyang entrou no gabinete do Príncipe de Henan, encontrou Esen e o Senhor Wang já de pé, rígidos, diante do pai, que os encarava do alto de sua cadeira elevada.

O Príncipe de Henan, Chaghan-Temur, era um velho guerreiro atarracado, com bochechas de sapo, cuja barba e tranças já haviam adquirido o tom cinza--ferro de seu nome. Em termos de poder militar dentro do Grande Yuan, ele ficava atrás apenas do Grande Conselheiro, o comandante das tropas da capital. Chaghan passara a maior parte da vida liderando pessoalmente a luta contra as revoltas do sul, e possuía tanto espírito guerreiro quanto qualquer mongol nascido nas estepes. Mesmo agora, aposentado, era forte sobre o cavalo e caçava com o vigor de um homem décadas mais novo. Por fracassos, covardes e nanren, ele não sentia nada além de desprezo.

O olhar colérico do Príncipe de Henan recaiu sobre Ouyang. Seus lábios estavam pálidos de fúria. Curvando-se, Ouyang disse, firme:

— Saudações, estimado Príncipe.

— Então é assim que uma criatura insignificante retribui a casa que tanto fez por ele! Depois de me custar dez mil homens e os ganhos de uma temporada inteira, como ousa vir à minha presença e *ficar de pé*? Curve-se ou enfiarei minha bota na sua cabeça para abaixá-la por você!

O coração de Ouyang palpitava com mais força do que já pulsara em batalha. As palmas suavam e o corpo transbordava com a ansiedade nauseante de uma luta, enquanto a garganta se fechava com o esforço para manter o controle. Ele sentia que estava sendo sufocado pela pressão. Depois de hesitar por um momento, abaixou-se e pressionou a testa no chão. Nos dezesseis anos em que servira à casa do Príncipe de Henan, Ouyang nunca se esquecera do que o clã fizera por ele; aquela lembrança lhe era tão próxima quanto a própria pele mutilada. Lembrava-se dela a cada batida do coração.

— Quando meu filho veio até mim e pediu que eu fizesse de você seu general, deixei o tolo apego de um jovem contrariar meu próprio juízo. — Chaghan levantou-se e dirigiu-se até Ouyang. — General Ouyang, o último da linhagem daquele traidor Ouyang. Causa-me grande espanto como meu filho, em geral tão sensato, pode ter pensado que algo bom ou honrado poderia vir de um eunuco! Alguém que já provou estar disposto a fazer qualquer coisa, não importa quão vergonhosa ou covarde, para preservar a própria vida. — Por um momento, o único som na sala foi a respiração pesada do ancião. — Mas Esen era jovem quando eu te fiz. Talvez ele tenha se esquecido dos detalhes. Eu não.

O sangue pulsava na cabeça de Ouyang. Parecia que havia um clarão ao seu redor, que as chamas das lâmpadas se curvavam simultaneamente, fazendo o cômodo balançar como se estivesse possuído por uma febre enlouquecedora. Quase se sentia feliz por estar ajoelhado, incapaz de cair.

— Você lembra, não é? Como seu pai traidor ousou levantar a espada em revolta contra nosso Grande Yuan, e foi levado para Cambalique, onde foi executado pelas próprias mãos do grão-cã. Como, depois disso, o grão-cã decretou que todos os homens Ouyang até o nono grau deveriam ser mortos, e as mulheres e meninas vendidas como escravas. Já que sua família era de Henan, coube a mim executar a punição. Todos vocês foram trazidos até mim. Garotos com o cabelo ainda solto; velhos com meros três suspiros restantes. E cada um deles aceitou seu destino honradamente. *Todos menos você*. Você, que temia tanto a morte que estava disposto a envergonhar a memória de seus ancestrais, mesmo enquanto as cabeças dos irmãos, tios e primos jaziam no chão ao lado. Ah, como você chorou e implorou para ser poupado! E eu... eu fui misericordioso. Permiti que vivesse.

Chaghan enfiou a bota debaixo do queixo de Ouyang e o ergueu. Ao encarar aquele rosto odioso, Ouyang lembrou-se da misericórdia de Chaghan. Uma misericórdia de tamanha crueldade que qualquer outra pessoa teria preferido se matar a suportá-la. Mas aquela fora a escolha de Ouyang. Mesmo garoto, chorando sobre o sangue da família, soubera a que tipo de vida estaria condenado. Era verdade que implorara para ser poupado, mas não fora por temer a morte. Ouyang era o último filho de sua família; era o último a carregar o nome. Desonrado e humilhado, ele vivia e respirava por um único propósito.

Vingança.

Por dezesseis anos carregara aquele propósito firme dentro de si, esperando pelo momento certo. Sempre pensara que seria algo a que chegaria depois de longa reflexão. Mas agora, ajoelhado aos pés de Chaghan, ele simplesmente soube. *É este o momento em que tudo começa.* Com a estranha clareza que se tem nos sonhos, viu o restante de sua vida chegar ao fim diante de si, perseguindo o propósito tão fixo quanto o padrão das estrelas. Aquela era a jornada para reconquistar sua honra, e a expectativa de encerrá-la era ao mesmo tempo o sentimento mais doce e mais assustador que já tivera. A parte assustadora trazia um ódio tão profundo a si mesmo que o lançava para fora do próprio corpo, e por um momento Ouyang podia ver apenas o que os outros viam nele: não um ser humano, mas uma concha desprezível, incapaz de gerar qualquer coisa no mundo além de dor.

Chaghan removeu o pé, mas Ouyang não baixou a cabeça. Encarava Chaghan de igual para igual. Então o Príncipe de Henan falou, num tom baixo e ameaçador:

— Minha misericórdia se esgotou, general. Viver humilhado e humilhar os próprios ancestrais é uma coisa. Agora, humilhar o Grande Yuan é um nível completamente diferente de fracasso. Por isso, não acha que deve se desculpar com a própria vida?

Então outro corpo lançou-se de repente entre os dois homens, dissipando a tensão com tanta força que Ouyang se desestabilizou como se tivesse levado um tapa. Determinado e com a respiração irregular, Esen disse:

— Já que ele é meu general, este é *meu* fracasso. — Ele se ajoelhou. Com a cabeça encostada no chão aos pés de Chaghan, o espaço entre as tranças na nuca parecia vulnerável, como se convidasse a mão para um afago. — Pai, sou eu quem merece ser punido. *Castigue a mim.*

Com uma fúria controlada, Chaghan disse:

— Acatei sua escolha para general, Esen. Então, sim, assuma a responsabilidade. E qual será o castigo adequado? Devo seguir o exemplo de nossos ancestrais e expulsá-lo do clã para vagar nas estepes até morrer sozinho em desonra?

Ouyang conseguia sentir a tensão de Esen. Era algo que acontecia com pouca frequência na cultura mongol, mas acontecia: uma família matar um dos seus por alguma humilhação que trouxeram à honra do clã. Para Ouyang, que suportara a vida inteira pelo propósito de vingar seu sangue, era uma prática tão estranha que chegava a ser incompreensível. Ele não sabia o que faria se Chaghan matasse Esen.

Então a tempestade passou. Sentiram aquilo antes mesmo de Chaghan falar outra vez. Em um tom mais suave, ele disse:

— Se você fosse qualquer outra pessoa, teria feito isso. Você me causa problemas e humilhação, Esen.

— Sim, meu pai — Esen apressou-se em dizer, submisso.

— Então podemos falar sobre o que precisa acontecer para dar um jeito nessa bagunça. — Chaghan lançou um olhar desagradável a Ouyang. — Você: saia daqui. — Apesar de ter virado a vida de Ouyang de cabeça para baixo, de ter colocado seu futuro em movimento, para o velho guerreiro aquilo não fora nada. Chaghan sabia tanto do estado interno de Ouyang quanto do de um cachorro ou cavalo.

Ouyang saiu. Suas mãos e seus pés suavam, e ele se sentia mais exausto do que após uma batalha. O corpo se acostuma ao exercício, a sons e a sensações particulares, e até mesmo à dor física. Mas é estranho como nunca se habitua à vergonha: cada vez dói tanto quanto a primeira.

Esen, ainda prostrado no chão, ouviu Ouyang sair. A imagem flutuava dolorosamente em sua mente: o orgulhoso general com a cabeça curvada sobre o piso, as mãos brancas em decorrência da pressão. Ao contrário do que o pai dissera, Esen se lembrava. Ocorria apenas que, em sua lembrança, aquilo acontecera com outra pessoa. Ouyang era tão presente em sua vida que parecia não ter qualquer passado além daquele que compartilhava com Esen. Apenas agora ele fora forçado a ver aquela memória pelo que realmente era, a reconhecer que Ouyang e aquela criança eram a mesma pessoa.

Acima dele, o pai suspirou.

— Levante-se. De que precisamos para garantir a vitória sobre os rebeldes na próxima temporada?

Esen se levantou. Ele deveria ter mantido a armadura. Ouyang a mantivera, claramente desejando ter tanto metal quanto possível entre si e a ira do Príncipe de Henan. Mas talvez nem aquilo tivesse ajudado. Pensar na terrível expressão vazia de Ouyang dava-lhe uma sensação de dor profunda, como se a vergonha de Ouyang fosse sua própria.

Ele disse ao pai:

— Apenas unidades de batalha foram afetadas pelo desastre. Nossa cavalaria pesada ainda está intacta. Um terço da cavalaria leve se perdeu, mas, se puder ser aumentada em ao menos mil homens e animais, será possível operar com tamanho reduzido. Os três batalhões de infantaria podem se fundir em dois. Deve ser o suficiente para vencermos os Turbantes Vermelhos na próxima temporada.

— Então: mil cavaleiros habilidosos e equipados. E os comandantes?

— Perdemos três: dois da infantaria e um da cavalaria leve.

Chaghan refletiu sobre aquilo, depois dirigiu um olhar desagradável para Baoxiang. Esen quase esquecera que o irmão estava lá. Então o mais novo disse, rígido:

— Não exija isso de mim, meu pai.

— Como ousa falar dessa forma? Fui leniente com você por tempo demais, permitindo que perca seu tempo com coisas inúteis. Já é tempo de cumprir seu papel como filho desta família. Pois agora digo: quando o exército de seu irmão partir novamente, você se juntará a eles como comandante de um batalhão.

— Não.

Houve um silêncio perigoso.

— Não?

Baoxiang fez um ruído de deboche.

— Além de ser ridículo que ter sangue mongol seja o único requisito para ser líder, eu sou o *administrador da província*. Não posso simplesmente sair. Ou o senhor prefere que sua propriedade, e esta província inteira, pare nas mãos de incompetentes e corruptos? Isso certamente chamaria a atenção do grão-cã. Sem mencionar outra derrota, já que é claro que seus homens não terão cavalos, nem grãos para as famílias...

— Chega! — repreendeu Chaghan. — Wang Baoxiang, filho desta casa! Você deixaria seu irmão cavalgar sozinho, enquanto conta impostos em seu gabinete como um cachorro covarde de um manji? Apesar de o fracassado general do seu irmão ser um animal castrado, pelo menos ele luta como homem! Mas você se recusa a cumprir suas responsabilidades mais básicas? — O Príncipe parou ali, ofegante. — Você me decepciona.

Baoxiang curvou os lábios.

— E quando não decepcionei?

Por um momento, Esen pensou que Chaghan esbofetearia Baoxiang. Então ele se retesou e gritou tão alto que os criados no corredor do lado de fora puderam ouvir:

— Tragam o filho do Governador Militar Bolud!

Logo Altan entrou, ainda vestindo armadura. Seu rosto se iluminou ao perceber a tensão na sala.

— Minhas saudações ao estimado Príncipe de Henan.

Chaghan encarou-o com seriedade.

— Altan, filho de Bolud-Temur. Seu pai, o governador militar de Shanxi há muito tempo tem nos ajudado a enfrentar as rebeliões contra nosso Grande Yuan.

— De fato, estimado Príncipe.

— Considerando nossas perdas recentes, peço a seu pai mil homens adequados para a cavalaria leve, com todos os animais e o equipamento. Garantirei que ele receba todo o crédito merecido diante da corte do grão-cã quando acabarmos com os rebeldes na próxima temporada.

Altan curvou a cabeça.

— Os homens serão seus.

— Minha família lhe agradece. Estou ciente de que seu pai não necessita de mais riquezas, mas será um prazer recompensar seu serviço pessoal como um gesto de nossa estima. Um presente das terras de minha própria propriedade. Concedo a você todas as terras e famílias entre Anyang e o rio do norte para que faça com elas o que bem entender. — Não escapou a ninguém o fato de que aquelas terras eram parte do grupo que apoiava Baoxiang.

O rosto de Altan transformou-se em surpresa e satisfação.

— O Príncipe de Henan é deveras generoso.

— Pode ir. — A voz de Chaghan ficou desgostosa. — Vocês dois também.

Esen, Altan e Baoxiang saíram num silêncio amargo. Esen estava quase terminando de descer os degraus da residência do pai quando percebeu que Altan e Baoxiang não estavam mais a seu lado. Olhando para trás, ele viu Baoxiang olhando com repulsa para a mão de Altan em seu braço. Ele fez menção de afastá-la, mas Altan, sorrindo, apertou-o com mais força.

— Primo Baobao, por que não me deixa agradecê-lo por este nobre presente? — Sua voz demorou-se no apelido de infância han'er, cheia de deboche. Prosseguindo com deleite, ele disse: — Mas é muito estranho pensar que você prefere abrir mão de suas terras a cumprir o papel de um homem. Talvez até tenha que vender seus livros para pagar os criados! Pensei que essa possibilidade seria o suficiente para te fazer superar sua relutância, mas vejo que não. Então é verdade que você esqueceu como usar um arco? Ou sua mãe nunca te ensinou direito, já que estava ocupada demais sendo a vadia de um manji...

Outro homem teria reagido ao insulto. Até mesmo Esen, cuja mãe não fora insultada, se viu abrindo a boca para rebater. Mas Baoxiang apenas soltou o braço, lançou um olhar de desprezo a Altan e a Esen e saiu andando.

Esen esperou vários dias — o suficiente para os ânimos se acalmarem — antes de sair em busca do irmão. Localizada numa ala externa do palácio, a residência de Baoxiang também servia como gabinete da administração provincial. Uma longa fila de camponeses aguardava do lado de fora para audiências a respeito de suas muitas queixas. Lá dentro, funcionários menores, quase todos de origem semu, caminhavam determinados pelos pátios de pedra com os selos de latão e de prata balançando nos cintos.

Os criados o conduziram a um estúdio distante. Era uma sala decorada perfeitamente ao agrado do irmão, ou seja, o completo oposto do de Esen. Paisagens, algumas pintadas por Baoxiang, adornavam as paredes. A escrivaninha estava coberta por uma série de peças de caligrafia a secar, algumas com a escrita mongol e o restante nos caracteres nativos desnecessariamente complicados que Esen nunca se dera ao trabalho de aprender.

O irmão estava sentado no centro da sala com uma dupla de comerciantes manji. A mesa entre eles estava cheia de resquícios de uma conversa frutífera:

xícaras, cascas de semente, migalhas. Falavam na suave língua litorânea, que Esen não entendia. Quando o viram, interromperam a conversa por educação.

— Saudações, meu Senhor Esen — disseram em han'er. Curvando-se, os dois se levantaram e pediram licença.

Esen observou-os partir.

— Por que está perdendo seu tempo com comerciantes? — disse ele em mongol. — Decerto um de seus funcionários pode negociar em seu lugar.

Baoxiang ergueu as sobrancelhas retas e grossas. A pele delicada debaixo dos olhos parecia machucada. Embora o estúdio fosse quente, ele usava várias camadas: um tecido metálico e brilhante por baixo, cintilando sobre um externo de um rico tom de ameixa. A cor dava à pele um calor artificial.

— É por isso que você não sabe nada sobre seus próprios apoiadores, tirando o fato de que atendem quando os chama. Ainda pensa na família Zhang como nada além de contrabandistas de sal? O general deles é bem competente. Há pouco tempo ele tomou outra grande extensão de terra de elementos anárquicos. Então agora os Zhang controlam não apenas sal e seda, vias pluviais e marítimas, como também cada vez mais grãos, tudo em nome do Grande Yuan. — Ele passou uma mão pela bela mobília de laca amarela da sala. — Até essa cadeira em que está sentado é de Yangzhou, meu irmão. Qualquer poder com tamanho alcance deve ser compreendido. Talvez especialmente quando estão do nosso lado.

Esen deu de ombros.

— Há grãos em Shanxi e sal em Goryeo. Além disso, ao que tudo indica, Zhang Shicheng é um pote de arroz inútil que passa os dias comendo pão e açúcar, e as noites com prostitutas de Yangzhou.

— Bem, isso é verdade. O que seria relevante se fosse ele quem tomasse as decisões. Mas ouço dizer que Madame Zhang é uma figura bastante impressionante.

— Uma mulher! — disse Esen, achando graça na história, e balançou a cabeça.

Os criados limparam a mesa e trouxeram comida. Apesar da punição do Príncipe de Henan, ainda não havia qualquer sinal dela nas circunstâncias de

Baoxiang. Havia uma sopa de peixe de água doce, incrementada com cogumelos e presunto; pães de trigo e salada de painço; mais acompanhamentos de vegetais do que Esen podia contar; e fatias rosadas de cordeiro defumado à moda do leste de Henan. Esen pegou um pedaço com os dedos antes mesmo de o prato ser colocado sobre a mesa. O irmão riu, levemente indelicado:

— Ninguém está querendo tirar seu direito de comer, seu guloso. — Baoxiang sempre comia com *kuàizi*, pegando porções com um floreio extravagante que lembrava o acasalamento de andorinhas.

Observando as obras de arte enquanto comiam, Esen disse:

— Meu irmão, se você dedicasse metade do tempo que gasta com livros e caligrafia à prática com espadas, seria competente o suficiente. Por que insiste nessa guerra com nosso pai? Não pode ao menos tentar dar a ele as coisas que ele compreende?

Ele recebeu um olhar incisivo em resposta.

— Quer dizer as coisas que *você* compreende? Se já tivesse se dado ao trabalho de aprender caracteres, saberia que há coisas úteis nos livros.

— Ele não está contra você, não de propósito! Desde que você demonstre respeito suficiente para fazer um esforço com a mente aberta, ele o aceitará.

— É mesmo?

— É claro!

— Então você é mais tolo ainda por acreditar nisso. Não importa o quanto eu treine, não importa o quanto eu *tente*, nada disso vai me levar ao seu nível, meu querido irmão perfeito. Aos olhos de nosso pai, sempre serei o fracassado. Mas, estranhamente, apesar de ser um *covarde de um manji*, ainda prefiro fracassar nos meus próprios termos.

— Irmão...

— Você sabe que é verdade — sibilou Baoxiang. — A única coisa que eu poderia fazer para ser ainda menos o filho que ele quer é arranjar um belo homem como amante e deixar que o palácio inteiro saiba que ele me possui todas as noites.

Esen estremeceu. Embora houvesse casos entre os manji, pouca coisa era pior do que aquilo para a reputação de um mongol. Desconfortável, ele disse:

— Na sua idade, a maioria dos homens já é casado...

— Entrou água no seu cérebro? Não tenho nenhum interesse em homens. Decerto menos do que você, que vive acompanhado daqueles seus guerreiros adoradores de heróis por meses sem fim. Homens que você treinou pessoalmente, moldados conforme seus *requisitos*. Bastaria pedir e eles se rebaixariam por você com prazer. — A voz de Baoxiang era cruel. — Ou você nem precisa pedir? Ah, você ainda não tem filhos. Será que anda tão ocupado "batalhando" que suas esposas esqueceram seu rosto? E ah, aquele seu general *é* lindo. Tem certeza de que seu amor por ele é apenas o de um colega soldado? Nunca te vi ficar de joelhos tão rápido do que quando nosso pai estava determinado a humilhá-lo...

— Já chega! — gritou Esen. Ele se arrependeu de imediato; eram apenas os joguinhos de sempre do irmão. Podia sentir uma dor de cabeça chegando. — Você está bravo com nosso pai, não comigo.

Baoxiang lançou-lhe um sorriso frágil.

— Será mesmo?

Esen saiu furioso, ouvindo o riso do irmão.

Ouyang entrou no prédio da administração provincial à procura do Senhor Wang, o punho cerrado num maço de relatórios. Foi imediatamente atacado pelo fedor burocrático de tinta, papel mofado e óleo de candeia. O lugar era um labirinto claustrofóbico de estantes e escrivaninhas e, não importava por quantos recessos escuros passasse, havia sempre mais um funcionário debruçado sobre sua pilha de papel. Ouyang odiava tudo naquele lugar. Ao longo dos últimos anos sob o comando do Senhor Wang, o escritório expandira sua autoridade e os funcionários multiplicavam-se como coelhos. Agora nada era possível sem ao menos três selos carimbados, ábacos consultados como se fossem peças de I Ching, o Livro das Mutações, e registros feitos em cadernos. Cada cavalo ferido e arco perdido exigia uma explicação, e arranjar um substituto era um processo árduo o bastante para fazer um destemido guerreiro chorar. Assim, era insuportável pensar em perder dez mil homens, cinco mil cavalos e todo o equipamento que vinham carregando.

Apesar de o Senhor Wang ser o administrador da província e um nobre, sua escrivaninha não era maior do que as de seus funcionários. Ouyang parou diante dela e esperou que o outro notasse sua presença. O Senhor Wang mergulhou o pincel na tinta e o ignorou. Mesmo ali em seu escritório, os gestos do nobre eram tão artificiais quanto os de uma dançarina. Uma performance. Ouyang a reconhecia porque também performava. Tinha um corpo pequeno e um rosto de mulher, mas usava armadura, engrossava a voz e se portava de forma brusca; embora as pessoas enxergassem a diferença, respondiam à sua performance e à sua posição. Por sua vez, a performance do Senhor Wang ressaltava sua diferença. Ele convidava os olhares e o desdém, *como se gostasse de ser ferido.*

O Senhor Wang finalmente ergueu os olhos.

— General.

Ouyang fez uma reverência que pudesse ser considerada aceitável e entregou os relatórios ao Senhor Wang. Ver todas as suas perdas no papel fora desafiador. Com uma onda de raiva, pensou no monge rebelde. Ao provocar sua derrota e sua humilhação pelas mãos de Chaghan, o monge havia dado início à sua jornada rumo a seu propósito. Não conseguia se sentir grato. Parecia uma violação. O roubo de algo que não estava preparado para ceder. Não era bem a inocência, mas o limbo no qual ainda podia fingir que outros futuros eram possíveis.

Para a surpresa de Ouyang, o Senhor Wang colocou os relatórios de lado e voltou a escrever.

— Pode ir.

Como Ouyang conhecia a personalidade do Senhor Wang, havia se preparado para um confronto. Em contraste com os esforços do Príncipe de Henan, ser menosprezado pelo Senhor Wang era apenas levemente irritante. Àquela altura, havia até mesmo um ar ritualístico em suas interações, como se estivessem interpretando papéis numa peça da qual ambos eram obrigados a participar. Entretanto, não havia dúvidas de que o Senhor Wang andava incomodado com a punição que recebera.

Assim que o general se curvou e deu meia-volta para sair, o Senhor Wang disse:

— Todos esses anos desejando, e você finalmente conseguiu fazer Esen se ajoelhar para você. Foi bom?

Ali estava. Era como se Baoxiang não pudesse resistir. Apesar de entender os ciúmes por trás daquelas palavras, Ouyang ainda tinha a sensação nauseante e violadora de ter algo particular e mal admitido para si mesmo lançado ao ar frio para definhar. O Senhor Wang, que se deleitava com a própria dor, sempre soubera como ferir os outros.

Quando Ouyang não respondeu, o Senhor Wang disse, com uma espécie amarga de compreensão:

— Meu irmão é uma pessoa fácil de amar. O mundo o ama, e ele ama o mundo, porque tudo nele sempre funcionou a seu favor.

Ouyang pensou em Esen, um homem generoso, destemido e de coração puro, e soube que o que Baoxiang dissera era verdade. Esen nunca fora traído, ferido ou humilhado pelo que era — e era por isso que o amavam. Ele e o Senhor Wang, cada um de seu próprio jeito, entendiam-se por meio daquela conexão; duas pessoas vis e destroçadas, cheias de admiração por alguém que jamais poderiam ser ou ter: o nobre e perfeito Esen.

— Ele nasceu na hora certa. Um guerreiro num mundo de guerreiros — disse o Senhor Wang. — Você e eu, general, nascemos tarde demais. Três séculos atrás, talvez tivéssemos sido respeitados pelo que somos. Você como manji. Eu como alguém que acredita que a civilização é algo a ser valorizado, não apenas uma munição para a conquista e a destruição. No entanto, aos olhos de nossa própria sociedade, não somos nada. — A burocracia zumbia ao redor deles sem cessar. — Você e Esen são opostos. Não se iluda: ele jamais o entenderá.

Ouyang poderia ter rido. Sempre soubera que Esen, como qualquer outra coisa que alguém poderia desejar na vida, estava fora de seu alcance. Amargo, ele questionou:

— E você me entende?

Ao que o Senhor Wang respondeu:

— Sei como é ser humilhado.

Era característico da inveja: só se pode senti-la por pessoas iguais a você. Para o general, invejar Esen era como invejar o Sol. Mas Ouyang e o Senhor

Wang eram iguais. Por um momento, deixaram-se lá, com um reconhecimento amargo, sentindo aquela semelhança vibrar no espaço entre eles. Um desprezado por não ser homem; o outro, por não agir como um.

Ouyang saiu do gabinete do Senhor Wang e atravessou o labirinto de escrivaninhas, sentindo-se exposto.

— ...o convite para a Caçada de Primavera já chegou? Vamos ficar livres deles por um tempo...

Os dois funcionários semu se calaram e se curvaram quando Ouyang passou, mas ele ouvira o suficiente. A Caçada de Primavera. O retiro de caça anual do grão-cã, realizado nas alturas do planalto de Shanxi num lugar chamado Hichetu, era o evento de maior prestígio do calendário. Centenas dos membros mais notáveis do Grande Yuan reuniam-se para caçadas, jogos e entretenimento. Era uma das poucas oportunidades para nobres das províncias, como o Príncipe de Henan, forjar conexões com membros da corte imperial de Cambalique. Ouyang participara uma vez aos vinte anos, quando era o comandante dos guardas pessoais de Esen. Entretanto, no ano seguinte o Príncipe de Henan aposentou-se das campanhas e, desde então, Esen e Ouyang sempre estavam no sul durante a Caçada de Primavera. Aquela seria a primeira vez em sete anos que Esen poderia acompanhar o Príncipe de Henan até Hichetu. E tudo por causa da derrota de Ouyang.

De uma só vez Ouyang soube, de forma profunda e desagradável, que nada daquilo fora coincidência. A derrota causada pelo monge, a humilhação pelas mãos de Chaghan. Tudo aquilo não fora nada além do movimento mecânico das estrelas conforme lhe traziam aquela oportunidade: o trajeto até seu destino. E, uma vez que pusesse os pés nele, não haveria volta.

Era uma oportunidade que ele desejava e, ao mesmo tempo, a última coisa que almejava: era um futuro horrível demais para suportar. Contudo, embora prevaricasse e agonizasse, e encolhesse ao pensar naquilo, sabia que não era uma questão de escolha. Era seu destino, a coisa que homem nenhum podia rejeitar.

ANFENG
O ANO-NOVO, 1355

Zhu ajoelhou-se diante do primeiro-ministro. Graças aos eventos surpreendentes no rio Yao, uma audiência especial com os líderes dos Turbantes Vermelhos lhe foi concedida. Lá fora, o clima melhorava todos os dias com a aproximação do Ano-novo, mas a sala do trono do primeiro-ministro ainda estava tão úmida quanto uma caverna. As velas vermelhas se liquefaziam.

— Uma vitória ordenada pelo próprio Céu! — exclamou o primeiro-ministro. — O general eunuco é mais audacioso do que qualquer um de nós imaginava. Não fosse a intervenção celestial, seu plano de atravessar a jusante teria dado certo. Teríamos sido aniquilados! Mas, com este milagre, não poderíamos ter prova mais clara de que os mongóis perderam o Mandato.

Havia sido um milagre, mas não exatamente o mesmo que Zhu planejara e pelo qual rezara. Quando teve a ideia de provocar o deslizamento, pretendia apenas destruir a ponte para que ela e os Turbantes Vermelhos não fossem aniquilados. Mas, em vez disso, o Céu lhe dera uma vitória que nem ela nem ninguém imaginara ser possível. Ela se manifestara como Zhu Chongba e reclamara grandeza, e o Céu a concedera. Num piscar de olhos, dez mil homens do general eunuco se transformaram em nada. Ela estremeceu de espanto e com o desejo febril por algo que nunca imaginara desejar. Seu destino.

— O monge deve ser recompensado — disse o primeiro-ministro. — Agora que Guo Tianxu é general, há uma vaga para comandante. Que o monge a ocupe.

— Vossa Excelência quer elevar... o *monge* ao cargo de comandante? — indagou o Ministro da Direita Guo. Prostrada, Zhu espiou o homem e o viu de cenho franzido. — Entendo que ele nos fez um favor, mas decerto...

— Não devemos nada àquele monge! — bradou o Pequeno Guo, irrompendo no salão, indignado. — Ele pode ter rezado, mas foi minha decisão enfrentar o Yuan no rio Yao. Se o Céu decretou que devíamos vencer, essa vitória não deveria ser *minha*?

— Guo Tianxu — repreendeu o pai. Ele voltou os olhos para o primeiro--ministro. Ele sabia perfeitamente bem que, se Zhu não tivesse vencido no rio Yao, o Pequeno Guo estaria encarando a ira do primeiro-ministro.

Zhu não escutava a discussão sozinha. O Ministro da Esquerda Chen observava os dois Guo, e não havia nada de passivo em sua atenção. Como uma arma exposta, prometia violência. Chen, sentindo o olhar da garota sobre si, fitou-a; seus olhos se encontraram. Nos dele não havia nem calor, nem hostilidade. Apenas as rugas verticais nas bochechas do homem se aprofundaram, o que podia significar qualquer coisa.

O primeiro-ministro disse para o Pequeno Guo, frio:

— A intercessão *daquele monge* foi a condição necessária para cada parte de seu sucesso.

— Vossa Excelência — interveio o Ministro da Direita Guo. — Não é que não tenha sido uma conquista, mas...

— Independentemente do motivo pelo qual as coisas aconteceram, ele nem lutou! — argumentou o Pequeno Guo. — *Ele nem sabe empunhar uma espada.* Como uma pessoa sem qualquer experiência militar pode ser comandante? Por que não o deixamos aqui na sala do trono, cuidando do Príncipe Radiante? Isso não seria mais apropriado para um monge?

Chen pigarreou. Com um tom de notável racionalidade, ele disse:

— Se não me engano, nem o primeiro-ministro nem o Ministro da Direita tinham qualquer experiência de guerra antes de se tornarem líderes. Eles conquistaram sucesso com base em seus talentos naturais. Se eles não precisaram de experiência, por que o monge precisaria?

No brilho nos olhos de Chen, Zhu enxergou qual seria seu papel: uma ferramenta para causar uma rixa entre o primeiro-ministro e o Ministro da Direita Guo. Ela sabia que avançar dentro dos Turbantes significaria escolher entre Chen e os Guo em sua disputa pela preferência do primeiro-ministro. Agora um lado a havia escolhido. Porém, pensou ela, era o lado que teria escolhido de qualquer forma.

O Pequeno Guo lançou um olhar venenoso para Zhu:

— Qualquer tolo pode se deparar com o sucesso uma ou duas vezes. Se o talento natural do monge é rezar, e acreditamos que isso funciona, então por que não lhe pedimos para conquistar Lu para nós?

Lu, uma cidade murada não muito distante ao sul de Anfeng, era uma das mais fortes na área. Ao longo de todas as décadas de conflito, era a única das cidades do Yuan na região que nunca caíra nas mãos dos rebeldes. Zhu sentiu o estômago se contrair diante de um repentino mau agouro.

Chen encarava Zhu com a expressão de alguém que estava perfeitamente satisfeito em apostar, já que era com o dinheiro de outra pessoa.

— Os Turbantes Vermelhos atuam há uma década e ainda não conseguimos tomar aquela cidade em particular, General Guo.

— Então é um bom teste. Se o monge nos conseguir essa vitória com suas preces, será comandante. E, se fracassar... bem, nesse caso saberemos o quanto ele realmente vale.

Xingando o Pequeno Guo por dentro, Zhu voltou a pressionar a testa nos ladrilhos rachados da sala do trono.

— Embora este monge indigno não seja nada além de um grão de poeira, ficará feliz em ceder seus parcos talentos para atender à vontade de Vossa Excelência. Com o apoio do Céu, derrubaremos os hu e veremos o Príncipe Radiante em seu lugar de direito no trono de nosso próprio império!

— O monge fala bem — comentou o primeiro-ministro, tranquilizado. — Deixem que vá e retorne com felicidade e a benção do Buda. — Ele se levantou e saiu, seguido por seus dois ministros: um irritado e o outro com uma expressão fria de contemplação que ocultava sabe-se lá o quê.

Ao erguer-se, Zhu deu de cara com o Pequeno Guo em seu caminho. O rapaz exibia uma careta de satisfação.

— Você é ainda mais idiota do que eu pensava se acha que pode conquistar uma cidade murada com *preces*. Por que simplesmente não foge e deixa a guerra para as pessoas que realmente entendem dela?

Ele era tão alto que Zhu precisava se esforçar para encará-lo. Ela lhe deu sua melhor imitação do sorriso tranquilo do Mestre do Darma.

— O Buda ensinou: *comece com o desalento*. Apenas quando nos entregamos ao desalento do momento atual, o sofrimento pode começar a se dissolver...

— O primeiro-ministro pode venerá-lo agora — disse o Pequeno Guo, perversamente. — Mas você vai fracassar. E, quando isso acontecer, não acha que ele vai preferir te matar como falso monge a acreditar que o Céu desejava que falhássemos?

Endurecendo, ela disse:

— O Céu não deseja o *meu* fracasso.

Quando Ma entrou na sala que outrora fora a biblioteca da mansão dos Guo, encontrou o Comandante Sun Meng apaziguando o Pequeno Guo:

— Importa mesmo quem fica com o crédito pela vitória? O primeiro-ministro está feliz, e colocou Chen Youliang de volta no lugar ao qual pertence. Você sabe que Chen estava torcendo para você fracassar para que ele pudesse desafiar seu pai.

Os dois rapazes estavam sentados no chão a uma mesa baixa, comendo o jantar que Ma lhes trouxera mais cedo: tofu cozido com presunto e castanhas, raiz de lótus fatiada e painço. Estavam cercados por estantes cheias de repolhos embrulhados com papel. Apenas Ma, que como filha de um general recebera uma educação mais extensa do que o comum, sentia falta dos livros. Os repolhos davam ao cômodo não aquecido um cheiro úmido de vegetal, como um campo depois da chuva no inverno.

Ao ver Ma, Sun deu tapinhas no espaço ao lado.

— Yingzi, já comeu? Sobrou um pouco.

Sun era tão esguio quanto o Pequeno Guo era alto, e tão simpático quanto o amigo era azedo. Tinha um rosto belo e alegre, emoldurado por uma cabeleira de fios ondulados e avermelhados que sempre escapavam do coque. Apesar da aparência de menino, era de longe o melhor dos jovens líderes dos Turbantes Vermelhos.

Quando Ma sorriu e se sentou, Sun disse:

— Então, o que achou de nossa vitória?

— Acho que vocês tiveram uma tremenda sorte, seja lá qual tenha sido o motivo. — Pegando a tigela e a colher de Sun emprestadas, Ma esticou o braço para se servir de tofu. — E acho que tem água entrando no seu cérebro se pensa que isso colocou Chen Youliang no lugar dele. Guo Tianxu, você realmente desafiou aquele monge a tomar a cidade de Lu? Ainda não aprendeu que, quando demonstra seu ressentimento, está dando a Chen Youliang munição para usar contra você?

— Como ousa me criticar? — O rosto do Pequeno Guo ficou vermelho. Ele arrancou o pote de barro da mão de Ma e despejou o tofu na própria tigela. — Do que você entende, Ma Xiuying? Achava que eu não conseguiria vencer no Yao. Bem, eu venci. E, se eu tivesse seguido o plano do primeiro-ministro, ainda estaríamos naquela planície, perdendo cem homens por dia, sem fazer nada além de esperar aquele eunucozinho de merda vir atrás de nós pelo Huai. É este o respeito que recebo por minha vitória?

— Não é uma questão de respeito — respondeu Ma, irritada. — Só estou dizendo que, com Chen Youliang à espreita, você deveria tomar mais cuidado.

— Com todo o mundo à espreita, *você* deveria aprender a não criticar.

Sun colocou-se no meio dos dois.

— Mas eu pedi a opinião dela, Xu'er. *Aiya*, vocês dois são um péssimo casal. Não conseguem ter uma única conversa sem brigar?

— Se quiser as opiniões inúteis de uma mulher, escute-as *você*. — Encarando os dois, Pequeno Guo esvaziou sua xícara e se levantou. — Vou sair primeiro. — Ele não se deu ao trabalho de fechar a porta ao passar.

Sun observou o amigo e suspirou.

— Vou conversar com ele mais tarde. Venha, Yingzi: acompanhe-me.

Ele passou o braço ao redor dos ombros de Ma de um modo amigável enquanto caminhavam. Uma das peculiaridades do Pequeno Guo era que, apesar da natureza mesquinha, a amizade da noiva com Sun não o incomodava nem um pouco. Era como se não pudesse conceber a possibilidade de uma mulher achar a aparência afeminada de Sun mais atraente que a própria. Ironicamente, pensou Ma, até naquele ponto ele se enganava. Se pudesse ter escolhido entre os dois, é claro que teria escolhido o garoto delicado com as bochechas tão redondas quanto as de uma garota. No entanto, é claro, ela não tivera escolha.

Ela perguntou:

— Acha que aquilo realmente aconteceu por causa do tal monge?

— Não faço ideia. Só sei que precisávamos de um milagre, e o conseguimos.

Caminhar sobre uma ponte entre dois exércitos era uma atitude difícil de compreender. No que era mais fácil acreditar: que o monge era um tolo ingênuo com uma quantia extraordinária de sorte, ou um bodisatva iluminado sem qualquer preocupação pela própria vida? Ma lembrou-se de seu olhar penetrante quando se conheceram, então pensou: *não é um tolo*. Mas também não sabia ao certo se a outra opção era correta.

— Com o que está preocupada agora? — perguntou Sun, que sabia identificar os humores de Ma. — Temos o Mandato do Céu e nossa melhor vitória em anos. O Yuan estará se recompondo até o próximo outono, então teremos seis meses para recuperar terreno e estabelecer uma posição sólida. — Ele deu um aperto gentil na amiga. — Este é o momento em que tudo muda, Yingzi. Você verá! Daqui a dez anos, quando o Príncipe Radiante estiver sentado no trono de nosso próprio império, iremos nos lembrar deste momento e sorrir.

O Sol brilhante de fim de inverno havia secado a terra de Anfeng. Zhu passeava pela sombra fresca entre as tendas do mercado. Estava mais movimentado que o normal, quase alegre. Desde a estrondosa derrota do Yuan no rio Yao, a cidade adquirira uma atmosfera de entusiasmo renovado. Podia-se até pensar em esperança.

— Ei, vovó!

Bem, menos esperança para alguns. Observando o desenrolar do drama humano, Zhu sentia uma inquietação dentro de si: a lembrança de algo testemunhado havia tanto tempo que podia muito bem ter sido uma vida passada.

— Ei, eu disse: ei, vovó! — O grupo de homens cercava uma senhora sentada atrás de sua pilha de verduras. — Vai nos dar um pouco disso aí por manter os arruaceiros longe, não vai? Anfeng é um lugar bem perigoso! É melhor nos agradecer bem pelo apoio...

— *Apoio*, seus ovos de tartaruga podres? — Uma pessoa abriu caminho com cotoveladas, furiosa; Zhu ficou surpresa ao ver que era a garota semu que a salvara do Pequeno Guo. A filha do General Ma. Para a senhora de cabeça baixa, a garota instruiu: — Não dê nada a eles.

— Cale a boca — disse o líder dos homens.

— Como ousa falar comigo desse jeito? Não sabe quem eu sou?

Depois de uma pausa, um deles observou:

— Essa não é a mulher do Pequeno Guo?

O líder examinou a garota com mais atenção, abrindo um sorriso perverso.

— Aquela garrafa de vinagre meio vazia que chama a si mesmo de general? Acha que eu dou a mínima?

Ma recusava-se a ceder. Encarando-o, ela disse:

— Dá o fora!

— Ou o quê? — Enquanto seus homens atacavam as verduras da senhora, o líder agarrou a garota e a lançou com facilidade na rua. Ela gritou ao cair apoiada nos joelhos e nas mãos. O líder riu. — Volte para a boceta da sua mãe, vadia.

Depois que os homens foram embora, Zhu dirigiu-se até Ma e agachou-se ao lado da garota.

— Parece que não deu muito certo.

Ela recebeu um olhar furioso em resposta. Mesmo com aquela expressão, a garota era deslumbrante. O tom dourado de sua pele era ainda mais luminoso em contraste com uma pequena pinta escura no topo de sua testa. O cabelo era liso e lustroso como nuvens negras. Talvez sua aparência não se encaixasse nos padrões de beleza clássica nanren, mas em seu rosto havia tamanha profundidade de emoção crua e inocente que os olhos de Zhu foram atraídos como que para a cena de um acidente.

— E o que eu deveria ter feito? Ignorado? — questionou Ma, fazendo uma careta. Ela enxugava as palmas ensanguentadas com a saia.

— Você está chateada — observou Zhu.

Ma ergueu os olhos, impetuosa.

— É claro que estou chateada! Ah, eu sei, acontece o tempo todo. Ela está acostumada. *Todos* estão acostumados. É só que...

— Dói. — Zhu sentiu um deslumbramento diante da empatia da moça. Se Zhu já tivera uma parte tão delicada em si, capaz de uma gentileza que não se baseava em nada além da humanidade compartilhada, não sabia bem se ainda existia.

— É claro.

— É claro? — questionou Zhu, intrigada. — Não presuma. Poucas pessoas são assim. — Ela se afastou e comprou um copo de leite de soja da tenda vizinha, oferecendo-o a Ma.

Ma aceitou o copo com um olhar cético.

— Pensei que fosse um monge errante sem um vintém.

— Este monge não possui nada além daquilo que recebe pela generosidade dos outros — explicou Zhu devotamente. Na verdade, ela tinha mais que duas moedas, já que havia trocado o gongo com Jiao (que retornara depois da vitória) pelo cavalo e alguns cordões de moedas de cobre. Fazia sentido que tivesse algum lucro; afinal, era o gongo capaz de invocar o Céu.

Zhu notou que Ma a examinava enquanto bebia o leite. Era um olhar desconfiado, como se estivesse convencida de que havia alguma outra coisa acontecendo debaixo da ingenuidade monástica de Zhu, mas ainda não soubesse o quê. Mesmo assim, ela era a primeira pessoa nos Turbantes Vermelhos que já vira tanto assim. Zhu supôs que, se o General Ma havia sido tão competente quanto todos diziam, fazia sentido que sua filha fosse mais inteligente que a maioria dos líderes dos Turbantes Vermelhos. Curiosa para conhecer melhor a garota, Zhu disse:

— O cavalo.

— Quê?

— O cavalo deste monge. Você lembra. Já que o General Guo deu a este monge a modesta tarefa de conquistar uma cidade, este monge estava pensando que talvez prefira ter um cavalo para a batalha. Talvez assim sua sobrevivência dependa menos de milagres. — Ela lançou um olhar convidativo para Ma. — Conhece algum tutor de montaria?

— De novo isso? Por que tem tanta certeza de que sei cavalgar?

— Seu nome significa *cavalo*, não é? — brincou Zhu. — Nomes não mentem.

— Ah, por favor! — desdenhou a moça. — Seguindo essa lógica, todo beberrão chamado Wang seria um rei. E você seria… — Ela parou.

— Vermelho? — provocou Zhu. — Tipo um… Turbante Vermelho?

— É um tipo diferente de vermelho! Aliás, qual é o resto do seu nome?

Quando Zhu lhe contou, ela balançou a cabeça e riu, exasperada.

— Vermelho *e* duplo oito da sorte? Seus pais devem ter ficado muito felizes quando você nasceu.

Imagens de uma infância — não a de Zhu Chongba — atravessaram a mente de Zhu como clarões vistos através de uma janela de papel rasgada. Mas ela era Zhu Chongba, e o passado do irmão agora pertencia a ela tanto quanto o futuro. Ela disse:

— Ah, é verdade: apesar de nunca ter demonstrado muito potencial, os pais deste monge sempre acreditaram que ele conquistaria grandes coisas. — Ela ergueu as sobrancelhas. — E agora veja só! Aqui está ele: um monge educado em vez de um camponês. O que mais um casal de fazendeiros poderia querer?

Zhu pensou que havia falado com leveza, mas, quando Ma a examinou com os olhos, perguntou-se qual verdade acidental poderia ter aparecido em seu rosto. Mas a moça apenas disse:

— Prazer em conhecê-lo, mestre Zhu, o Extremamente Afortunado.

— *Aiya*, que formalidade! É melhor este monge chamá-la de professora Ma, já que vai me dar aulas.

— Quem disse que vou?

— Ou, se não vai dar aulas, deve este monge chamá-la de irmã mais velha Ying?

— Ah, que ousadia! — exclamou Ma. Lançando um olhar perspicaz para Zhu, ela disse: — E quem é de fato mais velho aqui? Se você é um monge, deve ter *ao menos* vinte anos.

Zhu sorriu: era verdade que a própria Ma não devia ter mais de dezessete anos.

— Então é professora Ma, já que não consegue tolerar este monge a chamando de qualquer outra coisa.

— *Esse* é o seu argumento?

Zhu deixou o rosto com sua melhor expressão de expectativa. A moça encarou-a, aparentemente dividida entre o ultraje e a exasperação, depois suspirou.

— Está bem! Uma aula. *Uma*.

— Este monge aprende rápido. Mas o cavalo... quem sabe? — disse Zhu, sentindo-se alegre diante do sucesso. Ela gostava da ideia de ver os olhos penetrantes de Ma outra vez, e de provocá-la com os trejeitos de monge ingênuo. — Talvez você possa lhe dar aulas extras separadamente, se é este monge quem lhe dá tanta dor de cabeça.

— Sim, é você quem me dá dor de cabeça! Agora sai daqui!

Mas, quando Zhu olhou para trás, viu que Ma estava sorrindo.

Sentada nos degraus do templo, Zhu contemplava Anfeng e observava o colorido movimento de Ano-novo fluindo pelas ruas estreitas, tão denso quanto rios e dragões. O templo na parte leste de Anfeng estava em ruínas quando Zhu o encontrou. Reconhecendo a oportunidade, ela imediatamente se instalou no local. Com ela vieram duzentos recrutas inexperientes que o Pequeno Guo lhe concedera relutantemente para o objetivo de conquistar Lu. Todas aquelas tendas amontoadas nas dependências do templo davam-lhe a impressão de que ela tinha um exército próprio. Mas, se era um exército, ainda era pequeno demais. Zhu estava preocupada com Lu. Quanto mais aprendia sobre a cidade, mais entendia a impossibilidade do desafio imposto pelo Pequeno Guo. Quem poderia tomar uma cidade cercada por muros de pedra com apenas duzentos homens?

No entanto, ao ver uma poderosa figura vestida de preto subindo os degraus em sua direção, pensou: *aí vem uma oportunidade.*

— Saudações, mestre Zhu — disse o Ministro da Esquerda Chen. Um sorriso irônico brincava em seus lábios. Sua presença engolia Zhu como a sombra de uma montanha.

Zhu sentiu uma onda de entusiasmo que era, por um lado, a consciência do perigo e, por outro, a adrenalina do subterfúgio. Ela sabia instintivamente que Chen, o mais ardiloso e ambicioso dos líderes dos Turbantes Vermelhos, seria um dia um desafio ainda maior para ela do que o Pequeno Guo. Mas, no momento, enquanto ele não tivesse ideia dos desejos de Zhu, ela ainda tinha a vantagem. Ela se curvou, ainda mais do que se esperava de um jovem monge ao receber um visitante importante.

— Ministro! Este monge indigno não merece receber vossa estimada pessoa neste humilde templo. — Com as mãos dobradas sob os olhos fixos no chão, ela deixou as mangas tremerem. Sem dúvida Chen se encheria de orgulho ao acreditar ter vislumbrado uma parte de sua personalidade, em vez de ter sido um presente que ela lhe dera.

— Humilde? Pela primeira vez há um pouco de verdade na palavra — declarou Chen, examinando a estrutura em ruínas e a bagunça das tendas. No entanto, seu verdadeiro foco não se alterara: Zhu sentia a atenção do homem nela, tão afiada quanto uma sovela. — Pelo menos você afastou os cachorros de rua.

— Quaisquer que sejam as outras tarefas confiadas a este monge, sua obrigação principal é para com o Buda e seus emissários terrestres. Este monge apenas lamenta ter tão parcos recursos para restaurar o templo e transformá-lo num local adequado para adoração.

Os olhos escuros de Chen fixaram-se nela, difíceis de interpretar.

— É uma atitude admirável, mestre Zhu. Suas preces certamente salvaram o dia no rio Yao. Mas pergunto-me se tamanho feito pode ser repetido contra Lu. Você verá que uma cidade representa um desafio maior.

— Tudo é possível com a benção do Buda — murmurou Zhu. — Resta-nos apenas a fé.

Chen lançou-lhe um de seus leves sorrisos.

— De fato. Ah, como é revigorante encontrar um jovem com tamanha fé em nosso propósito. Se ao menos o General Guo seguisse seu exemplo. — A expressão irônica retornou. Pelo que ela percebia, ele não havia acreditado totalmente em sua performance de monge ingênuo, embora também não a tivesse desprezado. Por enquanto. Observando-a com atenção, ele disse: — Não acha que mesmo uma empreitada de fé pode ser reforçada com o acréscimo de homens e de equipamento, mestre Zhu?

Aquela era a sua chance. Ela arregalou os olhos na melhor imitação de perplexidade.

— ...Ministro?

— Suponho que você terá pouca chance, não importa o que eu faça — refletiu Chen. — Mas vejo-me compelido a aumentar suas chances. Instruí o Comandante Wu a ceder-lhe quinhentos homens antes de sua partida. Quantos homens terá então, cerca de setecentos? — Seu riso era como o som de um pedaço de carne atingindo a tábua do açougueiro. — Setecentos homens contra uma cidade! Eu mesmo não tentaria. Mas deixe-me fazer o que puder por você depois: se conseguir conquistar Lu, convencerei o primeiro-ministro a permitir que fique com o que pegar de lá. Então terá recursos suficientes para seu novo templo. — Seus olhos negros brilhavam. — Ou para qualquer outra coisa que deseje fazer.

Setecentos homens era melhor do que nada, mas ambos sabiam que era muito aquém do mínimo necessário para uma chance razoável de sucesso. E, mesmo que tivesse êxito, o preço seria tornar-se uma peça no jogo de Chen contra os Guo. Mas não fazia sentido se preocupar com aquilo por enquanto. *Um problema de cada vez.*

Chen aguardava a resposta, embora soubesse perfeitamente bem que havia apenas uma resposta possível. Ela se curvou três vezes: humilde, grata.

— Este monge indigno agradece ao ministro pela generosa assistência! Embora este monge não possua habilidades de combate e liderança, fará o possível para trazer honra e sucesso aos Turbantes Vermelhos...

Os dentes de Chen brilhavam como os de um predador que te devoraria sem sequer cuspir os ossos. Os fogos de artifício do Ano-novo desabrochavam no céu escuro atrás dele.

— Então use a habilidade que possui, mestre Zhu, e reze bem.

Ao anoitecer, Ma saiu do portão frontal da mansão dos Guo. Agia discretamente por força do hábito: durante as duas semanas entre o Ano-novo e o Festival das Lanternas, toda a população de Anfeng podia ser encontrada vagando pela cidade a qualquer horário, aproveitando a vista inédita das ruas apinhadas de barracas de comida e tendas de bebida, acrobatas, músicos e rinhas de grilo, leitores de rosto e vendedores de bolinho de peixe.

Ela encontrou o Monge Zhu esperando do lado de fora com o cavalo e usando um chapéu de palha triangular próprio para viagens inclinado sobre o rosto. A única coisa que conseguia ver debaixo da sombra do chapéu eram seus lábios estreitos, curvados em um sorriso. O efeito dramático durou até o instante em que ele a viu e caiu na gargalhada. Levando a mão à boca, ele disse, com a voz abafada:

— Isso é... um disfarce?

— O quê? Não. Cale a boca. — Para cavalgar com mais facilidade, Ma havia vestido um manto curto de homem, calças presas na altura do joelho e botas. — Eu deveria ter posto calças debaixo da saia?

— Por que não? Não é como se alguém fosse pensar que você é homem.

Ma o encarou. No entanto, era verdade que roupas masculinas não escondiam sua própria silhueta feminina. Com coxas robustas e quadris arredondados, ninguém jamais comporia um poema comparando-a a um salgueiro esguio ou a uma folha de grama que se dobrava graciosamente.

O monge olhava para baixo.

— Seus pés são ainda maiores do que os deste monge. Veja. — Ele os comparou.

— Ora, seu... — Aquilo era *grosseiro*.

— Não se preocupe, este monge não gosta de pés amarrados. As mulheres devem ser capazes de correr um pouco durante uma revolta — explicou ele.

— Ninguém liga para o que você gosta! Você é um monge!

Ele ria enquanto os dois caminhavam na direção do portão oeste.

— Não é como se monges nunca vissem mulheres. As pessoas sempre iam ao monastério com oferendas. Às vezes, garotas que queriam aprender mais sobre o darma ficavam para as aulas de escritura com noviços que eram particularmente... avançados. Se é que você me entende. — O chapéu se inclinou; ela vislumbrou dentes e, surpreendentemente, uma covinha. — Você entende? Não?

— Tenho certeza de que não — respondeu ela, desdenhosa. — E, se era assim que os monges do Monastério de Wuhuang se portavam, não me admira aquele eunuco ter conseguido queimá-lo sem nenhum carma ruim.

— Você andou investigando este monge! — disse ele, animado. — Wuhuang era um bom lugar. Aprendi muita coisa lá. — Seu tom tornou-se melancólico, tocado por uma tristeza genuína. — Depois que o Príncipe Radiante apareceu e o Grande Yuan tentou restringir o poder dos monastérios, nosso abade se recusou. Ele sempre foi teimoso.

— Pessoas inteligentes sabem quando ceder — opinou Ma, amarga, pensando no Pequeno Guo.

Juntos, eles passaram debaixo das ameias do portão oeste de Anfeng. Do outro lado havia uma pastagem irregular sob a luz do luar, e no horizonte a curva negra e cintilante do Huai. Olhando ao redor, o monge deu de ombros num gesto teatral.

— Ah, está tão escuro! Não te assusta pensar que este é exatamente o tipo de lugar para o qual os fantasmas virão quando os tambores de Ano-novo os expulsarem da cidade?

— Se formos abordados por fantasmas esfomeados, vou pegar o cavalo e deixá-lo aqui para ser devorado — disse Ma, nada impressionada.

— Ah, então é este monge que deve ficar com medo — disse ele, rindo.

— Só suba no cavalo!

— Como...? — Ele montou no animal, desajeitado. — Rá! Não foi tão...

Ma deu um tapa no traseiro do cavalo, que disparou; o monge, separado do chapéu em pleno ar, tombou como um saco de seixos. Quando Ma se aproximou, ele estava deitado de costas, sorrindo para ela.

— Sinceramente, este monge não sabe cavalgar.

Depois de uma hora de aulas, Ma ainda não sabia se aquilo era verdade ou não. Se ele realmente era um iniciante, então não havia exagerado quando disse que aprendia rápido. Observando o rapaz em um trote relaxado, as vestimentas escuras sob o luar e o rosto oculto pelo chapéu, ela se viu pensando que ele não se parecia muito com um monge.

Ele parou e apeou, sorrindo.

— Imagina só como este monge teria chegado mais rápido a Anfeng se tivesse aprendido a cavalgar antes.

— Acha que estávamos precisando de você? — debochou Ma.

— Acha que milagres acontecem sem preces? — rebateu ele, sorrindo. — É bom ter um monge por perto.

Milagre. Ma sentiu que uma epifania tentava emergir. Estava relacionada à sensação que tivera da última vez que se encontraram: uma suspeita de que o sorriso brincalhão do monge escondia mais do que revelava: ela se lembrava do estranho sobressalto que sentira ao vê-lo ajoelhado diante do Pequeno Guo em seu primeiro dia em Anfeng. Como, só por um instante, ele parecera alguém que sabia exatamente o que estava apostando, e por quê.

Então ela entendeu. Ma prendeu a respiração.

— Aquele deslizamento de terra no rio Yao não foi obra do Céu. *Você* fez aquilo. Você sabia que seria morto se a batalha continuasse. Você fez todos gritarem a plenos pulmões, sabendo que aquilo provocaria um deslizamento, romperia a represa e destruiria a ponte. — Com um tom acusatório, ela disse: — Não teve nada a ver com preces!

Ela o surpreendera. Depois de uma pausa de espanto, ele disse:

— Acredite em mim, este monge rezou.

— Pela *sua* vida, talvez. Não pela vitória pela qual o primeiro-ministro está lhe dando crédito!

— Que tipo de monge rezaria pela morte de dez mil homens? — disse ele, e ela pensou que pelo menos aquilo era verdade. — Isso seria uma violação dos preceitos. Este monge não sabia que o Yuan mandaria uma tropa de flanco atravessar o rio. Foi decisão do Céu nos dar o que precisávamos para vencer.

— Acho que não importa o meio — disse ela, inquieta. — Você sobreviveu uma vez, e conseguiu uma vitória. Mas agora está de partida para Lu, e o primeiro-ministro pensa que você pode vencer outra vez com suas preces. Mas não pode, pode?

— Você não acredita que foi por causa das preces deste monge que o Ministro da Esquerda Chen deu a ele mais quinhentos homens? — Sua voz ficou mais leve e adquiriu um tom de provocação. — Este monge está comovido com sua preocupação, professora Ma, mas a situação não é tão ruim quanto pensa. Este monge ainda pode vencer.

Ele era tão esquivo quanto um bagre; ela não sabia dizer se o monge acreditava naquilo ou não.

— É bom torcer para que eles saibam lutar melhor do que você! E não entende que Chen Youliang só está te usando para prejudicar o clã Guo?

— É verdade que o General Guo não inspira a simpatia alheia — respondeu ele, sarcástico.

Embora estivesse mais do que familiarizada com os defeitos do Pequeno Guo, a crítica irritou Ma. Ela disparou:

— Você é ousado o suficiente para achar que pode jogar os joguinhos do Ministro da Esquerda? — Ela se lembrou dos dedos de Chen apertando seu braço. — O apoio dele nunca termina bem para ninguém além dele mesmo. Decerto você enxerga isso.

Ele levou os olhos ao punho dela, onde ela havia tocado sem perceber.

— Os leigos pensam nos monastérios como lugares serenos onde ninguém quer nada além do nirvana. Mas posso te dizer que alguns monges que se consideravam devotos eram tão cruéis e egoístas quanto Chen Youliang.

ELA SE TORNOU O SOL 147

Ela se espantou ao ouvi-lo usar a primeira pessoa. Era como estender o braço para tocar a bochecha de alguém no escuro, mas em vez disso encontrar a umidade íntima da boca aberta. Perturbada, ela disse:

— Então você sabe. Se ficar do lado dele, vai se arrepender.

— É essa a lição que você acha que eu aprendi? — Ele baixou as pálpebras e, por um momento, o rosto de grilo sob o chapéu foi obscurecido por algo que a fez recuar. Então ele disse: — De qualquer forma, monges não escolhem lados. O Ministro da Esquerda Chen pode pensar o que quiser, mas este monge serve apenas ao Buda e a seu emissário terreno, o Príncipe Radiante.

Ao olhar para ele, ela viu os dez mil homens mortos do general eunuco.

— Às vezes isso pode parecer bastante como servir a si mesmo.

Ele ergueu os olhos, tão afiados quanto um anzol. Mas depois de um momento ele apenas disse:

— Professora Ma, já que este monge em breve partirá para Lu, você tem algum sábio conselho?

A resposta dela foi interrompida pela chama que desabrochava sobre Anfeng. Feixes de luzes brilhantes caíam na forma de uma água-viva.

— São fogos de artifício? Nunca vi um desse jeito.

— Obra de Jiao Yu. Ele leva jeito com pólvora. — Depois de um momento de observação, o monge acrescentou: — É exatamente da mesma cor do Mandato.

Ou da cor das velas dos templos, pensou Ma, observando a luz sangrar no céu. A cor da devoção e das preces aos ancestrais. De seu pai morto. De repente, ela sentiu uma onda violenta de frustração em relação a tudo: ao Yuan, à revolta, ao egoísmo dos homens na disputa pelo poder. Frustração com o próprio Céu, pelos sinais ambíguos que podiam aparentemente apontar para qualquer direção desejada.

— Como as vidas valem pouco nesta guerra — lamentou ela. — Tanto as deles quanto as nossas.

Depois de um momento, ele disse:

— Você tem muitos sentimentos aí dentro, Ma Xiuying.

— Não pense que isso significa que me importo com a *sua* vida, monge. — Mas era tarde demais: ela já se importava. *Foi preciso apenas que ele pedisse ajuda.* Relutante, ela disse: — Sabe, meu pai costumava ser um dos generais do Yuan. Por volta do fim daquela época ele conheceu o homem que se tornou o governador de Lu. Um semu, como minha família. Aquele homem não era muito popular em Dadu, porque já tarde na vida ele se casou com uma moça nanren por amor, e as pessoas usavam aquilo contra ele. Mas meu pai tinha muito respeito pelos talentos dele. Mais tarde, quando meu pai se juntou aos Turbantes Vermelhos, ele se recusou a atacar Lu: dizia que, com aquele homem como governador, a cidade era muito forte. Mas ele morreu não faz nem um mês. O Yuan enviará um substituto de Dadu. Quem sabe como ele será? Mas, se conseguirem chegar lá antes dele, talvez tenham uma chance. — Então ela se corrigiu: — Parte de uma chance.

Ela não sabia se havia assustado Zhu ou lhe dado esperança. Depois de um silêncio reflexivo, ele disse:

— Isso é útil. Você ensinou muita coisa a este monge esta noite, professora Ma. — Ele subiu no cavalo e disse, num tom de voz completamente normal, como se não estivessem discutindo sua morte inevitável: — Mas por que estamos aqui quando os fogos de artifício são muito mais bonitos de perto? Venha. Vai ser mais rápido com nós dois a cavalo.

Ele tomou a mão dela e a ajudou a subir. A força e a certeza de seu toque a surpreenderam. Ela pensava que os monges passavam o dia todo sentados com os olhos fechados. Tentando não parecer impressionada, ela disse:

— Sou eu quem sabe cavalgar. Não seria melhor eu ficar com as rédeas?

Dentro dos braços do monge, ela *sentiu* o riso do rapaz.

— Este monge não sabe cavalgar? Como você só ofereceu uma aula, este monge pensou que estava qualificado.

— *Qualificado* para tombar na primeira vez que alguém atirar em você! — Ela se inclinou para frente e estalou os dedos ao lado da orelha do cavalo. Assustado, o animal se inclinou para a esquerda, e Zhu caiu para trás.

Quando Ma acalmou o cavalo, ele já havia recuperado o fôlego e fingia admirar as estrelas.

— Bem. Talvez este monge precise de outra aula.

Ma soltou um ruído de deboche.

— Uma aula já faz de você melhor do que a maioria das pessoas daqui que tem um cavalo. — Ela o puxou para cima; ele era mais leve do que ela esperava.

Sorrindo, ele disse:

— Se vamos mais rápido do que uma caminhada e você não quer que eu caia, vou ter de me segurar de alguma forma. — Mas ele se segurou nela apenas com as pontas dos dedos, de forma casta. Por alguma razão, ela estava atenta demais àquela leve pressão, e ao calor do corpo do rapaz contra o dela.

Ma provavelmente jamais o veria outra vez. Ela sentiu uma pontada surpreendente ao pensar naquilo. Não chegava a ser pena.

Seis dias depois do Festival das Lanternas, no meio do primeiro mês, Chang Yuchun, o menino ladrão, se viu em marcha com os setecentos homens do Monge Zhu na planície pontilhada de lagos entre Anfeng e a cidade murada de Lu. Os ânimos estavam baixos, embora alguém (provavelmente o próprio Zhu) tivesse começado a espalhar uma história do antigo período dos Três Reinos, na qual a cavalaria de oitocentos homens do General Zhang Liao de Wei derrotava todo o exército do reino de Wu, composto por nada menos que duzentos mil homens, logo em frente a Lu. Yuchun, que nunca ouvira histórias na infância, recusava-se a acreditar naquela por uma questão de princípios.

Era a Hora do Macaco; já haviam encerrado o dia e estavam armando o acampamento. Yuchun descansava ao lado da tenda da mais nova adição às forças de Zhu, a quem perguntou com curiosidade genuína:

— Então, em que momento você acha que vai se arrepender de deixar as forças do Comandante Sun em nome da missão suicida de um monge incompetente?

Jiao Yu segurava uma barra de metal de cerca de trinta centímetros, com uma ponta bulbosa presa a uma boca estreita na outra. Enquanto Yuchun observava com interesse, ele enfiou um graveto em chamas num buraco na ponta bulbosa e mirou numa árvore a cerca de vinte passos de distância. No momento seguinte houve uma explosão surpreendente que deixou ambos tossindo em meio a uma nuvem de fumaça. Recompondo-se, Yuchun disse:

— Era para acontecer alguma coisa com a árvore?

— Ele não é incompetente — disse Jiao sem emoção. Ele bateu a arma no chão até várias pequenas bolas de metal e pedaços de cerâmica caírem da ponta aberta, depois espiou lá dentro, murmurando para si mesmo.

— Não é tarde demais para fugir. Se eu fosse você, estaria seriamente considerando isso. Só dizendo. — Yuchun pegou uma das bolinhas de metal. Parecia pequena demais para causar qualquer tipo de dano. — O *que* é isto?

— Um canhão de mão. — Jiao arrancou a bolinha de Yuchun. — O monge me pediu para pensar em armas que usem pólvora. O problema é a eficiência...

Yuchun fitou a árvore completamente intacta.

— Daria para eficientemente golpear alguém na cabeça com isso, eu acho. E desde quando ele não é incompetente? Ele nem sabe empunhar uma espada. Acha que ele vai conseguir conquistar uma cidade sem lutar?

— *Conseguir cem vitórias em cem batalhas não é o ápice da competência. Subjugar o inimigo sem lutar é o ápice da competência.*

— Competência, vitórias, o quê? — disse Yuchun, com dificuldade para entender a linguagem clássica.

— Aquele monge sabe exatamente o que quer. Na noite anterior à batalha no rio Yao, ele me pediu para fazer aquele gongo. Eu o fiz, ele usou e venceu — explicou Jiao. — Já conheci esse tipo antes. Ou vai longe ou morre cedo. E, de um jeito ou de outro, tende a causar danos colaterais em pessoas normais. — Ele ergueu as sobrancelhas para Yuchun. — Você é especial, irmãozinho? Porque, se não for, eu ficaria esperto.

— Eu... — Yuchun começou, depois se calou quando notou uma movimentação. — O que...

— Bandidos! — ouviu-se um grito.

O acampamento se dissolveu em caos. Um grupo de centenas de homens da montanha, desertores do Yuan, e antigos camponeses avançava sobre os Turbantes Vermelhos. Os homens de Zhu pegaram suas armas e se defenderam no estilo cada um por si. Yuchun, que sempre se vangloriava por evitar as partes violentas da revolta, viu-se de repente no meio de uma batalha. Esquecendo-se de Jiao, meio cego de pânico, ele atravessou o caos, atrapalhado, com os braços protegendo a cabeça num gesto inútil.

Quando quase colidiu com um cavalo, ergueu a cabeça e viu uma conhecida silhueta triangular. Sob o chapéu, o Monge Zhu tinha a expressão paralisada de alguém impotente diante de um terror do passado que se repetia. Era a primeira vez que Yuchun o via com um semblante diferente da calma. Yuchun o encarou, o homem que os liderava, um *monge budista*, e sentiu uma pontada extracorpórea de clareza intensa: *eu vou morrer.*

Um bandido rasgou o ar e Yuchun se agachou, mas, ao se levantar, deparou--se com um homem ainda mais alto. Ele cambaleou para trás — mas, em vez de ir atrás do garoto, o bandido alto estacou ao ver o Monge Zhu.

— Parem! — gritou o bandido, erguendo uma mão imperiosa. — Parem!

A luta cessou com uma última colisão de aço e os murmúrios crescentes dos homens interrompidos. Ninguém gritava; os poucos homens no chão levantavam-se lentamente, apalpando feridas superficiais. Por mais estranho que fosse, apenas alguns instantes haviam se passado. Os Turbantes Vermelhos e os bandidos se encaravam, o sangue fervendo.

Os olhos do bandido alto estavam fixos no Monge Zhu. Sob os trapos, seu corpo sólido parecia ter sido feito para a violência. Até seu cabelo era curto, aparado num ato de violência contra seus ancestrais. A espada tremia em sua mão. Ao Monge Zhu ele disse, com uma intensidade calma:

— Desça deste cavalo.

Depois de um momento, o Monge Zhu apeou. Lá parado, desarmado e desprotegido, ele parecia pateticamente pequeno. De todos os Turbantes Vermelhos, Yuchun era o que tinha a aposta mais duradoura contra a sobrevivência do monge. Agora, diante da vitória, ele sentia um vazio peculiar. Já podia ver a cena: a cabeça raspada do monge atingindo o chão; o arco vibrante de sangue em seu rosto. Era assim que as coisas sempre acabavam.

O bandido alto avançou sobre o Monge Zhu. Yuchun, que havia fechado os olhos no último instante, abriu-os e encarou, atônito, os dois corpos entrelaçados não num gesto de violência, mas num abraço feroz. O rosto do Monge Zhu brilhava de alegria quando ele ergueu os braços e tomou a nuca do bandido alto na palma da mão, um gesto possessivo que se alinhava estranhamente com os tamanhos relativos de ambos.

— *Irmão mais velho.*

— Viu só?

Yuchun deu um pulo; era Jiao. Observando o monge e o bandido, Jiao continuou:

— Ele não precisou lutar para vencer. Não o subestime por ser um monge. O que alguém *é* não diz nada sobre seu caráter. A verdade está nas atitudes. E, se considerarmos atitudes, esse monge matou dez mil homens num instante. Então o que isso faz dele?

Antes que Yuchun pudesse encontrar sua voz, o próprio Jiao respondeu:

— Alguém com quem se deve tomar cuidado.

ANYANG
PRIMEIRO MÊS

É agora que tudo começa, Ouyang disse a si mesmo ao sair de seus aposentos na silenciosa ala externa da residência de Esen. Uma tempestade se formava lá fora, e as lanternas pouco faziam para banir a escuridão ao longo do corredor. O cheiro frio e negro da chuva iminente penetrava o papel das janelas.

— General — chamaram os criados quando Ouyang adentrou as dependências particulares de Esen. — O Senhor Esen está no campo de treinamento, mas, considerando o tempo, sem dúvidas retornará em breve. Por favor, aguarde. — Assim dizendo, retiraram-se. Ouyang sentou-se, levantou-se, sentou-se de novo. Queria que Esen chegasse e, ao mesmo tempo, essa era a última coisa que desejava.

Parte daquela perturbação devia estar aparente no rosto do general, porque, quando Esen enfim chegou, fitou Ouyang com uma expressão de choque e exclamou:

— Qual é a novidade?

Com um gesto, dispensou os criados que haviam entrado no quarto para retirar sua armadura, depois começou a despi-la ele mesmo. Estava corado pelo exercício, e fios soltos das tranças grudavam-se úmidos no pescoço. Ouyang podia sentir o cheiro de sabão do suede da armadura, misturado ao do metal e ao leve odor do corpo masculino e quente: uma combinação tão íntima quanto o interior de uma tenda.

— Nada de importante, meu senhor. Uma questão secundária.

Ao ver que Esen tinha dificuldade em desfazer os cordões debaixo do braço, Ouyang deu um passo à frente para desatar o nó. Foi só depois de começar que se deu conta do que estava fazendo.

Esen riu, surpreso.

— Imagina só, um general do Yuan se rebaixar dessa forma.

— Já não fiz isso muitas vezes?

— Isso foi há muito tempo. Você era apenas uma criança.

Dezesseis anos atrás. Mais do que metade de suas vidas.

— O senhor também.

Ele colocou a armadura de Esen na mesa lateral e pegou as roupas limpas do mancebo enquanto Esen terminava de se despir. Aproximou-se por trás de Esen para ajeitar a peça em seus ombros. Quando os tocou, a familiaridade daquele velho gesto o espantou. Depois que deixou de ser um escravo pessoal, Ouyang apenas servira a Esen novamente uma única vez durante sua longa ascensão de guarda para comandante para general. Ele se lembrava daquela ocasião em lampejos: a surpresa de Esen ao olhar para baixo e ver que a armadura e a carne haviam sido perfuradas pela lança. No *ger* do médico, o sangue de Esen cobrira as mãos de Ouyang conforme ele tentava remover a armadura danificada, incapaz de confiar na capacidade de qualquer outra pessoa para realizar a tarefa. Ele se lembrava do desejo desesperado de aplacar a dor de Esen, tão intenso quanto como se fosse o próprio corpo sangrando. Mesmo então, no momento em que seus corpos se uniram pelos laços do sofrimento, uma parte menor de Ouyang se lembrara de seu destino.

Ele ajeitou o tecido sobre os ombros de Esen e se afastou.

Esen permaneceu em silêncio por um momento, como se também houvesse sido imobilizado pelo peso das memórias. Então ele saiu do transe e disse:

— Acompanhe-me na refeição, meu general. Preciso de companhia.

Quando os criados entraram com a refeição do meio-dia, uma rajada de vento acertou a treliça no corredor externo, seguida de imediato pelo martelar da chuva. Ouyang escutou os gritos das mulheres vindos de outro ponto da residência; era um som inquietante, como que separado dos corpos e carregado pelo vento. À sua frente na mesa redonda, Esen comia com uma aparência atipicamente esgotada. Apesar de ser um nobre, em Anyang sempre parecia estar deslocado: uma planta selvagem retirada da estepe e fincada num vaso para o prazer de outrem. De repente, ele bradou:

— Como odeio esses joguinhos e exigências!

Ouyang mergulhou um pedaço de gelatina de bochecha de porco em vinagre preto e comentou em tom neutro:

— De suas esposas?

— Ah, Ouyang. Mulheres são terríveis! A *política* da coisa toda — resmungou ele. — Considere-se sortudo por jamais ter de sofrer esse tipo de tormento.

Esen nunca tinha a intenção de magoá-lo, e Ouyang sempre tomava cuidado para fingir não se importar com o fato de não poder ter uma família. Por que culparia Esen por ser incapaz de ler sua mente e enxergar a dor e a raiva dentro dela? No entanto, a verdade era que de fato culpava Esen. Culpava-o ainda mais do que culparia um estranho, porque o fato de alguém tão querido não enxergar a verdade sobre ele doía mais. E ele se culpava e se odiava por esconder aquela verdade.

Com desgosto, ele disse:

— Mas encontrei com a Senhora Borte hoje mais cedo. Ela mandou lembranças e perguntou quando terá o privilégio de recebê-lo outra vez.

Na opinião de Ouyang, todas as quatro esposas de Esen deixavam a desejar em termos de beleza e de personalidade, e a presença de qualquer uma delas lhe inspirava repulsa. Odiava os rostos imóveis debaixo da densa camada de maquiagem branca, os passos pequenos que as faziam demorar uma eternidade para ir de um lugar a outro, e os estúpidos chapéus em forma de coluna que se assomavam sobre suas cabeças, muito mais altos do que a mão de Ouyang seria capaz de alcançar. Até o cheiro das damas era repulsivo: um odor de flor murcha que se impregnava em Esen e perdurava horas após suas visitas às esposas. Ouyang, que conhecia Esen melhor do que ninguém, não conseguia entender o que ele via de atraente nelas. Pensar em Esen trepando com uma delas despertava-lhe o mesmo horror visceral que a ideia de acasalamento entre espécies.

— Se ao menos uma delas gerasse um filho, isso as acalmaria — reclamou Esen. — Mas, agora, todas pensam que têm uma chance de se sobressair. É um pesadelo. Quando estou aqui, tratam-me como se eu não passasse de um corcel procriador. — Indignado, ele acrescentou: — Elas nem sequer me servem chá primeiro!

A inabilidade de Esen em produzir filhos era motivo de preocupação e divertimento para os criados; as esposas preocupavam-se, mas certamente não se divertiam; e nos últimos tempos Esen vinha considerando a possibilidade de adotar, embora houvesse admitido para Ouyang que a sugestão deixara o Príncipe de Henan (que se arrependia de ter adotado Baoxiang) possesso.

Mesmo com a proteção das telas, a tempestade era forte o suficiente para fazer as chamas dos lampiões balançarem ainda mais do que faziam na presença de Ouyang. Era o tipo de tempestade que, segundo os nanren, pressagiava infortúnios para o futuro do Grande Yuan. No entanto, embora fosse um general do Yuan, Ouyang não lutava pelo império. Dedicava-se apenas em nome de Esen. De repente, sentiu um desejo profundo de voltar ao campo de batalha. Aquele era o mundo que dividia com Esen, onde as únicas coisas que importavam eram o orgulho de se portar de maneira honrosa em combate e o amor e a confiança entre guerreiros. O único lugar onde Ouyang se sentia feliz.

Mas qual era o peso da felicidade na forma de se conduzir a vida? Com pesar, o general disse:

— Meu senhor, o motivo pelo qual vim: soube que já chegou o convite para a Caçada de Primavera. Participará este ano?

Esen fez uma careta.

— Preferia não ir, mas meu pai já expressou o desejo de que eu o acompanhe.

— Deveria. Quando o Príncipe de Henan partir, o senhor herdará os títulos. É importante que a corte e o grão-cã o conheçam como mais do que apenas filho de seu pai. Este ano, terá a oportunidade de impressioná-los.

— Suponho que tenha razão — disse Esen, sem entusiasmo. — Mas a ideia de ficar tanto tempo longe de você me parece estranha. Mesmo agora, sinto que mal o vi desde que voltamos. Desde... — Ele teve a sensibilidade de parar antes de dizer: desde aquela audiência com o Príncipe de Henan.

Ouyang percebeu que apertava os *kuàizi* com força. Ele os repousou e disse:

— Se é esse o caso... Meu senhor, por que não perguntar ao Príncipe de Henan se não posso acompanhá-lo na Caçada de Primavera?

Esen ergueu os olhos, entusiasmado.

— Sério? Será um prazer fazer isso. Não fiz isso ainda porque pensei que você jamais iria. Sei o quanto odeia sorrir e conversar.

— Creio que eu deveria seguir meus próprios conselhos. Se o grão-cã sabe o seu nome, talvez também devesse saber o meu.

— Isso me agrada. De verdade. — Com vigor renovado, Esen atacou sorrindo o frango cozido com ginseng.

As portas da residência se escancararam e bateram como que empurradas por fantasmas raivosos, e Ouyang sentiu os olhares de seus ancestrais sobre si enquanto comia com o filho do assassino de sua família, a pessoa que mais amava no mundo todo.

Os casacos de Ouyang e de Shao tremulavam ao vento conforme atravessavam o palácio. A tempestade transformara a primavera em inverno outra vez, e as flores caídas nos pátios adquiriram uma coloração amarronzada. Ouyang se sentia péssimo, sempre sofria com o frio.

— Acompanharei o Príncipe de Henan, o Senhor Esen e o Senhor Wang na Caçada de Primavera do grão-cã. Esse será o começo. Preciso que prepare tudo na minha ausência.

— Então chegou a hora. O senhor será capaz? — O olhar frio que Shao lhe dirigiu era todo errado, vindo de um subordinado a seu superior, mas Ouyang não dava a mínima para a opinião de Shao. Gostasse dele ou não, sentisse repulsa por ele ou não, bastava que o outro fizesse o necessário.

Antes que Ouyang pudesse responder, viraram uma esquina e viram o Senhor Wang caminhando com pressa na direção dos dois.

— Saudações, Senhor Wang. — Ouyang e Shao prestaram reverência em uníssono.

— General — disse o senhor, inclinando a cabeça de leve. — Um encontro fortuito. A chuva da noite passada inundou e destruiu muitos vilarejos. Envie-me dois batalhões imediatamente para reconstruir as estradas e os canais de drenagem.

— Sim, senhor. — Ouyang respondeu com uma reverência e continuou o trajeto, uma pontada reminiscente de simpatia apaziguando a irritação que Baoxiang costumava lhe causar.

Apressando-se atrás de Ouyang, Shao perguntou:

— Vai mesmo deixar que nossos soldados atrasem os preparativos para cavar fossos?

— Prefere lidar com a antipatia dele durante todo o período em que não estivermos em campanha? Não tenho a menor vontade de preencher cinco páginas de papelada para cada flecha extra que precisar. — Ouyang balançou a cabeça, impaciente. — Deixe que ele use os batalhões; temos tempo o bastante.

— O senhor é muito complacente com o desrespeito dele. O senhor é um general, enquanto ele é um homem que sequer assume o papel de um homem. Por que ainda permite que ele o trate como criado?

Ouyang pensava que o Senhor Wang lhe respeitava mais do que Shao. Ele disse:

— De que me importa como o Senhor Wang me trata? Ele só age daquele jeito porque sabe que não tem importância. O próprio pai o odeia e despreza.

— E o Senhor Esen?

— Esen não odeia ninguém — respondeu Ouyang, sentindo uma pontada de dor familiar. — Mas deveria. Aquela adoção foi um erro tolo. Chaghan deveria ter imaginado. Não se pode extirpar as raízes. Como poderia o Senhor Wang trazer orgulho para a linhagem de Chaghan? Tem o sangue do pai.

— O nosso sangue — observou Shao.

Sangue. O sangue do pai nas veias. O sangue dos ancestrais. Ouvir aquilo dito em voz alta o chocou tanto quanto um raio caído perto de si.

— Nunca deixe ninguém o ouvir falando isso — repreendeu ele. — Quando eu estiver ausente, você ficará no comando. Sua lealdade está com o Grande Yuan; não deve demonstrar nada além disso. Entendido?

— Sim, general — respondeu Shao, levando o punho ao peito. No entanto, havia um discreto sorriso cheio de convicção por trás do gesto. Algo nele fez Ouyang estremecer: o toque fantasmagórico de sangue, traição e destino.

11

ARREDORES DE LU
SEGUNDO MÊS

Sentada ao lado de Xu Da enquanto os homens armavam o acampamento, Zhu catalogava todas as mudanças naquele belo rosto familiar. As maçãs do rosto estavam mais proeminentes; os olhos continham uma nova sombra. O cabelo crescido avolumava-se ao redor da cabeça como a pelagem de um cachorro num templo tibetano. Sem as vestes cinzentas, os únicos trajes que Zhu já o vira usar, ele parecia uma pessoa diferente. Uma pessoa perigosa e desconhecida. *Um bandido.*

Xu Da disse baixinho:

— Olha só para nós. Que belo par de monges, hein? — A sombra dos olhos também estava presente na voz. Ele sempre fora o monge mais risonho e amigável, mas agora ela via que as experiências recentes o haviam ferido. — Não era a minha intenção, sabe. Violar meus votos.

Era espantoso ouvi-lo dizer aquilo; Xu Da, que nunca fora particularmente devoto. Dormira com uma garota pela primeira vez aos treze anos e, até onde Zhu sabia, as muitas mulheres que teve depois disso nunca lhe pesaram a consciência.

Como se soubesse o que ela estava pensando, ele disse:

— Não aquele voto. Aquele não significa nada. Não era minha intenção matar. — As sombras em seu rosto se ajuntaram em seu íntimo: arrependimento, amargura. — No começo.

A água chiava nas toras de madeira verde na fogueira. Enquanto observava as bolhas que se formavam nas fissuras, como a espuma na boca de um morto, Zhu recordou-se de uma estranha memória dupla de bandidos matando seu pai, como que vistas ao mesmo tempo da perspectiva de duas pessoas diferentes: um menino e uma menina. Ela se perguntou se, mesmo agora, o pai era um daqueles fantasmas não velados que flutuavam logo além do círculo da fogueira.

Xu Da disse:

— Depois que descobri o que aconteceu com o monastério, fiquei hospedado em um dos vilarejos subordinados. Deixei que ficassem com os aluguéis, já que não haveria mais ninguém para quem levá-los. Então eles me toleraram por um tempo. Mas aí vieram os bandidos. Eles sabiam que o vilarejo não tinha mais a proteção do monastério. Quando entraram na casa onde eu estava, riram ao me ver. Um monge! Inofensivo, certo? Mas, quando um deles me agarrou, bati nele. Havia uma rocha atrás dele e, quando ele caiu, bateu a cabeça. — Ele ficou em silêncio por um momento. — Eu queria viver, então tomei uma vida. E, depois que me juntei aos bandidos e eles começaram a me seguir, tomei mais vidas. De propósito. Mesmo sabendo que sofreria nas próximas vidas.

Zhu olhou para o rosto cabisbaixo do amigo, iluminado e esvaziado pela fogueira. Pensou em sua prece na ponte e em como o Céu lhe respondera matando dez mil homens. Não rezara por aquelas mortes, mas foram causadas por ela, que as recebera de bom grado. Zhu também havia violado seus votos, porque desejara.

Ela passou o braço ao redor dos ombros largos de Xu Da e o puxou para si. Os músculos do amigo se contraíram como os de um cavalo aflito. Com a outra mão, ela virou o rosto de Xu Da para si, tão perto que suas testas se tocaram, e disse-lhe, firme:

— Isso só significa que precisamos fazer esta vida valer a pena.

Ele a encarou. Zhu viu o momento em que o alívio se acendeu nele, o de tê-la encontrado outra vez para segui-la. As sombras em seu rosto já começavam a se romper. Em meio às rachaduras, ela enxergou novamente o menino que havia nele. Curioso, Xu Da perguntou:

— Enquanto estávamos separados, quem você se tornou?

Ela sorriu.

— A pessoa que sempre estive destinada a ser. — Enquanto continuasse sendo aquela pessoa aos olhos do Céu, inclusive na própria mente, poderia preservar aquele novo e precioso sentimento: o do destino a carregando sempre adiante, rumo ao futuro. *Rumo à vida.* — E, um dia, serei grande.

A fogueira crepitava, evaporando a umidade do dia do manto de Zhu e da camisa e das calças manchadas de Xu Da. Ele disse:

— Lembra como eu sempre dizia que você não se tornaria um daqueles mamões secos no salão de meditação? Mesmo quando criança, você desejava com mais fervor que qualquer pessoa que já conheci. — Sua bochecha se moveu sob a mão dela enquanto falava, a intimidade tranquila entre ambos renascendo como uma videira. — Se qualquer outra pessoa dissesse isso, eu acharia que ela só estava soprando couro de vaca. O que significa *ser grande*, afinal? Mas vindo de você... eu acredito.

Dizem que um único dia sem um amigo querido é como três outonos. Pela primeira vez desde a destruição do monastério, Zhu se permitiu sentir como haviam sido longos os meses sem Xu Da, e o alívio que sentira quando se reencontraram. Depois de se afastar, ela lançou um olhar afetuoso para o amigo e disse:

— Vou precisar da sua ajuda para isso, irmão. Agora, estou a caminho de um desafio. Preciso conquistar Lu.

— Lu? A *cidade*? — Xu Da a encarou, perplexo. — E quantos homens seus líderes lhe deram? Nem mil? *Há uma muralha.*

— Eu disse que era um desafio, não disse? E, claro, um desses líderes adoraria que eu falhasse. Mas acho que um ataque ainda pode funcionar, se Lu estiver sem líder. — Ela o informou sobre o que Ma havia dito. — A população provavelmente vai entrar em pânico e se render sem nem mesmo tentar nos enfrentar. Mas, antes que façamos qualquer coisa, deveríamos ir até lá e descobrir com o que exatamente estamos lidando.

Xu Da estreitou os olhos, reflexivo. As sombras aos poucos se dissipavam, um quê da antiga animação retornando ao rosto.

— Devemos entrar na cidade — esclareceu Zhu, animada ao ver aquilo.

— Entendi o que quis dizer! Ah, Zhu Chongba, você não mudou nem um pouco. Não sabe o que o povo das cidades faz com pessoas que pensam ser ladrões? Como acha que vão receber um rebelde e um bandido?

— Sei bem o que fazem com ladrões; tentaram fazer comigo em Anfeng — disse Zhu. — Mas por isso posso dizer: desde que você mostre que *não* é um ladrão...

Ela pegou um punhado de gravetos compridos e finos da pilha de lenha ao lado deles, pensando em tecer um cesto, então pausou ao sentir um arrepio na nuca. Parecia agourento como a vigília do Céu. Depois de um momento, a sensação diminuiu, e Zhu começou a tecer com um resquício de desconforto. Ela era Zhu Chongba, mas, se usasse habilidades que ele jamais poderia ter tido...

Quanto mais eu fizer coisas que ele não poderia ou não teria feito, mais corro o risco de perder o destino grandioso.

Ela apertou os dedos na trama. *Preciso ser ele. Eu sou ele.*

— Irmão...

Xu Da observava os movimentos ágeis de suas mãos, fascinado. *Está me vendo fazer o trabalho de uma mulher.* Esforçando-se para espantar um arrepio, ela disse, tão animada quanto conseguia:

— Poderia me arranjar alguns ratos?

— Motivo da visita — disse o guarda de Lu, meio entediado e desconfiado. Acima deles, a muralha de Lu estendia-se até a altura de um pagode de seis andares: pedras lisas dum cinza pálido, encaixadas de forma tão perfeita que lembravam as falésias de calcário acima do Monastério de Wuhuang.

— Somos exterminadores de pestes — respondeu Xu Da, que conseguia imitar melhor o resmungo dos camponeses. Também parecia um exterminador mais convincente: grande e corpulento, e tão sujo quanto um bandido. Com uma verossimilhança não planejada, tinha uma mordida de rato na mão, que sangrava.

— Sei — disse o guarda, inclinando-se para examinar a armadilha que Zhu segurava. Assustou-se quando se deparou com um dos ratos. — Se vão exterminá-los, por que os carregam vivos desse jeito? Deveriam soltá-los. *Fora* da cidade.

— Soltá-los? — falou Xu Da. — Por que faríamos isso? Nós os vendemos. No interior.

— Vendem?

— Você sabe. Para comer.

Lançando-lhes um olhar de repulsa, o guarda fez um gesto para que entrassem.

— Eca. Vão, vão. Devem sair ao cair da noite, e fiquem longe do trajeto da procissão...

— Procissão? — perguntou Zhu, quase colidindo com as costas de Xu Da quando ele parou de repente. — Ah. *Aquela* procissão.

Diante deles, um palanquim de madeira laqueada e ricamente entalhada era conduzido em meio a um fluxo de criados. Borlas vermelhas como pilrito adornavam o teto abobadado, e as janelas de treliça estavam firmemente fechadas com cortinas.

— É o novo governador. Chegou de Dadu hoje de manhã — falou um espectador, respondendo à pergunta de Zhu.

Seguindo a multidão atrás do palanquim, Zhu e Xu Da trocaram olhares de irritação. Perder sua parcela de chance por uma questão de horas parecia pior do que a perder por dias. Enquanto caminhavam, Xu Da murmurou:

— Teremos de atacar enquanto ele estiver se acomodando. Quanto mais esperarmos, mais difícil será.

Atacar uma cidade murada com poucos recursos já era uma ideia ruim, mas agora parecia tão obviamente suicida quanto o Pequeno Guo imaginara que seria. *Pelo menos descobrimos antes de tentar.*

Eles estavam se aproximando da residência do governador. Apesar de terem crescido no monastério mais rico da região, até mesmo Zhu e Xu Da arregalaram os olhos ao avistarem o complexo, grandioso como um palácio. Acima do muro externo caiado, Zhu pôde ver que o prédio principal tinha a largura de ao menos trinta colunas, todas entalhadas e pintadas, tão grossas que Zhu não conseguiria abraçá-las. Os outros prédios eram um pouco menores, dispostos ao redor de pátios onde havia imponentes canforeiras e guarda-sóis-chineses. Vislumbrados acima das folhagens, telhados em forma de montanhas exibiam ladrilhos turquesa tão esmaltados que refletiam a luz como água. Florões de carpas pintadas em dourado saltavam na direção do céu de primavera.

Avançando pela multidão, Zhu e Xu Da viram o palanquim parar diante do portão da residência, onde uma comitiva de recepção o aguardava. O grupo era composto pelos velhos conselheiros já esperados e uma mulher de branco, trajando luto. Era a viúva do governador nanren morto. A brisa de primavera ergueu a túnica transparente que cobria o vestido, de modo que o tecido flutuou como pétalas de cerejeira. O rosto pálido da mulher carregava uma intensidade perturbadora. Mesmo incapaz de enxergar tais detalhes à distância, a tensão em sua postura deixava claro que ela tremia.

O Governador Tolochu emergiu do palanquim. De aparência austera, era um homem semu de meia-idade. Ele fitou a pequena comitiva com as mãos unidas atrás das costas e uma expressão insatisfeita. Para a mulher, disse:

— Presumo que seja a Senhora Rui. O que ainda faz aqui?

A tensão na figura envolta em gaze era como a de um canhão preparado antes da explosão. Havia um tremor na voz da Senhora Rui quando ela falou:

— Minhas saudações ao estimado governador. Foi prometido a esta mulher indigna que poderia continuar aqui nesta residência após a morte do meu marido.

O Governador Tolochu zombou.

— Prometido? Quem prometeu uma coisa dessas?

— Não há lugar para mim em Cambalique...

— Também não há lugar para você aqui! Por acaso é uma mulher desavergonhada, para se tornar um fardo em minha casa? — Estava claro que repreender os outros deleitava tanto o governador quanto uma tigela de sopa deleita um homem doente. — Não, acho que não. Em Cambalique ou em qualquer outro lugar, pouco me importa; não sou responsável pelas dívidas e pelos pertences de meu antecessor. Nem consigo imaginar o que ele estava pensando: trazer a esposa consigo a este lugar! Deve ter sido um homem deveras autoindulgente. Terei muito o que fazer para consertar o trabalho que ele desempenhou aqui.

Zhu observou o rosto endurecido e cabisbaixo da Senhora Rui ao ser atingida pela reprimenda do Governador Tolochu. Na verdade, ela pareceu ficar ainda mais rígida. Zhu teve a impressão de que a mulher estava cerrando os punhos dentro das mangas. Quando o governador terminou, encarou a Senhora Rui por mais um momento, depois passou bruscamente por ela e entrou na residência. Assim que ele saiu de vista, a Senhora Rui se retesou. Não era uma mulher bonita, mas a expressão em seu rosto chamou a atenção de Zhu como uma ferida: apavorante e íntima.

Franzindo o cenho, Xu Da disse:

— É um homem severo. Não vai demorar muito para ele assumir o controle e colocar as tropas em ordem. Talvez se atacarmos hoje à noite...

Os olhos de Zhu ainda estavam fixos na mulher nanren. Ela não sabia o que era, mas havia *algo*...

Então ela *soube*, mesmo sem fazer ideia de como sabia, considerando que não havia nada tão óbvio quanto uma barriga arredondada. Dezenas de pequenos detalhes, todos juntando-se para formar uma única conclusão. Com um sobressalto nauseante, Zhu percebeu que era algo que a pessoa que deveria ser jamais teria notado. No entanto, não podia desver aquilo: o potencial explosivo capaz de acabar com uma mulher e que, para uma viúva, significava um destino de adversidades e de sofrimento.

Ao ver o que não deveria ter visto, Zhu vislumbrou uma terrível oportunidade. Alarmados, todos os seus instintos gritavam, e ela se contorceu diante da ideia, cheia de repulsa. Ainda assim, com uma muralha e, agora, um governador forte entre seus setecentos homens e o sucesso, era a única oportunidade que enxergava.

Os criados do governador Tolochu adentraram o complexo, carregando caixas e móveis — uma procissão que parecera interminável nas ruas da cidade, mas agora diminuía com rapidez. Zhu os observava atravessar o portão com os pensamentos acelerados. O coração palpitava com um contraponto nauseante. Instintivamente, ela sabia que, ao fazer aquilo, aumentaria o risco de um futuro catastrófico. Mas era um risco em nome de uma maior chance de sucesso no aqui e agora. Em nome de sua *única* chance de sucesso.

Um risco é apenas um risco. Não é uma certeza. Não se eu jamais fizer algo do tipo novamente...

Ela interrompeu Xu Da:

— Hoje não. Espere até amanhã, aí você ataca.

— Atacar... *Eu?* — Ele arregalou os olhos. — Onde você vai estar?

— Preciso falar com a Senhora Rui. Rápido: solte os ratos e crie uma distração para a multidão. Vou me misturar aos criados. *Agora*, antes que todos entrem!

Xu Da agarrou seu braço quando ela disparou na direção da procissão, erguendo a voz em pânico.

— *Espera*. O que você vai fazer? Vai entrar e depois o quê? A Senhora Rui estará nas dependências das mulheres, cercada de criadas... você não teria chance de chegar perto dela, muito menos de falar com ela!

Séria, Zhu disse:

— *Você* não teria. Eu terei.

A Senhora Rui estava sentada de frente para o espelho de bronze com uma expressão sombria e saturnina no rosto. A frente de sua túnica estava aberta, expondo as veias esverdeadas que se ramificavam ao longo da curva dos seios. Quando ela viu Zhu entrar atrás de si, ergueu a cabeça; os olhos de ambas se encontraram no metal, borrados como que através de um véu.

— Não preciso de você no momento. Deixe-me sozinha. — Ela falava com a firmeza sem hesitação de alguém acostumada a dar ordens para os criados.

Zhu seguiu caminhando. O ar ao redor dela era denso e doce, como um pomar no dia mais quente da primavera. Era o aroma do aposento interno de uma mulher, tão alienígena para Zhu quanto um país estrangeiro. Saias largas balançavam ao redor de suas pernas, e o lenço sobre sua cabeça agitava-se. Roupas femininas davam-lhe novas dimensões, como se estivesse se movendo pelo espaço como outra pessoa. O disfarce roubado cumprira seu papel: ninguém desconfiara dela conforme percorria o complexo e adentrava as dependências das mulheres. Mas a cada momento o sentimento sufocante de que algo estava errado crescia. Uma violenta litania repetia-se em sua mente: *esta não sou eu.*

A expressão ensimesmada da Senhora Rui se acentuou.

— Você! Mandei sair! — Quando Zhu continuou a se aproximar, ela se virou e deu um tapa no rosto dela. — É surda, sua cachorra imprestável?

Zhu virou o rosto para atenuar o impacto. O lenço deslizou até o chão. Ela sentiu uma onda de alívio por tê-lo removido. A cabeça raspada com as cicatrizes da ordenação, a única coisa que a separava de todas as outras criadas com roupas femininas, era a marca indelével de sua verdadeira identidade: um monge. *Isso*, pensou ela, virando-se para encarar a Senhora Rui. *Veja quem eu realmente sou.*

Ao ver a cabeça raspada de Zhu, a Senhora Rui arfou de susto e puxou as roupas para si, enrolando-as no corpo. Antes que pudesse gritar, Zhu cobriu a boca da mulher.

— Shh.

Debatendo-se, o braço da Senhora Rui encontrou um bule de chá na mesa lateral. A mulher pegou o objeto e acertou-o com força na lateral da cabeça de Zhu.

Zhu cambaleou para trás, cegada por uma explosão de dor, e sentiu um fio de líquido quente escorrer pelo pescoço. Recuperou-se bem a tempo de segurar o braço da Senhora Rui, que apontava o pedaço restante do bule em sua direção como se fosse uma faca. Zhu apertou o pulso da Senhora Rui até ela soltar a arma improvisada. Ainda silenciada pela mão de Zhu, a mulher fuzilou-a com o olhar.

— Ótimo! — disse Zhu, com a mente girando. — Sabia que a senhora era corajosa. — Mas aquilo fora o completo oposto de ótimo. A dor do golpe fora fria, como o toque de uma sombra familiar: o nada que pertencia ao corpo de uma mulher. Só de pensar naquilo, Zhu sentia uma onda de pânico. Ela soltou a Senhora Rui e arrancou a blusa e as saias que vestia num paroxismo de pavor.

A Senhora Rui a observava. O temor inicial fora substituído pelo frágil desdém de alguém que havia visto um futuro mais sinistro do que qualquer um que Zhu pudesse representar. Enquanto Zhu despia as roupas femininas e ajeitava a túnica amassada, a Senhora Rui disse, com certa hostilidade:

— A menos que também tenha roubado essa túnica, presumo que seja um monge. Mas diga-me, estimado ser, por que motivo se esforçou tanto para conseguir uma audiência? Ou simplesmente deseja comer o tofu de outra pessoa? Sempre achei que os monges evitavam os prazeres carnais...

Ela vê um monge, não uma mulher. Zhu poderia ter suspirado de alívio. Ainda era Zhu Chongba e, embora tivesse se desviado de seu caminho, fora apenas por um momento.

— Saudações, Senhora Rui — disse ela, estremecendo com o latejar no crânio. — Normalmente, este monge imploraria por perdão pelo desrespeito, mas a senhora vingou-se muito bem. Fique tranquila, pois este monge não possui quaisquer más intenções; veio apenas trazer uma mensagem.

— Uma mensagem? De quem? — A expressão da Senhora Rui se enrijeceu. — Ah. Os Turbantes Vermelhos. Agora até os monastérios estão do lado deles? — O olhar amargo retornou. — Mas nada disso é da minha conta. Isso tudo é problema do novo governador.

— Talvez os problemas do Governador Tolochu não sejam seus, mas, perdoe-me, Senhora Rui: não pude deixar de notar que ele parece ser um problema para você — argumentou Zhu. — É uma jovem viúva que espera uma criança, e ele planeja devolvê-la à sua família de nascimento, para quem não será nada além de um fardo e uma humilhação. Não pode ser o que a senhora deseja. Vai simplesmente aceitar esse destino?

Fora a intensidade da Senhora Rui que despertou o interesse de Zhu a princípio, mas a força de sua reação ainda era impressionante. Seu rosto em forma de pétala de cerejeira tornou-se sombrio de raiva e de humilhação, e ela parecia estar perfeitamente disposta a arruinar suas vidas futuras por dar um tapa num monge.

— Como ousa comentar algo que não é da sua conta? E, mesmo que eu não *desejasse* isso, que outra opção eu tenho? — Zhu abriu a boca, mas a Senhora Rui interrompeu-a com rispidez. — Não. Quem é você, um *monge*, para vir falar da minha situação, como se entendesse alguma coisa do que uma mulher pode ou não pode fazer?

Involuntariamente, uma memória surgiu: o carvão quente da submissão ressentida que uma garota havia sentido, muito tempo atrás. Zhu *entendia*, sim, fato que lhe causou um arrepio de temor na espinha. Com cuidado, ela respondeu:

— Às vezes, é preciso alguém de fora da situação para nos ajudar a enxergar com clareza. Senhora Rui: e se este monge puder lhe oferecer outra opção, uma que beneficie nós dois? O Governador Tolochu não passa de um burocrata de Dadu. Não possui nenhum conhecimento específico sobre esta cidade que o qualifique para governá-la. Então por que lhe permitir que o faça, quando há uma pessoa mais qualificada, uma que já conhece os mecanismos e o cargo, além da personalidade dos homens a serem comandados?

Franzindo o cenho, a Senhora Rui perguntou:

— Quem?

— Você — respondeu Zhu.

O aroma apimentado de crisântemos flutuava do incensário na mesa entre elas. Depois de um momento, a Senhora Rui disse categoricamente:

— Está louco?

— Por que não? — Sem ter nada de concreto a oferecer, tudo que Zhu podia fazer era abrir os olhos da outra e permitir que a Senhora Rui enxergasse a profundidade de sua sinceridade. *Eu entendo*. Ainda mais do que o ato de vestir trajes femininos, reconhecer o passado daquela garota fora um momento de vulnerabilidade tão apavorante que Zhu sentia como se tivesse rasgado a própria pele para mostrar os órgãos debaixo dela. — O que isso tem de tão estapafúrdio? Assuma o poder. Conclame os homens que ainda são leais a seu marido. Entregue Lu aos Turbantes Vermelhos e, com nosso apoio, nem mesmo o Yuan será capaz de tomá-la da senhora.

— Você *é* louco — respondeu ela, mas Zhu vislumbrou um lampejo de perplexidade. — Mulheres não podem governar. O Filho do Céu comanda o império, assim como os homens governam as cidades e os pais lideram a família. É a ordem do mundo. Quem ousaria quebrá-la, colocando uma substância no lugar contrário à sua natureza? Faz parte da natureza dos homens assumir riscos e liderar. Não da das mulheres.

— A senhora realmente acredita nisso? É mais fraca que o Governador Tolochu simplesmente por conta de sua substância? Este monge não pensa assim. Não está arriscando sua vida agora mesmo para gerar e criar uma criança? Uma mulher aposta tudo de si, corpo e futuro, quando se casa. É um ato mais corajoso do que qualquer risco assumido por um burocrata quando se trata apenas de sua própria reputação ou fortuna. — A própria mãe de Zhu fizera aquela aposta, muitos anos atrás. Morrera por causa dela. Agora a única pessoa no mundo que sabia onde ela estava enterrada era alguém que não era mais uma filha, mas que se lembrava, contra sua vontade, um pouco de como era ser uma mulher.

— Você acha que sou capaz de governar *porque* sou uma mulher? — questionou a Senhora Rui, incrédula.

— Este monge sabe tanto sobre o Governador Tolochu quanto sabe da senhora, então por que não a escolheria? Uma mulher grávida tem mais a perder que qualquer homem. Ela sabe como é temer, sabe como é sofrer. — Zhu abandonou o falar de monge e disse, num tom cru e urgente: — Posso não conhecer a senhora, mas sei o que deseja.

Eu reconheço.

A mulher calou-se.

— Deixe-me ajudá-la. — Zhu pegou a metade do bule no chão e o colocou na mão pálida e inerte da Senhora Rui. — Deixe-me oferecer-lhe os meios para sobreviver.

A Senhora Rui apertou os dedos na alça. Na ponta quebrada, via-se sangue: o sangue de Zhu.

— E quanto ao governador?

— Se estiver pronta para assumir...

De repente, a Senhora Rui disse:

— Mate-o. — Seus olhos se abriram e apunhalaram Zhu. Ela recuou com a violência daquele olhar. Liberta, a delicada mulher no filó branco tinha toda a sutileza de uma catapulta em ação.

A dor de cabeça de Zhu triplicou. Ela se lembrou do rosto de Xu Da: *não era minha intenção matar. No começo.*

— Na verdade, eu quis dizer...

— Você não disse que eu tenho o desejo de sobreviver? Bem, tem razão: eu tenho. — Ela retesava a mandíbula com a mesma intensidade que Zhu vislumbrara mais cedo: uma fúria comprimida que tinha como núcleo o desejo feminino de sobreviver a tudo que visava transformá-la em nada. — E já que está tão determinado a acreditar que sou capaz de assumir riscos, acredite que este é o risco que estou assumindo. — Ela retornou à sua posição de frente para o espelho. — *Mate-o.* Depois disso, conversaremos. — Com os olhos estreitos, ela encarou Zhu friamente no metal. — Não entre mais nos meus aposentos.

— Entre — chamou o Governador Tolochu do interior de seu gabinete.

Zhu, carregando um lampião de óleo de peixe em uma mão e um documento para o carimbo na outra, subiu na soleira elevada e adentrou o cômodo. Sentiu uma peculiar vibração interna que não era nem trepidação nem expectativa. As mãos suavam. Embora aquele fosse o jeito certo, a culminação da oportunidade que lhe fora apresentada na forma da Senhora Rui, Zhu estava atipicamente consciente de sua intenção. As doze cicatrizes de ordenação no topo da cabeça ardiam. Um lembrete de seu juramento monástico, cujo primeiro preceito era: *abstenho-me de matar qualquer ser vivo.*

Tolochu ergueu a cabeça quando Zhu entrou. O luxuoso gabinete que lhe fora designado era repleto de estantes. As velas ao redor da sala exalavam seu familiar cheiro de cera vegetal, fazendo Zhu se lembrar de quando se ajoelhava diante dos altares do monastério. Sentiu um arrepio irradiar pelos ombros. Ela se perguntou se era o olhar tristonho dos bodisatvas para o que estava prestes a fazer.

— Um monge? — disse Tolochu, pegando o documento. — Nunca te vi antes. Será que meu antecessor temia tanto pelas vidas futuras que sentia necessidade de orientação constante? — Pegando seu carimbo, o homem de repente teve um sobressalto de desgosto. — O que...

Seus dedos afastaram-se da túnica, pegajosos de óleo. Ele lançou um olhar fulminante para Zhu.

— Seu incompetente...!

— Perdoe-me, governador — disse Zhu. — Parece que o lampião vazou. — Os bodisatvas abriam um buraco atrás de sua cabeça, ou talvez fosse apenas a dor causada pelo golpe da Senhora Rui. Com Tolochu embasbacado diante de seu tom insubmisso, Zhu avançou e, com um único movimento, empurrou as velas de seu nicho de modo que caíram no chão, provocando uma chuva de chamas.

Era de se esperar um som, mas, naquele primeiro momento, não se ouviu nenhum. A onda silenciosa de fogo alastrou-se pelo piso encharcado de óleo e acendeu a barra da túnica de Tolochu. Num instante ele se tornou uma vela humana. As labaredas se espalharam até os cantos do cômodo e levaram seus dedos aos livros das prateleiras. Então se ouviu um som. Era um sussurro que se aprofundava num rugido áspero como o do vento através de pinheiros, exceto pelo fato de que aquele era um vento vertical. Conforme soprava, a fumaça escura subia cada vez mais rápido, curvando-se sobre si mesma ao encontrar o teto de modo que lá em cima não havia nada além de escuridão.

Zhu observava, hipnotizada. Por um momento, esqueceu-se por completo de Tolochu, e do voto violado, e da grandeza e do sofrimento que a aguardavam adiante. Tudo que via era a velocidade e o poder de destruição do fogo. O monastério havia queimado, mas não daquele jeito: assustador e presente, quase vivo. Foi só quando o calor se tornou opressivo que ela percebeu que estava lá havia tempo demais. Virou-se para partir.

Notou um movimento de esguelha. Ela se virou, tarde demais, quando uma figura em chamas se lançou sobre ela e levou ambos ao chão. Zhu debatia-se debaixo do Governador Tolochu, o rosto do homem uma máscara negra e rachada com borrões vermelhos borbulhando de dentro para fora. O cabelo era um pilar de chamas, derretendo a gordura do couro cabeludo de modo que escorria pelas bochechas como lágrimas. Os dentes pareciam ter se alongado, destacando-se num branco intenso na boca sem lábios, aberta num grito sem som. Mas ainda havia força em suas mãos, que se fecharam ao redor da garganta de Zhu.

Zhu lutava como um gato, mas não conseguia se livrar das mãos do homem. Debatendo-se, sufocando-se, a mão agitada encontrou algo no chão que a marcou ao pegá-lo; com a força do desespero, ela enfiou o objeto diretamente no rosto de Tolochu.

Ele se levantou, com um pincel de escrita enfiado no olho. Então lançou-se de novo sobre ela, e os dois rolaram pelo chão, debatendo-se. Tolochu continuava a emitir o grito silencioso e hesitante. Desta vez, Zhu parou em cima. Uma parte animal de si sabia o que fazer. Inclinou-se para frente e pressionou o antebraço na garganta do governador, sentindo-a se encher de sangue e fluído. Tolochu agitava-se debaixo dela. Ela continuou apertando, tossindo e se engasgando por causa da fumaça. Sob ela, Tolochu abria e fechava a boca como um peixe. Então, finalmente parou.

Zhu saiu de cima do corpo, cambaleante, e correu na direção da porta. Cada respiração parecia queimá-la por dentro; ela tinha a sensação apavorante de que estava torrando e se retorcendo como um pedaço de carne grelhada. O cômodo era uma fornalha de chamas intensas e fumaça que baixava cada vez mais do teto. Ela caiu de joelhos e engatinhou, depois se jogou no lado de fora.

Caiu ofegante sobre a pedra fria, erguendo os olhos para o céu negro. *O Buda disse: viva a vida como se sua cabeça estivesse em chamas.* Se tivesse força, teria rido e estremecido ao mesmo tempo. Ela e Tolochu estiveram em chamas: haviam sentido a natureza frágil das próprias vidas. No entanto, em vez de atingir a iluminação, haviam caído. A pressão da mortalidade tirou-lhes todo pensamento humano que não fosse a determinação para sobreviver. E Zhu, que nutrira aquele desejo desde a infância, fora mais forte e tomara a vida de Tolochu. Sentira a vida dele minguando debaixo das suas mãos e o momento em que chegou ao fim. Matara dez mil soldados do Yuan, mas aquilo era diferente. Ela *desejara* aquilo. Lembrou-se da angústia de Xu Da diante dos próprios atos. *Não há redenção para assassinato.*

O mundo girava, e ela sentia que aos poucos inclinava-se rumo ao centro dele. Estava caindo, mas não no vazio; estava caindo na fumaça com chamas que crepitavam bem, bem lá embaixo.

Zhu tossiu até acordar. Além de uma dor de cabeça latejante, um corpo repleto de dores e pulmões cheios de fleuma negro, estava na cadeia. Uma cadeia subterrânea, fria, úmida e escura, com fantasmas em todos os cantos. Entretanto, embora não fosse seu tipo preferido de lugar, o importante era que ainda estava viva. Com a vivacidade de um pesadelo, de repente lembrou-se da sensação quente da carne de Tolochu enquanto ela apertava a garganta dele. *Matei-o para que pudesse viver.* Quando imaginou o ato antes de executá-lo, pensou que sentiria uma satisfação sombria — que, apesar de tudo, ao menos provava que ela era capaz de fazer o que precisava.

Agora sabia: *era* capaz. Mas não havia satisfação naquilo, apenas um sentimento remanescente de náusea.

Depois de um período no qual poderia ter bebido cinco ou seis xícaras de chá, uma porta rangeu acima. Passos leves desceram. Em seguida, a Senhora Rui apareceu diante da cela de Zhu e a observou atrás das barras. Zhu, tossindo, ficou perturbada ao ver uma poderosa introspecção na mulher: algo novo e evasivo. Num tom frio, a Senhora Rui disse:

— Você quase queimou a residência inteira. Isso certamente faria as pessoas acharem que foi um acidente. Do jeito que as coisas estão, teria sido melhor se você tivesse morrido com ele.

Com a voz rouca, Zhu disse:

— *Monge.* Não assassino. — Ela se perguntava que rumo a conversa tomaria. — A senhora conseguiu o que queria, não foi?

— De fato — respondeu a outra. Seu rosto era tão liso quanto um ovo.

— Então temos um acordo.

— De eu me tornar governadora e entregar a cidade aos Turbantes Vermelhos?

— Isso mesmo — concordou Zhu. Cada palavra vinda de sua garganta destroçada era uma agonia. Com certeza o espírito do Governador Tolochu ficaria feliz de saber que sua assassina fora marcada com um colar de suas impressões digitais.

A Senhora Rui se aproximou, uma das mãos brancas pousando sobre o cadeado. O filó flutuante fazia a mulher parecer tão insubstancial quanto os fantasmas que habitavam as celas vazias.

— Aconteceu exatamente como você disse. Dei ordens àqueles que foram leais a meu marido, e os homens me obedeceram. Agora tenho minha própria cidade murada. Tenho meu próprio exército. Isso me faz pensar... talvez eu não precise do apoio nem do Yuan nem dos Turbantes Vermelhos. — Sua postura parecia a personificação do frio subterrâneo. — Você abriu meus olhos, estimado monge. Agora há muito mais opções disponíveis para mim do que eu imaginava.

Em outras circunstâncias, Zhu talvez admirasse o desabrochar da Senhora Rui. Então disse:

— E a senhora acha que, se me deixar aqui, terá ainda mais opções.

— De fato — disse ela. — Por um lado, suponho ser uma pena. Admito ter certa curiosidade a seu respeito. Você viu algo em mim que eu mesma não conhecia. Acho isso estranho. Que tipo de homem se dá ao trabalho de enxergar potencial numa mulher e a encoraja apesar das próprias dúvidas dela? A princípio, pensei que fosse porque você é um monge. Mas um monge tão estranho, vindo até mim com roupas femininas. Isso me fez refletir... — Ela pausou, depois continuou: — Foi por isso que você me ajudou? Por também ser mulher?

O coração de Zhu palpitou com força, depois pareceu parar.

— *Não sou* — vociferou ela. As palavras saíram rasgando a garganta maltratada antes mesmo de ela perceber o que estava dizendo, como sangue numa ferida. Numa explosão de clareza, ela viu o que se assomava diante dela pela transgressão de ter compreendido a dor de uma mulher: seria apresentada diante do Céu, para que seu nome e seu destino grandioso lhe fossem arrancados.

Não, pensou ela, sentindo uma fúria crescente. A Senhora Rui não tinha aquele poder sobre ela. Estava apenas especulando; não tinha certeza. E, embora a mulher pudesse ter opções, Zhu também ainda não havia esgotado as suas. Seu coração voltou a bater, violentamente vivo.

— Meu nome é Zhu Chongba, dos Turbantes Vermelhos — disse ela com uma calma gélida. — E tenha certeza de que a única razão pela qual a ajudei é porque isso me deixa mais perto do que desejo.

Enquanto se encaravam, um súbito clangor soou acima, acompanhado de vozes elevadas. Um guarda disparou escada abaixo, gritando:

— Senhora Rui, a cidade está sob ataque!

Ao ouvir aquilo, o rosto da Senhora Rui se despedaçou e ela olhou para Zhu com uma expressão de pura surpresa. Então, recobrando o controle, ela disse:

— Entendi. Você também não confiava em mim. Amigos seus?

— Melhor deixar que sejam seus amigos também, não acha? — falou Zhu. Ela sentia um forte alívio, tão cruel quanto a vingança. — A menos que este seja o momento em que deseja colocar seu recém-descoberto controle à prova. Gostaria de tentar ver quem comanda melhor seus homens?

Em grande parte ainda era um blefe. Mesmo a determinação de aço de Zhu não podia mudar o fato de que eram setecentos homens contra uma cidade. Mas ela deixou que a Senhora Rui olhasse dentro de seus olhos e visse neles sua crença no próprio futuro grandioso. Mesmo antes de a Senhora Rui tirar a chave da manga, Zhu soube que havia vencido.

A Senhora Rui destrancou a porta com uma expressão azeda.

— Parece que ainda tenho algo para aprender. Vá, mestre Zhu, e diga a seus homens para entrarem, em paz. — Havia algo na forma como ela disse *mestre Zhu* que deu a Zhu a sensação desagradável de que estava recebendo de volta uma compreensão feminina parecida com a que havia dirigido à Senhora Rui antes. — Temos um acordo. Os Turbantes Vermelhos protegerão Lu, e darei a você tudo de que precisar. Tem a minha palavra.

Zhu saiu da cela.

— Governe bem com as bençãos do Buda, minha senhora — disse ela. Ao se afastar da Senhora Rui, ficou alarmada ao sentir, pela primeira vez na vida, uma pontada estranha e sutil de irmandade. Inquieta, enterrou aquele sentimento no mesmo lugar profundo onde guardava a dor do corpo debilitado, e correu escada acima na direção da porta que levava à Lu. *Minha cidade. Meu sucesso.* Ela havia provocado o destino ao usar ferramentas que Zhu Chongba talvez não tivesse, e violado seu juramento monástico ao tomar uma vida humana com as próprias mãos — mas, apesar de como se sentira ao realizar aquelas ações, e do sofrimento futuro que trariam, devem ter sido as escolhas certas. *Porque, no fim das contas, consegui o que queria.*

O pensamento a fez parar com um sobressalto na escadaria escura. Ouviu um eco da voz de Xu Da: *o que significa isso, ser grande?* Mesmo antes de se juntar aos Turbantes Vermelhos, sabia que precisava de poder. Sabia que a grandeza exigia um exército para se sustentar. Mas a ideia da grandeza em si fora abstrata, como se estivesse atrás de algo que só reconheceria quando o conquistasse. Mas agora, num clarão de entendimento, sabia exatamente o que fora ameaçado pelo encontro com a Senhora Rui. Aquilo pelo que matara.

Hesitante, Zhu estendeu o braço direito, sua mão cerrada. O gesto devia ter parecido tolo na escuridão, mas, em vez disso, pareceu sério e real. Ela conjurou a memória da chama vermelha do Príncipe Radiante flutuando sobre a palma do menino. Então ela *acreditou.* Acreditou no que desejava com tanta força que conseguia *ver* como seria. O gosto ácido do poder encheu sua boca. *O poder do direito divino de governar.* Ela respirou fundo e abriu a mão.

E sua crença era tão forte que, por um momento, ela pensou *ter* visto aquela chama vermelha, exatamente como imaginara. Foi só um instante depois que ela percebeu:

Não havia nada lá.

Zhu ficou sem chão, sentindo mais náusea do que nunca. Não podia nem dizer a si mesma que fora uma piada. *Acreditara* naquilo: teria o Mandato, porque ele era seu destino. Mas ela não tinha. Será que aquilo significava que matar o Governador Tolochu fora apenas o início do que precisaria fazer para conseguir o que desejava? Ou... será que já fizera tanto que Zhu Chongba não teria feito e perdera a chance de conquistar aquele destino por completo?

Não. Ela afastou o pensamento com uma recusa violenta. A questão não era que não tinha o Mandato, mas que não o tinha *ainda.* Depositando toda a sua determinação naquele pensamento, ela disse a si mesma: *contanto que eu continue me movendo na direção do meu destino grandioso, e continue fazendo o que preciso fazer, um dia terei o Mandato.*

Em algum lugar em sua cabeça, a Senhora Rui murmurou: *o Filho do Céu comanda o império...*

Quando Zhu cerrou o punho, sentiu as unhas apertarem a palma. Então abriu a porta pesada da masmorra com o ombro e deparou-se com a luz do sol ofuscante da cidade murada de Lu.

Ma Xiuying, sentada nos adarves em ruínas de Anfeng, viu-os chegar de Lu: uma estranha mistura de Turbantes Vermelhos, bandidos e dois mil soldados bem equipados e organizados, marchando com as armaduras de couro. Atrás deles vinham as carroças repletas de grãos, sal e rolos de seda. À frente da procissão, montado no cavalo mongol temperamental, estava o Monge Zhu em pessoa. Uma figura diminuta e pouco atraente, usando túnica em vez de armadura. Da perspectiva elevada de Ma, o chapéu de palha circular fazia o rapaz parecer um toco decepado. Era difícil acreditar que alguém como ele fizera o impossível. Mas, enquanto pensava naquilo, Ma lembrou-se do monge dizendo *eu*. Não fora o falar de um monge desapegado das questões terrenas, mas o de uma pessoa bastante consciente dos próprios interesses. *Uma pessoa ambiciosa.*

O Monge Zhu e sua procissão atravessaram o portão e chegaram ao palco que fora armado para recebê-los. O Príncipe Radiante e o primeiro-ministro estavam sentados em tronos que brilhavam debilmente sob o céu nublado. Os outros líderes dos Turbantes Vermelhos esperavam aos pés do palco. Mesmo à distância, Ma conseguia reconhecer a postura incrédula e derrotada do Pequeno Guo. Ele e o pai haviam apostado contra Chen — e, de alguma forma, graças ao monge, haviam perdido. O monge em questão apeou e ajoelhou-se diante do palco. Ma viu seu magro pescoço amarronzado debaixo do chapéu inclinado. Aquilo a deixou desorientada: como alguém que parecia incapaz de fracassar podia habitar um corpo tão pequeno e vulnerável?

O Ministro da Esquerda Chen foi até o lado de Zhu.

— Vossa Excelência, vossa fé no monge trouxe-nos mil fortunas. E este é apenas o início do que o Céu nos promete. Daqui em diante, nossas vitórias serão cada vez mais numerosas até a chegada do Buda abençoado em pessoa.

O primeiro-ministro, que vinha contemplando o monge ajoelhado com um olhar devoto, ficou de pé num pulo.

— De fato! Nossos mais elevados louvores a este monge, que levou a luz do Príncipe Radiante até a cidade de Lu, e que nos dá a fé e a força para derrotar a escuridão que resta diante de nós. Louvado seja o monge! Louvado seja o novo comandante dos batalhões dos Turbantes Vermelhos!

Zhu levantou-se e bradou:

— Louvados sejam o primeiro-ministro e o Príncipe Radiante! Que eles reinem por dez mil anos! — O poder de sua voz leve chocou Ma até o âmago. Ela vibrou através da poeirenta Anfeng como um sino. E, em resposta, os homens puseram-se de joelhos, executaram reverências ao primeiro-ministro, e bradaram sua lealdade a ele e à missão sagrada dos Turbantes Vermelhos.

No palco, bem acima daqueles homens que se ajoelhavam e se levantavam como ondas quebrando na praia, o Príncipe Radiante observava por trás dos fios de pedrarias de jade. Pelo ângulo do chapéu, Ma sabia que ele fitava o Monge Zhu. Quando Zhu terminou suas prostrações e ergueu a cabeça na direção do palco, Ma viu que o Príncipe Radiante inclinou a cabeça para trás. Os fios do chapéu balançaram.

— Que os líderes dos Turbantes Vermelhos governem por dez mil anos! — bradou a multidão com tamanha força que Ma sentiu as vibrações no peito, e leves tremores na grande muralha sob seus pés.

O Príncipe Radiante ergueu a pequena cabeça para o céu. A multidão suspirou. Com a cabeça atirada para trás, as pedrarias ao redor de seu rosto se partiram, e o povo viu que o menino sorria. O carmim de sua túnica se intensificou, como se um único raio de sol houvesse penetrado as nuvens, tocando apenas ele. Então a luz escapou de seus limites; rodeou o Príncipe numa aura escura e cintilante. Não era uma chama minguante como a dos imperadores mongóis, mas um fogo ardente que preenchia todo o espaço entre o Céu e a Terra com sua misteriosa luz vermelha.

O Príncipe Radiante disse algo que Ma não conseguiu ouvir. No entanto, a multidão o entendeu, repetindo suas palavras até o murmúrio dar lugar a um brado que fez os pelos do braço de Ma se arrepiarem:

— *A luz de nosso império reconquistado brilhará por dez mil anos.*

O mundo estava tingido de vermelho, tão intenso que parecia mais similar à escuridão do que à luz. Por um momento, Ma se sentiu tão oprimida que não conseguia respirar. A luz não deveria ser mais brilhante? Embora o vermelho fosse a cor da boa sorte, da prosperidade, ela não conseguia se livrar da imagem da nova era coberta de sangue.

Dois dias depois, Ma abriu caminho através da turba de homens, cavalos e tendas nas dependências do templo em ruínas e entrou. Havia imaginado que seu interior seria igualmente agitado, mas o salão principal estava vazio. Havia apenas uma estátua de madeira sem pintura nos fundos, serena em meio aos feixes de luz que perfuravam o teto deteriorado. A seus pés, uma tigela de cinzas e grãos abrigava algumas varetas de incenso acesas.

Ma havia acabado de se sentar numa viga caída quando o Monge Zhu apareceu. Ela vislumbrou um anexo sem teto pela passagem atrás dele. Um simples estrado de bambu estava disposto debaixo de uma árvore que crescera nas pedras quebradas do pavimento.

— Suas preces não serão ouvidas desse jeito. Incenso? — Ele estendeu uma mão cheia de varetas.

Em vez de pegar uma, Ma esquadrinhou o rosto do monge. Ele suportava seu escrutínio com tolerância. Ainda usava a mesma túnica surrada. A expressão também era a mesma: leve interesse. Mas quanto daquilo era apenas atuação?

— Como você fez aquilo? Derrubou o governador do Yuan e o substituiu por uma *mulher*?

Ele sorriu.

— Eu não fiz muita coisa. Apenas enxerguei o que ela desejava. — Ele ainda usava *eu*. Algo na proximidade fria do templo fazia aquilo parecer profundo, como uma promessa do futuro.

— Você reconheceu o que ela desejava porque também deseja alguma coisa. Ninguém mais sabe, não é?

— Sabe do quê? — O rosto do monge oscilou e, por um momento irracional, Ma sentiu medo.

Menos certa, ela disse:

— Você não encontrou Anfeng por acidente. Você *veio* até aqui.

A tensão no rosto do monge se dissipou e ele riu.

— Vir aqui de propósito? — Ele se sentou ao lado dela. — *Aiya*, por que eu faria isso? Anfeng não foi muito acolhedora para este monge errante. Não se lembra de como seu próprio noivo quase decepou minha cabeça quando me viu?

Mais atuação, pensou ela, e com isso teve certeza outra vez.

— Não finja! Você veio até aqui, e desde o começo queria comandar os Turbantes Vermelhos, não foi? — Em voz alta, as palavras pareciam absurdas. Monges não deviam desejar coisas. Não deviam ter *ambição*. Ainda assim...

Depois de um momento, Zhu disse:

— Sabe do que ninguém mais sabe?

— O quê?

Ele sorriu com os olhos. Olhos comuns num rosto não belo; era estranho como eram capazes de prendê-la. Ele disse:

— Que você é mais inteligente do que todos eles juntos. Você está certa. Eu vim de propósito.

Ouvir aquela declaração estapafúrdia da boca dele, ver que aquilo era real, fez Ma sentir mais inquietação do que validação.

— Mas por que os Turbantes Vermelhos? Se queria liderar, poderia facilmente ter se tornado um bandido como seu amigo monge. Por que apostar na chance de um em um milhão de sucesso em Lu?

— Bandidos não passam de escória — respondeu ele, a voz suave. — Por que eu ia querer ser líder deles?

Fitando-o na escuridão, Ma sentiu um arrepio.

— Então *o que* você quer?

Ela não conseguia entender como alguém podia desejar tanto alguma coisa que estaria disposto a enfrentar o impossível por ela. Não era que o monge se julgava infalível, pensou ela. Isso exigiria estupidez e, apesar de fingir ingenuidade, ele não era estúpido. Era quase como se seu desejo fosse tão fundamental a ele mesmo que a ideia de o abandonar era mais apavorante do que qualquer risco envolvido em sua busca. Ma achava aquilo perturbador. Quando seu desejo é a coisa mais importante do mundo, o que você não faria para conquistá-lo?

Ele ficou em silêncio. Ma pensou que o monge não a responderia, mas então ele disse simplesmente:

— Meu destino.

Ma não estava esperando aquilo. Ela franziu o cenho.

— Qual é o sentido de desejar o seu destino? Vai acontecer, quer você queira quer não.

O olhar do monge havia se fixado na estátua de madeira nos fundos do templo. Visto de perfil, o contorno de suas bochechas brilhava na escuridão imperfeita, como uma estátua. Mas debaixo da imobilidade havia uma agitação que Ma não conseguia decifrar. Dúvida? Duvidar da inevitabilidade do destino fazia tanto sentido quanto duvidar da cor do céu. Enfim ele disse:

— Acho que você nunca desejou de verdade, Ma Xiuying.

A verdade daquelas palavras a desconcertou. Mas, se tudo na vida era tão predeterminado quanto o destino, qual era o sentido de desejar? O pai de Ma a entregara à família Guo; ela se casaria com o Pequeno Guo; geraria seus filhos; e um dia entregaria suas filhas para outros homens. Era assim que seria. Era a ordem do mundo. Num tom deveras afiado, ela disse:

— Pensei que os monges ensinavam que o desejo é a causa de todo sofrimento.

— E é — falou ele. — Mas sabe o que é pior do que sofrer? Não sofrer, porque você nem está vivo para senti-lo. — Uma corrente agitou o ar, esfumando as linhas finas da fumaça do incenso. Seus olhos voltaram-se para Ma, e ela levou um susto. *Ele me enxerga*, pensou a moça, e a intensidade peculiar do gesto fez com que ela sentisse que estava sendo vista pela primeira vez. Como que despejando um segredo conquistado a duras penas no pequeno espaço entre eles, ele disse baixinho:

— Aprenda a desejar algo por si mesma, Ma Xiuying. Não o que alguém lhe diz para desejar. Não o que você acha que deve desejar. Não viva a vida pensando apenas no dever. Quando tudo que temos são estes breves períodos entre nossas inexistências, por que não aproveitar ao máximo a vida que está vivendo agora? Vale a pena.

Ela o encarou, os pelos em seus braços se arrepiando. Por um momento, visualizou aquele longo pergaminho do tempo do mundo, cada uma de suas vidas não mais brilhantes ou longas do que o pisca-pisca de um vagalume na escuridão. Por instinto, soube que o monge não vinha fingindo — ele acreditava naquelas coisas. Mas, no mesmo instante, enxergou a verdade nua e crua do rapaz, percebeu que aquilo não passava de uma coisa: algo que era verdadeiro para *ele*. Um homem podia desejar qualquer coisa que o mundo oferecesse e ainda ter uma chance, por menor que fosse, de conquistá-la. Embora o monge reconhecesse nela um ser capaz de desejar, não enxergara sua realidade: que ela era uma mulher, presa dentro dos limites estreitos da vida de uma mulher, e tudo que podia ser desejado era igualmente impossível.

Ela se ergueu para sair.

— Talvez o *seu* sofrimento valha o que quer que você deseje conquistar — disse ela, amarga. — Mas o meu não.

HICHETU, SHANXI
TERCEIRO MÊS

A visão das extensas planícies abertas de Hichetu, onde o vento balançava a grama a oeste em intermináveis ondas de verde e amarelo, sempre despertava uma profunda nostalgia ancestral no coração de Esen. O acampamento de caça do grão-cã, porém, estava para um acampamento nômade na estepe como uma cidade estava para um vilarejo. Em vez de feltro, os *gers* eram feitos com lã de cordeiro da mais alta qualidade; diante das portas, tapetes se desenrolavam sob toldos de cetim cintilante. Vagavam de um tapete a outro todos os dignos de nota no Grande Yuan: ministros e generais; Príncipes de Sangue e princesas imperiais; governadores das províncias e príncipes-reféns dos estados vassalos. Por todo o lugar avistava-se os milhares de criados, cozinheiros, médicos, guardas, cavalariços, mestres de caça, sacerdotes e artistas que deviam atender a seus mestres. Os convidados bebiam vinho e *airag*, comiam carne preparada à moda exótica dos canados a oeste e usavam a mais fina porcelana de Jingdezhen. Seus cavalos e seus rebanhos pastavam até o solo ficar tão desnudo quanto a cabeça de um monge, espalhados pelos campos junto dos *gers* adornados com pedrarias que brilhavam sob o sol constante do planalto.

No centro de tudo estava o *ger* do grão-cã. Suas paredes de seda branca e imaculada haviam sido bordadas com fios dourados em tamanha densidade que se dobravam com o soprar do vento. Lá dentro, o grão-cã estava sentado em uma plataforma elevada. Esen, prostrado sobre o tapete ao lado do pai e do irmão, bradava com eles:

— Dez mil anos ao grão-cã, dez mil anos!

O grão-cã, o décimo imperador do Grande Yuan, disse:

— Levantem-se.

Esen passara a vida inteira lutando pelo conceito abstrato do Grande Yuan. Agora, estando na presença de sua própria personificação, estava tomado por um sentimento inebriante de determinação. Ele ergueu o tronco, sentando-se sobre os calcanhares, e ousou olhar o Filho do Céu pela primeira vez. O grão--cã trajava uma túnica da cor de um tael de ouro; dragões flutuavam dentro dela como nuvens refletidas num caldo translúcido. Seu rosto era surpreenden-temente ordinário: redondo e rechonchudo, com bochechas vermelhas e pál-pebras pesadas. Havia uma lassidão naquele rosto que surpreendeu Esen e o deixou desconfortável. Embora soubesse que não era o caso, uma parte de si sempre acreditara que os grão-cãs ainda eram guerreiros.

— Oferecemos nossas saudações ao Príncipe de Henan — disse o grão-cã. — Esperamos que sua jornada até aqui tenha sido tranquila, e que sua família e seus rebanhos conservem boa saúde.

— Um longo ano se passou desde que este servo indigno o saudou pela últi-ma vez, grão-cã — respondeu Chaghan. — Somos gratos pela oportunidade de desfrutar de vossa hospitalidade antes de voltarmos a executar vossa vontade contra os rebeldes.

O olhar do grão-cã passou por Baoxiang e pousou em Esen.

— Ouvimos muito sobre seu filho que comanda seu exército. Se já o tivesse trazido até aqui, teríamos ficado felizes em reconhecê-lo. É este?

O corpo de Esen transbordava de expectativa. Ele executou outra prostração.

— Este servo indigno saúda o grão-cã. Sou Esen-Temur, primogênito do Príncipe de Henan. Seria uma honra apresentar meu relatório da situação con-tra os rebeldes no sul.

— Hmm — disse o grão-cã. Quando Esen se ergueu de sua reverência, sua expectativa transformou-se em confusão: o grão-cã já havia perdido o interesse. — O grande conselheiro receberá seus relatórios.

Esen havia passado os últimos dois dias se preparando para o encontro. Estivera pronto para um castigo e esperara por ao menos algum elogio. Sabia quão cruciais eram suas campanhas contra os rebeldes para a segurança do Grande Yuan. Agora, pego de surpresa por aquele desinteresse descarado, disse, incerto:

— ...Grão-cã?

— Grão-cã. — Um oficial saiu de trás do trono. Diferente do grão-cã, cuja postura decepcionava, o grande conselheiro falava com toda a compostura e autoridade que se esperava do comandante supremo do exército do Yuan. Ele fitou os três homens com uma expressão inescrutável. — De fato, venho sendo mantido bem-informado sobre as conquistas das forças do Príncipe de Henan. Este ano que passou mais uma vez testemunhou vitórias magníficas contra os inimigos do Grande Yuan no sul. Uma derrota esmagadora de todo o movimento dos Turbantes Vermelhos é iminente. Grão-cã, por favor, recompense-os!

A elisão de sua derrota pelo grande conselheiro fez Esen se sentir grato e, ao mesmo tempo, inquieto. Parecia um fato importante demais para ser omitido. Ele não gostava da ideia de que seus sucessos e fracassos, conquistados a tão duras penas no campo de batalha, talvez não passassem de munição para os conflitos internos da corte.

O grão-cã abriu um sorriso vago para Chaghan.

— O Príncipe de Henan sempre foi o mais leal dos súditos do Grande Yuan, merecedor de nossos mais elevados elogios — declarou ele. — Ele será recompensado. Por ora, Príncipe: vá comer e beber, e deixe que eu veja seus filhos em competição amanhã. Dá-nos imenso prazer ver o futuro do Grande Yuan em ação no campo.

Enquanto os três se levantavam e se afastavam do trono, Esen lamentava a quebra de suas expectativas para a reunião. O grão-cã deveria ser a personificação da cultura e do império que Esen amava e aos quais dedicava sua vida a proteger. Descobrir que o grão-cã não passava de um...

Ele não conseguia sequer se forçar a pensar naquilo.

Ao saírem, eles colidiram com o grupo seguinte de nobres que aguardava para saudar o grão-cã.

— Ora, Chaghan! — disse o Governador Militar Bolud-Temur de Shanxi em uma voz exaltada. — É bom vê-lo em tão boa forma. Suponho que sua família e seus rebanhos estejam gozando de boa saúde.

A seu lado, Altan dirigia-lhes sua expressão costumeira de satisfação espinhenta. Diferente do deveras austero Príncipe de Henan, o governador militar de Shanxi era um homem que se deleitava com o excesso. Seu traje de montaria pomposamente bordado, combinado com uma saia pregueada à moda vigente da corte imperial, tinha um tom tão violento de azul-turquesa que Esen se admirava de o homem não ter atraído todos os insetos alados num raio de cinco li. Embora já detivesse o título de pai da Imperatriz, Bolud de alguma forma conseguia se portar à maneira de alguém que esperava honrarias imperiais ainda mais altas.

— Devo dizer: que surpresa foi receber seu pedido de tropas extras — continuou Bolud. — Jamais teria imaginado que tamanha derrota fosse sequer possível contra aqueles camponeses. O que eles usam para lutar, afinal? Pás? Ainda bem que você pôde contar comigo para salvar sua pele, hein? Enfim, este deve ser seu primogênito, Esen-Temur. Já faz tanto tempo que não o vejo aqui, Esen, que não posso deixar de pensar em você ainda como um menino. Bem, tenho certeza de que aprendeu uma ou duas coisas com os eventos recentes. Se *eu* tivesse um general que perdeu dez mil homens numa única noite, teria mandado meus homens o enrolarem num tapete e jogá-lo no rio. Mas encontrei com ele agora há pouco, e vejo por que você não o fez. Pelos Céus, como é bonito! Você deveria vendê-lo como uma mulher e conseguir o triplo do valor de um general fracassado. — Ele gargalhou. — E aqui está Wang Baoxiang! Não pude acreditar quando Altan me contou que você ainda não está comandando um batalhão. Na sua idade! E todo ano você se recusa a participar das competições aqui. Decerto não é porque não sabe usar um arco, mas...

A arquearia era o patrimônio dos mongóis; um homem ou uma mulher que não soubesse usar um arco não poderia se dizer mongol. Quando Bolud lançou um olhar afiado para as mãos lisas de Baoxiang, Esen sentiu o sangue ferver em nome do irmão. Não pela primeira vez, ele lamentou como dependiam de Bolud.

Então Baoxiang disse, bem mais cortês do que Esen esperava:

— Talvez este ano eu abandone o hábito e participe, estimado governador militar. Tenho certeza de que meu pai ficará satisfeito.

— Bem, que ótimo! — disse Bolud, animado, como se não tivesse insultado todos os presentes quase num fôlego só. — Estou ansioso para ver seu desempenho.

Baoxiang curvou-se, mas Esen notou seus olhos calculistas seguindo os nobres de Shanxi até o *ger* do grão-cã.

Para enorme desagrado de Ouyang, as competições do grão-cã aconteciam do amanhecer ao entardecer dos cada vez mais longos dias de primavera. Homens — e até mesmo algumas mulheres — competiam em todo tipo de habilidade existente. Arquearia e corrida de cavalos, volteio, carregamento de cabra, sopro em pele de vaca, falcoaria, polo, arremesso de faca e todo tipo de combate armado e desarmado de todas as terras dos quatro canados. Tanto ele quanto Esen, que estavam acostumados a usar suas energias em batalhas produtivas, achavam aquilo bizarro. Em Hichetu, eram as performances que recebiam elogios, não os resultados; com frequência, um perdedor com estilo mais chamativo era admirado.

— O que você esperava, que o progresso na corte fosse baseado em mérito? — disse o Senhor Wang, mordaz, quando Esen comentou o fato; depois, saiu caminhando sob seu guarda-sol com uma bebida na mão.

Ouyang, parado no meio do campo de competição com o sol forte do planalto incidindo no capacete, pensou que pela primeira vez o Senhor Wang exercia a atividade mais invejável. No perímetro do campo, nobres da corte relaxavam em pavilhões de seda, onde faziam apostas aos risos e eram servidos pelo bando de criados que traziam todo tipo de guloseimas peculiares demais para o paladar de Ouyang: lula desidratada, doce e apimentada, cozida com amêndoas; tâmaras fritas recheadas com arroz em xarope de osmanthus; chá salgado de manteiga de iaque; cestos com frutas tropicais de aparência alarmante vindas do extremo sul. Ele estava suado e irritado. Passara a manhã toda competindo em duelos de espada, e todos eles haviam transcorrido da mesma forma. Os oponentes, presumindo que estavam enfrentando alguém com a força de um rapazote (ou pior: de uma moça), atacavam e eram corrigidos. O estilo de Ouyang não era nem gracioso, nem artístico, o que desagradava o público. Era, porém, extremamente efetivo.

— O General Zhang Shide de Yangzhou é o próximo a duelar com o General Ouyang de Henan! — bradou um arauto, e o novo oponénte de Ouyang atravessou o campo até ele. Ele viu um nanren cuja beleza parecia desvinculada de seus traços específicos, que eram ordinários. Um rosto quadrado e uma testa larga; o resto já abatido. Mas havia uma emoção profunda na forma como as sombras caíam sob os olhos e ao redor dos cantos da boca. Mil expressões futuras aguardando para se formar.

— Será mesmo esta é a primeira vez que nos encontramos? — perguntou Ouyang, falando em han'er. A família Zhang, cujo império mercantil controlava o litoral e o Grande Canal que abastecia Cambalique com sal e grãos, era de tamanha importância para o Grande Yuan que Ouyang era há muito familiarizado com o nome e a personalidade do General Zhang. Era estranho perceber que o conhecimento não tinha qualquer base numa conexão verdadeira.

Por um breve instante, os olhos do General Zhang fitaram algo atrás de Ouyang como que surpresos, então a expressão desapareceu quando ele abriu um caloroso sorriso de saudação.

— É estranho, não é? Esta sensação de que já nos conhecemos. Quando soube que você estaria aqui em Liulin — ele usava o nome han'er de Hichetu —, ansiei por este encontro como se fosse rever um velho amigo. — Ele lançou um olhar irônico para a plateia. — Embora não tivesse exatamente essas circunstâncias em mente.

— Nunca subestime o apreço dos mongóis pela competição — disse Ouyang. — Dê a dois homens um pedaço de carne para cada e eles competirão para ver quem consegue terminar primeiro.

— E você compartilha desse apreço? — perguntou Zhang, intrigado.

Ouyang sorriu de leve.

— É certo que não gosto de perder.

— Isso não é exclusivo dos mongóis. Quando o Imperador me pediu para competir, sabe que não me senti qualificado? Considerei entregar uma das partidas para me livrar mais cedo. Infelizmente, meu orgulho me impediu de perder. Então agora aqui estamos nós. Os grandes defensores do Yuan, prestes a correr um atrás do outro ao meio-dia para o entretenimento das massas.

Eles prestaram suas reverências ao pavilhão imperial e se viraram para encarar um ao outro. Ouyang disse:

— Talvez seja uma coisa boa: se sabemos tão pouco um do outro agora, com certeza nos conheceremos muito bem depois.

— Podíamos ter feito o mesmo com uma boa refeição.

— Vendo quem termina primeiro?

Zhang riu.

— Ah, você tem o nome e o rosto de um de nós, mas vejo que é mesmo um mongol. Além do apreço por uma competição de comer carne, seu sotaque em han'er te entrega. Vamos lá?

Embora tivesse estatura apenas mediana, Zhang era maior que Ouyang e tinha a vantagem da experiência. No primeiro ataque, revelou um estilo caloroso e passional; possuía toda a sensibilidade e a arte ausentes no de Ouyang. A plateia vibrava, finalmente assistindo à performance que Ouyang lhes havia negado.

Bloqueando o contra-ataque de Ouyang, Zhang disse:

— Está mesmo assim tão desesperado para vencer e duelar com o Terceiro Príncipe?

— O Terceiro Príncipe? — O único príncipe real a sobreviver à infância, o Terceiro Príncipe era o filho da concubina mais poderosa e querida do grão-cã. Já com dezenove anos, o rapaz ainda não exibira nenhum sinal de ter recebido o poder do Mandato do Céu, requisito necessário para ser nomeado príncipe herdeiro.

— Não prestou atenção aos outros duelos? Ele lutará na final contra o vencedor deste combate. Mas devo dizer: suas habilidades são as que se esperaria de alguém que nunca tem a permissão de perder.

— Então será uma vitória fácil — disse Ouyang quando se separaram para se reposicionarem.

Zhang, que havia perdido o vigor de seu auge, estava um pouco ofegante.

— Talvez, mas decerto o vencedor deve se preocupar com a própria carreira. Você se importa tanto assim com os prêmios?

O futuro de Ouyang reservava mais preocupações do que sua carreira. Mesmo agora, ele estava estranhamente consciente do pavilhão imperial a chamá-lo como a beira de um precipício. Ele sabia que não era a hora certa de cutucar aquela ferida em particular. Porém, apesar de tudo, sabia que ainda o faria.

Fingindo leveza, ele disse:

— Isso quer dizer que você vai desistir?

— De forma alguma — respondeu Zhang, sorrindo. — Ficarei feliz em duelar com o Terceiro Príncipe. Não há mal algum em fazê-lo conhecer meu rosto. Vou apenas entregar o duelo. Graciosamente, é claro. Um rapaz gosta de ter suas habilidades reconhecidas.

— Um rapaz deve saber com franqueza como suas habilidades se comparam às dos outros — zombou Ouyang.

— Você realmente chegou tão longe em sua carreira sem precisar de bajulação?

— Com competência suficiente, não há necessidade de bajulação. — *Se ao menos o mundo todo funcionasse dessa forma.*

— *Aiya*, que bom que você acabou no exército. Você e eu somos homens simples. A política acabaria conosco. — Bem quando ele estava terminando, Ouyang viu uma abertura na defesa do outro e atacou, arremessando o general para trás.

— Vejo que não reconhece minhas habilidades — lamentou Zhang, no chão.

Ouyang o levantou.

— Você já sabe como seus talentos são bons! Não precisa de minha bajulação.

Zhang espanou a poeira das roupas. Ouyang viu que ele estava refletindo se oferecia ou não um conselho. No fim, tudo o que ele disse foi:

— Boa sorte, general. — E deixou o campo com um sorriso de despedida.

— O Terceiro Príncipe! — anunciou o arauto. Um belo rapaz mongol de rosto largo caminhou até o campo. As pedrarias em suas tranças eram de lápis-lazúli e prata, combinando com os brincos e com a armadura.

— General Ouyang — cumprimentou o Terceiro Príncipe. Apesar de estar prestes a entrar na idade adulta e ter um corpo de guerreiro bem desenvolvido, similar ao de Esen, sua postura continha uma vulnerabilidade parcamente mascarada que fez Ouyang pensar em alguém muito mais jovem. O Terceiro Príncipe examinou Ouyang com um interesse perverso, como que instigado pela própria repulsa ao conhecer algo novo e anormal.

— Gostaria de descansar por um momento antes de nosso duelo?

Ouyang sentiu a pele pinicar sob o escrutínio do Príncipe. Fez questão de não baixar os olhos; assim, quando o rapaz chegou ao seu rosto, levou um susto. Ouyang conhecia aquela surpresa: era a de alguém que havia esquecido que o rosto de Ouyang escondia um homem, com os pensamentos e a experiência de um homem.

— Vossa Alteza. É uma honra para este servo indigno competir com o Príncipe. Por favor, vamos prosseguir.

O Terceiro Príncipe ergueu a espada. Podia lembrar Esen fisicamente, mas sua postura era completamente diferente: era tão elegante quanto inútil.

— Então vamos começar.

Ouyang atacou. Um golpe rápido e irritadiço, como o que daria em uma mosca. O Terceiro Príncipe caiu na lama. Mesmo diante do rapaz esparramado no chão, Ouyang já havia se esquecido dele. O Terceiro Príncipe não significava nada, nem como ameaça nem como oportunidade, assim como aquela vitória não era nada além de uma oportunidade que ele sabia que era melhor ignorar. Uma sensação misteriosa crescia dentro dele. O coração pulsava com força; a dor o impelia a agir. *Quero ver o rosto de meu destino.* A multidão vibrava.

— Que o vencedor se aproxime do grão-cã!

Ouyang aproximou-se do pavilhão imperial e ajoelhou-se. Sentia-se oprimido por aquele sentimento terrível e indecifrável. Talvez fosse sua vida inteira condensada numa única emoção. Ele levou a testa à grama gasta três vezes. Depois, finalmente, ergueu os olhos para o grão-cã. Contemplou aquela figura dourada no trono, e o mundo parou. Ali, a menos de vinte passos de distância, estava o homem que matara seu pai. O homem que ordenara ao Príncipe de Henan o extermínio de todos os homens da família Ouyang até o nono grau, acabando para sempre com a linhagem. Ouyang encarou aquele rosto ordinário e viu seu destino, e sentiu aquela emoção opaca inchar até não haver mais nada dentro de si. O grão-cã era seu destino e seu fim. Pensar naquele fim lhe trouxe uma explosão de alívio. Depois de tudo, aquele seria o momento em que tudo acabaria.

Pontos negros salpicaram sua visão. Ele voltou a si, arfando; durante todo aquele tempo, não havia respirado. Estava tremendo. O que o grão-cã pensava a seu respeito, trêmulo lá embaixo? Será que olhava para ele e sentia seu destino, assim como Ouyang sentia o próprio?

Ouyang não fazia ideia de como seria capaz de falar, mas falou mesmo assim.

— Dez mil anos ao grão-cã!

Houve um longo silêncio lá em cima. Bem mais longo do que Ouyang esperava, chegando a ser perturbador. A multidão murmurava.

— Levante-se — disse o grão-cã. Quando Ouyang voltou a se apoiar nos calcanhares, ficou desconcertado ao se deparar com o grão-cã encarando algo atrás dele. Por um momento, Ouyang foi possuído pela ideia louca de que, se virasse a cabeça rápido o bastante, talvez pudesse de fato *ver* alguma coisa: o miasma de suas emoções, lançando uma sombra trêmula sobre a grama. Parecendo se dirigir a quem quer que estivesse o mantendo hipnotizado, o grão-cã disse, distante:

— Qual seria o nome honrado deste general?

Ouyang percebeu que não estava mais tremendo como se tivesse chegado aos estágios finais da morte por hipotermia.

— Grão-cã, o nome de família deste servo indigno é Ouyang.

O grão-cã levou um susto e olhou para Ouyang pela primeira vez.

— Um Ouyang de Henan? — Ele cerrou a mão no braço da cadeira, e uma débil chama azul escapou de seus dedos. Parecia completamente involuntária. Será que estava apenas se lembrando ou fora outra coisa que o perturbara? De repente, Ouyang teve a terrível sensação de que havia algo além de seu entendimento em ação. Que, de alguma forma, havia cometido um erro terrível...

Mas então o grão-cã se desvencilhou do que quer que o estivesse assombrando. Forçadamente, ele disse:

— As habilidades deste general são excepcionais. Você leva a maior das honras a seu mestre, o Príncipe de Henan. Por favor, continue a servi-lo com lealdade e destreza. — Ele acenou para um criado. — Recompense-o!

Os criados surgiram com caixas carregadas em almofadas ricamente bordadas. Uma fortuna equivalente aos espólios de uma campanha vitoriosa, até duas.

A guinada de desastre iminente para sucesso deixou Ouyang eufórico. Ao tocar a testa na grama, sua mente já imaginava a próxima vez que se encontrariam.

— O grão-cã é generoso. Dez mil anos ao grão-cã! Dez mil anos!

Ele ainda podia sentir o olhar do grão-cã em si enquanto se afastava.

As competições do dia deram lugar aos entretenimentos do entardecer. Os banquetes e a bebedeira haviam começado fazia horas, e o ar estava carregado do aroma de cordeiro assado na pedra. Centenas de mesas haviam sido dispostas sobre a grama, e os adornos de mesa incrustados com pérolas cintilavam à luz de pequenos lampiões. Acima, dosséis de seda balançavam ao vento noturno, as faces inferiores refletindo o brilho das enormes lanternas apoiadas em tripés ao redor do espaço. Ouyang estava sentado ao lado do General Zhang, com várias jarras vazias de vinho entre os dois, observando a fila de dignatários que levavam presentes até a mesa elevada à qual estava sentado o grão-cã, acompanhado da Imperatriz, do Terceiro Príncipe e do grande conselheiro.

Zhang observou:

— Uma das cortes do inferno deve ser reservada para este tipo de tédio. — Ele parecia naturalmente masculino em uma túnica de brocado Pingjiang decadente, mas, com o passar da noite, seu elegante coque havia começado a se afrouxar.

— Só beba mais. — Ouyang serviu-lhe outra taça. Quanto mais bêbado ficava, mais se assustava com o som da própria voz distante falando em han'er. Era como perceber aos poucos que havia alguém dentro de seu corpo capaz de falar e de pensar em uma língua diferente.

— Vocês mongóis bebem mais do que eu seria capaz de imaginar.

Ouyang debochou:

— Isso não é nada. A próxima semana inteira será de bebedeira; é melhor ir se preparando.

— Posso apenas me preparar para aguentar — lamentou Zhang. Ouyang se perguntou se as próprias bochechas tinham a mesma vermelhidão febril que as de Zhang. Comparados aos mongóis, os nanren não toleravam nada de álcool. Zhang lançou um olhar para o trono e perguntou:

— Foi difícil para você conhecer o Imperador?

Ouyang estava tão entorpecido que nem sequer precisou reprimir um tremor.

— Por quê? Por conta de minha lamentável origem? — Ele entornou a bebida e esperou que Zhang lhe servisse outra. — Isso é tudo passado. Nunca penso nela.

Zhang o examinou. A luz instável das lanternas dava a seu grampo de cabelo dourado um brilho mais impressionante do que às pedrarias douradas no cabelo do próprio grão-cã, e produzia sombras profundas nos nobres vincos de sua testa. Que expressão era aquela? Ouyang podia estar bêbado, mas sabia por experiência que podia estar completamente desmaiado e ainda assim manter o rosto inexpressivo intacto. Agora, porém, ele tinha a sensação velada de que Zhang percebia, de algum jeito bastante específico, que ele estava mentindo. Mas talvez Zhang tenha decidido se apiedar dele, porque, no fim das contas, tudo que disse foi:

— E o Terceiro Príncipe? Não tem medo de que ele pense mal de você?

Ouyang relaxou; aquele era um território mais seguro.

— Que pense. Não me importa.

— Não apenas de você, mas também do Príncipe de Henan e seu Senhor Esen. E quando eles desejarem avançar para além da região, até a corte de Dadu?

O estranho nome em han'er para Cambalique provocou em Ouyang uma sensação desconcertante, como se ele e Zhang fossem habitantes de mundos diferentes que haviam esbarrado um com o outro no misterioso espaço entre os dois.

— Esen jamais se adaptaria à corte — respondeu ele, sentindo uma tristeza profética.

— Está claro que você também não. E se você voltar a encontrar o Terceiro Príncipe no ano que vem?

O grupo seguinte de nobres se aproximou do trono, executou suas reverências e ofereceu seus presentes. O corpo inteiro de Ouyang estava quente do vinho. Apesar da insistência constante de Esen, ele em geral bebia com moderação. Naquela noite, porém, fora tomado pela consciência do que o dia seguinte traria. Atarantado, pensou: *eu devo sofrer.*

— Esta é a primeira vez que venho a uma dessas coisas em sete anos — disse ele. — Estamos sempre em campanha na primavera. Não está nos meus planos retornar.

— Nunca mais? Decerto algum dia você vai derrotar os rebeldes. Encerrar a guerra.

— Você acredita nisso? Que um dia ficaremos sem trabalho, por causa da paz? — Ouyang conseguia imaginar a morte do grão-cã, mas não conseguia imaginar o fim de um império. Nem conseguia verdadeiramente imaginar seu retorno à estabilidade. A imaginação era, afinal, movida pelo apego ao resultado.

— *Você* pode se deixar sem trabalho — disse Zhang. — Mas o que é a paz para os comerciantes? Já que a força motriz do comércio é apenas sua expansão, o trabalho de seu general nunca acaba. Servirei à ambição de quem sigo até a morte.

— A de seu irmão?

— Ah, eu pensava que você nos conhecia muito bem. Não confia nos relatórios que recebe de meu irmão? *Ele* não tem qualquer ambição. Venha nos visitar um dia e verá. Mas dizer que não temos nenhuma ambição também seria errado.

— Ah — disse Ouyang, devagar. — Madame Zhang.

Zhang sorriu.

— Não acredita que uma mulher seja capaz de comandar um negócio?

Esen frequentemente atribuía às esposas uma competência que Ouyang nunca testemunhara, em cuja existência não acreditava de fato. Homens completos tinham uma opinião enviesada das mulheres, embora sempre insistissem que seu ponto de vista era um fato objetivo. Diplomático, Ouyang disse:

— Você é modesto demais. Está desmerecendo suas próprias contribuições.

— De forma alguma. Sou um general como você. Você segue as ordens de seu mestre, Senhor Esen; eu sigo as ordens da minha. Sei de meus próprios talentos dentro de meu domínio, mas também sei que tenho pouca visão quando se trata de comércio. É à ambição dela que servimos, e foi por decisão dela que juramos lealdade a vocês. Aqueles que a subestimam tendem a se arrepender disso.

Havia um tom particular na voz de Zhang quando ele falava de Madame Zhang, mas decifrá-lo parecia exigir esforço demais. Em vez disso, Ouyang encheu as taças de ambos.

— Então nossa parceria é sólida: dentro do vasto Grande Yuan, que suas empreitadas comerciais sejam bem-sucedidas.

Zhang ergueu sua taça. Por um instante, ele fixou os olhos para além de Ouyang, interessado no espaço vazio entre as mesas. Desta vez, Ouyang conhecia aquela expressão. Era a mesma que fora ostentada pelo grão-cã e, assim que Ouyang a reconheceu, foi tomado pelo horror frio e agudo de estar sendo observado por trás. Todos os pelos em sua nuca se arrepiaram. Embora *soubesse* que não havia nada ali, ainda estremecia com o ímpeto de se virar e lutar.

Então a luz mudou e o pavor se dissipou. Do lado oposto da mesa, Zhang sorria para ele.

— Um brinde.

Eles beberam, observando o Governador Militar Bolud de Shanxi se aproximar da mesa do grão-cã. Estava acompanhado dos filhos. Altan, sendo o mais novo, vinha por último.

— Parece que aquele menino quer causar uma boa impressão — disse Zhang, referindo-se à grande caixa coberta carregada por quatro criados ao lado de Altan.

— Seria melhor se ele tivesse concentrado os esforços em agradar o general dele — comentou Ouyang. Ele tinha consciência de que revelava uma irritação deveras indigna de um general em relação a um homem de posição inferior, mas tinha dificuldade em se importar: — Não o suporto. Infelizmente, o Príncipe de Henan acredita que precisamos do apoio de Bolud para subjugar os Turbantes Vermelhos. Mas a única coisa que Bolud fornece são soldados! Sempre se pode encontrar soldados em outro lugar, não é?

— E, como a Imperatriz já não tem a popularidade de antes, Bolud não é mais peixe grande — observou Zhang.

Diante da mesa elevada, Altan gesticulou para seus criados, que desvelaram a caixa. Mesmo naquele espaço tumultuado de bêbados, a revelação de seu conteúdo provocou suspiros repentinos de espanto, seguidos de silêncio.

A caixa era uma jaula que continha um belíssimo guepardo de caça. Sendo um dos presentes mais raros e cobiçados, sua aquisição devia ter exigido grande esforço, durante um longuíssimo tempo. Seu custo era inestimável.

Estava morto.

O grão-cã recuou. Com uma carranca furiosa, ele se levantou e urrou:

— Que espécie de insulto é esse?

Todos os presentes conheciam o insulto: um animal morto representava o desejo do mesmo destino para o grão-cã. Era uma traição das mais grosseiras.

Altan, que vinha encarando a jaula de queixo caído e rosto empalidecido, pôs-se de joelhos e começou a clamar sua inocência, aos prantos. Seu pai e seus irmãos se jogaram ao chão ao seu lado e começaram a gritar um por cima do outro. O grão-cã se assomava sobre eles, encarando-os com uma fúria mortal.

Zhang disse:

— Por essa eu não esperava.

Ouyang se viu aos risos. Até para si mesmo soava histérico. Uma parte distante de si, a parte que nunca adormecia não importava o quanto bebesse, percebeu que ele havia acabado de receber um presente inesperado. Em voz alta, ele disse:

— Ah, aquele miserável tem meu respeito.

— O quê?

— Não sou o único que não gosta de Altan.

O grão-cã gritou outra vez:

— Quem é o responsável por isto?

Bolud, que havia se curvado até a cabeça estar quase aos pés do grão-cã, clamou:

— Perdoe-me, grão-cã! Não tive qualquer envolvimento nisto. Não sei de coisa alguma!

— Como pode o erro do filho não ser também o erro do pai!

De repente, a Imperatriz se levantou, os adornos aurirrubro balançando e cintilando. De todas as esposas do grão-cã, ela era a única que usava o chapéu mongol tradicional. A longa coluna do adereço erguia-se sob a luz da lanterna, lançando sombras dançantes conforme a mulher se movia, trêmula. Ela clamou:

— Grão-cã! Esta mulher inútil suplica o perdão de meu pai. Por favor, acredite que ele não teve nenhum envolvimento nisto. Foi o menino quem errou. Por favor, que sua punição seja destinada apenas a ele!

Ajoelhado e trêmulo aos pés do grão-cã, Altan parecia pequeno e patético: um menino abandonado pela família.

O Terceiro Príncipe observava a Imperatriz com um leve sorriso. É claro que ele não tinha qualquer afeto pela mulher que poderia gerar um filho favorecido pelo Céu que o depusesse.

Ao ver a expressão do Terceiro Príncipe, Zhang disse:

— Ele?

Ouyang recostou a cabeça na cadeira. Seu prazer diante da utilidade do ocorrido estava mesclado a uma terrível tristeza. O espaço coberto brilhava e vibrava ao seu redor. Um mundo do qual não fazia parte, no qual estava apenas de passagem, a caminho de seu destino sombrio. Ele respondeu:

— Não.

— Levem-no! — vociferou o grão-cã. Dois guarda-costas avançaram e ergueram Altan pelos cotovelos. — Pelo mais grave insulto ao Filho do Céu, nós te sentenciamos ao exílio!

Altan foi arrastado para longe, inerte de choque.

Do outro lado das mesas cintilantes, Ouyang viu o Senhor Wang assistindo à cena com satisfação, seus olhos de gato sonolentos e entretidos.

— Isto — disse Chaghan. — Isto é obra sua, Wang Baoxiang!

Mesmo, dentro do *ger* do pai, Esen podia ouvir a comoção das pessoas correndo de *ger* para *ger* a fim de discutir os eventos da noite. Ao atravessar o acampamento, Esen viu que a família de Bolud já havia recolhido suas coisas e desaparecido: restaram apenas os círculos achatados na grama.

Chaghan assomava-se sobre Baoxiang, as lanternas balançando como que sopradas pela força de sua fúria. O Príncipe tinha a mesma altura do filho adotivo, mas sua largura, sua barba e suas tranças eriçadas faziam com que parecesse muito maior.

Esen estremeceu quando Baoxiang fitou os olhos do pai, insolente. Assim como Chaghan, Esen soubera instantaneamente quem fora responsável pela derrocada do contingente de Shanxi. Ao menos Baoxiang havia respondido ao insulto, como um homem devia fazer. Por outro lado, aquele fora um ataque mesquinho: a resposta de um covarde. Esen sentiu uma onda familiar de frustração. Por que Baoxiang não podia simplesmente cooperar e fazer o que se esperava dele? Esen podia ter vocação para seu trabalho, mas não era como se nunca tivesse passado por dificuldades ou feito sacrifícios pessoais para atender às expectativas do pai. Era o que um filho *fazia*. Mas Baoxiang se recusava. Era egoísta, teimoso e, para Esen, impossível de entender.

Baoxiang disse:

— O senhor sequer tem motivos para pensar que fui eu, pai?

— Diga-me que não foi.

Baoxiang abriu um sorriso debochado. Debaixo da arrogância, porém, havia um quê de mágoa.

— Seu ovo egoísta! Como ousa colocar sua vingança mesquinha acima das preocupações de todos nesta família? Se Bolud descobrir...

— O senhor deveria estar me agradecendo! Se parasse para pensar por um segundo, talvez percebesse que, agora que Bolud perdeu a influência na corte, o senhor finalmente tem a oportunidade de se impor!

— Agradecê-lo! Como pode ter a petulância de dizer que fez isso por *nós*? Sem o apoio de Bolud, tudo pelo que lutamos será perdido! Nossa família será arruinada! É tão fácil assim para você cuspir nos túmulos de seus ancestrais?

— *O senhor não precisa de Bolud* — gritou Baoxiang. — Já não fiz tudo para ajudá-lo a se libertar dessa dependência? Pare de achar que precisa daquele palhaço e crie coragem para tomar o poder para si! Acha que ele irá até o senhor se ficar esperando?

— Você me ajudou? — A voz de Chaghan poderia ter derretido o aço de uma espada.

Baoxiang soltou um riso frágil.

— Ah. Surpresa. O senhor não faz ideia do que venho fazendo em seu benefício esse tempo todo. O senhor nem sequer se importa o bastante para saber! Não percebe que eu sou a única razão de o senhor ainda ter uma propriedade? Sem as estradas, a irrigação e a coleta de impostos, o senhor acha que sequer teria os recursos para continuar servindo ao grão-cã? Seu único valor para ele está em seu exército, e o senhor nem *sequer teria um exército*. O senhor não passaria de um provinciano fracassado cujas terras estão sendo devoradas pelos rebeldes de um lado e por Bolud do outro!

Esen sentiu uma pontada de vergonha em nome de Baoxiang. Será que ele não via o quanto prejudicava a própria imagem tentar igualar o trabalho que Esen e Ouyang faziam, e que Chaghan fizera antes deles, com as tarefas burocráticas que ocupavam os dias de Baoxiang?

Chaghan vociferou:

— Ouça o que está dizendo. *Irrigação*. Somos mongóis! Não *plantamos*. Não cavamos fossos. Nossos exércitos são o braço do grão-cã no sul, e, enquanto o Grande Yuan existir, nossa família o defenderá com honra e glória.

— O senhor realmente acredita na idiotice que sai de sua boca? — debochou Baoxiang. — Talvez eu não tenha sido claro o bastante. Sem mim, Henan já teria caído, com ou sem o apoio de Bolud. Os rebeldes prometem a seus seguidores tudo que não conseguimos lhes dar. Então, se seus camponeses ficarem sem comida e seus soldados sem pagamento, não pense que eles serão leais ao senhor, ou aos mongóis, ou ao Grande Yuan. Eles se juntariam aos rebeldes sem hesitar. A única razão pela qual não o fazem é porque *eu* governo, recolho impostos e administro. Pago seus salários e salvo suas famílias de desastres. *Eu sou o Yuan*. Eu o mantenho mais do que o senhor jamais manterá com a força bruta de suas espadas. Mas, em seus corações, vocês ainda pensam em mim como inútil, não é?

— Como ousa sequer sugerir que o Grande Yuan poderia cair!

— Todos os impérios caem. E, se o nosso cair, o que acontecerá com o *senhor*, pai, sendo mongol?

— E você? De que lado estará? É um manji ou um mongol? Dediquei minha vida a criá-lo como um de nós, mas você seria capaz de virar as costas e se juntar ao povo de seu pai bastardo?

Baoxiang recuou.

— Meu pai bastardo? — sibilou ele. — Meu pai de sangue? Suas palavras o contradizem, *Chaghan*. Você nunca me criou como um dos seus. Você nunca me aceitou pelo que sou; nunca nem sequer viu tudo que fiz por você, tudo porque não sou como meu irmão!

— Sua escória manji, com sangue de cachorros! Covarde e fraco. Ninguém te quer. *Eu* não te quero. — Chaghan atravessou a sala e deu um tapa em Baoxiang, que caiu. Depois de um momento, ele se levantou devagar, apoiado nos joelhos, e tocou o canto da boca. Chaghan tirou a espada de seu suporte e a desembainhou.

O instinto de guerreiro de Esen percebeu a intenção de Chaghan. Apesar de suas frustrações com Baoxiang, não podia conceber que seu irmão frustrante, impossível e teimoso como um touro fosse apagado.

— Pai! — gritou ele.

Chaghan ignorou-o. Tomado por tanta fúria que a lâmina nua tremia à luz do lampião, ele disse para Baoxiang:

— Vou decepar sua cabeça traidora. A morte de um verdadeiro mongol é boa demais para você.

No chão, Baoxiang ergueu os olhos. Sangue escorria de sua boca; seu rosto estava retorcido de ódio.

— Então vá em frente. Vá!

Chaghan rosnou. A espada rasgou o ar, mas não desceu: Esen havia se lançado através do *ger* e agarrado o punho do pai.

— Como ousa! — bradou Chaghan, puxando o braço para se livrar da mão de Esen.

— Pai! — Esen exclamou outra vez, aplicando tanta força quanto ousava. Ele sabia que, no momento em que o soltasse, Baoxiang estaria morto. Ele podia ter uivado de frustração. Mesmo ao resistir à morte, Baoxiang causava problemas. — Eu lhe suplico, poupe-o. — Os ossos do punho do pai estalaram sob sua mão, até que, com um suspiro, Chaghan soltou a espada.

Retraindo a mão, a expressão de pura fúria de Chaghan passou por Esen e pousou com finalidade em Baoxiang. Por um momento, ele pareceu incapaz de falar. Então disse, com uma voz baixa, sinistra e sufocada:

— Maldito dia em que o levei para casa. Seu manji bastardo de dezoito gerações de ancestrais amaldiçoados. Nunca mais apareça na minha frente!

Foi apenas depois de muito tempo após a saída de Chaghan que Baoxiang descerrou os punhos. Com a firmeza traída por um leve tremor, ele tirou um lenço da manga e limpou a boca. Quando terminou, ergueu os olhos e abriu um sorriso amargo para Esen.

Esen se viu sem nada a dizer. Até aquele momento, ele havia genuinamente acreditado que, se Baoxiang ao menos *tentasse*, ainda poderia ser o filho que Chaghan desejava. Agora, porém, sabia que isso sempre fora impossível.

Como que lendo sua mente, Baoxiang simplesmente disse:

— Viu só?

Os *gers* brilhavam com a luz prateada do luar. Os fios de fumaça que saíam de seus vértices serpenteavam no ar como rios celestiais. Ouyang atravessou o campo até o ponto onde os cavalos do Príncipe de Henan estavam amarrados com longas cordas a uma linha elevada que se estendia entre dois postes altos. Uma única figura estava parada na metade do caminho da linha, com as grandes sombras dos cavalos reunidas perto dela.

Esen não olhou ao redor quando Ouyang se aproximou. Ele estava afagando o focinho de seu cavalo preferido, um alto e castanho que parecia preto à luz da Lua. O cavalo moveu as orelhas, reconhecendo o som, não exatamente na direção de Ouyang. Não para Ouyang em si, pensou ele, desconfortável, mas para o que quer que seguisse em seu encalço, invisível. Sua própria égua estava presa alguns cavalos adiante. Quando ela notou Ouyang, arrastou a corda ao longo da linha, juntando todas as cordas no caminho num emaranhado que faria os cavalariços o xingarem de manhã, e o cutucou com o focinho.

Os ombros de Esen estavam tensos de sofrimento. Era fácil perceber que tipo de encontro ele e o Senhor Wang haviam acabado de ter com Chaghan. Ao fitar o perfil altivo de Esen, tudo que Ouyang queria fazer por um momento era aplacar seu desalento. Ouyang sentiu dor em si mesmo ao ver Esen sofrendo, e tentou imaginá-la multiplicada por cem, mil, dez mil. Não conseguiu. Pensou: *ainda estou bêbado*.

Ele disse:

— Seu pai e o Senhor Wang. Como foi?

Esen suspirou. Sua impetuosidade havia se esvaído. Aquilo fez Ouyang pensar no momento em que alguém vai até uma fogueira pela manhã e, em vez de brasa, encontra apenas frias pedras cinzentas. A imagem o encheu de pesar.

— Então você sabe. É claro que sabe. E os outros?

— Não sabem, mas suspeitam. Estariam errados?

Esen virou o rosto. Olhando para a égua de Ouyang, ele perguntou:

— Que nome deu a ela?

— Ela não tem nome. — Ouyang afagou o focinho da égua. — Faria alguma diferença na forma como ela me serve?

Esen soltou um riso triste.

— Não acha isso frio demais?

— Sua espada tem nome? Homens se apegam demais a seus cavalos. Estamos em guerra; eles vão morrer mais cedo do que imaginamos.

— Vejo que estima muito meu presente — debochou Esen.

Apesar de suas preocupações, Ouyang sorriu.

— Ela tem sido um belo presente. Estimo mais aquele que me presenteou.

— É normal as pessoas se apegarem a cavalos. A outras pessoas. — Esen suspirou outra vez. — Mas você não. Você sempre afasta todos. O que vê nela, na solidão? Eu jamais a suportaria. — O cheiro dos animais subiu ao redor deles. Depois de um longo momento, Esen disse: — Meu pai o teria matado, se eu não estivesse lá.

Ouyang sabia que era verdade, assim como sabia que não havia um mundo em que Esen poderia ter deixado aquilo acontecer. O pensamento atravessou-o com uma sensação que misturava doçura, anseio e dor.

— Eu não acreditava — disse Esen. — Antes. Eu achava... achava que talvez eles só tivessem suas diferenças. Achava que era possível as conciliar.

Aquela era a pureza que Ouyang queria proteger para sempre. O grande coração de Esen e sua crença simples e inabalável em todos. Ele se forçou a dizer:

— Você precisa ter cuidado com Wang Baoxiang.

Esen enrijeceu.

— Até você? Pensa o mesmo dele?

— Ele acabou de destruir o irmão da Imperatriz. A troco de quê? Alguns insultos? Algumas poucas casas que o pai tirou dele? Faz você imaginar do que mais ele é capaz. — Ouyang teve o pensamento doloroso de que Esen era como um bichinho de estimação que olharia para seu dono com amor e devoção e tentaria lambê-lo e balançar a cauda, mesmo que seu pescoço estivesse sendo torcido. Com dor, ele disse: — Você confia demais. Eu o admiro por isso. Por preferir se aproximar das pessoas em vez de afastá-las. Mas vai acabar se machucando. Você levaria uma raposa machucada para casa sem esperar uma mordida? A pior injúria que se pode fazer a um homem é humilhá-lo. Ele jamais a esquecerá. E Wang Baoxiang foi humilhado.

Esen disse:

— Baoxiang é meu irmão!

Devagar, Ouyang continuou coçando os nós da pelagem de inverno que se soltavam do pescoço do cavalo.

Esen falou outra vez, mais baixo:

— Ele é meu irmão.

Os dois permaneceram um longo tempo sob o luar sem dizer nada, suas sombras se estendendo sobre o mar de grama prateada.

O dia da caçada amanheceu quente e bonito. Nuvens de um amarelo pálido rasgavam o céu como flâmulas. Criados a pé iam adiante em meio à grama alta, batendo tambores para dar início ao jogo. Os nobres vinham logo atrás. A visão de centenas de homens e mulheres a cavalo cobrindo a planície com todas as cores de um campo de flores era um dos mais belos espetáculos do império. Deveria ter sido o suficiente para melhorar o ânimo de qualquer um, mas o de Ouyang estava irremediavelmente sombrio. Sua ressaca era como justiça. Ao mesmo tempo, a situação parecia irreal. Depois de tanto tempo, nem parecia que o momento finalmente chegara.

Esen cavalgava com uma expressão de alegria forçada. Seu pássaro preferido, uma águia-real fêmea com garras afiadas tão grandes quanto os punhos de Ouyang, estava empoleirada na cabeça de sua sela. Esen afagava suas costas, distraído. O animal era mais querido por ele do que qualquer uma de suas filhas humanas, e Ouyang pensava que era o único ser vivo do palácio de que Esen sentia falta enquanto estavam em campanha.

— Por que tão amuado, meu general? Hoje cavalgamos por prazer. Não é sempre que o fazemos, então devemos aproveitar.

Os criados haviam sido desleixados com as tranças dele; elas já estavam se desfazendo, com fios balançando na brisa. Ouyang conseguia perceber que ele estava determinado a não pensar no conflito entre o Príncipe de Henan e

ELA SE TORNOU O SOL 207

o Senhor Wang, em grande parte obtendo sucesso. Esen sempre fora bom em separar as coisas. Era um talento que Ouyang parecia ter perdido. Depois de uma vida mantendo partes de si separadas, agora todas sangravam uma na outra numa hemorragia inestancável.

A comitiva pessoal do grão-cã estava adiante a certa distância, dirigindo-se para as colinas rochosas onde se podia encontrar tigres. Ouyang mal conseguia discernir o grão-cã, resplandecente em um casaco de pele de leopardo-das-neves. Chaghan, beneficiando-se da ausência de Bolud, cavalgava a seu lado. Conforme pedia a ocasião, o Príncipe de Henan vestia o tipo de traje extravagante da corte que em geral desprezava, e montava um magnífico jovem cavalo. Diferente dos resistentes cavalos mongóis que eram treinados para tolerar as caças a lobos, ursos e tigres praticadas pelos mongóis, o novo animal de Chaghan era uma das cobiçadas raças ocidentais conhecidas como cavalos-dragões por sua velocidade e sua beleza. Delicados e temperamentais, eram péssimas escolhas para uma caçada, mas Ouyang entendia a lógica de Chaghan: o animal fora parte da recompensa do grão-cã por seus esforços contra os rebeldes. Era bom apreciar o gosto de seu soberano.

As colinas eram secas e cheias de curvas. Trajetos se retorciam ao longo das beiras das fendas e corriam sob as faces dos penhascos. Árvores corcundas pendiam nas fissuras de rochas do tamanho de casas, adornadas com fitas aqui e ali, que representavam as preces de boa sorte de comitivas de caça de anos anteriores. A grande massa da comitiva de caça se dissipou gradualmente à medida que pares e grupos se dispersavam para perseguir as presas de sua preferência. Ouyang, que tinha a própria presa em mente, disse:

— Meu senhor, vi um íbex; vou por este caminho.

Era a primeira vez que mentia para Esen.

— Tem certeza? — perguntou Esen, surpreso. — Não o vi. Mas, se tem certeza, vamos pegá-lo rápido. Depois podemos nos juntar novamente ao grão-cã para a caça ao tigre.

Ouyang balançou a cabeça.

— Não perca seu tempo comigo. Melhor se juntar ao grão-cã e deixar que ele veja suas habilidades. — Ele conseguiu abrir um sorriso debochado. — Os outros só estão acostumados a atirar em alvos estáticos, então tenho certeza de que o senhor se sairá bem. Eu o encontrarei no pico quando pararmos para o almoço.

Ele incitou a égua, que se pôs em movimento antes que Esen pudesse argumentar. Assim que estava fora de vista, Ouyang parou e soltou as rédeas. O pequeno gesto parecia carregado de expectativa, como a do momento entre o urrar de um insulto a um oponente e a espera por sua reação. Ele não tinha dúvidas de que o destino responderia. O destino tecia o padrão do mundo, e Ouyang não era nada além de um fio que unia um início a um fim.

Por um momento, sua égua ficou parada. Então suas orelhas se retesaram naquele gesto familiar de reconhecimento e ela começou a se mover continuamente ao longo da trilha, em direção ao terreno mais elevado que a presa preferia. *Como que conduzida.* Ouyang sentiu um arrepio ao pensar em quais guias invisíveis ela poderia estar seguindo. O caminho era silencioso, exceto pelo som dos cascos da égua sobre o chão duro e o canto dos papa-figos. O cheiro de rocha aquecida e de terra se erguia ao redor dele, permeado pelo aroma mais intenso de pinheiros e de zimbros. Ele sentia como se estivesse em dois lugares ao mesmo tempo, mas apenas de forma tênue. Ali — tão livre e solitário como sempre fora — e também no futuro, já visualizando o que aconteceria.

Conforme ganhava altura, as árvores minguavam. Ele apeou da égua para caminhar e vasculhou os arredores. Constatou sem surpresa que era a localização perfeita para encontrar um lobo. Então, ao vislumbrar uma túnica vermelho-cereja familiar pendurada num galho mais baixo no caminho, um alvo perfeito para todos os predadores na área, ele acrescentou mentalmente: *ou para um lobo te encontrar.* O Senhor Wang estava sentado em uma rocha com vista para o horizonte, lendo, com o cavalo amarrado a seu lado. A julgar por seu ar absorto, Ouyang imaginou que ele já estava ali havia um tempo: devia ter abandonado a caçada mais cedo e ido até lá para um pouco de solidão.

Um arrepio atravessou a paisagem. Era uma ausência: os papa-figos haviam parado de cantar. A égua de Ouyang estremeceu também, agitando as orelhas, embora fosse muito bem treinada para fazer algum ruído. Era exatamente o que Ouyang vinha procurando, mas isso só o afundou em amargura. Era tudo perfeito demais: tudo de que precisava, entregue de bandeja. Era perfeito porque seu destino era inescapável, e aconteceria não importava o que ele pensasse, sentisse ou fizesse.

O Senhor Wang, alheio, ainda lia lá embaixo. Ouyang sentiu uma curiosidade perversa de saber quanto tempo levaria para o homem notar o perigo em que se encontrava. *Se é que vai notar.*

No fim, foi o cavalo do Senhor Wang quem notou. Soltou-se da corda, relinchando, e disparou pelo caminho. O Senhor Wang ergueu os olhos, assustado, depois se pôs de pé num salto. Corpos furtivos fluíam sobre o chão pedregoso como sombras de nuvens, emergindo detrás das rochas e para fora das ravinas, arrebatando o caminho atrás do cavalo do Senhor Wang. *Lobos.*

Um lobo separou-se da matilha e moveu-se na direção do Senhor Wang com as longas patas. Seus movimentos eram lentos e deliberados: um predador confiante de seu sucesso. O Senhor Wang fez um gesto interrompido; Ouyang viu o horror atravessar seu rosto ao perceber que seu arco estava amarrado à sua sela. Um olhar rápido atrás de si mostrou-lhe o que Ouyang já sabia: não havia para onde correr. A bela vista que ele havia escolhido o deixara preso.

— Então tente! — O Senhor Wang gritou para o lobo. O medo fizera sua voz subir um oitavo. — Acha que não consigo te derrubar? — Apesar do mau humor, Ouyang quase riu quando o Senhor Wang arremessou seu livro no lobo. O animal desviou com agilidade e avançou, com a cauda baixa e os músculos do ombro saltados. Ouyang armou seu arco.

O lobo saltou: um borrão agressivo e violento que desabou na terra a poucos centímetros dos pés do Senhor Wang, com a flecha de Ouyang enterrada na lateral.

O Senhor Wang ergueu os olhos abruptamente. Seu rosto pálido estava retorcido em uma expressão violenta de humilhação.

— General Ouyang. Não poderia ter feito isso mais cedo?

— Meu senhor não deveria estar grato por eu não ter simplesmente ficado parado, assistindo à cena? — disse Ouyang, sentindo-se ousado com o fatalismo. Ele apeou e desceu o declive até o lugar onde o Senhor Wang estava. Ignorou o homem e ergueu o cadáver surpreendentemente pesado, depois cambaleou para trás e o jogou sobre a cernelha da égua. Ela achatou as orelhas e mostrou a esclera dos olhos, mas, à maneira destemida dos melhores cavalos mongóis, manteve-se firme quando ele saltou de volta para a sela.

Ouyang estendeu a mão para o Senhor Wang.

— Por que não o levo de volta para o Príncipe, meu senhor? O senhor pode pegar um dos animais de reserva do rebanho dele.

— Não acha que meu pai preferiria que eu fosse devorado por lobos a me ver? — cuspiu o Senhor Wang. Ouyang podia perceber que ele estava considerando as muitas horas que levaria para voltar a pé em comparação à humilhação de todos saberem que ele havia sido resgatado pelo irmão eunuco.

Ouyang esperou e não sentiu uma gota de surpresa quando o senhor finalmente disse:

— *Está bem.* — Ele ignorou a mão de Ouyang e saltou para cima da égua. — O que está esperando? Vamos acabar logo com isso.

A comitiva do grão-cã havia almoçado em um pico arredondado e sem árvores que oferecia uma vista superior das colinas enrugadas e das pradarias além. Quando Ouyang e o Senhor Wang chegaram, tendo viajado devagar por estarem usando o mesmo cavalo, todos já estavam se preparando para partir. Ouyang conseguia enxergar Chaghan, facilmente visível de roxo, reinando em seu cavalo-dragão adornado com flâmulas esvoaçantes enquanto conversava com um grupo de nobres a cavalo. Ouyang guiava sua égua com cuidado enquanto eles subiam o último trecho. O chão ao redor do pico e ao longo das margens dos caminhos era íngreme, e ele já era general há tempo o bastante para ter perdido mais de um homem para terrenos similares.

Os cavalariços e os criados do Príncipe de Henan estavam aglomerados em um declive a certa distância dos nobres. À medida que Ouyang e o Senhor Wang avançavam, os animais reservas se agitavam e fungavam com o odor do lobo morto. Os cavalariços podiam não ser audaciosos o bastante para olhar diretamente para o general, muito menos encará-lo, mas Ouyang sabia que o maldiziam: também seriam prejudicados se um cavalo caísse da beira.

— Você — disse o Senhor Wang para o cavalariço mais próximo, apeando com toda a pose de alguém que não havia acabado de ser quase comido por um lobo. — Traga-me um desses cavalos.

O cavalariço congelou. Sua expressão era a de alguém a quem fora oferecida a escolha entre morte por espancamento e morte por fervura.

— Senhor Wang... — hesitou ele.

O Senhor Wang disse, impaciente:

— E aí?

— Meu senhor — disse o cavalariço, encolhendo-se. — Este criado indigno oferece suas mais humildes desculpas. Mas... não será possível.

— O quê?

— Por ordem explícita do Príncipe de Henan — sussurrou o homem desafortunado.

— O Príncipe de Henan... *ordenou*... que não me seja concedido um cavalo? — A voz do Senhor Wang subiu. — E o que mais vou logo descobrir que não posso ter? Será que terei de suplicar por comida, por lenha?

O cavalariço viu algo por cima do ombro do Senhor Wang e fez a expressão de alguém cujo desejo mais fervoroso era se enrolar como um pangolim. Chaghan encarava-os com um rosto sombrio: uma nuvem carregada e escura que prometia uma tempestade. Ao se aproximar deles, seu cavalo sentiu o cheiro do lobo e recuou. Chaghan coibiu o animal com bastante força e encarou o Senhor Wang.

O Senhor Wang encontrou seus olhos, pálido e insolente.

— Então precisei descobrir por acaso, por meio dos *criados*, que meu próprio pai me renegou?

Chaghan disse, frio:

— Seu pai? Pensei ter deixado bem claro que você perdeu qualquer direito que tinha de se referir a mim dessa forma. Antes minha irmã tivesse morrido a ter engravidado de você! Saia da minha frente. Saia!

O cavalo de Chaghan revirou os olhos e agitou a bela cabeça de um lado para o outro. Chaghan era um cavaleiro experiente e, sob circunstâncias normais, poderia ter controlado até mesmo o mais selvagem dos cavalos apesar de sua perturbação crescente diante do cheiro do lobo. Mas o Príncipe de Henan estava distraído e sem cabeça para ser paciente. Surpreso e irritado, ele puxou a cabeça do cavalo.

— Filho apodrecido de uma tartaruga...

Os cavalariços e os criados se espalharam. Ouyang sozinho movia-se na direção do outro. Seu movimento planejado parecia uma dança coreografada, mas uma a que ele estava apenas assistindo. Sua égua passou por Chaghan, não exatamente uma colisão, e a pelagem do lobo morto roçou o pescoço do cavalo de Chaghan. Com as narinas já cheias do cheiro do predador, o toque foi demais para o pobre animal. Ele deu um tremendo salto, aterrissando de mau jeito sobre as pernas delicadas e desabando sobre o ombro com um guincho. Milagrosamente, Chaghan conseguiu se jogar para longe de modo a não ser esmagado. Ele atingiu o chão rolando. Por um momento, pareceu que aquilo seria tudo — então a encosta o agarrou. Seus membros agitavam-se, deixando à mostra uma tatuagem conforme ele rolava, cada vez mais rápido; então ele ultrapassou a beira e desabou.

— Pai! — A voz do Senhor Wang estava estridente de horror quando ele se lançou ao chão na beira, ignorando as sedas que vestia. Ouyang, esticando o pescoço para ver melhor, constatou com surpresa que Chaghan não havia de fato caído. De alguma forma, o Príncipe havia agarrado uma saliência com uma mão, e esforçava-se para segurar a mão do Senhor Wang com a outra. Deveria ter sido preocupante, mas Ouyang estava tão friamente certo quanto quando lançara sua flecha no lobo. Os eventos desenrolavam-se conforme ordenava o destino; havia apenas um caminho que podiam seguir.

Ele viu as duas mãos esticadas se fecharem com força. As veias no pescoço do Senhor Wang estavam saltadas de esforço quando ele gritou:

— General, ajude-me!

Enquanto Ouyang apeava, alguém gritou. Poderia ter sido o Senhor Wang, mas era mais provável que fosse Chaghan. Ouviu-se um baque suave, não mais alto do que o ruído de pêssegos caindo das árvores num pomar. Com tranquilidade, Ouyang dirigiu-se até onde o Senhor Wang jazia atônito, a mão ainda esticada, e olhou para baixo. Lá embaixo, as sedas roxas de Chaghan estavam esparramadas como um jacarandá solitário a florir na terra. *Morto*, pensou Ouyang. *Morto como meus irmãos, meus primos, meus tios. Morto como a linhagem dos Ouyang.*

Ouyang aguardou pelo esperado sentimento de alívio. Porém, para seu alarme, não veio. Ele pensara que aquela vingança parcial teria ao menos amenizado a dor que o motivava. Deveria ter feito a vergonha valer a pena. Em vez de alívio, havia apenas uma decepção crescente, tão pesada que seu peso ameaçava perfurar o fundo de seu estômago. Parado lá olhando para o corpo arruinado do Príncipe de Henan, Ouyang percebeu que sempre acreditara que a vingança *mudaria* alguma coisa. Foi apenas ao concretizá-la que Ouyang entendeu que o que fora perdido continuaria perdido; que nada que pudesse fazer jamais apagaria a vergonha de sua própria existência. Ao olhar adiante para o futuro, tudo o que podia ver era dor.

O som de um cavaleiro se aproximando chegou até eles: primeiro, um galope casual; depois, sentindo que algo estava errado, ganhando velocidade pelo terreno pedregoso.

Esen parou e saltou do cavalo. Seu olhar estava no Senhor Wang; sua expressão era de uma tragédia já conhecida.

Ouyang, interceptando-o, agarrou seu braço. Era algo que ele jamais havia feito antes.

— Esen, não.

Esen virou-se para Ouyang com o olhar vago de alguém que não estava processando bem uma obstrução e se afastou. Ele caminhou até a beira e ficou paralisado ao olhar para o corpo do pai. Depois de um longo momento, ele voltou os olhos para o irmão. O Senhor Wang havia se posto de joelhos; tinha o rosto pálido de choque. Uma de suas mangas, esgarçada, expunha a mão avermelhada.

Quando olhou para o irmão ajoelhado a seu lado no chão, o rosto de Esen mudou: ao perceber o que havia acontecido, lentamente se transformou numa mistura de angústia e de ódio.

ANFENG
VERÃO

Após o retorno do Monge Zhu com a fortuna e a lealdade de Lu, Chang Yuchun notou que as coisas estavam mudando em Anfeng. Na superfície, as mudanças eram o que qualquer um esperaria de um monge: ele reformou o templo, mandou consertar o telhado e encheu o lugar com novas estátuas do Príncipe Radiante e do Buda Que Está Por Vir. Ao mesmo tempo, o templo ganhou um campo de treinamento com areia branca e barracões para abrigar os homens do monge. A mistura caótica de tendas desapareceu, dando lugar a uma usina de fundição, um arsenal e estábulos. Camponeses voluntários vindos em massa do interior foram abrigados e incluídos nos exercícios que passaram a acontecer no campo de treinamento sob a supervisão do amigo bandido do monge, Xu Da. Marchando de um lado para o outro pelas dependências do templo com suas armaduras iguais e novos equipamentos bem fabricados, de repente os bandidos do Monge Zhu e os Turbantes Vermelhos não mais pareciam um conjunto aleatório de pessoas. Pareciam um exército. E, de alguma forma, o próprio Yuchun havia se tornado um integrante dele.

Fazer parte do exército trazia vantagens como comida, abrigo e a ausência de pessoas que o queriam morto, mas tinha seus próprios inconvenientes.

O primeiro deles era que o monge arrastava Yuchun para fora da cama toda manhã na maldita hora do Coelho para que um velho espadachim pudesse ensinar-lhes técnicas básicas de combate.

— Preciso de um parceiro de treino — explicara Zhu, animado. — Você está mais ou menos no meu nível, já que não sabe absolutamente nada. Enfim! Você vai gostar; aprender coisas novas é divertido.

Sofrendo ao longo dos exercícios, Yuchun achava aquilo uma mentira deslavada — até que, para sua grande surpresa, passou a ser verdade. O velho espadachim era um bom mestre, e Yuchun, recebendo elogios e atenção pela primeira vez em sua breve vida, descobriu que ansiava por eles; nunca tivera tanta ânsia por agradar.

Depois do treino, o Monge Zhu saía em disparada: além de organizar o exército inexperiente e conduzir campanhas de treino pelo interior próximo, ele estava sempre sendo chamado até o palácio do primeiro-ministro para oficiar diversas cerimônias envolvendo o Príncipe Radiante, ou proferir uma benção, ou entoar um sutra para alguém que havia morrido. De alguma forma, o Monge Zhu permanecia alegre apesar da agenda superlotada. Durante uma sessão matinal em que as olheiras de Zhu pareciam particularmente profundas, Yuchun disse, pensando estar apenas declarando um fato básico:

— Você não estaria tão ocupado se não tivesse que correr até o palácio sempre que o primeiro-ministro quer ouvir um sutra. Não acha que é demais ele esperar que você seja um monge além de comandante? São dois trabalhos!

Ao ver a expressão do monge, Yuchun de repente percebeu que cometera um erro. Zhu respondeu, num tom falsamente leve:

— Nunca, *jamais*, critique o primeiro-ministro. Nós o servimos sem questionar.

Yuchun passara o resto do dia ajoelhado no meio do campo de treinamento como punição. Por apenas dizer a *verdade*, pensou ele, amargo. Ainda mais constrangedor era que, depois, todos os outros integrantes do exército de Zhu pareciam saber o que ele fizera de errado. O bostinha do monge fizera dele um *exemplo*. Ele pensara que aquele seria o fim das sessões de treino matinais dos dois, mas, na manhã seguinte, Zhu o arrastou para fora da cama como sempre, e de novo no dia seguinte, e quando chegou o terceiro dia parecia mais fácil para Yuchun deixar o mau humor para lá. Àquela altura, já havia entendido que Zhu em geral tinha seus motivos.

E talvez o monge tivesse percebido que era de fato impossível fazer tudo sozinho, porque, por volta do fim do mês, ele apareceu no treino e disse:

— Tenho coisas para fazer, então você vai ter que aprender sozinho por um tempo. Agora que você sabe o básico, encontrei um novo mestre para ajudá-lo. Acho que ele será bom para você.

Ao ver a pessoa em questão, Yuchun resmungou:

— O que ele vai me ensinar? É um *monge*! — Honestamente, dois monges já eram mais do que qualquer exército precisava, e agora havia três. Yuchun teve uma breve e terrível visão de si mesmo entoando sutras.

— É um tipo diferente de monge — disse Zhu, sorrindo. — Acho que você vai gostar das aulas dele. Me diga o que achou depois.

Quem diria que havia tipos diferentes de monges? Aparentemente, esse era de um tal monastério marcial famoso; Yuchun nunca ouvira falar dele. O velho mestre Li açoitava Yuchun sem piedade com lanças, bastões e suas mãos de velho duras como pedra, até que, depois de um tempo, alguns outros se juntaram a Yuchun e felizmente desviaram sua atenção. Unidos pela dor, eles corriam ao redor das muralhas de Anfeng, carregavam uns aos outros nas costas e saltavam sem parar nos degraus do templo, para cima e para baixo. Lutavam até estarem cobertos de hematomas e seus calos sangrarem.

De vez em quando, Zhu ainda encontrava tempo para passar nos treinos e praticar com um ou outro de manhã.

— Preciso me manter em forma — disse ele, sorrindo; depois, erguendo os olhos de onde Yuchun o derrubara, tristonho, Zhu falou: — Eu teria receio de estar regredindo, mas acho que é você que está progredindo demais. — Ele se levantou num pulo e disparou para o compromisso seguinte, gritando por sobre o ombro: — Continue assim, irmãozinho! Um dia, muito em breve, lutaremos de verdade...

Então o velho mestre apareceu de novo e os fez trabalhar até que metade do grupo estivesse vomitando, e Yuchun pensou que poderia genuinamente morrer antes de sequer chegar ao campo de batalha. Aquele verão inteiro foi sofrimento atrás de sofrimento, e foi só em retrospecto que ele percebeu que seus corpos haviam enrijecido, e suas mentes haviam se tornado as de guerreiros.

— Mestre Zhu. — Era Chen, saudando Zhu conforme ela atravessava o corredor em direção à sala do trono do primeiro-ministro. Apesar do calor, o Ministro da Esquerda vestia seu chapéu *jinxian guan* e sua túnica de sempre. As mangas pretas, que pendiam com bordados, balançavam sob suas mãos dobradas enquanto ele lançava a Zhu uma expressão que tinha toda a aparência de interesse casual.

Zhu, que sabia que o interesse de Chen era raramente casual, disse num tom leve:

— Saudações deste monge ao venerável Ministro da Esquerda Chen.

— Por acaso passei pelo templo esta manhã. Que surpresa ver o quanto está diferente! Para um monge, você parece estar administrando seus recursos muito bem. Você aprende as coisas rápido, não? — Ele falava de modo relaxado, como se estivesse apenas dizendo o que lhe vinha à mente no momento.

Zhu não caía em sua conversa. Um arrepio lhe percorreu a espinha: a sensação de ser observada por um predador. Com cuidado, ela disse:

— Este monge indigno não possui qualquer inteligência especial, ministro. Seu único atributo digno de elogio é uma disposição para trabalhar tão duro quanto pode para realizar os desejos do primeiro-ministro e do Príncipe Radiante.

— De fato é digno de elogio. — Diferente de outros homens, Chen raramente gesticulava ao falar. A rigidez dava-lhe uma qualidade monumental, chamando atenção de forma tão poderosa quanto a maior montanha numa paisagem. — Se ao menos nosso movimento tivesse uma centena de monges assim à nossa disposição. De que monastério veio?

— Monastério de Wuhuang, ministro.

— Ah, Wuhuang? É uma pena o que aconteceu. — A expressão de Chen não se alterou, mas sob ela seu interesse pareceu redobrar. — Sabia que eu conheci seu abade há muito tempo? Gostei dele. Para um monge, era um homem surpreendentemente pragmático. O que quer que fosse preciso para manter o monastério são e salvo, ele o faria. E sempre o fez muito bem, pelo que dizem, até aquele erro no final.

Eu vejo o que precisa ser feito, e faço. Será que o abade já havia matado? Zhu lembrava-se de si mesma aos dezesseis anos, ávida por ser como ele. Agora supunha que era. Havia assassinado um homem com as próprias mãos em busca de seu desejo. Quando ergueu os olhos para o rosto sorridente de tigre de Chen, reconheceu o pragmatismo levado a seu destino natural: a pessoa que ascendera de acordo com seus desejos, sem quaisquer escrúpulos em relação ao que fizera para chegar até ali. Zhu surpreendeu-se ao sentir, em vez de uma atração compreensiva, um tom de repulsa. Era essa pessoa que se tornaria em busca de sua grandeza?

Por algum motivo, Zhu se pegou pensando na moça Ma, intervindo para impedir uma crueldade que Zhu apenas observara se desdobrar. Um gesto de gentileza que fora recebido por violência e, no fim das contas, não fizera qualquer diferença. Fora o extremo oposto de pragmatismo. A memória causou-lhe uma pontada estranha. O gesto fora inútil, mas, de alguma forma, belo: nele estivera a terna esperança de Ma pelo mundo como deveria ser, não o que existia. Ou o mundo que pragmatistas autoindulgentes como Chen e Zhu poderiam criar.

Zhu curvou a cabeça e esforçou-se ao máximo para projetar humildade.

— Este monge nunca teve tal potencial para receber a atenção pessoal do abade. Mas mesmo o mais inferior dos monges em Wuhuang pode ter aprendido com seus erros.

— Sem dúvidas. Deve ter sido doloroso aprender que a verdadeira sabedoria está na obediência. — O olhar de Chen arrancou-lhe camadas. Bem naquele momento os dois ouviram vozes se aproximando, e Chen retraiu a pressão do olhar, como se o tigre escolhesse, temporariamente, recolher as garras. — Por favor, avise-me se precisar de qualquer outra coisa para equipar seus homens, mestre Zhu. Mas agora venha, vamos ouvir o primeiro-ministro.

Zhu curvou-se e deixou Chen conduzi-la até a sala do trono. Sua figura corpulenta movia-se com leveza, trajada naquela túnica negra tão pesada com a própria densidade que mal se movia ao redor de seu corpo: a imobilidade do poder.

— Precisamos conquistar Jiankang em seguida — insistia o Pequeno Guo.

Em seu trono, o Primeiro-ministro Liu ostentava uma expressão irritada. Com o calor total do verão sobre eles, o interior da sala de trono era denso e modorrento.

Embora a proposta ao menos não fosse enfrentar o general eunuco, Zhu teria preferido um teste mais gentil de seu novo exército. Jiankang, a jusante do rio Yangzi, era a principal porta de entrada para a costa leste e a mais poderosa cidade no sul. Desde o tempo do Reino de Wu há 1800 anos, Jiankang conhecera uma dúzia de nomes diferentes sob os governos dos reis e dos imperadores que fizeram dela sua capital. Mesmo sob o jugo mongol, as indústrias da cidade prosperavam. Ela se tornara tão rica e poderosa que o governador da cidade se tornara audacioso o bastante para se intitular Duque de Wu. Os oficiais do Grande Yuan não ousavam repreendê-lo, por medo de perdê-lo por completo.

Os olhos escuros de Chen pousaram no Pequeno Guo, pensativos.

— Jiankang? Ambicioso.

— E não deveríamos ser? — Os olhos do Pequeno Guo flamejavam. — Forte ou não, está a apenas quatrocentos li! Como podemos continuar engolindo nosso orgulho e deixá-la continuar sob o domínio do Yuan? Quem quer que ocupe Jiankang é a verdadeira ameaça ao Yuan. A cidade é rica, está numa localização estratégica e abriga o trono dos antigos reis de Wu. *Eu* ficaria feliz com isso.

— *Você* ficaria feliz com isso — repetiu o primeiro-ministro. Zhu ouviu seu tom azedo e venenoso e arrepiou-se um pouco, apesar do calor do dia.

O Ministro da Direita Guo disse, cauteloso:

— Vossa Excelência, Jiankang seria um recurso significante.

— O reino de Wu é coisa do passado — disse o primeiro-ministro, impaciente. — Se conquistarmos Bianliang, podemos colocar o Príncipe Radiante no trono da linhagem que carregou o Mandato do Céu da dinastia Song. O trono ao norte de nossos últimos imperadores nativos antes da chegada dos hu. Isso, sim, será uma ameaça ao Yuan. — Ele lançou um olhar hostil ao redor da sala.

O velho trono ao norte da dinastia Song também é coisa do passado, pensou Zhu, igualmente impaciente. Bianliang, a capital de muralhas duplas dos imperadores Song às margens do rio Amarelo e outrora a maior e mais deslumbrante cidade do mundo, havia caído há duzentos anos, derrubada pelos invasores jurchén — os bárbaros que por sua vez foram derrotados pelos mongóis.

Com exceção da modesta colônia Yuan agora aninhada dentro da muralha interna, o restante de Bianliang não passava de um descampado pontilhado por ruínas. Homens velhos como o primeiro-ministro ainda carregavam a ideia daquela antiga cidade no coração, como se a memória ancestral de sua humilhação estivesse entrelaçada com suas identidades como nanren. Eram obcecados com a ideia de restaurar o que fora perdido. Mas Zhu, que perdera seu passado vezes sem fim, não sentia tal nostalgia. Parecia óbvio que a melhor coisa a fazer era colocar o Príncipe Radiante em um trono — qualquer trono — numa cidade de fato útil. *Por que insistir em perseguir a sombra de algo perdido, quando se pode fazer algo novo e até maior?*

Como que ecoando seus pensamentos, o Pequeno Guo disse, com frustração evidente:

— De que adianta uma vitória simbólica? Se os desafiarmos, o Yuan responderá, então que o façamos por um bom motivo.

As rugas no rosto do primeiro-ministro se intensificaram.

— Vossa Excelência — murmurou Chen. No calor enfastiante, sua enorme imobilidade parecia sufocante. — Se este oficial indigno puder oferecer sua opinião, há mérito no plano do General Guo para conquistar Jiankang. A cidade pode ser forte e bem abastecida, mas não possui uma muralha: pode ser tomada em pouco tempo, se o ataque for suficientemente bem-organizado. Isso daria tempo para o General Guo também conquistar Bianliang antes que as forças do Príncipe de Henan se mobilizem no outono. — Chen lançou ao Pequeno Guo um olhar de consideração fria. — Acha que isso está dentro de sua capacidade, General Guo?

O Pequeno Guo ergueu o queixo.

— É claro.

Ressabiado, o Ministro da Direita Guo examinava Chen: mesmo aliviado por ter a situação resolvida de modo favorável para o Pequeno Guo, ele parecia pensar que Chen ultrapassara sua autoridade.

A expressão azeda do primeiro-ministro também não havia evaporado. Ele resmungou:

— Então aja logo, General Guo. Conquiste-me tanto Jiankang quanto Bianliang antes que os hu venham de novo para o sul. — Todos ouviram as palavras não ditas: *do contrário...*

Zhu saiu com os outros, sentindo-se preocupada. Seu exército ainda era pequeno demais, e uma taxa de baixas que não faria o Comandante Sun piscar o olho poderia varrer suas tropas por completo. Mesmo ignorando isso, era óbvio que Chen estava planejando algo contra o clã Guo. Mas o quê?

Mais à frente de si no corredor ela ouviu o Pequeno Guo exclamando para Sun:

— Finalmente! Aquele ovo de tartaruga velho vê a razão, mesmo que seja preciso bater nele para isso. Ah, o Duque de Wu... Soa muito bem...

— Melhor ainda seria o Rei de Wu. — O Comandante Sun riu. — Combinaria com você, sua testa já é tão grande quanto a de um rei...

Aquela era a montanhosa figura negra de Chen caminhando atrás dos dois jovens comandantes, e havia algo na posição de seus ombros que fez Zhu pensar que ele estava rindo.

As velas do entardecer já estavam quase derretidas. Ma estava em seu quarto, lendo um dos diários que havia encontrado recentemente escondido debaixo das tábuas do piso da biblioteca da mansão dos Guo. Ela se perguntou se o proprietário original da casa pensara que os Turbantes Vermelhos eventualmente sairiam e ele poderia retornar, ou se apenas não tinha sido capaz de suportar a ideia de tê-los destruídos.

— Ma Xiuying. — Era o Pequeno Guo, entrando como se fosse dono do lugar.

Ao virar a página, Ma sentiu a impressão das palavras do cronista nas pontas dos dedos. Os últimos traços físicos de alguém morto há muito tempo. Ma murmurou para si mesma:

— Espero que ele tenha tido descendentes que possam lembrá-lo.

— O quê? Nunca entendo o que você fala. — O Pequeno Guo se jogou na cama. Ele nem sequer havia tirado os sapatos. — Não consegue me cumprimentar adequadamente?

Ma suspirou.

— Sim, Guo Tianxu?

— Traga-me um pouco de água. Quero me lavar.

Quando Ma voltou com a bacia, ele se levantou e, sem pensar, despiu-se da túnica e da camisa interna. *Como se eu não passasse de uma criada e ele fosse um rei.* Ela havia em grande parte conseguido deixar de lado a última conversa estranha com o Monge Zhu, mas, de repente, ela voltou com toda força, mais indesejada do que nunca. Ela se lembrou do Monge Zhu fitando-a com aqueles olhos pretos penetrantes, falando com ela não apenas como se ela fosse uma pessoa capaz de desejar, mas como alguém que *deveria* desejar. Em toda a sua vida jamais ouvira algo tão sem sentido. *Esta é a vida que tenho*, ela lembrou a si mesma. *É assim que ela é.*

Mas, em vez do sentimento costumeiro de resignação, o que veio foi a tristeza. Era autocompaixão, mas, por algum motivo, parecia pesar. Ela sentia vontade de chorar. *É assim que vai ser, nesta vida e em todas as outras.*

O Pequeno Guo não notara nada. Enquanto se esfregava, disse animado:

— Vamos marchar até Jiankang agora! Está na hora. Há lugar melhor para nossa capital? Estou farto desta cidade velha e mofada; é pobre demais para nossas ambições. — Seus olhos brilharam sob as sobrancelhas impacientes. — Mas Jiankang não serve como nome. Precisa de um novo. Algo adequado para uma nova linhagem de imperadores. Alguma coisa com celestial. Alguma coisa com capital.

— Jiankang? — disse Ma, arrancada de seu devaneio. — Pensei que o primeiro-ministro queria Bianliang como nossa nova capital. — Com o coração murchando, ela percebeu que cometera um erro ao perder a reunião daquela tarde. *Não que meus esforços anteriores para salvar o Pequeno Guo de si mesmo já tenham feito alguma diferença.*

— Vou conquistá-la depois — disse o Pequeno Guo, desdenhoso. — Até Chen Youliang concordou...

— Por que ele o apoiaria? — O corpo de Ma transbordava alarme. Não havia qualquer altruísmo em Chen, nem mesmo um comprometimento com objetivos mútuos: ele sempre seguia a direção que servia aos próprios propósitos.

— Ele reconhece bom senso quando o encontra — retrucou o Pequeno Guo.

— Ou ele quer que você perca! Não seja um melão estúpido: o que é mais provável, que Chen Youliang apoie seu sucesso ou que esteja aguardando um erro seu?

— Que erro? Pensa sempre tão mal de mim que minhas derrotas parecem inevitáveis? — O Pequeno Guo ergueu a voz. — Que desrespeito, Ma Xiuying!

Quando olhou para o belo rosto do noivo, vermelho de indignação, ela de repente sentiu pena. Aqueles que não o conheciam talvez o julgassem um rapaz de aparência poderosa, mas para Ma ele parecia tão frágil quanto um vaso de nefrita. Pouquíssimas pessoas tinham a disposição de tratá-lo com ternura para que não quebrasse.

— Não foi isso que eu quis dizer.

— Que seja. — O Pequeno Guo jogou o pano na bacia, derramando água no vestido dela. — Pare de opinar sobre coisas que não lhe dizem respeito. Entenda qual é o seu lugar e *fique nele*. — Ele lançou para Ma um olhar vingativo, como se ela fosse uma inconveniência da qual ele não via a hora de se livrar, depois pegou as roupas e saiu.

Ma estava saindo das dependências íntimas do primeiro-ministro com uma bandeja quando alguém veio dobrando a esquina. Ela desviou para a esquerda; a pessoa, para a direita; elas colidiram com um baque e um grito. Quando ela viu a fonte do grito, um sobressalto de sentimento cru lhe percorreu o corpo dos pés à cabeça. O monge, agachado, olhava para ela; de alguma forma, ele havia pegado a bandeja em seu caminho até chão. Os copos balançaram. Um único bolo oscilou, depois desabou no chão.

— Foi você quem os fez? — O Monge Zhu se ajeitou e cutucou a casualidade trêmula com um dedo do pé. — Os preferidos do primeiro-ministro! Preocupada com alguma coisa?

— Quem disse que estou preocupada? — vociferou Ma. Zhu andava ocupado desde que retornara de Lu; tudo o que vira dele desde a desconfortável conversa que tiveram foram vislumbres de sua pequena figura enchapelada correndo pela cidade de um compromisso para o outro. Agora, ao encontrá-lo novamente, ela foi perturbada pelo sobressalto de uma nova consciência estranha. Por uma razão qualquer, ele a presenteara com um pouco de verdade sobre si mesmo, e ela não conseguia desvê-la: a assustadora e antinatural imensidão de seu desejo. Ela não a entendia ou confiava, mas saber que estava lá a enchia com o fascínio de uma mariposa por uma chama. Ela não conseguia desviar o olhar.

Zhu riu.

— Quem se daria ao trabalho de fazer essas coisinhas complicadas sem um bom motivo? É óbvio que a senhorita está tentando deixar o primeiro-ministro de bom humor. — De uma vez só a encenação se desfez em seu rosto. Ele era um rapaz baixo, então os dois estavam olho a olho; aquilo dava ao momento uma intimidade chocante, como se algo de seu eu interior estivesse tocando algo do dela. Com um tom sério, ele disse:

— A senhorita se esforça tanto para ajudar o Pequeno Guo. Ele por acaso sabe disso?

Como é que ele a via como alguém que agia por vontade própria, quando para todos os outros ela era apenas um objeto cumprindo sua função? A ideia encheu-a de uma fúria repentina. Ela lamentava por sua vida como nunca fizera antes, e era tudo culpa daquele monge por ter conjurado a fantasia impossível de um mundo em que ela era livre para desejar.

Ela agarrou a bandeja dele, embora faltasse ao gesto a violência necessária para ser verdadeiramente gratificante.

— Como se você soubesse o esforço que isso exige!

No instante anterior ao retorno da encenação, ela pensou ter visto compreensão no pequeno e escuro rosto de cigarra do rapaz. Não podia ter sido real — era absurdo pensar que um homem poderia entender uma mulher —, mas, de alguma forma, foi o suficiente para dissolver sua raiva numa maré de dor. Doía tanto que ela arfava. *Pare de fazer isso comigo*, pensou ela, angustiada, ao se virar e fugir. *Não me faça querer almejar.*

Ela havia percorrido metade do corredor quando alguém a puxou para um canto. Para seu alívio, era apenas Sun Meng, com um brilho meio sério no olhar.

— Quanta intimidade com aquele monge, irmãzinha. Mas lembre-se, ele está do lado de Chen Youliang.

— Ele não é como Chen Youliang — disse Ma por reflexo.

Sun lançou-lhe um olhar de soslaio.

— Você acha? Mas, não importa como ele seja, ele não seria nada sem o Ministro da Esquerda. Tenha isso em mente. — Ele se serviu de um bolo e disse casualmente: — Acho que ele gosta de você.

— O quê? Não seja idiota. — Ma corou quando sua memória lhe ofereceu aquela fascinação inquietante de saber que Zhu desejava. Contra a vontade dela, o rapaz lhe dera aquela nova noção com a qual navegar o mundo, uma consciência do desejo, e sua inabilidade de reprimi-la enchia a moça de vergonha e de pesar. — Ele é um *monge*.

— Não um monge normal, isso é certo — disse Sun, mastigando com vigor. — Eu o vi treinando outro dia. Ele luta como um homem; quem garante que ele não pensa como um? Enfim. Não se preocupe; não contarei ao Pequeno Guo.

— Nunca fiz nada para Guo Tianxu pensar mal de mim!

— Ah, Yingzi, acalme-se. Estou só brincando. — Sun riu e passou o braço ao redor dos ombros dela. — Ele não é do tipo ciumento. Olhe só para mim, todo grudado em você. Ele nunca se importou, não é?

— Só porque você é tão formoso que ele te vê como uma irmã — retrucou Ma, áspera.

— O quê? Quer dizer que eu desperdicei todo aquele sangue tentando fazer um pacto de irmandade? — A expressão de falsa mágoa de Sun desapareceu tão rápido quanto surgiu. — Ei, Yingzi, sabia que irmãos de sangue compartilham *tudo*? Quando vocês se casarem... — Ele ergueu as sobrancelhas sugestivamente.

— Quem é que vai se casar? — *Que disparate.*

— O quê, a noiva não sabe? O Pequeno Guo me disse que vocês se casarão depois que conquistarmos Jiankang. O período de luto pelo General Ma já terá terminado até lá. Pensei que vocês haviam falado sobre isso ontem à noite.

— Não — disse Ma. Um peso horrível infiltrou seus ossos. — Ontem à noite eu tentei aconselhá-lo. — Ela não conseguia imaginar como poderia sobreviver com aquele peso pelo resto da vida. Tentou dizer a si mesma que se acostumaria a ele; que era apenas o choque de passar de uma fase para outra. Agora, porém, ao encarar a realidade daquilo, parecia uma espécie de morte mais do que qualquer coisa.

— Por que essa cara de enterro? — perguntou Sun, surpreso. — Está preocupada em dar um filho a ele? Você é boa em tudo, terá um logo de primeira. Ele a trataria bem se pudesse gerar mais alguns; você sabe que cai bem a um general ter vários filhos homens.

Ele dizia aquilo com tanta casualidade, o propósito da vida dela aos olhos dos outros. A boniteza extramundana de Sun às vezes a fazia pensar que o rapaz a compreendia melhor do que o Pequeno Guo. Mas, apesar da aparência, era tão homem quanto o Pequeno Guo, e todos os homens eram iguais.

Exceto o Monge Zhu, sussurrou uma parte traiçoeira dela. Mas a ideia era tão sem sentido quanto o resto de seus pensamentos.

Ela seguiu Sun para fora e se sentou com ele em um banco ao lado de um toco no meio do pátio. Num único galho restante haviam brotado umas poucas folhas. O último suspiro de uma árvore agonizante ou uma nova vida? Ma não sabia.

Ela disse:

— Irmão mais velho.

— Hm?

— Tenho um mal pressentimento sobre Jiankang. Você não pode convencer o Pequeno Guo a mudar de ideia?

Sun emitiu um ronco de deboche.

— Em que vida isso poderia acontecer? Nem eu tenho esse poder. Mas você não está se preocupando demais ultimamente?

— Não confio em Chen Youliang.

— E quem confia? Você teria mais sorte se enfiasse o dedo na boca de uma tartaruga. Mas a verdade é que eu concordo com o Pequeno Guo desta vez. A vitória no rio Yao nos deu este verão extralongo. Esta é a nossa chance, então devemos concentrar nossos esforços em um alvo estratégico. Jiankang faz sentido.

Nenhum deles *dava ouvidos*.

— Chen Youliang quer que vocês fracassem!

Sun parecia espantado com a veemência da moça.

— Então só precisamos ter sucesso, não? Ele queria que falhássemos no rio Yao, e veja só o que aconteceu. — Ele deu um leve peteleco na testa de Ma num gesto afetuoso. — Não se preocupe. Vai dar tudo certo.

Aparentemente, esperar que eles mudassem de ideia era tão sem sentido quanto querer algo diferente para seu destino. Ma encarou a caixa azul do Céu emoldurada pelas quatro alas escuras de madeira da mansão dos Guo e tentou dizer a si mesma que não estava preocupada com nada. Mas ela não conseguia se livrar da sensação de que estavam todos caminhando por uma longa estrada noturna, os outros batendo papo animadamente, e de alguma forma ela era a única que enxergava os olhos vorazes na escuridão ao redor deles, à espera.

Anfeng ressoava com os sons da partida. Milhares de tochas nas ruas deixavam-nas quase tão claras como o dia, e dentro de poucas horas as fogueiras seriam acesas. Quando Zhu atravessou a soleira elevada do portão frontal da mansão dos Guo, ela se lembrou da aparência de Anfeng na noite anterior à sua partida para o rio Yao: coberta por uma redoma sinistra de luz vermelha que ia de muro a muro, como a de uma cidade consumida pelo fogo.

Apesar dos dias cada vez mais quentes, o interior da mansão dos Guo exalava a fragrância fria de chá defumado do sul. Paredes, pisos e tetos de madeira escura engoliam a luz das lanternas dos corredores. Curiosa, Zhu olhava ao redor enquanto andava; por ser integrante da facção de Chen, era sua primeira vez na mansão dos Guo. Salas vazias despontavam do corredor. No que outrora fora o gabinete de um estudioso, ela viu dois fantasmas flutuando na luz filtrada que atravessava o papel das janelas, suas formas imóveis não mais substanciais que as partículas de poeira. Será que haviam sido assassinados quando Chen conquistou Anfeng ou eram ainda mais antigos? Seus olhares vazios não estavam fixos em nada em particular. Ela se perguntou se eles tinham consciência da passagem do tempo naquele estranho espaço entre suas vidas, ou se para eles aquilo não passava de um longo e inquieto sono.

Zhu deixou o corredor e saiu num pátio interno, encoberto por uma sacada superior que fornecia sombra. Um quadrado de luz oscilante revelava metade do caminho. Ao vê-lo, Zhu sentiu uma pontada de uma emoção ininteligível. Ela já estava atrasada para a reunião do Pequeno Guo, mas, antes que pudesse pensar a respeito disso, já estava subindo as escadarias barulhentas e adentrando o quarto de Ma.

Ma estava sentada de pernas cruzadas no chão, concentrada de cabeça baixa, no centro de uma constelação de pequenos pedaços retangulares de couro. Zhu levou um momento para perceber que o objeto no colo de Ma era a armadura do Pequeno Guo, despida de suas lamelas. Ma havia disposto os pequenos pedaços nas mesmas posições que ocupavam na armadura, o que deu a Zhu a impressão perturbadora de que estava diante de um corpo desmembrado exposto para estudo. Enquanto ela observava do batente, Ma pegou o livro que tinha a seu lado e leu uma página com uma expressão tristonha; depois arrancou-a e costurou-a com cuidado na armadura descoberta. Depois disso, ela apanhou um punhado de lamelas e costurou-as uma por uma sobre o forro reforçado com papel. Ela segurava a armadura com o mesmo cuidado que dedicaria ao corpo familiar de um amante. Zhu ficou maravilhada. Ma não estava reforçando a armadura do Pequeno Guo contra flechas por uma questão de dever, mas por um desejo genuíno de protegê-lo da dor. Como podia alguém andar por aí de peito tão aberto que uma parte de si se prendia aos outros com amor e cuidado, independentemente do quanto ela gostasse da pessoa ou do quanto esta a merecesse? Zhu não conseguia entender.

Ma ergueu a cabeça e pulou de susto.

— Mestre Zhu?

— O General Guo convocou os comandantes para discutir a ordem de partida amanhã — disse Zhu, o que explicava por que ela estava na mansão dos Guo, embora não por que estava no quarto de Ma. A própria Zhu não sabia bem por quê. Ela entrou, notando que, com exceção de uma cama simples, o quarto estava desmobiliado. Ninguém vivia com estilo em Anfeng, mas o cômodo era parco mesmo para aqueles padrões: como se Ma não tivesse um status mais elevado na residência dos Guo que uma criada. Uma montanha de caixas de linho amarradas com cordas ocupava um canto.

— Uau, isso tudo é comida para Guo Tianxu? — exclamou Zhu. — Ele não precisa de comida caseira toda noite! Não acha que é coisa demais?

Ma franziu o cenho e disse, séria:

— É apropriado para um general estar bem alimentado. Do que se pode orgulhar num líder que é tão magricela e feio quanto uma galinha?

— Ah, é verdade — disse Zhu, rindo. — Este monge cresceu num período de fome e, apesar de anos de preces fervorosas sobre o assunto, parece que não vai crescer mais. Ou ficar mais bonito, a propósito. Mas trabalhamos com o que temos. — Ela se agachou ao lado de Ma e lhe entregou a lamela seguinte. — Soube que a senhorita se casará depois de Jiankang. Não posso deixar de pensar que deveria oferecer minhas condolências. — Ela mantinha o tom leve, mas a ideia de que Ma talvez jamais encontrasse algo para desejar por si própria a deixava estranhamente furiosa.

As mãos de Ma se fecharam na armadura do Pequeno Guo. Seu cabelo formava uma cortina sobre o rosto voltado para baixo, ocultando sua expressão. Enfim ela disse:

— Mestre Zhu. Não está preocupado?

Zhu tinha muitas preocupações.

— Com o quê?

— Com Jiankang. Chen Youliang convenceu o primeiro-ministro a apoiar o ataque. Mas foi ideia do Pequeno Guo. Isso não parece estranho? — Quando Ma ergueu a cabeça, seu rosto luminoso estava tomado de angústia. Era tão pura que Zhu sentiu uma pontada inesperada da combinação específica de fascínio e pena que se tem ao ver as frágeis flores de pera na chuva.

Ela perguntou:

— A senhorita não deveria mencionar isso ao Comandante Sun?

— Ele não me ouve! Nenhum deles ouve...

Pequeno Guo e Sun Meng não ouviam, mas de alguma forma Zhu dera a Ma motivo para pensar que ela ouviria. Zhu sentiu um arrepio repentino de desconforto. Contra sua vontade, ela pensou: *Zhu Chongba jamais teria entendido.*

SHELLEY PARKER-CHAN

Depois de um momento, ela disse:

— Talvez Chen Youliang esteja planejando algo contra o Pequeno Guo. Deve estar, embora eu não saiba de nada específico. Ele não me pediu para fazer nada. Mas a senhorita sabe que isso não significa nada. Como pode saber que estou falando a verdade? E, mesmo que seja verdade que eu não sei de nada, não quer dizer que ele não *fará* nada. Talvez ele não confie em mim. Ou talvez não precise de mim.

Ma disse com um furor repentino:

— E se eu pedir ao senhor que ajude?

Zhu encarou-a. O quanto ela devia estar desesperada para pedir? Por um momento, Zhu sentiu-se tomada por uma onda de ternura. Com franqueza, ela disse:

— É disso que gosto na senhorita, Ma Xiuying. Que abre seu coração, mesmo que signifique que vai se machucar. Não existem muitas pessoas assim. — Era uma característica rara para começo de conversa, e quantos daqueles que nasciam com ela chegavam longe? Talvez apenas aqueles que tinham alguém para protegê-los. Alguém implacável, que soubesse como sobreviver.

Para a surpresa de Zhu, Ma agarrou sua mão. O imediatismo de pele contra pele surpreendeu-a com uma consciência repentina e exagerada do tênue limite entre ela e o mundo externo. Diferente de Xu Da, que fora tão familiar para as garotas dos vilarejos perto do monastério quanto um cachorro de rua, Zhu nunca havia segurado as mãos de uma mulher. Nunca havia ansiado ou sonhado com aquilo como os outros noviços. Havia apenas desejado uma única coisa, e aquele desejo fora tão enorme que ocupava todo o espaço dentro dela. Agora um tremor estranho subia por seu braço: a palpitação do coração de outra pessoa em seu próprio corpo.

Ma disse:

— Mestre Zhu, por favor.

A ideia de ver o brilho de Ma esmagado pelo Pequeno Guo, pelo Chen ou por qualquer outra pessoa era irracionalmente perturbadora. Zhu percebeu que queria manter aquela empatia ferrenha no mundo. Não porque a entendia, mas pelo oposto, e por essa razão ela parecia preciosa. *Algo digno de prote-*

ção. A ideia cresceu, não exatamente o bastante para afastar o conhecimento de Zhu da realidade: que, numa luta contra Chen, o Pequeno Guo não tinha qualquer chance de vitória.

Ela não respondera rápido o bastante. Corando de vergonha, Ma puxou a mão com força.

— Esqueça! Esqueça que eu pedi. Apenas vá.

Zhu flexionou a mão, sentindo a ausência daquele toque, então disse baixinho:

— Não gosto do Pequeno Guo. E ele seria um tolo se confiasse em mim.

Ma baixou a cabeça, as cortinas do cabelo fechando-se sobre o rosto. Seus ombros tremiam de leve e, com um sobressalto de raiva, Zhu percebeu que ela estava chorando por uma pessoa que jamais se dera ao trabalho de pensar nela em toda a vida.

— Ma Xiuying — disse ela. As palavras pareciam arrancadas de sua boca. — Não sei se conseguirei fazer alguma coisa e, mesmo que consiga, não sei o que vai acontecer. Mas vou tentar.

Não era uma promessa, e Ma devia saber disso. Mas, depois de um instante, ela disse em voz baixa e sincera:

— Obrigada.

Talvez, pensou Zhu ao partir, Ma tivesse a agradecido apenas por ouvir. Ela se lembrava de como havia dito a Ma para aprender a desejar. Parecia que Ma havia aprendido o oposto. Embora negasse até mesmo para si mesma, em algum momento depois da conversa Ma percebera que *não* queria a vida para a qual estava sendo forçada.

Zhu sentiu uma pontada de compaixão atípica. *Não desejar também é um desejo; causa sofrimento tanto quanto desejar.*

SUDESTE DE HENAN
VERÃO

— Qual é o problema? Você está amuado.

Zhu olhou de soslaio para Xu Da quando ele se juntou a ela à frente da coluna; ele passara a manhã inteira correndo de cima a baixo, mantendo todos em movimento de maneira ordenada apesar da empolgação da primeira saída real do exército. Naquela manhã, toda a força dos Turbantes Vermelhos havia deixado Lu e iniciado sua travessia rumo ao leste pela planície na direção de Jiankang. Os mil lagos da região cintilavam ao redor do grupo sob o sol ardente. Aquele era o motivo pelo qual os mongóis nunca lutavam no verão: nem eles, nem seus cavalos toleravam o calor do sul. Os Turbantes Vermelhos, que eram nanren de sangue e em grande parte infantaria, seguiam a passos lentos. As colunas pertencentes ao Pequeno Guo e aos outros comandantes estendiam-se adiante. A poeira que levantavam dava ao céu um brilho opalescente como o do interior de uma concha de abalone.

— Dá para perceber? — perguntou Zhu, lançando um sorriso torto ao amigo. Era bom tê-lo de volta a seu lado. Mesmo após todo aquele tempo desde o reencontro, ela ainda sentia uma pontada, como se um músculo esticado estivesse relaxando, sempre que o via.

ELA SE TORNOU O SOL 233

— É claro que dá. Conheço você desde sempre — disse Xu Da, confortável. — Sei de pelo menos três quartos dos seus segredos.

Aquilo fez Zhu rir.

— Mais do que qualquer pessoa, isso é certo. — Voltando a ficar séria, ela disse: — Isto pode se complicar.

— Com ou sem muro, numa cidade desse tamanho, com certeza teremos baixas.

— Isso também. — Ela vinha refletindo sobre a situação desde Lu. — Irmão mais velho, o que você acha que o Ministro da Esquerda Chen tem em mente para o Pequeno Guo?

— Tem certeza de que há alguma coisa? O Pequeno Guo é perfeitamente capaz de estragar tudo por conta própria. Não precisa de tramoias.

— Chen Youliang gosta de estar no controle. — Aquela presença imóvel e poderosa encheu sua mente. — Não acho que ele contaria com o acaso. Ele ia querer usar o poder que tem; saber que o que quer que aconteça foi obra dele.

— Mas já não saberíamos se ele estivesse planejando que algo acontecesse durante esta campanha?

A poeira fazia parecer que a planície se estendia indefinidamente em todas as direções, embora Zhu soubesse que na fronteira sul estavam as montanhas de Huangshan. Ela se lembrava de olhar para elas no monastério e maravilhar-se com sua distância. O mundo estava encolhendo, cada vez mais próximo de seu alcance. Ela disse:

— Ele ainda não confia em mim por completo. Talvez ele tenha dado instruções ao Comandante Wu.

— Para trair o Pequeno Guo? Sun Meng retaliaria, e você sabe como ele é forte. Chen Youliang não arriscaria perder toda a força do Comandante Wu por isso.

— Não. Ele teria um plano para Sun Meng também. — Zhu voltou a ficar taciturna. Como no rio Yao, era uma daquelas situações em que ela teria de confiar na esperança de que mais informações aparecessem em algum momento. Ela sabia que, se Chen lhe desse ordens para agir contra o Pequeno Guo, recusar-se a cumpri-las seria equivalente a tomar partido do lado perdedor.

Aquilo não era algo que ela estava disposta a fazer. Mas, caso ela estivesse apenas indiretamente envolvida, talvez pudesse agir em favor de Ma. Ela se viu torcendo para que esse fosse o caso. Zhu suspirou.

— Suponho que simplesmente teremos de manter os olhos abertos.

— Pensava que você seria o último a chorar por o Pequeno Guo encontrar o próprio destino. Por que não podemos simplesmente ficar de fora e deixar as coisas acontecerem?

Com certa relutância, Zhu admitiu:

— Falei a Ma Xiuying que o protegeria.

— Quem? Não é a… a noiva do Pequeno Guo? — Então, entendendo tudo, Xu Da concentrou toda a sua malícia nas sobrancelhas. — Que Buda me preserve, irmãozinho, nunca pensei que veria isso. Mas você… você *gosta* dela?

— Ela é uma boa pessoa — respondeu Zhu, na defensiva. Ela pensou no rosto largo e belo da moça, com seus olhos de fênix cheios de zelo e de tristeza. Pelo Pequeno Guo, dentre todas as pessoas. O novo sentimento protetor dentro dela era tão dolorido quanto uma ferida. Mesmo que seu lado pragmático lhe avisasse de sua inevitabilidade, ela não gostava da ideia de ver Ma sofrendo, ou de estar descontente sem sequer se permitir reconhecer que estava descontente.

— Então agora você terá de salvar o Pequeno Guo de si próprio. — Xu Da riu. — E eu pensando que era o único que era manipulado por moças bonitas. Nem eu vou atrás das casadas.

Zhu lançou ao amigo um olhar fulminante.

— Ela ainda não se casou.

Eles permaneceram vigilantes enquanto cruzavam o rio Yangzi e se aproximavam de Jiankang. Mas, no fim, não houve nada. O Pequeno Guo conduziu um ataque brutal e inútil que causou baixas demais no lado dos Turbantes Vermelhos: uma onda de corpos quebrando contra os defensores de Jiankang. Numa cidade de muralhas altas como Lu, teria sido inútil. Mas, contra a desprotegida Jiankang, o ataque do Pequeno Guo começou a fazer efeito. O fluxo lento e duramente conquistado dos Turbantes Vermelhos aos poucos foi igualado por uma torrente de cidadãos em fuga; chegada a hora do Cavalo no décimo dia, Jiankang havia caído.

Por mais belas que fossem, as dependências do palácio do Duque de Wu (agora falecido) estavam cobertas de fumaça como o resto da cidade. Não era o fedor cotidiano da combustão de conchas de amêijoa e caroços de fruta, mas o cheiro das antigas mansões de Jiankang: a mobília laqueada e as grandes escadarias reduzidas a cinzas. Surgindo na névoa acima, o sol vespertino brilhava como uma flor de lótus vermelha.

No meio do pátio do palácio estava uma fileira de mulheres com roupas de baixo não tingidas. As esposas, as filhas e as criadas do Duque de Wu. Zhu e os outros comandantes aguardavam na lateral, observando o Pequeno Guo percorrer a fila. A luz avermelhada dava a seu nariz aquilino e a sua testa um brilho heroico. Seu sorriso carregava a satisfação infiltrada nos ossos de alguém que havia conquistado, apesar de todo o agouro daqueles que duvidavam dele, o que sempre soubera ser capaz de conquistar.

Examinando uma mulher trêmula com um olhar avaliador, o Pequeno Guo declarou:

— Escrava.

Para a seguinte:

— Concubina.

Zhu viu o rapaz olhar para a seguinte com uma apreciação ainda maior, tomar o braço da mulher para sentir a delicada textura da pele e erguer seu rosto abaixado para ver o formato.

— Concubina.

Sun provocou:

— São todas para você? Não acha que Ma Xiuying será o suficiente?

— Talvez uma mulher seja o suficiente para *você*. — O Pequeno Guo abriu um sorriso atrevido. — Posso me casar com aquela garota e ainda ter algumas concubinas. Um homem com a minha posição não pode não ter nenhuma.

Conforme ele percorria a fileira, as mulheres tremiam com os braços envoltos ao redor do corpo. Com os cabelos emaranhados e as roupas brancas, Zhu poderia tê-las confundido com fantasmas. Todas com exceção de uma. Tinha o corpo ereto, os braços nas laterais, sem pudor de sua silhueta exposta. As mãos estavam escondidas nas mangas. Ela observava o Pequeno Guo com tanta intensidade que ele se assustou um pouco quando parou diante dela.

— Escrava.

Ela sorriu ao ouvir aquilo, um sorriso selvagem e amargurado. E, no momento em que Zhu o viu, carregado com o ódio que a mulher sentia pelo Pequeno Guo e tudo que ele representava, ela entendeu instantaneamente o que a outra planejava fazer. Quando a mulher avançou na direção do Pequeno Guo, sua faca apontada para o pescoço do rapaz, Zhu já estava se lançando sobre o Pequeno Guo, empurrando-o com o ombro. Ele cambaleou, gritando, e a faca roçou em sua armadura. A mulher gritou de frustração e tentou apunhalar Zhu, então Xu Da colocou-se entre as duas, torcendo o braço da mulher de modo que a faca caiu sobre as pedras com um clangor.

Zhu se levantou. Ela se sentia estranhamente perturbada. Mesmo depois do fato, os outros comandantes ainda estavam agitados, incrédulos por uma ameaça ter partido de uma mulher — ainda por cima uma que mal estava vestida. Mas, no instante em que Zhu fitou aquela mulher e compreendeu sua intenção, ela a *entendeu*. Mais do que isso: por apenas um momento, ela havia compartilhado a ânsia da mulher em ver a surpresa no rosto do Pequeno Guo enquanto a faca afundava em seu corpo. Em desfrutar sua incredulidade diante de uma morte sem glória, quando ele sempre acreditara que o futuro lhe reservava apenas o melhor.

Zhu sentiu um espasmo de pavor gélido. Ela não conseguia se convencer de que era uma reação que Zhu Chongba teria tido. Pior do que aquilo era a percepção de que esses momentos pareciam estar acontecendo com cada vez mais frequência, quanto mais ela vivia no mundo fora do monastério. Acontecera com a Senhora Rui, com Ma, e agora com aquela mulher. Havia algo de agourento naquilo, como se a cada vez que acontecesse ela perdesse uma fração de sua capacidade de ser Zhu Chongba. Seu pavor intensificou-se ao se lembrar da mão vazia esticada na escuridão da masmorra da Senhora Rui. *Quanto eu posso perder até não poder mais ser ele?*

O Pequeno Guo recuperou-se do choque e aproximou-se de Zhu, o constrangimento já transformado em fúria.

— Seu...! — Ele lhe lançou um olhar cheio de ódio, depois empurrou-a para o lado com o ombro e arrancou a mulher de Xu Da. — Vadia! Quer morrer? — Ele lhe deu um tapa tão forte que sua cabeça virou para o lado. — Vadia! — Ele a golpeou até a mulher cair, depois chutou-a no chão. Zhu, lembrando-se involuntariamente daquela visão muito distante de uma pessoa sendo chutada até a morte, sentiu o estômago revirar.

Sun apressou-se em intervir. Ele havia forçado um sorriso, mas seus olhos estavam apreensivos.

— Aiya, é assim que age o próximo Duque de Wu? General Guo, por que está se rebaixando ao sujar as mãos deste jeito? Deixe que outra pessoa cuide deste lixo.

O Pequeno Guo o encarou. Sun parecia estar prendendo a respiração. Zhu percebeu que estava fazendo o mesmo. Então, após um longo momento, o Pequeno Guo franziu o cenho e disse:

— Duque! Você não disse que eu deveria ser rei?

— Rei de Wu, então! — bradou Sun, fazendo um esforço valoroso. — Ninguém deveria o negar ao senhor. Venha, esta é a maior de suas conquistas, o primeiro-ministro não poderá conter a alegria. Esta é *a* cidade do sul, e agora ela é sua. Deixe que os hu venham até nós agora! Vamos mostrar a eles... — Tagarelando o tempo todo, ele afastou o Pequeno Guo.

— Um bom resultado? — perguntou Xu Da, sarcástico, aproximando-se. — Mas era isso? O plano de Chen Youliang contra o Pequeno Guo?

Zhu observava a mulher ofegante no chão, as marcas da bota do Pequeno Guo em seu vestido branco.

— Acho que não. Acho que ela só estava muito brava.

— O Pequeno Guo costuma ter esse efeito nas pessoas. E suponho que isso não faz o estilo de Chen Youliang. O que há de espetacular numa punhalada literal?

— Então o golpe ainda está por vir. — Zhu suspirou. — Bem, deixe o Pequeno Guo aproveitar seu momento.

— Ele com certeza está aproveitando — disse Xu Da. — Enquanto entrávamos, ouvi ele dizer a Sun Meng que quer renomear a cidade. Ele quer algo mais apropriado para uma capital, como Yingtian. — *Que responde ao Céu.*

Zhu ergueu as sobrancelhas.

— Yingtian? Quem diria que ele tem estudo o suficiente para pensar em algo bom assim? Mas é ambicioso. O primeiro-ministro não vai gostar. Acho que ele queria o direito de nomear a cidade.

— Por que ele se importaria com o nome?

Zhu balançou a cabeça instintivamente.

— Nomes são importantes.

Ela sabia melhor do que qualquer um dos Turbantes Vermelhos como os nomes eram capazes de criar sua própria realidade aos olhos tanto dos homens quanto do Céu. E, com aquele pensamento, ela sentiu o início sombrio de uma constatação sobre o que Chen havia planejado para o Pequeno Guo.

— Finalmente! — exclamou Xu Da quando as familiares muralhas de terra de Anfeng surgiram no horizonte. A jornada de volta havia levado mais tempo por conta da umidade opressiva do fim do verão, e estavam todos fartos de viajar. A ideia de um retorno vitorioso era um bálsamo para os ânimos de todos. Naquele momento, uma comitiva de recepção emergia do portão sul; corria na direção deles sob o tremular das flâmulas escarlates do Príncipe Radiante.

No momento em que Zhu avistou o grupo, sua obscura meia constatação tornou-se tão nítida como tinta numa folha. A ação para a qual ela e Xu Da vinham se preparando já havia acontecido. Chen nem sequer precisara dela; jamais houve qualquer coisa que ela pudesse ter feito para impedi-lo. Mesmo ao incitar o cavalo ao longo da extensão da coluna, com Xu Da logo atrás, ela sabia que era tarde demais. Com pesar genuíno, ela pensou: *sinto muito, Ma Xiuying.*

Adiante, as flâmulas haviam parado na ponta da primeira coluna. Em voz alta e descontente, o Pequeno Guo disse:

— O que é isto?

Zhu e Xu Da aproximaram-se, apearam dos cavalos, e viram o que ele via. Xu Da perguntou, perturbado:

— Esses não são os homens que deixamos em Jiankang?

— Como ousam desrespeitar as ordens de seu general? — indagou o Pequeno Guo. — Quem ordenou que retornassem? Falem!

Sun chegou a galope e apeou, depois parou de repente ao lado de Zhu, confuso.

Foi um homem chamado Yi Jinkai quem se dirigiu ao Pequeno Guo em nome da comitiva. Mesmo com o bigode ralo, ele tinha o tipo de rosto convencional sobre o qual ninguém pensaria duas vezes. Zhu certamente não pensara, nas duas semanas desde que o deixaram no comando em Jiankang. Mas agora Yi irradiava poder. Poder *emprestado*: era o prazer vicário de executar o desejo de outro. É claro que Chen não precisara dela, pensou Zhu com uma clareza distante. Sua lealdade era nova demais; por que Chen pediria a ela, quando havia outros que ficariam mais do que contentes em fazer suas vontades?

Então Yi disse, imperioso:

— General Guo, o primeiro-ministro o convoca para uma audiência.

— Seu...! — exclamou Sun, indignado.

O Pequeno Guo encarou Yi. Aquele não era o retorno glorioso que ele havia esperado. Confusão, decepção e raiva digladiavam-se em seu rosto, e Zhu não ficou surpresa quando a raiva venceu.

— *Certo* — disse ele. — Já transmitiu sua mensagem. Diga ao primeiro--ministro que comparecerei à audiência quando chegarmos a Anfeng.

Yi segurou o cavalo do Pequeno Guo.

— O primeiro-ministro ordenou que os escoltássemos.

Sun avançou com um rosnado. Ele parou abruptamente, a adaga de Yi em sua garganta. Atrás de Yi, os outros membros da comitiva de recepção haviam desembainhado as espadas.

Yi repetiu:

— Ordens do primeiro-ministro.

Eles voltaram a montar nos cavalos e partiram, ladeando o Pequeno Guo como um prisioneiro. O Pequeno Guo manteve-se rígido, as sobrancelhas baixas curvadas numa máscara de amargura. Ele provavelmente temia encontrar o pai morto — morto há semanas. Estaria se perguntando se fora um acidente ou um assassinato declarado, e se o pai havia sofrido. Talvez — embora Zhu duvidasse — estivesse até percebendo que a garota Ma Xiuying falara a verdade sobre o perigo que Chen representava.

Sun maldizia Yi:

— Aquele filho da mãe. Fodam-se dezoito gerações de seus ancestrais!

Ao observar a comitiva diminuindo na direção de Anfeng, Zhu lembrou-se dos últimos momentos do Prior Fang no monastério. Mas o Prior Fang sabia do destino que o aguardava. O Pequeno Guo pensava que o perigo já havia acontecido; não percebia que ele ainda estava por vir.

— Comandante Sun — disse ela, voltando a montar no cavalo. — Vamos. Rápido.

Sun lançou-lhe um olhar agressivo e acusatório. Mas ele também não percebia o que estava acontecendo.

Quando viu o futuro que o restante deles ainda não havia compreendido, Zhu sentiu algo estranho. Atônita, ela identificou aquilo como o sentimento da tristeza de alguém, só que dentro do próprio peito, como se viesse do próprio coração. A dor do sofrimento de outra pessoa.

Ma Xiuying, pensou ela.

Anfeng estava tão vazia quanto um vilarejo abandonado pela praga. Era o meio do dia, então não havia sequer fantasmas. Os cascos dos cavalos tilintavam; o chão havia secado e endurecido feito pedra durante a ausência do grupo. Conforme cavalgavam, Zhu tomou consciência de uma energia crescente. Mais uma vibração do que um som, ela a sentia em suas entranhas como um desconforto primitivo.

Eles chegaram ao centro da cidade e viram a cena diante de si. Bem acima da multidão silenciosa, um palco havia sido erguido como que para um espetáculo. As flâmulas carmesins tremulavam. O Príncipe Radiante estava sentado em seu trono sob um guarda-sol de bordas adornadas por fios de seda que cintilavam ao vento como uma chuva de sangue. O primeiro-ministro andava de um lado para o outro na frente do menino. Debaixo do palco, ajoelhado na terra, estava o Pequeno Guo. Seu cabelo e sua armadura ainda estavam arrumados. Embora Zhu soubesse que não, por um momento até ela teve a impressão de que o rapaz estava sendo homenageado.

O primeiro-ministro parou de andar, e o cessar de sua agitação era ainda mais terrível: o tremor de um ninho de vespas, ou uma cobra prestes a atacar. Ele olhou para o Pequeno Guo e disse, numa voz pavorosa:

— Diga-me por que conquistou Jiankang, Guo Tianxu!

O Pequeno Guo soava completamente perplexo:

— Todos concordamos que Jiankang era a melhor...

— Eu lhe direi por quê! — A voz do primeiro-ministro chegava com clareza até onde Zhu, Xu Da e Sun estavam com seus cavalos. A multidão agitou-se. — Jiankang, o lugar onde vivem reis e imperadores, não é? Oh, tantas vezes você disse isso. Guo Tianxu: sei de suas intenções! Realmente pensou que poderia tomar aquela cidade para si mesmo, voltar para cá e me dizer que não se sentou naquele trono e se declarou rei?

— Não, eu...

— Não finja que já foi um súdito leal do Príncipe Radiante! — vociferou o primeiro-ministro. — Sempre teve suas próprias ambições. Trairia o desejo do Céu em nome dos próprios propósitos egoístas!

Uma grande figura vestida de preto estava parada ao lado de Yi aos pés do palco. Mesmo daquela distância, Zhu podia ver que Chen estava sorrindo. É claro que o Pequeno Guo fora tolo o suficiente para anunciar suas vontades em voz alta, e Yi as havia relatado para Chen. E quem dentre os Turbantes Vermelhos tinha mais experiência do que Chen em alimentar a paranoia do primeiro-ministro?

— Não — disse o Pequeno Guo, alarmado. Sua voz era a de alguém que estava apenas gradualmente percebendo a seriedade da situação. — Não foi isso que eu...

— Ousou conquistar aquela cidade e chamá-la de Yingtian? Ousou pedir ao Céu pelo direito de governar? Sendo que o Príncipe Radiante é nosso líder, e apenas ele possui o Mandato do Céu? — Inclinando-se sobre a borda do palco, o rosto do primeiro-ministro estava avermelhado e distorcido de fúria. — *Traidor*. Oh, eu sei de tudo. Esse tempo todo, você planejava voltar para matar nós dois, para que pudesse ter o trono para si mesmo. Seu traidor e usurpador!

Finalmente entendendo, o Pequeno Guo gritou, horrorizado:

— Vossa Excelência!

O primeiro-ministro sibilou:

— *Agora* você me chama assim. Quando vinha debochando e tramando às nossas costas esse tempo todo!

Houve uma comoção: o Ministro da Direita Guo abria caminho pela multidão. Sua túnica estava desarranjada; seu rosto molenga havia endurecido de choque. Ele gritou:

— Vossa Excelência, pare! Este servo lhe suplica!

O primeiro-ministro aproximou-se dele.

— Ah, chegou o pai do traidor. O senhor deve lembrar que, sob as antigas regras, a família de um traidor era executada até o nono grau. É isso que você quer, Guo Zixing? — Ele encarou o outro homem como que o forçando a deixá-lo fazer daquilo realidade. — Se não, deveria estar de joelhos e me agradecendo por poupá-lo.

O Ministro da Direita Guo jogou-se na direção do filho, mas foi pego e segurado. Apesar da futilidade do gesto, o velho homem continuava a se debater. Ele gritou:

— Vossa Excelência, eu lhe suplico misericórdia!

O Pequeno Guo aparentemente acreditara que a chegada do pai poderia resolver o mal-entendido. Agora, obviamente em pânico, ele gritou:

— Vossa Excelência, posso preservar Jiankang para si...

— Jiankang que se exploda! Quem se importa com Jiankang? O lugar de direito do Príncipe Radiante e de nossa dinastia Song restaurada é Bianliang.

Jiankang não é nada. Você foi apenas um farsante, Guo Tianxu. Sentou-se apenas num trono falso.

O Ministro da Direita Guo, livrando-se com a força sobrenatural de um pai que vê o filho em perigo, lançou-se sobre a terra aos pés do primeiro-ministro.

— Vossa Excelência, perdoe-o! Perdoe-nos! Excelência!

Zhu podia imaginar o brilho doentio nos olhos do primeiro-ministro ao fitar o homem às súplicas. Então ele deu um passo para trás.

— Em nome do Príncipe Radiante, o traidor e farsante Guo Tianxu está condenado à morte.

Do alto de seu trono, o sorriso gracioso do Príncipe Radiante jamais vacilou. Refletida na lateral inferior de seu guarda-sol, sua luz jorrava sobre o palco e as figuras lá embaixo, até estarem submersos em um mar encarnado. Naquele momento, sua versão criança parecia ter desaparecido por completo. Ele não era humano: era a emanação do esplendor escuro que era a vontade do Céu.

Ao ouvir sua sentença, o Pequeno Guo levantou-se num pulo e correu. Conseguiu dar alguns passos antes de ser derrubado e arrastado de volta para o palco, sangrando com um corte na testa.

— Pai! — gritou ele, cheio de medo e de incompreensão. Mas, em vez de reconfortar o filho, o Ministro da Direita Guo ficou congelado de pavor. Ele encarava a cena com olhos vazios enquanto o primeiro-ministro chamava do palco e os homens avançavam com os cavalos. Estavam esperando lá o tempo todo. *Este sempre foi o destino do Pequeno Guo*, pensou Zhu. *Nunca houve escapatória.*

Desde o começo ela estivera consciente da presença de Ma Xiuying. Agora Zhu a via na multidão. Ao redor dela, espaço; era como se sua associação com o traidor tivesse sido suficiente para que as pessoas se afastassem dela. Seu rosto estava pálido de choque. Embora sempre tivesse temido o pior, Zhu percebeu que ela nunca tivera ideia de como seria se aquilo se concretizasse. Sentindo uma pontada daquela estranha nova dor, Zhu pensou: *ela nunca viu uma vida ser tirada intencionalmente.* Embora fosse inevitável, por algum motivo Zhu se viu lamentando a perda da inocência de Ma.

O Pequeno Guo gritava e resistia enquanto os homens o amarravam aos cinco cavalos. O primeiro-ministro, assistindo a tudo com a alegre satisfação de um paranoico que via o mundo entrar nos eixos, viu que eles estavam prontos. Ele ergueu o braço e o deixou cair. Os chicotes estalaram.

Zhu, observando Ma com uma dor estranha no coração, viu que a moça virou o rosto no momento crítico. Não havia ninguém para a confortar. Ela simplesmente se dobrou no meio daquela bolha vazia na multidão, chorando. Zhu sentiu uma forte urgência protetora subir-lhe ao peito diante da imagem. Alarmada, ela percebeu que se tratava de um novo desejo, já enraizado junto daquele outro que definia tudo o que ela era e fazia. Parecia tão perigoso quanto a ponta de uma flecha alojada em seu corpo, como se a qualquer momento pudesse se aprofundar e causar uma ferida fatal.

O primeiro-ministro fitou a multidão, seu corpo esguio vibrando. O Ministro da Esquerda Chen, sorridente, ascendeu as escadas e subiu no palco. Fazendo uma reverência profunda para o primeiro-ministro, ele disse:

— Vossa Excelência, fizeste bem.

Ma, irrompendo dentro do templo, encontrou Zhu sentado sobre seu estrado no anexo agora coberto, lendo. Num dia comum, ela teria considerado aquele um momento privado. Ele parecia absorto e, quando ela entrou voando, levou um susto. Ela devia estar com uma aparência suficientemente aterrorizante: o cabelo solto como o de um fantasma; o rosto pálido; o vestido manchado e rasgado. Estava sendo inapropriada. Não se importava.

— Eu lhe pedi que o protegesse!

Zhu fechou seu livro. Tardiamente, Ma notou que ele vestia apenas a camisa de baixo e calças. Soando atipicamente cansado, ele disse:

— Talvez eu tivesse conseguido, se Chen Youliang tivesse escolhido outro caminho. — As velas ao lado de seu estrado crepitavam de leve conforme poeira e pequenos insetos adentravam as chamas. — Suponho que ele pensou ser arriscado demais enfrentar o Ministro da Direita Guo diretamente. Então ele usou a paranoia do primeiro-ministro como arma. A senhorita mesmo não disse ao Pequeno Guo para nunca dizer nada contra o primeiro-ministro? Mas ele chamou Jiankang de sua cidade. No fim das contas, era tudo de que Chen Youliang precisava.

— Você sabia que isso ia acontecer? — Sua voz cada vez mais alta falhou. — Você estava do lado de Chen Youliang; devia saber!

— Eu não sabia — disse ele.

— E você espera que eu acredite nisso?

— Acredite no que quiser. — Zhu deu de ombros, exausto. — Se Chen Youliang confia em mim? Não por completo, acho. Mas, de qualquer forma, ele não precisou de mim. Já tinha Yi Jinkai de prontidão.

Ela estava chorando. Soluços ásperos. Era como se andasse chorando há dias.

— Por que precisamos participar desses jogos horríveis? Por *quê*?

Por um momento, a luz oscilante das velas fez o monge vacilar, como se seu pequeno corpo fosse apenas um recipiente para algo mais terrível.

— Que outra coisa qualquer pessoa quer além de estar no topo, ser intocável?

— Eu não quero isso!

— Não — disse ele. Seus olhos negros estavam tristes. — Não quer. Mas outros querem, e é por causa deles que este jogo continuará até acabar. Quem é o próximo obstáculo entre Chen Youliang e o topo? O Ministro da Direita Guo. Então o próximo passo de Chen Youliang será contra ele. — Depois de um breve silêncio ele acrescentou, num tom grave: — Você deveria pensar em si mesma, Ma Xiuying. Se Chen Youliang destruir o clã Guo, verá em você uma recompensa útil para o comandante que mais o agradou.

Se fosse uma surpresa, talvez ela tivesse ficado horrorizada. Mas, mesmo enquanto ouvia aquelas palavras, Ma sabia: era apenas outra parte do padrão da vida de uma mulher. Ainda doía, mas, em vez de uma dor nova, era o mesmo peso insuportável que sentira ao ser informada sobre seu casamento iminente com o Pequeno Guo. Embora tivesse sofrido ao assistir à morte do Pequeno Guo, o evento não mudara absolutamente nada.

A expressão do monge era solene, como se ele soubesse no que ela estava pensando.

— Vai deixar isso acontecer ou vai finalmente se permitir desejar algo diferente?

— Não posso! — Seu próprio grito assustou-a. — Quem você pensa que eu sou, para achar que eu posso fazer qualquer coisa acontecer em minha própria vida? Sou uma *mulher*. Minha vida estava nas mãos de meu pai, depois nas do Pequeno Guo, e agora está nas de outra pessoa. Pare de falar como se eu pudesse desejar qualquer coisa diferente! É impossível... — Como era possível parecer que ele entendia, quando ele era incapaz de entender *aquilo*? Para seu horror, ela deixou escapar um soluço.

Depois de um momento, ele disse:

— Sei que você não deseja essa vida. Uma diferente não é impossível.

— Então me diga como! — gritou ela.

— Junte-se a mim.

Ela conseguiu o encarar.

— Me juntar a seu lado? Você quer dizer o lado de *Chen Youliang*.

— Não o lado dele — disse ele, firme. — O meu lado.

Ela levou um momento para entender o que ele quisera dizer. Quando assimilou, a traição acertou-a com a força de um tapa.

— Me juntar a você — ela disse pausadamente. — Me *casar* com você. — Ela vislumbrou aquele terrível padrão, tão rígido quanto um caixão: casamento, filhos, dever. Que espaço havia ali para seu próprio desejo? Ela havia pensado que Zhu era diferente; quisera acreditar nisso, mas ele era igual aos outros. A morte do Pequeno Guo havia simplesmente lhe dado uma oportunidade de tomar algo que desejava. Enojada, ela ouviu Sun Meng: *ele olha para você como um homem*. A crueldade daquilo a fez perder o ar. Zhu desejava, e havia lhe falado como se fosse algo que ela também podia fazer, mas suas palavras nunca foram sinceras.

E ah, naquele momento ela de fato desejava. Desejava *machucá-lo*.

Ele notou seu olhar de fúria. Mas, em vez de provocar uma explosão da costumeira raiva masculina, para seu espanto a expressão do monge apenas se suavizou.

— Sim. Case-se comigo. Mas não como teria sido com o Pequeno Guo. Eu quero a escutar, Ma Xiuying. A senhorita tem algo que eu não tenho: você sente pelos outros, mesmo aqueles de quem não gosta. — Um lampejo de autoflagelação, quase rápido demais para ver. — As pessoas nesse jogo farão o que for preciso para chegar ao topo, sem consideração para com os outros. A vida toda acreditei que precisava ser desse jeito para conseguir o que quero. E eu de fato quero meu destino. Quero-o mais do que qualquer coisa. Mas que tipo de mundo teremos se todos nele forem como Chen Youliang? Um mundo de terror e de crueldade? Também não quero isso, não se houver outro jeito. Mas não consigo ver esse outro jeito sozinho. Então junte-se a mim, Ma Xiuying. *Mostre-me.*

A fúria de Ma foi perfurada pela honestidade inesperada do monge. *Ou o que parece ser honestidade.* Com um clarão de dor ela percebeu que queria acreditar nele. Queria acreditar que ele era diferente; que ele era o tipo de homem que enxergava os próprios defeitos, e que precisava dela tanto quanto ela precisava dele.

— Você quer que eu acredite que você é diferente — disse ela. Para seu constrangimento, sua voz falhou. — Que você pode me dar algo diferente. Mas como posso confiar nisso? Não *posso.*

Para a surpresa da moça, uma expressão excruciante surgiu no rosto de Zhu. Vulnerabilidade e uma sombra de medo, algo que ela nunca havia visto nele antes, e aquilo a perturbou mais do que qualquer outra coisa que havia se passado entre eles.

— Entendo por que seria difícil confiar — disse ele. Sua voz voltou a ter aquela estranha inflexão de compreensão, e Ma não fazia a menor ideia do que ela significava.

Ele pôs o livro de lado e se levantou. Em seguida, começou a desamarrar a camisa. O gesto era tão bizarro que Ma se viu assistindo à cena com uma sensação extracorpórea que parecia ser metade paralisia, metade aceitação, como se ela fosse uma sonhadora que se deixava levar pela estranheza do sonho. Foi só quando os ombros nus de Zhu ficaram à mostra que ela voltou à vida com um sobressalto de constrangimento. Ela desviou o rosto. Não era a primeira pele masculina que via, mas, por algum motivo, seu rosto ardia. Ela ouviu as roupas dele caírem.

Então ela sentiu os dedos frios de Zhu sobre o rosto, virando-o de volta para si. Ele disse:

— Olhe.

Seus corpos estavam tão próximos, o vestido e o não vestido. Com aquela mesma sensação de aceitação onírica, Ma viu no outro seu próprio reflexo, como que visto oscilante numa tigela de água.

Zhu observou a moça encará-la. Seu rosto continha uma vulnerabilidade exposta, algo tão cru e terrível que Ma se encolheu ao vê-lo. A expressão a fez pensar em alguém que expunha uma ferida mortal que a própria pessoa não ousava olhar, por medo de que a realidade do que via acabasse consigo num instante.

Zhu falou com calma, mas, sob a superfície, Ma sentiu-a cheia de medo.

— Ma Xiuying. Você vê algo que deseja?

Eu sou uma mulher, foi o que Ma gritara para Zhu, desesperada. Agora, ao olhar para a pessoa parada diante de si com um corpo igual ao seu, ela via alguém que não parecia nem homem, nem mulher, mas uma substância completamente diferente: algo inteira e poderosamente único. A promessa da diferença convertida em realidade. Com uma sensação de horror vertiginoso, Ma sentiu o rígido padrão de seu futuro se desfazer, até restar apenas o vazio da possibilidade pura.

Ela tomou a mão pequena e calejada de Zhu e sentiu seu calor fluir para si até o espaço oco de seu próprio peito arder com tudo o que nunca se permitira sentir. Ela estava cedendo àquilo, sendo consumida por aquilo, e era a coisa mais bela e assustadora que já havia sentido. Ela *desejava*. Ela desejava tudo que Zhu lhe oferecia com aquela promessa de diferença. Liberdade, desejo e o poder de fazer de sua vida o que quisesse. E, se o preço de tudo isso era o sofrimento, então de que importava, se ela sofreria independentemente do que escolhesse?

Ela disse:

— Sim.

ANYANG
VERÃO

Anyang estava parada e cinzenta quando retornaram de Hichetu. Os longos corredores jaziam vazios; os pátios estavam desertos. Caminhar por aqueles espaços ressonantes dava a Esen a sensação de ser a única pessoa restante no mundo. Mesmo Ouyang demorava-se muito atrás para confortá-lo: uma sombra que, de alguma forma, se separara do corpo. Esen chegou à residência do pai e parou na entrada que dava para o pátio, e os viu lá. Todos os membros da família, suas esposas e suas filhas, oficiais e criados todos trajados de branco, curvados silenciosamente em uníssono. Conforme Esen caminhava em meio a eles, as ondas interminávéis de seus movimentos eram como mil orquídeas branca-da-neve abrindo e fechando. Seus trajes de luto suspiravam. Ele queria gritar que parassem, que fossem embora, que aquele não era o lugar deles, e não era o próprio; que seu pai não estava morto. Mas não gritou. Não podia. Ele subiu os degraus da residência do pai e se virou para encará-los. Ao fazê-lo, uma única voz ergueu-se:

— Todos saúdem o Príncipe de Henan!

— Viva o Príncipe de Henan!

Parado diante de todos, ele sabia que tudo estava diferente; as coisas jamais seriam iguais novamente.

Os dias longos e quentes que se seguiram foram repletos de cerimônias. Vestido em sua túnica de luto de cânhamo, Esen adentrou os corredores frios do templo da família. A madeira escura cheirava a cinzas e a incenso. Estátuas estendiam-se até o fundo. Ele teve a repentina visão sinistra de alguém fazendo o mesmo por ele no futuro. Seus filhos, depois seus netos fazendo isso pelos filhos dele. Sua linhagem de ancestrais acumulando mortos: sempre mais destes do que daqueles que já estiveram vivos a qualquer momento, para lamentar suas mortes.

Ele se ajoelhou de frente para o Buda e pôs as mãos na caixa dourada de sutras. Ele tentou manter o pai em mente enquanto rezava. Guerreiro, um verdadeiro mongol, o mais leal súdito do grão-cã. Mas o cheiro desagradável do templo o distraía. Ele não conseguia fixar a mente nas preces, parecia não conseguir habitá-las do jeito certo para dar-lhes significado. Em sua boca elas eram palavras vazias que não faziam nada pelo espírito do pai enquanto aguardava naquele subterrâneo sombrio pela reencarnação.

Atrás dele, uma porta se abriu. Uma sombra cortou o quadrado de luz. Esen conseguia sentir a presença do irmão como uma marca. Aquela insinceridade resplandecente; a atuação vazia. Um insulto traduzido com seu próprio ser. Conforme os dias passavam depois que Baoxiang derrubou Chaghan para a morte, as emoções que Esen sentia em relação ao irmão haviam se intensificado. Agora ele pensava que aquilo era talvez a única coisa que fazia sentido no momento: a clareza do ódio.

Ele falou para o assistente do templo com brusquidão:

— Eu disse que ninguém tinha permissão para entrar.

O assistente disse, hesitante:

— Senhor... digo, estimado Príncipe, é...

— Sei quem é! Leve-o para fora.

Ele tentou se concentrar nas prostrações ritualísticas, no estalar dos sutras ao serem desenrolados, mas sua consciência permaneceu no sussurro do criado, no desaparecimento da sombra e na iluminação cada vez menor com o fechar das portas. Suas preces eram piores do que vazias. Palavras inúteis e arruinadas, nada melhor do que o discurso fácil de traidores que moviam os lábios ao mesmo tempo que não carregavam nada nos corações.

Ele se levantou de súbito, lançando os sutras ao chão. O clangor herético interrompeu a recitação do monge principal. Ele conseguia sentir o choque dos assistentes como uma pressão externa, todos eles forçando-o a se submeter aos rituais, a terminar.

— Este não é um memorial digno de meu pai — disse ele. — Essas *palavras*. — Seu coração palpitava; ele podia sentir sua verdade correndo dentro de si com tanta fúria quanto seu sangue. — Lembrarei e honrarei ele da forma como gostaria. Da forma como merece.

Ele marchou até as portas e as abriu com tudo, saindo no brilho difuso do céu quente perolado. O pátio vazio ecoava com a memória daquelas centenas de pessoas de branco. Mas hoje havia apenas uma figura ali. À distância, os elaborados trajes brancos e o rosto esgotado de Wang Baoxiang possuíam toda a humanidade de uma pedra de jade esculpida.

Ouyang veio de onde estava aguardando, e Esen conseguiu desviar os olhos do irmão. A presença de Baoxiang era tão angustiante quanto a de Ouyang era reconfortante: ela era toda a ordem e a retidão do mundo.

Esen sentiu sua perturbação interna desacelerar. Ele disse:

— Queria que você pudesse ter entrado comigo. Eu não deveria ter tido que fazer isso sozinho.

Uma sombra atravessou o rosto de Ouyang. Havia uma distância peculiar em sua voz quando ele disse:

— É o papel de um filho honrar seu pai e seus ancestrais. O espírito de seu pai necessita apenas de suas devoções.

— Deixe-me fazer uma oferenda em seu nome.

— O senhor está confundindo sua própria opinião a meu respeito com a de seu pai. Acho que o espírito dele não quer particularmente saber de mim.

— Ele o tinha em alta conta — disse Esen, teimoso. — Meu pai não tolera tolos. Por acaso teria permitido que você fosse minha escolha de general se não acreditasse em sua competência? A reputação dos exércitos de Henan não seria

nada sem você. É claro que ele quer suas homenagens. — Então ele apercebeu:
— Meu pai era um guerreiro. Se desejamos honrá-lo e levar mérito a seu espírito, não será por meio de um templo.

Ouyang ergueu as sobrancelhas.

— Venceremos a guerra. Eu e você, juntos, meu general. Nossos exércitos de Henan recuperarão a força do Grande Yuan; será o reinado mais longo que esta terra entre os quatro oceanos já viu. Nossa casa será lembrada para sempre como defensores do império. Não seria essa a maior honra que meu pai poderia desejar?

O canto da boca de Ouyang se moveu, mais frágil que um sorriso. A sombra em seu rosto era transparente demais para mascarar a dor. Esen pensou: *ele também está de luto.*

Ouyang disse:

— O que seu pai mais desejava neste mundo sempre foi o seu sucesso, e o orgulho que o senhor traz à linhagem de seus ancestrais.

Esen pensou no pai e, pela primeira vez, sentiu algo ditoso em meio à dor. Ainda não o suficiente para suplantá-la, mas a semente de algo que poderia crescer. *Eu sou o Príncipe de Henan, o defensor do Grande Yuan, como meu pai e o pai de meu pai foram antes de mim.* Era um propósito e um destino, ressoando dentro dele com tanta clareza quanto a nota aguda de um *qin.* Esen viu o rosto de Ouyang e soube que ele sentia aquilo com a mesma intensidade. Aquecia-lhe o coração saber que, apesar de tudo, sempre teria Ouyang.

A flecha de Ouyang acertou o alvo com um baque surdo. Depois de sua traição em Hichetu, seu plano fora manter a distância de Esen. O luto e a raiva de Esen eram insuportáveis: eles davam a Ouyang uma dor dilacerante semelhante a ter pele de tubarão esfregada em todas as partes delicadas do corpo. Ele só não contara com o novo desejo de Esen de mantê-lo mais próximo de si do que quando Ouyang fora seu escravo. Era compreensível; Ouyang supunha que devia ter previsto tal atitude. *Ele perdeu o pai. Amaldiçoa o nome do irmão. Eu sou tudo o que lhe restou...*

A flecha seguinte passou longe do alvo.

A seu lado, Esen afrouxou a própria flecha.

— Conquistar Jiankang apenas para abandoná-la... — Sua flecha acertou o alvo em cheio. Apesar de estar ocupado com o papel de Príncipe de Henan, ele havia adotado o novo hábito de praticar com o arco nas manhãs antes de dar início aos trabalhos, o que invariavelmente significava que Ouyang precisava acompanhá-lo.

— Disputas internas — disse Ouyang, recompondo-se. Sua flecha seguinte caiu a um dedo de distância da que Esen lançou. — De acordo com a inteligência, os Turbantes Vermelhos têm duas facções lutando pelo controle do movimento. Os relatórios mais recentes sugerem que Liu Futong sentenciou o jovem General Guo à morte. Devemos conseguir uma confirmação dentro de alguns dias.

— Rá! Quando não estamos por perto para matar seus generais, eles sentem a necessidade de fazê-lo por conta própria?

Altos ciprestes produziam suas sombras azuis aromáticas no jardim bem--cuidado em que os dois praticavam. Nos jardins adjacentes, lagos coravam com flores de lótus. Glicínias roxas derramavam-se sobre as trilhas entrecruzadas e ao longo das paredes de pedra no perímetro. O calor crescente do dia já havia aquietado o gorjeio dos pássaros, e mesmo as abelhas pareciam indolentes. Apesar do esforço mínimo, os dois estavam suando. Esen, porque era por natureza mal-acostumado ao calor; Ouyang, porque vestia muitas camadas. Sentia-se sufocado. Em circunstâncias normais, os movimentos rítmicos do tiro com arco teriam sido relaxantes, mas agora apenas faziam com que se sentisse mais preso.

Um criado se aproximou com copos transpirantes de chá de cevada gelado e toalhas frias e aromatizadas para o rosto e as mãos. Ouyang bebeu, grato, e pressionou uma toalha contra a nuca.

— Meu senhor, poderíamos considerar adiantar nossa data de partida em algumas semanas para atacá-los antes que eles resolvam os conflitos internos. É melhor aproveitarmos a distração.

— Seria possível?

— Logisticamente, sim. Exigiria apenas fundos extras... — Ouyang não disse quem precisaria autorizar a liberação de tais fundos. Desde Hichetu, o Senhor Wang mantinha-se na maior parte do tempo em seu gabinete e aposentos e raramente era visto. Ouyang cruzara com ele apenas uma vez no pátio, ocasião em que o Senhor Wang lhe lançou um olhar amargo e penetrante que o atraiu para perto e o prendeu para inspeção. Pensar naquele olhar causou-lhe uma pontada de inquietação.

Esen cerrou os lábios.

— Comece os preparativos. Garantirei que você consiga os fundos. Tem alguma ideia de qual será o próximo alvo dos rebeldes?

Ouyang sentiu uma punhalada. Nunca havia vivenciado tantos tipos diferentes de dor, um sobreposto ao outro. A dor de sua primeira traição não havia se curado e ele já sentia a expectativa dolorosa da seguinte. Ah, ele sabia bem qual seria o próximo alvo dos rebeldes. Tendo abandonado o alvo estratégico de Jiankang, estariam em busca de uma vitória simbólica. E, se o objetivo era lançar dúvidas sobre o direito de governar do Grande Yuan, eles visariam reconquistar uma capital antiga localizada no centro de Henan — no coração do império. Desejariam o último trono da última grande dinastia que reinou antes da chegada dos bárbaros.

Qualquer nanren saberia disso. E, apesar de os mongóis terem feito dele um dos seus, Ouyang era um nanren. Ele pensou: *Bianliang*.

Em voz alta, ele disse:

— Não, meu senhor.

— Não importa — disse Esen. — Seja lá qual for a cidade que escolherem, duvido que estejamos em risco de perdê-la. Porém, desta vez, nada de atravessar rios.

Parecia que uma eternidade se passara desde que o monge rebelde conjurou uma torre de água sobre eles e afogou dez mil dos homens de Ouyang. Aquilo fora o início de tudo. Ele fora humilhado e forçado a se ajoelhar; havia encarado seu destino no olho; traíra e matara. E agora não lhe restava mais nada além de dor. Ele sentiu uma onda de ódio pelo monge. Talvez seu destino estivesse determinado, mas fora aquele maldito monge que o fez acontecer *agora*; fora o monge que o pôs em movimento. Sem ele, quanto mais tempo Ouyang poderia ter tido com Esen? Ele foi atingido por uma saudade de tamanha intensidade que perdeu o ar. O prazer fácil do companheirismo em campanha; a doçura pura de lutar lado a lado: tudo aquilo pertencia ao passado, quando Ouyang ainda merecia a confiança de Esen.

Como que lendo sua mente, Esen disse, frustrado:

— Não sei como vou suportar ter de ficar aqui. Só porque sou o Príncipe agora e ainda não tenho um herdeiro. — Sua flecha acertou o centro do alvo. Normalmente, Ouyang era o melhor dos dois em tiro estático, mas uma nova agressividade havia adentrado a postura de Esen desde Hichetu. Ao menos no campo de treinamento, era espantoso.

— Se algo lhe acontecesse... — disse Ouyang.

— Eu sei — disse Esen, amargo. — A linhagem terminaria comigo. Ah, como detesto essas minhas mulheres! Não são capazes de ao menos realizarem sua única função?

Eles atravessaram o campo para recuperar as flechas. As de Esen estavam enterradas tão profundamente que ele precisou usar sua faca para cortá-las. Ele disse, ríspido:

— Vença por mim, Ouyang. Por meu pai.

Ouyang observou-o perfurar a madeira. Emoções sombrias se assentavam de forma grosseira nos traços classicamente suaves de Esen. A visão fez Ouyang sentir que havia quebrado algo belo e perfeito. A morte de Chaghan fora inevitável: estivera escrita no destino do mundo desde o momento em que ele assassinara a família de Ouyang. Em relação a isso, matar Chaghan não havia sido um pecado.

Mas partir o coração de Esen parecia um.

Esen estava sentado à mesa do pai, odiando aquilo. Seguindo a tradição, depois de assumir o título de Príncipe de Henan, ele, as esposas, as filhas e os criados haviam todos se mudado para a residência que pertencera a Chaghan. Talvez uma outra pessoa tivesse se deleitado com a proximidade da memória, mas Esen achava as memórias invariavelmente desagradáveis: elas o emboscavam de forma inesperada, como tapas na cara. Seu único consolo era que conseguira convencer Ouyang a ficar com sua residência. A insistência do general em viver em isolamento, em condições inferiores à sua posição, sempre mistificara Esen e lhe causava certo ressentimento. Parecia injusto que a pessoa que mais estimava persistisse na *escolha* da solidão e, ao fazer isso, fazia com que Esen também a sentisse. Mas havia sempre algo de intocável em Ouyang. Ele estava sempre se distanciando, mesmo quando Esen queria mantê-lo mais perto.

A porta se abriu e um oficial semu entrou na frente de um criado carregando uma pilha de papéis. Os oficiais pareciam todos iguais para Esen, mas os perturbadores olhos cor de gelo do homem eram distintos. Seu humor azedou instantaneamente: era o secretário do irmão.

O semu deu um passo à frente, ousado, e fez sua reverência. Indicando a pilha de papéis, ele disse:

— Este oficial indigno implora pela atenção do estimado Príncipe de Henan para que conceda seu selo aos seguintes...

Esen conteve sua irritação e tirou o selo do pai de sua caixa de paulównia-imperial. A face do carimbo sangrava tinta de cinábrio. Aquela imagem encheu Esen de desânimo. Ele não conseguia conceber uma vida toda sentado, carimbando documentos. Ele pegou o papel no topo da pilha, depois pausou. Estava escrito inteiramente em caracteres nativos. Com uma fúria crescente, ele arrancou a pilha do criado e viu que o mesmo valia para todos os documentos. Esen sempre tivera orgulho de suas habilidades. Porém, diferente do irmão, ou mesmo do pai, era analfabeto em qualquer idioma que não fosse o mongol. Isso nunca fora um problema antes. Agora sua inadequação fez uma explosão quente de vergonha percorrer seu corpo. Virando-se para o semu, ele disse com brusquidão:

— Por que vocês escrevem nesta língua inútil?

O secretário do irmão ousou erguer uma sobrancelha.

— Estimado Príncipe, vosso pai...

Por trás daquela impertinência, Esen viu o rosto desdenhoso do irmão, e sentiu um clarão de pura fúria.

— Como ousa responder! — vociferou ele. — Abaixe-se!

O homem hesitou, depois abaixou-se e levou a cabeça ao chão. As mangas e as saias vibrantes de seu traje se espalhavam ao redor dele sobre as tábuas escuras do piso. Ele vestia roxo e, por um instante de espanto, tudo que Esen pôde ver foi o pai, depois da queda.

O secretário do irmão murmurou, não de todo arrependido:

— Este criado indigno suplica o perdão do Príncipe.

Esen amassou o papel na mão.

— Pode um mero oficial ser tão ousado só porque trabalha para o cachorro do meu irmão? Pensa que sou marionete dele, que assinaria qualquer coisa que ele me der mesmo que eu não possa lê-la? Este é o Grande Yuan. *Nós* somos o Grande Yuan, e nosso idioma é o mongol. Altere os documentos!

— Estimado Príncipe, não há... — O secretário do irmão se interrompeu com um ganido satisfatório quando Esen deu a volta na mesa, furioso, e o chutou. — Ah, Príncipe! Misericórdia...

Esen gritou:

— Diga a meu irmão! Diga a ele que não me importa se ele precisa substituir você e cada um de seus malditos lacaios para encontrar outros que possam trabalhar em mongol. *Diga a ele.* — Ele deixou os documentos amassados caírem. O secretário do irmão se encolheu, juntou suas saias e saiu correndo.

Esen permaneceu parado, ofegante. *Baoxiang pretendia me enganar em minha própria casa.* O pensamento era inescapável. Ele se sentiu girando ao redor disso, cada volta dando mais força ao mecanismo de fúria e de ódio. Desde o retorno a Anyang, Esen dera seu melhor para fingir para si mesmo que o irmão não mais existia. Ele esperara que apagar Wang Baoxiang de seus pensamentos fosse de alguma forma apagar a dor da traição e da perda. Entretanto, pensou Esen com agressividade, isso não funcionara.

Ele gritou para o criado mais próximo:

— Chame o Senhor Wang!

Passou-se mais de uma hora até Baoxiang ser anunciado. Seus traços manji de ossos refinados pareciam mais proeminentes, e havia sombras sob seus olhos. Sob o familiar sorriso frágil havia algo tão pálido e misterioso quanto um cogumelo. Ele parou em seu lugar de costume diante da escrivaninha do pai. Esen, sentado na posição do pai atrás dela, sentiu-se desagradavelmente desorientado.

Ele disse, ríspido:

— Você me fez esperar.

— Minhas mais humildes desculpas, *estimado Príncipe*. Soube que meu secretário lhe faltou com respeito. — Baoxiang vestia uma túnica cinza de aparência simples, mas, quando ele se curvou, os fios de prata no tecido refletiram a luz das lâmpadas e cintilaram como os filões ocultos numa pedra. — Assumo a responsabilidade pela questão. Farei com que ele seja açoitado vinte vezes com o bambu leve.

Era tudo atuação; era tudo superficial. Num clarão de raiva, Esen viu que o irmão não lamentava nem um pouco.

— E a outra questão, a do idioma?

Num tom agradável, Baoxiang respondeu:

— Se é o desejo do Príncipe, farei com que seja alterado.

Seu tom fez Esen querer machucá-lo — torcê-lo até que pudesse ouvir alguma sinceridade acidental.

— Então o altere. Outra questão, Senhor Wang. Talvez esteja ciente de que recentemente ordenei ao General Ouyang que antecipasse suas datas de partida para a próxima campanha ao sul. Entendo que isso exigirá fundos extras de seu gabinete. Quero que os forneça assim que possível.

Os olhos de gato de Baoxiang estreitaram-se.

— O momento não é o ideal.

— Você fala como se eu estivesse fazendo um pedido.

— Possuo uma série de grandes projetos em progresso que serão impactados se lhes retirarmos recursos neste momento crítico.

— Que grandes projetos? — desdenhou Esen. — Mais estradas? Escavação de valas? — Ele sentiu uma onda cruel de prazer ao pensar em destruir todas as coisas com que o irmão se importava. Pagar dor com dor. — O que é mais importante, uma estrada ou esta guerra? Não me importo de onde vai tirar os recursos, só faça com que os fundos estejam disponíveis.

Baoxiang debochou.

— Está mesmo tão determinado a desfazer todos os meus esforços e destruir esta região inteira em nome de um único esforço contra os rebeldes? — Atrás dele, na parede, os estandartes funerários feitos de rabo de cavalo balançavam: um para o bisavô, um para o avô e outro para Chaghan. — Já pensou no que acontecerá se você não vencer, irmão? Irá humilhado até a corte para lhes dizer que não possui os recursos para continuar a defender o Grande Yuan? A única razão pela qual se importam conosco é nossa habilidade de manter um exército. Vai jogar fora essa habilidade por uma chance de glória?

— Uma chance...! — exclamou Esen, incrédulo. — Não é possível que ache que perderíamos.

— Ah, e na última temporada você não perdeu dez mil homens? Isso poderia acontecer de novo, Esen! Ou é tolo o suficiente para acreditar que o futuro corresponderá aos seus sonhos, sem qualquer consideração pela realidade da situação? Se a resposta for sim, então você é pior que nosso pai.

Esen voltou a se recostar com força na cadeira.

— Como ousa falar dele para mim!

— Por quê? — indagou Baoxiang, avançando. Ele ergueu a voz. — Por que não posso falar de nosso pai? Diga-me, é algo que você pensa que eu fiz?

As palavras voaram para fora de Esen:

— Você sabe o que fez!

— Sei? — O rosto de Baoxiang permaneceu como uma máscara fria de desdém, mas seu peito subia e descia com rapidez. — Por que não esclarece as coisas entre nós dois e diz exatamente o que pensa? — Ele se debruçou sobre a mesa e exigiu: — *Diga.*

— Por que eu deveria dizer? — gritou Esen. Seu coração palpitava com tanta força que era como se estivesse cavalgando para o campo de batalha. Um suor frio brotava de todo o seu corpo. — Não é você que deve implorar por perdão?

Baoxiang riu. Poderia ter sido um rosnado.

— Perdão. Você por acaso me perdoaria? Será que eu deveria ajoelhar-me e aceitar sua punição de bom grado, e implorar e rastejar por mais, só para ouvi-lo desdenhar de mim? Por que eu deveria fazer isso?

— Apenas admita...

— Não admito nada! Não preciso! *Você já se decidiu.* — Baoxiang agarrou a mesa e segurou-se nela como se fosse uma tora de madeira no oceano; seus dedos pálidos ficaram ainda mais brancos com a pressão. Seus olhos estreitos ardiam com tanta intensidade que Esen os sentia como um golpe físico. — Não se pode usar da razão com tolos que se recusam a ouvir a razão. Nosso pai era um tolo, e você é um tolo ainda maior do que ele, Esen! Não importa o que eu diga, não importa o que eu faça, vocês dois sempre pensam o pior de mim. Você me difama com más-intenções que nunca tive... não, nem mesmo quando ele me fez ajoelhar e maldisse minha própria existência. Você pensa que o assassinei!

A pressão subia em Esen; ele sentia todo o seu ser pulsar.

— Cale a boca.

— E fazer o quê, desaparecer? Ficar em silêncio para sempre? Ah, você adoraria se livrar de mim, não é, para que nunca mais tivesse que ver meu rosto outra vez. É uma pena que *nosso pai* tenha optado por uma adoção formal, e apenas o grão-cã em pessoa possa retirar os títulos de um nobre. — Sua voz se ergueu num tom de deboche: — Então o que vai fazer a meu respeito, *irmão?*

Esen esmurrou a mesa com tanta ferocidade que ela acertou Baoxiang e o fez cambalear para trás. Ele se endireitou e encarou Esen com uma fúria pura que igualava à do irmão. Aquele olhar, com a sinceridade crua que Esen buscara, dividiu-os com a precisão de um machado em queda.

Esen ouviu a repulsa em sua voz: era a voz do pai.

— Ele tinha razão a seu respeito. É um imprestável. Pior do que isso: uma maldição. Maldito o dia em que esta casa te acolheu! Mesmo que eu não tenha a autoridade do grão-cã, ao menos meus ancestrais devem testemunhar a verdade de minhas palavras ao renegar o seu nome. Saia daqui!

Dois pontos vibrantes surgiram nas bochechas incolores de Baoxiang. Seu corpo tremia dentro da túnica rígida; seus punhos estavam cerrados. Ele olhou para Esen por um longo momento, curvou os lábios e depois, sem dizer mais nada, saiu.

— General? — Um dos criados chamava atrás da porta, querendo ajudar Ouyang com seu banho.

— Espere — disse ele, rude, saindo e vestindo seus trajes internos. Esse ato de autossuficiência provocou um silêncio confuso; os criados ainda não estavam acostumados às peculiaridades de ter um mestre eunuco. Eles haviam ficado para trás depois da mudança de Esen, resultado de sua insistência para que Ouyang mantivesse uma equipe adequada ao status da residência. A generosidade se mostrara constrangedora, já que vários deles eram conhecidos de Ouyang durante seu próprio tempo de escravo, e ele tivera que os dispensar.

Emergindo do banheiro e consentindo a ter o cabelo penteado, ele disse:

— Retire os espelhos do banheiro.

— Sim, general.

Ele fixou os olhos adiante enquanto o criado trabalhava. Ao redor deles, o chão desbotado estava marcado com retângulos escuros onde a mobília estivera, como uma casa cujo proprietário havia morrido e cujos parentes haviam retirado todas as coisas. Era desagradável ocupar um espaço que fora de outra pessoa por tanto tempo. Ele estava sempre vislumbrando traços de uma presença desaparecida: o óleo que Esen preferia para suas rédeas de pele de bode; a mistura particular de sabão e as fragrâncias que os criados usavam nas roupas dele.

Lá fora, um criado anunciou:

— O Príncipe de Henan.

Ouyang ergueu a cabeça, surpreso, quando Esen entrou. Ele visitava os aposentos de Esen, não o contrário.

Examinando o território vazio, Esen riu. Havia algo de arrastado em sua voz; ele havia bebido.

— Eu lhe dei tanto espaço que pode viver como um nobre, e aqui está você, ainda vivendo como um soldado pobre. Por que nunca precisa de nada? Eu lhe daria o que pedisse.

— Não duvido de vossa generosidade, meu príncipe. Mas não preciso de muita coisa.

Conduzindo Esen até a mesa, Ouyang vislumbrou um dos criados por perto e, com um gesto, pediu que lhes trouxesse vinho. Esen costumava ser um bêbado alegre, mas agora parecia que o álcool havia acabado com todas as restrições à sua miséria: ela jorrava dele, instável e perigosa. Ouyang desejou que tivesse tido tempo para se preparar. Sem as múltiplas camadas de costume para protegê-lo, com o cabelo solto sobre os ombros, sentia-se desconfortavelmente vulnerável. Perto demais da superfície; exposto demais à tristeza de Esen.

Esen se sentou em silêncio à mesa enquanto esperavam o vinho ser aquecido. Ele ainda vestia os trajes externos brancos de luto nos fins de tarde. Ouyang conseguia vislumbrar uma cor forte através da fenda nas saias, como uma ferida. Ele exalava o cheiro de vinho, entremeado com o aroma floral de mulheres. Esen devia ter vindo até ele logo depois de estar com uma das esposas. Já era o segundo turno da noite; ele provavelmente estivera comendo e bebendo com ela desde a tarde. O pensamento deu a Ouyang uma sensação de desgosto.

— Me dê isso. — Esen pegou o vinho dos criados e os dispensou. Sem confiar no amigo, Ouyang tirou-lhe a garrafa e serviu a bebida para ambos. Esen pegou a taça oferecida e encarou seu interior, balançando a cabeça lentamente. As pedrarias de jade em seu cabelo tilintaram. Depois de um longo tempo, ele disse: — Todos me alertaram. Você me alertou. Mas, de alguma forma... jamais pensei que aconteceria desse jeito. — Havia incredulidade em sua voz. — Meu próprio *irmão*.

Ouyang reprimiu seus sentimentos até estarem tão condensados quanto um bolo de chá.

— Ele não é seu irmão. Ele não tem o sangue de seu pai.

— Que diferença isso faz? Meu pai o acolheu, eu o via como irmão, fomos criados juntos. Nunca pensei nele como menos, ainda que não fosse guerreiro. Tínhamos nossas diferenças, mas... — Ele pareceu absorto em memórias por um minuto, depois suspirou com um estremecimento.

Destruir aquilo que alguém estimava nunca trazia de volta aquilo que você mesmo havia perdido, apenas espalhava o luto como uma doença contagiosa. Enquanto observava Esen, Ouyang sentiu as dores de ambos se misturando. Elas pareciam não ter nem começo, nem fim, como se aquilo fosse tudo o que poderiam ser. Ele disse:

— Dizem que o luto dói o quanto vale. E nada é mais valioso do que um pai.

— Por quanto tempo essa dor deve continuar?

Ouyang lembrou-se de outrora acreditar que o luto devia ter um fim, assim como todas as outras emoções. A chama do lampião bruxuleava entre eles sobre a mesa, como se seu luto crescente fosse uma nuvem capaz de extinguir tudo o que tocava. Ele disse:

— Não sei.

Esen grunhiu.

— Ah, quão mais fácil a vida deve ser sem uma família. Leve. Sem essas preocupações, esses cuidados, essas incumbências. — Inebriado, Esen falava demais. Ouyang, encarando-o com dor, viu reviver o lembrete do que sempre soubera: que Esen se esquecera de que Ouyang viera de uma família; que outrora também havia sido um filho, um irmão. -- Seria melhor se eu fosse como você, amando apenas minha espada, sem nada dessa... *dessa*... — Esen engoliu o vinho.

Uma coroa de pequenos insetos rodeava a chama agonizante do lampião, seus corpos exalando o cheiro chamuscado das noites de verão. Esen estava absorto em sua taça, sem notar nem se importar que Ouyang ainda não havia se juntado a ele na bebida. O vigia noturno passou do lado de fora.

Ouyang encheu o copo outra vez, mas, quando ele o entregou, Esen segurou seu braço e disse, com uma veemência arrastada:

— *Você*. Você é o único em que confio, quando não posso confiar sequer em meu próprio irmão.

O toque causou um choque no controle que Ouyang conquistara a duras penas. O calor e a pressão da mão de Esen eram amenizados apenas pela única fina camada de sua camisa interna. Sentindo a tensão do amigo, Esen sacudiu a cabeça e disse, irritado:

— Por que você tem de ser tão preso à formalidade? Já não passamos por dificuldades suficientes juntos para sermos íntimos?

Ouyang estava abruptamente consciente da fisicalidade de Esen, do quanto ele era forte e viril. Mesmo cansado e bêbado, seu carisma era poderoso. Seus dedos se afrouxaram no punho de Ouyang. O general poderia ter se libertado num instante. Não o fez. Ele fitou o rosto familiar de Esen, delineado de forma incomum pela dor que ele mesmo havia colocado lá. Ouyang viu a pele lisa onde a barba do lábio inferior de Esen falhava em encontrar a barba abaixo, seu pescoço forte com um pulsar constante. Os lábios generosos e bem-desenhados. O corpo de carne e osso, tão maior do que o de Ouyang. Mesmo de luto e embriagado, tudo nele parecia a personificação de algum ideal. Belo, forte, honrado. Ouyang tinha consciência sutil de uma vibração, um formigamento distante: o vigia noturno anunciando o horário. Ele não conseguia desviar o olhar.

Esen disse, feroz, bêbado:

— Baoxiang jamais se sacrificaria por mim ou por qualquer pessoa. Mas você, você faria qualquer coisa por mim, não faria?

Por dentro, Esen encolheu-se ao imaginar a cena: a autoridade de Esen e sua própria depreciação. Como se ele não fosse nada além de um cachorro arfando aos pés de Esen por aprovação e afeto. *Não um homem, mas uma coisa.* Ainda assim, Esen o encarava com uma intensidade audaz que tornava desagradável seu interesse indisfarçado, e Ouyang não desviou o rosto. Sem alterar seu olhar, Esen lentamente ergueu o braço e tirou o cabelo do rosto de Ouyang. Ele sentiu o arrastar estranho e lento de dedos calejados da testa à bochecha. Ele não avançou o rosto, só deixou acontecer. A mão de Esen em seu braço, a outra pairando ao lado dele em um abraço incompleto. O ar entre eles parecia ter se adensado em uma pressão que o mantinha no lugar. A proximidade do corpo de Esen provocava uma determinação dentro dele que Ouyang achava profundamente perturbadora. Ele sabia que seu rosto estava vazio como sempre, mas tinha a consciência vaga de que sua respiração se tornara mais superficial, que o sangue pulsava como que por esforço ou medo.

A voz de Esen adquiriu uma nota que Ouyang nunca ouvira antes, grave e carregada de potencial, quando ele disse:

— Você é mesmo tão belo quanto uma mulher.

Mais tarde, Ouyang pensou que Esen nem sequer havia notado: o momento em que sua rigidez de expectativa se transformou na rigidez da vergonha, tão rápido quanto o extinguir de uma vela. Seu sangue gelou; seu corpo ardeu. Era a sensação de uma espada sendo enfiada gentilmente em seu coração. Ele se afastou. Esen continuou se inclinando para frente por um momento, depois lentamente recuou e ergueu a taça outra vez.

Ouyang se serviu com mãos trêmulas e entornou a taça. Suas emoções reprimidas haviam explodido num enxame de vespas. Ele havia traído Esen, mas agora Esen o traíra. Era incompreensível como, apesar de tudo que haviam enfrentado juntos, Esen ainda era capaz de pensar que Ouyang ficaria *lisonjeado* com aquela comparação. Como era possível ele ser tão completamente ignorante da vergonha que era a essência da existência de Ouyang? Queimando com uma emoção que parecia conter as agonias tanto do amor quanto do ódio, Ouyang pensou, furioso: *ele escolhe não saber.*

Diante dele, a visão de Esen já havia se esvaído. Era como se nada tivesse acontecido. Com amargura, Ouyang percebeu que, para Esen, talvez não tivesse. Ele detinha tudo que seus olhos tocavam, e isso incluía Ouyang. Havia meramente pegado numa coisa bela, confundindo-a com outra de suas coisas preciosas, e, quando o objeto de seu tépido desejo escorregou, ele nem sequer lembrou que o tivera nas mãos.

— Então você o matou — comentou Shao, referindo-se a Chaghan. Estavam sentados nos aposentos particulares de Ouyang. Ouyang viu Shao examinar como as poucas mesas e cadeiras jaziam espalhadas no espaço vazio como barcos em um lago. Havia algo em Shao que parecia sempre ganancioso e desonroso. Ouyang odiava ser Shao quem conhecia suas preocupações particulares, e as usava para seus próprios fins vis.

— Sim — respondeu Ouyang, amargo. — Você duvidava que eu o faria?

Shao deu de ombros como que para expressar que suas dúvidas não eram da conta de ninguém.

— O Príncipe de Henan ordenou que antecipássemos nossa partida — disse Ouyang. A bagunça de papéis sobre a mesa entre eles continha os números de seu exército: os homens, os equipamentos e os recursos colossais necessários para que chegassem aonde precisavam estar. — Agora que os fundos foram liberados, vamos coordenar a logística com agilidade.

— E quanto ao substituto de Altan? Precisamos tomar uma decisão em relação àquele batalhão. Jurgaghan espera ficar com a posição.

Jurgaghan era um jovem mongol da família da terceira esposa de Esen. Na opinião de Ouyang, não havia nenhuma diferença substancial entre ele e Altan; ele e todos os colegas eram rapazes mimados que nunca sofreram uma decepção na vida.

— Dê a posição a Zhao Man.

Eles falavam baixinho, já que as janelas de papel pouco faziam para conter vozes. Serviam, porém, para manter o calor lá dentro, e as janelas fechadas deixavam o quarto abafado. Shao se abanou com um leque de papel arredondado que parecia ter sido emprestado de uma mulher. Um par de patos-mandarins, representando o amor e o casamento, piscava para Ouyang na parte de trás. Ouyang supunha que mesmo Shao devia ter uma esposa. Ele nunca perguntara.

— O senhor não acha que o Príncipe fará oposição a ter outro nanren no comando?

— Deixe o Príncipe comigo — disse Ouyang. Ele sentiu uma onda de pressão entorpecente: a corrente implacável que o levava na direção de seu fim.

Shao arqueou as sobrancelhas de uma forma que fez o sangue de Ouyang ferver, mas ele disse apenas:

— E para onde irão os rebeldes nesta temporada?

— Você não sabe? — perguntou Ouyang. — Adivinhe.

Shao lançou-lhe um olhar sombrio e inescrutável.

— Bianliang.

— Exatamente. — Ouyang devolveu um sorriso sem graça.

— A questão é: o senhor vai dizer isso aos mongóis?

Ouyang disse, ríspido:

— Você sabe o que eu quero.

— Ah, o destino que mais ninguém desejaria. — A crueldade surgiu na voz de Shao. As rajadas de seu leque eram como uma série de toques indesejados que Ouyang rapidamente começava a achar insuportável. — Espero que o senhor seja forte o bastante para enfrentá-lo.

Ouyang entreteve uma breve fantasia de agarrar o leque e esmagá-lo.

— Sua preocupação com meu sofrimento é tocante. Porém, se nossos destinos são imutáveis, então minha força é irrelevante. Culpe o Céu; culpe meus ancestrais; culpe a mim mesmo em minhas vidas passadas. Não tenho como escapar dele. — Indisposto a se expor mais para Shao dentre todas as pessoas, ele disse, abrupto: — Prepare as ordens de armamento e diga aos comandantes de logística e de comunicação para virem até mim.

Shao guardou o leque no cinto, levantou-se e fez uma saudação. Havia algo tão desagradável em sua expressão que chegava a ser agonizante: ela oscilava entre o divertimento e o desprezo.

— Sim, general.

Ouyang não tinha chance senão ignorá-la. Eles precisavam um do outro e, mesmo que ele precisasse tolerar insultos ao longo do caminho, quando alcançassem seu objetivo, nada daquilo importaria de novo.

ANFENG
OITAVO MÊS

Nem Ma nem ninguém mais em Anfeng ousou vestir trajes brancos de luto pelo Pequeno Guo. A única coisa feita para lembrá-lo foi a tabuleta ancestral que Zhu colocou no templo a pedido de Ma, e mesmo essa estava escondida atrás dos nomes de todos os outros mortos. Os homens do Pequeno Guo haviam sido transferidos para o recém-nomeado Comandante Yi. Sun Meng era o único comandante que restava no lado do Ministro da Direita Guo, e Ma não via nenhum dos dois em público desde a morte do Pequeno Guo.

Era óbvio que Chen estava apenas esperando para fazer sua última jogada a fim de destruir a facção Guo, e as únicas pessoas a sobreviver seriam aquelas que estivessem inequivocamente ao lado de Chen. Então não haveria ninguém para contê-lo além de um primeiro-ministro paranoico e influenciável. E, diferente do Primeiro-ministro Liu, o interesse de Chen na derrota do Yuan não estava no povo nanren que depositara sua fé nos Turbantes Vermelhos e no Príncipe Radiante, mas em criar seu próprio mundo de terror e de crueldade.

O pensamento deveria ter enchido Ma de pavor. Na maior parte do tempo, era o que fazia. Mas, naquele entardecer, ao descer os degraus do templo com seu vestido de casamento e seu véu vermelhos, ela viu suas preocupações serem carregadas para longe por uma nova leveza. Passara a vida inteira antevendo o casamento como um dever, sem jamais pensar, nem por um momento, que ele poderia ser uma fuga. Mas alguém impossível lhe dera algo que não deveria existir. Seu véu tingia o mundo de vermelho e, pela primeira vez, a cor lhe fez pensar em boa sorte em vez de sangue. Através do véu, maravilhou-se com a pequena figura trajada de vermelho que a conduzia pelos degraus com o lenço amarrado entre elas. Ela não fazia ideia do que seu futuro reservava — apenas que, nesta vida, ele poderia ser diferente.

Zhu chegou à multidão de espectadores no fim dos degraus, então parou de repente e prostrou-se. Ma, com dificuldade para distinguir os detalhes através do véu, apareceu ao lado dela e parou de forma igualmente abrupta.

— Mestre Zhu — cumprimentou Chen, atravessando a multidão. Em todos os lados, corpos curvaram-se em sua direção como talos sob o vento. — Ou, suponho que seja Comandante Zhu, já que é casado agora. Mal o reconheço sem aquelas túnicas cinza! Meus parabéns!

Sorrindo, ele entregou seu presente para Zhu.

— E vejo que sua noiva é a bela Ma Xiuying. — Mesmo protegida pelo véu, Ma encolheu-se com o escrutínio cortante de seus olhos de tigre. Num tom educado, ele disse a ela: — Havia imaginado se seria a vez do Comandante Sun ter chá quente derramado em si, já que ele é um rapaz bem-apessoado. Mas sabia que a senhora era uma moça inteligente. Boa escolha.

Ele se virou de volta para Zhu.

— O primeiro-ministro deseja felicitações. Ele pensa bem do senhor, Comandante Zhu. Está sempre dizendo que gostaria que as tropas dos outros comandantes emulassem a disciplina e a humildade de seus homens. O Comandante Yi, por exemplo, herdou uma tropa particularmente fraca, devido às falhas de seu antecessor. — O tom de Chen era relaxado, mas sua atenção em Zhu lembrava Ma do alfinete de um colecionador num inseto. Ele disse: — Seu braço-direito, o rapaz alto com cabelo curto. Também era monge?

Se Zhu estava tão preocupada quanto Ma, disfarçava bem.

— Ministro, o Segundo Comandante Xu também era um monge ordenado do Monastério de Wuhuang.

— Perfeito — disse Chen. — Por que não o empresta para o Comandante Yi pelo próximo mês? Deve ser tempo suficiente para que ele tenha uma influência positiva. Ensinar alguns sutras e as virtudes de humildade. O que acha?

O pavor de Ma retornou, apagando todo e qualquer traço da leveza que sentira momentos antes. Ao tomar o melhor amigo de Zhu como refém, Chen estava se certificando de que ela não tivesse escolha alguma além de apoiar o que quer que ele estivesse planejando contra a facção Guo.

Não havia chance de Zhu não ter percebido aquilo, mas ela apenas se curvou. O chapéu preto de estudioso que ela usara para o casamento combinava perfeitamente com o de Chen, de modo que, juntos, os dois lembravam a imagem clássica de mestre e discípulo.

— Será uma honra para este comandante indigno atender ao pedido. Se a generosidade do ministro permitir, este servo o enviará após o banquete de casamento esta noite.

Chen sorriu, com as rugas verticais de sua bochecha ficando cada vez mais fundas, até parecerem cortes de faca.

— É claro.

O novo lar de Zhu e Ma como casal era um quarto simples nos alojamentos militares, embora Zhu notasse que ele havia sido decorado de forma caótica com serpentinas vermelhas que pareciam ter sido parte de uma flâmula militar numa vida passada. A luz do dia jorrava através das fissuras nas paredes de madeira áspera, dando ao lugar o aspecto secreto do esconderijo de uma criança num bambuzal.

Ma tirou o véu. Seus adereços de cabelo pendentes tilintaram com delicadeza quando ela se sentou ao lado de Zhu na cama. Zhu notou que ela se posicionou mais longe do que uma mulher se sentaria ao lado de outra mulher, porém mais perto do que se sentaria ao lado de um homem. Como se, em vez de ser Zhu Chongba, Zhu pertencesse à mesma categoria que o general eunuco: nem uma coisa nem outra. O pensamento lançou uma corrente de desconforto por seu corpo. Ela sabia que expor seu segredo a Ma havia aumentado, a um grau desconhecido, o risco de ser reconhecida como a dona errada daquele destino grandioso. Era a parte desconhecida que mais a preocupava. *Um risco é apenas um risco*, ela lembrava a si mesma. Se fosse uma certeza, ela jamais teria feito aquilo. Ela tentou não pensar naquela sensação sinistra de impulso que a perturbara depois de Jiankang. *Riscos podem ser controlados.*

Ela se forçou a abandonar essa linha de pensamento e adotar uma postura alegre.

— Bem, graças a Chen Youliang, esse não é exatamente o clima romântico que eu sempre sonhei para o meu casamento.

Ma acertou-a no braço. A rígida maquiagem branca não combinava com ela; Zhu sentia falta da vividez de seu rosto natural.

— Do que está falando? Monges não sonham com casamento.

— Você tem razão — disse Zhu, fingindo estar pensativa. — Olhe para Xu Da. Tenho certeza de que esperar pelo casamento nunca sequer ocorreu a ele; ele vai direto ao ponto.

Uma faixa de pele sem pó perto da linha do cabelo de Ma ficou vermelho-escarlate.

— Você e ele...?

Zhu levou um momento para entender do que ela estava falando.

— Que Buda nos preserve! — Ela sentiu um momento de verdadeiro horror. — Com mulheres! *Não comigo.*

— Não estava me referindo à questão de chuva e nuvens, essas coisas de casal — disse Ma, irritada, embora estivesse sim. — Mas ele deve saber.

— Bem, eu nunca *contei* para ele — respondeu Zhu, ignorando a sensação de tabu de dizer aquilo em voz alta. — Mas ele sabe mais sobre mim do que qualquer um. Ele é meu irmão. — Diante do vislumbre de culpa nos olhos de Ma, ela acrescentou: — Não é por sua causa que Chen Youliang o está fazendo de refém. Você pode ter vindo da casa dos Guo, mas Chen Youliang não vai pensar que isso é suficiente para me fazer mudar de lado. Ele só está se precavendo. É um homem inteligente, e não quer nenhuma surpresa quando se trata dos momentos críticos.

O rosto de Ma permanecia muito rígido debaixo da maquiagem.

— Lados. Você o teria ajudado de qualquer forma?

Zhu lembrou-se do apego de Ma por Sun. Com gentileza, ela disse:

— Entendo como se sente, Ma Xiuying. Também não gosto de Chen Youliang. — No entanto, seu lado frio e pragmático enxergava a força da posição do Ministro da Esquerda.

Grupos de homens marchavam do lado de fora. Suas sombras atravessavam as fendas na parede e cobriam o chão de terra batida. Da porta ao lado vinham sons de água borbulhante e o odor intenso de porco dos miúdos na fervura. De repente, Ma disse num tom baixo e desesperado:

— Não faça isso. Não o ajude. Jure lealdade ao Ministro da Direita Guo e a Sun Meng; faça com que eles ajam antes que você precise abrir mão de Xu Da...

A esperança de Ma era como ver o mundo através das asas iridescentes de um inseto: uma versão reluzente e delicada dele em que o arco da história ainda poderia se curvar na direção da gentileza e da decência. Ma sempre sentia *tanto*, e com uma intensidade tão tola e bela, que testemunhar suas emoções fazia a própria paisagem interna de Zhu parecer tão árida quanto o leito de um lago seco. Lamentando, Zhu balançou a cabeça.

— Pense. Mesmo que eu tivesse tempo, quantos homens eu tenho? Não o suficiente. Sun Meng pode ter mais do que os outros comandantes individualmente, mas contra todos eles juntos...

Os olhos de Ma se encheram de lágrimas. Sem dúvidas, ela estava se lembrando da morte do Pequeno Guo e imaginando o mesmo destino para Sun Meng. Então ela disse, furiosa, assustando Zhu:

— Não, pense *você*. Se ficar do lado de Chen Youliang e ajudá-lo a derrubar o Ministro da Direita Guo e seus apoiadores, estará colocando seus próprios homens contra outros Turbantes Vermelhos. Acha que suas tropas se comportarão do mesmo modo depois disso? Uma coisa é matar um soldado do Yuan; matar outro rebelde é algo totalmente diferente. Já pensou nisso? — Suas lágrimas não caíram.

Zhu pausou. A eventual vitória de Chen sobre os Guo era tão óbvia que ela nunca havia pensado estar *escolhendo* um lado, mas apenas seguindo o único caminho disponível. E, como era o único caminho, ela sempre pensara em suas repercussões desagradáveis como algo com que ela precisaria lidar tão bem quanto possível quando a hora chegasse. Nunca lhe ocorreu que talvez não fosse possível lidar com elas. Ela franziu o cenho.

— Melhor ter homens com o moral fragilizado do que nenhum homem.

— Eles lhe seguem porque você os encorajou, porque conquistou a confiança e a lealdade deles. Se forçá-los a se voltar contra seus iguais, você perderá tudo isso! Eles a verão pelo que é. Não como um líder, mas como alguém que os está usando. E, quando isso acontece, eles *apenas* o seguirão por interesse próprio. Então quanto tempo acha que levará até que Chen Youliang os tire de você? Bastará que ele lhes faça uma oferta — disse Ma, amargurada. — Assim como ele fez com o Pequeno Guo.

Desconcertada, Zhu lembrou-se da forma alegre com que o Comandante Yi assumira o poder. Ninguém, nem mesmo a própria Zhu, havia notado a monstruosa mesquinhez de Yi. Mas Chen havia.

— Eu...

Ma suplicou:

— *Escute*. Não foi por isso que você me quis, para que eu pudesse lhe dizer o que não consegue ver? Se não quer testemunhar um mundo de nada além de crueldade, suspeita e paranoia, então *encontre outro caminho*.

Zhu fechou a boca. Os monges ensinavam que empatia e compaixão eram emoções gentis, mas a maquiagem nupcial rachada de Ma lembrava-lhe acima de tudo dos rostos severos e inflexíveis dos oniscientes Reis Guardiões do monastério. O julgamento de Ma causava-lhe uma contração dolorosa na boca do estômago. A sensação a desconcertou: ela foi atravessada pela mais intensa noção de compaixão que já sentira, simultaneamente infiltrada por ternura e dor com uma espécie misteriosa de desejo. Ela encarou o rosto amassado e desafiador de Ma, e a dor se intensificou até ela pensar que talvez precisasse levar o punho ao peito para aliviá-la.

Enquanto eu desejar encontrá-lo, sempre haverá outro caminho. Não havia ela encontrado formas de vencer no rio Yao e em Lu, quando havia problemas muito mais complexos? O aroma dos pratos vindo do cômodo contíguo já lhe dava uma ideia tão estranha que fazia os pelos de sua nunca se arrepiarem diante da incredulidade de que poderia ousar a tentativa. Ao mesmo tempo, parecia *certo*. Desde que se tornara Zhu Chongba, havia um aspecto do mundo que apenas ela podia enxergar — e, durante esse mesmo período de tempo, ela pensara nisso como apenas uma peculiaridade. Agora, perceber que era um conhecimento que ela podia *usar* era tão agradável quanto pegar uma folhinha e descobrir que ela era perfeitamente simétrica. Parecia destino.

Ela se mexeu na cama desconfortável e encostou o joelho coberto pela túnica vermelha no de Ma.

— Não posso ajudar Sun Meng diretamente. O que eu *posso* fazer é ficar fora disso de forma que Chen Youliang não suspeite. Mas, mesmo assim... você precisa saber que Sun Meng continua tendo pouquíssimas chances de sucesso.

Ma lançou-lhe um olhar determinado que mal continha gratidão, como se ela tivesse apenas forçado Zhu a realizar um gesto de decência básica que não tinha nada a ver com os desejos pessoais de Ma.

— Pelo menos ele terá *alguma* chance.

Zhu sentiu o estômago revirar diante da ideia de que Ma ficaria decepcionada com o que Zhu considerava decente. Em tom de alerta, ela disse:

— Talvez o resultado seja melhor, mas Yingzi: não há soluções gentis para situações cruéis.

Uma corrente fria e úmida de ar entrou no templo, trazendo consigo risos incongruentes: apesar da chuva, os homens de Zhu já estavam reunidos à espera do banquete de casamento. Lá dentro, Zhu ajoelhou-se sob o brilho vermelho das enormes velas cilíndricas. Os pavios acesos haviam sido instalados bem fundo de modo que suas chamas projetavam formas dançantes no interior de suas conchas de cera vermelha, como o sol visto por trás de pálpebras fechadas. A pedido de Zhu, os cozinheiros já haviam levado as panelas e os cestos de comida de casamento para o templo, aparentemente para protegê-los da chuva até o início das festividades. Desde então, Zhu havia movido uma seleção cuidadosa de pratos até a frente do templo e os deixado descobertos diante de um campo de incensos ainda não acesos.

Então ela pegou uma vareta de incenso e o acendeu com a chama de uma vela, depois encostou-a nas outras varetas uma a uma. Quando estavam acesas, Zhu soprou-as para que suas pontas chamuscadas emitissem finos fios de fumaça. Então ela recuou e esperou.

Era a memória de alguém que não mais existia. Zhu lembrou-se de estar na casa de madeira invadida da família, com o sangue seco do pai sob os pés, olhando para as duas sementes de melancia no altar ancestral. O último alimento restante no mundo. Ela se lembrava de seu desespero ao se perguntar se o que os aldeões diziam era verdade: que, se você comesse as oferendas feitas aos espíritos, adoeceria e morreria. No fim das contas, não comeu — mas apenas por medo. Na época, não sabia como era ver fantasmas esfomeados irem atrás de suas comidas. Mas a pessoa que era agora, Zhu Chongba, sabia. Ela pensou nas incontáveis vezes em que passara pelas oferendas no monastério — pilhas de frutas, tigelas de grãos cozidos — e vira os fantasmas debruçados, alimentando-se. Os monges sempre jogavam aquela comida fora depois. Talvez não soubessem sobre fantasmas exatamente da mesma forma que Zhu, mas sabiam.

Houve um murmúrio que poderia não ter sido nada além de uma rajada de vento na chuva. Então os fios de fumaça de incenso curvaram-se para um lado, e as chamas ocultas das velas inclinaram-se dentro de suas colunas até a cera queimar e suar gotas vermelhas. Uma brisa gelada soprou pela porta aberta, e com ela vieram fantasmas. Uma corrente dos não lembrados, seus rostos brancos feito giz fixados à frente. Seus cabelos soltos e suas roupas esfarrapadas pendiam imóveis apesar do movimento. Mesmo acostumada aos fantasmas, Zhu arrepiou-se. Ela se perguntou como deveria ser para o general eunuco, que vivia a vida toda na companhia deles. Talvez ele nunca sequer tivesse sentido o mundo sem sua frieza.

Os fantasmas baixaram a cabeça sobre as oferendas como animais a se refestelarem. O murmúrio crescente lembrava abelhas distantes. Enquanto os observava, Zhu teve a sensação de que algo que se tornara ordinário recuperava sua estranheza mágica. Seu coração acelerou. *Ela podia ver o mundo dos espíritos.* Ela podia ver a realidade oculta, a parte do mundo que dava sentido a todas as outras partes, e isso era algo que apenas ela podia fazer. Ela estava usando o mundo dos espíritos, como os outros faziam com o mundo material, para servir a seus desejos. Ela brilhou com a constatação de que aquele fato estranho sobre si mesma era um poder que fazia dela mais forte — melhor. Mais capaz de conquistar o que desejava.

Sentindo o calor da satisfação, ela mal notou o desconforto em seus joelhos. Normalmente, precisava passar horas ajoelhadas até a dor forçá-la a se levantar e andar. Mas talvez daquela vez ela tivesse se contorcido sem perceber. Ou talvez tivesse simplesmente respirado.

Os fantasmas moviam-se ao redor, mais rápidos do que qualquer humano seria capaz. Os murmúrios cessaram de forma tão abrupta que Zhu se assustou com o silêncio. Seus rostos inumanos viraram-se para ela, *olharam* para ela, e o toque de seus terríveis olhos pretos explodiram seu prazer e sua satisfação com um choque que dava a sensação de ser agarrado pela garganta por mãos frias como gelo. Horrorizada, Zhu lembrou-se do momento agourento que começara em Lu. A sensação de que uma pressão misteriosa crescia a cada vez que divergia do caminho de Zhu Chongba, e que continuaria crescendo até que algo provocasse sua libertação. *Para retornar o mundo à forma como ele deve ser.* De repente, ela estava tremendo incontrolavelmente onde estava ajoelhava.

Os fantasmas, com os olhos ainda voltados para ela, começaram a murmurar outra vez. Primeiro, Zhu pensou que era apenas o murmúrio ininteligível de sempre dos fantasmas; depois, percebeu que eles estavam *falando*. Ela se encolheu e tapou as orelhas com as mãos, mas a carne não era uma barreira para o som que saía daquelas gargantas mortas:

Quem é você?

As vozes dos fantasmas subiam; acentuavam-se. Zhu se tornara gelo, e o som horrível de sua acusação era a nota de gongo que a estilhaçaria. Os fantasmas sabiam que ela não era a pessoa que deveria ser — quem o mundo pensava que ela era. Sua crença de que ela *era* Zhu Chongba sempre fora sua armadura, mas aquelas palavras a desnudaram por completo. Elas a despiram até sua forma mais crua, até a pessoa que jamais pôde ser, e a deixaram exposta sob o Céu.

Quem é você? Ela ouviria as palavras nos sonhos. Havia uma pressão ofuscante em seu crânio. Os fantasmas se moveram em sua direção, e talvez fosse apenas porque Zhu estava entre eles e a porta, mas, de repente, a visão dos cabelos sem movimento e dos rostos sem expressão tornou-se insuportável.

Ela se ouviu produzir um som áspero e horrível. Fossem quais fossem os riscos que havia acumulado ao agir de forma diferente de Zhu Chongba, esse erro os havia multiplicado de forma absurda — tola — por algum valor astronômico. Riscos em cima de riscos, até que seu caminho para o sucesso fosse tão estreito quanto uma agulha.

Ela se levantou, cambaleante, e fugiu.

O Monge — *Comandante* — Zhu havia oferecido um banquete de casamento bastante decente, pensou Chang Yuchun, examinando as tendas adornadas com lanternas que protegiam os homens da chuva. Toda a tropa de Zhu estava ali. Yuchun supunha que, se fosse se casar com alguém tão linda quanto Ma Xiuying, talvez também sentisse vontade de espalhar a boa sorte por aí. Porém, apesar da carne, das lanternas e das danças, o evento não parecia muito uma comemoração. Corria a notícia de que o Segundo Comandante Xu seria enviado como refém, o que era a mais recente de uma série de sinais de que algo profundamente lamentável estava prestes a acontecer. Anfeng parecia tão perigosa quanto uma panela a vapor com a tampa fechada. Felizmente, além da comida, Zhu havia oferecido um suprimento interminável de vinho para acalmar os nervos de seus homens. Yuchun e os outros beberam até perderem os sentidos sob os olhares vigilantes e gentis de Zhu e de Ma Xiuying sentados nos *dai* acima. O tempo todo, a chuva batia sem parar nos toldos e formava cortinas que cobriam a Lua.

No dia seguinte, todos estavam rabugentos e de ressaca. Sem o Segundo Comandante Xu, suas rotinas estavam caóticas e, por alguma razão, Zhu não havia nomeado ninguém para substituí-lo. Mesmo no dia seguinte, Zhu deixou-os por conta própria. Normalmente, teriam recebido a folga com prazer, mas a ressaca era estranhamente persistente. Ficavam sentados pelo acampamento, cuidando das dores de cabeça e reclamando da chuva, que estava transformando Anfeng em um lamaçal outra vez. Alguns homens desenvolveram uma tosse breve, o que Yuchun presumiu ser apenas sintoma de um resfriado.

O primeiro sinal de que algo estava errado foi quando ele acordou no meio da noite com um desconforto no estômago. Pisando nos colegas de quarto em sua pressa, ele conseguiu sair da barraca bem a tempo de vomitar. Porém, em vez de se sentir melhor, foi tomado pela necessidade violenta de evacuar. Depois, arfando, sentiu-se tão mole quanto um macarrão cozido em excesso. Enquanto voltava para a barraca, cambaleante, ele quase colidiu com outra pessoa que corria até a latrina. Um cheiro penetrante de doença impregnava o ar do ambiente. Ele sentia que deveria estar mais preocupado com o ocorrido, mas precisou de toda a sua força para encontrar seu estrado outra vez. Ele desabou sobre o leito e apagou.

Quando acordou, alguém estava agachado ao lado de sua cabeça com uma concha de água. Zhu. O fedor vil do ambiente quase o fez vomitar. Depois da água, Zhu lhe deu algumas colheradas de um mingau salgado, depois deu tapinhas em sua mão e seguiu em frente. O tempo passava. Ele estava vagamente consciente dos grunhidos de homens ao seu redor; do emaranhado sufocante de sua coberta ensopada de suor; e então, finalmente, de uma sede feroz que o levou para o lado de fora, engatinhando. Para sua surpresa, encontrou a luz do dia. Alguém havia colocado um balde de água fresca bem de frente para a porta. Ele bebeu, engasgando-se com a pressa e a fraqueza, depois encostou-se ofegante contra o batente. Ele se sentia, ora, não *melhor*, mas desperto, o que era uma melhora objetiva de certa forma. Depois de um tempo, ele bebeu mais um pouco e olhou ao redor. Sob o sol do meio-dia, a rua estava completamente deserta. Bandeiras tremulavam nos mastros. Não a bandeira familiar da rebelião, mas um conjunto de cinco flâmulas misteriosas: verde, vermelho, amarelo, preto e branco, cada uma exibindo um talismã de proteção pintado em vermelho no centro. Yuchun contemplou-as por um longo tempo, revirando o cérebro, até entender seu significado.

Praga.

Yuchun fora um dos primeiros a serem atingidos, e o primeiro a se recuperar. Ele não sabia se fora porque era mais jovem e atlético do que a média, ou se porque seus ancestrais haviam finalmente decidido cuidar dele. Tendo começado de forma razoavelmente contida, a praga misteriosa espalhou-se como fogo:

atravessou as tropas de Zhu, abatendo todos em seu caminho. A doença — que, de acordo com Jiao Yu, era causada por uma abundância de yin nos principais órgãos — começava com uma tosse, progredia para um quadro de náusea e diarreia incontrolável, e enfim para uma febre feroz que derretia a gordura no corpo de um homem em um espaço de dias. Depois disso, o destino do paciente era uma questão de sorte: ou ele recuperava a força vital yang gravemente diminuída ou tornava-se um dos desafortunados cujo equilíbrio piorava cada vez mais até seu *Qi* parar de circular, quando morriam.

O Comandante Yi, temendo um surto da praga entre seus homens, enviou o Segundo Comandante Xu de volta, em pânico. O primeiro-ministro ordenou que toda a região do templo de Zhu entrasse em quarentena. Portões foram construídos e trancados com correntes, e um grupo dos homens de Yi os guardavam com relutância, mantendo os polegares pressionados nos pontos de *Qi* em suas palmas na esperança de evitar uma infecção. Os portões só eram abertos para a entrada de comida. Mesmo os mortos eram forçados a continuar lá dentro, e precisavam ser enterrados em vergonhosos túmulos coletivos.

Talvez um a cada dez homens, incluindo o Comandante Zhu, tiveram a sorte de não ficar doentes. (Yuchun pensou que eles deviam ser aqueles com abundância de yang, mas, quando propôs a teoria a Jiao, o engenheiro soltou um ruído de deboche e apontou que o físico de galinha depenada de Zhu não era bem o de uma pessoa com energia masculina *excessiva*.) Zhu, exibindo a expressão culpada de alguém que sabia não ter feito nada para merecer a boa saúde, direcionou os esforços dos outros sobreviventes para cozinhar e limpar. Durante duas semanas ele até vagou pelo templo confortando e cuidando das vítimas pessoalmente. Então um dia ele desapareceu: sua esposa Ma havia adoecido. Depois disso, o Segundo Comandante Xu assumiu as tarefas. Ele havia raspado a cabeça antes de ser enviado para o Comandante Yi, esperando que uma aparência descaradamente religiosa pudesse oferecer proteção contra "acidentes". A cabeça nua, combinada com as bochechas murchas da praga, provocavam em Yuchun uma lembrança desconfortável das histórias de fantasmas esfomeados que vagavam o interior à procura dos fígados de pessoas.

De dentro da cerca da praga, parecia que no resto de Anfeng a vida seguia seu curso costumeiro. De vez em quando, Yuchun via as tropas dos outros comandantes realizando treinamento, e ouvia os tambores das cerimônias cada vez mais frequentes do primeiro-ministro em homenagem ao Príncipe Radiante. Porém, já estava lá havia tempo suficiente para saber que o que via — uma Anfeng calma, ordeira e obediente — era apenas a superfície.

Zhu velava o leito de Ma. Sua impotência diante do sofrimento de Ma fazia com que se sentisse corroída de culpa. De manhã, a moça dormia; à tarde e durante toda a noite, debatia-se de febre, gritando sobre fantasmas. Não havia nada que Zhu pudesse fazer além de lhe oferecer água e mingau e trocar os lençóis ensopados de suor. Às vezes, durante os cuidados de Zhu, Ma levantava-se e estrebuchava, com um medo terrível nos olhos. Aquele medo apunhalava as entranhas de Zhu: era medo *por* Zhu, medo de que ela adoecesse por tocar Ma. Toda a situação era culpa de Zhu: nunca lhe ocorrera que a doença poderia se espalhar para além daqueles que haviam comido das oferendas aos fantasmas. Por descuido, ela havia lançado bem mais do que havia buscado, e Ma era sua vítima. Porém, mesmo nas profundezas da doença, Ma preocupava-se com o sofrimento de Zhu.

Com o coração dolorido, Zhu prendeu a mão agitada de Ma e apertou-a com todo o conforto que conseguia oferecer. Ela tinha muitas preocupações, mas morrer por contato fantasmagórico não era uma delas.

— Não se preocupe, Yingzi — disse ela num tom sombrio. — Os fantasmas não vão me pegar. Posso vê-los se aproximando.

Talvez os fantasmas não a pudessem pegar, mas os mortos assombravam os sonhos de Zhu. Mesmo ignorando a consequência horrível de ter sido notada pelos fantasmas, Zhu não sabia ao certo se aquele havia sido o melhor jeito. Havia perdido quase a mesma quantidade de homens quanto se tivesse apoiado Chen no golpe. Supunha que ao menos eles haviam morrido com as mãos limpas, o que era bom para suas próximas vidas. As únicas mãos cobertas de sangue eram as de Zhu. E o golpe nem havia acontecido ainda. Ela temia a ideia de que seus homens poderiam se recuperar e a quarentena seria suspensa antes que Guo e Sun sequer fizessem sua jogada. E se tivesse causado tudo isso por nada?

Durante toda a vida Zhu havia se considerado forte o bastante para tolerar qualquer sofrimento. O sofrimento que havia imaginado, contudo, sempre fora algo do próprio corpo: fome ou dor física. Porém, sentada ao pé da cama com a mão ardente de Ma na sua, ela reconhecia a possibilidade de uma espécie de sofrimento que nunca havia imaginado. *Perder aqueles que amo.* Mesmo um vislumbre disso parecia-lhe como ter as entranhas arrancadas. Xu Da havia se recuperado, mas e se a vida de Ma fosse outra consequência do erro de Zhu?

Zhu lutava consigo mesma. Seu estômago se encolheu quando ela sentiu a ressurgência de seu mais antigo medo: o de que, se rezasse, seria ouvida pelo Céu e sua voz seria reconhecida como a da pessoa errada.

Com toda a sua força, ela agarrou aquele medo e o enterrou. *Eu sou Zhu Chongba.*

Ela se ajoelhou e rezou para o Céu e para seus ancestrais com um fervor que não empregava havia muito tempo. Quando ela finalmente se levantou, ficou surpresa e grata ao constatar que a testa de Ma já estava mais fria. Seu coração voou de alívio. *Ela não vai morrer...*

E, parada com a mão sobre a testa de Ma, Zhu ouviu um urro familiar à distância: o som da batalha.

A tentativa de golpe de Guo e Sun durou um dia e foi contida de forma quase tão rápida quanto havia começado. A cidade ainda estava tomada pela fumaça quando os homens de Chen abriram os portões da praga e anunciaram as ordens. Zhu, absorvendo a escala da destruição conforme caminhavam pelas ruas, pensou que Guo e Sun haviam chegado surpreendentemente perto do sucesso. Mas é claro que uma derrota por qualquer margem ainda era uma derrota. Por todo canto havia sangue misturado à lama amarela de Anfeng. Porções inteiras da cidade estavam chamuscadas. Como Anfeng era uma cidade de madeira, alguns homens podiam ter hesitado diante da ideia de incendiar as barricadas de Sun. No entanto, Chen não era aquele tipo de pessoa preocupada.

No centro da cidade, os cadáveres haviam sido empilhados aos pés da plataforma. Desta vez, tanto o primeiro-ministro quanto o Príncipe Radiante estavam ausentes. Este era o espetáculo de Chen. Os Turbantes Vermelhos restantes, incluindo Zhu e seus homens, reuniram-se em silêncio abaixo. Zhu notou que, embora as tropas de Yi estivessem lá, o próprio Yi não estava em lugar nenhum. Ela presumiu que alguém o houvesse matado. Ela esperava que o espírito do Pequeno Guo apreciasse o gesto.

Depois de um tempo suficiente de contemplação dos cadáveres, os homens de Chen trouxeram os líderes da revolta que haviam sobrevivido. Zhu viu Sun, o Ministro da Direita Guo e três dos capitães de Sun. Trajavam branco, com o sangue já transparecendo no tecido. Sun havia perdido um olho e seu belo rosto estava quase irreconhecível. Ele os fitava em silêncio, os lábios enegrecidos de sangue cerrados. Zhu tinha a impressão perturbadora de que Chen havia feito algo com sua língua para prevenir quaisquer discursos de última hora.

Os capitães foram os primeiros a serem mortos. Em termos de execução, aquelas foram bastante humanas — o que era surpreendente, considerando o envolvimento de Chen. O homem em questão assistia do palco com o olhar de um especialista em crueldade. A multidão estava em silêncio. Com a montanha de corpos diante de si, nem mesmo os homens do Comandante Wu conseguiam exibir entusiasmo pelo processo. Sun permaneceu estoico durante todo o tempo: um homem que olhava seu destino no olho, sabendo que sua única esperança estava em ter uma próxima vida boa. Sua própria morte, quando chegou, foi tão rápida quanto se poderia desejar em tal situação. Mesmo assim, Zhu ficou aliviado por Ma ter sido poupada da cena.

No fim das contas, não houve necessidade de que alguém recalibrasse suas opiniões sobre a misericórdia de Chen: ele havia meramente poupado a teatralidade para o Ministro da Direita Guo. Diante dos Turbantes Vermelhos, o Velho Guo foi esfolado vivo. Chen havia claramente encontrado uma espécie de inspiração nos muitos anos em que observou e esperou pela derrocada do colega. Aquela morte levou um bom tempo.

Chen, que aparentemente acreditava que ações falavam mais alto do que palavras, deixou o palco assim que a execução terminou. Ao passar por Zhu, ele pausou.

— Saudações ao Ministro da Esquerda — disse Zhu, submissa, fazendo uma reverência de noventa graus. Ela conteve a náusea que ameaçava o conteúdo de seu estômago. Embora já soubesse qual seria o destino do Ministro da Direita Guo, testemunhar a forma como tinha se concretizado era diferente. Ela teve o pensamento miserável de que havia subestimado a crueldade de Chen.

— Comandante Zhu. — Contemplando a imagem dos homens pálidos e nauseados dela, Chen lançou-lhes um sorriso ambíguo. — Lamento saber das mortes recentes em sua tropa. Realmente lastimável.

Zhu forçou-se a focar Chen em vez de os cheiros e os sons ao redor.

— Este servo indigno aceita as condolências do ministro com gratidão.

— Já mencionei antes o quanto eu e o primeiro-ministro estamos impressionados com a qualidade e a dedicação de seus homens. — Atrás dele, a pilha de cadáveres os encarava impassível. — Bem, comandante: já que Yi se foi, esta é a sua chance. Assuma seus homens e os transforme na tropa de que precisaremos para conquistar Bianliang. — Seus olhos negros perfuraram Zhu. — Sei que fará um bom trabalho.

— Este servo agradece ao ministro pela honra e pela oportunidade!

Zhu curvou-se e permaneceu em reverência até estar bastante certa de que Chen já havia ido embora. Embora a situação não fosse a que ela pretendia, e certamente não a que Ma desejava, ela percebeu de forma irônica que aquele fora o melhor caminho no fim das contas. Havia apenas dois comandantes sobreviventes entre os Turbantes Vermelhos, e Zhu era um deles; ela agora controlava quase metade da força total dos Turbantes Vermelhos. Chen não tinha prova alguma de que Zhu fosse qualquer coisa senão leal, mesmo que estivesse mantendo seu juízo definitivo em reserva, e os homens de Zhu não suspeitavam de nada.

Porém, parada diante do palco ensanguentado com os gritos do Ministro da Direita Guo ainda zumbindo em seus ouvidos, ela estremeceu ao recordar as vozes inumanas. *Quem é você?*

Ela se viu vasculhando o próprio interior desesperadamente à procura de qualquer sensação insólita que pudesse nutrir aquela faísca vermelha — a semente da grandeza, pressionada em seu espírito pelo próprio Céu. Porém, para seu pesar, não encontrou nada novo, apenas a mesma coisa que sempre estivera ali: o núcleo branco de sua determinação que a mantivera viva durante todos aqueles anos, dando-lhe a força para continuar acreditando que ela era quem dizia ser. Não era o que ela desejava, mas era tudo o que tinha.

Por um momento, ela sentiu aquela antiga tração vertiginosa do destino. Mas Zhu já havia se lançado à sua procura; não havia como voltar. *Não olhe para baixo enquanto estiver voando, ou perceberá que é impossível e cairá.*

17

ANFENG
DÉCIMO MÊS

Chovia lá fora, e gotejava na sala do trono do primeiro-ministro. Zhu encontrava-se ao lado do Comandante Wu, ajoelhada em silêncio sobre o piso de madeira lacunoso, e sua túnica absorvia a água feito um pavio. Wu, que não passara a maior parte da juventude ajoelhado durante horas, remexia-se e agitava-se como um cavalo doente. Sobre os *dais*, o Príncipe Radiante sorria, imóvel, com o primeiro-ministro a seu lado. Agora havia um terceiro homem ali. Depois da morte de Guo, Chen havia se autointitulado Chanceler de Estado e elevado sua posição de acordo com o novo cargo. Quaisquer que fossem suas ambições para o futuro, ele levaria aqueles em que confiava consigo. *Mas ele não confia em mim por completo,* pensou Zhu. *Não me envolvi com suas ações contra os Guo. Ele pode não suspeitar de mim, mas também não me provei...*

Chen disse:

— Precisamos ser cautelosos com Bianliang. Seu governador pode não comandar uma tropa forte, mas possui vantagem estratégica. Embora o muro externo esteja arruinado, o muro interno permanece de pé. Se dermos ao governador a oportunidade de fortalecer esse muro interno, não tenho dúvidas de que ele será capaz de nos conter até que o Príncipe de Henan venha a seu socorro. O exército do Príncipe pode não ser tão forte quanto era na última campanha, considerando o incidente no rio Yao e o fato de que Esen-Temur não está mais em campo — eles haviam recebido a notícia, embora tardiamente, da morte do velho Chaghan-Temur num acidente de caçada naquela primavera —, mas, quando se trata da defesa de Bianliang, nossas chances de sucesso serão de fato muito pequenas.

O primeiro-ministro declarou, breve:

— Então devemos conquistar Bianliang rapidamente; rápido demais para que o governador transforme o ataque em uma situação de cerco. — Diferente dos mongóis, que eram especializados em cercos, os Turbantes Vermelhos não possuíam qualquer equipamento de cerco.

— Então deve ser uma surpresa. Ele não pode estar preparado, nem ter o general eunuco à sua disposição para ajudá-lo. Precisaremos de uma distração: um ataque a algo de tamanha importância para o Yuan que eles não terão escolha senão enviar o eunuco para lidar com ele. O Grande Canal seria o melhor alvo. — O canal, que ligava o norte ao sal e aos grãos da família Zhang, era a força vital de Dadu. — Enquanto ele estiver ocupado lá, podemos lançar um ataque surpresa a Bianliang e tomá-la rapidamente.

Ao ouvir isso, Zhu ficou tensa. Ela sentiu Wu fazer o mesmo. Embora fosse possível realizar uma missão chamariz de forma segura, tal segurança dependia de um planejamento perfeito. Uma tropa de distração dos Turbantes Vermelhos teria de enfrentar o general eunuco no Grande Canal até que Bianliang o convocasse para defesa, embora idealmente o ataque devesse alcançar êxito antes mesmo de sua chegada. Porém, se houvesse qualquer atraso na chegada das tropas de ataque a Bianliang e o início da investida, então o comandante da tropa chamariz logo se veria sem táticas de atraso, em um confronto bastante real com o inimigo. Aquele plano era, percebeu Zhu, um teste de confiança.

Seu estômago gorgolejou, apreensivo. Uma reação à ideia de uma missão tão obviamente perigosa — mas então sua apreensão aprofundou-se numa inquietação cadenciada, e para seu alarme ela sentiu que olhos inumanos se punham sobre ela por trás. Por um momento, a necessidade de fugir em disparada foi quase opressiva. Zhu manteve os olhos rigidamente fixos nos *dais*, e contou respirações rasas. Seus tendões ardiam com o esforço para permanecer imóvel. A sensação dissipou-se aos poucos, até ela não saber ao certo se haviam sido de fato fantasmas ou apenas sua memória paranoica deles. Ela relaxou, mas sua pele ainda estava arrepiada.

Chen lançou a ela um olhar amistoso que fez Zhu pensar ter sido flagrada em seu momento de pânico. Ao primeiro-ministro, ele disse:

— Vossa Excelência, a tomada e a subsequente defesa de Bianliang não serão tarefas fáceis. Por favor, encarregue este oficial indigno da missão de liderar pessoalmente nossas tropas até Bianliang. — Ele olhou para Zhu e para Wu com um olhar contemplativo e exagerado. Por fim disse, satisfeito: — O Comandante Wu vai me acompanhar a Bianliang. — Seus olhos negros saltaram de volta para Zhu. Apesar das atrocidades das quais Zhu o sabia ser capaz, não era crueldade que ela via na expressão do homem, mas uma curiosidade carregada de interesse. — E o Comandante Zhu liderará a missão chamariz ao Grande Canal.

Era exatamente o que ela havia esperado. Chen queria confiar nela, porque reconhecia seus talentos. Porém, por ser o homem que era, faria com que ela os provasse. Zhu não sabia se seguir os rastros de Chen conforme ele subia ao poder a elevaria à grandeza ou se aquilo era apenas uma etapa intermediária — mas, o que quer que fosse, era o caminho que ela precisava seguir. Ela manteve a cabeça erguida, em vez de curvá-la com a deferência de sempre, e deixou que ele interpretasse sua intenção. *Conquistarei sua confiança.*

Chen sorriu, compreendendo a mensagem. Ainda assim, seus dentes pequenos e perfeitos continuavam sendo os de um predador.

— Não se preocupe, comandante. Como um líder leal e capaz que já provou seu valor aos Turbantes Vermelhos numerosas vezes, tenho total fé de que triunfará.

Ele deixou a sala. Os outros o seguiram, Wu com uma expressão de alívio evidente. *Ele* não havia sido jogado aos lobos. Zhu foi a última; sua mente girava. Então ela parou, assustada: o Príncipe Radiante estava diante da porta.

A criança a examinou. Por trás das pedrarias de jade imóveis, suas bochechas redondas tinham a coloração gentil de um pêssego de verão. Ele observou:

— O que você fez?

Era a primeira vez que Zhu ouvia o menino falar sem ser num evento público. Perto como estava, ela podia ouvir que sua voz continha o tênue tremor de metal dos sinos de vento. Tomada pela terrível imagem repentina de seus próprios homens morrendo em consequência do que lhes fizera, Zhu perguntou em tom austero:

— Do que está falando?

Como que falando de algo completamente ordinário, o menino disse:

— Para fazer os mortos o observarem.

Zhu encarou-o em choque até que conseguiu recuperar o controle. O desconforto que sentira fora real: fantasmas a estavam observando ao ajoelhar-se. *E ele os havia visto.* Ao longo da década em que tivera aquele estranho dom, nunca conhecera uma única pessoa que desse sinais de ver o que ela via. Nem um olhar de soslaio, um susto no escuro. Ninguém durante todos aqueles anos, com exceção daquela criança.

E, terrivelmente, aquilo fazia sentido para ele de uma forma que jamais fizera para ela. O Príncipe Radiante era a reencarnação de um ser divino que recordava suas vidas passadas, e que incandescia com o poder do Mandato do Céu. O fato de que podia ver o mundo dos espíritos parecia natural. Enquanto isso, na única vez em que Zhu se regozijara em sua habilidade de ver fantasmas, no momento seguinte fora denunciada como uma impostora.

Um arrepio percorreu a pele de Zhu como o toque de mil dedos fantasmagóricos. Ela não se deu ao trabalho de esconder a perturbação. Provavelmente não era diferente da reação de qualquer pessoa normal ao ouvir de uma criança divina que estava sendo observada por fantasmas. Sob a superfície, porém, sua mente acelerava. Que outros estranhos conhecimentos o Príncipe Radiante teria a respeito do mundo? Será que sabia, de alguma forma, que ela tinha a mesma habilidade que ele? De repente, ela foi tomada pela convicção terrível de que ele estava prestes a perguntar: *quem é você?* Suas mãos e suas solas suavam. Seu corpo aquecia-se e resfriava-se em ondas alternadas de alarme e de pavor.

Mas o menino apenas aguardou, como se genuinamente quisesse uma resposta para sua pergunta. Enfim os dois assistentes do primeiro-ministro apareceram à porta e, enquanto se curvavam com toda impressão de grande respeito, de alguma forma conseguiram expressar uma atitude de repreensão. O Príncipe Radiante abriu um sorriso gentil para Zhu e saiu.

— O quê? — Mesmo sob a luz de uma única vela no quarto, Zhu conseguia distinguir a expressão pesarosa de Ma. — Você vai partir em uma missão em que a única coisa que o manterá vivo será *Chen Youliang*?

— Uma missão chamariz deve ser mais segura do que fazer parte das forças de ataque a Bianliang, desde que ele não me abandone deliberadamente — respondeu Zhu, bastante consciente da ironia da situação. — Tenho quase certeza de que ele não o fará. Ele sabe que serei útil no futuro, contanto que possa confiar em mim.

No rosto de Ma, Zhu viu a memória angustiada do Pequeno Guo e de Sun Meng, e de todos os outros cujas vidas haviam caído nas mãos de Chen.

— E se alguma coisa o fizer mudar de ideia no caminho até Bianliang? — indagou Ma. — Você nem saberia se ele decidisse atrasar um ou dois dias! Bastaria isso para acabar com suas tropas. É arriscado demais. Você *não pode* fazer isso.

Zhu suspirou.

— E vou fazer o quê, fugir? Como é que eu ficaria? O apoio ao nosso movimento depende do Príncipe Radiante. As pessoas acreditam nele como nosso verdadeiro líder: aquele que trará a nova era. Sem ele, sem as pessoas, eu talvez conseguisse conquistar porções do sul à força, mas jamais seria nada além de um líder militar.

— E por que isso não pode ser suficiente? — questionou Ma. — O que mais você quer que vale arriscar sua vida? — Seus olhos perfeitos de folha de salgueiro estavam arregalados de medo por Zhu, e Zhu de repente sentiu uma pontada de ternura tão opressiva que parecia dor.

Ela tomou a mão de Ma e entrelaçou os dedos delas. Por um momento, Zhu viu a si e a Ma como o Céu veria: dois espíritos humanos brevemente corpóreos, tocando-se por um momento durante a longa e sombria jornada de vida e morte e vida outra vez.

— Uma vez você me perguntou o que eu queria. Eu lhe disse que queria meu destino, lembra? Quero meu destino porque eu o conheço. Eu o *sinto* por aí, e só preciso encontrá-lo. Eu serei grande. E não será uma grandeza menor, mas o tipo de grandeza da qual as pessoas se lembrarão por cem gerações. O tipo que é respaldado pelo próprio Céu. — Com esforço, ela ignorou a lufada que soprou através das rachaduras na parede e fez a vela sibilar como um gato raivoso. A última coisa que queria ver naquele momento eram mais fantasmas. — Passei a vida inteira desejando, lutando e sofrendo por esse destino. Não vou parar agora.

Ma encarou-a com o rosto imóvel.

— Você não está depositando sua fé em Chen. Vai enfrentar o general eunuco e confiar no *destino* para mantê-lo vivo?

De repente, Zhu foi atingida por uma recordação vívida da expressão aturdida do general eunuco no rio Yao ao perceber o que ela havia feito com o exército dele. Zhu havia vencido às custas das perdas e da humilhação do outro. E ela sabia, com tanta clareza como se os pensamentos do general estivessem zumbindo em sua cabeça, que ele estaria determinado a ter sua vingança.

Ela esmagou o pensamento.

— Ah, Yingzi, não dê a si mesma uma dor de cabeça! Eu nem sequer o enfrentarei. Vou cutucá-lo, provocá-lo, irritá-lo e deixá-lo tão furioso que ele ficará feliz ao ser chamado para uma batalha de verdade. Quando nos conhecemos, você não disse que eu crio problemas? Não se dê ao trabalho de confiar em Chen ou no destino, se achar isso difícil demais. Apenas confie nas primeiras impressões que teve de mim.

Ma soltou um riso aguado que deu lugar a um soluço.

— Você *é* um problema. Nunca conheci ninguém que causasse mais problemas do que você.

Quando ela baixou a cabeça para fitar as mãos entrelaçadas, seu cabelo caiu em duas mechas lustrosas ao redor do rosto. Através delas, Zhu vislumbrou suas maçãs do rosto altas de nômade e as sobrancelhas que simbolizavam a felicidade futura que toda mãe desejava para as filhas. Ma sempre parecia lindamente vulnerável em sua preocupação. Zhu sentiu uma tristeza dolorida que era como a sombra do lamento futuro, de saber que perseguir seu desejo causaria dor. Mais do que já havia causado. Gentilmente, ela disse:

— Gosto que você se importa.

Ma ergueu a cabeça de modo abrupto, revelando as lágrimas que escorriam pelo rosto.

— É claro que me importo! Não consigo não me importar. Queria conseguir. Mas me importei com todos vocês. O Pequeno Guo. Sun Meng. Você.

— Você só gosta de mim como gostava deles? Como gostava do *Pequeno Guo*? — provocou Zhu. — Não recebo uma consideração especial por ser seu marido?

As lágrimas de Ma causaram aquela peculiar dor melancólica dentro dela outra vez. Zhu enxugou-lhe as lágrimas com o dorso da mão. Então, com bastante cuidado, segurou a bochecha de Ma, aproximou-se e a beijou. Um tocar de lábios suave e demorado. Um momento de calor que gerou algo infinitamente terno e precioso, tão frágil quanto a asa de uma borboleta. Não se parecia em nada com as paixões implacáveis e violentas do corpo que Xu Da lhe descrevera. Era como algo novo, algo que elas mesmas haviam inventado. Algo que existia apenas para as duas, na penumbra do quartinho que compartilhavam, enquanto durasse aquele único beijo.

Depois de um momento, Zhu afastou-se.

— O Pequeno Guo alguma vez fez isso?

Ma abriu e fechou a boca. Seus lábios repousavam tão suavemente um sobre o outro que pareciam um convite para beijos futuros. Suas bochechas estavam rosadas, e ela olhava para a boca de Zhu com os cílios abaixados. Será que ela também sentia aquela dor?

— Não.

— Quem fez?

— Você — disse Ma. O som parecia um suspiro. — Meu marido. Zhu Chongba...

Zhu sorriu e apertou a mão dela.

— Isso mesmo. Zhu Chongba, cuja grandeza foi escrita no livro do destino do Céu. Eu a alcançarei, Yingzi. Acredite em mim.

Porém, enquanto o dizia, ela se lembrou dos fantasmas acusatórios e da sensação daquele impulso terrível e incontrolável: o de que, a cada escolha e decisão, ela se afastava mais da pessoa a quem pertencia aquele destino.

Jining, o ostensivo alvo no Grande Canal, ficava a seiscentos li ao norte de Anfeng, na extremidade norte do vasto lago que ligava Jining à parte sul do canal. Zhu fizera com que fossem devagar, demorando-se para contornar os alagadiços ao longo da margem oeste do lago: ela queria dar ao Yuan o máximo de tempo possível para que vissem aonde estavam indo. A população fugia antes que chegassem, então parecia que estavam sempre viajando por uma paisagem vazia da qual todos haviam desaparecido da noite para o dia. Minas de carvão, a indústria local, jaziam abandonadas com pás espalhadas pelas entradas. As cidadelas vazias pelas quais passavam ressoavam sinistramente com o som de moinhos ainda girando sob o vento e a água, bombeando os foles de forjas frias. Fuligem negra cobria as casas e as árvores, e soprava em seus rostos. Ao longo da planície pantanosa a caminho do oeste, ocultas nas sombras vespertinas nos sopés das montanhas, estavam as guarnições do Yuan em Henan. E em algum lugar entre os dois pontos: o general eunuco e seu exército.

Ao entardecer, Zhu supervisionava o acampamento quando Yuchun a procurou. O rapaz havia evoluído muito desde o primeiro encontro com Zhu, quando era um ladrão. Ele havia revelado um talento extraordinário para as artes marciais e, sob a tutela de Xu Da, tornara-se um dos melhores capitães de Zhu. Ele disse:

— Houve um acidente.

Ao contrário do que Zhu esperava, era *de fato* um acidente, em vez do resultado de uma discussão qualquer sobre os tipos de coisa pelas quais os homens costumavam discutir. A vítima estava na própria tenda, sendo atendida pelo engenheiro Jiao Yu, que havia adquirido alguns conhecimentos de medicina ao longo de seus estudos formais. Era uma imagem repulsiva, mesmo para uma pessoa familiarizada com ferimentos de guerra. O rosto do homem, de um rosa cru com crosta brilhante, lembrava carne de porco fatiada usada no preparo de bolinhos de carne.

Quando Jiao terminou, eles saíram da tenda.

— O que aconteceu? — perguntou Zhu.

Jiao limpou o sangue das mãos e começou a andar.

— É interessante. Venha ver.

Eles se afastaram um pouco do acampamento, tomando cuidado para evitar uma das enormes dolinas que pontilhavam a região. Quando chegaram a um afloramento rochoso, Zhu a viu: uma chama que queimava dentro de uma pequena caverna, saindo de uma rachadura na rocha exposta.

— Aquele cabeça de vento quis ver o que aconteceria se ele apagasse a chama e a acendesse novamente — disse Jiao, sério. — Houve uma explosão. Está vendo como aquelas pedras caíram com o acontecimento? Ele tem sorte de estar vivo. Mas vai perder o olho.

— Como funciona? — perguntou Zhu, interessada.

— Suponho que nunca esteve dentro de uma mina de carvão. Não é nada agradável. São quentes, poeirentas e úmidas, e o ar é nocivo. Leve uma tocha lá embaixo e o lugar todo vai explodir.

— Então é o pó de carvão que explode?

O projeto que ela havia designado a Jiao — desenvolver canhões manuais mais confiáveis — despertara nela um interesse em coisas que explodiam. Nenhuma força nanren seria capaz de rivalizar os mongóis com arcos, mas ela gostava da ideia de uma arma que mesmo uma pessoa tão sem talentos quanto um ex-monge poderia usar.

— Não. Não é a poeira que sai das rochas, mas o ar nocivo. Se o deixarmos preencher um espaço fechado, como uma mina, ou até ter o suficiente para que se possa sentir o cheiro, ele vai explodir se acendermos uma chama, como pólvora. Porém, se vazar como água de um balde, será mais semelhante a carvão aceso: produzirá apenas uma pequena chama como esta.

Não parecia útil, mas Zhu guardou a informação. No caminho de volta para o acampamento, ela disse:

— Sei que você trabalhou duro nos canhões manuais. Está pronto para testá-los contra o general eunuco? Ou precisa de mais tempo?

Jiao lançou um olhar demorado para ela. Zhu sempre tivera a impressão de que Jiao não confiava nela de fato. Lembrou-se de como ele havia deixado a tropa do Comandante Sun para se juntar à dela. Ele era uma dessas pessoas que se certificavam de apostar a sorte naqueles que acreditavam ser os vencedores. Alguém que era perfeitamente leal — até não ser mais. *Ele de fato fez a escolha certa entre Sun Meng e eu*, pensou Zhu, de modo não inteiramente confortável. Ela supôs que o fato de Jiao ainda estar ao seu lado era um voto de confiança.

Enfim, tudo o que ele disse foi:

— Você terá sua unidade de artilharia. Estaremos prontos.

— Se esperarmos demais antes de dar início ao embate, ele suspeitará que somos apenas uma isca — argumentou Xu Da. — Porém, quanto mais cedo começarmos, mais tempo precisaremos resistir até que ele receba a mensagem de Bianliang para bater em retirada.

Eles estavam na casa que Zhu havia escolhido como posto de comando em uma pequena cidade a uma dúzia de li ao leste de Jining. Quando subira no teto mais cedo, Zhu ficara surpresa e mais do que um pouco desconcertada ao ver que Jining estava rodeada pela faixa branca e fungosa do exército do general eunuco. Um dia antes, não havia nada ali. A conexão vibrante entre ela e o oponente distante fazia seu estômago revirar de nervosismo.

Ela falou lentamente, sentindo o caminho ao longo daquela conexão.

— Não seremos *nós* a começar o embate.

Xu Da ergueu as sobrancelhas.

— Ele virá até aqui?

— Seu último encontro com os Turbantes Vermelhos o deixou humilhado. Não é possível que ele não continue furioso. Ele não vai querer ficar parado e esperar nós irmos até ele, só para ele ficar na defensiva.

A verdade vibrava dentro dela como o som de uma unha estalada contra uma lâmina.

— Ah, bem — disse Xu Da, animado. — Isso reduz nossas opções, mas nós damos conta. — Como todas as cidades naquela região, a que ocupavam não tinha fortificações. Não havia sequer árvores o bastante na área para que erguessem uma paliçada temporária. — Vamos resistir aqui o máximo que conseguirmos, depois recuaremos e o distrairemos.

Havia um mapa sobre a mesa entre eles. Zhu usou o dedo para traçar uma linha a leste de onde estavam até um longo vale entre duas cadeias de montanhas próximas.

— Este é o nosso trajeto.

A espessura reduzida do vale forçaria qualquer exército que os seguisse a se locomover em uma única coluna: uma configuração que significava que Zhu enfrentaria apenas uma pequena linha de frente, e recuaria assim que ela começasse a sofrer baixas.

— Mas ele verá aonde estamos indo e dividirá as forças. Ele levará a infantaria para o vale atrás de nós e mandará a cavalaria dar a volta para nos enfrentar na outra extremidade do vale assim que sairmos de lá. Mas isto — Zhu apontou para o lago aos pés da cadeia de montanhas mais próxima — os manterá longe por um tempo. — Qualquer força que pretendesse chegar à outra extremidade do vale precisaria fazer um desvio de dias ao redor das margens do lago.

— O ataque de Chen Youliang só começará daqui a três dias, e levará ao menos mais outros dois dias para que o general eunuco receba a mensagem de Bianliang com o pedido de ajuda. Então, se ele der início ao embate amanhã, teremos que mantê-lo ocupado por mais quatro dias. É possível. Podemos prendê-lo aqui por ao menos um dia, dois se tivermos sorte, e depois recuaremos até o vale. Ele receberá a mensagem e recuará antes mesmo de sua cavalaria chegar ao outro lado, então não precisamos nos preocupar com eles.

Zhu encarou o mapa. Toda lógica lhe dizia para confiar em Chen, mas ela não conseguia se livrar de uma inquietação profunda. Falando do general eunuco, ela disse:

— Ele não sabe que isso é uma farsa. Ele vai vir com tudo para cima de nós. Ele vai querer nos fazer sofrer.

— Deixe-o! — exclamou Xu Da. O sorriso familiar do rapaz encheu Zhu com uma ternura intensa. Sob a curva voltada para baixo de suas sobrancelhas, sua pálpebra direita tinha uma dobra pouco maior que a esquerda. Seu cabelo, no estágio esquisito entre raspado e não longo o bastante para prender em um coque, dava-lhe um visual desonroso. — Não tenho medo de um pouco de sofrimento. Não foram dez mil anos de vidas passadas que nos trouxeram para o seu lado para apoiá-lo? Acredite que sou forte o bastante, que somos todos fortes o bastante.

A fé do amigo a tocava, mesmo enquanto ela sentia uma pontada de dor futura. Esse era o preço de seu desejo: pedir àqueles que amava que sofressem, repetidas vezes, para que ela pudesse conseguir o que queria. E ao mesmo tempo ela sabia que não pararia. Não *podia* parar. Se por um momento ela parasse de tentar alcançar aquele futuro de grandeza...

Recompondo-se, ela disse:

— Obrigado.

Xu Da sorriu, como se soubesse de tudo que havia passado por sua cabeça. Talvez soubesse. Ele deu a volta na mesa e lhe deu um tapinha no ombro.

— Venha, vamos descansar um pouco. Se ele é tão belo como você diz, sinto que devo ter meu sono de beleza para que ele também possa se distrair com os rostos atraentes de tirar o fôlego do nosso lado.

— Lá vão eles — disse Shao ao se aproximar de Ouyang. Seu cavalo pisoteou casualmente os dedos do cadáver de um Turbante Vermelho que jazia no meio da rua.

A tropa de Ouyang havia deixado Jining ao raiar do dia, e a batalha subsequente contra os rebeldes — se é que se podia chamar aquilo de batalha — mal durara duas horas. Ah, na primeira vez que Ouyang viu uma dúzia de seus homens tombarem simultaneamente sob uma chuva de disparos de canhões manuais, ele ficou surpreso. Porém, quando se tem a vantagem numérica, e a maior parte de seus homens são recrutas, para que se importar? Basta enviar mais homens, depois mais outros, e em pouco tempo os rebeldes não conseguirão recarregar os canhões a tempo ou ficarão sem munição, e então será seu fim.

Ao leste, os rebeldes estavam fugindo na direção das montanhas com tamanha velocidade e coordenação que sugeriam que a retirada fora planejada com antecedência. É claro que fora. *No geral, um belo espetáculo*, pensou Ouyang, irritado. Os rebeldes estavam claramente tentando distrai-lo do ataque iminente a Bianliang. E, se ele não tivesse entrado no jogo, sequer teria precisado de duas horas para terminar o trabalho. Isso, porém, não teria sido um bom *espetáculo*. Embora fosse necessário, ele odiava aquilo. A estratégia fazia com que parecesse estúpido. Agora, como se isso não bastasse, ele tinha de *perseguir* os rebeldes, um prospecto quase tão sedutor quanto a ideia de deliberadamente enfiar a mão num toco apodrecido para que um escorpião o picasse.

Só mais alguns dias. Ele tentava não pensar no que o aguardava depois daquilo.

— Mande os batalhões de cavalaria darem a volta para encontrá-los na outra extremidade — ordenou ele. — Continuaremos atrás deles com a infantaria.

Seu mau humor apenas piorava conforme penetravam o vale. Era uma faixa estreita que corria entre dois penhascos imponentes, o lugar mais estranho que já havia visto. Em contraste com a invernal Jining, parecia um mundo completamente diferente. A terra era quente ao toque, como seria ao redor de uma fonte termal — mas não havia qualquer sinal de água em estado líquido. Em vez disso, atravessavam um estranho deserto, repleto de rochas e de tocos esbranquiçados. Fios de vapor saíam de rachaduras no chão. Os homens de Ouyang olhavam ao redor, inquietos. O ar quente e úmido abafava os sons da passagem; mesmo o estalar dos chicotes dos subcomandantes nos recrutas havia perdido sua força.

A noite era ainda mais estranha. A paisagem ganhava vida com centenas de pontos de fracas luzes vermelhas e pulsantes, feito brasa sob forjas lentas. Os homens enviados para investigar o fenômeno relataram que as luzes vinham das rachaduras na rocha do chão do vale, como se a própria Terra estivesse em chamas. Dormiram todos mal, com o vale crepitando e grunhindo ao redor deles.

De manhã, uma camada de neblina quente atrasou ainda mais o progresso do grupo. O calor tornava-se cada vez mais intolerável, e a água que encontraram tinha um gosto tão repugnante que mal chegava a proporcionar algum alívio. Shao cavalgou até Ouyang, com uma aparência tão miserável dentro da armadura quanto uma lagosta cozida ao vapor.

— Onde estão eles? Será que esperam nos torturar até a morte?

Durante a última hora, Ouyang tivera a sensação de que os rebeldes os aguardavam logo adiante, fora de vista. Tentando ignorar a feroz dor de cabeça, ele disse brevemente:

— Suponho que estão planejando uma emboscada.

— Com aqueles canhões manuais outra vez? — zombou Shao. — E fazer o quê, eliminar uma camada de nossa linha de frente? É melhor eles se esforçarem mais se não quiserem que a coisa toda acabe em um dia.

Ouyang também não queria que o embate acabasse em um dia: era cedo demais. Ele franziu o cenho e pressionou o polegar entre as sobrancelhas, o que não ajudou a aliviar a dor de cabeça. O cheiro não ajudava. Estavam atravessando uma depressão, cujo formato parecia ter aprisionado o ar, e o lugar tinha um fedor pantanoso tão forte quanto as folhas de mostarda do último inverno.

Houve um grito de alerta. Ouyang espiou através do vapor ondulante, esperando encontrar a linha de frente rebelde. Em um primeiro momento, tudo o que viu foi um afloramento rochoso, então camuflada estava a pequena figura em armadura simples com a túnica cinzenta de um monge por baixo.

O monge. Todo o corpo de Ouyang se arrepiou com o choque do reconhecimento. Sua cabeça passou a latejar ainda mais. Durante todo aquele tempo, ele não fizera ideia de que o comandante rebelde que estava enfrentando era o monge. A lembrança do rio Yao elevou-se como uma onda de pura raiva. Na última vez que vira o monge, suas ações haviam colocado Ouyang na rota para seu destino. Todos os dias desde então, Ouyang sentira a agonia daquele destino como uma ferida mortal. Talvez não fosse possível escapar do destino, mas *foi aquele monge quem o colocou em movimento.*

Ouyang estava quase surpreso por sua fúria não ter incinerado aquela pequena figura bem ali. Vingar-se do monge não ajudaria a mudar o futuro de

Ouyang em nada, mas seria retribuição por tudo que ele havia sofrido desde o rio Yao. A ideia de fazer com que o monge sofresse tanto quanto ele havia sofrido provocou um prazer soturno que percorreu seu corpo, como o ardor de um músculo levado até os limites. Poderia ser uma última coisa pela qual ansiar, antes que todo o resto começasse.

Ele havia acabado de abrir a boca para ordenar o avanço das tropas quando o monge lançou alguma coisa na direção da linha de frente de Ouyang. Ela acertou o chão com um tilintar abafado. No momento de silêncio intrigado que se seguiu, Ouyang ouviu o objeto rolando colina abaixo em direção a eles.

Então o mundo explodiu.

A explosão derrubou Ouyang de seu cavalo. Corpos e rochas ardentes tombavam ao redor. Suas orelhas zumbiam tanto que ele só sabia que seus homens gritavam por ver suas bocas abertas. Cobertos por cinzas, seus corpos se contorciam bizarramente; pareciam demônios aos tropeços através da fumaça. Tossindo, Ouyang cambaleou na direção de sua linha de frente. *Que não estava ali.* Havia apenas um vasto fosso em chamas, tão profundo quanto um pagode de dez andares. Ao seu redor, em uma enegrecida explosão de horror, havia destroços como Ouyang jamais havia visto em todos os seus muitos anos de guerra. Corpos humanos e animais haviam sido despedaçados e misturados de forma aleatória. O chão estava coberto de ossos chamuscados, pedaços de armadura, espadas entrelaçadas e capacetes abertos como flores de metal. Ele permaneceu ali, imóvel, com a mão sobre as costelas e olhos furiosos varrendo o local, fitando os destroços estilhaçados de seu exército.

Alguém se levantou com dificuldade. Era Shao. O homem provavelmente sobreviveria ao apocalipse feito uma barata, pensou Ouyang cruelmente. Ele pensou que deveria se sentir grato por isso.

— Mas que porra foi essa? — indagou Shao. Pela primeira vez Ouyang não se importou com seu tom, com o fato de que falara em han'er ou por ter se dirigido a Ouyang como um soldado falaria com outro. — Aquilo não foi só uma granada. *O ar estava em chamas.*

— Não importa — disse Ouyang. Sua voz soava abafada, como se estivesse chegando até ele por meio dos ossos do crânio em vez das orelhas. A raiva que vinha sentindo pelo monge havia apenas alguns momentos assumira uma clareza perfeita. Ele a reconheceu como a mais pura intenção assassina. Torcia para que o monge pudesse sentir sua vil disposição, mesmo à distância, e fosse atormentado por ela a todo instante até que Ouyang o atacasse. — Conte os mortos, mande os feridos para trás e prossiga.

Para a surpresa de absolutamente ninguém, os rebeldes os aguardavam no outro lado do fosso em chamas. O próprio Ouyang liderou a investida. Os canhões de mão cuspiam seus estilhaços, derrubando uma onda de homens, mas logo eles avançaram sobre os rebeldes. O apocalipse do monge podia ter causado algumas baixas para Ouyang, mas ele era um general do Yuan: sabia o quanto demorava para um exército perder a memória muscular de ser um colosso. Seus homens, dez no total com ele no centro, lançaram-se adiante como se ainda fossem parte de uma linha de frente de mil homens. E então houve o caos do combate cara a cara. Homens esbarravam e giravam freneticamente; os vencidos debatiam-se e gritavam; cavalos abriam buracos nas pernas. O sangue e os lenços vermelhos emprestavam sua cor intensa à paisagem monocromática.

Lutaram até o cair da noite. No dia seguinte, quando acordaram, os rebeldes já haviam recuado. Ouyang avançou até encontrá-los, perdendo outra camada de sua linha de frente no processo, e fez tudo de novo. Dia após dia, ele empurrava os rebeldes rumo a seu destino inevitável: a planície após a saída do vale onde muito em breve a cavalaria de Ouyang estaria pronta e à espera para esmagá-los quando emergissem da proteção do terreno irregular do vale. Embora soubesse que a perseguição não passava de um exercício glorificado de desperdício de tempo de sua parte, Ouyang encontrava um deleite genuíno e selvagem no desespero crescente dos rebeldes conforme o tempo passava. Seu sofrimento era um prelúdio de abrir o apetite para o sofrimento ainda maior que ele estava prestes a infligir no cachorro do líder rebelde.

Pensar *nessa* vingança, diferente da outra, enchia-o de uma expectativa descomplicada e cruelmente prazerosa. *Não* preciso *destruí-lo*, pensou ele para o monge, *mas, ah. Eu vou.*

— Algo está errado — disse Xu Da. — Ele já deveria ter recebido a mensagem sobre Bianliang. Por que ainda não recuou?

Zhu olhou automaticamente para a lua minguante, embora a data parecesse ter sido martelada em seus ossos: já estavam no vale havia quatro dias, bem mais tempo do que haviam previsto, e já haviam se passado dois dias inteiros desde o tempo concordado para o início do ataque de Chen. Ela e Xu Da haviam escalado a colina no ponto onde estavam acampados e estavam sentados no topo do penhasco à direita, embora assim tão perto da desembocadura do vale ele mal passasse de uma gentil colina. Diante deles jazia a planície escurecida. Ligeiramente à sua direita estava um amontoado de luzes, como uma nova constelação: as fogueiras do acampamento dos batalhões de cavalaria do general eunuco. Em um dia aqueles batalhões estariam diretamente à frente, aguardando para encontrá-los.

— Só pode ser Chen Youliang — continuou Xu Da. Mesmo no espaço de alguns dias seu rosto havia afinado com o estresse das perdas crescentes. — Não acha que ele queria que morrêssemos esse tempo todo?

Apesar de suas convicções, Zhu havia começado a se perguntar o mesmo. A exaustão causava-lhe náuseas.

— Mesmo que ele quisesse se livrar de mim, há tantas outras formas de fazer isso sem sacrificar meus homens. — Ela suspirou. — Por mais estranho que seja, confio em sua criatividade para cometer assassinatos.

Eles ouviram ruídos vindos de trás. Yuchun, quase invisível em sua armadura escura, emergiu no penhasco e se sentou ao lado deles.

— Então este é o fim — anunciou ele. O rapaz provavelmente quisera que a declaração soasse displicente, mas para Zhu parecera atipicamente tímida e temerosa.

Por um instante, nenhum deles disse mais nada. Zhu concentrou-se em seu interior e recorreu àquela estranha ressonância que havia entre ela e o eunuco. Lembrou-se de si mesma aos doze anos, fitando-o do teto do Salão do Darma, e a sensação misteriosa de sua própria substância conectando-se à sua semelhança. Agora, de alguma forma, por causa daquela conexão, a presença dele marcava todos os cruzamentos críticos no progresso de Zhu rumo a seu destino. Ele havia destruído o monastério e a levado até os Turbantes Vermelhos. Ele havia lhe possibilitado sua primeira vitória. E agora...

ELA SE TORNOU O SOL 301

Em sua mente ela viu o belo rosto do general eunuco, que havia apenas visto à distância. De uma vez só, soube o que precisava fazer para continuar avançando em direção ao seu destino.

— Não é o fim — declarou ela. — Ainda não. Há uma última coisa que precisamos fazer.

Xu Da e Yuchun giraram as cabeças de lados opostos em direção a ela.

— *Não* — disse Xu Da.

— Acho que ele não recebeu a mensagem. É por isso que não bateu em retirada; ele sequer sabe que Bianliang precisa de ajuda.

— Mesmo que seja esse o caso! Mesmo que ele acreditasse em você...

— ...ele pode simplesmente me matar de um jeito ou de outro — concluiu Zhu. Porém, se ela não acreditasse em seu destino, o que mais lhe restava?

Com a expressão abalada, Xu Da disse:

— Você não. Eu faço isso.

— Fazer o *quê*? — quase gritou Yuchun.

Zhu sorriu para ele.

— Desafiar o general eunuco para um duelo. Ele parece ser do tipo tradicional; respeitará o desafio. Isso ao menos me dá a oportunidade de falar com ele cara a cara. Direi a ele o que está acontecendo em Bianliang. Então cabe a ele acreditar em mim ou não.

Depois de uma longa pausa, Yuchun disse:

— Eu desafio. Se é um duelo, então sou seu melhor homem. Aquele eunuco é melhor com a espada do que vocês dois, assim como eu. Vocês sabem disso!

Sua lealdade era reconfortante. *Acredite que somos fortes o suficiente.* Ela disse gentilmente:

— Eu sei. Chang que vale por dez mil homens. — Era um novo apelido que Yuchun havia recebido em algum momento do caminho, quando os homens perceberam que ele era tão forte quanto (talvez não exatamente) dez mil homens. Ela deu batidinhas no ombro de Yuchun. — Se a ideia fosse vencer, eu com certeza pediria a você. — Ela também falava com Xu Da. — Mas não se trata de duelar. Trata-se de convencê-lo. Então tem de ser eu.

Um som ferido escapou de Xu Da. Zhu estendeu o braço e tocou-lhe a nuca, aquela parte vulnerável acima do colarinho da armadura, e sacudiu-o com delicadeza. O gesto dava a ela um sentimento protetor e possessivo, como o de um leopardo que carrega o filhote na boca. Ela não fazia ideia se aquilo era algo que Zhu Chongba teria sentido por Xu Da ou não.

— Irmão mais velho. Conto com você para garantir nossa fuga assim que os homens do general demonstrarem os primeiros sinais de retirada.

Xu Da relaxou a cabeça, jogando-a para trás na mão de Zhu.

— E se eles não recuarem?

Não havia sentido em instigar o medo e a dúvida ao pensar no que não aconteceria. O que não *podia* acontecer, por conta da pura força de sua crença e de seu desejo. Em vez disso, ela se empertigou e passou os braços ao redor dos ombros dos dois amigos, e juntos ficaram a contemplar a Lua se pôr sobre as fogueiras infindáveis do Yuan.

As tropas se reuniram na planície ao amanhecer. O Céu os contemplava no pálido firmamento de inverno, que parecia tão quebradiço quanto uma pele de gelo. Zhu absorveu a imagem de sua pequena tropa de Turbantes Vermelhos em formação diante da enorme expansão do exército do general eunuco, com sua sinistra linha de frente de fantasmas. Ela havia comprimido o temor e a incerteza com tanta força que eles não passavam do mais leve tremor da água sob a superfície imóvel de um lago profundo. Ela respirou fundo e concentrou-se em seu interior, tocando aquele ponto na boca do estômago onde o destino se ancorava, e deixou que ele a puxasse para frente.

O outro cavalgou na direção dela sob sua própria bandeira. Zhu sentiu o universo estremecendo ao redor deles conforme adentravam o espaço vazio entre os exércitos. Eram dois seres feitos da mesma substância, com o *Qi* vibrando em harmonia como cordas gêmeas, interconectados por ação e reação de modo que estivessem sempre empurrando e puxando um ao outro ao longo do trajeto de suas vidas e em direção a seus destinos individuais. Ela sabia que, o que quer que acontecesse ali, não seria ele agindo sobre ela, mas cada um deles agindo sobre o outro.

No meio, eles apearam e se aproximaram, empunhando as espadas cobertas na mão esquerda. Zhu foi novamente atingida pela beleza cristalina do general eunuco. *Carne de gelo e ossos de jade*, pensou ela: a forma mais deslumbrante de beleza feminina. Apesar disso, porém, era impossível confundi-lo com uma mulher. Onde deveria haver uma suavidade submissa, havia apenas dureza: estava na rigidez de seu maxilar, na curva arrogante de seu queixo. A forma como se portava e andava era a de uma pessoa que se movia com o orgulho amargo de saber que seu distanciamento vinha de estar *acima*.

A fria luz matinal sugava a cor dos arredores. Fumaça saía de suas bocas e narinas quando respiravam.

— Enfim nos encontramos. — Sua voz rouca era instantaneamente familiar. Havia sido gravada na memória de Zhu com fogo e violência. *Na última vez que o ouvi falar, ele destruiu tudo o que eu tinha.* — Reconheço que seu desafio foi uma surpresa bem-vinda. Depois de toda aquela perseguição e emboscada, pensei que você fosse nos obrigar a arrastar isso até o final. Há algum motivo em particular pelo qual está tão determinado a transformar sua morte em um espetáculo público?

Zhu respondeu calmamente:

— Eu seria um péssimo líder se retribuísse a lealdade que meus homens demonstraram nos últimos dias com a incapacidade de fazer tudo que posso para mudar a situação.

— Está assim tão certo da possibilidade de mudá-la? O resultado me parece inevitável.

— Talvez seja. Mas está certo de que é o resultado que imagina? Talvez você precise de mais informação para enxergar com clareza — disse Zhu. Por trás de sua calma, ela estava vagamente consciente da incerteza reprimida alcançando seu ápice. — Por exemplo: talvez lhe agrade saber que este embate não passa de uma distração. Acha mesmo que nós, Turbantes Vermelhos, somos tão poucos? Nossos números cresceram mais do que vocês se dão conta. Neste exato momento, nosso exército principal está realizando um ataque a Bianliang. Duvido que eu esteja errado em pensar que a perda de Bianliang seria um golpe avassalador para o Grande Yuan.

Sua atenção ao rosto do general eunuco era tão intensa quanto a de um amante, mas ele não demonstrou qualquer reação.

— Interessante. Mas os homens dizem qualquer coisa para salvar a pele. De fato, se o que diz é verdade, você não estaria traindo seu próprio lado só pela chance de que eu possa bater em retirada para ir correndo até Bianliang? Então ou você é um mentiroso ou um covarde. — Ele ergueu as sobrancelhas. — O que seria mais provável?

— Quer acredite em mim ou não, será que pode arriscar não agir? Mensagens se perdem. Se Bianliang pediu ajuda, mas acabar caindo por falta de ajuda, quem você acha que levará a culpa pela derrota?

Então uma sombra de fato cruzou seu rosto. Em tom sarcástico, ele disse:

— Não se deve culpar o destinatário de uma mensagem perdida.

Zhu entendeu as palavras não ditas: *mas eles vão me culpar*. O tremor em seu âmago deu lugar ao alívio: estava funcionando.

— Mas agora você sabe. Então a pergunta é: o que fará com essa informação, General Ouyang? — Era a primeira vez que ela dizia o nome. O som fez com que ela sentisse a atração desconcertante do destino com mais força do que antes, como se ele fosse um imã para sua agulha. Um sabor intenso em sua língua tinha o gosto do ar antes de uma tempestade. — Vai se recusar a ir, para depois ter de explicar por que não foi capaz de fazer todo o possível para impedir que o maior símbolo de poder nanren caísse em mãos rebeldes? Posso apenas imaginar o quanto seus mestres ficaram descontentes com você após o incidente no rio Yao. O que farão com você por ter perdido Bianliang?

Enquanto ele refletia sobre a pergunta, uma brancura densa jorrou de seu exército, tão volúvel quanto a neblina que cascateava montanha abaixo. Ela fluiu sobre o chão e os envolveu. Os fantasmas nunca haviam lhe dirigido mais atenção do que quaisquer outros fantasmas antes. Agora, porém, seus olhos negros vazios observavam-na por cima do ombro do general, e ela sentiu os pelos da nuca se eriçarem quando olhares invisíveis lhe tocaram as costas. Seu murmúrio encheu-a com um pavor entorpecido. Acima, as flâmulas balançavam provocando ruído.

Enfim o general eunuco disse:

— Aquele foi um retorno bastante desagradável, isso é certo. Parece que você conhece bem a situação. Mas talvez seja minha vez de lhe dar uma informação. Para que você possa enxergar o resultado com clareza.

Por serem arqueiros, os mongóis não usavam luvas. A mão cerrada que ele estendeu entre ambos estava nua. Assim como o resto de seu corpo, suas mãos evocavam a tensão de ser tudo e nada: tinha os ossos finos de uma mulher, mas cicatrizes das mil pequenas feridas de um guerreiro. Ele abriu a mão lentamente. A princípio, Zhu não conseguiu entender para o que estava olhando. Então, encarando o papel dobrado com um breve traço da escrita mongol na face superior, ela sentiu um violento tremor interno, como se todas as suas emoções reprimidas inchassem em sincronia contra a barreira de sua força de vontade. Ela podia ter arfado com o esforço necessário para mantê-las contidas.

Bianliang.

Ela havia apostado tudo na esperança de que ele batesse em retirada, mas agora ela enxergava com clareza, assim como ele havia prometido. Nunca fora uma possibilidade.

Por instinto, ela esmagou aquele amontoado crescente de incredulidade, horror e medo com toda a força possível. Ela a enterrou até que não restasse mais nada para o general ver além de uma imobilidade glacial equivalente à dele. Ela estava errada, mas estar errada não era o mesmo que fracassar — ainda não. E *não será*. Sempre existe outro jeito de vencer.

Ele a observava com um prazer vingativo, como se pudesse sentir o esforço que ela fazia para permanecer no controle.

— Agradeço a sua preocupação, mas Bianliang é de meu conhecimento. A mensagem do governador veio ontem. É de fato uma súplica desesperada por ajuda.

Ele sabia e escolheu não ir. Ela nem sequer havia considerado essa possibilidade.

— Mas se você tivesse batido em retirada logo que recebeu a mensagem, poderia ter chegado lá a tempo...

— Ah, por favor — disse ele. — Nós dois sabemos que seu plano se baseava na suposição de que, se eu batesse em retirada ao receber a mensagem, não chegaria a Bianliang a tempo de impedir sua queda. O que apenas demonstra que você não faz ideia do que sou capaz. Pode ter certeza: se eu quisesse chegar a Bianliang antes de sua queda, eu o teria feito. — Então, em resposta a qualquer reação incontrolável que ele viu no rosto de Zhu: — E por que não o fiz? Estimado monge: como eu poderia desperdiçar essa oportunidade de acertar as contas com você?

Terrivelmente, Zhu pensou naqueles dez mil homens afogados. Embora já soubesse que ele desejaria vingança, ainda não havia entendido a profundidade de sua dor. A verdade vibrava na conexão entre eles. Ele sofria, e era motivado por isso; a dor era a razão por trás de tudo o que fazia, e a razão de sua existência. *Ele é assombrado por ela.* Com calafrios, ela disse:

— Em nome da vingança contra mim, você foi tão longe a ponto de deixar que Bianliang caísse?

— Não seja tão convencido — respondeu ele, amargo. — Bianliang tinha de cair. Porém, ao receber esta oportunidade de terminar as coisas entre nós, decidi aproveitá-la com prazer. — Seus olhos negros como o traço de um pincel fixaram-se nela com a promessa de um assassinato. — Você causou minha derrota no rio Yao, e começou algo que não tenho escolha senão terminar. Independentemente de meus próprios desejos, você tomou a liberdade de me colocar na rota rumo ao meu destino. — Seu rosto delicado ardia de ódio e de julgamento. — Então permita-me retribuir a cortesia e entregar-lhe ao seu.

Ele sacou a espada. A lâmina cantou ao sair da bainha, refletindo a luz gélida ao longo de sua extensão.

E, em algum lugar nas profundezas comprimidas das emoções de Zhu, havia pânico. No entanto, embora aquilo não parecesse ser o caminho para a vitória e para seu destino, *tinha* de ser. Ela se empertigou e permitiu que ele a enxergasse: invencível e insubmissa.

— O que pensa ser o meu destino? — perguntou ela. Zhu falava com o Céu tanto quanto com ele: enviava sua crença, mantida com cada partícula de seu desejo, àquele firmamento distante e frio como jade. — Permita que eu lhe diga meu nome: Zhu Chongba.

Ele respondeu friamente:

— Deveria conhecê-lo?

— Um dia conhecerá — disse ela, desembainhando a espada.

Naquele instante antes de agirem, Zhu teve a sensação estranha de que a carne e o sangue de ambos haviam se tornado imaterial — como se naquele momento único e reluzente, não fossem nada além de puro desejo.

Então Ouyang avançou.

Zhu lançou-se para o lado, arfando. Ele era mais rápido do que ela havia imaginado — mais rápido do que ela julgara possível. Ela sentiu o choque da ação agarrando-se à parte desesperada e cansativa de si que se prendia à identidade de Zhu Chongba. A identidade já havia escapado, e ela conseguia *senti-la* afastar-se de si, mas não havia nada a fazer senão manter-se firme. *Preciso continuar acreditando...*

Zhu se contorceu e ouviu o gemido da espada dele rasgar o espaço onde ela estivera. Ela se agachou, girando a bainha na mão esquerda no alto para se equilibrar, depois lançou-se para atacar. Ele desviou com facilidade, depois bloqueou o ataque seguinte e o susteve. As lâminas cruzadas deslizavam uma sobre a outra conforme eles se pressionavam. A vibração intensa fez Zhu ranger os dentes. Seu pulso gritava. Ela fitou o belo rosto de porcelana de Ouyang e viu a curva de seus lábios. Ela estava lutando pela própria vida, enquanto ele estava *brincando*. No entanto, por mais assustador que fosse aquele pensamento, havia esperança nele. *Se ele já podia ter acabado comigo, mas não acabou, então tenho uma chance...*

Porém, por mais que tentasse, ela não conseguia enxergar qual era aquela chance. Se ele fosse tão vaidoso e frágil quanto o Pequeno Guo, ela poderia o ter distraído com palavras cruéis. Mas como se feria alguém que não sentia nada além de dor? Ela o empurrou para longe, ofegante. O gesto exigiu toda a sua força.

— Você é nanren, não é? — disse ela, esforçando-se contra o desespero crescente. — Como pode lutar pelos hu, sabendo que cada ação que realiza contra seu próprio povo está fazendo seus ancestrais chorarem nas Fontes Amarelas? Não posso deixar de me perguntar se você deixou Bianliang cair porque, lá no fundo, sabe que a causa nanren é a certa...

Zhu parou de falar quando ele investiu com uma série de golpes. Ela bloqueou, ouvindo o tom claro de aço com aço alternado com o baque da espada dele contra sua bainha. Eles voaram pelo chão, Zhu virando-se e saltando para trás com o coração batendo mais rápido que os pés. Alto e baixo e alto outra vez, mas, antes que ela pudesse se recuperar do último golpe, ele a atacou ferozmente nas costelas com a bainha na mão esquerda, depois acertou o ombro nela. Ela foi arremessada e atingiu a terra de lado, rolando bem a tempo de desviar quando ele apunhalou o lugar onde ela estivera. Ela mal conseguiu se levantar antes de ele se lançar outra vez sobre ela.

Desta vez, bloquear os golpes estava mais difícil. Tudo terminaria bem, porque *tinha* de terminar, mas seus pulmões queimavam e seus pés tropeçavam em vez de voar. Parecia que seu coração estava prestes a explodir. Uma linha de fogo ganhou vida em seu braço esquerdo quando eles se separaram por um único instante, depois uniram-se novamente. Seus golpes eram rápidos e fortes, e ela conseguia ouvir os grunhidos horríveis na garganta ao bloquear e desviar e bloquear outra vez...

Então ela girou para o lado errado e o ar saiu de seu corpo com um baque.

Por que ele não está se movendo?, pensou ela. Naquele primeiro momento ela não sentiu nada. De repente, suas mãos estavam vazias. Ela o encarou, vendo as manchas cor-de-âmbar que tornavam seus olhos mais castanhos do que pretos, e tateou o espaço entre eles às cegas. Seus dedos se fecharam ao redor da espada na parte inferior do próprio corpo, e ela sentiu os gumes do objeto cortando seus dedos e sua palma, e de alguma forma *isso* doía. Ela teria arfado, mas não tinha fôlego para isso.

O sabor do sangue subiu entre eles quando ele se inclinou. Os lábios do general quase roçaram sua bochecha quando ele disse:

— Eu sou nanren, isso é verdade. E luto no lado mongol. Mas lhe direi a verdade, pequeno monge. *O que eu quero não tem nada a ver com quem vence.*

Ele puxou a espada, e o mundo se transformou em um grito de dor. Toda a força escorreu de Zhu feito água num balde esburacado. Ela cambaleou. Ele a observava sem expressão, com a espada baixa. Estava coberta de sangue. Ela olhou para o próprio corpo, sentindo uma estranha distância. *Um buraco tão pequeno*, pensou ela, enquanto a mancha escura se espalhava por sua couraça. De repente ela estava congelando. A agonia que irradiava daquele horrível novo centro era como a atração do destino multiplicada cem vezes, mil vezes. Horrorizada, ela reconheceu qual destino estava sentindo. Não o destino que vinha perseguindo, o destino que acreditava que alcançaria algum dia. *Nada*. Sob a dor física, ela sentia uma agonia ainda mais profunda: um pesar mais intenso do que qualquer coisa que ela já havia vivenciado. Será que sequer tivera a chance de um destino grandioso ou havia se iludido aquele tempo todo, pensando que podia ser Zhu Chongba e ter qualquer outra coisa além do que havia recebido?

Ela sentia mais frio do que já sentira antes, os dentes trincando, os joelhos cedendo. O mundo girava. Atrás da cabeça de Ouyang, ela viu as bandeiras que eram da cor de chamas azuis e vermelhas, e o rosto vazio do Céu. Ela encarou o nada e viu a nulidade de si mesma refletida nele.

A espada de Ouyang rasgou o ar em um lampejo.

Zhu balançou com o impacto. O frio a prendia pela garganta. Ela jamais imaginara que o frio podia ser tão doloroso. Com uma sensação de interesse confuso e abstrato, ela olhou para o lugar do impacto e viu o sangue jorrando de onde sua mão estivera. Fora um corte limpo, acima do punho. O sangue jorrava e jorrava, tão vermelho quanto o Mandato do Céu, e se acumulava sobre a terra sem ser absorvido. Seu coração ecoava em sua cabeça. Ela tentou contar os batimentos, mas, quanto mais tentava, mais eles se dissipavam. Enfim uma lassidão tranquila a tomou, acalmando e apaziguando o horror do frio. Ela estava sendo reivindicada pelo nada, e a sensação era de alívio.

Ela ergueu os olhos para Ouyang. Ela o viu em uma silhueta: cabelo e armadura negros contra um céu noturno. Atrás dele estavam as formas escuras de seus fantasmas, e atrás destes: as estrelas.

— Zhu Chongba — disse ele, de muito longe. — Seus homens foram leais a você antes. Veremos o quão leais serão a você agora, quando tudo o que você lhes pode inspirar é escárnio e desgosto. Quando você não é nada além de uma coisa grotesca para ser ostracizada e temida. Vai desejar que eu o tivesse mata-

SHELLEY PARKER-CHAN

do com honra. — A sombra a havia engolido, e ela estava caindo. Era como se um coro de vozes inumanas estivesse falando, mas ao mesmo tempo ela sabia que era apenas ele: o homem que a havia entregado a seu destino. Ele disse: — A cada vez que o mundo virar a cara para você, saiba que foi por minha causa.

PARTE TRÊS

1355 – 1356

ANYANG
DÉCIMO PRIMEIRO MÊS

Era uma tarde fria e cinzenta quando Ouyang retornou de Bianliang, aonde chegara convenientemente apenas alguns dias tarde demais para impedir que a cidade caísse nas mãos dos rebeldes. Ele não havia enviado qualquer aviso de sua chegada iminente, e apareceu sozinho no pátio de sua residência. Uma camada fina de neve caía e se derretia sobre as lajotas molhadas. Por um momento ele permaneceu imóvel, contemplando o aglomerado familiar de construções. Ainda parecia ser a residência de Esen, não a sua, e a visão de seu vazio atípico causou-lhe uma onda de dor — como se Esen não tivesse apenas se mudado para o outro lado do palácio, mas partido.

Uma criada que passava sob os beirais avistou Ouyang e arfou de susto, alto o suficiente para que ele a ouvisse do meio do pátio. Em um instante, ele estava rodeado por criados, atrapalhados em sua pressa para receber o mestre. Como se sua desgraça pudesse de alguma forma ser aliviada pelas prostrações cada vez mais exageradas diante dele. Não era exatamente uma gentileza. Ele havia perdido Bianliang e, por mais que os criados lamentassem pelas punições que supostamente o aguardavam, não havia dúvidas de que temiam mais por si mesmos.

Um deles disse:

— General, gostaria de enviar ao Príncipe uma mensagem sobre sua chegada? Ele pediu que fosse informado imediatamente de seu retorno.

É claro que Esen imaginara que Ouyang apareceria sem aviso.

— Não será preciso — respondeu Ouyang, breve. — Eu mesmo falarei com o Príncipe. Onde ele está?

— General, ele está com a Senhora Borte. Se permitir que enviemos uma mensagem a ele...

A imagem de Esen nos aposentos da esposa encheu Ouyang de um desgosto familiar.

— Não, eu mesmo irei até lá.

Seus criados ficariam menos chocados se Ouyang os tivesse estapeado. *É mais como se eu tivesse estapeado a mim mesmo diante deles*, pensou Ouyang cruelmente. Todos conheciam a regra: nenhum homem, exceto o próprio Príncipe de Henan, podia entrar nas dependências femininas da residência. Era quase uma lisonja que a ideia não lhes tivesse ocorrido até aquele momento: como Ouyang não era um homem, podia ir a qualquer lugar que desejasse. *Um privilégio que nunca quis.* Ele nunca havia se valido de tal vantagem antes; não podia estar menos interessado em ver Esen como um corcel em meio a suas éguas. Agora, porém, Ouyang agarrava-se a seu desgosto, torcendo-o até que ardesse feito uma unha enfiada numa cicatriz. Não havia como evitar aquele encontro. Quanto mais furioso estivesse, mais fácil seria dar o próximo passo. Lá no fundo, ele sabia que o motivo pelo qual a atitude parecia tão difícil era porque depois daquilo de fato não haveria volta. E a consciência de que *havia* um ponto do qual não haveria mais volta — que, se ele fosse qualquer outra pessoa, poderia ter escolhido não continuar — era a pior de todas as coisas.

As dependências femininas eram uma terra estrangeira. As cores, os aromas e até mesmo a própria atmosfera eram todos tão estranhos que Ouyang sentiu um arrepio. Conforme atravessava o corredor, as amas assustavam-se com sua armadura, depois relaxavam assim que viam seu rosto. A cada vez que aquilo acontecia, sua ira crescia. Mulheres: coisas inúteis, tagarelas e perfumadas. Ele desejava que sua armadura, com todas as pontas afiadas e o cheiro de sangue e metal, pudesse de fato feri-las. Em vez disso, eram elas que o feriam com cada expressão compreensiva a declarar que ali *era* o seu lugar, aquele espaço feminino. Ele ardia de humilhação, de fúria e de vergonha.

Ele foi direcionado a uma antecâmara onde pergaminhos com ensinamentos budistas pendiam nas paredes, em contraste com uma gama sufocante de cadeiras, mesas laterais e vasos com o estilo azul e branco em voga. Duas criadas abriram as portas laqueadas em preto que levavam aos aposentos da Senhora Borte, e Esen emergiu. Ele estava completamente vestido, mas tinha um ar de leveza, e suas tranças haviam sido desfeitas. A armadura de Ouyang não o ajudou a se proteger da imagem. Uma coisa era saber que Esen tinha esposas; outra era ver provas de sua vida conjugal. Saber que ele havia recentemente tocado outro ser e sido tocado. Naquele domínio de mulheres e filhos que sempre seria estranho para Ouyang, Esen tinha uma vida inteira de prazeres, intimidades e pequenos pesares. As emoções de Ouyang quase o sufocaram: repulsa, desprezo e ciúmes, tão entrelaçadas que ele não sabia dizer onde uma terminava e outra começava. Sob tudo isso havia um desejo lancinante. Ele não fazia ideia se era um desejo *por* ou um desejo de *ser*, e a impossibilidade das duas coisas doía de forma inexplicável.

Ótimo, pensou Ouyang cruelmente. *Que doa.*

Ele se ajoelhou.

— Estimado Príncipe, Bianliang caiu. Este servo indigno falhou com Vossa Alteza. Por favor, castigue-me!

Esen baixou os olhos para ele. Seu rosto revelava decepção e um amontoado de outras emoções que Ouyang não conseguiu identificar. Embora Ouyang carregasse um emaranhado delas, Esen também carregava o próprio. Era novo nele, e Ouyang lamentava por saber que havia sido o responsável por aquilo.

— Não se ajoelhe — disse Esen por fim. — Não sou meu pai. Não espero que você se humilhe diante de mim por uma derrota que eu mesmo teria sofrido. Você ao menos derrotou as tropas chamariz. Fez o melhor que pôde.

Mas Ouyang não havia feito o melhor que podia. Nem sequer havia tentado. Poderia ter agradado Esen com tanta facilidade, e escolhera não o fazer. Para conter a culpa, ele se agarrou com mais força à fúria. *Fez o melhor que pôde.* A simpatia de Esen dilacerou o orgulho de Ouyang. Esen o conhecia melhor do que qualquer pessoa. Como podia de fato acreditar que aquilo fora o melhor de Ouyang? Tudo o que as palavras revelavam era que Esen havia se esquecido da coisa mais importante a respeito de Ouyang: que ele era um nanren.

Ouyang disse:

— Cambalique não tolerará que Bianliang seja dominada pelos Turbantes Vermelhos. Não temos escolha senão reconquistá-la. Estimado Príncipe, solicito vossa permissão para ir até a família Zhang de Yangzhou a fim de requisitar sua assistência na empreitada.

— Precisamos reconquistar Bianliang, isso é verdade, mas parece que tenho mais fé em suas capacidades do que você. Não há necessidade de rastejar até aqueles abomináveis comerciantes — respondeu Esen. Em voz mais baixa, ele acrescentou: — Sei o que está fazendo, fugindo de mim por vergonha. Não há necessidade. Não o culpo.

Você deveria me *culpar*. Apesar dos esforços de Ouyang para continuar enraivecido, a dor e a culpa ameaçavam subjugá-lo. Ele precisou se forçar a falar.

— Tive a oportunidade de conhecer o General Zhang em Hichetu na última primavera. Independentemente da reputação do irmão, o General Zhang em si é mais do que capacitado. Com sua ajuda, nossa vitória será certa.

— Pelos céus, levante-se! Não deveríamos conversar desta forma. — Esen parecia tomado pela dor.

O coração de Ouyang doía. *Por que não torna mais fácil que eu o odeie?*

— Meu príncipe, deve me tratar como eu mereço ser tratado.

— E assim o faria se tivesse de fato me envergonhado — respondeu Esen. — Durante anos as pessoas me disseram que o simples fato de ter você como meu general era vergonhoso. Não acreditava nisso antes e sigo não acreditando. Eu me recuso a descartar meu general, meu melhor amigo, por uma derrota que pode ser remediada. *Então levante-se.* — Quando Ouyang permaneceu imóvel, ele disse, mais baixo: — Vai me forçar a ordená-lo?

O quarto estava cheio demais de perfume. A cabeça de Ouyang girava. Ele estava preso naquele terrível espaço feminino, onde Esen era rei e senhor. E, assim como todos os outros habitantes daquele domínio, Ouyang também pertencia a Esen; ele era seu mestre.

Diante da imobilidade de Ouyang, Esen disse suavemente:

— General Ouyang, levante-se. É uma ordem.

Não um puxão na coleira, mas um toque sob o queixo: as palavras de alguém que jamais imaginara a recusa. E Ouyang obedeceu. Ele se levantou, e sentiu uma profunda corrente de prazer sob a fúria. Era o prazer de um escravo que desejava satisfazer o mestre; o conforto de um mundo caótico que retornava à ordem. E, no mesmo instante em que Ouyang percebeu que o que sentia era prazer, o sentimento escureceu como o interior de uma banana cortada; transformou-se em desgosto. Ele estremeceu diante da verdade de que era o cão servil que sempre lhe disseram ser. Porém, mesmo no charco do desprezo que sentia por si mesmo, ele sabia que, se fosse possível que continuassem daquele jeito, ele continuaria.

Esen disse:

— Venha.

Ouyang foi. Ele estava ciente do olhar das criadas, e das fendas reveladoras entre as portas do quarto. Pensar no que todas elas haviam visto fazia com que se sentisse mais humilhado. Ele parou diante de Esen. Perto o bastante para tocá-lo. A memória dos dedos de Esen em seu rosto o queimava. Parte dele desejava a degradação daquele toque outra vez, e uma parte igual odiava Esen por ter extraído prazer e submissão dele sem sequer perceber o que havia feito. As duas partes doíam. A dor combinada de ambas o esmagava.

Esen fitou-o com uma estranha intensidade.

— Vá a Yangzhou se julgar necessário. Mas pare de se preocupar com Bianliang. Você vai reconquistá-la. E, depois disso, depois de vencer esta guerra contra os rebeldes por mim, o grão-cã nos recompensará. Pedirei a ele que o recompense com terras e um filho que você possa adotar para carregar seu nome. Este é o nosso futuro, não vê? Nossos filhos comandando os exércitos do Grande Yuan juntos. Eles tomarão o Japão, Cham e Java pela glória do império, e homens lembrarão seus nomes assim como lembram os grandes cãs. — Sua voz se elevou. — Não é algo que deseja? Então pare de se culpar e permita-se desejar. *Eu lhe darei isso.*

Ouyang, que encarava Esen com choque e angústia, percebeu que o outro de fato *acreditava* naquela visão do futuro. Enfim ele disse, com a voz áspera:

— Então venha comigo para Bianliang, Esen. Cavalgue a meu lado como costumava. Vamos reconquistar a cidade juntos, para que possamos pôr um fim a esta guerra e partir rumo ao futuro.

Ele escutou o burburinho escandalizado das criadas: como ousava se dirigir de tal forma ao Príncipe de Henan? Como ousava pedir por mais do que tinha direito? Como se o Príncipe de Henan pudesse simplesmente abandonar seus deveres para com sua propriedade — e para com suas esposas, que ainda competiam por aquele precioso filho. Ouyang conseguia sentir o ressentimento da Senhora Borte atravessando as portas do quarto. *Escolha a mim*, pensou ele, com os olhos fixos no rosto de Esen, e sentiu náusea.

Esen não respondeu de imediato. Sua mão se moveu num espasmo, e Ouyang prendeu a respiração, mas então Esen se conteve e uniu as mãos atrás das costas.

— Está nevando? — perguntou ele abruptamente. Tamanho foi o desvio de assunto que Ouyang demorou para perceber que ainda devia haver neve em seu cabelo. Esen o encarava com uma expressão miserável e ensimesmada, como a de alguém que lutava contra uma dor que nunca esperara sentir. — Suponho que não saberia, já que estava viajando. É a primeira neve; chegou mais tarde do que de costume este ano.

A primeira nevada, a que casais apaixonados gostavam de assistir juntos. Todas as coisas que Ouyang jamais poderia ter estavam presentes demais, como fantasmas que o assombravam. Era por isso que ele desejara estar furioso, para que a raiva pudesse carregar para longe qualquer outra coisa que ele pudesse sentir. Em vez disso, foi sua fúria que não se mostrara forte o bastante e fora afogada.

Ainda com aquela estranha dor no rosto, Esen disse:

— Se me quer ao seu lado, eu estarei lá.

Esen sempre dava a Ouyang tudo o que ele desejava. Ouyang imaginou a neve a cair lá fora, cobrindo tudo em sua imobilidade fria e contida. Se ao menos ele pudesse envolver o coração com aquele vazio, para que nada o pudesse ferir outra vez.

Ouyang nunca havia visto o gabinete do Senhor Wang tão silencioso. Esen podia não ter conseguido tirar do Senhor Wang seus títulos, mas o desprezo do Príncipe de Henan o atingira com força. De qualquer forma, o Senhor Wang continuava atrás da escrivaninha: tão leal a seu trabalho quanto de costume. Ou talvez apenas determinado a exercer o único poder que lhe restara.

— Saudações, meu senhor. — Ouyang curvou-se e entregou-lhe o documento em que requeria suprimentos para o iminente cerco a Bianliang. Ele já havia encarregado Shao dos preparativos, de modo que estivessem prontos para partir assim que Ouyang retornasse de Yangzhou.

O Senhor Wang leu a lista com uma expressão cínica: Ouyang não se preocupara em economizar.

— Desta vez você se superou, general. Primeiro, perde dez mil homens no que deveria ter sido um passeio. Agora, seu erro possibilita aos rebeldes colocar o Príncipe Radiante no histórico trono da última dinastia nativa a ter poder aqui no norte. — Ele ergueu os olhos negros, inescrutáveis. — Como descendente de um traidor, é melhor cuidar para ser bem-sucedido em sua próxima empreitada; do contrário, as pessoas começarão a se perguntar se seus erros são causados por outra coisa além de incompetência.

O Senhor Wang sentia tanta nostalgia pelo passado quanto qualquer outro nanren puro, percebeu Ouyang abruptamente. Se ele soubesse que Ouyang havia deixado Bianliang cair...

Ele descartou a ideia. Era apenas o ciúme costumeiro do Senhor Wang.

— Para garantir meu sucesso, meu senhor, será preciso apenas que atenda a meus pedidos sem objeção. Ou preferiria que eu solicitasse o envolvimento do Príncipe de Henan? Considerando o quanto a estima que ele tem pelo senhor é baixa, talvez o resultado não lhe seja muito favorável. Quantas terras lhe restaram? Seria uma pena se ele se sentisse inclinado a tomar o resto delas...

O Senhor Wang se levantou, deu a volta na escrivaninha e golpeou o rosto de Ouyang. O gesto foi tão forte quanto se poderia esperar de um estudioso, mas ainda o suficiente para virar a cabeça do general. Quando Ouyang voltou a encará-lo, o Senhor Wang disse friamente:

— Sei que pensa ser melhor do que eu. Aos olhos de meu irmão, você certamente é. Mas ainda sou um nobre, e ainda posso fazer isso.

Quando um nanren golpeava um mongol, sua punição era morte por estrangulamento. No entanto, mesmo que não fosse, Ouyang não teria devolvido o ataque; o sofrimento do Senhor Wang estava bastante aparente. Passara a vida inteira sendo humilhado, ciente de sua própria inutilidade. Ouyang viu um breve lampejo de outro rosto esgotado e agonizante: o monge rebelde, encarando com incredulidade a ferida sangrenta de seu braço de espada. O monge encarava uma vida tão cheia de vergonha e impotência quanto a do Senhor Wang. Era um futuro que Ouyang conhecia melhor do que qualquer um. *O pior castigo é ter a vida poupada.*

Ele disse:

— Esse é o agradecimento que recebo por salvar a vida de meu senhor?

— Agradecimento! — retrucou o Senhor Wang com amargura. — Salvou-me apenas para que meu irmão me culpasse por derrubar nosso pai de um penhasco.

Ouyang não conseguiu resistir ao ímpeto de se vingar pelo tapa. Cruel, ele disse:

— Se ao menos fosse mais forte —, *se ao menos você não fosse um estudioso inútil* —, poderia tê-lo salvado.

O Senhor Wang empalideceu.

— E por isso nunca fui perdoado. — Ele voltou a se sentar à escrivaninha. Sem erguer a cabeça, disse, ríspido: — Leve o que precisar. Faça com isso o que quiser.

Ouyang saiu, pensando que as coisas haviam corrido surpreendentemente bem. Se a melhor vingança do Senhor Wang pela parcela de Ouyang em sua humilhação era um tapa na cara, então não havia nada com que se preocupar.

Mas então, em um momento de preocupação, se lembrou de Altan.

Anyang e Yangzhou eram separadas por bem mais de mil li. Em uma embarcação mercante apertada, Ouyang assistia à mudança da paisagem ao longo do Grande Canal. As planícies inundadas sob a água amarelada e brilhante, típicas do inverno, deram lugar a um alvoroço de atividade humana: camponeses nos campos, feiras sobre os arcos das pontes, indústrias. Então, enfim, os montes de sal branco reluzente estendendo-se até onde a vista alcançava. O vasto império mercantil dos Zhang, que tinha como capital a grande cidade murada de Yangzhou. A água os levou diretamente até ela. Os largos canais conduziram Ouyang ao longo de jardins de muros altos, debaixo de pontes de pedra, entre as famosas mansões de verde e preto do distrito dos prazeres. Todas as ruas eram um espetáculo de riqueza. Cidadãos comuns vestiam os vibrantes brocados de seda da região; seus cabelos eram presos e adornados no alto da cabeça; desciam de liteiras que pareciam ter sido banhadas em ouro. Era um esplendor.

Diante do espetáculo de Yangzhou, Ouyang supôs estar adequadamente preparado para o que esperar da residência da família Zhang. Porém mesmo ele, criado com nobres, ficou chocado. As caçadas do grão-cã podiam exibir o que havia de mais requintado nos grandes canados, mas ainda prevalecia certa simplicidade mongol. Em contraste, Zhang Pote de Arroz havia construído para si um verdadeiro palácio imperial: o epítome grosseiro de um homem de fortuna incalculável que construiu em uma região conhecida por séculos de tradição como produtora e consumidora de todo o luxo de um império.

Em seu salão laqueado de dourado e preto, o homem aguardava sentado em uma cadeira que dava toda impressão de trono. Yangzhou era mais quente do que Anyang, mas isso não explicava de todo a necessidade de uma gama de criadas para abaná-lo. Ao se fixarem em Ouyang, seus olhos brilharam com uma curiosidade mesquinha.

Quando Ouyang terminou suas saudações, Zhang Pote de Arroz soltou um riso vulgar.

— Então este é o eunuco de quem meu irmão fala tão bem! Vejo que ele se esqueceu de mencionar alguns detalhes importantes. Estava esperando um velhote frágil. — Ele examinou Ouyang da cabeça aos pés, avaliando-o da mesma forma com que se julgaria o valor de potenciais novas concubinas com base na textura da pele e no tamanho dos pés. — E eu pensando que os mongóis não tinham qualquer senso estético. Agora sei que colocam suas posses mais belas à frente de seus exércitos. Que exército de homens não seria incitado à proteção?

— Irmão mais velho, soube que o General Ouyang de Henan havia chegado... — O General Zhang entrou. — Ah, você chegou em segurança — disse ele ao ver Ouyang, e abriu um sorriso acolhedor. — Agora que já fez seus cumprimentos a meu irmão, por favor, acompanhe-me à sala de recepção. Queremos lhe dar as boas-vindas.

— Já fui muito bem recebido — respondeu Ouyang com firmeza.

Enquanto deixavam o salão, o General Zhang disse:

— Estou certo de que sim. Por que acha que vim?

— Seu irmão disse achar que eu inspiro um instinto protetor nos homens.

Ouyang imaginara ser capaz de repetir o insulto para efeito humorístico, mas havia superestimado a própria capacidade de se desprender da raiva.

— Acredite ou não, ele possui algumas qualidades que o redimem. Mas entendo que talvez não esteja inclinado a lhe dar o benefício da dúvida neste momento.

— Confio no julgamento daqueles que respeito.

Zhang sorriu.

— Não me respeite demais. Eu ainda não era um homem quando ele obteve a primeira vitória. Como o irmão mais jovem, devo muito a ele.

— Decerto sua dívida já está mais do que paga agora pelo que ele deve a você.

— Quem dera a família e o destino seguissem as mesmas regras que a contabilidade — respondeu Zhang. Seu rosto flexível, sob a bela e trágica testa, fez uma série de expressões que Ouyang não conseguiu interpretar. — Mas relaxemos. Afinal, não está agora na capital dos prazeres do mundo? Quando viajo, sempre sinto falta dos charmes daqui. A música, a poesia, a beleza das lanternas refletidas no lago nos fins de tarde. Confie em mim: aquela dança das fitas de Goryeo de que tanto gostam em Dadu não é nada em comparação.

— Devo confessar que me falta a educação necessária para apreciar entretenimentos mais refinados — comentou Ouyang. Na verdade, ele acreditava que o charme da maioria das artes estava em certas qualidades óbvias dos artistas. Já que tais qualidades não o impressionavam, ele as achava igualmente entediantes.

— Ah, nossos costumes são de fato diferentes. Mas lembro-me de que temos a bebida em comum. Os mongóis provavelmente nos superam em sua séria atenção ao vinho, mas acredito que possamos satisfazê-lo bem o bastante.

Ele levou Ouyang a um espaço íntimo onde uma mesa havia sido preparada com uma imensa variedade de pratos em louças de frágil porcelana branca. Mesmo um soldado como Ouyang era capaz de perceber que a qualidade da porcelana era tamanha que um único prato valia mais do que todas as suas posses combinadas.

— Aguardemos... ah, ali vem ele.

Zhang Pote de Arroz apareceu e se acomodou no lugar de honra. Alguns momentos depois uma mulher entrou carregando uma bandeja com copos e um jarro de vinho. As muitas camadas de suas vestes farfalharam quando ela se abaixou para servi-los. Conforme servia o vinho, mantinha a cabeça baixa; tudo o que Ouyang conseguia ver da mulher era o enorme e escultural adereço de cabelo, revestido em ouro e coral, e a pele leitosa de seu pulso ao afastar a manga para entregar-lhe o vinho.

Zhang Pote de Arroz contemplava a cena com o orgulho de um proprietário.

— Minha esposa — disse ele, relaxado. — A mais bela mulher em uma cidade de belezas.

— Meu marido dá a esta mulher demasiado crédito — murmurou a mulher. Em seu rosto voltado para baixo, tão branco de pó quanto um vaso iluminado pela Lua, podia-se ver um quê de lábios escarlates curvados. — Por favor, honrado visitante, beba e fique à vontade.

Ela se acomodou ao lado de Zhang Pote de Arroz e ele prosseguiu, tagarelando sem qualquer consideração pelas opiniões de qualquer um na sala. Ouyang e o General Zhang ocuparam-se com a comida e o vinho. Ouyang notou que os olhos do outro general de quando em quando voltavam-se para a mulher enquanto ela servia o marido. Quando eles terminaram, Zhang Pote de Arroz arrotou e disse:

— Esposa, apresente-se para nós. Um poema ou uma canção.

A mulher riu atrás da manga, acanhada.

— Preparei outro entretenimento para meu marido. Espero que o agrade.

Ela deu batidinhas na porta, que se abriu. Uma torrente de moças entrou saltitando, trajadas com túnicas diáfanas nas cores pálidas de cascas de ovo e mariposas. Seus rostos estavam pintados; o perfume, insípido.

Com um sorriso lascivo, Zhang Pote de Arroz disse:

— Ah, conhece bem meu gosto! Moças de sua própria família, não são? Vejo que o padrão de suas mercadorias se manteve. — Ele olhou para Ouyang e riu baixinho. — É uma pena, general, que você não possa experimentar a verdadeira riqueza e o talento desta cidade. Embora eu tenha ouvido que mulheres do palácio gostam de amantes eunucos; sem necessidades pessoais, elas têm apenas paciência infinita. É estranho para mim imaginar!

Ouyang percebeu a sabedoria do General Zhang ao fazer com que os criados levassem suas espadas e outros pertences. No tom mais frio que conseguiu, ele disse:

— Infelizmente, a paciência não é uma de minhas virtudes.

— Ótimo, pois nunca tive paciência para aqueles de virtude — respondeu Zhang Pote de Arroz. — Mulheres virtuosas, quero dizer.

— Tenho certeza de que os olhos e os ouvidos do general se deleitarão tanto quanto os de qualquer homem — disse a mulher. — Espero que nosso convidado aprecie o entretenimento.

Ouyang lançou um olhar afiado para a mulher, mas ela já estava se levantando e deixando a sala com pequenos passos que fizeram suas mangas balançarem.

As moças cantaram por uma hora interminável, até Zhang Pote de Arroz falar:

— Então o Grande Yuan veio pedir meu apoio para reconquistar Bianliang.

O General Zhang se retirou dizendo:

— Deixarei vocês a sós para discutir os detalhes.

— Não se trata apenas de reconquistar Bianliang, mas de destruir o movimento rebelde por completo.

— Ah. — A atenção de Zhang Pote de Arroz, que desde o início estivera apenas parcialmente dedicada a Ouyang, voltou-se para as moças. — Então está certo. Espero que o Grande Yuan reconheça minha lealdade. Sem ela, me parece que o império estaria em apuros.

— Está claro que suas contribuições ao Grande Yuan não podem ser ignoradas.

— Não! — Zhang Pote de Arroz riu. — Não, de fato. — Para as moças, ele gritou: — Mais vinho!

Várias delas vieram e se amontoaram ao redor dele feito borboletas numa flor, servindo-lhe vinho e dando risadinhas.

Ouyang foi forçado a permanecer sentado num estado de deliciosa repulsa à medida que Zhang Pote de Arroz apalpava e sorria para as moças enquanto elas cantavam e recitavam poesia, e serviam-lhe copo após copo. Depois do que pareceu uma eternidade, Zhang Pote de Arroz enfim pediu licença e se levantou, cambaleante, apoiando-se nas moças que davam risadinhas nervosas e o levavam da sala.

Ao retornar para seus aposentos já bem depois da terceira vigília, Ouyang achou os longos corredores escuros. Por toda a sua extensão criados se achavam adormecidos em bancos do lado de fora dos quartos dos mestres, suas velas já completamente queimadas.

Não muito longe dos aposentos de Ouyang, havia uma única porta entreaberta, de onde irradiava uma luz tênue. O banco do lado de fora estava vazio. Quando ele passou, um movimento no interior do quarto chamou sua atenção. Ele olhou para dentro casualmente. Então, parou.

Sobre a cama jazia um homem nu em cima de uma mulher, abraçando-a. O cabelo do General Zhang, tão graciosamente masculino quanto estava em Hichetu, ainda estava preso com os adornos dourados. Os músculos de suas costas destacavam-se com seus movimentos, e a luz atravessou as cavidades de seus flancos esguios e amarronzados.

Debaixo dele estava a esposa de Zhang Pote de Arroz. Emoldurada pelos adereços de cabelo cintilantes, com flocos perolados piscando nas bochechas, seu rosto demonstrava um desempenho preguiçoso. O homem à procura de prazer poderia ter sido qualquer um. Para Ouyang parecia não haver diferença entre os sorrisos recatados e sussurros cuidadosamente cronometrados dela ao ouvido do amante e os rostos das prostitutas com quem seus soldados trepavam. Ele observou o movimento rítmico de sua pele, o brilho de suor cada vez maior nas costas do General Zhang, e sentiu uma onda de desprezo.

O General Zhang terminou e rolou na cama. Ele se apoiou em um cotovelo e olhou para a mulher com uma ternura desmedida. Seu corpo exposto era tão delicado quanto seda branca, finalizado com pequenas pantufas escarlate que atingiram os olhos de Ouyang com a violência de carne viva. Ela lançou um olhar tímido para o General Zhang e tomou sua mão livre. Rindo de leve, ela disse alguma coisa e tamborilou uma unha no meio da palma dele. O olhar do General Zhang suavizou-se mais. Então, para a surpresa de Ouyang, uma luz brilhou entre seus corpos: o General Zhang estava segurando uma chama alaranjada na mão. Fora tão repentina quanto o truque de um artista. A chama ardia com força e constância, sua estranha luz alaranjada roubando a cor do quarto de modo que a pele nua dos dois se tornou cinza e os lábios pintados da mulher tão negros quanto carvão.

Ouyang lembrou-se da débil chama azul entre os dedos do grão-cã. *O Mandato do Céu*. Fazia sentido. Os mongóis estavam perdendo o Mandato, então alguma outra pessoa o havia ganhado. O significado daquilo para o futuro do Grande Yuan estava claro. Porém, embora fosse um futuro, não era o *seu* futuro, então a tristeza de Ouyang era abstrata e impessoal: nada além da constatação de um fim.

Houve um som, e uma criada virou o corredor com uma bacia e uma lanterna sobre uma bandeja. Ouyang correu. Seus passos foram silenciosos, mas as velas ao longo do corredor curvaram-se de leve com sua passagem.

Embora estivessem no auge do inverno, os retalhos secos da folhagem do ano anterior ainda pendiam dos galhos do pomar de Zhang Pote de Arroz. Eles davam às árvores um feio aspecto intermediário que lembravam a Ouyang animais em muda. Pouco tempo depois do horário combinado ele a viu: balançando vagarosamente ao longo do caminho em sua direção, com os pequeninos pés inúteis, as mangas de seda flutuando para longe do corpo como pássaros em revoada. Ele descobriu ser surpreendentemente difícil reconciliar a imagem com a consciência de que ela era o verdadeiro poder por trás de um império, ainda que comercial. Ele poderia ter colocado as mãos ao redor de sua garganta e acabado com ela num instante.

— General Ouyang. — Madame Zhang inclinou a cabeça em saudação.

Ao vê-la de perto pela primeira vez, ele notou que seus malares baixos faziam seu rosto parecer ligeiramente cheio. O pó de arroz não disfarçava por completo as irregularidades; seu perfume era repulsivamente forte. Nos lábios vermelhos e brilhantes, ele podia ver um ponto refletido do Sol.

Ela disse:

— Você tem a reputação de ser tão belo quanto o Príncipe de Lanling, e ainda mais feroz em batalha. À luz do dia, vejo com ainda mais clareza que a primeira afirmação, ao menos, é verdadeira.

Dizia-se que o rosto do Príncipe de Lanling fora o de uma linda mulher, então ele usava a máscara de um demônio nas batalhas para inspirar o temor adequado nos corações dos inimigos. Ouyang disse:

— A senhora duvida da segunda?

A expressão sugestiva no rosto da mulher encheu-o de desgosto.

— Será o general mais eficiente aquele que luta melhor?

— Talvez a senhora escolha seus generais por sua eficiência em outras áreas.

Ela ergueu as sobrancelhas pintadas.

— Amo que você não desaponta! Eunucos são mesmo tão mesquinhos quanto dizem. Ele ficaria triste ao ouvi-lo falar assim; ele tem certo respeito por você.

— Se eu não o respeitasse, jamais falaria com a senhora.

— Você não leva jeito para esses jogos, general. Imagino que eu não seja a primeira a lhe dizer isto. Um homem mais astuto deixaria sua repulsa por mulheres menos evidente.

— Não pense que me conhece.

— Diga-me: quem você desejou quando nos assistiu? A ele ou a mim?

A vergonha percorreu seu corpo. Furioso, ele respondeu:

— Vadia.

Ela lançou a ele um olhar avaliador, como um potencial comprador examina um cavalo.

— É verdade que há homens do pêssego mordido que naturalmente preferem outros homens. Fiquei me perguntando se era o seu caso, mas não: acho que você deseja os homens porque as mulheres o fazem lembrar de tudo o que odeia em si mesmo. Que, não importa o que faça, o que conquiste, sempre será visto mais como uma mulher do que como um homem. Fraco. *Incompleto.* — Ela soltou um riso leve. — Não é isso? Que trágico.

Sua verdade particular, nos lábios dela. Por um momento ele ficou atordoado. Quando a dor enfim desabrochou, tornou-se um núcleo para sua raiva, como a imperfeição na base de uma xícara de onde sobem as bolhas. Ele sibilou:

— Pensei que a tragédia seria saber que mesmo um menino parcialmente estrangulado ao nascer possui melhores qualificações do que você para reinar. Que, não importa o que faça, não importa o que conquiste, jamais receberá o Mandato do Céu, *porque é uma mulher.*

A postura dela era tão imaculada quanto o brilho num vaso tirado diretamente do forno.

— O Mandato. Sabia que laranja é a cor do sal ardente? É por isso que a verdadeira cor do fogo é o laranja. Não azul ou vermelho. Sal é fogo, e sal é vida e, sem ele, até um império se reduz a nada. — Não conseguir produzir uma única rachadura em seu verniz encheu Ouyang de uma violência impotente. — Posso não ter as qualificações para governar, mas tudo de que preciso é um homem que as possua. E, como você viu, já tenho um desses. — Quando ela sorriu, sua expressão era tão astuta quanto a de uma raposa. — Tenho tudo de que preciso. Enquanto você, general... ainda precisa de mim.

ANFENG
DÉCIMO PRIMEIRO MÊS

Zhu despertou. Aconteceu tão lenta e dolorosamente que ela teve a sensação de ter sido reconstruída a partir do nada. Antes de perceber que estava em Anfeng, em sua própria cama familiar, ela foi atingida pelo milagre de si mesma. Com a voz rouca de dor e de perplexidade, ela disse:

— Estou *vivo*.

Num instante Ma se debruçou sobre ela, com o rosto tão esgotado que ela parecia ter passado um mês em claro. Até onde Zhu sabia, muito mais tempo havia se passado desde o Grande Canal.

— Ma Xiuying! — disse ela, deleitada. — Estou vivo.

Ma recebeu a declaração com um olhar furioso. Ela parecia tentada a estrangular Zhu.

— Com que facilidade diz isso! Você sequer faz ideia do quanto chegou perto de perder a vida? Do que tivemos que fazer... quantas vezes pensamos...

Ela parou de falar, encarando-a; depois, para a surpresa de Zhu, irrompeu em lágrimas. Aos prantos, ela disse:

— Desculpe. É que estou tão cansada. Ficamos tão preocupados. Pensamos que você ia morrer! Ele pode ter poupado seu exército, mas descontou tudo em você...

Ela tinha a fisionomia doentia e pálida de alguém cujo coração doía ao ver o sofrimento do outro. Apesar de toda a dor em seu corpo, por um momento confuso Zhu pensou: *mas não estou sofrendo.*

Memórias serpentearam por sua mente como um laço em queda. Momentos únicos que ressurgiam cada vez mais rápido até se mesclarem numa versão aterrorizante da realidade. Ela viu a planície e a floresta escura das lanças do exército do Yuan. O General Ouyang diante dela, tão impiedoso quanto jade e gelo. O lampejo de luz de sua espada; as flâmulas congeladas contra o firmamento invernal da cor de ovo de pato. O impacto silencioso e indolor seguido pelo horror de levar a mão ao corpo e tatear o ponto onde eles se juntavam. A mão fechada ao redor da lâmina, como se o gesto pudesse de alguma forma impedir a arma de penetrá-la. A mão...

A cada vez que o mundo virar a cara para você, saiba que foi por minha causa.

Durante aqueles primeiros momentos desde que despertara, Zhu apenas se sentira feliz por estar viva. Agora, lenta e deliberadamente, ela focava a consciência no braço direito. Por um instante pensou estar sonhando, porque ele ainda estava lá. Ela sentia dor, e toda aquela dor se concentrava no braço. Estava usando uma luva de fogo líquido. Ele devorava sua pele, sua carne, até restarem apenas os ossos, delineados numa agonia incandescente.

Seu braço direito estava debaixo da coberta. Ela esticou o esquerdo sobre o corpo.

— Não olhe! — gritou Ma, avançando.

Mas Zhu já havia movido a coberta. Com a maior frieza possível, ela fitou a parte amputada coberta por bandagens um palmo abaixo do cotovelo direito. A imagem parecia estranhamente familiar. Fez com que se lembrasse de quando se despia em seu depósito no monastério, e como o corpo mudado e ameaçador que havia revelado sempre parecera pertencer a outra pessoa. Mas aquela metade mão metade agonia invisível era inegavelmente sua, assim como a parte amputada. O general eunuco havia se vingado. Ele a havia mutilado.

Sua cabeça girava. Durante todos os anos em que vivera a vida de outra pessoa, ela acreditara já estar operando sob o maior nível de dificuldade — que estava se esforçando tanto quanto era humanamente possível para sobreviver. Jamais poderia ter imaginado como a vida podia se tornar ainda mais difícil. Era como se tivesse escalado uma montanha e só então descoberto que havia apenas escalado os contrafortes e o verdadeiro pico a esperava muito acima. O pensamento encheu-a de uma exaustão tão profunda que por um momento pareceu desespero.

Porém, enquanto encarava as bandagens avermelhadas, um pensamento serpenteou até a superfície. *Por mais cansada que eu esteja, por mais difícil que seja: sei que consigo prosseguir, porque estou vivo.*

Vivo. Ela se agarrou àquele fato verdadeiro, o fato mais importante do mundo, e sentiu seu calor arrancando-a do desalento. *Ele me deixou vivo.*

O que ele havia dito, naquele último momento horrível? *Vai desejar que eu o tivesse matado com honra.* O general havia lhe dado o pior castigo que podia conceber. A mutilação de seu precioso corpo, recebido dos ancestrais, e a noção de que jamais seria capaz de segurar uma espada ou comandar homens na linha de frente da batalha outra vez: não era nada menos que a destruição completa do orgulho e da honra que faziam a vida de um homem digna de ser vivida. O general eunuco havia entregado a Zhu Chongba o destino que teria destruído tudo o que ele era, de forma ainda mais certeira que a morte. O destino que teria feito dele nada.

Devagar, Zhu pensou: *mas ainda estou aqui.*

O general eunuco não sabia que estava mutilando o corpo de uma pessoa que jamais carregara quaisquer expectativas ancestrais de orgulho ou de honra. Zhu lembrou-se daquela terrível força interna: a sensação de que ela estava se afastando irremediavelmente de Zhu Chongba, a pessoa que ela *precisava* ser. Ela tivera tanto medo do que aquilo significava — de que não era Zhu Chongba e jamais seria, e que, no instante em que o Céu a descobrisse, ela seria devolvida ao nada.

Agora ela sentia o choque de uma constatação que mudava tudo o que acreditava saber sobre o mundo.

Eu sobrevivi — porque não *sou Zhu Chongba.*

— Por que você está sorrindo? — perguntou Ma, atônita.

Zhu passara metade da vida acreditando buscar um destino que pertencia a Zhu Chongba. Ela considerara seus sucessos degraus ao longo de um caminho que apenas ele poderia percorrer, em direção a uma grandeza e sobrevivência final que apenas ele poderia ter. Porém agora ela havia vencido, e pela primeira vez em sua vida isso não tivera nada a ver com Zhu Chongba.

Ela pensou em sua habilidade misteriosa de ver o mundo dos espíritos — a habilidade que tivera desde que enterrara o pai e o irmão e se agarrou pela primeira vez ao desejo de sobreviver. A habilidade que não compartilhava com mais ninguém no mundo, exceto com aquela criança sublime, o Príncipe Radiante. O que significava que eles eram, de alguma forma, *semelhantes*.

Como havia feito tantas vezes antes, ela voltou sua atenção para dentro de si. Ela mergulhou fundo no corpo mutilado que não era o corpo de Zhu Chongba, mas o corpo de uma pessoa diferente — uma substância inteiramente diferente. Sempre fizera aquela busca por algo que parecesse *estranho* — por aquela semente de grandeza que fora transplantada para dentro de si sob o falso entendimento de que ela era outra pessoa. Ao procurar agora, porém, ela percebia o que estivera ali o tempo todo. Não a faísca vermelha dos antigos imperadores de Song, mas sua própria determinação — seu desejo. Seu desejo que era tão forte que transbordava os limites de sua forma física e se entrelaçava no pulso e na vibração de tudo que a rodeava: tanto o mundo humano quanto o mundo espiritual. Desejo esse que queimava uma chama branca. Que *brilhava*. Brilhava com sua própria luz pura e incessante, e, embora ela o conhecesse de forma tão íntima quanto qualquer outra parte de si, a constatação do que *era* aquilo roubou-lhe o fôlego de êxtase. Uma faísca branca que se tornaria uma chama…

E ela pertence a mim.

Zhu estava sentada na cama, tomando uma das sopas medicinais de Ma. Ela ignorava a colher e bebia diretamente da tigela equilibrada na palma esquerda. Então alguém bateu à porta e Xu Da entrou. Ele se sentou no banco ao lado da cama de Zhu e olhou para ela, suavizando o rosto numa expressão de puro alívio.

— Irmãozinho, você está com uma cara boa. Estava preocupado.

ELA SE TORNOU O SOL ◐ 333

Zhu tirou o rosto da tigela e a colocou de lado, o que era bastante difícil de fazer sem derrubar o conteúdo. Ela sorriu para o amigo. Devia a vida a ele, mas isso nem precisava ser dito. Em vez disso, ela disse:

— Ma Xiuying disse que depois que o general eunuco se retirou, você me carregou de volta para Anfeng sozinho.

— *Carreguei*? Nos meus braços? Que relato romantizado. O que eu fiz foi ficar sentado ao lado do seu corpo cadavérico numa carroça por seiscentos li, rezando para que continuasse respirando. Você tem sorte de eu ter passado todos os meus anos formativos numa escola de reza.

Ele falava com leveza, mas a tristeza repousava em seu rosto: ele estava se lembrando. Zhu percebeu como devia ter sido difícil para ele. Para ele e para Ma Xiuying: as pessoas que a amavam.

— Você mal estudava! — apontou ela, austera. — É um milagre o Mestre do Darma ter permitido sua ordenação. Mas acho que você deve ter feito algo certo, se o Céu atendeu às suas preces.

— Não foram apenas as preces que o salvaram. — Como que confessando, ele disse: — Pensei que você fosse morrer.

— Parece uma suposição razoável, pelo que todos me contaram.

— Achei que conseguiria dar conta até você ter febre. Mas eu precisava de ajuda...

Calmamente, Zhu perguntou:

— Quem?

— Jiao Yu. E ele *de fato* ajudou: ele furou seu corpo todo com agulhas e lhe deu remédios, e você se recuperou — contou Xu Da. Então fez uma pausa. — Mas agora ele sabe. Sobre você.

Zhu recostou-se com cuidado. Sua dor crescia e pulsava.

— *Aiya*. Primeiro você, depois Ma Xiuying, e agora Jiao Yu. Já não lhe disseram que basta que três pessoas inventem um tigre para que todos acreditem em sua existência?

Xu Da empalideceu.

— Eu o matarei se for preciso — disse ele, baixinho.

Zhu sabia que ele faria aquilo, assim como sabia que seria a pior coisa que ele já fizera. Seus outros assassinatos haviam sem dúvidas lhe garantido repercussões nas vidas futuras, mas a traição e o homicídio de um dos seus era algo que o assombraria nesta vida. Pensar no sofrimento do amigo provocou um furioso ímpeto protetor nela. Zhu disse:

— Ele ainda está aqui?

— Hoje de manhã estava.

— Então ele não fugiu, mesmo sabendo que meu segredo é um risco à sua vida. Significa que ele sabe o quanto é importante para o meu sucesso. Ele pensa que isso é o suficiente para o proteger.

Embora Jiao *fosse* valioso, o primeiro instinto de Zhu foi apagá-lo. Anos atrás ela havia hesitado em fazer o mesmo com o Prior Fang, mas isso foi antes de ela ter sangue nas mãos. Ela poderia matar Jiao com certa facilidade, e duvidava que isso a assombraria.

Mas a situação agora era diferente daquela com o Prior Fang. Ah, o conhecimento de Jiao ainda lhe causava arrepios; ainda parecia uma violação. A propagação daquele conhecimento ainda afetaria sua vida de formas que ela não conseguia imaginar. Mas aquilo que fora seu maior medo não mais a ameaçava: que o Céu descobriria que ela não era Zhu Chongba e a entregaria ao nada. Aquele medo desaparecera. Ela havia encarado o nada e sobrevivera, enquanto Zhu Chongba fora destruído, e fora vista pelo Céu como nada além de si mesma.

Aquilo significava que o conhecimento de Jiao era apenas uma questão de pessoas, não do destino e do Céu, e *isso* significava que era algo que ela podia controlar.

Sombriamente, ela disse:

— Eu cuido dele.

Embora Zhu tivesse apenas dois ferimentos (ou três, contando com o buraco de saída da perfuração), a dor parecia vir de todo e qualquer lugar. Pior, nunca era a mesma dor: havia dias em que era branda, mas persistente; em outros, latejava e provocava espasmos. A única constante era seu braço. Sempre ardia. Com a mente, ela delineou a linha lancinante daquele membro fantasma. Por alguma razão, ainda conseguia sentir os dedos inexistentes agarrados à espada de Ouyang. *Viva como se sua mão estivesse em chamas*, pensou ela ironicamente.

Ma entrou no quarto com uma tigela de pasta medicinal e desfez as ataduras no toco de Zhu. Suas mãos eram delicadas, mas a pasta...

— Esse troço *fede* — exclamou Zhu, indignada.

Ela havia achado graça quando percebeu que Ma direcionava todas as suas preocupações e sua raiva para o processo de cura, tornando-o tão desconfortável quanto possível. Era um castigo que assumia a forma de pastas cada vez mais pungentes, sopas intragáveis e pílulas tão grandes quanto bolas de gude. Zhu entrava no jogo e reclamava, porque isso deixava Ma feliz.

— Está tentando me curar ou me matar?

— Você deveria ser grato por sequer estar sendo tratado — respondeu Ma, parecendo satisfeita.

Quando ela terminou de cuidar da parte amputada, trocou os emplastros de papel de arroz sobre as feridas na barriga e nas costas de Zhu. Por milagre, nenhum de seus órgãos vitais havia sido atingido pela lâmina. Ou talvez não tivesse sido um milagre: o General Ouyang pretendera que Zhu Chongba sobrevivesse, afinal.

Ma mediu a pulsação de Zhu no braço esquerdo.

— Sabe, muito me admira que *apenas* Jiao Yu saiba — repreendeu ela. — Qualquer um que saiba como medir um pulso perceberia que você tem o corpo de uma mulher.

Era engraçado, pensou Zhu, que ela devesse sua sobrevivência ao mesmo corpo que fora a fonte de tanto temor. Ela se lembrou das impiedosas mudanças da adolescência, e a sensação nauseante e desesperada de estar sendo arrastada rumo a um destino que a destruiria. Ela desejara um corpo masculino perfeito com tanta intensidade que sonhava com ele. Ao acordar, era esmagada pela decepção. Ainda assim, no fim das contas, havia sobrevivido precisamente *porque* não tinha um corpo masculino perfeito, cujo dono julgaria inútil no minuto em que não fosse mais perfeito.

Zhu não tinha um corpo masculino, mas não estava convencida de que Ma tinha razão. Como seu corpo poderia ser o de uma mulher, se não abrigava uma mulher? Zhu não era a versão adulta daquela menina destinada ao nada. Ela havia partido no momento em que Zhu se tornara Zhu Chongba, e não havia volta. Mas agora Zhu também não era Zhu Chongba. *Eu sou eu*, pensou ela, reflexiva. *Mas quem sou eu?*

Curvado sobre o pulso de Zhu, o rosto de Ma irradiava cuidado e concentração. Apesar de tudo o que acontecera, suas bochechas ainda exibiam resquícios dos traços arredondados da infância. A textura de suas sobrancelhas era perfeita como se tivesse sido desenhada pelo dedo de um amante; seus lábios macios eram tão cheios que seu contorno era quase um círculo. Zhu lembrou-se de quando beijara aqueles lábios. A memória veio acompanhada de uma dispersão de sentidos ecoantes: ternura e entrega, e a gentileza solene com a qual se toca a curva quente do ovo de um pássaro no ninho. Ela se surpreendeu com o desejo incaracterístico de senti-los outra vez, para valer.

— Mas Yingzi — disse ela, fingindo seriedade —, há formas muito mais diretas de saber disso sem medir meu pulso em segredo.

Zhu só notou aquilo porque estava procurando pela reação: os olhos de Ma se voltaram para a suave curva em seu peito desenfaixado. Não teria significado nada se Ma não tivesse corado ao mesmo tempo. *Ela gosta deste corpo*, pensou Zhu, com uma mistura estranha de divertimento e ambivalência. Ela tinha seios, sabia disso; ainda assim, de certa forma eles nunca haviam existido de fato para ela porque *não podiam*. Era peculiar ter alguém olhando para eles — *permitir* que alguém olhasse para eles — e saber que esse alguém não sentia horror, mas atração. *Desejo*. Aquilo prendeu Zhu a seu corpo de uma forma que ela nunca havia sentido antes. Não era uma sensação confortável — mas também não era completamente insuportável, como teria sido antes da intervenção do General Ouyang. Parecia ser algo com que poderia se acostumar, embora não tivesse certeza de que queria tentar.

Como se de repente percebesse a própria lascívia, Ma soltou o punho de Zhu e agarrou o livro mais próximo.

— Mais um clássico? — resmungou Zhu. — Quando a pessoa amada está de cama, a outra não costuma ler poemas de amor em vez de discursos morais?

— Você bem que precisa aprender um pouco de moral — retrucou Ma, corando de modo ainda mais cativante ao ouvir a palavra "amada". Apesar dos receios relacionados ao corpo, Zhu mal conseguiu resistir à tentação de beijá-la outra vez só para ver como seu rosto ficaria rosado. — E onde é que eu encontraria poemas de amor em Anfeng? Se já existiu algum, a esta altura já virou forro de armadura. E o que é mais útil: uma armadura à prova de flechas ou palavras doces sussurradas ao ouvido?

— Sem palavras doces em que acreditar, quem é que vai enfrentar uma chuva de flechas? — apontou Zhu. — Enfim, nem todo o papel do mundo teria me salvado de nosso amigo General Ouyang.

Tardiamente, ela percebeu que havia arruinado o clima. Com uma expressão de náusea no rosto, Ma disse:

— Pelo menos ele o deixou vivo.

— Não foi misericórdia — disse Zhu, arfando de leve quando a dor do braço se chocou com sua consciência. — Ele pensa que a vergonha de ser mutilado é pior do que a morte. Suponho que ele tenha sido um filho apreciado, do tipo que cresceu acreditando que deveria levar honra aos ancestrais. Então ele foi mutilado e forçado a servir àqueles que fizeram isso, e ele sabe que os ancestrais cuspiriam nele em vez de receber as oferendas. — Então, lentamente, porque falar de sua infância como menina ainda parecia errado, ela acrescentou: — Mas essa é a diferença entre nós dois. Ninguém esperava nada de mim. Ninguém nunca me apreciou.

Para a surpresa de Zhu, reconhecer aquilo fez com que se sentisse mais leve. Nunca havia lhe ocorrido quanta força ela dispendia para acreditar ser outra pessoa. Ela se deu conta: *ele tornou minha jornada mais difícil, mas, sem saber, me fez mais forte...*

Depois de uma longa pausa, Ma disse baixinho:

— *Eu* aprecio você.

Zhu sorriu para ela.

— Nem eu sei quem eu sou. O General Ouyang matou Zhu Chongba, mas também não sou a pessoa que era ao nascer. Como você pode saber quem está apreciando?

A chuva tamborilava no teto de sapê. O cheiro de palha molhada preenchia o ar ao redor delas com a intimidade de outro corpo quente debaixo das cobertas.

— Posso não saber seu nome — respondeu Ma, tomando a mão de Zhu —, mas sei quem você é.

ANFENG
O ANO-NOVO, 1356

— Ah, está tão quente — reclamou Zhu, sentada ereta à beira da cama. Com exceção das bandagens, estava nua, e seu suor coçava ao escorrer pelos braços e pelo tronco. — Em toda a história de nosso povo, você acha que já existiu um guerreiro ferido que morreu porque tomou banho sem estar cercado por braseiros suficientes para assar um pedaço de porco? Diga a verdade, Yingzi: isso é só uma desculpa para tirar minhas roupas?

Ma lançou para Zhu um olhar fulminante enquanto removia os emplastros de papel de arroz de suas feridas.

— Ah, então estou fazendo isso em benefício *próprio*?

— Fiquei me perguntando por que você escolheu a mim em vez de Sun Meng, já que sou muito mais feio do que ele era, mas agora sei a verdade: é porque eu tenho seios — provocou Zhu. Ela havia descoberto que, quanto mais dizia tais coisas, mais fácil ficava dizê-las. — Um olhar e você soube que eu era o homem certo para você.

— *Agora* você ri disso. Você perde uma parte do corpo, e de repente fica todo animado para exibir as partes extras que possui? — retrucou Ma, corando, e arrancou o emplastro.

Zhu uivou, subserviente, embora fosse só fachada. Depois de quase dois meses de recuperação, restavam debaixo dos emplastros apenas cicatrizes de um rosa intenso, a da frente ligeiramente maior do que a das costas. Não poderiam ter esperado um desfecho melhor. Mesmo a parte amputada do braço estava progredindo. Não que ela fosse ter tempo de se recuperar por completo, pensou Zhu, pesarosa. Tanto o Ano-novo quanto o Festival das Lanternas já haviam passado, e ela não esperava que o Yuan fosse esperar muito mais tempo antes de tentar reconquistar Bianliang.

Enquanto Ma limpava os materiais, Zhu se sentou no banco ao lado da bacia para se lavar. A rotina outrora familiar ainda parecia estranha. Não apenas por usar a mão esquerda para fazer o que havia feito mil vezes com a direita, mas também pela novidade de notar a si mesma. Sua pele; sua figura. Pela primeira vez desde a adolescência, ela olhava para o corpo e não sentia aversão, mas simplesmente o fato de sua existência.

Naqueles dias, ela não era a única pessoa que olhava para seu corpo. O interesse enviesado e envergonhado de Ma em sua nudez era tão íntimo quanto um toque. Embora nunca tivesse se interessado muito pelas questões de chuva e nuvens, ela gostava da sensação de poder que vinha de conhecer o desejo particular de outrem. A sensação despertava-lhe um ímpeto protetor. Fazia com que se sentisse um pouco travessa.

Em um tom carregado de dor, ela chamou:

— Yingzi...

— O quê?

— Pode lavar meu cotovelo esquerdo?

— Como se um cotovelo precisasse de limpeza especial! — exclamou Ma, fingindo estar exasperada, mas foi até Zhu e pegou o pano de limpeza. Zhu se esparramou do modo mais irritante possível para que Ma fosse forçada a ficar entre suas pernas para alcançar seu cotovelo. As bochechas de Ma tingiram-se de vermelho: ela estava muito obviamente ciente de onde estava e do que fazia. Seus cílios voltados para baixo moviam-se de tempos em tempos quando ela soltava o ar que vinha prendendo.

O sentimento de ternura de Zhu se intensificou. Sem pensar muito no que estava fazendo, ela tirou o pano de limpeza da mão de Ma e o deixou cair. Ela tomou a mão direita de Ma e a colocou sobre o peito.

Ma abriu a boca em silêncio. Não fosse pelo brilho de seus olhos, ela talvez parecesse atordoada. Zhu seguiu seu olhar fixo e viu que a mão de Ma repousava sobre seu pequeno seio direito, o mamilo amarronzado logo abaixo do polegar de Ma. Surpreendentemente, ela sentiu algo diante da visão. Não era seu próprio sentimento, mas uma vibração: a adrenalina vicária do interesse e do entusiasmo de Ma. Mas, de alguma forma, fazia sentido ela sentir o prazer de Ma, assim como sentia seu sofrimento: seus corações pulsavam como um.

Sorrindo, ela encaixou a mão esquerda atrás do pescoço de Ma, puxou-a para baixo até a moça estar sentada em seu colo molhado, e então a beijou. Ao sentir a maciez dos lábios de Ma encostados nos seus, e o deslizar acanhado de sua língua, Zhu sentiu aquela adrenalina vicária se intensificar até não ter certeza de que *não* era algo que ela mesma queria. Desejo, mas o desejo de outrem correndo por seu corpo, até que perdesse o fôlego como se fosse o próprio.

Depois de um instante ela se afastou, sentindo uma tênue vertigem. Ma encarou-a, atordoada. Seus lábios fascinavam Zhu mais do que nunca: ligeiramente abertos, com um brilho molhado que devia ter vindo da boca de Zhu. Apesar de toda a dor que Zhu havia causado em outros corpos, aquela parecia a coisa mais pessoal que já havia feito.

Ela tateou a cintura de Ma à procura do laço que mantinha seu vestido fechado. Bastaria um puxão para desfazer o nó, mesmo para uma pessoa canhota e desajeitada.

— Sabe, Yingzi — disse ela com a voz rouca. — Eu sei muito bem como brincar de mamãe e papai funciona, mas nunca de fato brinquei. Suponho que poderíamos descobrir juntos, se você quiser.

Em resposta, Ma colocou a mão sobre a de Zhu e puxou, abrindo o próprio vestido. Debaixo das vestes, ela era deslumbrante; seu corpo brilhava e suava. Enquanto ajudava Zhu a tirar o vestido por cima dos ombros, ela disse, sorrindo:

— Eu quero.

— Não pode ser verdade. Que ele pretendia deixar que Bianliang caísse — disse Xu Da enquanto um criado subia as escadas da casa de bebidas e dispunha as tigelas com aperitivos diante de Zhu e de seus capitães reunidos. — Como o Yuan poderia permitir que fizéssemos de Bianliang nossa capital permanente? Seria como admitir que o império está condenado. Depois que ele o deixou em paz, ele *de fato* retirou as tropas imediatamente e foi para Bianliang, ainda que

Chen Youliang já estivesse lá dentro quando ele chegou. Não acha que ele disse isso porque estava envergonhado por ter sido enganado?

Era a primeira reunião que realizavam em público e não no interior do templo. Sem outros líderes dos Turbantes Vermelhos em Anfeng, Zhu não via sentido em continuar sua farsa de ser um monge frugal — e o ato dava-lhe a útil impressão de que Anfeng era sua. Desde que reassumira seu papel de líder, ela havia notado uma tensão nova entre si e os capitães. Eles a amavam pelo sacrifício que fizera por eles. E sentiam repulsa e medo de sua nova incapacidade. Até então, a fé que tinham nela prevalecia. Eles a seguiriam mais uma vez. Se ela vencesse, talvez permanecessem leais. Porém, se perdesse...

Eles virarão a cara para mim.

E isso se Jiao e seu conhecimento da *outra* diferença de Zhu não perturbassem aquele delicado equilíbrio antes mesmo de ela chegar à batalha seguinte. Ela lançou um olhar para ele, cujo rosto permanecia indecifrável ao segurar os *kuàizi* sobre os aperitivos antes de cuidadosamente selecionar um cubinho de porco assado na brasa. *Enquanto isso, não posso comer em público, porque nem sequer consigo segurar minha tigela e meus* kuàizi *ao mesmo tempo.*

— Ele disse que o que ele deseja não tem nada a ver com qual lado vence — lembrou ela a Xu Da. — Mas não dá para saber o que isso significa para Bianliang. Pode haver inúmeras razões pelas quais ele deixou a cidade cair. Até onde sabemos, ele queria atribuir a derrota a um inimigo político e agora planeja reconquistá-la para ficar com toda a glória.

No entanto, mesmo enquanto dizia aquilo, ela se lembrou da forma como ele falara sobre o próprio destino. *Você começou algo que não me dá outra escolha senão terminar.* Sua fúria havia sido assustadora. Fosse qual fosse seu destino, ele não estava nem um pouco satisfeito.

— Comandante Zhu! — Um homem subiu as escadas às pressas, fez uma saudação e apresentou um dos pequeninos pergaminhos usados para mensagens carregadas por pombos. — Isto acabou de chegar do Chanceler de Estado.

Zhu quase estendeu o braço para pegar a mensagem de Chen quando lembrou que não conseguiria segurar aberto um pergaminho enrolado. Consciente dos olhares de seus capitães, ela disse em tom moderado:

— Segundo Comandante Xu Da, por favor, leia a mensagem.

Xu Da examinou a mensagem. Seu rosto congelou. Depois de um instante, ele disse:

— O Chanceler de Estado escreve sobre os próprios receios a respeito da provável tentativa do general eunuco de reconquistar Bianliang no período antes do verão. Ele requisita a assistência do Comandante Zhu na defesa da cidade até o período em que o Yuan retirará suas tropas para a temporada.

Zhu disse:

— E?

— E, se ele tiver sucesso em proteger Bianliang até o verão... — Xu Da ergueu a cabeça para ela. — Ele se voltará contra o primeiro-ministro, pegará o Príncipe Radiante, e fará de Bianliang sua própria cidade. Ele o está convidando para ajudá-lo.

Todos arfaram ao redor da mesa.

— Ah — disse Zhu. O momento continha o entusiasmo de ver a última porção de um mapa ser desenrolada, revelando em detalhes refinados o que vinha sendo escondido. Ela sorriu. — Então nossa dor e nosso sofrimento no Grande Canal conquistaram sua confiança. De fato, é um raro e precioso presente!

Aquela era a razão pela qual o próprio Chen havia liderado o ataque a Bianliang, em vez de continuar em Anfeng. Ele quisera manter o Príncipe Radiante ao alcance. Tudo o que fizera até então fora parte de um único e longo jogo, e Chen acabara de dar o primeiro passo para terminá-lo. Zhu sentiu a faísca crepitando dentro de si: sua futura grandeza *iria* acontecer, desde que seu desejo por ela jamais vacilasse.

Xu Da observou:

— Com Bianliang atrás de nós e todas as tropas dos Turbantes Vermelhos combinadas, representaríamos um desafio genuíno para o general eunuco, se ele de fato vier. E, se pudermos derrotá-lo de forma definitiva, o que nos impediria de conquistar toda a Henan durante o verão? Poderíamos controlar o centro e tudo ao sul do rio Amarelo. Se Chen Youliang tiver Bianliang como capital, e o Príncipe Radiante para lhe dar legitimidade aos olhos do povo... ele não será apenas o líder de um movimento rebelde.

ELA SE TORNOU O SOL 343

Em sua mente, Zhu viu Chen iluminado pelo brilho do Mandato do Príncipe Radiante. Ela disse:

— Ele quer que o ajudemos a se tornar rei.

Todos os olhos voltaram-se para ela. Xu Da disse:

— E você vai?

Não havia dúvidas quanto a ir a Bianliang. Era ali que estava o Príncipe Radiante, e ele ainda era a chave para a legitimidade da rebelião aos olhos do povo. Com isso em mente, a questão de quem apoiar havia se resumido a quem tinha maiores chances de ficar com o Príncipe Radiante: Chen ou o primeiro-ministro. E Chen já havia dado o primeiro passo.

Ela estava visceralmente consciente da presença de Jiao no outro lado da mesa, armado com sua granada de conhecimento ilícito. Aquela era a oportunidade pela qual ela havia feito tudo, mas estava cheia de incógnitas. A última coisa de que precisava era um capitão imprevisível por aí. Ela podia tomar uma única decisão da qual ele discordasse, ou mesmo hesitar, e ele passaria para o lado de quem quer ele acreditasse que venceria. Ela se perguntou se seu conhecimento já havia diminuído suas percepções dela. Será que ele a considerava substancialmente mais fraca do que antes? Se a resposta fosse sim, então seria preciso ainda menos para que ele agisse. Se ela quisesse vencer o jogo e conquistar a grandeza, teria que lidar com Jiao antes que partissem.

Ela olhou ao redor da mesa, fitando cada um de seus capitães e permitindo-lhes que vissem sua determinação. *Sigam-me mais uma vez*. Ela se demorou em Jiao. Ele devolveu seu olhar com frieza. Ela ficou perturbada ao reconhecer uma qualidade avaliadora em sua expressão, como se ele estivesse a despindo e julgando-a com base em algo no seu corpo físico. Ela nunca havia sido o alvo de um olhar como aquele antes, e o choque encheu-a de uma fúria desconhecida. De repente, ela se lembrou da mulher em Jiankang que se lançara sobre o Pequeno Guo com a intenção justificada de assassiná-lo. Com um humor amargurado, Zhu pensou: *irmã mais velha, eu deveria ter deixado que obtivesse sucesso*.

Interrompendo o contato visual com Jiao, ela ordenou:

— Preparem-se. Assim que estivermos prontos, partiremos para Bianliang.

ANYANG
PRIMEIRO MÊS

Apesar do tamanho objetivamente vasto, o palácio do Príncipe de Henan podia ser um lugar surpreendentemente pequeno — era comum esbarrar com pessoas nos pátios ou nos corredores. O pior de tudo, na opinião de Ouyang, era quando ele via uma pessoa que preferiria evitar no outro lado de uma das pontes baixas do palácio, e encontrar-se com ela se tornava inevitável. Ele subiu a ponte com uma carranca mental; do outro lado, o Senhor Wang fez o mesmo. Eles se encontraram no topo, sob as chuvas das jovens flores do damasqueiro.

— Saudações ao Senhor Wang — disse Ouyang, fazendo uma reverência mínima.

O nobre examinou-o. Ele ainda tinha um aspecto ferido, mas havia uma severidade nova em sua expressão. Parecia ser algo específico a Ouyang, o que o perturbou.

— Então você retornou de Yangzhou — disse o Senhor Wang. — Soube que foi contemplado com a promessa de assistência dos Zhang. É um feito diplomático incomum para alguém sem qualquer veia diplomática.

— Agradeço o elogio, meu senhor, mas não foram necessários quaisquer poderes de persuasão. Eles são súditos do Grande Yuan; sairão em defesa por vontade própria.

— Que linda fantasia! Embora eu tenha certeza de que meu pobre irmão ignorante acredita nela, não espere o mesmo de mim. De tanto dizer a si mesmo que sou inútil, você esqueceu qual é meu verdadeiro domínio? Sou um *administrador*. Conheço a natureza dos negócios e dos comerciantes bem mais do que você. E sei que eles precisam de mais do que a promessa de honrarias para serem persuadidos a agir. Então satisfaça minha curiosidade, general: o que você ofereceu como retribuição por tal assistência?

Umas poucas pétalas caíram e rodopiaram no ar, parando debaixo da ponte. Se Ouyang já não soubesse como tudo aquilo acabaria — como *tinha* de acabar —, o interesse do Senhor Wang teria sido preocupante. Ele respondeu entredentes:

— Se meu senhor estiver interessado, poderá perguntar ao Príncipe os detalhes da negociação.

O Senhor Wang dirigiu a Ouyang um olhar firme e inescrutável.

— Talvez eu pergunte.

Ouyang curvou-se.

— Sendo assim, meu senhor...

Antes que Ouyang pudesse ultrapassá-lo, o Senhor Wang disse com um tom suave:

— Você pensa que me entende, general. Mas não se esqueça de que a recíproca é verdadeira. Iguais se reconhecem; estão conectados. Nós dois testemunhamos a humilhação um do outro. *Eu também o entendo.*

Ouyang congelou. Embora ressentisse Esen por não o enxergar ou compreender, a ideia de ser visto e compreendido pelo Senhor Wang era como uma violação. De maneira um tanto forçada, ele declarou:

— Não somos iguais.

— Bem, suponho que em alguns aspectos você seja como meu irmão — respondeu o Senhor Wang, pensativo. — Você pensa que as únicas coisas de valor são aquelas que você mesmo valoriza. O mundo sequer existe para além de suas próprias preocupações, general?

— Passei a vida toda lutando pelo Grande Yuan! — Apesar de seus maiores esforços, Ouyang não conseguiu conter a amargura em sua voz.

— E, ainda assim, eu me importo com ele mais do que você, creio eu.

Sob as flores do damasqueiro, o Senhor Wang parecia pertencer a um outro tempo: um dos elegantes aristocratas da antiga Lin'an imperial. Um estudioso de um mundo que não mais existia. Sentindo um arrepio, Ouyang percebeu que o Senhor Wang estava fazendo uma acusação.

Quando ele passou pelo Senhor Wang e seguiu seu caminho, o nobre disse:

— Ah, general! Devo informá-lo: decidi acompanhá-lo em sua pequena expedição a Bianliang. Como usará meus homens e meu dinheiro, seria um disparate descobrir que eles foram descartados sem cumprir qualquer propósito útil.

A amargura na voz do Senhor Wang era exatamente igual à de Ouyang. *Iguais se reconhecem.*

Ouyang não havia levado o Senhor Wang inteiramente a sério, mas suas palavras foram confirmadas no momento em que ele entrou na residência de Esen e encontrou-o com uma fisionomia sombria e bêbado.

— O Senhor Wang veio vê-lo — declarou Ouyang. Ele já havia associado o novo tipo de embriaguez de Esen, ressentido e miserável, a um encontro recente com o irmão. Ele se esforçou para suprimir a lembrança do que havia acontecido da última vez que Esen lhe aparecera bêbado depois de uma discussão com o Senhor Wang.

Esen disse:

— Ele falou que quer ir a Bianliang.

— Não deixe que ele vá — disse Ouyang imediatamente, sentando-se de frente para Esen. — O senhor sabe que o único motivo pelo qual ele deseja ir é para causar problemas. — Ele não precisou acrescentar: lembre-se de Hichetu.

Esen girou o copo.

— Talvez seja melhor tê-lo causando problemas onde podemos vigiá-lo do que deixá-lo livre pela propriedade sem supervisão.

— Assim parece que a pior coisa que ele pode fazer são travessuras infantis.

— Podemos voltar e descobrir que ele vendeu a propriedade e foi para a capital trabalhar como burocrata.

— Esse não seria o pior cenário. Mas ele não pode; a família de Bolud o destruiria — desdenhou Ouyang. — Eles não precisam de provas de que ele foi o responsável pelo exílio de Altan. A suspeita já é o bastante para colocá-los contra ele.

— Entre Wang Baoxiang e Bolud-Temur — disse Esen —, eu apostaria que meu irmão sobreviveria por mais tempo naquele antro de serpentes. Não, não *confio* nele. Quem confiaria nele, depois do que ele fez com meu pai? Mas ele ainda é meu irmão. Por mais que eu queira, nada pode mudar isso. — Taciturno, ele soltou um riso áspero. — Eu o odeio! E ainda assim o amo. Quisera eu apenas odiar. Seria mais fácil.

— Emoções puras são luxos reservados às crianças e aos animais — disse Ouyang, sentindo o peso terrível das próprias emoções emaranhadas.

— Mas talvez isso seja uma oportunidade — refletiu Esen. — Para que ele conserte os erros e busque meu perdão. Que lugar melhor para isso do que em campanha, como quando éramos meninos? Quero mesmo perdoá-lo! Por que ele dificulta tanto as coisas?

— Wang Baoxiang matou seu pai. Como pode perdoar isso? — A pergunta saiu mais ríspida do que ele havia pretendido.

— Ah, vá se foder! — Num acesso repentino de fúria, Esen arremessou o jarro de vinho pelo cômodo, estilhaçando-o. — Acha que não sei disso? Maldita seja sua mente pragmática. Não pode entreter minhas fantasias por apenas um instante? Sei que as coisas não podem ser como antes. Sei que não serão. Sei que jamais o perdoarei. Eu *sei*.

Diante do silêncio de Ouyang, Esen observou:

— Você não se ajoelhou.

Ele tateou a mesa, desajeitado, encontrou outro jarro que ainda tinha um pouco de vinho e serviu-se de mais uma dose.

Ouyang foi atingido pela memória de seu retorno de Bianliang. No dia, ele se ajoelhara apenas porque pensara que o gesto deixaria o outro tão furioso quanto precisava ficar. Agora, porém, não precisava da fúria: tudo já estava encaminhado, e se desdobraria independentemente do que Ouyang fazia ou sentia. Se ele se ajoelhasse agora, seria porque queria. A ideia encheu-o de vergonha.

Baixinho, ele disse:

— Quer que eu ajoelhe?

O copo de vinho de Esen respingou sobre a mesa. Quando ele ergueu os olhos para Ouyang, tinha uma expressão doentia e voraz que os atraía feito uma conexão física. Ouyang ouviu a voz do Senhor Wang: *você e Esen são opostos*. Igual e desigual: pavio e faísca.

Então o olhar de Esen se endureceu e ele voltou a observar o vinho.

— Peço desculpas. Eu lhe dei a liberdade de ser honesto comigo há muito tempo.

As emoções agitadas de Ouyang fizeram-no se sentir como um marinheiro num navio sacudido por um tufão, agarrando-se a cada instante de vida mesmo sabendo que não havia nada para si além da escuridão das profundezas. Com um tom forçado, ele disse:

— O senhor é o Príncipe de Henan. Não peça desculpas.

Esen contraiu os lábios.

— Sim, eu sou. — O vinho derramado se espalhou na mesa entre eles. — Vá. Durma um pouco. Esteja preparado para nossa partida.

Ouyang se retirou e seguiu caminho para a própria residência. Absorto em pensamentos dolorosos, ele teve uma surpresa desagradável ao erguer a cabeça e encontrar Shao e um punhado de comandantes do batalhão à sua espera na sala de visitas.

— O que é? — Ele falou em han'er, já que todos que o aguardavam eram nanren. A estranheza do idioma em sua língua nunca desaparecia. Era apenas mais uma coisa que lhe havia sido roubada.

O Comandante Zhao Man, cujos brincos de filigrana conferiam certa delicadeza a uma aparência de outro modo ameaçadora, disse:

— General. É verdade que o Senhor Wang nos acompanhará?

— Não tive sucesso em dissuadir o Príncipe da ideia.

— Ele nunca saiu em campanha antes. Por que agora?

— Quem é que sabe o que se passa na mente do Senhor Wang? — respondeu Ouyang, impaciente. — Não há outro jeito; teremos de acomodá-lo.

Shao disse:

— O Senhor Wang é perigoso. O que aconteceu com Altan...

— Está tudo bem — interrompeu Ouyang, encarando Shao até ele desviar o olhar. — O Príncipe tirou dele a maior parte de seus poderes mesmo aqui em Anyang. Em relação às tropas, ele não tem nenhuma. Que tipo de ameaça ele pode representar?

— O Senhor Wang não é nenhum tolo — murmurou outro comandante.

— Já chega! Tê-lo ou não conosco não muda nada — disse Ouyang, irritado, e deixou-os resmungando. Ele não conseguia se forçar a se preocupar com o Senhor Wang. Tudo o que podia fazer era seguir adiante e esperar que tivessem sucesso. Deter-se no que poderia acontecer, ou no que poderia ter acontecido, era a rota para a insanidade. Por um momento, ele teve um vislumbre de Esen: não uma memória em particular, mas algo costurado a partir de todos os momentos que haviam passado juntos: a sensação de seu corpo, seu cheiro específico, sua presença. Era íntimo e completamente falso, e era tudo o que Ouyang teria.

Bianliang, à porta do coração do Yuan no norte, ficava a meros trezentos li a sul de Anyang. Não havia montanhas no caminho, nem rios traiçoeiros para atravessar. Um mongol determinado com vários cavalos poderia ter percorrido a distância em um dia. Mesmo para um exército *deveria* ter sido completamente simples. Ouyang examinou as carroças de suprimentos atoladas até os eixos no lamaçal e pensou: *vou matá-lo.*

— Isto já se estendeu por tempo demais! — disse Esen quando Ouyang lhe contou o ocorrido durante a reunião noturna. Ele cuspiu a casca de uma semente de melão torrada como se a mirasse na cabeça do Senhor Wang. — Ah, sei que você me alertou. Tolice maior a minha, querer contrariar o bom senso e acreditar que ele mudaria, que talvez ele tentasse de fato ser útil. Melhor seria se eu tivesse desejado que cavalos caíssem do céu! Esta é a única coisa que eu deveria ter esperado desde o começo: que ele tentaria *me importunar até a morte.* — Ele se levantou com um pulo e se pôs diante da espada do pai em seu suporte, que os criados armavam todas as noites quando erguiam o *ger*. — O que devo fazer?

Não ficou totalmente claro se a pergunta de Esen fora dirigida a Ouyang ou ao espírito do pai. Ouyang, que não desejava nada menos do que uma interferência do espírito de Chaghan, respondeu de forma breve:

— Puna-o.

Ao dizer aquilo, ele se assustou com uma sensação interna que era como a de um sino sendo tocado pela vibração de outro semelhante a uma longa distância. Ele se lembrou de ajoelhar diante de Esen, buscando ser humilhado a fim de que seu ódio pudesse servir de motivação para o que ele precisava fazer. O único sentido nas travessuras do Senhor Wang era provocar sua própria humilhação nas mãos de Esen. Inquieto, Ouyang pensou: *mas, se for esse o caso, o que ele precisa fazer?*

Esen marchou até os guardas à porta do *ger* e emitiu instruções curtas. Ouyang pôs de lado sua tigela de sopa de macarrão e carneiro e se levantou com a intenção de sair, mas Esen deu a volta e forçou-o a se sentar novamente.

— Fique.

Ele tinha uma expressão atipicamente hostil. Outra pessoa pensaria ser a expressão de alguém que se preparava para a batalha — porém Ouyang, que de fato já vira Esen antes de uma batalha, sabia que era pior. Havia nela algo de Chaghan, como se Esen tivesse realmente conseguido invocar aquele velho espírito raivoso.

— Faça com que ele saiba que você testemunhou sua humilhação. Afinal, este exército não é seu também?

— Ele não me agradecerá por isso. — *Nós dois já vimos a humilhação um do outro.*

— Ele também não me agradecerá pelo que estou prestes a fazer.

O Senhor Wang entrou alguns momentos depois. Duas semanas na estrada haviam transformado sua tez leitosa de homem recluso na cor de um broto de bambu estiolado. Ele se sentou sobre o tapete de pele de tigre, lançando a Ouyang um olhar venenoso ao fazê-lo, depois disse, em um tom provocativo calculado para enfurecer Esen.

— Dê-me uma bebida, querido irmão. Ela suavizará o impacto da bronca esplêndida que sei que você está prestes a me dar. Ou você e seu cãozinho já beberam tudo?

— Wang Baoxiang — vociferou Esen.

— Irmão! — O Senhor Wang aplaudiu. — Meus parabéns! Você reproduziu exatamente o tom dele. Ah, é como ouvir o espírito de nosso pai. Por que passamos todo esse tempo lamentando sua morte quando ele está bem aqui conosco? Veja: estou arrepiado.

— É por isso que está aqui? Para me importunar com suas inconveniências fúteis?

O Senhor Wang zombou.

— Longe de mim frustrar suas expectativas.

— Eu não... você bem que merece minha desconfiança!

— Ah, é claro, eu havia me esquecido. Já que *você* conseguiu ser o filho perfeito, não havia motivo para eu não poder ser um também. Que egoísmo e frieza de minha parte negar a nosso pai tal satisfação. Afinal, não fiz toda sorte de perversidades deliberadamente, só porque amava vê-lo sofrer? Como devo ter desejado sua morte!

Esen fitou-o friamente.

— Wang Baoxiang, não tolerarei sua interferência nas operações deste exército. Este será seu aviso. — Ele fez uma pausa e bradou: — Entrem!

Os dois jovens guardas entraram com os braços cheios de livros. Sem mudar de expressão, Esen arrancou um livro do guarda mais próximo e atirou-o ao fogo. Os guardas começaram a arremessar os outros nas chamas, um a um. As labaredas da lareira sagrada cresceram, sacudindo as cinzas, e o *ger* foi tomado pelo cheiro de papel queimado. Ouyang viu o rosto do Senhor Wang perder a cor. Foi uma reação tão drástica que Ouyang lembrou-se da expressão atordoada do primeiro homem que matara.

Num tom terrível, o Senhor Wang disse:

— Vejo que também herdou a crueldade de nosso pai.

Uma comoção no lado de fora assustou-os, e um criado entrou de supetão. Ele fez uma reverência ansiosa e gaguejou:

— P-príncipe! Por favor, venha! Vosso cavalo preferido... ele...

Ainda com os lábios pálidos, o Senhor Wang soltou uma risada grotesca.

— O cavalo dele! Ah, que pena.

— Se tiver ousado...

Esen, já agarrando sua capa, lançou um olhar cansado de suspeita ao Senhor Wang.

— O quê, irmão? Ser cruel também? Pode ficar tranquilo: se eu quisesse machucá-lo, você saberia.

Com o rosto retorcido de fúria, Esen se virou e saiu. Os guardas o seguiram. Ouyang e o Senhor Wang ficaram sozinhos com os livros que sucumbiam delicadamente ao fogo, o cavalo que guinchava à distância.

Ouyang assistiu à luz das chamas refletida no rosto voltado para baixo do Senhor Wang. Havia uma satisfação estranha e doentia ali, como se Esen tivesse provado algo que o Senhor Wang desejava — mas, ao fazê-lo, tivesse exterminado uma outra parte ainda esperançosa.

O Senhor Wang sibilou:

— Saia.

Ouyang deixou-o encarando os livros em chamas. Era uma imagem lamentável, mas a culpa de Ouyang não tinha nada a ver com o Senhor Wang. Fora a traição de Ouyang que tornara a pureza do coração de Esen algo capaz de crueldade e de suspeita. Durante muitos anos, Ouyang havia olhado a alegria descomplicada da vida de Esen com inveja, admiração, desprezo e ternura; agora, tudo isso havia desaparecido.

Havia sido uma manhã lúgubre, e todos sabiam que provavelmente ficariam parados pelo resto do dia em virtude do mau humor do Príncipe de Henan. O cavalo havia morrido — um intestino torcido — e Esen havia passado as horas que se seguiram entre a fúria e o sofrimento. Apesar de suspeitar do Senhor Wang, a doença já havia sido verificada na autópsia: era simplesmente uma dessas coisas que acontecem.

— Por que é que um homem chora tanto assim por um cavalo? — indagou Shao, virando uma peça preta de *weiqi* entre os dedos. Eles estavam no *ger* de Ouyang. Lá fora, condizendo com o humor geral, chovia.

— Foi um presente do pai — explicou Ouyang, posicionando sua peça branca.

Ele odiava falar sobre Esen com Shao, como se Esen fosse apenas um inimigo. Ele se forçou a falar mesmo assim. Em sua mente, visualizava seu relacionamento com Esen como uma pequena tira de metal que Ouyang dobrava de um lado para o outro deliberadamente. A cada vez que o fazia, sentia dor. Talvez não doesse tanto quando a tira finalmente se partisse, mas Ouyang não conseguia se convencer disso.

Shao disse:

— Onde estão os outros? Estão atrasados.

Como se estivesse apenas esperando a deixa, a aba da entrada do *ger* se ergueu com uma rajada de vento e o comandante Chu agachou-se para entrar. Sem preâmbulos, ele disse:

— General: Zhao Man desapareceu.

Ouyang ergueu a cabeça num gesto abrupto.

— Detalhes.

— Nenhum de seus subordinados o vê desde a noite passada. Parece que ele não dormiu em seu *ger*.

— Desertou? — perguntou Shao.

— É possível, senhor.

Chu deu um pulo quando a aba se abriu outra vez, dando passagem para os comandantes de outros batalhões. Eles entraram e se ajoelharam ao redor do jogo de *weiqi* abandonado que Shao estava vencendo.

O Comandante Yan disse:

— General. Será possível ele ter falado?

— Com quem e por quê? — retrucou Shao. — Improvável.

— Mesmo assim, precisamos considerar a pior das hipóteses.

— Está claro que a pior das hipóteses não aconteceu se estamos aqui sentados conversando a respeito disso — disse Ouyang. Ele falava rápido, tentando convencer tanto a si mesmo quanto os outros. — A ideia de falar não é ser recompensado? Por que ele desertaria sem nada além da roupa do corpo? Não. Amanhã o encontraremos caído do cavalo em algum lugar; é só isso.

Shao disse:

— Prosseguimos.

Os comandantes Chu e Geng assentiram, mas Yan e Bai trocaram olhares. Depois de um momento, Yan disse:

— Com todo respeito, general, não estou convencido. Talvez o senhor esteja correto, mas a incerteza me preocupa. Há cada vez mais coisas que não sabemos a respeito da situação. Como podemos prosseguir com confiança?

Com voz rouca, o Comandante Bai declarou:

— Concordo com Yan. Devemos aguardar.

— Não; é tarde demais para isso — disse Ouyang, notando os olhares que os outros trocaram ao ouvi-lo. Era a forma cautelosa como as pessoas tratavam alguém que havia sido tomado por uma ideia a ponto de ignorar toda a razão. — Se há alguém que não acredita firmemente no sucesso de nossa empreitada, fique à vontade para abandoná-la. No caso de um fracasso, não serão mencionados. Peço apenas o seu silêncio.

Yan e Bai trocaram olhares outra vez. Então Yan disse:

— Não vejo qualquer benefício em falarmos disso.

— Então nos separamos aqui — disse Ouyang, voltando para o jogo.

— Fique bem e tenha sucesso, general — disse Yan, levantando-se e fazendo uma reverência. — Pelo seu bem, espero estar errado.

Ouyang colocou outra peça sobre o tabuleiro sem de fato enxergá-la, e notou que Shao franzia os lábios, insatisfeito. Ele pensou que talvez Shao fosse discutir, mas, depois de um momento, ele colocou uma peça sem dizer uma só palavra. Ouyang, que tinha os olhos fixos no tabuleiro, sentiu um sufocamento crescente. As peças pretas de Shao cercavam as brancas, avançando numa espiral que não lhes dava uma rota de fuga.

Ouyang olhava furiosamente para os corpos. Yan e Bai haviam sido encontrados naquela manhã no *ger* de Yan, estatelados em poças do próprio vômito. Apesar da raiva, ele teve o cuidado de manter uma expressão neutra. Tinha consciência da presença de Shao na penumbra de sua visão periférica.

— Qual é a causa disto? — indagou Esen, igualmente furioso.

As mortes de homens em batalha nunca o afetavam, mas mortes dentro de seu próprio acampamento — depois de uma noite assistindo à morte agonizante de seu querido cavalo — o haviam deixado à flor da pele. Ele dirigiu um olhar severo ao Senhor Wang, que havia sido atraído como um falcão-gerifalte ao avistar uma presa.

Fingindo indiferença, Ouyang disse:

— Perdemos alguns homens nos últimos dias para uma forma particularmente violenta de doença causada por comida estragada. Pensávamos ter identificado a fonte, mas é possível que ainda existam alguns produtos contaminados. O fato de que Yan e Bai morreram juntos, depois de comer e beber, sugere uma causa comum.

Esen balançou a cabeça, impaciente.

— Logo após o desaparecimento do Comandante Zhao? Não pode ser uma coincidência. Chamem o médico!

O médico chegou e se ajoelhou ao lado dos corpos. Ele havia recentemente substituído um homem mais velho no cargo, e só conhecia Ouyang de vista. Com o coração inquieto, Ouyang percebeu que o homem trabalhava metodicamente, indicando certa experiência. Shao, que não era nenhum tolo, teria usado um veneno incomum, sabendo que apenas médicos da corte se especializavam naquele assunto. Mas fora uma aposta que Ouyang não teria feito. Taciturno, ele pensou: trocamos apenas a incerteza do silêncio de Yan e Bai pela incerteza de que seus corpos falarão por eles.

Quando o médico concluiu o exame e se levantou, Ouyang sentiu um arrepio ao notar que o Senhor Wang o observava com um sorriso irônico nos lábios finos, como o de um homem ao receber validação de algo já sabido, mas não desejado.

— Estimado Príncipe. — O médico fez uma reverência para Esen. — Com base em meus exames, acredito que essas mortes sejam naturais.

Esen franziu o cenho. Debaixo de sua máscara de controle, Ouyang sentiu um surpreso alívio. Shao, a seu lado, suspirou. Mas não de alívio. Não, pensou Ouyang: era a satisfação de ter suas suposições imprudentes validadas. Shao nunca havia duvidado.

O médico continuou:

— Não consegui encontrar nenhum traço de armação, violência ou envenenamento. Deve ser como o general supôs. Os sintomas são consistentes com uma doença rápida do tipo comumente causada por comida estragada.

— Tem certeza?

— Superficialmente há uma semelhança com envenenamento, já que comida estragada não deixa de ser uma espécie de veneno. Porém, após investigação, a situação é claramente distinta. — O médico se levantou. — Estimado Príncipe, por favor aceite minha opinião profissional sobre a questão.

O rosto de Esen permaneceu inescrutável, mas, depois de um momento, ele disse:

— Muito bem. Conduzam os funerais. Esta questão não deve atrapalhar nossas preparações. Amanhã, percorreremos a distância costumeira. Preparem--se! — Então saiu abruptamente.

O Senhor Wang dirigiu-se até Ouyang. Seu semblante felino de satisfação tinha um quê de vermelho, e, apesar do cabelo e da túnica imaculados, ele parecia atormentado — como se não tivesse pregado os olhos desde a humilhação a que Esen o submetera duas noites antes.

— Que irresponsável. Perder todos esses comandantes logo antes de uma batalha crítica? Eu ficaria preocupado com o ânimo dos soldados.

Com brusquidão, Ouyang disse:

— Poupe sua preocupação para o próprio ânimo, meu senhor. As dores no corpo não o deixam dormir?

O Senhor Wang lançou a ele um olhar mordaz.

— Eu diria que estou sendo assombrado por meus pecados, mas então me lembro de quantos pecados *você* cometeu e isso não parece tê-lo impedido de dormir, não é? — Então, para o choque de Ouyang, seus olhos de repente o atravessaram e ele franziu os lábios em uma expressão de incredulidade amarga. A familiaridade daquele olhar fez Ouyang gelar. A coisa que os animais conseguiam ver, que faziam as chamas das velas bruxulearem em sua presença, estava atrás dele. E agora, de alguma forma, *o Senhor Wang podia vê-la.* A pele de Ouyang se arrepiou de pavor. Ele sabia que aquilo não era uma coisa que ele simplesmente não havia notado no Senhor Wang durante todos aqueles anos em que conviveram. Aquilo era novo. Algo nele havia mudado desde aquela noite no *ger* de Esen, e ele não fazia ideia do que aquilo significava.

Ele devia ter demonstrado alguma reação, porque o Senhor Wang franziu ainda mais os lábios.

— É uma pena, general, que seja tão difícil encontrar bons comandantes. Eles eram três dos seus melhores líderes, não eram? E, com tão pouco tempo, imagino que será difícil cultivar o tipo de confiança de que vocês precisam para este embate crítico.

— Tenho homens de confiança suficientes — respondeu Ouyang, breve. Um suor frio escorreu sob sua armadura.

— É mesmo? Para o seu bem, espero que sim, general. Há muita coisa em jogo em Bianliang. Já que não vou dormir mesmo, talvez eu devesse passar algumas dessas horas rezando por um bom desfecho.

— Reze o quanto quiser — disse Ouyang. — Não fará diferença alguma.

— Bem, é óbvio que as *suas* preces não fariam. Que divindade ou ancestral escutará um eunuco imundo? Talvez me escutem. Mas é verdade: eu de fato me sinto mais confortável depositando minha fé nos esforços de minhas próprias mãos. — O sorriso seco do Senhor Wang continha a ponta afiada de uma lâmina, e perturbou Ouyang não saber para que direção ela estava apontada. — Planeje com cuidado, general. Eu odiaria vê-lo fracassar.

21

ANFENG
SEGUNDO MÊS

À luz do lampião, Ma tinha a cabeça de Zhu entre as pernas. Estavam assim fazia tanto tempo que a fricção já havia desaparecido há muito tempo — os dedos de Zhu deslizavam tão perfeitamente dentro dela que o movimento parecia invisível.

— Mais — disse Ma, arqueando. — Mais...

De alguma forma, ela sabia que Zhu estava sorrindo. Zhu inseriu os cinco dedos em forma de cunha, pressionando. Adicionando uma penetração extra. Ma sentiu *aquilo*. Doía; era um prazer arrebatador que parecia familiar e novo ao mesmo tempo; era tudo no mundo. Ela ouviu a própria voz, implorando.

— Devo parar?

— *Não*.

Ma podia imaginar o sorriso de Zhu, malicioso e determinado, com aquele toque de curiosidade desapegada que nunca desaparecia nem mesmo nos momentos mais genuínos entre eles. Zhu inseriu a mão mais fundo, até a parte mais larga. Penetrando-a com confiança, pouco a pouco, enquanto Ma arfava e gemia por causa de seus dedos esticados. Quando Zhu parou, Ma percebeu que havia perdido a habilidade de formar qualquer pensamento. Ela era ape-

ELA SE TORNOU O SOL 359

nas sensação. Dor e prazer, prazer e dor. Ela não fazia ideia de quanto tempo durara a pausa até o momento em que Zhu voltou a se mover. Para dentro, ou talvez para fora — então Ma gozou nos dedos de Zhu. De tão relaxada, seus músculos tremiam em vez de tensionarem. Ela arfou e estremeceu, sentindo a solidez de pedra de Zhu dentro de si.

— Ainda está gostoso? — A voz de Zhu flutuou até ela.

Sua língua deslizou de leve sobre a região sensível de Ma, arrancando-lhe um arquejo e outra rodada de tremores contidos. Quando os tremores cessaram, Zhu entrou outra vez, e Ma gritou com a sensação que era grande demais para conter; então Zhu penetrou uma última vez e inseriu a mão até o pulso. Ma estremecia, arrancada para fora de si por aquela dor bela e terrível, com os músculos do corpo todo se contorcendo numa sequência dissonante feito os estalos do metal ao se resfriar.

— Sinto que poderia tê-lo por inteiro, o quanto você me der. — Ela mal reconhecia a própria voz.

Zhu riu.

— Eu já sou todo seu.

Zhu baixou a cabeça, e Ma sentiu sua língua roçando entre as pernas outra vez. Ela a lambia num gesto suave e repetitivo, várias e várias vezes até a trepidação ultrassensível de Ma dar lugar a tremores: um novo orgasmo. Tudo o que podia fazer era se contorcer debilmente contra a boca de Zhu, o coração pulsando na pele fina retesada em volta da mão de Zhu. Havia um prazer oculto naquilo: no fato de que ela podia acolher Zhu em si, e contê-la dentro do próprio corpo, como se fosse a única pessoa no mundo com aquele poder peculiar.

Eu viveria com Zhu para sempre, pensou Ma, apavorada. O que poderia ser isso além de amor, esse sentimento de entrega do coração pulsando na mão de Zhu? Zhu, que podia machucá-la, mas escolheu não o fazer — que, ao preencher o corpo de Ma era tão íntima quanto uma pessoa podia ser, e que ainda assim estava ao mesmo tempo sempre se afastando dela à procura da própria grandeza.

Zhu retirou a mão num gesto lento, torcendo-a. Ma gemeu; a língua de Zhu deslizou mais rápido contra ela. Ma flutuava acima de uma sensação distante de excitação — então, sem sequer perceber que vinha perseguindo aquilo, ela gozou uma última vez com um soluço abafado.

Zhu subiu na cama, balançando um braço e meio de forma nada solene, e deitou-se ao lado de Ma com um semblante convencido de sucesso. Ela nunca precisava de retribuição de Ma, o que deixava Ma um pouco triste. Porém, mesmo que Zhu quisesse, desta vez Ma não lhe poderia ser útil: estava exausta demais para sequer virar a cabeça para um beijo.

Mais tarde, ela notou vagamente quando Zhu se levantou — evitando as calças em favor de um manto que podia ser vestido sem a necessidade de ser amarrado — e foi até sua escrivaninha, onde ela praticava gestos simples com a mão esquerda. O clarão da lamparina atrás da cabeça curvada de Zhu fazia os olhos de Ma doerem. De repente, a imagem de sua silhueta contra a luz encheu Ma de uma pontada insuportável de distância. Ela queria correr até Zhu e tomá-la em seus braços, acabar com sua silhueta e transformá-la numa pessoa real novamente. Porém, mesmo enquanto observava, os detalhes de Zhu desvaneciam cada vez mais conforme ela era absorvida por aquela luz terrível e intensa...

Então Zhu estava sentada à beira da cama, e a luz era apenas a luz do dia. Sua mão esquerda estava quente sobre o ombro de Ma.

— Ei, Yingzi. — Ela sorriu para Ma: um sorriso terno e genuíno, temperado pela tênue surpresa que atingiu Ma com o toque costumeiro de prazer. Ela amava que Zhu, sempre tão ensimesmada, ainda ficava um pouco perplexa diante da própria felicidade ao encontrar Ma em sua cama. — Pode me ajudar a vestir a armadura? Há algo que preciso fazer.

Apesar do vento frio que varria as ruas, a porta da oficina de Jiao estava escancarada. Zhu entrou. Ela foi imediatamente engolida pela escuridão: o espaço cavernoso não tinha uma única vela, embora estivesse agradavelmente quente devido à forja ao lado. Um aroma pungente de ferro fundido e graxa velha e pegajosa carregava o ar, atravessado pelos odores mais fortes de alguma alquimia misteriosa. Zhu sentiu vontade de espirrar.

Jiao estava curvado sobre uma mesa, pesando pó numa pequena balança. Quando Zhu bloqueou a luz que vinha da entrada, ele a encarou de olhos semicerrados feito um rato-do-bambu mal-humorado.

Zhu disse:

— Vai ficar cego se continuar trabalhando no escuro. Está com medo de explodir se usar uma lanterna?

Ela vestia sua combinação costumeira de armadura sobre velhos mantos cinzentos, agora com o braço direito apoiado à frente do torso, e imaginava como sua silhueta devia ser estranha. Nem um guerreiro, nem um monge; nem inteira, nem incapacitada. E o que mais Jiao via? Um homem ou uma mulher, ou alguma outra coisa totalmente diferente?

Jiao afastou-se da mesa e limpou as mãos enegrecidas com um tecido ainda mais negro.

— Fiquei me perguntando quando você apareceria.

Ele voltou os olhos para o sabre curvo que ela passara a carregar no lugar da espada normal. Não que fosse qualquer outra coisa além de uma decoração. Ela não tinha nem a força, nem a coordenação para empunhá-lo com a mão esquerda, e sem dúvidas Jiao sabia disso tão bem quanto ela. Ela sempre achara graça no ar de superioridade rabugenta do velho engenheiro, mas agora havia nele um aspecto de que ela não gostava: uma superioridade advinda não de sua experiência, que ela respeitava, mas do que ele era. *Um homem*. Ele disse:

— Presumo que não esteja aqui para me matar.

Ela notou sua confiança. Ele sabia que se aquela *fosse* a intenção de Zhu, ela já o teria feito há muito tempo. E, como não o fizera, ele pensava que ela estava com medo. Ele pensava que era mais forte.

— Você acha que é porque eu não conseguiria? — indagou Zhu. — Por causa do braço, ou por causa do que você sabe?

— Me diz você.

Havia uma frieza calculada em seus olhos. Ele a estava pesando em comparação aos outros: Chen, o primeiro-ministro, o General Ouyang. E Zhu já estava diminuída a seus olhos. Se ele escolhesse traí-la, ela sabia que ele a sabotaria o quanto pudesse antes de partir. *É o que eu faria.*

A parte amputada de Zhu pulsava em sincronia com seu coração, tão regular quanto uma clepsidra.

— Você acha que tem poder sobre mim porque sabe de um segredo, mas não tem.

— Não é um segredo? — Jiao ergueu as sobrancelhas.

— É um segredo sem valor. Conte-o a quem quiser escutar, e ainda farei exatamente o que pretendo, e conquistarei o que desejo. Você acha que não posso superar isso, quando superei todo o resto em meu caminho?

O general eunuco a transformara na pessoa que precisava ser — e agora seu destino jamais poderia lhe ser negado com base em quem ou no que era ela, porque tudo de que precisava para conquistá-lo estava dentro de si.

— Não tenho medo do que você sabe — disse ela. — Como pode algo desse tipo me deter, me destruir, quando nenhuma outra coisa conseguiu? — Ela respirou fundo e buscou pela centelha branca que era a fonte de sua grandeza. — Olhe para mim — ordenou ela, e Jiao retraiu o queixo numa obediência involuntária. — Olhe para mim e veja a pessoa que vencerá. *A pessoa que governará.*

Ela estendeu a mão esquerda fechada e *desejou.* Sentiu uma sensação desconcertante de abertura — de conexão com o mundo e tudo o que ele continha, vivo e morto. Com tudo debaixo do Céu. Ela arfou ao sentir o poder percorrer seu corpo. Num instante, a semente de luz dentro dela virou um clarão, purificando-a de todo e qualquer pensamento e sensação até restar apenas a dor ofuscante e extática de fitar o Sol. Zhu ardia com ela; estava acesa com a crença do próprio futuro brilhante. Era agonizante. Era glorioso. Ela abriu a mão.

Uma luz brotou, mais rápida do que o pensamento. Uma chama branca e impiedosa que espantou todas as sombras; que varreu segredos cinza e empoeirados dos recessos da oficina de Jiao, fazendo-o recuar com um grito. A luz inabalável que jorrava da palma de Zhu extraiu dele a cor até seu rosto ficar tão pálido quanto o de um fantasma. Sua primeira reação foi horror: ele viu uma chama real que explodiria ambos, lançando-os às próximas vidas. Com um sobressalto de satisfação, Zhu observou o homem esboçar a segunda reação: a constatação de que *não era* uma chama real, e a perplexidade resultante da impossibilidade que era tudo o que restava.

Depois de um momento, ainda ofegante, Jiao inclinou-se para frente com esforço óbvio e segurou sua balança. Foi toda a capitulação que Zhu recebeu. Ele era arrogante demais para se curvar, mesmo na derrota. Com a cabeça baixa encostada no pó, ele disse, como quem faz uma pergunta casual:

— Essa não é a cor de nenhum Mandato do Céu dinástico registrado nas histórias.

Zhu fechou a mão ao redor da chama branca. Resquícios de imagens dançaram diante de seus olhos na escuridão reinstaurada. Seu corpo pulsava com energia.

— Não é uma cor — disse ela, sentindo aquela verdade latejar como uma promessa do futuro. — É brilho.

As tropas de Zhu deixaram Anfeng dois dias depois e chegaram a Bianliang num entardecer escuro. Mesmo Jiankang, o trono dos reis, fora menor: a massa negra de Bianliang estendia-se diante deles como uma tempestade iminente. E aquela era apenas a muralha interna. Zhu havia armado o acampamento cinco li ao sul, mas mesmo essa região ainda estava dentro das ruínas da muralha externa. Toda aquela vasta área entre os dois muros, e mesmo dez li para além da muralha externa, fora outrora coberta pelas mansões daquela extensa capital imperial. Porém, desde aquela época, o rio Amarelo irrefreado inundava a área com tanta frequência que as construções de madeira haviam sido engolidas como se nunca tivessem existido. Agora restavam apenas o alagadiço estéril, os fantasmas e o trinado das garças.

Era uma paisagem solitária, mas eles não estavam sozinhos. Fora uma disputa mais acirrada do que Zhu havia imaginado, considerando que ela teve que percorrer uma distância maior, mas o General Ouyang ainda vencera. A leste da muralha interna, o acampamento era a própria cidade. Suas tochas lançavam um brilho dourado nos reparos de pedra de Bianliang. Uma fileira de catapultas erguia suas cabeças altas em contemplação silenciosa da muralha diante de si.

Xu Da disse:

— De acordo com Chen, ele chegou no sexto dia do mês.

— Há quatro dias, então.

Zhu pensara estar suficientemente recuperada, mas a jornada a deixara exausta, fraca demais. Seu braço direito doía por ficar amarrado sobre o peito, e suas costas doíam por cavalgar com o corpo inclinado para um lado. Não havia dúvidas de que seu braço voltaria a ser útil algum dia, mas, no momento, era como se ela tivesse perdido o membro inteiro. Sua ausência dava-lhe uma sensação desconfortável de cegueira no lado direito. Com frequência, ela se pegava virando o corpo para a direita, como se quisesse ver.

— Mas ele ainda não usou os equipamentos de cerco, apesar de ter tão pouco tempo. Por quê?

— Ele teve que trazer as catapultas desmontadas de Anyang. Talvez não estejam todas completas.

— Talvez — disse Zhu, não convencida. Voltando-se para dentro de si, ela suprimiu a exaustão e concentrou-se na tênue vibração que era a noção de algum eu distante. O emaranhado trêmulo de seus *Qi* parecia tão íntimo quanto o fôlego compartilhado entre amantes. E agora que ele a havia ajudado a se tornar quem ela precisava ser, os dois estavam mais emaranhados do que nunca.

Ele não estava esperando por simples incompetência, pensou ela. Não; era alguma outra coisa. Ela se lembrou da roda de fantasmas dele enquanto lutavam. De todas as pessoas no mundo, ele era o único que ela já conhecera que era *assombrado* por fantasmas. Quem eram eles, e o que queriam dele? E por que havia tantos? Era como se um vilarejo inteiro tivesse sido exterminado num único gesto...

De modo distante, ela ouviu o primeiro-ministro dizendo: *sob as antigas regras, a família de um traidor era executada até o nono grau.*

O General Ouyang, um escravo nanren de mestres mongóis, cujo único prazer parecia vir da vingança. Que havia lhe dito uma verdade sobre si mesmo quando afundou a espada dentro dela: *o que eu quero não tem nada a ver com quem vence.*

De repente, ela entendeu por que ele esperava.

Xu Da a encarava com uma expressão de tolerância sob as sobrancelhas abaixadas.

— Você teve uma ideia.

— *Tive.* E você não vai gostar. — Zhu ficou surpresa ao perceber que havia começado a suar frio. Ela não estava com medo, mas seu corpo estava; ele se lembrava da dor. Ela conteve um arquejo ao sentir uma pontada de agonia no braço fantasma. — Preciso encontrar o General Ouyang outra vez.

Depois de um instante, Xu Da disse, com um tom moderado:

— *Encontrar.*

— Apenas falar com ele! De preferência sem ser perfurada desta vez. — Sob a dor, ela sentiu a presença do General Ouyang no acampamento distante do Yuan feito um carvão no coração de uma fogueira. *Compreender o fogo não significa estar imune a seu calor.* — E precisa ser agora.

— Da última vez você *precisava* enfrentá-lo — protestou Xu Da. Havia temor em seu rosto, e dor recordada. — Desta vez, temos outras opções.

Com certo esforço, Zhu sorriu.

— Lembra-se do que o Buda disse? Viva como se sua cabeça estivesse em chamas. — Por instinto, Zhu sabia que seu desejo jamais seria satisfeito se ela se agarrasse aos tornozelos de Chen enquanto ele ascendia. Mas, se ela quisesse mais do que as migalhas de poder que ele poderia lhe jogar, teria que saltar para dentro do fogo.

Ela apertou o ombro de Xu Da ternamente com a mão esquerda.

— Ele não me destruiu da última vez, e isso é tudo o que importa. Então, seja lá o que acontecer desta vez — ela sentiu a adrenalina da certeza, ainda mais doce que a expectativa —, valerá a pena.

O problema do General Ouyang, pensou Zhu enquanto atravessava o espaço escuro entre os dois exércitos, era que ele não tinha a imaginação de Chen. *Se queria mesmo me incapacitar, deveria ter decepado todos os meus membros e me guardado em um vaso como a Imperatriz Wu fazia com os inimigos.* Quando ela adentrou o perímetro do Yuan, não levou tempo algum para encontrar sua tenda coroada por uma bandeira, solitária às margens do ajuntamento dos comandantes. Parecia inteiramente típico dele manter-se distante apesar das inconveniências que isso causava. *E da segurança reduzida.*

As tendas circulares dos mongóis pareciam grandes do lado de fora, mas, no interior, eram colossais. Ou talvez fosse apenas o espaço vazio que lhe dava aquela impressão. Com exceção de todos os braseiros (que, combinados com a fogueira central, deixavam o lugar deveras quente) e das múltiplas pelagens dispostas sobre o piso de lã, a habitação do General Ouyang era tão utilitária quanto o próprio quarto de Zhu em Anfeng. Dois conjuntos de armadura pendiam de suportes, ao lado de um suporte vazio que presumivelmente pertencia à armadura que ele estava usando. Uma pilha de estojos retangulares continha arcos e flechas. Havia um baú de roupas, e outro de pequenas ferramentas e pedaços sortidos de couro que se guarda para consertos. Uma mesa baixa de pés em arco coberta de papéis com caracteres mongóis, sobre os quais havia um capacete feito um peso de papel gigante. Uma bacia para limpeza e um simples estrado revestido por uma coberta de feltro. Por mais singelo que fosse o espaço, ainda carregava algo *dele*, o que surpreendeu Zhu mais do que deveria. Embora o compreendesse, ela nunca havia parado para pensar nele como alguém de aspecto ordinário: uma pessoa que dormia e comia, e tinha preferências quanto às roupas que vestia.

Houve um murmúrio de fantasmas no lado de fora. Zhu preparou-se quando a aba da porta se abriu e o General Ouyang atravessou a soleira, com a cabeça descoberta e a espada embainhada na mão. Quando ele a viu, parou e ficou imóvel. A conexão entre eles vibrava de modo ensurdecedor na cabeça de Zhu. Ela havia retirado a tipoia antes de vir. Agora, de forma lenta e deliberada, ela estendeu os braços para os lados. A mão esquerda, aberta e vazia. O braço direito, terminando numa parte amputada coberta por ataduras. Ela o deixou olhar. Deixou que ele visse o que havia feito.

Por um momento, ficaram apenas parados. No seguinte, ela foi pressionada contra a parede da tenda com a braçadeira de couro do General Ouyang esmagando sua garganta. Zhu esperneava, sufocada. Apesar da estatura pequena do general, era como se ela estivesse tentando se desvencilhar das mãos de uma estátua. O tecido áspero da tenda arqueou sob o peso acumulado dos dois. Ele se aproximou e sussurrou ao ouvido de Zhu:

— Perder uma mão não foi o suficiente?

Ele a soltou. Quando ela desabou, tentou se apoiar por instinto — com uma mão que não estava lá. O mundo ficou vermelho quando ela se espatifou de queixo no chão com um grito abafado. Depois disso, ela só conseguiu se debater e arfar. Da forma como a dor faz com que tudo o mais perca a importância, ela tinha uma consciência vaga da presença do General Ouyang acima dela. A ponta de sua espada pinicou a bochecha dela.

— Tire o que quiser — rosnou ela. — É preciso mais do que isso para me destruir.

Ele se agachou ao lado da cabeça dela com um rangido da armadura.

— Admito certa surpresa por saber que você ainda está na ativa. Seus homens devem ser de fato patéticos para seguir um aleijado à batalha. — Havia alguma outra coisa em sua hostilidade. *Inveja*. Zhu lembrou-se dos chicotes, e da facilidade cruel com que ele havia desperdiçado seus recrutas. Seus homens o desprezavam, e ele os odiava; ele provavelmente sempre havia usado o medo para comandar porque precisava.

Ele segurou a ponta do capacete dela e ergueu a cabeça de Zhu de modo que estivessem olho a olho. Mesmo em meio à dor, ela ficou maravilhada com seus cílios escuros e o desenho refinado de suas sobrancelhas. Como se pudesse perceber o que ela estava pensando, ele observou:

— Aparentemente, ser tão feio quanto uma barata também faz de você tão resiliente quanto uma. Mas há certas coisas das quais ninguém retorna. Será que devemos experimentá-las, uma a uma?

Entre arquejos, Zhu disse:

— Não vai nem ouvir minha oferta primeiro? Decerto deve estar curioso quanto à minha visita.

— O que é que você pode ter de meu interesse? Principalmente depois de já ter me dado a oportunidade de matá-lo.

Uma oportunidade em troca de uma oportunidade. Uma agonia mais específica irradiou por seu braço direito — a dor da mão fantasma ainda se partindo até o osso agarrada à espada dele. Ela se perguntou se algum dia seria capaz de esquecer aquilo.

— Você ainda não atacou porque está esperando a chegada de reforços. Mas, já que deixou Bianliang cair antes, seus reforços servem para algum outro propósito que não é recuperar a cidade.

Ela olhou por sobre o ombro do general, fitando os fantasmas reunidos. Eles ainda assistiam à cena, mas não mais lhe inspiravam medo. Eles preenchiam a tenda, próximos como uma plateia aos burburinhos antes do início de uma peça. Ele não sabia que eles estavam ali, mas ao mesmo tempo ele *sabia* — o conhecimento estava na própria trama de seu ser, porque tudo o que ele fazia era por eles. Ele era um homem na própria prisão invisível, emparedado pelos mortos. Ela disse:

— Um propósito que não tem nada a ver com os Turbantes Vermelhos.

Ele se virou, como que compelido a seguir o olhar de Zhu, e riu de horror quando seus olhos encontraram o vazio.

— O que você vê ali que lhe fala sobre mim? — Ele soltou seu capacete e voltou a se apoiar nos calcanhares com uma expressão incrédula. — Mas é verdade. De fato, tenho reforços a caminho. Eles estarão aqui de manhã. E, embora não sejam *para* você, servirão muito bem contra você. Já que você e seu exercitozinho patético apareceram bem a tempo de se meter em meu caminho.

— E se eu lhe disser que nossos objetivos são compatíveis? Ajude-me a tirar o primeiro-ministro e o Príncipe Radiante da cidade, e retirarei meu exército e deixarei que faça o que quer que esteja planejando, sem interrupção.

Ele a examinou.

— Presumo que você perceba o quanto eu o desprezo. A parte em que eu disse que queria matá-lo não foi clara o bastante?

— Mas há uma coisa mais importante para você do que qualquer coisa que sinta a meu respeito, não há? — Zhu se levantou com um grunhido abafado de dor, pegou da armadura a mensagem trazida por um pombo e a estendeu para ele. Quando Ouyang não fez menção alguma de pegar, ela perguntou: — Sabe ler? Está escrita em caracteres.

— É claro que sei ler caracteres — disse ele, tão ofendido quanto um gato molhado.

— Receio que não vá conseguir manter um pergaminho aberto e a espada apontada para mim ao mesmo tempo — observou Zhu. — Acredite em mim, há coisas difíceis de fazer com apenas uma mão.

Ele a encarou ao se levantar, embainhou a espada e pegou a mensagem.

— É de nosso Chanceler de Estado, Chen Youliang — explicou Zhu. — Se eu conseguir entregar esta mensagem ao primeiro-ministro, ele saberá que Chen Youliang pretende traí-lo. Então ele sairá de Bianliang para me encontrar por conta própria. Assim que eu estiver acompanhado dele e do Príncipe Radiante, desocuparei o campo. Você não precisará desperdiçar nenhum homem ou esforço lutando contra mim.

— E se o seu primeiro-ministro receber a carta, mas decidir lidar sozinho com a questão? Assim que meus reforços chegarem, estarei de mãos atadas.

Independentemente de você conseguir o que deseja, se não retirar suas tropas, serei forçado a atacar.

— Esse é um risco que estou disposto a assumir.

— Seu primeiro-ministro tem muita sorte por inspirar tamanha lealdade. — O belo rosto do general estava taciturno.

— Lealdade? — Zhu encarou seus olhos e sorriu. — Até parece, general.

Depois de um momento, os lábios de Ouyang se curvaram para baixo, amargurados.

— Entendi. Bem, eu também não possuo lealdade alguma. E, na balança das barganhas que fiz recentemente, isto não é nada. — Ele fez um gesto para que ela se levantasse. — Se quer enviar essa mensagem a Liu Futong, sei de um jeito. Talvez você não goste dele.

— Pode falar.

— Aquele ponto acima das muralhas da cidade é o topo da Torre Astronômica. Nas últimas três manhãs, seu primeiro-ministro subiu até lá para examinar meu acampamento. Faça com que ele suba a torre amanhã cedo para encontrar uma flecha à espera com a carta de Chen. Isso serve?

Zhu o examinou.

— Então alguém precisa disparar uma flecha na parte alta da Torre Astronômica. No escuro. Do lado de fora da cidade. Tenho apenas uma carta.

— Confie que sou mongol o bastante para o fazer — disse o General Ouyang num tom sarcástico.

Se ele falhasse, a flecha cairia em algum outro lugar da cidade. Seria encontrada e o ocorrido, relatado a Chen, que saberia qual lado Zhu havia escolhido. Mas Zhu não saberia que Chen sabia. Ele estaria esperando no campo de batalha, de frente para o General Ouyang, e o primeiro-ministro jamais viria, e então ele a mataria. Ela estaria arriscando todo o potencial que a luz branca representava, pela chance de concretizá-la por completo. Tudo ou nada naquela única chance de derrotar Chen.

Ela não tinha mais medo do nada como no passado, mas também não era uma coisa para a qual queria correr. A ansiedade fez com que sua pele se arrepiasse.

— Faça.

— Eu já sabia que você era inconsequente. Mas vai mesmo apostar sua vida naquele que quase o matou?

— Não foi isso que você fez — corrigiu Zhu. — Você me libertou.

Ela se aproximou, forçando-o a encará-la. Apesar de toda a dor que ele havia lhe causado, ela não o odiava. Ela também não sentia pena dele; apenas o entendia.

— Em nosso último encontro, você disse que eu o coloquei em seu caminho rumo a seu destino, e prometeu me entregar ao meu. Mas, assim como você conhece o seu destino, eu conheço o meu. Você não o entregou a mim naquele dia, porque aquele não era o momento certo. *Este* é o momento. Então *vá em frente*.

Destino. O rosto de Ouyang se contraiu como se a palavra o tivesse atingido. Zhu sempre pensara que, fosse qual fosse o destino dele, o general não o desejava. Mas agora, espantada, ela via a verdade: por mais que ele não desejasse seu destino, e ele temia e odiava a ideia — ele o desejava na mesma proporção.

Zhu pensou no Zhu Chongba original, imóvel na cama com a centelha da vida extinta. Ele também não desejara aquele destino. *Ele abrira mão dele.* Ela moveu os olhos para além do ombro do General Ouyang e encontrou os olhares de seus fantasmas. No passado, ela se perguntara o que os ligava a ele. Mas era o contrário: ele é quem estava ligado a eles. Essa era a sua tragédia. Não nascer para um destino terrível, mas não ser capaz de abdicar dele.

E só naquele instante, ela de fato sentiu pena dele.

Como que ciente do que ela sentia, ele desviou o rosto. Foi até a pilha de estojos retangulares e escolheu um arco. Uma única flecha. Ao sair, ele disse, com uma voz ríspida e seca:

— Se deseja seu destino, então espere aqui.

Ele ficou muito tempo fora. Tempo o bastante para ter ido até o Príncipe de Henan e lhe mostrado a mensagem de Chen, ou feito qualquer outra coisa. Talvez ele nunca tivesse tido a intenção de disparar aquela flecha. Quanto mais Zhu pensava no plano, mais impossível ele lhe parecia. O tempo passava, e, contrariada, ela sentiu uma dolorosa decepção.

Então a aba da porta foi aberta, fazendo-a pular.

— Está feito — disse o General Ouyang, breve. Sua expressão homicida revelava que ele ainda a considerava parcialmente responsável por seu destino e quaisquer horrores pessoais contidos nele. — Eu lhe dou até o meio-dia de amanhã para sair com seus homens, com ou sem o seu primeiro-ministro. Se ainda estiverem aqui depois disso, tudo pode acontecer. *Agora dê o fora do meu* ger.

Zhu aguardava em seu cavalo à frente de seu exército. Para manter as aparências, ela carregava o sabre, que, mesmo depois de prática diligente, ela ainda mal conseguia desembainhar num único gesto impecável. *É como se eu tivesse voltado a ser um monge desafortunado.* Ela se perguntava se seus capitães percebiam o quanto ela era verdadeiramente incapaz. Tudo naquele embate se baseava em aparências. Assim como o próprio Mandato era apenas fachada. O Mandato do Céu do Príncipe Radiante podia incitar um exército a segui-lo, mas isso era porque se fundia à crença de que ele daria início a uma nova era. Já o Mandato de Zhu, sem o apoio de quaisquer crenças do tipo, não passava de uma luz.

Por enquanto.

Para que fosse mais do que isso, ela precisaria sobreviver a este embate. E, embora ele fosse apenas fachada, ao mesmo tempo era tão real quanto a vida e a morte.

Uma névoa flutuava sobre a planície. Em seu movimento, Zhu podia distinguir formas geométricas acima, como um vislumbre do reino do Imperador Jade no céu. As linhas retas das muralhas; os topos dos famosos Pagode de Ferro e Torre Astronômica de Bianliang. Tanto aquele mundo superior quanto o outro abaixo dele estavam completamente silenciosos.

Uma brisa soprou do rio Amarelo. A névoa se moveu e se dissipou. Zhu fitou os rostos pálidos e determinados de seus capitães, que encaravam o leste através da névoa na direção do acampamento Yuan. Muito do momento dependia da confiança que depositavam em Zhu. E a própria confiança dela repousava numa pilha perigosa de incertezas. Se o General Ouyang havia de fato feito o que prometera. Se ele havia acertado aquele disparo impossível. Se o primeiro-ministro havia encontrado a carta, e sua resposta.

Só preciso que eles confiem em mim por mais algum tempo.

Ouviu-se um brado rouco e abafado:

— Comandante Zhu!

A névoa havia se dissipado o suficiente para que eles enxergassem os arredores. A leste, estava a imagem esperada do acampamento do Yuan, vibrando com atividade. A oeste...

Num primeiro olhar, alguém poderia ter confundido o amontoado de linhas verticais com uma floresta no inverno. Mas não uma floresta de árvores. *Uma floresta de mastros.* No meio da noite, uma frota havia subido pelo rio Amarelo, e agora um exército estava desembarcando.

— Sim — disse Zhu. — O Yuan chamou a família Zhang de Yangzhou para vir em seu auxílio.

Ela observou o desânimo tomar seus rostos. Eles sabiam o que aquilo significava: estavam encurralados entre o general eunuco a leste e as forças dos Zhang a oeste. Eles sabiam que Chen jamais enviaria tropas agora. Ele e o primeiro-ministro se abrigariam e torceriam para resistir ao cerco até o verão. Deixariam Zhu lá fora para ser dizimado com seus homens.

Com urgência, ela pensou: *confiem em mim.*

Bem naquele momento houve um espasmo mecânico no acampamento do Yuan, e um projétil atingiu a muralha leste. Depois de um momento, eles escutaram um estrondo baixo feito um trovão distante, e uma densa coluna de fumaça negra subiu da muralha. Não fora uma pedra — fora uma *bomba.* Uma segunda catapulta atirou, depois uma terceira. Seus braços hostis desenhavam arcos no céu feito estrelas giratórias. Zhu podia sentir cada explosão bem fundo em suas entranhas. Ela tentou imaginar o que estava acontecendo na cidade entre Chen e o primeiro-ministro. Quem acabaria traindo quem, agora que tudo havia mudado?

A luz das explosões iluminava os rostos dos capitães.

— Esperem — ordenou ela. Era como conter cavalos inquietos. Ela podia sentir o controle que tinha sobre os homens se esvaindo. Se apenas um deles cedesse e fugisse, os outros seguiriam...

Não havia sombras sob aquele céu limpo. A neblina da manhã se dispersou com o calor conforme a tropa do General Ouyang emergia do acampamento e começava a se reunir no extremo oposto da planície. Unidades de cavalaria assumiam suas posições nas laterais. *Eu lhe dou até o meio-dia*, dissera ele. O horário se aproximava, e ainda nada havia vindo de Bianliang. Impotente, Zhu observava as partes do exército inimigo formando um bloco ininterrupto e imóvel. *Esperando*. Apenas as flâmulas azul-chama tremulavam acima. No terrível momento prolongado que se seguiu, Zhu pensou ser capaz de ouvir as gotas da clepsidra. Um ritmo cada vez mais lento, até que chegou a última gota e restou apenas um terrível silêncio no ar.

Naquele silêncio se ouviu uma única batida. Um tambor, pulsando como um coração. Depois outro entrou no ritmo, e outro. Do oeste, uma cadência em resposta. Os exércitos do Yuan e do Zhang falando um com o outro. Preparando-se.

Xu Da cavalgou até Zhu. Os outros capitães viraram as cabeças para observar. A cabeça de Jiao foi a mais rápida. Mostrar-lhe o Mandato havia o convencido a segui-la — antes. Mas aquilo fora na segurança de Anfeng. Agora ela se lembrava de como ele os havia abandonado no rio Yao — como, nas questões práticas da vida e da morte, ele depositava confiança na liderança e na vantagem numérica. Ela podia sentir a fé de Jiao por um fio.

Num tom baixo e urgente, Xu Da disse:

— Já é meio-dia. Precisamos ir.

E com uma pontada de dor que a atingiu diretamente no coração, Zhu viu que ele também duvidava.

Ela voltou os olhos para aquele distante exército mongol. Estava longe demais para que ela conseguisse distinguir indivíduos. Seria aquela mancha cintilante no meio da linha de frente o General Ouyang?

E ainda não havia nada vindo de Bianliang.

A cadência dos tambores se tornou frenética. A batida cada vez mais rápida gerava uma pressão que fazia seus dentes rangerem; a qualquer momento ela explodiria e despejaria dois exércitos sobre Zhu. Eles seriam sua aniquilação. Mas Zhu já havia sentido a aniquilação antes. Ela a temera durante toda a vida, até *se tornar* nada e dele retornar.

Ela voltou a encarar Xu Da e forçou um sorriso.

— Tenha fé em meu destino, irmão mais velho. Como posso morrer aqui, antes que qualquer pessoa saiba meu nome? Não tenho medo.

Mas *ele* tinha medo. Ela via o fardo que estava depositando no amor e na confiança do amigo ao lhe pedir que ficasse quando tudo parecia perdido. Apesar da infância compartilhada e dos anos de amizade, Zhu percebeu que não sabia o que ele escolheria. As cordas no pescoço dele se destacaram, e o coração dela saltou. Então, depois de um momento interminável, ele disse baixinho:

— Não se pode pedir a um homem comum que deposite toda a sua fé no destino. Mas eu tenho fé em você.

Ele a seguiu enquanto ela percorria a extensão de suas tropas. Quando os homens voltavam os rostos pálidos para ela, Zhu olhava cada um deles nos olhos. Ela deixava que vissem sua confiança — a crença reluzente e inabalável que tinha em si mesma, em seu destino e no brilho de seu futuro. E, ao falar, ela viu aquela confiança tocá-los e se enraizar, até eles se tornarem o que ela precisava. O que ela queria.

Ela disse:

— Aguardem. *Aguardem.*

O rugido dos tambores era contínuo agora, intolerável. E então aconteceu. *Movimento.* Dois exércitos que convergiam: a infantaria a oeste, a cavalaria a leste. Diante da imagem, Zhu sentiu uma rigidez peculiar tomar conta de si. Era uma muralha feita de nada além de crença, e lá no fundo ela sabia que precisava de cada fragmento de sua força para mantê-la entre si mesma e aquele horror cada vez mais próximo. As formações da cavalaria do General Ouyang se espalhavam conforme avançavam, até darem a impressão de que havia homens cavalgando lado a lado até eles ao longo de todo o horizonte. Suas lanças e suas espadas reluziam sob um campo de flâmulas esvoaçantes: eram uma onda constantemente renovada até formarem um oceano escuro que avançava até eles. Mesmo através da distância, sua voz os alcançava: um rugido crescente de sons humanos e animais sobrepostos à batida dos tambores.

Zhu fechou os olhos e ouviu. Naquele instante ela não apenas ouviu o mundo, mas o *sentiu*: as vibrações de cada feixe invisível que conectava uma coisa

ELA SE TORNOU O SOL ○ 375

à outra, e atraía cada uma delas a seus destinos. Os destinos que lhes haviam sido dados e aceitos — ou que haviam escolhido para si, por desejo.

E ela ouviu o momento em que o som do mundo mudou.

Ela abriu os olhos. Os tambores a leste soavam em um novo padrão, e o oeste respondeu. O exército dos Zhang deu meia-volta, fazendo uma grande curva, feito um bando de andorinhas mudando de direção. Eles abandonaram a trajetória que os teria colocado em rota de colisão com Zhu, e se dirigiram à muralha oeste de Bianliang, onde foram sugados através de uma abertura com a agilidade da fumaça que sobe uma chaminé.

E *lá* — uma única figura montada num cavalo atravessava a planície na direção deles, saída de um portão que se abrira no lado sul da cidade. Seus capitães gritaram, surpresos, e uma alfinetada de emoção atravessou o desprendimento de Zhu. Diminuta, mas dolorosa, porque sua própria natureza admitia a possibilidade de fracasso:

Esperança.

Mesmo enquanto a figura de Bianliang se aproximava, o exército do General Ouyang seguia se aproximando deles. À distância cada vez menor, Zhu conseguia distinguir apenas o cavaleiro no cavalo preto no centro da linha de frente, uma pérola cintilante no oceano escuro. A luz direta refletia em sua armadura espelhada. Zhu conseguia imaginar suas tranças balançando sob o capacete, e o aço em sua mão.

Ela não sabia dizer quem os alcançaria primeiro. Havia perdido o desprendimento sem se dar conta, e agora não era nada além de um pontinho vibrante de ansiedade. O cavaleiro de Bianliang pareceu avançar, e ela não conseguia se lembrar da última vez em que havia respirado. Então, *finalmente*, ele se aproximou o bastante para que pudessem ver de quem se tratava. Quem *eles* eram. Zhu *soubera*, e ainda assim todo o ar saiu de sua boca numa explosão de alívio.

Xu Da incitou o cavalo para frente em um galope, aproximando-se do cavalo agitado do primeiro-ministro e retirando o Príncipe Radiante da sela. Zhu escutou o amigo gritar para o primeiro-ministro:

— Estou logo atrás do senhor! Continue! Rápido!

O exército do General Ouyang assomava-se diante deles como uma onda prestes a quebrar. Bem quando Zhu fez seu cavalo dar meia-volta, ela viu um lampejo de seu rosto belo e severo. A conexão entre eles se aprofundou. Como é o caso de quaisquer duas substâncias similares que se tocam, ela e o general eunuco estavam entrelaçados — e, por mais que se afastassem, ela sabia que o mundo estaria sempre tentando aproximá-los novamente. *Iguais se pertencem*.

Sob quais circunstâncias, ela não fazia ideia, mas sabia: fosse qual fosse o destino temido e desejado do General Ouyang, ele ainda tinha um caminho longo o suficiente para que os dois se encontrassem outra vez.

Adeus, pensou ela, perguntando-se se ele estava vivo o bastante por dentro para sentir aquela pequena mensagem. *Por ora*.

Virando-se para seus homens, ela gritou:

— *Recuar!*

Zhu os instigou por duas horas, então ordenou que parassem. O General Ouyang não os havia perseguido, embora pudesse ter alcançado as unidades retardatárias de sua infantaria com certa facilidade. Era apenas porque ele tinha coisas melhores a fazer, mas ela lhe enviou um pequeno pensamento de gratidão ainda assim.

Ela apeou desajeitada e foi até Xu Da enquanto ele ajudava o Príncipe Radiante a descer de seu cavalo. Xu Da tinha uma expressão cuidadosa que ela entendia perfeitamente. Havia algo na criança que despertava inquietação. Era como ver o joelho de alguém se dobrar para o lado errado. Mesmo agora, apesar de tudo que havia acontecido dentro e fora de Bianliang, o Príncipe Radiante ainda ostentava o mesmo sorriso gracioso.

O primeiro-ministro foi até eles, mancando de exaustão. Sua túnica estava manchada e amarrotada, e seu cabelo branco se soltava do coque. Ele parecia ter envelhecido dez anos desde a última vez em que Zhu o vira. Achando certa graça, ela pensou: *também devo ter envelhecido assim*.

— Saudações ao primeiro-ministro — disse ela.

— Comandante Zhu! É graças a você que eu estava preparado para aquele traidor Chen Youliang. — O primeiro-ministro quase cuspiu o nome de Chen. — Assim que ele viu aqueles navios, eu soube de sua intenção: ele ia me trair naquele mesmo instante. Ele ia pegar o Príncipe Radiante e fugir! Mas eu fui mais rápido. — Ele soltou uma risada áspera. — Eu mesmo abri aqueles portões, e abandonei aquele pedaço de bosta de cachorro à própria sorte. Que aqueles bastardos hu o matem dolorosamente para que ele possa engolir amargor no inferno e em todas as vidas futuras!

Zhu visualizou uma imagem revigorante de como Chen deveria ter ficado ao perceber que estava sozinho dentro de Bianliang com um exército se assomando sobre ele. Ela disse:

— Ele deve ter ficado bastante surpreso.

— Mas você... você sempre foi leal. — O olhar do primeiro-ministro se voltou para o braço direito de Zhu. — Nenhum daqueles outros comandantes conhecia o significado de lealdade e sacrifício. Mas você se sacrificou ao general eunuco para que nós pudéssemos conquistar Bianliang. E ali, você esperou por mim. Ah, Zhu Chongba, que tipo de recompensa pode haver para uma pessoa de qualidade como a sua?

Zhu fitou os olhos úmidos e rancorosos do primeiro-ministro e sentiu um impulso peculiar de absorver cada detalhe do homem. Ela absorveu seus lábios azulados e sua pele frágil de ancião; os pelos brancos e ásperos em seu queixo; as unhas rachadas e amareladas. Não era porque ela se importava, pensou ela. Era apenas o reconhecimento reflexivo de uma outra pessoa que havia desejado.

Porém, apesar de todo o sofrimento que o desejo do primeiro-ministro havia causado, no fim das contas ele fora curiosamente frágil. Liu Futong havia desistido do próprio anseio sem sequer se dar conta disso.

Zhu tirou a pequena faca da cintura. Sua mão esquerda era inútil no campo de batalha, mas perfeitamente adequada para o único gesto que rasgou a garganta do primeiro-ministro.

O primeiro-ministro a encarou, surpreso. Sua boca formou palavras inaudíveis, e o sangue escarlate borbulhou até transbordar e escorrer para se juntar à densa corrente de seu pescoço.

Calmamente, Zhu lhe disse:

— Você nunca enxergou o que eu sou, Liu Futong. Tudo o que via era o que queria ver: um mongezinho útil, disposto a sofrer por qualquer propósito ao qual você o direcionasse. Você nunca percebeu que não era o seu nome que eles bradariam, exortando-o a reinar por dez mil anos. — Quando o primeiro-ministro tombou de cara no chão, ela concluiu: — Era o meu.

BIANLIANG

Ouyang conduziu seu exército de volta a Bianliang sem pressa. Uma nuvem negra de fumaça se erguia sombria sobre a cidade, e seus portões jaziam abertos num convite perverso à entrada. Após o meio-dia, Ouyang estivera convencido de que o jovem monge havia falhado, o que não fora uma grande surpresa. Mesmo com sua própria contribuição, quais eram as chances de um plano como aquele dar certo? Ele só podia supor que seu sucesso fora obra da ação misteriosa do Céu para conceder a Zhu Chongba seu destino.

Um mensageiro os encontrou no meio do caminho.

— General! O General Zhang tem Bianliang sob controle, mas o rebelde Chen Youliang escapou por um dos portões ao norte e está fugindo com várias centenas de homens. O General Zhang pergunta se deve os perseguir.

De repente, Ouyang se sentiu farto de tudo. Era estranho que, após ter passado toda a vida adulta lutando contra os rebeldes, bastou um instante para que eles deixassem de ser importantes.

— Não há necessidade. Diga a ele que dê prioridade a vasculhar e proteger a cidade.

Mais tarde, quando ele passou pelos guardas de Zhang no portão central ao sul e entrou na cidade, os trabalhos de busca já haviam progredido bastante.

Ele encontrou o outro general inspecionando as tropas conforme os soldados cuidavam das pilhas de rebeldes agonizantes, matando-os onde estavam.

— Isso foi mais fácil do que o esperado — disse Zhang, saudando Ouyang com um sorriso. — Você sabia que eles abririam o portão oeste pelo lado de dentro?

— Tive uma pequena conversa com um dos comandantes rebeldes noite passada, embora não tivesse certeza de que funcionaria como planejado.

Zhang riu.

— Aquele monge de um braço que comanda as tropas externas? Como ele conseguiu influenciar o que acontecia aqui dentro?

Com uma expressão rabugenta, Ouyang disse:

— O Céu sorri para ele.

— Ah, bem, talvez ele tenha conquistado tal sorte por meio de orações e obras virtuosas. Se bem que... ele não pode ser um monge de verdade, pode?

— Ah, ele é. Destruí o monastério onde ele vivia.

— Há! E pensar que anos mais tarde vocês estariam trabalhando juntos. Nunca se sabe quando as pessoas nos serão úteis, não é? Precisarei dizer a Madame Zhang que fique de olho nele no futuro. Suponho que, se não estivéssemos aqui, ele poderia ter montado um ataque de flanco enquanto vocês enfrentavam as forças rebeldes de Bianliang. Nesse caso, talvez ele lhe tivesse dado um baita trabalho.

— Então devo-lhe um agradecimento especial por estar aqui. — Ouyang tentou abrir um sorriso, mas parecia morto em seu rosto. — E ainda preciso de você. — Ele tocou o cavalo, incitando-o a avançar. — Venha. Não deixemos o Príncipe esperando.

O governador designado pelo Yuan para administrar Bianliang fizera pouco uso do antigo palácio, que se situava atrás de sua própria muralha no centro da cidade. Obcecados pelo simbolismo de ocupar o trono histórico, os rebeldes acabaram ocupando nada além de ruínas. Não se pode recuperar o passado, pensou Ouyang, amargurado. Ele sabia disso melhor do que ninguém.

Laqueado em vermelho, o portão do palácio, durante séculos a única passagem dos imperadores, pendia das dobradiças feito um par de asas quebradas. Ouyang e Zhang o atravessaram sobre os cavalos e contemplaram a terra enegrecida dos jardins outrora magníficos. A ampla avenida imperial estendia-se diante deles. Ao seu fim, flutuando sobre escadarias de mármore, erguia-se o pavilhão do Imperador. Mesmo um século após a partida de seu último habitante, a fachada leitosa tinha um brilho; a curva de seu teto reluzia feito jade escura. Sobre aqueles cintilantes degraus brancos, reduzido pela escala, estava o Príncipe de Henan. O rosto de Esen estava corado de triunfo. O vento cálido da primavera bagunçava-lhe o cabelo afrouxado para o lado como uma flâmula. Espalhados diante dele naquele vasto pátio para desfiles estavam as tropas reunidas de Henan, com os homens de Zhang logo atrás. Juntos, eles formavam uma enorme massa murmurante, vitoriosa no coração daquela antiga cidade.

Assim que avistou Ouyang, Esen bradou:

— General!

Ouyang apeou e subiu os degraus. Quando ele chegou ao topo, Esen o abraçou calorosamente e o fez virar para que contemplassem juntos a massa de soldados lá embaixo.

— Meu general, veja o que você me deu. Esta cidade, ela é nossa!

A alegria de Esen parecia transbordar os limites do corpo e invadir o de Ouyang, que se viu capturado por ela, vibrando passivamente. Naquele momento, a beleza de Esen era de tirar o fôlego: tanto que Ouyang sentiu uma dor pungente de incompreensão. Que alguém assim tão perfeito, tão vivo e tão cheio do prazer do momento, pudesse *existir*. Doía como o luto.

— Venha — disse Esen, puxando-o em direção ao salão. — Vamos ver pelo que eles estavam tão ávidos para morrer.

Juntos, eles atravessaram o umbral e adentraram a escuridão cavernosa do Salão de Grande Cerimônia. Uma sombra vagava atrás deles: Shao. Defronte para a entrada principal, outro conjunto de portas dava para um luminoso céu branco. Sobre uma breve escadaria nos fundos do salão, envolto em sombras, estava o trono.

Intrigado, Esen disse:

— É só isso?

Aquele trono de imperadores, o símbolo que os Turbantes Vermelhos haviam cobiçado tão desesperadamente, não passava de uma cadeira de madeira manchada com folhas de ouro feito o pelo de um cachorro sarnento. Observando Esen com uma dor no coração, Ouyang se deu conta de que Esen nunca havia sido capaz de entender os valores que faziam dos mundos de outras pessoas diferentes do próprio. Ele olhava, mas não enxergava.

A luz à porta diminuiu quando o Senhor Wang entrou. Sua armadura ricamente ornamentada estava tão imaculada quanto como se ele tivesse passado o dia em seu gabinete, embora seu rosto esguio sob o capacete estivesse ainda mais exausto do que de costume.

Como se ouvisse os pensamentos de Ouyang, ele disse para o irmão, mordaz:

— Você revela sua ignorância em menos de uma frase. Não consegue mesmo compreender o lugar que esta cidade ocupa na imaginação deles? Ao menos tente! Tente imaginá-la em seu auge. Capital de um império; capital de uma civilização. Uma cidade com um milhão de pessoas, a mais poderosa sob o Céu. Daliang, Bian, Dongjing, Bianjing, Bianliang: fosse qual fosse o seu nome, uma cidade que era uma maravilha de toda a arte, tecnologia e comércio do mundo, dentro destes muros que resistiram a milênios.

— Pois não resistiram a nós — disse Esen.

Através das portas dos fundos, bem distantes e bem abaixo, Ouyang pensou ter visto a borda norte da muralha externa destruída. Estava tão distante que era quase uma coisa só com a linha onde as águas prateadas do rio se mesclavam ao céu da mesma cor. Ele não conseguia imaginar uma cidade tão grande que poderia preencher aquele espaço, a extensão vazia envolta por aqueles muros destruídos.

O Senhor Wang curvou os lábios.

— Sim — disse ele. — Os jurchen vieram, e depois nós, e as duas partes tomaram parte na destruição de tudo.

— Então eles não deviam ter nada que valesse proteger.

Esen virou as costas para o irmão, cruzou as portas dos fundos e desapareceu escadaria abaixo.

O Senhor Wang tinha uma expressão imóvel e amarga. Ele parecia perdido em pensamentos. Os pensamentos do nobre podiam ser opacos para Ouyang, mas suas emoções nunca eram. Talvez essa fosse a única coisa que tinha em comum com o irmão. Porém, enquanto Esen nunca via sentido em esconder o que sentia, era como se Wang Baoxiang sentisse tão intensamente que, apesar dos melhores esforços para ocultá-las, suas emoções sempre penetravam a superfície.

De repente, o Senhor Wang ergueu a cabeça. Não para Ouyang, mas atrás dele, onde Shao havia se acomodado no trono.

Shao encontrou os olhos de ambos com frieza, a adaga nua em mãos. Enquanto eles assistiam, ele raspou as folhas de ouro do trono e as guardou num tecido. Embora o movimento fosse casual, ele não tirou os olhos dos dois.

Uma centelha de desprezo atravessou o rosto do Senhor Wang. Depois de um momento, ele se virou sem mais palavras, e caminhou até a escadaria dos fundos, na direção que o irmão havia ido.

Assim que ele saiu de vista, Ouyang disparou, irritado:

— Saia daí.

— Não quer saber qual é a sensação de se sentar aqui em cima?

— Não.

— Ah, esqueci. — Shao falava num tom tão seco que beirava a grosseria. Naquele momento, era como se sua verdadeira voz emergisse. — Nosso general puro, livre dos vis anseios por poder e riqueza. Que não possui nenhum dos desejos de um homem, com exceção de um.

Eles se encararam friamente até Shao guardar o tecido, se levantar sem presa e sair pelas grandes portas da entrada em direção ao pátio que levava ao desfile. Depois de um longo momento, Ouyang o seguiu.

Esen estava na ponta quebrada de um passadiço de mármore, contemplando o horizonte. Ele presumia que lá houvera um pavilhão outrora, suspenso sobre o lago. Agora não havia mais lago algum. Nem sequer havia água. Diante dele, o chão queimava num vermelho tão puro quanto uma lanterna de festival. Um tapete de vegetação estranha se estendia até onde a vista alcançava. Os muros do palácio estavam em algum lugar por ali, escondidos por uma névoa insistente, mas, em vez de reparos de pedra, Esen tinha apenas a impressão de algo muito brilhante e muito distante: a planície inundada cintilante, ou talvez o céu.

— É uma espécie de arbusto que normalmente cresce perto do mar.

Baoxiang apareceu ao lado dele. Pela primeira vez em um longo tempo, Esen não sentiu fúria ao vê-lo. Era como se estivessem flutuando num lugar estranho, a animosidade carregada para longe nas ondas da memória. Baoxiang seguiu o olhar de Esen até o horizonte.

— Esses eram os jardins imperiais durante o reinado do Song do Norte. Os mais belos jardins da história. As princesas e as consortes imperiais viviam aqui em pavilhões de jade, rodeadas pela perfeição. Lagos com pontes coloridas; árvores com floradas tão densas quanto a neve na primavera e tão douradas quanto os robes do Imperador no outono. Os jurchen depuseram Song, mas ao menos sua dinastia Jin reconheceu a beleza e a preservou. Então o primeiro cã de nosso Grande Yuan enviou seu General Subotai para conquistar Jin. Subotai não via utilidade em jardins, então esvaziou o lago e cortou as árvores com a ideia de transformar a área em pasto. Mas nenhuma grama cresceu. Dizem que as lágrimas das princesas de Jin salgaram o solo, de modo que a única coisa que se pode cultivar aqui é esta planta vermelha.

Eles ficaram ali em silêncio por um momento. Então Esen ouviu os gritos.

Ele já tinha a espada na mão quando Baoxiang disse:

— É tarde demais.

Esen congelou. Um terror frio esmagou-lhe o peito.

— *O que você fez?*

Baoxiang lançou a ele um sorriso distorcido e ácido que por alguma razão parecia conter mágoa. Delineados ali contra a paisagem vermelho--sangue, os detalhes prateados de seu capacete e de sua armadura estavam manchados de carmesim.

— Os homens leais a você estão mortos.

A fúria de Esen retornou. Ele avançou e empurrou Baoxiang contra o beiral de mármore. As costas de Baoxiang o encontraram com um estalo quando

Esen pressionou o antebraço na garganta do irmão; o capacete prateado caiu pela lateral.

Baoxiang tossia, o rosto cada vez mais vermelho, mas manteve a compostura.

— Ah, você acha...? Não, irmão. Não fui *eu* quem o traiu.

Esen se desvencilhou, perplexo, e notou um movimento dentro das portas do grande salão. Uma figura descia os degraus, com a armadura coberta de sangue, a espada em mãos.

— Não — disse Ouyang. — Fui eu.

Ouyang desceu os degraus com Shao, Zhang e os outros comandantes nanren atrás de si. Ele deixou que cercassem e separassem Esen e o Senhor Wang. Esen encarava Ouyang em silêncio atordoado, a espada de Shao em sua garganta. Seu peito subia e descia rapidamente. Ouyang sentia aquele movimento como o martelar de uma lança de ferro no próprio peito: uma agonia em seu âmago. Quando ele finalmente desviou os olhos para longe de Esen, foi como se tivesse arrancado um pedaço do próprio corpo.

Zhang segurava o Senhor Wang. O nobre, sereno apesar das bochechas coradas pela ação, encontrou os olhos de Ouyang com um olhar cortante e cauteloso. Uma gota de sangue surgiu em seu pescoço acima da lâmina de Zhang. O escarlate contra a pele pálida chamou a atenção de Ouyang: ele viu o tremor do pulso no ponto azulado da garganta, a orelha descoberta com o brinco pendente...

O Senhor Wang abriu um sorriso mordaz.

O brinco filigranado de Zhao Man, refletindo a luz branca, na orelha do Senhor Wang. O Comandante Zhao, que havia sido descoberto por outra pessoa na noite em que entrou no *ger* do Príncipe de Henan para trai-lo.

Quebrando o silêncio terrível, Ouyang disse:

— *Você sabia.*

— É claro que sabia. — Apesar da posição desconfortável, o Senhor Wang conseguiu esboçar um desdém afiado como diamante. — Você não me ouviu quando eu lhe disse que iguais se reconhecem? Você se escondeu atrás dessa bela máscara, mas *eu o vi*. Eu sabia o que estava em seu coração muito antes de ter visto o seu... — Ele engoliu uma palavra, depois continuou: — Foi mesmo tolo o bastante para acreditar que seu sucesso advinha de boa sorte e de suas próprias habilidades? Sequer consegue controlar os próprios homens. O Comandante Zhao correu até meu irmão para denunciar sua traição, e só não obteve sucesso porque eu estava lá para impedi-lo. E, quando você envenenou seus próprios comandantes, sem dúvidas porque eles haviam perdido a confiança em você, aquele médico teria dito a verdade se eu não tivesse interferido. — Um espasmo de desprezo atravessou seu rosto. — Não, general: não foi sorte. Qualquer sucesso seu se deve a *mim*.

Ao lado dele, Esen emitiu um som pavoroso e engasgado.

As bochechas do Senhor Wang perderam a cor. Porém, ele disse sem hesitar:

— Não sou filho de Chaghan. Você não tem qualquer dívida de sangue para comigo.

Ouyang apertou o cabo da espada.

— Talvez eu o deseje morto mesmo assim.

— Pelo pecado de compreendê-lo? Mesmo que não tenha sido *ele* — disse o Senhor Wang —, era de se esperar que você seria grato à única pessoa no mundo inteiro a fazer isso.

Uma agonia percorreu o corpo de Ouyang. Ele desviou os olhos primeiro, odiando a si mesmo. Ríspido, ele disse:

— Vá.

O Senhor Wang se desvencilhou de Zhang e se virou para Esen. Uma emoção crua apareceu naqueles traços estranhos que eram uma mistura dos mongóis e dos nanren. E talvez o Senhor Wang tivesse dito uma verdade quando se declarou semelhante a Ouyang, porque naquele momento Ouyang entendeu tal emoção perfeitamente. Era o ódio perverso e intenso a si mesmo de uma pessoa determinada a percorrer o trajeto que havia escolhido, mesmo sabendo que seu fim não reservava nada além de horror e destruição.

O maxilar de Esen estava tenso e os tendões saltavam em seu pescoço, mas ele não se moveu quando o irmão se aproximou. A emoção que Ouyang vira já havia desaparecido. Com o tom de alguém que saciava o desprezo ávido de uma plateia, Wang Baoxiang disse:

— Ah, Esen. Quantas vezes você imaginou minha traição. O quanto estava disposto a pensar o pior de mim. Por que não está mais feliz? Estou apenas sendo quem você sempre pensou que eu fosse. Estou lhe dando o fim no qual você acreditava. — Ele se deteve por um momento, então recuou. — Adeus, irmão.

— Soltem o Príncipe — ordenou Ouyang assim que o Senhor Wang partiu. Ele fitou aquele lago vermelho e seco, e o mistério prateado e cintilante no horizonte, e sentiu que uma maré vazante carregava seu corpo para longe da dor. Sem se virar, ele disse, distante: — Mais homens permaneceram leais a você do que eu esperava.

Houve um longo silêncio. Após um instante, Esen disse, a voz falhando:

— Por que está fazendo isso?

Involuntariamente, como se o tom estranho na voz de Esen tivesse lhe arrancado uma resposta, Ouyang olhou para ele. E, no instante em que viu a profundidade da dor e da decepção em alguém que amava, ele soube que jamais sobreviveria àquilo. A dor retornou, e era tão grande que ele sentiu suas chamas incandescentes o consumirem. Quando ele tentou falar, nada saiu da boca.

— Por quê? — Esen deu um passo à frente, ignorando como Shao e Zhang ficaram tensos um de cada lado, e de repente urrou com uma veemência que fez Ouyang estremecer: — *Por quê?*

Ouyang forçou a voz a sair e ouviu-a falhar. Então começou a falar e não conseguia parar; era aquele mesmo impulso terrível que incitava tudo o que ele havia posto em movimento e não poderia ter impedido nem mesmo se tivesse sido de sua vontade.

— Por quê? Quer que eu lhe diga por quê? Passei quase vinte anos ao seu lado, Esen, e durante todo esse tempo você achou que eu havia esquecido como seu pai dizimou minha família, e como seus homens me castraram como um animal e fizeram de mim seu escravo? Você acha que por um momento eu *esqueci*? Você achava que eu sequer era homem o bastante para me importar? Pensa que sou um covarde que desonraria minha família e meus ancestrais em nome de permanecer vivo *desse jeito*? Posso ter perdido tudo o que é importante para um homem, posso viver humilhado. *Mas ainda sou um filho.* Cumprirei meu dever filial; vingarei meus irmãos, meus tios e meus primos que morreram nas mãos de sua família; vingarei a morte de meu pai. Você me olha agora e vê um traidor. Você me despreza como o mais baixo dos seres humanos. *Mas eu escolhi o único caminho que me restou.*

O rosto de Esen estava carregado de dor, aberto como uma ferida.

— Foi você. Você matou meu pai. Você deixou que eu pensasse que havia sido Baoxiang.

— Eu fiz o que precisava fazer.

— E agora você vai me matar. Eu não tenho filhos; a linhagem de meu pai será extinta. Você terá sua vingança.

A voz trêmula de Ouyang parecia a de outra pessoa.

— Nossos destinos foram selados há muito tempo. Desde o momento em que seu pai matou minha família. Os momentos e os meios de nossas mortes sempre estiveram determinados, e este é o seu.

— Por que agora? — A dor no rosto de Esen era a síntese de todas as memórias de ambos; era o palimpsesto de todas as intimidades que já haviam compartilhado. — Quando podia ter feito isso em qualquer outro momento?

— Preciso de um exército que me leve a Cambalique.

Esen ficou em silêncio. Quando finalmente falou, sua voz estava carregada de pesar.

— Você vai morrer.

— Sim. — Ouyang tentou rir. O riso ficou preso em sua garganta como um ouriço-do-mar salgado. — Esta é a sua morte. Aquela será a minha. Estamos atados, Esen. — A salinidade o sufocava. — Sempre estivemos.

Esen estava desmoronando; ele jorrava tristeza, agonia e raiva, como a radiação invisível do Sol.

— E vai me matar de rosto impassível com nada além de dever no coração? Eu o amava! Você era mais próximo de mim do que meu próprio irmão. Eu teria lhe dado qualquer coisa! Será que não sou mais importante para você do que aqueles milhares que vi você matar em meu nome?

Ouyang urrou. Parecia o som do pesar de um estranho.

— Então lute contra mim, Esen. Lute contra mim uma última vez.

Esen fitou sua espada no ponto para onde Shao a havia arremessado.

Ouyang bradou com hostilidade:

— Dê-lhe a espada.

Pegando-a do chão, Shao hesitou.

— Vamos!

Esen tomou a espada de Shao. Seu rosto, voltado para baixo, estava escondido atrás das mechas do cabelo desarrumado.

Ouyang disse:

— Lute!

Esen ergueu a cabeça e encarou Ouyang com firmeza. Seus olhos sempre haviam sido belos; o formato suave equilibrava os ângulos masculinos de seu maxilar. Durante todo o longo relacionamento de ambos, Ouyang nunca vira Esen demonstrar medo. Tampouco temia agora. Fios de cabelo estavam grudados ao suor em seu rosto, feito algas marinhas envoltas num homem afogado. Lenta e deliberadamente, Esen ergueu o braço e deixou a espada cair.

— Não.

Sem interromper o contato visual, ele desfez o nó que prendia sua couraça. Em seguida, ele a retirou, passando-a por cima da cabeça, e a arremessou sem olhar para ver onde a armadura caiu, e caminhou até Ouyang.

Ouyang encontrou-o na metade do caminho. A espada, atravessando diretamente o peito de Esen, mantinha-os juntos. Quando Esen cambaleou, Ouyang passou o braço livre ao redor dele para mantê-lo de pé. Ficaram ali, peito a peito, naquela paródia cruel de um abraço, enquanto Esen arfava. Quando seus joelhos cederam, Ouyang afundou com ele, embalando-o, tirando-lhe os cabelos do sangue que saía de seu nariz e de sua boca.

Ouyang passara a vida acreditando que estava sofrendo, mas naquele instante ele soube a verdade: todos os momentos passados haviam sido a chama de uma vela em comparação àquela explosão de dor. Era um sofrimento que ardia sem sombras, a coisa mais pura sob o Céu. Ele não era mais um ser pensante capaz de maldizer o universo ou imaginar como as coisas poderiam ter sido diferentes, mas um único ponto de agonia cega que perduraria eternamente. Ele havia feito o que precisava fazer, e ao fazê-lo destruíra o mundo.

Ele pressionou a testa contra a de Esen e chorou. Debaixo deles, o sangue se acumulou, depois escorreu pela ponte de mármore e atingiu a terra vermelha.

Ouyang encarava seu exército do alto dos degraus do palácio. Os corpos haviam sido removidos, mas a pedra branca do pátio para desfiles ainda estava coberta de sangue. Aquela superfície não podia ser camuflada pela terra: o líquido se espalhava em grandes manchas e faixas, pintando as botas dos homens. Lá em cima, o céu branco nublado tinha a mesma cor da pedra. Ouyang estava encharcado de sangue. O líquido pesava-lhe as mangas, revestia-lhe as mãos. Sentia-se exangue, tão frio e rígido por dentro quanto gelo.

Para a multidão silenciosa de rostos nanren taciturnos, ele disse:

— Nós fomos subjugados, escravizados em nosso próprio país, forçados a observar mestres bárbaros levarem nossa grande civilização à ruína. Mas agora lutamos por *nossa* própria causa. Que nossas vidas sejam a moeda com a qual a honra de nosso povo será vingada!

Era o que eles queriam ouvir; era a única coisa capaz de motivá-los a seguir alguém como ele. Enquanto falava com eles em han'er, ele percebeu que talvez jamais voltasse a falar a língua mongol. Mas seu idioma nativo não lhe trazia conforto algum. Era como uma fria luva de couro que havia sido retirada de um cadáver. Seu eu mongol estava morto, mas não havia nenhum outro para tomar seu lugar, apenas um fantasma faminto que continha o propósito único da vingança, e a inevitabilidade da própria morte.

Ele disse:

— Marcharemos a Dadu para matar o Imperador.

ANFENG
TERCEIRO MÊS

A notícia sobre Bianliang chegou a Ma em uma carta de Zhu, porém escrita pela mão de Xu Da. A carta falava sobre a derrota de Chen ("lamentavelmente subjugado pela combinação superior das forças do General Ouyang do Yuan e do comerciante Zhang Shicheng") e a morte do primeiro-ministro Liu ("um infeliz acidente durante a fuga"). Antes de sua morte, Liu havia recebido as bênçãos do Buda por ter salvado o Príncipe Radiante, que ele havia entregado à proteção de Zhu. Zhu confiava que sua honrada e leal esposa, Ma Xiuying, seria capaz de preparar uma recepção adequada ao Príncipe Radiante em seu retorno iminente a Anfeng.

Era a primeira vez que Ma recebia uma carta de Zhu. Seu alívio pelo triunfo de Zhu era tingido por uma tristeza peculiar. A linguagem formal das cartas não capturava nada da voz de Zhu; era como se tivesse sido escrita por um estranho. Um homem qualquer fornecendo instruções a sua devotada esposa. Apagada pelas frases literárias estava não só a verdade do que havia acontecido em Bianliang, mas algo da verdade da própria Zhu. Antes, Ma nunca havia se importado que o público enxergasse Zhu como um homem normal. Que outra forma poderia haver? Mas Zhu havia prometido ser diferente com Ma, e a perda daquela diferença na correspondência particular doeu mais do que Ma poderia ter imaginado. Era como uma traição.

Ma fez os preparativos. Devotadamente. Mas não sentiu nenhuma necessidade de estar entre as multidões vindas de todo o interior até o centro de Anfeng para ver o retorno do Príncipe Radiante. Ela aguardou à janela do andar superior da mansão do primeiro-ministro — agora, de Zhu — e contemplou aquele campo que havia testemunhado tanta carnificina. O Sol já se punha quando o palanquim do Príncipe Radiante entrou na cidade, flanqueado por Zhu e Xu Da. Nenhum dos dois parecia diferente. Zhu ainda usava a armadura de costume sobre o manto de monge. Ma sabia exatamente o que estava por trás daquela aparência modesta: Zhu estava tomando todo o cuidado para não parecer uma usurpadora. Ao aceitar o poder que lhe fora concedido pelo Príncipe Radiante com graça e humildade, Zhu conseguiria consolidar nas pessoas comuns a impressão de que ela era a líder legítima não só dos Turbantes Vermelhos, mas de todo o movimento nanren contra os mongóis.

O Príncipe Radiante subiu ao palco e tomou seu lugar no trono. Ma viu Zhu se ajoelhar para receber a bendição daquela pequena mão estendida. A luz vermelha de seu Mandato fluiu das pontas dos dedos da criança para Zhu, consumindo sua figura ajoelhada numa coroa de fogo escuro. Ma estremeceu. Por um momento terrível, ela pensou que talvez não fosse a liderança que o Príncipe Radiante concedia, mas uma sentença de morte. Em sua mente, ela viu o primeiro-ministro envolto naquele mesmo fogo. Como Zhu, ele havia desejado e sido ambicioso — e, apesar de seus melhores esforços, ele ainda não havia sido capaz de manter o controle daquele poder sobrenatural que era a base de sua liderança. Como Zhu poderia evitar o mesmo destino?

As fogueiras e os tambores rugiram a noite toda. Era a voz do fim do mundo — ou talvez a nova era, já instaurada.

Uma batida à porta despertou Ma de um sono inquieto. Os tambores ainda tocavam. Um brilho rosado, mais brilhante que o Mandato, jorrava pela janela aberta: a luz das fogueiras refletida nas nuvens baixas.

Xu Da estava parado no corredor com o Príncipe Radiante a seu lado. Xu Da inclinou a cabeça para Ma e disse com uma formalidade estranha:

— O Comandante Zhu requisita sua assistência.

Atrás dele, Ma viu outras figuras envoltas pela escuridão. Guardas. Zhu nunca havia empregado guardas antes, acreditando que ela não era de grande interesse a ninguém. Mas a posse do Príncipe Radiante mudava tudo. Ela viu que os olhos de Xu Da eram cálidos, mesmo enquanto ele mantinha a compostura esperada:

— Garantirei que esteja segura, então, por favor, descanse. O comandante virá quando puder.

O Príncipe Radiante entrou. Xu Da fechou a porta, e Ma ouviu o rapaz dando instruções do lado de fora. Um ruído de botas em movimento como resposta. Eles guardavam um patrimônio, não uma pessoa. Pela primeira vez, Ma viu o Príncipe Radiante de perto. Debilmente iluminado pela janela, seu rosto arredondado tinha a qualidade sublime de um bodisatva: sereno e não exatamente presente. Ma sentiu a pele arrepiar. Era o olhar de alguém que se lembrava de cada uma de suas vidas passadas: dez mil anos ou mais de história ininterrupta. Como alguém era capaz de tolerar toda aquela dor e sofrimento? Mesmo na vida atual, ele decerto já havia visto demais sob a guarda do primeiro-ministro.

Ma procurou pelos pegadores e pelo pote de carvão para acender o lampião. Quando ela pegou um carvão, o Príncipe Radiante olhou pela janela e comentou:

— Tantos fantasmas esta noite.

Ma deu um pulo, derrubando o carvão. Ouvi-lo falar era extremamente perturbador, como se ela fosse tocada por uma estátua diante da qual fazia suas preces.

— O quê?

— Eles vieram assistir à cerimônia.

Um dedo frio de pavor percorreu a espinha de Ma. Ela imaginou o espaço entre o palco e a multidão repleto de fantasmas: seus olhos famintos fixos em Zhu enquanto ela brilhava.

O olhar sublime do Príncipe Radiante voltou a repousar nela. Como se soubesse a pergunta na língua de Ma, ele disse:

— Aqueles que possuem o Mandato do Céu são mais sensíveis aos fios que conectam todas as coisas e compõem o padrão do universo. — Palavras adultas saídas da boca de uma criança. — Os mortos que aguardam pelo renascimento não são menos parte desse padrão do que os vivos. Para nós, o mundo espiritual é tão visível quanto o mundo humano.

Nós. Ele devia estar falando de si mesmo e do Imperador — mas, com choque, Ma se lembrou de algo que ela havia considerado um sonho. A voz de Zhu, fraturada e distorcida pela lente da febre: *posso vê-los se aproximando*.

Ela não conseguia lidar com a implicação; era grande demais. Era como encarar o Sol. Em vez de refletir sobre aquilo, ela manuseou os pegadores, desajeitada, e conseguiu acender o lampião. O aroma do óleo aquecido misturava-se à queima e ao enxofre dos fogos de artifício do lado de fora. A criança observou-a tampar a panela de carvão e guardá-la sob a mesa. Da mesma forma como havia falado das coisas que estavam além da compreensão normal, ele disse:

— Liu Futong não estava destinado a governar.

Ma congelou. Se o que o menino dizia era verdade, e ele podia enxergar o padrão do mundo, será que ele podia ler seus destinos com a mesma facilidade com que se lê um livro? Inquieta, ela disse:

— Então quem está? É Zhu Chongba? — Uma onda de mau agouro a fez mudar de ideia. — Não responda. Não quero saber.

O Príncipe Radiante a examinou.

— Mesmo o mais brilhante dos futuros, se desejado, terá o sofrimento como seu cerne.

A chama recém-acesa do lampião de Ma murchou e ficou azul, afogando-se na poça do próprio óleo. O pavio apenas era curto demais — porém, enquanto ela encarava o fio de fumaça subindo na escuridão, todos os pelos de seus braços se arrepiaram. Ela viu os rostos de todos os que havia amado e perdido. Quanto mais ela podia sofrer?

Como não parecia haver nenhuma outra coisa a fazer, ela pôs a criança na cama e se deitou ao lado dela. Quando pensou que o menino havia adormecido, Ma olhou-o de soslaio. Ela ficou surpresa ao ver que sua serenidade havia se transformado na doçura perfeitamente ordinária de uma criança adormecida.

Ma olhou para suas bochechas redondas e seus pequenos lábios abertos, e sentiu uma onda inesperada de ternura. Ela havia esquecido que, embora fosse um bodisatva, o menino ainda era humano.

Ela pensou não ter dormido, mas então alguém se debruçou sobre ela na escuridão.

— Chega um pouco para lá — disse Zhu. Sua voz familiar deslizou sobre Ma, tão aconchegante quanto um cobertor. — Não há espaço para mim? Vocês dois estão ocupando todo o espaço.

Ma acordou com a luz do dia transbordando pelo papel da janela. O Príncipe Radiante, em aparência uma criança comum, ainda dormia em seu lado da cama. No outro lado de Ma, Zhu babava com a cabeça sobre o braço. Em algum momento durante o trajeto de volta de Bianliang, Zhu havia parado de raspar a cabeça. Os densos fios novos faziam-na parecer surpreendentemente jovem. Suas pontas roçavam macias nos dedos de Ma. Ela os afagou outra vez, sentindo-se acalentada. No espaço entre aqueles dois corpos confiáveis, os confins do mundo pareciam cálidos e arredondados.

— Hmm — murmurou Zhu. — Acho que ninguém nunca fez isso comigo. — Ela despertou e esfregou a cabeça nos dedos de Ma. — É bom. Quando meu cabelo estiver maior, você terá que fazer meu coque. — A parte amputada do braço direito, envolta em ataduras novas, jazia sobre a coberta.

— Estava com saudades? — provocou Ma. Aquilo era incomum; Zhu sempre parecia tão contida quanto um geode. — Quer dizer que você não arranjou nenhuma concubina no caminho para o satisfazer?

— Eu dividi uma tenda...

Zhu se deitou de costas e se alongou.

— Com Xu Da — disse Ma. — O mais notório mulherengo desta metade da província. Ele provavelmente teria ajudado e incentivado. Arranjado uma moça que vocês poderiam dividir.

Depois de um instante encarando ardentemente a curva dos seios cobertos de Zhu, ela os acariciou com uma tênue sensação de culpa. Embora Zhu alegasse não se importar em ser tocada, Ma sempre achara que ela fazia um

ELA SE TORNOU O SOL 395

esforço consciente para não enrijecer. Porém, naquele instante, para a surpresa de Ma, Zhu aceitou a carícia com toda impressão de relaxamento. Confortável no próprio corpo, pela primeira vez desde que haviam se conhecido. Algo havia mudado.

— Por mais que todos morram de inveja de eu já ter visto Xu Da nu — disse Zhu, achando graça —, terei o maior prazer em passar o resto da vida sem que isso aconteça outra vez. Mesmo que não fosse o caso, eu não faria nada; você ficaria chateada.

— Você pode fazer o que quiser.

Zhu abriu um sorriso malicioso.

— Não se preocupe, Yingzi. Perguntarei primeiro antes de arranjar uma concubina.

— Ah, então isso *está* nos seus planos?

— Talvez você goste. Uma outra pessoa com quem dormir. Novidade.

— Não quero dormir com a sua concubina — retrucou Ma, recusando-se a refletir sobre o motivo de achar a ideia tão repulsiva.

— Ah, é verdade: ela provavelmente preferiria homens. Suponho que ela poderia ter um amante. — Zhu virou a cabeça e sorriu para Ma. — Sabe, Yingzi, o casamento não estava nos meus planos. Você foi um acidente. Mas, no fim das contas, fico feliz que tenha acontecido.

Zhu estendeu o braço e elas deram as mãos, esquerda e esquerda, num gesto casto por causa da criança.

Depois de um tempo, Zhu soltou a mão de Ma e disse:

— Só para você saber, não ficarei por aqui por muito tempo. Quero reconquistar Jiankang.

Não se passara sequer metade de um dia. Ma havia se permitido retomar a ilusão confortável da intimidade cedo demais. Agora estava arrependida.

— Não vai ficar por um tempo?

— Esta é minha oportunidade. — Zhu parecia genuinamente tristonha. — Tenho a liderança incontestada dos Turbantes Vermelhos, e o apoio popular graças à benção do Príncipe Radiante. Tenho Anfeng. Jiankang precisa ser a próxima. O Pequeno Guo não estava errado: precisamos da cidade se quisermos controlar o sul. E, se não a tomarmos, Madame Zhang o fará. — Zhu fez uma careta. — Será que devo chamá-la de Rainha do Sal agora? Que título estranho. Rainha do Sal. Acho que terei de me acostumar a ele. Rainha do Sal.

— Pare de falar "Rainha do Sal"! — disse Ma, exasperada. — Como assim Rainha do Sal?

Zhu riu.

— Agora é você quem está falando. Então você não soube. A família Zhang, Madame Zhang em outras palavras, apoiou a trama do General Ouyang contra o Príncipe de Henan. Ela queria dar um golpe debilitante no Yuan antes de se desvincular dele. — Zhu abriu os braços num gesto melodramático, o que fez o braço direito mutilado parecer uma asa de frango cozida ao vapor. — Um golpe *daqueles*. Henan está completamente destruída como potência militar. Agora a família Zhang clama soberania sobre todo o litoral leste, e Zhang Balde de Arroz está se denominando o fundador do Reino do Sal.

— Então o Yuan...

— Perdeu acesso ao sal, aos grãos, à seda e a tudo o mais que é transportado pelo Grande Canal, da noite para o dia. Eles ficarão *furiosos* — explicou Zhu, animada. — Eles terão de enviar o exército central de Dadu para subjugá-la. Ela vai dar um trabalhão para eles.

— E o general eunuco?

— Está enfurnado em Bianliang, mas sabe-se lá por quanto tempo, considerando o tamanho de seu rancor pelo Yuan. Aparentemente, ele nunca engoliu as circunstâncias em que perdeu o... bem, você sabe. — Uma empatia inesperada atravessou o rosto de Zhu. — Eu não diria que ele é *uma companhia divertida*, mas ele me ajudou. Sou grato a ele.

Ma a acertou.

— *Ele decepou sua mão.*

Zhu sorriu com a indignação dela.

— Por que eu lhe guardaria rancor, se no final nós dois conseguimos o que queríamos? Mesmo que isso signifique que você vai precisar prender meu cabelo e atar minhas roupas e lavar meu cotovelo esquerdo pelo resto de nossas vidas.

— É só para isso que serve sua mão dada pelos ancestrais? Se você queria negociá-la — censurou Ma, ácida —, ele deveria ter ao menos matado Chen Youliang como parte da barganha.

— Bem, não se pode ter tudo — filosofou Zhu.

As notícias sobre Chen Youliang haviam chegado a ambos. Ele acabara em Wuchang, a montante do Yangzi, com uns poucos homens remanescentes do fiasco em Bianliang e um ódio recém-descoberto por monges e eunucos. Sem o nome dos Turbantes Vermelhos ou o apoio popular, ele mal passava de um líder de bandidos. Mas todos sabiam que subestimar Chen era um risco.

Do outro lado da cama, o Príncipe Radiante sorriu em seu sono. Quase que involuntariamente, Ma estendeu o braço e tocou-lhe a bochecha macia e quente. Um bom tempo havia se passado desde a última vez em que dormira na mesma cama que uma criança; ela se surpreendeu com o poder da saudade que sentia de abraçar um pequeno corpo.

Zhu disse:

— Já se afeiçoou a ele? Mas precisarei levá-lo comigo para Jiankang.

Ma puxou a criança para si, deleitando-se com a sensação macia de sua pele contra a própria.

— Depois disso, deixe que eu cuido dele.

— Ainda bem que um de nós é maternal — disse Zhu, abrindo um sorriso sarcástico.

— Jiankang! — exclamou Xu Da. Montados em seus cavalos, ele e Zhu contemplavam a cidade na margem oposta do Yangzi. A colina que haviam subido fazia parte de uma plantação de chá, com macieiras dispersas aqui e ali entre as fileiras. O aroma dos arbustos não era exatamente o do chá, mas o de um primo distante: desconhecido, mas de alguma forma evocativo.

— *"O lugar onde o dragão se enrola e o tigre se agacha"* — disse Zhu, recordando lições de história de um tempo distante. — O trono de reis e de imperadores...

Do outro lado de Jiankang, colinas de topo amarelo e descoberto rompiam a névoa vespertina feito ilhas. As vastas terras de Madame Zhang ao leste. Lá, invisíveis à distância, estavam seus campos férteis; os canais, os rios e os lagos. Montanhas cintilantes de sal, embarcações com suas velas em sarrafo feito lanternas abertas, e então enfim o mar em si. Como nunca havia visto o mar, Zhu pensava nele como um rio de largura interminável: águas douradas que se estendiam até o horizonte, com tempestades e lanças de raios de sol correndo sobre a superfície. Ao norte estavam Goryeo e o Japão; ao sul, os piratas e Cham e Java. E essa era apenas a ponta do mundo — uma fração das misteriosas, porém talvez algum dia conhecíveis, terras que preenchiam o espaço entre os quatro oceanos.

Xu Da disse:

— Não será o fim, será? Quando conquistarmos Jiankang.

— Você quer parar?

Pétalas de maçã dançavam no ar ao redor deles. No rio abaixo, velas progrediam tão plácidas quanto folhas flutuantes. Ele respondeu:

— Não. Eu o seguirei até onde desejar ir.

Zhu contemplou Jiankang. Ela recordou o dia em que conversara com o abade naquele terraço elevado, encarando o mundo além do monastério com fascínio e medo. O que ela havia visto parecera tão vasto que era estranho pensar que se tratava apenas da planície de Huai. Mesmo a pessoa que a observara era diferente: não a pessoa que ela era agora, mas alguém que vivia à sombra daquele fantasma faminto, Zhu Chongba. Ao olhar para trás, ela se viu como um pintinho dentro de um ovo ainda não chocado.

Em algum lugar lá longe, bandeiras tremulavam. Era como a voz do próprio Céu.

— Irmão mais velho, este é só o começo.

Dentro de si, Zhu sentia uma noção gloriosa e crescente do futuro e de todas as suas possibilidades. Uma crença em seu destino que brilhava com cada vez mais força até todas as fendas mais escuras de si serem rompidas pela luz; até não restar mais nada dentro dela além daquele brilho que era puro desejo.

Ela não queria apenas a grandeza. Ela queria o mundo.

O ar que inspirou era como alegria. Sorrindo de entusiasmo, ela disse:

— Eu serei o Imperador.

A noite caiu enquanto as tropas de Zhu ainda desciam o trajeto íngreme até o rio Yangzi. Zhu havia cavalgado na frente e, agora, quando olhava para trás, via a seção escura da colina pontilhada pelas luzes oscilantes das lanternas. Talvez fosse assim que o Céu enxergava suas vidas: pequeninos pontos de luz, piscando constantemente no interminável fluxo escuro do universo.

— Venha, irmãozinho — disse ela ao Príncipe Radiante, que estava sentado em silêncio a seu lado no pônei. Mesmo após dias de viagem sua pele parecia brilhar. Para Zhu, nada o surpreendia ou perturbava, embora às vezes uma contemplação gentil tomasse seu rosto feito uma nuvem carregada vista de longe.

Eles cavalgaram uma pequena distância até onde um bosque de salgueiros-chorões se debruçava sobre a água. Zhu apeou e olhou para Jiankang, que brilhava na margem oposta.

— Ah, irmãozinho. Depois de gerações de conflito, estamos finalmente à beira da mudança. Sua chegada prometeu o início de uma nova era, e aqui em Jiankang... é onde isso acontecerá.

A criança apeou do pônei e se pôs em silêncio ao lado dela no crepúsculo.

Em tom casual, Zhu disse:

— Você disse à minha esposa Ma Xiuying que o primeiro-ministro Liu não governaria.

— Sim.

— Liu Futong pensava que governaria pelo simples fato de ter você — comentou Zhu. — Ele usou seu poder para conquistar a fé do povo, e pensou que isso o levaria à grandeza. Porém, no fim das contas, ele nunca a desejou o suficiente. — Grilos cantavam na escuridão crescente sob as árvores. — Acho que Liu Futong não nasceu com a grandeza dentro de si. Mas isso não deveria ter importado. Quando se deseja um destino diferente daquele que o Céu lhe deu, você precisa *desejar* esse outro destino. Precisa lutar por ele. Sofrer por ele.

Liu Futong nunca fez nada por si mesmo, então, quando tirei você dele, ele não tinha nada. Ele se tornou nada.

A criança continuava em silêncio.

Zhu prosseguiu:

— Eu também não nasci com a promessa da grandeza. Mas eu a tenho agora. O Céu a deu para mim porque eu a desejei. Porque eu sou forte, porque eu lutei e sofri para me tornar a pessoa que preciso ser, e porque eu faço o que precisa ser feito.

Conforme falava, Zhu cerrou a mão no cabo de seu sabre. Aquilo precisava mesmo ser feito; esse tanto ela sabia. Quando havia dois Mandatos do Céu no mundo, era o destino do antigo acabar para que a nova era pudesse nascer.

E ainda assim.

Parada ali na escuridão, Zhu pensou em Ma embalando a criança, o rosto tomado pelo cuidado por aquela pequena vida. Ma, que sempre a encorajara a encontrar outro caminho.

Mas este é o único caminho. A luz das tochas distantes de Jiankang dourava as ondas do rio conforme chegavam à margem num ritmo lento e regular. *É o único caminho para conseguir o que eu desejo.*

Durante muito tempo, ela perseguira a grandeza apenas para sobreviver. Mas, sem Zhu Chongba, esse motivo não mais existia. Com a sensação de recordar uma memória para a qual não queria bem olhar, Zhu pensou lentamente: *não preciso fazer isso. Posso partir, ir a qualquer lugar e ser qualquer coisa, e ainda sobreviver...*

Porém, mesmo enquanto pensava naquilo, ela sabia que não abriria mão da grandeza. Não pela vida de uma criança, e nem mesmo para impedir o sofrimento das pessoas que ela amava, e que a amavam.

Porque aquilo era o que ela desejava.

A lua iluminava o perfil do Príncipe Radiante, que contemplava a água. Ele sorria. O momento era como uma tomada de fôlego: uma imobilidade que continha a inevitabilidade do exalar.

Esta é a minha escolha.

Com os olhos ainda fixos na margem distante, o Príncipe Radiante disse, em seu tom cadenciado e sobrenatural:

— Liu Futong não estava destinado a governar. Mas Zhu Chongba também não está.

Os salgueiros farfalharam, e Zhu soube que, se olhasse, veria o fantasma faminto que fora seu irmão. Não lembrado durante todos aqueles anos, porque seu nome fora tomado por alguém que vivia.

— Não — concordou ela. Ela sacou o sabre e ouviu o som familiar da lâmina deslizando contra a bainha. Sua mão esquerda estava mais forte agora, e não tremeu. Quando a criança começou a se virar, Zhu acrescentou suavemente: — Continue olhando para a Lua, irmãozinho. Será melhor assim. E, quando você renascer daqui a séculos, esteja atento ao meu nome. O mundo inteiro o conhecerá.

JIANKANG
QUINTO MÊS

Quase dois meses depois da segunda e mais tranquila tomada de Jiankang pelos Turbantes Vermelhos, Ma recebeu a notícia de que deveria se juntar a Zhu na cidade. Quando não se estava em um exército, Jiankang ficava á apenas alguns dias de cavalgada de Anfeng. Atravessando a corrente preguiçosa de verão do Yangzi, Ma maravilhou-se com a imagem de uma cidade de folhagens verdejantes, com as ruas agitadas do comércio. Apenas aqui e ali havia as construções queimadas da primeira tentativa de ocupação feita pelo Pequeno Guo. Aquilo parecia ter sido numa outra vida. O Sol rutilava enquanto ela e Chang Yuchun, que lhe servia de escolta, passavam por moinhos de óleo tiritantes e fábricas de seda em direção ao centro. Um aglomerado de modestas construções de madeira circundava o pátio de pedra que era a única evidência restante das antigas dinastias cujos governantes haviam sido entronados ali. Yuchun lançou um olhar atravessado para as construções e disse:

— O Comandante Zhu disse que planeja construir outro palácio. Algo mais adequado, com uma boa muralha de pedra e tudo o mais.

Ma respondeu:

— Adequado... para o Príncipe Radiante?

Uma expressão constrangida atravessou o rosto de Yuchun.

— Hã.

— O quê?

— Houve um aci... Bem, de qualquer forma, o período de luto já acabou. Observamos um mês. Pelo... mas não o chamamos mais de Príncipe Radiante. O Comandante Zhu deu a ele um nome póstumo. Não lembro qual é; você terá que perguntar a ele. — Notando a expressão de Ma, o jovem pareceu alarmado. — O que foi?

A profundidade da tristeza e da fúria de Ma a surpreenderam. Embora o Príncipe Radiante estivesse presente em algumas de suas piores memórias, apenas a mais recente lhe veio à mente: o instinto protetor que a tomara ao segurar aquele pequeno corpo quente contra o próprio. Pensar que o menino estivera morto havia tanto tempo, sem que ela sequer soubesse, de alguma forma tornava tudo pior.

Entorpecida, ela seguiu Yuchun até um salão onde estava Zhu, acompanhada de um grupo de homens. Então todos se foram e Zhu ficou sozinho diante dela com uma expressão séria. Aparentemente, ela sabia que não era um bom momento para tocar Ma, porque apenas se deixou ficar com os braços nas laterais do corpo e a mão esquerda aberta. Que gesto era aquele? Uma súplica por perdão, ou o simples reconhecimento da dor de Ma?

Sem mais testemunhas, Ma esvaiu-se em lágrimas.

— Você o matou.

Zhu ficou em silêncio. Ma, lendo sua expressão, exclamou:

— Você nem sequer nega!

Depois de um momento, Zhu suspirou.

— Ele serviu seu propósito.

— Propósito! — Sem ter que se esforçar conscientemente para encaixar as peças, Ma percebeu que já havia entendido tudo. — Você só precisava dele para lhe entregar o poder. Você tinha que se certificar de que as pessoas o aceitariam como nosso líder de direito. Depois disso... qualquer outra pessoa ainda precisaria dele por causa do Mandato para que pudesse governar. Mas você não precisa dele para isso, não é? Porque você também tem o Mandato.

Ela sentiu uma onda de satisfação diante da surpresa de Zhu.

— Como você...

— Ele me contou! Ele disse que as pessoas com o Mandato podem ver o mundo espiritual. E eu já sei que você vê fantasmas. — Ela lançou as palavras em Zhu. — Então o que você fez, jogou-o no rio feito um gatinho indesejado?

Num tom bastante comedido, Zhu respondeu:

— Foi rápido, se serve de consolo.

— Não serve! — Ela pensou no breve momento de alegria doméstica que sentira naquela manhã com Zhu e a criança em sua cama. Nem aquilo havia sido real, porque Zhu sempre soubera o que pretendia fazer. Com a voz carregada de dor, ela disse: — De que jeito isso é melhor do que qualquer outra coisa que Chen Youliang teria feito? Você disse que seria diferente. Você *mentiu* para mim.

— Eu tive que...

— Eu sei! — gritou Ma. — Eu sei, eu sei! Eu sei *por quê*. — Ela sentiu uma aguda dor interna: seu coração retorcido em mil curvas. — Você diz que me quer por meus sentimentos, por minha empatia. Mas, quando fez isso, sequer parou para pensar em como eu me sentiria ao testemunhar o que você pensa ser justificável? Ou você sabia, mas não se importou de estar sendo cruel?

Zhu respondeu baixinho:

— Eu não quis ser cruel. Ao menos nisso sou diferente de Chen Youliang. Mas eu vou atrás do que quero, e às vezes terei que fazer certas coisas para consegui-lo. — A luz do interior assimétrico dava às cavidades e aos pontos de seu rosto o aspecto exagerado da máscara de um ator. Havia pesar ali, mas não pela criança; era pesar pela própria Ma. — Eu lhe prometi honestidade, Ma Xiuying, então serei honesto com você. Não vou parar até governar, e não vou deixar ninguém me deter. Então você tem duas escolhas. Pode ascender comigo, o que eu preferiria. Ou, se não quiser o que eu quero, pode partir.

Ma encarou-a com angústia. Naquele corpinho feio e ordinário havia um desejo tão pungente que queimava e empolava aqueles que se aproximavam, e Ma sabia que aquela dor era algo que precisaria suportar repetidas vezes pela transgressão de amar e escolher Zhu. Era o preço de seu próprio desejo.

Por Zhu, a dor de Ma valia a pena.

Mas valerá para mim?

As bandeiras douradas cobriam as graciosas avenidas de Jiankang, convergindo naquele ponto reluzente e pulsante no coração da cidade. O pátio cerimonial do palácio brilhava em dourado sob o sol que coruscava impiedoso a multidão vibrante e ruidosa.

Envolta numa armadura dourada, Zhu subiu até o topo dos degraus do palácio. A imagem de seus súditos a enchia de uma ternura expansiva, como a do homem que contempla o mundo no topo de uma montanha e sente-se suspenso dentro de si com a fragilidade e o potencial de tudo o que jaz abaixo. Junto dela estava a consciência de todo sofrimento e sacrifício exigidos para chegar até ali. Ela havia sido nada e perdido tudo, e se tornado uma pessoa inteiramente diferente. Mas agora não havia mais nada a temer, e a única coisa diante dela era seu destino brilhante e a alegria.

Ela pensou: *eu renasci como eu mesma.*

Desta vez, quando ela buscou a luz dentro de si, a chama veio tão naturalmente quanto a respiração. Os raios saíam dela: uma chama incandescente que fulgurava de seu corpo e de sua armadura, como se ela tivesse se transformado num ser vivo de fogo. Quando baixou os olhos para si mesma, foi recebida pela estranha visão da mão direita ausente envolta por uma manopla de fogo branco. Aparentemente, a chama seguia o contorno do que Zhu *pensava* ser seu corpo. A mão fantasma tornada visível ao queimar com fogo branco e dor branca. Parecia adequado.

Sobre a multidão, bandeiras douradas ostentavam o novo nome da cidade. *Yingtian*: um nome que denotava sua conexão com o Céu. E a própria Zhu fazia a mesma declaração com seu novo nome. O nome de alguém que recusava qualquer futuro além daquele em que ela fazia história; o nome de alguém que mudaria tudo. *O mais grandioso prenúncio do futuro de uma nação.*

Enquanto falava àqueles rostos ansiosos, ela ouviu a própria voz ressonante quase como a de um estranho.

— Vejam-me como Zhu Yuanzhang, o Rei Radiante. Vejam-me como aquele que devastará o império do Grande Yuan e expulsará os mongóis desta terra de nossos ancestrais, e reinará em glória interminável!

Lembrem-se de mim, e digam meu nome por dez mil anos.

— Contemplem o Rei Radiante! — responderam em voz elevada; conforme os ecos se dissipavam, a multidão se punha de joelhos com o longo suspiro de corpos debruçando-se sobre si mesmos.

Daquela vasta imobilidade humana, uma única pessoa se levantou. Um tremor percorreu a multidão. Zhu prendeu a respiração, surpresa. *Ma Xiuying.* Ela não via Ma desde aquela terrível conversa, dias antes, em que Zhu lhe dera um ultimato. Zhu não quisera perguntar por ela depois daquilo, para o caso de ser verdade: que aquela fora sua despedida, e Ma já tivesse partido.

Ma trajava vermelho, a cor daquilo que havia sido encerrado para que Zhu pudesse construir o novo. Era como um castigo: *não esqueça.* As mangas bordadas em dourado pendiam quase até o chão. O cabelo preso no topo da cabeça estava coroado com laços de seda e fios dourados que balançavam quando ela andava. Em silêncio, ela abriu caminho em meio aos corpos prostrados sobre a pedra. Suas saias esvoaçavam atrás dela feito um rio de sangue.

Ao pé das escadas, Ma se ajoelhou. Envolta em seda tingida com garança, ela emanava suavidade e delicadeza — porém sob aquela superfície tinha a própria espécie de força: uma compaixão tão inabalável quanto uma estátua de ferro da Deusa da Misericórdia. Zhu fitou a linha nua do pescoço de Ma e seu coração vibrou de gratidão e de um alívio estranhamente agudo. Doía da forma como a beleza pura doía. Ela havia dito a Ma o que preferia, mas não havia percebido o quanto *desejava* aquilo.

— Esta mulher dirige-se ao Rei Radiante — Ma falava alto o bastante para que toda a multidão ouvisse. Para que o próprio Céu ouvisse. — Juro acompanhar meu marido em cada passo de sua jornada, mesmo que ela leve dez anos e dez mil li. E, ao seu fim, quando ele iniciar seu reinado como Imperador fundador de nossa nova dinastia, eu serei sua Imperatriz.

Zhu escutou a exigência imperturbável na voz de Ma: a lealdade, a honestidade e a diferença de Zhu. Enquanto a encarava, imóvel, Zhu de repente viu como seria aquela jornada: o desejo de Zhu impulsionando-as cada vez mais alto, até não restar mais nada acima delas além da abóboda deslumbrante do Céu. E, para Ma, cada momento daquela subida seria de concessão, de mágoa e da gradual erosão de sua crença de que sempre haveria um caminho mais gentil. Aquele era o preço que Ma pagaria — não só pelo desejo de Zhu, mas pelo próprio. Porque ela amava Zhu, e queria vê-la reinar sobre o mundo.

O coração de Zhu doía. *Farei valer a pena, por nós dois.*

Ela contemplou a multidão e tentou com todo o esforço gravar aquela imagem na memória para que não a perdesse: Ma, Xu Da e seus capitães; atrás deles, os dez mil outros que a seguiriam, e morreriam por ela, até que ela conquistasse seu desejo.

— Minha futura Imperatriz — chamou ela, e as palavras fizeram-na pulsar com o doce potencial do que estava por vir. — Meu irmão comandante, meus capitães; todos os meus leais súditos. O mundo espera por nós.

Ela ergueu os braços e deixou a pura luz branca jorrar de si até que os corpos prostrados estivessem banhados num brilho que rivalizava com o do Sol. Do interior da aura coruscante do próprio fulgor, o espetáculo era uma visão do futuro. Era a coisa mais bela que Zhu já havia visto.

Com alegria, ela disse:

— *Levantem-se.*

AGRADECIMENTOS

Este livro começou a ganhar vida durante uma série de sessões de trocas de ideias com amigos, nas quais decidimos escrever os livros que desejávamos ler, mas nunca encontrávamos. Não sei ao certo se algum de nós percebeu na época como essa jornada seria longa, mas, pessoal: *nós conseguimos*. Àqueles que estavam lá desde o começo: agradeço do fundo do meu coração. Vanessa Len, por percorrer todo este caminho comigo até a linha de chegada, e por entender as alegrias e as frustrações de fazer parte da diáspora asiática como uma pessoa mestiça. É um prazer imensurável compartilharmos nossas estreias literárias em 2021. C. S. Pacat, por nos inspirar a mergulhar fundo para encontrar nossas histórias; pelo apoio interminável e pelos conselhos; e por sua inabilidade de mentir quando se trata de arte. Beatrix Bae, por sediar aquela primeira sessão, iniciando assim a corrida acirrada que nos fez ter um colapso mental, e depois nos receber de volta e nos alimentar com uma sopa deliciosa.

Anna Cowan, que bela amizade eu encontrei! Agradeço por ser minha parceira de k-dramas durante o ano infernal daquele primeiro rascunho, e por seus comentários sucintos e certeiros sobre os personagens. Jamais me lembrarei da espada de Ouyang da mesma forma.

Minha torcedora infatigável com um cérebro tão grande quanto um planeta, minha agente Laura Rennert: nem sei como lhe agradecer. Como um mestre de artes marciais em uma montagem de treino, você dizia "Outra vez, só que melhor!" mesmo quando eu pensava que estava exausta demais para continuar (apesar de, diferente de um verdadeiro *sifu*, você sempre dizer isso da forma mais gentil possível). Este livro é imensuravelmente melhor por sua causa. Agradeço também à sua maravilhosa equipe — Paige Terlip, Laura Schoeffel e Victoria Piontek — e ao restante da Andrea Brown Literary Agency.

Minha primeira editora na Tor, Diana Gill: agradeço o entusiasmo e o apoio incansável a este livro. Ainda não consigo acreditar direito que o logotipo da Tor dos meus preciosos livros de fantasia estará na lombada de algo que eu escrevi. Will Hinton, Devi Pillai e toda a equipe da Tor, inclusive os *freelancers*: agradeço pelos esforços magníficos, incluindo aqueles que não testemunhei, para trazer este livro ao mundo.

Bella Pagan e a equipe da Pan Macmillan em geral: agradeço muito pela recepção calorosa ao mundo editorial, e pelo trabalho apaixonado e dedicado para levar meu livro à Commonwealth e à Austrália em particular.

Agradeço ao Otherwise Award: a Mentoria de 2017 me deu um encorajamento vital quando eu ainda tinha muitos quilômetros a percorrer.

Agradeço à maravilhosa Ying Fan Wang pela ajuda com os nomes e as pronúncias (quaisquer infortúnios remanescentes são, é claro, meus).

A Cindy Pon, Jeannie Lin, Courtney Milan e Zen Cho, cujos livros comerciais com protagonistas asiáticas me fizeram acreditar que eu conseguiria publicar o meu.

Aos pacientes e receptivos autores no grupo de mensagens, que responderam às minhas perguntas e compartilharam os altos e baixos desta longa jornada até a publicação.

À minha mãe, que sempre encorajou minha escrita.

E agradeço às duas pessoas mais próximas e queridas: John, pelos anos de apoio inabalável, apesar de todas as vezes que me recusei a deixá-lo ler o manuscrito, e por argumentar que ao menos *um* dos homens do livro deveria ser um ser humano decente; e Erica, por compartilhar tempo e atenção com um irmão mais velho que por acaso é um livro.

Por fim, gostaria de agradecer ao povo Wurundjeri, que é o guardião tradicional das terras nas quais escrevi os rascunhos finais deste livro.

ALTA NOVEL

CONHEÇA OUTROS LIVROS DO SELO

- Fantasia Urbana
- Enemies to Lovers
- Viagem no Tempo

**PORQUE NESTA HISTÓRIA...
ELA NÃO É O HERÓI.**

Joan acabou de descobrir a verdade: seus familiares são monstros, com terríveis poderes ocultos. E o garoto de quem ela gosta não é nada do que aparenta: é um lendário matador de monstros, que fará de tudo para destruir a família dela. Para salvar a si e àqueles que ama, Joan terá de fazer o que mais teme: abraçar a própria monstruosidade.

UMA GUERRA PELO CONTROLE DE TODA A NAÇÃO.

Brisa, uma órfã que se tornou a melhor estrategista do continente e serviu a Xin Ren, uma senhora da guerra cuja lealdade à imperatriz é perigosa. Brisa é forçada a se infiltrar em um acampamento inimigo para impedir o massacre dos seguidores de Ren e conhece Corvo, um estrategista adversário enigmático que é igualmente habilidoso. No entanto, há outros inimigos além de Corvo, e nem todos são humanos.

- Inspirada no clássico conto chinês dos *Três Reinos*
- Fantasia Épica

Todas as imagens são meramente ilustrativas.

/altanoveleditora   /altanovel